ACACIA

David Anthony Durham

ACACIA

Livre premier

La guerre du Mein

Traduit de l'anglais (États-Unis)
par Thierry Arson

LE PRÉ AUX CLERCS
FANTASY

Ouvrage publié sous la direction
de Bénédicte Lombardo

Retrouvez *Acacia* sur Internet :
www.acacia-le-livre.com

Titre original : *Acacia, the War with the Mein*

Pages 8-9 : d'après la carte originale de David Cain

ISBN : 978-2-84228-342-1
N° d'éditeur : 304
www.lepreauxclercs.com

Pour Laughton et Patricia.

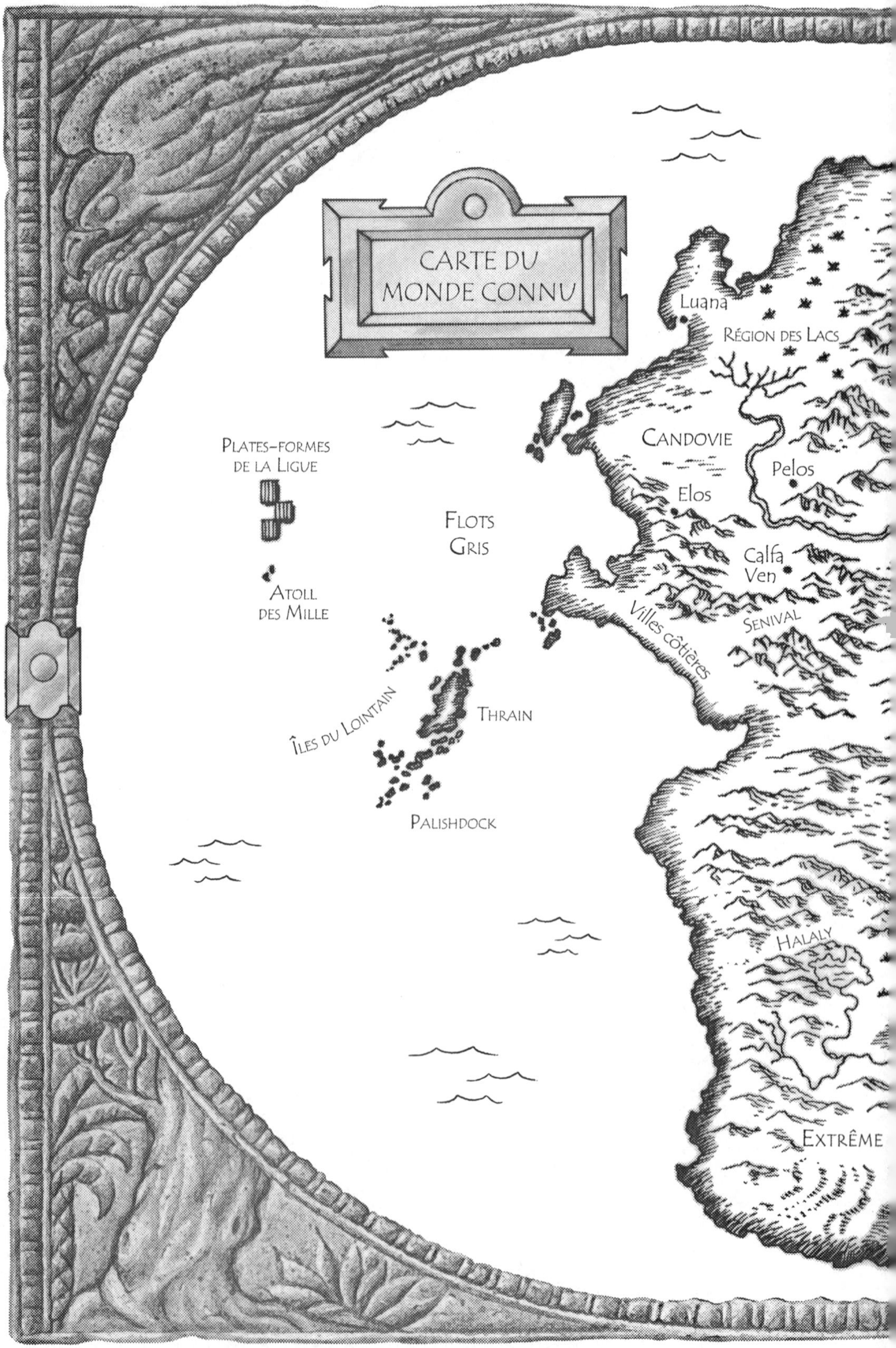
CARTE DU MONDE CONNU
Luana
Région des Lacs
Candovie
Pelos
Elos
Plates-formes de la Ligue
Flots Gris
Calfa Ven
Atoll des Mille
Villes côtières
Senival
Îles du Lointain
Thrain
Palishdock
Halaly
Extrême

Champs de Glace
Mein Tahalian
Terres Stériles
Chaîne de Gradthic
Forêts d'Aushénie
Monts Noirs
Hardith
Trouée de Gradthic
Careven
Scatevith
Hautes-terres du Mein
Cathgergen
Killintich
Les Dolines
Bordure Méthalienne
Aushenguk
Forêts Eilavanes
Alyth
Aos
Grandes Terres
Manil
Fleuve Ask
Alécia
Danos
Prios
Mer Intérieure
Archipel de Vumu
Crall
Cap de Fallon
Acacia
Mines
Île de Kidnaban
Uvumal
Teh
Collines du Teh
Bocoum
Galat
Ruinat
Vumair
Talay
Balbara
Falik
Umae
Bethuni
Sud
(Santoth)

PREMIÈRE PARTIE

L'IDYLLE DU ROI

CHAPITRE PREMIER

L'ASSASSIN SE GLISSA ENTRE LES BATTANTS DE PIN MASSIF de la porte principale et quitta la forteresse de Tahalian. Il partit au lever du soleil, sous la vêture commune à un soldat du Mein. Il était enveloppé dans une cape en peau d'élan. Elle recouvrait ses jambes et réchauffait sa robuste monture. Sur son torse était sanglé un plastron constitué de deux carapaces de fer moulées enserrant une couche de fourrure de loutre. Il prit la direction du sud, dans un paysage scintillant de gel.

Le froid de l'hiver était si mordant que pendant les premiers jours le souffle de l'homme se cristallisait au sortir de ses lèvres. La vapeur formait une protubérance étrange autour de sa bouche, comme un tunnel éphémère. Des nœuds de glace pendaient à sa barbe et se heurtaient tels des carillons de verre. Il ne croisa presque personne, même quand il traversa des villages d'habitations basses, au toit en forme de coupole. Il aperçut des traces de renards blancs et de lièvres, mais vit très peu d'animaux. Une seule fois, un lynx l'observa depuis un rocher, l'air de ne savoir s'il devait fuir ce cavalier ou lui donner la chasse. Finalement, il resta immobile, et l'homme le laissa derrière lui.

Plus tard, il accéda au sommet d'une colline et contempla un rassemblement de rennes dans la plaine en contrebas. C'était un spectacle rare. Tout d'abord, il crut se trouver en présence d'une assemblée du monde des esprits. Puis il sentit l'odeur musquée des animaux, ce qui brisa toute ambiance de mystère. Il passa au milieu d'eux et goûta un plaisir simple à les voir s'écarter devant lui, dans un grondement de sabots qui résonna jusqu'au tréfonds de sa poitrine.

Si les terres du Mein avaient appartenu à ses habitants, il aurait pu chasser ces animaux, comme ses ancêtres l'avaient fait. Mais la réalité était tout autre. La race des hommes appelés Meins, sur les hauts plateaux du même nom, avec la grande forteresse de Tahalian, cette lignée royale qui aurait dû régner sans partage sur ce territoire, tous étaient les serviteurs d'Acacia depuis maintenant cinq cents ans. Après avoir été vaincus et massacrés en grand nombre, ils avaient dû plier l'échine sous le joug de gouverneurs étrangers. On les avait écrasés sous des impôts indus, on leur avait volé leurs guerriers. Beaucoup d'entre eux servaient dans les rangs des armées acacianes, en des contrées lointaines, hors de portée de voix de leurs ancêtres. C'était du moins ainsi que le cavalier voyait les choses – une injustice qui ne pouvait durer éternellement.

À deux reprises, durant la première semaine, il quitta la route principale pour éviter des postes de contrôle de la Garde du Nord. Ses papiers étaient en règle et, selon toute probabilité, il n'aurait pas été inquiété, mais il ne faisait aucune confiance aux Acacians et il lui répugnait de feindre la soumission. Chacun de ces détours l'amenait plus près des Monts Noirs, qui s'élevaient parallèlement à la route. Leurs pics crevaient la neige tels d'énormes éclats d'obsidienne aux arêtes tranchantes comme le rasoir. Si l'on en croyait les légendes anciennes, ces sommets étaient les pointes de lances enfoncées dans la voûte du monde par une race de géants colériques dont le royaume s'étendait sous la peau de la terre.

Après dix jours de chevauchée, il atteignit la Bordure Méthalienne, la frontière sud du Mein. Il fit halte pour contempler les terres boisées et fertiles qui s'étendaient trois mille pieds en contrebas, et prit conscience que jamais plus il ne respirerait l'air des Hautes-Terres. Il ôta la têtière de son cheval et la laissa tomber là, puis il noua les rênes d'une façon qui ne trahirait pas sa provenance. Bien qu'il fît encore froid et que le gel blanchît le paysage, il enleva sa cape et l'abandonna sur le sol. Puis il dégaina une dague, trancha la jugulaire de son casque et le lança dans un buisson. Il secoua sa chevelure brune, qui, libérée de sa prison de métal, s'épanouit jusque sur ses épaules, comme ravie de cette liberté retrouvée. Ses cheveux n'avaient pas cette couleur de paille sèche si répandue chez les Meins, ce qui avait d'ailleurs toujours été source de gêne pour lui. Mais c'est aussi ce qui l'avait décidé à assumer cette mission.

Après qu'il eut enfilé une chemise en coton pour dissimuler son plastron de cuirasse, il entama la descente vers la plaine. Le cavalier et sa monture empruntèrent un sentier en lacets d'où ils découvrirent un paysage très différent. Des bois tempérés d'arbres à feuilles caduques étaient parsemés de petits villages forestiers qui formaient la limite septentrionale des terres administrées directement depuis Alécia, le siège bureaucratique du gouvernement acacian.

Malgré la maîtrise qu'il en avait, la langue impériale lui était détestable et il parla le moins possible, seulement quand il n'avait pas le choix. Pour vendre son cheval à un marchand au sud des Bois, il grommela dans sa main. Il accepta, en échange, des pièces de monnaie locale, des vêtements qui n'attireraient pas l'attention et une paire de bottes de cuir épais, car il lui fallait marcher jusqu'à la côte. C'était de nouveau un autre homme.

Il suivit la grand-route, un sac passé en bandoulière. Son fardeau était déformé ici et là par les objets dont il aurait besoin. La nuit, il dormait recroquevillé dans des creux de terrain, près des fermes, ou dans les zones boisées. Pour les gens du coin, la contrée était pétrifiée dans les griffes de l'hiver, mais pour lui cela ressemblait plus à l'été tahalian : il faisait si doux qu'il en transpirait parfois.

Non loin du port d'Alécia, il changea encore de déguisement. Il se débarrassa de son plastron, qu'il cacha sous des pierres, dans le lit d'une rivière, et il sortit de son sac une cape qui avait été confectionnée dans les froides chambres du Mein, en espérant qu'elle passerait pour authentique. Une fois drapé de ce pan d'étoffe, il ressemblait à un Vadayen. L'ordre des Vadayens, bien qu'ancien, n'avait plus rien de la secte religieuse qu'il avait été naguère. Ses membres vouaient désormais leur vie à étudier et à préserver le savoir ancien sous la direction cérémonielle de la prêtresse de Vada. Il ne paraîtrait donc pas étrange qu'il se montre très peu loquace avec les gens qu'il croiserait.

Pour parfaire son apparence, l'homme se rasa les côtés du crâne et noua ses longs cheveux au sommet de sa tête à l'aide de fines lanières de cuir. La peau de ses tempes était pâle et rose comme celle d'un cochon. Il la frotta avec une substance utilisée pour brunir le bois. Une fois l'opération terminée, l'œil le plus exercé n'aurait pu le prendre que pour l'érudit qu'il prétendait être.

Bien qu'il endossât ces divers personnages avec aplomb, il n'était aucun d'entre eux. Il s'appelait Thasren Mein et était de noble lignée, le fils du regretté Heberen Mein. C'était le frère cadet d'Hanish, le chef de droit des tribus des Hautes-Terres du Mein, et de Maeander, chef des Punisari, la garde d'élite symbolisant la fierté des traditions martiales de leur peuple. C'était une généalogie dont il pouvait être fier, mais il avait rejeté tout cela pour devenir un assassin. Enfin, son existence faisait réellement sens pour lui. Il n'avait jamais été aussi concentré que maintenant, jamais autant en phase avec lui-même, chargé d'une mission qu'il avait juré d'accomplir. Combien de ces êtres qui arpentent la Terre savent précisément pourquoi ils respirent, combien comprennent exactement ce qu'ils doivent faire avant de passer de l'autre côté ? En vérité, grande était sa chance.

À bord du bateau, il observa l'île d'Acacia qui émergeait du vert pâle de la mer dans un chaos de rochers. À cette distance, elle paraissait très ordinaire. Son point le plus élevé était situé à l'extrémité sud. Au centre, les falaises et les collines occupées par les fermes semblaient s'affaisser quelque peu avant de se redresser en une série de plateaux que des générations de colonies avaient sculptés et transformés en un lieu approprié pour abriter le palais. Les acacias s'alignaient, aussi sombres que les Talayens du Sud à la peau mate, décorés d'un plumage en crête et tachetés ici et là de floraisons blanches. En dépit de la côte sinueuse très étendue, seule une petite partie était accessible, et les plages comme les ports étaient peu nombreux.

Quand ils passèrent devant les tours de défense du port, Thasren aperçut le drapeau de l'empire qui flottait mollement au bout de son mât, à cause du manque de brise. Il savait ce qu'il aurait vu si le vent avait soufflé : un soleil jaune dans un carré bordé de rouge, avec au centre la silhouette noire de l'arbre qui donnait son nom à l'île. Chaque enfant du Monde Connu connaissait cet emblème, aussi reculé que soit son lieu de naissance. L'assassin se maîtrisa pour ne pas se racler la gorge ni cracher en signe de mépris.

Il débarqua sur le quai principal, dans une bousculade de marchands et d'ouvriers, de femmes et d'enfants qui sautaient par-dessus l'espace d'eau claire comme le cristal entre la coque et le quai. Il y avait parmi eux quelques Vadayens, mais Thasren évita de croiser leur regard. Immobile dans le tourbillon des passagers qui commençaient à se disperser, il se rendit compte qu'il allait entrer dans la tanière de l'ennemi. Si quelqu'un découvrait son nom ou parvenait à deviner ses projets, il deviendrait la cible de toutes les dagues, épées et lances de l'île. Il attendit un peu plus longtemps qu'il ne l'avait voulu, surpris que personne ne le condamne, ne le montre du doigt ou ne s'arrête pour le dévisager de plus près.

D'un regard froid, il engloba le grand mur en pierre rosée. Au-delà, flèches, tours et dômes, bleus, rouges foncés, ou encore couleur rouille, scintillaient sous le soleil. Les constructions s'élevaient par terrasses successives, avec la raideur abrupte d'une montagne. C'était une vision magnifique, même lui le reconnaissait. Rien à voir avec les maisons basses et mornes de son pays. Tahalian était bâtie avec d'énormes poutres de sapin, sans décoration, parce que les habitations étaient plongées dans l'obscurité hivernale la majeure partie de l'année, la neige s'empilant sur toute surface plane. La différence entre ces deux mondes rendait difficile toute comparaison, aussi Thasren préféra chasser cette pensée de son esprit.

Il marcha d'un pas tranquille vers les portes de la ville basse. Cela serait sans doute un peu long, mais il se frayerait un chemin jusqu'au cœur de la cité, en recourant à tous les artifices nécessaires, et il finirait par pénétrer dans le palais. Là, il répondrait à la question que son frère lui avait posée très simplement un mois plus tôt. Si l'on souhaite tuer une bête aux bras nombreux, avait dit Maeander, pourquoi ne pas commencer par lui trancher la tête ? Ensuite, il ne reste plus qu'à s'occuper des membres et du corps, tandis que la créature titube, aveugle et désorientée. L'assassin n'avait qu'à s'approcher assez de cette tête et attendre le moment propice pour frapper. Mais il le ferait en public, afin que la nouvelle de son acte se répande comme une épidémie.

Chapitre deux

POUR MIEUX SUPPORTER LE RYTHME LENT ET FASTIDIEUX des cours du matin, Mena Akaran s'asseyait toujours exactement au même endroit, sur l'herbe derrière ses frères et sa sœur. Elle venait d'avoir douze ans, et de son poste d'observation elle pouvait regarder par un croc manquant à la mâchoire de pierre de la balustrade qui ceignait la cour. Cet interstice encadrait un paysage au premier plan duquel s'étageaient les multiples terrasses du palais. Puis, après un espace vide derrière le mur ouest de la cité, on apercevait les boursouflures des collines cultivées. La dernière et plus lointaine était aussi la plus haute : le promontoire connu sous le nom de Rocher du Refuge. Elle s'y était déjà rendue avec son père, et elle gardait en mémoire l'odeur forte et la cacophonie des oiseaux qui peuplaient ce lieu, ainsi que la vue vertigineuse d'un à-pic de mille cinq cents pieds qui se terminait dans les rouleaux d'écume.

Assise là, pour cette classe de plein air à laquelle assistaient les enfants du roi, Mena laissa ses pensées vagabonder. Ce matin, elle s'imaginait être une mouette s'élançant d'une falaise. Elle piquait vers la surface de la mer, redressait sa trajectoire au dernier moment et effleurait à pleine vitesse le moutonnement des vagues. Elle passait comme une flèche entre les voiles des bateaux de pêche et bondissait par-dessus les barges de commerce qui sillonnaient la mer en suivant les courants pour aller d'un port à l'autre. Elle s'éloignait encore, et bientôt les vagues se creusaient davantage. L'eau turquoise prenait une teinte bleu foncé, puis devenait noire comme la peau d'un phoque. Elle survolait les bancs d'anchois scintillants et le dos des baleines, à la recherche de ces merveilles inconnues qui, elle le savait, finiraient par émerger de l'horizon frangé d'écume...

— Mena ? Êtes-vous avec nous, Princesse ?

Jason, le précepteur royal, la regardait fixement, imité par ses deux frères et sa sœur. Les enfants étaient tous assis sur l'herbe humide. Jason se tenait debout devant eux, un très vieux livre ouvert dans une main, l'autre posée sur sa hanche.

— Avez-vous entendu la question ?

— Bien sûr que non, elle ne l'a pas entendue, dit Aliver.

À seize ans, l'aîné des enfants du roi était l'héritier présomptif du trône. Il avait récemment grandi très vite, jusqu'à dépasser son père en taille, et sa voix avait mué. Son expression était celle d'un ennui sans fin, une maladie qui l'avait frappé un an plus tôt et qui ne l'avait pas encore quitté.

— Elle pensait encore aux poissons. Ou aux marsouins.

— Les poissons comme les marsouins n'ont aucun rapport avec le sujet dont nous discutons, dit Jason. Je répète donc ma question : qui le fondateur de la dynastie des Akarans a-t-il détrôné à Galaral ?

C'était la question qu'elle avait ratée ? N'importe qui pouvait y répondre ! Mena détestait ces questions trop simples. Elle ne prenait du plaisir au savoir que lorsqu'elle se démarquait des autres. Dariel, son plus jeune frère, savait qui était le premier roi et ce qu'il avait fait, et Dariel n'avait que neuf ans. Elle se contint aussi longtemps qu'elle le put, mais quand Aliver ouvrit la bouche pour lancer quelque raillerie, elle prit la parole en hâte.

— Le fondateur était Édifus. Il est né dans la souffrance et les ténèbres, dans la Région des Lacs, mais il a remporté une guerre sanglante qui a touché le monde entier. Il a rencontré le faux roi Tathe à Galaral et a écrasé ses forces avec l'aide des Hérauts du Santoth. Édifus a été le premier d'une lignée ininterrompue de vingt et un rois Akaran, dont le plus récent est notre père. Les fils d'Édifus, Thalaran, Tinhadin et Praythos, ont entrepris de sécuriser et de renforcer l'empire par une série de campagnes appelées les Guerres de Répartition...

— Bien, dit Jason. C'est plus que je n'en demandais...

— Une mouette.

— Pardon ?

— J'étais une mouette, pas un poisson ou un marsouin.

Elle adressa une grimace à Aliver et se tourna pour faire de même avec Corinn.

Après avoir tenté sans succès de résumer son vol imaginaire, Mena se contenta de suivre la conversation, qui aborda la géographie. Corinn nomma six provinces et donna quelques détails sur leurs familles régnantes et les formes de gouvernement : les Grandes Terres vers le nord, la Satrapie du Mein à l'extrême nord, la Confédération candovienne au nord-ouest, le Talay au sud, et les tribus montagnardes du Senival à l'ouest. Les îles formant l'Archipel de Vumu constituaient la dernière province, bien qu'elle ne disposât pas d'un gouvernement centralisé comme les autres.

Jason déroula une carte sur l'herbe et demanda aux enfants d'en coincer les bords avec leurs genoux. Dariel aimait tout particulièrement les cartes. Il se pencha en avant et répéta tout ce que le précepteur disait, comme s'il traduisait l'information pour un autre auditeur. La lenteur avec laquelle il le faisait poussa Mena à l'interrompre.

— Pourquoi Acacia se trouve-t-elle toujours au centre des cartes ? demanda-t-elle. Si le monde est courbe et n'a pas de fin, comme vous nous l'avez enseigné, Jason, comment un endroit peut-il être le centre, plutôt qu'un autre ?

Pour Corinn, la question était idiote. Elle regarda Jason, sourcils levés et bouche pincée en une moue désapprobatrice. À quinze ans, elle était jolie et le savait, avec ce teint olivâtre et ce visage rond qui caractérisaient la beauté acaciane. Bien des traits de leur défunte mère, Aleera, survivaient en elle : du moins tout le monde semblait le penser.

— C'est simplement le centre, Mena, dit-elle. Tout le monde sait ça.

— Voilà une réponse concise, commenta Jason. Toutefois Mena soulève un problème qui n'est pas sans intérêt. Tous les gens pensent à eux d'abord. Ils sont les premiers, ceux qui sont au centre, les plus importants, vous me comprenez ? Un jour, il faudra que je vous montre une carte tracée dans le Talay. Là-bas, la représentation du monde est très différente. Et pourquoi ne se prendraient-ils pas pour le centre du monde ? Ils forment également une grande nation...

Aliver s'esclaffa.

— Soyons sérieux ! Là-bas, les hommes et les femmes sont tout le temps à moitié nus. Ils chassent avec des lances et adorent des dieux qui ressemblent à des animaux. Et ils ont de petits gouvernements tribaux, avec des chefs et tout le reste. Ils ne valent pas mieux que ces querelleurs du Mein.

— Et puis il fait trop chaud, chez eux, ajouta Corinn. On dit que la terre est si sèche qu'elle se transforme en poussière pendant la moitié de l'année. Et ils se désaltèrent en buvant à des trous creusés dans le sol.

Jason leur concéda que le climat talayen était rude, surtout dans l'Extrême Sud. Et il savait que les enfants considéreraient toujours la façon de vivre de ce peuple comme inférieure aux coutumes acacianes. Il existait bien sûr une bonne raison pour qu'Acacia ait une telle influence sur tout le reste du Monde Connu.

— Nous sommes un peuple aux multiples talents, déclara-t-il. Mais nous sommes aussi un peuple bienveillant. Nous ne devrions pas mépriser les Talayens ou tout autre...

— Je n'ai pas dit que je les méprisais. Ils ont leur façon de vivre, et quand je serai roi je m'efforcerai de les respecter. Et maintenant, pourquoi avoir sorti cette carte ? Avez-vous quelque chose à nous enseigner, ou non ?

L'impatience dans la voix d'Aliver n'échappa pas à Jason, qui acquiesça avec un sourire d'excuse et abandonna le sujet. Il était leur professeur, certes, mais il n'oubliait jamais qu'il était aussi leur serviteur. Parfois Mena paraissait le regretter. Comment apprendraient-ils vraiment sur le monde s'ils pouvaient faire taire leurs précepteurs simplement en haussant le ton ?

La leçon reprit, et tous écoutèrent Jason sans l'interrompre. Mais les enfants avaient l'esprit ailleurs. Quelques minutes plus tard, leur père, le roi Leodan, apparut à la porte du palais et emplit avec délice ses poumons de l'air matinal. Son visage avait la texture du cuir tanné. Un saupoudrage blanc marquait ses tempes, mettant en relief le noir profond du reste de sa chevelure et trahissant à la fois son âge et le fardeau de sa double charge de roi et d'empereur. Il posa les yeux sur ses enfants, salua le précepteur d'un hochement de tête, puis son regard se perdit au loin, dans le panorama de son île.

— Jason, dit-il, je vais mettre un terme à ton enseignement pour ce matin. La délégation d'Aushénie doit arriver bientôt, et je n'aurai pas autant de temps que je le voudrais à consacrer à mes enfants pendant les semaines à venir. J'ai envie de faire une promenade à cheval avec eux, s'ils veulent m'accompagner...

Les enfants voulaient l'accompagner, bien entendu, et moins d'une heure plus tard ils franchissaient tous les cinq les petites portes latérales du palais. Les enfants du roi montaient depuis qu'ils avaient quatre ou cinq ans et étaient des cavaliers émérites, même Dariel. Une escorte de dix cavaliers en armes suivait à distance. Personne n'imaginait que le monarque courût le moindre danger sur Acacia, mais il devait se plier à des traditions héritées de temps plus périlleux.

Ils allèrent bon train sur la route ouest. Son tracé empruntait parfois des crêtes si étroites qu'on avait une vue dégagée de chaque côté sur les flancs recouverts de végétation. Les couronnes épineuses des acacias s'élevaient ici et là. Ils avaient donné son nom à l'île et son titre informel à la dynastie des Akarans. C'était une des caractéristiques de ce paysage, unique parmi toutes les autres îles de la Mer Intérieure, où l'on ne trouvait jamais d'acacia.

De près, ces arbres effrayaient Mena lorsqu'elle était plus jeune. Ils étaient tordus et barbelés d'épines, et il se dégageait d'eux la menace d'une vie suspendue, d'une intelligence intérieure qu'elle les soupçonnait de garder cachée à dessein. Un vieux spécimen domestiqué et poncé avait été installé dans la chambre de Dariel pour qu'il s'entraîne à y grimper. Un jouet géant. Cela avait beaucoup contribué à apaiser les appréhensions de Mena. On pouvait couper ces arbres, les tailler et en faire des jouets pour enfants. Il n'y avait donc pas de raison de les craindre.

Les cavaliers descendirent sur la plage échancrée de la côte sud, une longue bande de rivage laissée à son état naturel, d'où l'on apercevait, de l'autre côté de la baie, les falaises grouillantes d'oiseaux. Pendant un temps, ils chevauchèrent en louvoyant entre les énormes morceaux de bois flotté blanchis par le soleil ou en pataugeant dans les eaux vertes. Aliver mit pied à terre et lança des coquillages dans les vagues. Corinn s'installa sur un tronc géant à moitié pourri, bras tendus en arrière, visage offert à la brise froide. Dariel chassa des crabes violonistes sur le sable.

Mena décida de rester à côté de son père tandis qu'il marchait de l'un à l'autre, s'intéressait à chacun, riait... car tout semblait l'amuser quand il était en compagnie de ses enfants ! Elle avait ramassé une brindille de bois flotté et la tenait entre ses doigts. Elle en caressait la surface patinée par les éléments. C'était exactement ainsi que l'existence devait être. Elle ne se demandait pas si un tel état de fait – un roi jouant avec ses enfants – sortait de l'ordinaire. Il en avait toujours été ainsi. En revanche, elle se demandait si elle était la seule à discerner la tension derrière l'attitude de façade de leur père. Sa joie était sincère, certes, mais douloureuse aussi, à cause de l'absente.

Ce soir-là, quand ils eurent regagné l'ambiance chaleureuse du palais, Dariel et Mena se pelotonnèrent sur le lit de la fillette pour écouter l'histoire que racontait leur père. Comme toutes les pièces du palais, la chambre de Mena était spacieuse et haute de plafond, avec un sol dallé de marbre blanc. L'enfant n'y avait rien modifié, à la différence de Corinn et de son nid débordant de dentelles et de coussins aux couleurs vives. Ici, tout était ancien – meubles en bois dur, capitonnages rêches qui vous chatouillaient la peau. Les murs étaient tendus de tapisseries représentant de grands personnages de l'histoire acaciane. Elle ne connaissait pas tous leurs exploits, mais leur présence était pour elle une sorte de force protectrice. Ils veillaient sur elle. Après tout, c'étaient les ancêtres de son père. Et les siens.

Leodan s'assit sur un tabouret près du lit.

— Bien, dit-il, il est temps que je vous raconte l'histoire des Deux Frères et la façon dont un grave différend naquit entre eux. Il est dommage que Corinn et Aliver s'estiment trop âgés pour ces histoires. Ils aimaient entendre celle-ci, même si elle est triste.

Le roi expliqua que dans les temps anciens, deux frères, Bashar et Cashen, étaient si proches qu'on ne pouvait les séparer. La lame d'un couteau n'aurait pu être glissée entre eux, tant étaient puissantes leur affection réciproque et leur joie d'être ensemble. Ce fut vrai jusqu'au jour où une délégation d'un village voisin demanda à leur parler. Puisque tous deux étaient des frères si bons et si nobles, l'un des deux devait devenir ce qu'ils appelaient « un roi ». Un prophète oniromancien leur avait affirmé que s'ils avaient un roi, ils connaîtraient la prospérité. Or, depuis des années, ne régnaient que famine et discorde. Aucun des membres de la délégation n'était en mesure de décider qui devait être roi, aussi implorèrent-ils qu'un des deux accepte de s'asseoir sur le trône.

Les frères demandèrent s'il était possible qu'ils fussent rois ensemble, mais les villageois répondirent que non. Un seul homme pouvait régner sur un endroit, dirent-ils. C'est ce que le prophète avait spécifié. Malgré cela, l'idée d'être roi plaisait également aux deux frères. Ils laissèrent les villageois choisir l'un des deux et promirent que celui qui n'aurait pas été élu accepterait leur décision. En secret, ils conclurent un pacte : au bout de cent ans, ils inverseraient les rôles, et celui qui n'avait pas été roi le deviendrait.

Cashen fut choisi pour occuper le trône. Cent ans durant, il régna sans incident. Le peuple prospéra. Bashar était toujours à son côté. Mais le premier jour de la cent unième année, Bashar demanda à son frère de lui donner la couronne. Cashen le toisa froidement. Il s'était habitué à son rôle de roi et aimait le pouvoir qu'il tirait de cette situation. Bashar lui rappela leur accord, mais Cashen affirma n'avoir jamais rien promis. En entendant ces mots, Bashar fut pris de colère. Il en vint aux mains avec son frère. Celui-ci parvint à s'échapper et, saisi de peur et d'une honte soudaine, s'enfuit du village. Il se réfugia dans les collines, où il se dépouilla de toute pensée aimante pour son frère et se laissa submerger par l'amertume. Bashar le poursuivit à travers les collines et jusque dans les montagnes. Des nuages d'orage se massaient dans le ciel que déchiraient des éclairs, et la pluie tomba dru sur eux.

Dariel tapota le poignet de son père.

— C'est vrai ?

Se penchant sur lui, Leodan répondit :

— Jusqu'au moindre mot.

— Ils auraient dû être roi à tour de rôle, décréta Dariel d'une voix déjà somnolente.

— Lorsque Bashar rejoignit son frère, il le frappa à la tête avec son bâton. Cashen vacilla, mais il surmonta sa douleur et se jeta sur Bashar. Cette fois, celui-ci assena un coup derrière les genoux de son frère, qui tomba à la renverse. Alors, Bashar jeta son bâton au loin, souleva son frère, le prit sur ses épaules et se dirigea vers le précipice. De violentes bourrasques de vent le faisaient chanceler. Quand il atteignit le bord, il précipita son frère dans le vide.

« Mais Cashen ne périt pas. Il rebondit et roula au bas de la pente. Il réussit à se remettre sur pied et traversa la vallée en courant pour remonter le versant de l'autre côté. Alors qu'il arrivait sur la crête de la montagne, un éclair zébra les nuées sombres. La lumière était aveuglante et Bashar dut se couvrir les yeux d'une main. Quand il put voir de nouveau, il se rendit compte que son frère avait été frappé de plein fouet. Mais au lieu de s'écrouler au sol, sans vie, le corps de Cashen tressautait et frémissait. Une lumière bleue irradiait de sa peau et de ses chairs calcinées. Il ne mourut pas. Il se remit à courir ; il était plus rapide qu'auparavant. Avec des enjambées immenses, il gravit la montagne jusqu'à son sommet et sauta par-dessus sans même un regard en arrière pour son frère.

Mena laissa le silence s'étirer un moment, puis elle demanda :

— C'est la fin de l'histoire ?

Leodan lui fit signe de se taire en désignant Dariel qui s'était endormi.

— Non, murmura-t-il en glissant ses bras sous le corps du garçonnet. Ce n'est pas tout, mais c'est la fin de l'histoire pour ce soir. Bashar se rendit compte que quelque dieu était intervenu et avait touché son frère de sa grâce. Il sut alors que la bataille ne faisait que commencer. Pour tout dire, ils s'affrontent toujours.

Leodan se releva, avec dans ses bras le corps de Dariel amolli par le sommeil.

— Parfois, si tu tends l'oreille, tu peux les entendre qui se jettent des pierres d'une montagne à l'autre.

Mena ne quitta pas son père des yeux, tandis qu'il franchissait la porte ouverte, se dirigeait vers la tache de lumière jaune de la torche dans le couloir et disparaissait à sa vue, et elle lutta contre une envie subite de le rappeler. Cette impulsion lui vint comme l'air qu'on inspire brutalement après avoir retenu sa respiration trop longtemps. C'était cette certitude violente, horrible que son père allait s'évanouir dans ce couloir, et ne jamais revenir. Plus jeune, elle l'avait souvent rappelé encore et encore, pour qu'il la réconforte, lui raconte des histoires, lui fasse des promesses, jusqu'à ce que la patience du souverain soit épuisée ou qu'elle-même s'écroule de fatigue. Mais, ces derniers temps, elle se sentait embarrassée par l'émotion qui l'étreignait quand il la quittait. C'était son fardeau à porter, et elle le portait en silence.

Elle se rendit compte qu'elle crispait les draps du lit dans ses poings fermés. Elle s'efforça de détendre ses doigts et tout son corps après eux. Cette peur n'avait aucune raison d'être, se dit-elle. Jamais son père ne l'abandonnerait. Il le lui avait promis avec cette conviction totale, indéniable d'un père aimant. Pourquoi ne parvenait-elle pas à le croire ? Et pourquoi ce désir de le croire lui apparaissait-il comme une insulte à sa défunte mère ? Elle savait que maints enfants de son âge n'avaient jamais souffert de la perte d'un parent. Même le petit Dariel endormi ne se souvenait pas assez de leur mère pour qu'elle lui manque vraiment. Il ignorait tout de ce qu'il n'avait plus. L'ignorance, quelle bénédiction… Si seulement elle avait été la dernière des enfants, à la place de Dariel ! Elle n'était pas sûre que ce ne soit pas une pensée injuste envers son frère, mais elle n'était pas du tout disposée à y réfléchir.

Chapitre trois

Dès qu'il entra dans sa chambre, Thaddeus Clegg vit que la femme, épuisée, était sur le point de s'effondrer. Elle se tenait au centre de la pièce éclairée par les torches, sa silhouette découpée sur le halo orangé dispensé par le feu de cheminée. Elle oscillait de droite et de gauche avec ces petits mouvements saccadés que font les gens harassés. Ses vêtements étaient aussi souillés et débraillés que ceux d'une paysanne, mais sous la poussière et la crasse Thaddeus distingua la lueur de sa cotte de mailles. La calotte serrée de son casque était assez reconnaissable avec son unique toupet jaune de crins de cheval au sommet.

— Messagère, dit-il, mes excuses pour t'avoir fait attendre debout. Mes serviteurs appliquent les règles, même quand elles ne correspondent pas à la réalité de la situation.

La femme lui lança un regard étincelant.

— Pourquoi ai-je dû attendre ici, Seigneur Chancelier ? Mon message est pour le roi Leodan, par ordre du général Leeka Alain de la Garde du Nord.

Thaddeus se tourna vers son serviteur qui l'avait suivi comme son ombre, et il lui ordonna d'apporter à manger à la messagère. Quand l'autre se fut retiré d'un pas traînant, il fit signe à la visiteuse de s'asseoir sur un des canapés juste derrière lui. Il dut insister, mais quand lui-même y prit place, elle l'imita. Il expliqua qu'elle était là précisément parce que le message qu'elle apportait était pour le roi. En sa qualité de chancelier, il lui revenait de recevoir toutes les communications avant le souverain.

— Tu le sais certainement, ajouta-t-il, avec un très léger pincement des lèvres qui pouvait suggérer une pointe d'exaspération.

À cinquante-six ans, il n'avait plus la prestance de sa jeunesse. Le soleil implacable des étés acacians avait creusé des rides profondes dans sa peau, et celles-ci semblaient se multiplier chaque fois qu'il se regardait dans un miroir. Néanmoins, assis très droit à la limite du halo de lumière, bras croisés et enveloppé du rouge sombre satiné de sa cape, il donnait l'impression d'être tout à fait à l'aise dans son rôle de confident du maître du plus vaste empire dans le Monde Connu. Il était né quelques mois seulement après Leodan Akaran, d'une famille presque aussi noble, mais très tôt on lui avait enseigné que son destin serait de servir le futur roi, et non d'aspirer à de tels honneurs lui-même. C'était un confident fidèle, la première oreille à recevoir n'importe quel secret, avec des yeux qui voyaient le monarque comme seuls ceux de sa famille proche y étaient autorisés. Son rôle et son statut avaient été arrêtés à sa naissance, de la même façon que pour chacune des vingt-deux générations de chanceliers avant lui.

Le serviteur réapparut, portant un plateau surchargé d'assiettes d'huîtres et d'anchois fumés, de raisin et de deux carafes, l'une d'eau et l'autre de vin. D'un geste, Thaddeus invita la femme à se servir.

— Qu'il n'y ait nul désaccord entre nous, dit-il. Je vois bien que tu es une soldate dévouée, et, d'après l'état de ta tenue, ton voyage a été très éprouvant. Le Mein doit être un enfer glacé à cette époque de l'année. Désaltère-toi. Prends ton temps. Souviens-toi que tu es enfin sur Acacia. Et ensuite, tu me diras ce que tu as à me dire.

— Le général Alain envoie…

— Oui, tu as dit que Leeka t'a dépêchée ici. Ce n'est donc pas le gouverneur ?

— Ce message émane du général Alain, répondit la messagère. Il transmet son admiration dévouée et son affection au roi et à ses quatre enfants. Longue vie à eux tous. Il jure loyauté aujourd'hui et pour toujours, et requiert que le roi écoute ses mots avec attention. Ce sont des paroles de vérité, quand bien même leur sens pourra sembler incroyable.

Thaddeus jeta un regard au serviteur, qui s'éclipsa aussitôt.

— À travers moi, le roi t'écoute.

— Hanish Mein prépare une guerre contre Acacia.

Thaddeus ne put s'empêcher de sourire.

— C'est très improbable. Les Meins ne sont pas des imbéciles. Ils sont trop peu nombreux. L'Empire acacian les écraserait comme des fourmis sous un pied botté. Comment Leeka en est-il venu à de tels...

— Pardonnez-moi, Seigneur Chancelier, mais je n'ai pas terminé mon rapport.

La messagère semblait attristée de devoir parler ainsi. Elle se frotta les yeux.

— Ce n'est pas uniquement aux Meins que nous devrons nous mesurer. Hanish Mein a conclu une alliance avec une peuplade venue de par-delà les Champs de Glace. Elle est descendue du toit du monde jusque dans le Mein.

Le sourire du chancelier s'évanouit.

— Ce n'est pas possible.

— Seigneur Chancelier, je le jure sur mon bras droit, ces ennemis se sont dirigés vers le sud par milliers. Nous pensons qu'ils l'ont fait à la demande d'Hanish Mein.

— Il serait sorti du Monde Connu ?

— Des éclaireurs les ont vus arriver. C'est un peuple étrange, barbare et féroce...

— Des peuples étrangers, on dit toujours qu'ils sont barbares et féroces.

— Ils sont plus grands d'une tête que les hommes normaux, et ils chevauchent des créatures laineuses et cornues qui piétinent tout sur leur passage. Il n'y a pas que des soldats qui viennent, mais aussi les femmes et les enfants, les vieillards, dans de grands chariots pareils à des villages mouvants, tirés par des centaines de bêtes dont la description que j'ai entendue ne ressemble à rien de connu. On dit qu'ils emportent avec eux des tours de siège montées sur roues et d'autres armes inconnues, et qu'ils sont accompagnés d'une grande quantité de bétail...

— Ce que tu décris là, ce sont des nomades en déplacement, produits de l'imagination de quelque menteur patenté.

— Si ce sont des nomades, ils ne ressemblent à aucune des tribus que notre monde ait jamais vues. Ils ont mis à sac une ville appelée Vedus, loin au nord. Je dis « mis à sac », mais à la vérité ils l'ont purement et simplement rasée. Ils n'ont rien laissé, ils ont emporté tout ce qui avait de la valeur pour eux.

— Comment sais-tu qu'Hanish Mein a quelque chose à voir avec cela ?

La messagère regarda le chancelier dans les yeux. Elle n'avait sans doute pas plus de vingt-cinq ans, mais son visage exprimait déjà bien des souffrances et une grande force de caractère.

Thaddeus pensait que les femmes soldats étaient souvent ainsi, d'une tout autre trempe que les hommes ordinaires. Elle savait de quoi elle parlait, c'était évident.

Il se leva et désigna une grande carte de l'empire qui occupait un pan de mur.

— Montre-moi sur la carte. Dis-moi tout ce que tu sais.

Pendant l'heure suivante ils échangèrent, l'un posant des questions avec une gravité croissante, l'autre répondant sans hésiter. Devant la carte, Thaddeus ne pouvait s'empêcher d'imaginer les étendues sauvages de la région dont ils discutaient. Aucune autre dans le Monde Connu n'était aussi embarrassante que la Satrapie du Mein. C'était une contrée de hauts plateaux, au nord, où l'hiver durait neuf mois, peuplée d'une race d'hommes blonds qui réussissaient à survivre là. Ce pays portait le nom du peuple qui l'habitait, mais les Meins n'étaient pas originaires de ces lieux. Jadis ils avaient formé un clan habitant les collines à l'est des montagnes du Senival, dans les Grandes Terres, un peu comme les premiers Acacians. Après un premier déplacement – voulu par les Anciens Acacians –, ils s'étaient installés au nord et avaient dû se résoudre à vivre sur ces terres inhospitalières pendant vingt-deux générations, tout comme les Acacians avaient fait d'Acacia leur contrée pendant la même durée.

Les Meins vivaient en tribus, et ils étaient belliqueux, portés à la chicane, aussi rudes et austères que les terres qu'ils habitaient, avec une culture fondée sur un panthéon d'esprits vindicatifs appelés les Tunishnevres. Ils avaient en commun la fierté de leurs ancêtres, qu'ils protégeaient en menant une existence de reclus. Ils ne se mariaient qu'entre eux et condamnaient le métissage avec d'autres races. À cause de ce qu'ils percevaient comme leur pureté raciale, tout homme mein pouvait prétendre au trône, mais ne pouvait y accéder qu'en se livrant à un duel à mort, appelé le Maseret.

Ce système entraînait une succession rapide de chefs, et chaque nouveau chef devait gagner l'approbation générale. Une fois couronné, le roi adoptait le nom de la race, signifiant par là qu'il était la personnification de tout son peuple. Ainsi leur dirigeant actuel, Hanish de la lignée Heberen, était-il devenu Hanish Mein le jour où il avait remporté son premier Maseret et coiffé la couronne de son défunt père. Le fait qu'Hanish éprouvât une haine intense pour Acacia n'était pas une nouvelle en soi, certainement pas pour le chancelier en tout cas. Mais ce que lui apprenait cette messagère dépassait tout ce qu'il pouvait imaginer.

Sur l'insistance de Thaddeus, la soldate dévora toute la nourriture dans l'assiette. Une autre fut apportée, de fromage cette fois, la variété dure qui nécessitait un couteau bien aiguisé. Le chancelier découpa des tranches pour tous deux puis recula, le couteau dans la main. Il observa un instant son reflet dans la lame, tout en écoutant.

La messagère essayait de lutter contre le sommeil, mais à mesure que la nuit avançait ses paupières se faisaient de plus en plus lourdes.

— Je crains d'être à bout de forces, dit-elle enfin, mais je vous ai tout expliqué. Puis-je être reçue en audience par le roi, maintenant ? Toutes ces informations lui sont destinées.

À l'énoncé de cette requête, une pensée inattendue vint à l'esprit de Thaddeus, pas du tout celle à laquelle il aurait pu s'attendre dans ces circonstances. Il se remémora un jour de l'été précédent, quand il avait trouvé Leodan dans les jardins labyrinthiques du palais. Le roi était assis sur un banc, dans une alcôve, entouré des deux côtés par la pierre ancienne drapée de lierre qui avait constitué les fondations de son premier et beaucoup plus modeste foyer. Dariel, son plus jeune fils, était installé sur ses genoux, et tous deux étudiaient un petit objet que le gamin tenait dans le creux de la main. Quand Thaddeus approcha, le roi leva vers lui un regard empli d'émerveillement et de bonheur, et dit :

— Thaddeus, venez voir. Nous avons découvert un insecte aux ailes tachetées.

Il avait dit cela comme s'il s'agissait de la chose la plus importante au monde, comme s'il était un enfant tout comme son fils. Thaddeus aimait le roi dans ces moments de la journée où il avait le regard clair, sans ce voile qui tombait sur ses yeux chaque soir. Alors, il était très pénible de lui tenir compagnie, mais quand il était avec ses enfants... eh bien, avec ses enfants c'était un fou qui se rappelait sa jeunesse. Un fou très sage qui trouvait toujours à s'émerveiller dans ce monde...

— Chancelier ?

Thaddeus sursauta. Il se rendit compte qu'ils étaient tous deux restés silencieux pendant un long moment. La messagère s'était laissé gagner par la somnolence exactement comme lui cédait à cette rêverie éveillée. Il sentit la pointe aiguë du couteau appuyée contre son doigt.

— Le roi doit entendre tout cela dans l'heure, déclara-t-il. Tu dis que le général Alain t'a envoyée directement ici ? Tu n'as pas parlé aux gouverneurs ?

— Mon message s'adressait au roi Leodan, répliqua-t-elle d'un ton vexé.

— Comme cela doit être, fit Thaddeus en se caressant le lobe de l'oreille. Reste assise ici, je vais arranger une entrevue avec le roi. Tu nous as rendu un grand service.

Le chancelier se mit debout. Il tenait toujours le couteau, mais il commença à s'écarter de la table comme s'il n'en avait pas conscience. Alors qu'il passait derrière le siège de la messagère, il pivota vivement. Serrant très fort le manche, il plaqua sa main libre sur le front de la femme, fit basculer sa tête en arrière et trancha le cou offert d'un mouvement rapide de gauche à droite. Il n'était pas sûr que le couteau conviendrait à la tâche, aussi avait-il appliqué à son geste mortel beaucoup plus de force que nécessaire. Mais c'était fait. La soldate s'effondra en avant sans émettre un son. Il resta un instant immobile derrière elle, le couteau écarté de son corps, l'arme et la main qui la tenait tachées d'un bordeaux doux. Il dut fournir un effort conscient pour desserrer les doigts. Le couteau claqua sur le sol.

Thaddeus n'était pas entièrement le loyal serviteur du roi qu'il donnait l'impression d'être, et pour la première fois de sa vie il l'avait prouvé par un acte sanglant qu'il ne pouvait annuler. La réalité crue de la situation l'abasourdit. Il lutta pour se reprendre et contrôler ses pensées, se concentrer sur les détails et ce qu'il devait faire dès à présent. Il lui faudrait renvoyer ses serviteurs, pour ensuite disposer du cadavre et nettoyer les traces de sang. Tout cela lui prendrait le reste de la nuit, mais il n'aurait même pas à quitter ses quartiers. Il y avait des cachots souterrains juste en dessous de l'endroit où il se trouvait maintenant. Il lui suffirait de traîner le corps de la messagère dans les escaliers en colimaçon qui menaient aux sous-sols. Il le mettrait dans un cachot, verrouillerait la porte et le laisserait en pâture aux rats, aux insectes et aux vers qui se régaleraient sans être dérangés.

En revanche, il lui serait plus difficile de composer avec les implications morales de ce meurtre et ce qui en découlerait.

Chapitre quatre

Comme tous les enfants des maisons nobles, Aliver Akaran avait grandi dans l'opulence et la facilité. À son réveil il trouvait toujours ses pantoufles à côté du lit et des pétales de fleur dans une bassine d'eau parfumée, pour qu'il puisse se laver le visage. Dès qu'il avait été en âge de manger de la nourriture solide, chaque plat qu'il avait ingurgité avait été préparé selon les critères culinaires les plus élevés, avec les meilleurs ingrédients et un effet sur le palais soigneusement calculé. En hiver, il n'était jamais entré dans une pièce qui ne fût chauffée, jamais il n'avait lui-même fait couler son bain ou humidifié ses linges de toilette pour ses mains. Bien évidemment, il n'avait jamais vu quelqu'un nettoyer une assiette salie par un mets. Si on le lui avait demandé, il aurait dû recourir à son imagination pour trouver comment ses vêtements étaient lavés, recousus ou remplacés. Il avait vécu au centre d'une illusion totale, la plus plaisante qui soit, où tout fonctionnait largement à sa satisfaction. À seize ans, pourtant, tout cela ne l'empêchait pas de poser sur le monde un regard mécontent.

Quand il quitta ses quartiers privés une semaine après la chevauchée en bord de mer avec son père et ses frère et sœurs, le prince prit ses chaussures d'entraînement en cuir et mit sur son épaule la veste d'escrime. Dans le couloir, il passa entre les gardes qui se tenaient pareils à des statues de chaque côté de sa porte, puis devant un alignement de mannequins disposés contre le mur. Ces statues de taille humaine sculptées dans du pin jusqu'au moindre détail avaient été polies pour évoquer le satiné de la peau et la chair sur les os. Elles affectaient différentes postures et portaient les tenues militaires des diverses nations : un coureur talayen, le bois teinté presque noir pour imiter le teint de cette ethnie, une lance de fer dans les doigts de sa main droite ; un fantassin senivalien dans son armure à écailles, sa longue épée à lame courbe pendant à sa ceinture ; un cavalier du Mein avec cet épais plastron caractéristique, enveloppé dans des peaux qui pendaient autour de lui en lambeaux ; un guerrier vumu avec ses plumes d'aigle ; et des Acacians revêtus de leurs différents uniformes impeccables, bras nus, avec le pantalon flottant sous la fine cotte de mailles.

Les appartements d'Aliver contenaient plus d'objets de guerre que le roi ne l'aurait souhaité. Leodan lui avait fait remarquer qu'Acacia régnait sur un vaste empire en paix depuis des générations. Mais sur ce sujet Aliver se moquait de la désapprobation paternelle. Ses rapports quotidiens avec ses pairs constituaient un affrontement plus intéressant que ses relations avec son père. Il y avait déjà bien longtemps que le chemin de Leodan avait divergé de celui des jeunes gens. Aliver, lui, devait encore franchir avec succès les épreuves menant à l'âge adulte. À ses yeux, toutes les quêtes les plus nobles qu'appréciait tant son père n'avaient pu être accomplies que grâce à la bravoure d'hommes et de femmes qui avaient le goût de porter les armes. C'étaient leurs premières prouesses militaires qui avaient permis à leurs ancêtres de soumettre les éléments disparates et turbulents du Monde Connu et de les unifier en un partenariat de nations qui bénéficiait à chacune et à toutes. Comment un tel résultat aurait-il été obtenu autrement que par la force ? Comment pouvait-il être maintenu, sinon par la menace d'un recours à cette même force ?

Dans ses moments de colère, Aliver imaginait son père essayant de parler avec ces canailles d'antan, de leur expliquer les vertus de la paix et de l'amitié. On lui aurait ri au nez et on l'aurait chassé des campements. Ces rustres lui auraient donné des coups de pied, auraient craché devant lui et l'auraient traité de couard. Ensuite, ils se seraient lancés dans ces batailles qui décident toujours des choses dans ce monde hargneux. Parfois, dans ces rêveries, Aliver venait au secours de son père, l'épée brandie ; d'autres fois, il se contentait d'assister à la scène. Ce n'était pas qu'il n'aimait pas son père. Il le chérissait. Et il détestait avoir de telles pensées. Elles lui venaient à l'improviste et étaient aussi difficiles à maîtriser que ces accès de désir charnel qui le taraudaient depuis deux ans. Mais là n'était pas la question. Ce qui comptait, c'est que les Akarans étaient les maîtres bienveillants de cet empire magnifique. Ils l'étaient depuis vingt-deux générations, et ils le seraient encore très longtemps si Aliver avait son mot à dire dans le futur. C'est pourquoi il suivait ses cours en disciplines martiales avec un tel sérieux.

Le trajet jusqu'à la salle d'entraînement ne lui prit que quelques minutes, le temps de descendre la colline. La masse du palais, la ville en contrebas, l'île et la mer l'entourant s'étendaient devant ses yeux. Les bâtiments étaient imposants – caractéristiques de l'architecture acaciane épurée. Les routes décrivaient des lacets pour épouser les courbes naturelles des collines. Au-delà des portes, les silhouettes qui évoluaient sur l'arrondi de la grand-route ne semblaient pas plus grosses que des têtes d'épingle ; elles se déplaçaient lentement, comme des tiques du cerf rampant sur le bras d'un homme. Les flèches de la ville basse avaient l'air d'aiguilles de couture pointées vers le ciel, si petites qu'elles pouvaient être écrasées entre le pouce et l'index. On avait du mal à imaginer que tout cela avait commencé avec l'édification par Édifus d'une simple forteresse, une structure défensive bâtie sur une hauteur afin que le monarque méfiant puisse scruter les mers alentour, car il avait craint que ses sujets nouvellement conquis ne se liguent contre lui.

Les joues rougies par une marche rapide, Aliver entra dans le vaste espace soutenu par des colonnes. Il était éclairé par des lampes à huile accrochées aux murs ou posées sur des trépieds, et par des lucarnes taillées dans le plafond d'où les rayons obliques du soleil cascadaient et venaient frapper le dallage grisâtre. L'odeur de l'huile brûlée était presque douce, plus forte que celle dégagée par les poêles qu'on utilisait pour repousser le froid. Il salua ses instructeurs et les autres jeunes qui entraient avec lui, des garçons pour la plupart, bien qu'il y eût également une poignée de filles. Elles suivaient le même entraînement militaire que les garçons. De fait, les femmes comptaient pour près d'un quart dans les forces armées acacianes. Pour cette séance de Marah, toutefois, c'étaient tous des enfants d'extraction aristocratique promis à de hautes charges, officiers et officiels gouvernementaux. Nombre d'entre eux appartenaient à l'Agnate, un groupe privilégié qui pouvait attester d'un lien ancestral avec l'arbre généalogique d'Édifus.

Le prince savait que les précédents dirigeants de la famille Akaran avaient noué des liens étroits avec leurs jeunes pairs. On disait de son grand-père Gridulan qu'il était toujours accompagné de treize compagnons avec qui il mangeait et dormait, dirigeait et s'alliait. Malgré la déférence que les autres garçons lui montraient, Aliver ne trouvait rien de comparable dans ce cercle. Il s'efforçait d'ignorer cette absence de connivence et faisait grand cas de son indépendance d'esprit et de position, mais il redoutait un manque dans sa personnalité, quelque chose qu'il était impuissant à corriger.

Il sourit en apercevant Melio Sharratt, un adolescent de son âge qui était pour le prince ce qui se rapprochait le plus d'un ami. Ils étaient nés à quelques semaines d'intervalle seulement, et dès leurs premières classes ensemble l'intelligence paisible qui brillait dans les prunelles de l'autre garçon avait attiré Aliver. Durant une période, vers l'âge dix ans, ils avaient passé des journées à se cacher dans le labyrinthe du palais, jouant à un jeu dans lequel l'un était le conteur et l'autre le personnage principal de l'histoire invariablement guerrière et aventureuse, avec son lot de créatures mythiques terrassées et ses forces du Mal vaincues. Aliver se sentait à l'aise en compagnie de Melio, ce qui n'était pas le cas avec les autres. Et pourtant, malgré son affection pour ce garçon, le prince ne se départait jamais totalement de sa réserve avec lui, ni avec n'importe qui d'autre d'ailleurs. Elle s'était plutôt accrue à mesure que l'adolescence altérait leurs corps et leurs émotions. Aussi le sourire qui naguère aurait été amical s'était-il métamorphosé en une expression plus difficile à définir.

— Le bonjour, Prince, dit Melio. J'espère que cette journée vous est agréable.

— Elle l'est, répondit Aliver en regardant au-delà du garçon, comme si quelque chose l'intéressait à l'autre bout du terrain d'entraînement.

Melio passa une main dans ses longues boucles brunes pour les repousser en arrière et imita avec bonhomie l'examen qu'Aliver faisait des arrivants.

— Avez-vous pratiqué votre Cinquième Forme ? J'ai vu que Biteran vous la faisait répéter, la semaine dernière. Si vous l'avez passée, vous pourriez commencer le maniement de la lance.

— Je la passerai, affirma le prince. Tu devrais plutôt t'inquiéter pour toi. Je t'aiderai avec la Quatrième Forme, si tu en éprouves le besoin.

— Vous ? dit Melio avec un petit rire. Mon professeur royal ?

Il avait un visage anodin, sauf quand un sourire l'éclairait. Alors, tous ses traits semblaient prendre leur juste place, comme s'ils n'avaient été dessinés que pour exprimer la joie. Le contraste entre la blancheur de ses dents et son teint olive le faisait resplendir de santé. Les deux garçons savaient qu'en matières martiales ils n'étaient pas sur un pied d'égalité. Aliver s'était peut-être entraîné à une Forme de Marah plus élevée que les autres garçons – car telle était la tradition –, mais Melio avait été remarqué pour suivre l'entraînement de l'Élite. L'Élite était très différente du Marah. C'était un groupe encore plus restreint dont les membres étaient sélectionnés uniquement sur leurs aptitudes, sans souci du rang social. Que les instructeurs aient laissé entendre à Melio qu'il pourrait rejoindre l'Élite signifiait qu'ils avaient détecté chez lui des talents exceptionnels.

— Regardez, voici Hephron, dit Melio. Il devient très bon. Il a combattu le père de Carver et a réussi à l'immobiliser, l'autre jour. Vous pouvez être sûr que le vieil homme en a été très surpris.

Tout en parlant, Melio désigna du menton le garçon en question. Hephron Anthalar était plus vieux d'un an que la plupart des autres, plus grand d'une tête, avec une tignasse rousse qui retombait en désordre sur ses épaules. Les Anthalars étaient aussi des Agnates, d'une lignée qui avait croisé à plusieurs reprises celle des Akarans, par des mariages. Hephron pouvait donc se réclamer de lignée royale. En fait, il aurait pu compter les étapes qui le séparaient du trône sur les doigts de ses deux mains. Il marchait avec ses partisans serrés autour de lui, un groupe obséquieux qui s'accrochait à lui parce que la position qu'ils acquéraient dans son ombre était plus grande que celle que pût espérer atteindre n'importe lequel d'entre eux.

Hephron inclina la tête en arrivant devant le prince, dans un geste que ses compagnons imitèrent avec une déférence sans doute plus sincère.

— Prince, dit-il. Prêt à combattre les fantômes ?

Aliver comprit instantanément à quoi il faisait allusion, et il ressentit toute la cruauté du trait. Une particularité de son entraînement voulait qu'après les démonstrations initiales d'une technique, Aliver se sépare des autres. Le reste des garçons se répartissaient par paires pour s'affronter avec des épées matelassées, parfois avec des armes en bois dont la lame n'avait pas de tranchant, mais qui pouvaient infliger des coups douloureux, voire briser un os, quand elles étaient maniées un peu trop vigoureusement. Aliver, lui, ne s'entraînait qu'avec un instructeur qui le faisait progresser dans les Formes classiques, attentif aux moindres détails du positionnement de son étudiant, à sa manière de respirer, au maintien de sa tête ou même à la direction de son regard. Avec des épées en bois, ils s'affrontaient au ralenti afin de parvenir à la plus grande précision possible. À cause de cet exercice, Aliver s'était cru spécial. Son entraînement recélait une pureté qui le singulariserait toujours. C'était un avantage que les autres lui enviaient certainement. Du moins c'est ce qu'il avait cru, jusqu'à ce que la simple question d'Hephron ne vienne ébranler cette certitude.

— Des fantômes ? fit Aliver. Je ne crois pas aux fantômes, Hephron. En revanche, je suis sûr que les instructeurs savent comment entraîner au mieux un futur roi.

— Oui, répondit Hephron, je n'en doute pas. Vous avez raison, comme toujours.

En se détournant, il leva les yeux au ciel pour le bénéfice de ses compagnons. Il marmonna quelque chose qu'Aliver ne put saisir, et les autres adolescents s'éloignèrent à la suite du garçon roux en échangeant des murmures amusés.

Le prince fit de son mieux pour oublier Hephron durant les heures qui suivirent. Les leçons commençaient toujours par un exposé. Aujourd'hui, il était assuré par Edvar, le deuxième instructeur, un homme au cou de taureau et à l'ascendance mélangée – son torse massif trahissait des origines candoviennes. Il expliqua la technique du blocage souple à l'épée, une tactique défensive consistant à contrer les attaques d'un adversaire avec le minimum de force nécessaire. Un choix risqué, souligna-t-il. Vous ne deviez pas sous-estimer la puissance de l'opposant, mais la manœuvre était payante si vous parveniez à utiliser la force de l'autre pour initier vos propres mouvements, en effectuant le geste suivant avec la plus grande vivacité, avant que l'ennemi ne se soit remis. C'était une méthode qui économisait l'énergie quand on était confronté à un long combat, comme Gerta lorsqu'elle avait affronté les jumeaux Talack et Tullus avec leurs trois chiens-loups.

Ensuite, les élèves se scindèrent en duos pour s'exercer aux Formes. Il s'agissait d'enchaînements spécifiques de mouvements effectués par certains personnages lors d'antiques exploits guerriers. La première était celle d'Édifus à Carni, quand il avait affronté en duel un chef de tribu. La deuxième celle d'Aliss, une femme d'Aushénie qui avait tué le Fou de Careven avec pour seule arme une épée courte. C'était une Forme unique du fait que les Aushéniens eux-mêmes n'honoraient pas Aliss autant que les Acacians. En réalité, le Fou de Careven était plus ou moins considéré comme un héros par les Aushéniens car il avait combattu pour défendre les religions anciennes contre le mouvement profane qu'Aliss représentait. La Troisième Forme était celle du chevalier Bethenri, qui était allé à la bataille avec des fourchettes du diable, des armes courtes semblables à des dagues, mais avec de longues dents saillant en biais le long de la lame principale. Des mains entraînées pouvaient les utiliser pour briser l'épée de l'ennemi.

D'autres Formes suivaient, chacune plus complexe que la précédente, jusqu'à la Dixième et plus difficile, celle de Telamathon contre les Cinq Disciples du dieu Reelos. Aliver doutait un peu que Telamathon, les Cinq Disciples ou le dieu Reelos aient jamais existé, mais il était impatient d'apprendre cette Forme. Une large section de celle-ci racontait comment Telamathon avait combattu désarmé et avec une épaule déboîtée. Malgré ces handicaps, il avait réussi à défaire ses adversaires dans un tourbillon fulgurant de coups de pied sautés.

Les autres étudiants travaillaient la Quatrième Forme. Conformément à la tradition, Aliver en était à la Cinquième et apprenait la méthode grâce à laquelle le prêtre d'Adaval avait battu les vingt gardes à tête de loup du culte rebelle d'Andar. Le prince commençait à peine à étudier cette Forme. Pendant la majeure partie de la leçon, il resta debout et immobile, le bâton en bouleau au poing, à écouter et à tenter d'imaginer la scène que détaillait son instructeur. Comme toujours, la Forme relatait un triomphe très improbable, le vieux prêtre fracassant les crânes canins les uns après les autres avec un simple bâton.

Aliver sentait parfois le poids des regards sur lui. À d'autres moments, il ne pouvait s'empêcher de jeter un coup d'œil aux autres élèves, dispersés entre les colonnades, presque une centaine au total, qui s'exerçaient par deux aux mouvements saccadés de l'escrime. De temps à autre un étudiant recevait un coup de son adversaire. Avec les épées rembourrées c'était presque un plaisir, une chose dont on riait, avant de jurer la vengeance. C'était une autre affaire quand les épées en bois dur percutaient une cuisse ou des côtes non protégées. Aliver n'était jamais soumis à de tels contacts, et il en était très conscient chaque fois qu'un cri de douleur retentissait.

La séance du jour arriva à son terme, et les instructeurs laissèrent les étudiants ranger les armes. Si privilégiés qu'ils soient, ces fils et ces filles de la noblesse devaient apprendre à respecter les outils de la guerre. Aliver alla se mêler aux autres et fit son possible pour badiner avec eux. Il tenta de lancer quelques commentaires adaptés, et les railleries et les plaisanteries que s'échangent les jeunes. Mais ce qui semblait venir sans effort aux autres exigeait de lui une concentration aussi grande que pour l'entraînement.

C'est avec une sensation de soulagement qu'il rechaussa ses bottes de cuir souple, se remit debout et ramassa sa veste et ses chaussures d'escrime. Alors qu'il passait devant un groupe de garçons près de la sortie, Hephron, qui était accroupi, se redressa soudain. Il parla dans un souffle au jeune près de lui, mais assez fort et au bon moment pour que le prince l'entende.

— Je me demande comment on peut perdre ou gagner quand on se bat seulement contre le vide. Il est curieux que nous devions nous mesurer à d'autres, tandis que certains ne se mesurent à personne.

L'entrée n'était qu'à quelques pas. En trois secondes, Aliver aurait pu se retrouver au-dehors. Au lieu de quoi il fit volte-face.

— Qu'as-tu dit ?

— Oh ! rien, Prince. Rien d'important...

— Si tu as quelque chose à me dire, parle.

— Je vous envie simplement, bien sûr, dit Hephron. Vous vous exercez à l'escrime, mais vous ne recevez jamais un coup sur le crâne comme nous autres.

— Aimerais-tu donc m'affronter à l'épée ? Si tu penses que mon entraînement est imparfait...

— Non, bien sûr que non...

Une note de méfiance transparut dans la voix du garçon roux. Il coula un regard en direction de ses compagnons, pour voir s'il était allé trop loin ou s'il devait continuer.

— Je ne voudrais pas être celui qui risque de contusionner la chair royale. Pour cela, votre père pourrait exiger ma tête.

— Mon père ne veut pas de têtes comme la tienne. Et qui dit que tu serais capable de me contusionner, ou seulement de me toucher ?

Hephron parut attristé, et plus tard Aliver réfléchirait à cette expression fugitive ; mais sur le moment, il la remarqua à peine.

— Inutile de nous affronter, dit l'adolescent à la crinière rousse. Je ne cherchais pas à vous offenser. Votre entraînement est différent du nôtre pour de bonnes raisons. Vous n'aurez jamais à participer à une vraie bataille, de toute façon. Nous le savons tous.

Bien qu'Hephron eût parlé avec une bonne dose de sincérité, Aliver ne releva que ce qui lui semblait constituer une raillerie doublée d'une insulte. Le prince se dirigea vers le râtelier.

— Nous nous affronterons exactement comme tu le fais avec les autres, en maniant l'épée en bois. Ne retiens pas tes coups.

Touche-moi si tu le peux. Tu as ma parole que tu ne m'offenseras pas.

Quelques instants plus tard, les deux adolescents convenablement équipés se firent face à l'intérieur du cercle silencieux créé par les autres étudiants, dont beaucoup regardaient souvent pardessus leur épaule de crainte qu'un des instructeurs ne revienne. Hephron avait un style trompeur. Il ne faisait rien selon un rythme clair et prévisible. Arrivé à la moitié du mouvement, il modifiait la vitesse de ses coups et même leur direction. Il para d'une certaine façon pendant un temps, avec le poignet mou, et son épée décrivit de grands arcs. Et juste à l'instant où Aliver eut l'impression d'entrer dans son jeu et de pouvoir anticiper, le garçon roux changea tout en milieu de coup. Il s'abaissa d'un ou deux pouces, et décocha un coup droit. Son bras passa d'un mouvement descendant à une attaque si rapidement que les deux gestes parurent n'avoir aucun rapport l'un avec l'autre, comme si aucun n'avait précédé le second.

Pendant un temps, Aliver parvint à parer sans être touché. Pour cela, il enchaîna des mouvements un peu trop impétueux à son goût, des retraits et des changements pataudes de pied d'appui, et il dut se contorsionner pour rester hors d'atteinte. Il avait l'épée en bois bien en main, mais il nota qu'il trouvait rarement l'occasion de porter une attaque. Il ne faisait que contrer. Ce qu'il souhaitait, c'était trouver un instant de répit pour se couler dans un des enchaînements familiers de son entraînement. Il se fixa sur le douzième mouvement de la Cinquième Forme. Il esquiverait un coup large venant de la gauche, ensuite il avancerait pour bloquer le retour inévitable, rabattrait la lame de l'adversaire vers le sol et la droite, puis il croiserait entre ses genoux et asénerait un coup ascendant et oblique qui toucherait l'autre au flanc droit. C'est avec une telle séquence qu'Édifus avait éventré son ennemi, forçant l'homme à s'immobiliser assez longtemps pour le décapiter. Cette fin était sans doute inutilement dramatique, mais c'est ainsi qu'Aliver l'avait souvent imaginée.

Par trois fois il entama l'enchaînement, mais toujours Hephron s'en dégageait et modifiait son attaque. Au dernier essai, l'adolescent roux le fit si vite qu'Aliver rentra la tête dans les épaules et le coup circulaire frôla le haut de son crâne. S'il ne l'avait évité, cet assaut l'aurait sans nul doute assommé. Aucun instructeur ne l'avait jamais agressé de la sorte. Un des adolescents du cercle dit quelque chose qui déclencha des rires étouffés. Il se rendit alors compte à quel point ils étaient restés silencieux jusqu'alors. Les seuls bruits dans la salle étaient le sifflement et le choc des épées, le chuintement de leurs chaussures d'escrime.

Aliver se mit à reculer, à reculer encore, sans pouvoir inverser la tendance. Les coups d'Hephron occupaient de plus en plus d'espace. Le prince pensa qu'il allait entrer en contact avec le cordon des autres élèves, mais ceux-ci se déplaçaient selon le même rythme que les deux bretteurs qui restaient ainsi au centre du cercle. Il s'ouvrit même quand une attaque amena Aliver contre une colonnade. Son talon en heurta la base en granite. Il entrevit l'éventualité qu'ils en restent là, avec un sourire et une plaisanterie, sans dommage. Mais Hephron repartit à l'assaut et sa lame déchira l'air sous le menton du prince avant de venir percuter la colonnade.

Aliver recula en chancelant. Il se retint à la pierre de sa main libre et pivota sur ce nouvel axe. Redressé, il se souvint de la colère qui avait entraîné toute la suite. Hephron, ce fou arrogant ! Il semblait absurde qu'il se jette sur lui de la sorte, comme s'il souhaitait réellement lui écraser la trachée. Il aperçut Melio, qui à cet instant se tenait à l'extérieur du cercle, le visage crispé par l'inquiétude. Cette faiblesse aussi irrita Aliver. Il n'avait besoin de la sympathie de personne. Il leva l'épée au-dessus de sa tête et l'abattit violemment dans l'espoir de toucher le crâne d'Hephron. Même si celui-ci parait le coup, sa force était telle qu'il n'y échapperait pas.

Mais son adversaire sembla deviner ce qui allait arriver. Il fit un pas de côté pour éviter la lame, releva la sienne en un geste rapide, et le bois mordit le prince à l'épaule, juste à l'articulation. Puis le garçon roux s'écarta en virevoltant, frappa en un cercle complet et atteignit Aliver – tétanisé par la douleur – à la pliure du coude de l'autre bras, avec une force si grande qu'une véritable épée aurait proprement tranché le membre. Le prince poussa un cri, mais Hephron n'en avait pas terminé. Il ramena son arme contre sa poitrine et se fendit en avant pour un coup de pointe qui percuta Aliver au centre exact du torse. Déjà désorienté par la souffrance à ses deux bras, le prince fut déséquilibré et bascula en arrière.

Le sourire d'Hephron rayonnait sur tout son visage. Ses yeux scintillaient d'une suffisance telle qu'on se demandait comment une seule personne pouvait en exprimer autant.

— Vous n'avez plus de bras, Prince. Sans mentionner que vous êtes mort, également. Quel résultat étrange. Qui l'aurait deviné ?

Quelques secondes plus tard, Aliver se redressa d'un bond, le visage empourpré par la colère, plus contre lui-même que contre son adversaire. Quel imbécile il avait été ! Il s'était abaissé en réagissant aux persiflages d'Hephron, en acceptant le défi, en perdant aussi lamentablement et – ce qui était encore pis – en montrant à tous sa frustration. Et par-dessus tout, il comprenait qu'il avait joué une partie inutile. Le mystère de son éventuel talent s'était dissipé en quelques passes d'armes. À présent ils entouraient tous Hephron, à qui ils donnaient des tapes sur l'épaule et qu'ils félicitaient en se riant de leur prince trop maniéré. Comment pourrait-il revenir ici et exécuter de nouveau ses mouvements chorégraphiés, alors que les autres élèves l'observeraient à la dérobée avec mépris ?

Alors que le prince gravissait d'un pas lourd un escalier interminable, Melio le rattrapa.

— Aliver ! Attendez-moi !

À deux reprises, il effleura le coude du prince, pour voir sa main repoussée d'un geste sec. Quand ils atteignirent le palier, Melio bondit face à lui, l'enserra dans ses bras et le força à faire halte.

— Allons. Vous portez trop d'importance à l'incident. Vous ne devriez pas. Hephron n'est rien.

— Hephron n'est rien ? répéta Aliver, acerbe. Rien ? S'il n'est rien, alors que suis-je ?

— Le fils du roi. Aliver, ne partez pas. Et ne vous prenez pas en pitié. Pensez-vous que ces petits combats aient une réelle importance ? Vous voulez que je vous dise quelque chose ?

Melio recula un peu et posa les deux mains sur les épaules du prince, pour indiquer qu'il le relâchait mais ne voulait pas qu'il s'esquive.

— Bien, alors voici la vérité : vous n'êtes pas de taille face à Hephron. Il est très bon. Non, attendez ! Que cela ne vous chagrine pas, Aliver, car il vous envie en tout. Vous ne le voyez donc pas ? Son arrogance n'est qu'une façade. En vérité, il voudrait être à votre place. Il vous suit continuellement du regard. Il écoute toute parole que vous prononcez ou qui vous concerne. Lors des cours, quand il est assis au dernier rang, il a les yeux fixés sur votre nuque comme s'il rêvait d'y enfoncer une longueur d'acier.

— Que racontes-tu là ?

— Je dis qu'Hephron est une personne qui manque d'épaisseur. Il le sait, et c'est pourquoi il vous jalouse. Vous êtes prince, et votre famille est merveilleuse. Vous avez une sœur ravissante... D'accord, je plaisantais. C'est vrai, mais je plaisantais. Hephron pourrait devenir un ennemi implacable, ou un ami dévoué. Mais pour le moment, ne le laissez pas sentir le triomphe. Oubliez tout cela.

D'un geste vague, Melio désigna ce qui se trouvait derrière lui.

— Revenez ici demain comme si de rien n'était. Plaisantez de l'incident. Faites-lui savoir que les petits désagréments qu'il peut vous infliger se diluent comme la boue que la pluie emporte sur vos bottes.

L'air s'était rafraîchi à l'approche du crépuscule et les deux adolescents sentirent le froid emplir le silence ambiant. Melio ôta ses paumes des épaules du prince et frictionna ses bras nus. Aliver détourna les yeux, et son attention s'arrêta sur un carré de ciel fuchsia encadré entre les ombres glacées de deux bâtiments. Les silhouettes de trois oiseaux traversèrent cet espace, comme des traits lancés à la poursuite l'un de l'autre.

Aliver s'entendit répondre :

— Cette défaite me rend juste stupide. Je suis fou d'avoir permis que cela arrive. D'avoir *fait en sorte* que cela arrive. Tu ne sais pas ce que c'est pour moi.

Melio ne formula aucune objection. Quelques secondes s'égrenèrent dans le silence, puis tous deux réagirent au froid pénétrant et gravirent lentement la volée de marches suivantes.

— Tout le monde perd un duel, de temps en temps, et tous les autres en bas le savent. Mais combien d'entre eux pourraient...

Il chercha les mots exacts pour s'exprimer avec délicatesse.

— Enfin, combien d'entre eux prendraient le risque de mettre en danger leur image comme vous venez de le faire, et combien n'en concevraient nulle honte ? C'est une autre manière de démontrer sa force, qu'ils le comprennent ou non. Et ne faites pas la grimace. Cette expression ne vous sied guère. Aliver, vous êtes très doué avec une épée. Et nos Formes traditionnelles sont meilleures que celles de n'importe qui d'autre. C'est seulement que vous n'avez que celles-ci à votre actif. L'escrime réelle consiste à les adapter, à les marier, à nous obliger à effectuer des combinaisons spontanées en un éclair. Vous devez les laisser s'écouler en vous si rapidement qu'elles se produisent indépendamment de la pensée consciente. Comme lorsque vous faites tomber un couteau de la table et que vous le rattrapez avant qu'il ne touche le sol. On ne peut penser ce genre de geste : il se produit, c'est tout. C'est ainsi que vous devez procéder quand vous combattez. Alors votre esprit est libre de s'occuper d'autres problèmes, par exemple comment vous allez transpercer la bedaine de votre adversaire.

— Dis-moi, comment es-tu devenu aussi sage ? s'enquit Aliver, sur un ton qui n'était pas totalement amical.

Melio atteignit la dernière marche et se retourna vers lui. Il souriait.

— J'ai lu tout ça dans un manuel. Je connais un bon paquet de poèmes, aussi. Les filles en raffolent. Bon, écoutez, nous nous affronterons à l'épée un jour prochain. Je ne vous ferai pas de cadeau, bien sûr, mais nous apprendrons tous deux de l'autre. Nous pourrions travailler la Quatrième Forme, comme vous l'avez suggéré. Il y a beaucoup de choses que nous pouvons nous enseigner l'un l'autre. Qu'en pensez-vous ?

— Peut-être, dit Aliver.

Mais il savait déjà quelle était sa vraie réponse. Il n'était tout simplement pas prêt à céder aussi facilement.

Chapitre cinq

Ce n'étaient pas seulement les rumeurs d'une armée en maraude. Pas seulement un rapport sur la destruction de Vedus. Des exagérations de ce genre, le général Leeka Alain en avait ignoré un grand nombre par le passé, et à juste titre. Non, cette fois, c'était différent. Une patrouille entière avait été perdue quelque part dans les immensités stériles du Mein. Il était difficile d'avancer une explication plausible. Quelque chose était vraiment en mouvement dans ces contrées. Le général ne mangeait plus, ne dormait plus, et il ne pensait qu'à des ombres dissimulées derrière la blancheur tourbillonnante. Il avait déjà dépêché une messagère auprès du roi afin de l'avertir de ce qu'il savait, mais il ne pouvait attendre la réponse. Il décida d'agir, dans la mesure de ses moyens.

Leeka arracha son armée à la chaleur cloîtrée de la forteresse de Cathgergen. Il en prit la tête dans la lumière oblique de l'hiver septentrional, à travers la surface glaciale du Mein. À l'est s'étendait une vaste toundra nommée les Terres Stériles, ondulante et irrégulière, dépourvue d'arbres à cause des vents violents et parce que ceux qui y avaient poussé avaient été coupés des siècles plus tôt. Quand les meilleures conditions possibles étaient réunies, voyager dans ces contrées était déjà difficile. En plein cœur de l'hiver, c'était particulièrement périlleux. Des traîneaux tirés passaient devant l'armée, chargés d'équipement et de nourriture, de quoi faire vivre les cinq cents âmes de leur village pendant au moins six semaines. Les soldats allaient à pied, chaussés de leurs lourdes bottes. Ils s'emmitouflaient dans des vêtements de laine sous une carapace extérieure de cuir épais, et leurs armes étaient attachées à leur corps pour faciliter la liberté de mouvement. Ils portaient des mitaines taillées dans de la fourrure de lapin.

Ils arrivèrent à l'avant-poste d'Hardith sans autre difficulté que celles qu'ils avaient prévues. Deux jours durant, ils campèrent autour de la structure en terre, pour le plus grand plaisir des soldats en garnison, des hommes dont la mission officielle était de surveiller la circulation sur la route, mais dont le vrai combat était la survie quotidienne dans cet isolement extrême. L'avant-poste marquait la limite ouest des Terres Stériles. S'il l'on poussait plus loin dans cette direction, on descendait dans une série de vastes cuvettes peu profondes ponctuées de petits bois de sapins.

Trois jours après qu'ils eurent quitté Hardith, une tempête de neige venue du nord s'abattit sur eux. Elle les martela rageusement, les clouant sur place, et s'évertua à les disperser. Ils perdirent la route et passèrent une journée entière à la rechercher, sans succès. La neige s'entassait en crêtes serpentines qui roulaient comme les vagues d'un océan blanc et figé, rendant toute navigation impossible. Ils ne pouvaient cartographier la course du soleil, ni se repérer d'après les étoiles la nuit. Leeka donna pour instruction de progresser à l'estime. C'était un processus fastidieux qui immobilisait le gros de l'armée pendant de longues périodes, ce qui n'était jamais une bonne chose dans pareilles conditions.

Chaque soir, le général s'efforçait de trouver pour leur campement un site qui soit proche d'une protection naturelle, une rangée de collines par exemple, ou à l'abri des arbres quand ils trouvaient des bois peu étendus au fond des cuvettes. Les soldats confectionnaient alors des coupe-vent. Une fois le campement solidement établi, ils disposaient des troncs entiers sur les feux. Ils faisaient cercle autour de ces brasiers crépitants, leur visage rougi et couverts de sueur à cause de la chaleur, les yeux irrités par la fumée, même quand le vent hurlait dans leur dos. Si imposant que soit le feu en début de soirée, pendant la nuit il s'épuisait invariablement, et des cendres et des morceaux de bois calciné étaient dispersés sur la neige par le vent. Au matin, les soldats passaient des heures à se trouver les uns les autres sous la neige accumulée, et ensuite il leur fallait encore rassembler les chiens.

Au vingt-deuxième jour, ils s'éveillèrent sous un vent violent descendu du nord. Des cristaux de glace sifflaient dans l'air et frappaient la peau comme des fragments de verre projetés par une force irrésistible. Ils avaient à peine laissé le dernier campement derrière eux qu'un des éclaireurs rejoignit en titubant la colonne principale et demanda à parler au général. Les terres devant eux étaient plates aussi loin qu'il avait pu voir. Il estimait qu'ils avaient gravi une pente graduelle qui les mènerait à Tahalian. Mais quelque chose l'avait troublé : un son dans l'air, qui faisait vibrer le sol gelé sous ses pieds. Il ne l'avait détecté que parce qu'il était seul, loin du bruit de l'armée en marche et au-delà des traîneaux. Quand il revint à leur niveau, il vit que les chiens eux aussi avaient entendu quelque chose qui les mettait dans un état d'agitation inhabituel.

Le général parla près de l'oreille de l'homme pour que le vent ne lui vole pas ses mots :

— Quelle sorte de son ?

L'autre semblait avoir redouté cette question.

— Comme une respiration.

Leeka eut un rictus ironique.

— Une respiration, dis-tu ? C'est ridicule. Comment percevrais-tu le son d'une respiration par ce temps ? Tes oreilles te jouent des tours.

Le général tendit la main et essaya de retrousser le capuchon de la tête de l'autre, comme s'il voulait inspecter ses oreilles sur-le-champ. L'éclaireur se laissa faire. Il avait l'air préoccupé, et insatisfait de sa propre réponse.

— Ou comme un cœur qui bat. Je n'en suis pas sûr, Seigneur. Mais c'est bien là.

Leeka ne montra en rien qu'il prenait le message au sérieux, mais quelque temps plus tard il s'isola de ses officiers pour réfléchir. Même si l'histoire de l'éclaireur n'était due qu'à une forme de folie insidieuse qui le gagnait, c'était un danger potentiel. Dans leurs rapports, les éclaireurs décrivaient souvent plus que l'aspect d'une région. Peut-être devraient-ils rester où ils se trouvaient, ou rebrousser chemin jusqu'au dernier campement – où il y avait encore du bois en quantité pour les feux. Ils pouvaient attendre la fin des tempêtes, en se nourrissant sur les réserves si nécessaire. Après tout, ils n'étaient plus très loin de Tahalian. Même si Hanish Mein manigançait quelque chose, il se devrait quand même de les accueillir en feignant l'amabilité...

C'est parce qu'il marchait en tête de la colonne qu'il entendit le son le premier, si *entendre* était le verbe approprié. Avec le brouhaha des troupes derrière lui et le chuintement d'un traîneau passant non loin, il ne perçut pas réellement le son avec son ouïe. Il eut plutôt l'impression que les os de sa cage thoracique capturaient une vibration basse et l'amplifiaient dans sa poitrine. Il s'écarta de quelques pas de la colonne et mit un genou au sol. Un de ses officiers le héla, mais il brandit un poing fermé et l'autre fit silence. Leeka s'agenouilla complètement et tenta de sentir le son en lui, en oubliant le hurlement du vent et la friction de sa capuche contre sa tête. Quand il se fut calmé autant qu'il était possible, il trouva ce qu'il cherchait. C'était faible, oui, mais indéniable. Comme une respiration, en effet. Et aussi comme les battements sourds d'un cœur géant... L'éclaireur n'avait pas menti. Il y avait un rythme dans ce son, une pulsation régulière. Et tout cela avait une raison consciente et mesurée...

Il se remit debout en hâte et cria de former les rangs. Il courut vers les autres, ordonna à la colonne de se resserrer et de placer les boucliers face à l'extérieur. Les armes furent dégainées. Il dit aux archers de renoncer à leur arme de prédilection et de sortir leurs lames moins sensibles au vent et plus adéquates pour le combat rapproché. Les traîneaux vinrent se placer au milieu des soldats, pour abriter les chiens. Le même officier qui l'avait appelé un peu plus tôt lui demanda ce qu'il avait découvert. Il se tourna vers le jeune homme et répondit simplement :

— Des tambours de guerre qui battent.

Une fois l'armée disposée en formation défensive, cinq cents paires d'yeux scrutèrent la furie croissante du nord. Alors, enfin, tous entendirent. Pendant une longue heure, ce fut tout ce qu'ils firent. La pulsation était constante derrière le vent, lequel avait forci et charriait de gros flocons qui venaient se coller à leur vêtements et à leurs boucliers, les doublures en fourrure et même, parfois, la peau glacée de leur visage, transformant peu à peu leurs silhouettes immobiles en sculptures de neige très réalistes. À un moment, la réverbération se mêla aux battements de cœur du général. C'est pourquoi il eut un choc qui lui coupa le souffle quand le bruit cessa. Il s'évanouit d'un coup. Quoi que ces battements de tambour aient préparé, ce n'était pas depuis des heures, mais depuis des jours. Peut-être même des semaines, avant qu'il soit en mesure de le distinguer. Comment une telle chose avait-elle pu lui échapper ?

Mais il n'eut pas le temps de réfléchir longtemps à cette question. Une créature franchit l'écran mouvant des tourbillons de neige. Elle fonçait en avant, énorme et laineuse, et une sorte d'homme la chevauchait, une silhouette vêtue de peaux et de fourrures, lance brandie dans une main, et dont la bouche invisible poussait un long cri. La bête percuta les rangs latéraux de la colonne, tout près du général. Elle se rua à travers eux comme si les soldats n'avaient aucune pesanteur. Elle en piétina certains, en projeta d'autres sur le côté sans même ralentir ou modifier sa course. Elle disparut derrière l'arrière-garde de la colonne aussi rapidement qu'elle avait surgi du blizzard. Dans les quelques secondes dont disposa le général pour contempler le carnage, il compta dix morts et deux fois plus d'hommes qui se tordaient de douleur sur la neige éclaboussée de sang.

Une main sur son épaule le fit se retourner et il constata – il savait déjà que ce serait le cas – que ce monstre n'était pas unique. Les autres se matérialisèrent subitement, comme si la neige s'était éclaircie pour lui offrir une meilleure vue. Ils étaient innombrables, une multitude sans précédent. L'horreur qu'ils représentaient serait la dernière chose qu'il verrait de son vivant, songea-t-il, et il sut que même si son message avait atteint son destinataire, il avait échoué à mettre en garde comme il convenait le roi et les peuples de l'empire sur la menace hideuse qui se massait contre eux.

CHAPITRE SIX

En fin de soirée, Leodan Akaran entendit quelqu'un entrer dans sa chambre. Il ne leva pas les yeux, mais sut immédiatement de qui il s'agissait. Le roi attribuait le rythme particulier de la démarche du chancelier à une raideur dans la jambe droite. Un serviteur avait allumé sa pipe à brume et s'était retiré. Le parfum âcre de la drogue était, à cet instant, la seule chose qui importait. Un fantôme s'était agrippé à sa nuque pendant toute la journée, une créature qu'il imaginait sous la forme d'une sorte de chauve-souris enveloppant son crâne, ses griffes fines et acérées semblables à des aiguilles courbes perçant la chair et se fichant dans l'os. La sensation l'avait pris pendant ses audiences du matin, l'avait délaissé pendant l'heure qu'il avait passée avec Corinn, avant de revenir s'imposer durant toute la soirée. Elle l'avait sondé alors qu'il dînait, et elle le fouaillait quand il avait mis Dariel au lit.

Lorsque l'enfant avait demandé une histoire, Leodan avait grimacé. La réaction n'avait duré qu'un instant, mais il l'avait regrettée aussitôt. Le garçon ne l'avait même pas remarquée, mais la honte hantait le roi d'être aussi impatient de s'adonner à ses propres vices alors qu'il se trouvait en compagnie de ses enfants. Où serait-il, sans eux ? Sans Mena qui désirait toujours – pour quelques précieux mois encore, peut-être – qu'il lui narre des histoires ? Et Dariel, qui buvait ses paroles avec la certitude confiante que son père savait que le temps volerait en éclats ? Sans eux, il ne serait plus qu'une coquille vide. Honte à lui pour avoir permis qu'un moment en leur présence soit dévoré par la distraction. Il raconta à Dariel ce qu'il souhaitait, puis il sortit de la chambre. De l'autre côté de la porte, il resta immobile quelques instants, à écouter la respiration de l'enfant endormi et à regretter sa propre faiblesse.

Mais à présent, sa petite pénitence était achevée. Maintenant, la pipe était posée sur la table basse, devant lui. C'était un entremêlement confus de tubes en verre, de cavités emplies d'eau et de tuyaux en cuir ; c'était l'un d'eux que le roi tenait entre la pointe des doigts de ses deux mains. Il en plaça l'extrémité étroite entre ses dents, l'effleura du bout de la langue. Il inhala d'abord en douceur. Puis, quand il goûta la douce amertume putride de la brume, ses joues se creusèrent. La pipe crachota et fit des bulles. Il resta penché en avant, les yeux clos, tout en ayant conscience que le chancelier se tenait près de lui. C'était sans aucune importance. Cette scène n'avait rien de nouveau pour Thaddeus.

Quand il se laissa basculer à la renverse contre les coussins du canapé, il exhala un long plumet de vapeur verte. La créature sur sa tête ôta une à une les griffes de son crâne. Elle s'évanouit dans le néant, emportant le fardeau de grisaille qu'il avait traîné avec lui comme une cape de granite pendant toute la journée. L'opiacé adoucissait les contours de la réalité. Il ne sentait plus d'aiguillons. À la place, il était empli d'une tranquillité floue, cette sensation chaleureuse d'être relié aux millions de gens qui, partout dans son empire, s'adonnaient au même rituel. Des paysans et des forgerons, des gardes municipaux et des ramasseurs de détritus, des mineurs, des marchands d'esclaves : dans cet état, il ne différait pas d'eux. Pour le raisonnement de son esprit réduit au silence, c'était là une offrande secrète en vue d'obtenir leur pardon.

Il ouvrit les yeux, à présent voilés et veinés d'un rouge sombre.

— Quelles nouvelles apporte le chancelier ?

Thaddeus s'était assis sur un autre divan proche. Il avait croisé les jambes et tenait un verre de liqueur entre le pouce et l'index. Le roi contempla le petit récipient, fasciné par quelque chose dans le mouvement du liquide que Thaddeus faisait tournoyer doucement contre le cristal. Il écouta le chancelier l'informer des préparatifs pour la délégation aushénienne. D'après Thaddeus, ils étaient prêts à impressionner les étrangers avec leur puissance et leur richesse tout en tendant une main prudente en geste de bienvenue. Si les Aushéniens confirmaient leur reconnaissance de l'hégémonie acaciane, rien ne s'opposerait plus à une réponse positive, si toutefois c'était là le souhait du roi.

Leodan acquiesça. C'était son souhait, oui, mais il savait aussi qu'à plusieurs reprises dans le passé l'Aushénie avait failli s'allier à

Acacia, pour tout faire capoter à cause de quelque différend mineur. Jusqu'à maintenant, ce qu'il avait entendu dire sur le compte du jeune prince Igguldan était prometteur, mais il y avait certains aspects d'une telle alliance auxquels il n'avait nulle envie de réfléchir. Il changea de sujet, même si ses pensées ne s'écartaient pas beaucoup de ce qui le troublait.

— L'autre jour, Mena m'a questionné au sujet de la Répartition.

— Que lui avez-vous dit ?

— Rien. Pourquoi devrait-elle apprendre que dans ses veines coule un sang de bouchers ? C'était il y a bien longtemps, et nous ne sommes plus ainsi.

— Vous avez raison de dire que c'était il y a longtemps, approuva Thaddeus. Vingt-deux générations... Quel enfant peut comprendre cela ?

Le roi s'en souvenait. Quand Mena avait posé la question, il avait saisi dans les yeux de sa fille la lueur de quelque chose qui était moins que la foi, moins que l'acceptation complète de ses affirmations. Et n'était-ce pas de la perspicacité de la part de l'enfant ? Après tout, il avait marmonné un mensonge éhonté de plus. La Répartition n'a vraiment aucun rapport avec nos vies ? Un mensonge énorme exprimé d'une voix rassurante. Combien de temps encore pourrait-il éluder ces questions ? Bien sûr, ce n'était pas seulement Mena qui avait commencé à s'interroger. Dans les prunelles d'Aliver, il lisait une incertitude et un manque de confiance qui semblaient parfois sur le point de s'exprimer.

— Je dois préciser que le secrétaire a demandé aux gouverneurs d'intercéder dans la demande de procès que les mineurs de Prios ont déposée contre...

— Dois-je vraiment m'occuper de cela ? Je déteste tout ce qui se rapporte aux mines.

— Très bien. Les gouverneurs peuvent se charger de cette affaire. Mais il y a quelque chose qu'ils ne peuvent régler..., dit Thaddeus, lèvres pincées, en attendant que le regard du roi croise le sien pour continuer. Les représentants de la Ligue veulent vérifier que vous allez vraiment rejeter l'exigence du Lothan Aklun qui veut augmenter le Quota.

Cette dernière phrase suffit presque à arracher l'esprit du roi aux effets ouatés de la drogue. Le Lothan Aklun... l'accord connu sous le nom de Quota... C'étaient là les deux grands péchés cachés de l'empire akaran. Leodan suçota l'embout du tuyau et aspira. Une seconde, il souhaita que ce problème soit pris en charge par les gouverneurs. À dire vrai, ces représentants des provinces, réunis dans la cité populeuse d'Alécia, réglaient la majorité des affaires pratiques de l'empire. Mais Tinhadin, le roi ancien qui à bien des égards avait été le grand architecte de l'empire akaran, avait rédigé les lignes directrices du Quota avec une simplicité explicite. Contrôle, autorité, responsabilité – tout reposait sur les épaules du roi, un secret connu de beaucoup mais possédé par lui seul. Pour cette raison, sa gestion était assurée par le palais. Les dépenses qui y étaient consacrées venaient d'un budget indépendant. On n'en parlait que dans des cercles fermés, et les machinations réelles qui en découlaient se produisaient très loin d'ici, hors de la vue du souverain, même s'il les imaginait souvent. Il avait beau étudier les textes anciens, les détails exacts sur la façon dont on en était arrivé à cet arrangement semblaient toujours confus à Leodan. Le fond de l'accord, lui, était très facile à comprendre.

Tinhadin ayant hérité du trône récemment conquis de son père et ayant survécu à tous ses frères, il se retrouva à engager des guerres sur plusieurs fronts. Les Guerres de Répartition, comme on les nomma, marquèrent une période tumultueuse et tendue. Son ancien allié, Hauchmeinish du Mein, était maintenant un ennemi. Il n'avait plus confiance en ses fidèles sorciers, les Hérauts du Santoth. Les provinces se rebellaient de façon imprévisible, comme les feux qui prennent dans les collines acacianes au plus fort de l'été. Sa propre compréhension du monde était gauchie et horrible, et il luttait contre la croyance que le moindre mot tombant de ses lèvres pouvait changer la texture même de l'existence. Il était lui-même un Héraut du Santoth, le plus grand de tous, mais la magie attachée à sa langue était devenue un fardeau.

Vint alors une nouvelle menace, depuis les Flots Gris. Là-bas résidait un pouvoir plus redoutable encore que le sien, apprit Tinhadin, celui du Lothan Aklun. C'étaient les Autres Contrées, situées à l'extérieur du Monde Connu et séparées de lui par un océan immense. Pour le jeune roi, elles constituaient un mystère total. Leur puissance n'était en fait rien de plus qu'une affirmation, mais Tinhadin à cette époque ne voulait pas d'un autre ennemi. Il leur fit des propositions de paix, suggérant le commerce et des bénéfices mutuels plutôt qu'un conflit. Non seulement le Lothan Aklun sauta sur l'occasion, mais il proposa des détails que Tinhadin seul n'aurait pu imaginer.

À l'époque, l'accord avait dû avoir tout d'une affaire. Le Lothan Aklun promettait de ne pas attaquer le pays ravagé par la guerre et acceptait pour toujours de se limiter au commerce avec les Akarans. Ceux-ci, pour assurer cette bienveillance, devaient seulement envoyer un chargement d'enfants esclaves chaque année, sans poser de question sur ce qui leur arriverait, et en sachant qu'ils ne reverraient jamais Acacia. En échange, le Lothan Aklun offrit à Tinhadin la brume, un outil qui, promettait-il, serait des plus efficaces pour l'aider à mater ses citoyens trop turbulents. L'accord fut affiné plus tard, mais c'est sur la base de ces termes qu'il fut conclu. Depuis, des milliers et des milliers d'enfants du Monde Connu étaient partis en esclavage, et des millions de personnes sous la férule acaciane avaient renoncé à leur vie, leur travail et leurs rêves au profit des visions nébuleuses procurées par la brume. La même drogue que Leodan inhalait la nuit. Telle était la vérité d'Acacia.

— « Exigence », avez-vous dit ? demanda enfin Leodan. Vous l'avez appelée une « exigence » ?

— D'après le ton, oui, mon Seigneur, la formulation a les accents d'une certitude belliqueuse.

— La belligérance des Lothans n'est pas nouvelle, dit Leodan. Pas nouvelle du tout... Ils ont déjà les âmes de mes sujets. Que veulent-ils de plus ? Les Lothans ne valent pas mieux que toute cette racaille qui nous entoure : les mineurs, les marchands, la Ligue elle-même. Aucun d'entre eux n'est jamais satisfait. Je n'ai peut-être jamais posé les yeux sur un Lothan, mais je les connais bien. Dites à la Ligue de leur porter ce message : le Quota reste tel qu'il a toujours été. L'accord nous lie pour toujours, il a été fait avant moi et se poursuivra après. Je n'accepterai pas de modification, ni maintenant ni jamais.

Il avait parlé avec fermeté, mais il ne sembla pas apprécier le silence avec lequel Thaddeus accueillit cette tirade.

— Il est un autre sujet dont nous devons parler, reprit Leodan. Ce matin, j'ai reçu une missive de Leeka Alain, de la Garde du Nord. Il l'a fait parvenir à un marchand habitant la ville basse, qui me l'a transmis par l'intermédiaire des serviteurs du palais. Très inhabituel.

— Oui, c'est assez curieux, approuva Thaddeus qui s'éclaircit la gorge, d'abord discrètement, puis plus fort. Et que disait-il ?

— C'était une lettre étrange, visiblement importante mais vague dans ses termes. Leeka voulait savoir si j'avais reçu la visite d'une messagère qu'il avait envoyée plus tôt. Un certain lieutenant Szara.

D'après la tonalité du texte, cette messagère était porteuse d'un message d'une grande gravité.

Thaddeus dévisagea le roi.

— Avez-vous reçu un tel message ?

— Vous connaissez la réponse à cette question. Il me serait parvenu par votre intermédiaire.

— Bien sûr, mais je n'ai entendu parler de rien de tel. Leeka a-t-il révélé les détails du message dans la lettre ?

— Non. Il ne fait pas confiance à l'écrit.

— Et c'est aussi bien. Une fois une chose écrite, n'importe qui peut la lire.

Les yeux du roi se mouvaient au ralenti, avec lourdeur. Ils vinrent se poser sur le chancelier et l'étudièrent. Bien que voilés par la drogue, ils étaient encore capables de concentration. Le visage de l'homme était calme, malgré une certaine tension au niveau du front.

— Oui, peut-être... Je me demande bien pourquoi il choisit de correspondre avec moi plutôt que de passer par le gouverneur. Je sais qu'il n'apprécie guère Rialus Neptos. Moi non plus, d'ailleurs. Savez-vous que Rialus a pris l'habitude de m'écrire au moins deux fois par an, pour vanter ses mérites et laisser sous-entendre qu'il devrait être rappelé du Mein et nommé à un poste plus important ici, sur Acacia ? Comme si j'avais envie de le voir bouder autour du palais. Il souligne qu'il est d'une lignée acaciane pure, il prétend que le climat du Mein met en danger sa santé. Je ne peux pas dire le contraire, en fait. Cette contrée est un lieu de misère... Bref, Leeka a souhaité me joindre directement, ce qui m'intrigue. Où est cette Szara ?

Thaddeus haussa les épaules.

— Je ne sais, mais même en temps de paix des drames se produisent. Nous sommes au cœur de l'hiver. Ici, cela ne veut pas dire grand-chose, mais dans les Hautes-Terres du Mein, le temps doit être exécrable. Comment voyageait-elle ? À cheval ou en descendant le fleuve Ask ?

— Je l'ignore, dit le roi.

— Laissez-moi m'en occuper, proposa Thaddeus. Chassez tout cela de votre esprit jusqu'à ce que j'aie étudié la question. J'enverrai un groupe de représentants armés vers le nord, à la rencontre de Leeka. Avec votre permission, je leur conférerai les privilèges royaux, afin qu'ils puissent voyager rapidement et toujours trouver des chevaux dispos. Nous aurons de leurs nouvelles avant un mois, peut-être moins s'ils prennent un bateau jusqu'en Aushénie pour raccourcir le trajet. Vingt-cinq jours tout au plus. Et ensuite vous saurez tout.

Thaddeus se tut et attendit la réponse du roi. Ce ne fut guère plus qu'un grognement d'assentiment, mais le chancelier parut s'en contenter. Il but une gorgée à son verre avant d'ajouter :

— Et alors vous vous rendrez compte que ce n'était rien de grave. Leeka a toujours nourri des soupçons exacerbés envers le Mein, mais quand ses craintes se sont-elles justifiées ?

— Les choses sont différentes aujourd'hui, répondit Leodan. Heberen Mein était un homme raisonnable, mais il est mort, et en ce qui concerne ses trois fils, c'est une tout autre histoire : Hanish est ambitieux, je l'ai vu dans ses yeux alors qu'il n'était encore qu'un garçonnet, quand je suis venu en visite dans la cité. Maeander est la malveillance incarnée, et Thasren une énigme. Mon père avait la conviction que jamais nous ne pourrions leur faire confiance. Il m'a fait jurer de ne pas avoir cette faiblesse – la confiance. Par ailleurs, vous-même m'avez souvent répété que je ne me méfiais pas assez. Ensemble nous avons conçu des plans pour parer à toutes sortes d'éventualités tragiques, vous vous souvenez ?

— Bien sûr, dit Thaddeus avec un sourire. C'est mon rôle. Jeune, je voyais le danger partout. Mais Acacia n'a jamais été aussi puissante. Et je le pense, mon ami.

— Je n'en doute pas, Thaddeus, dit le roi, qui leva les yeux au plafond. Bientôt j'emmènerai en voyage tous mes enfants. Nous visiterons chaque province de l'empire. J'essayerai de les convaincre que je suis leur roi bienveillant, et ils essayeront de me convaincre qu'ils sont mes loyaux sujets. Et peut-être que l'illusion durera quelque temps. Qu'en dites-vous ?

— Le projet semble séduisant, dit Thaddeus. Cela rendrait vos enfants très heureux.

— Bien entendu, leur « oncle » nous accompagnerait aussi. Ils vous aiment autant qu'ils m'aiment, Thaddeus.

L'autre mit un temps avant de répondre :

— Vous m'honorez à l'excès.

Le roi resta assis, à se répéter mentalement cette phrase pendant un moment, et il y trouva du réconfort alors même qu'il s'éloignait du contexte d'origine. Il avait dit quelque chose de similaire à Aleera, un jour. Qu'était-ce au juste ? Vous... m'aimez à l'excès. C'était ce qu'il avait dit. Pourquoi l'avait-il dit ? Parce que c'était vrai, évidemment. C'est ce qu'il lui avait expliqué un soir, quelques jours avant leur mariage. Il avait bu trop de vin et écouté trop de discours tressant ses louanges. Il n'en pouvait plus, aussi avait-il entraîné sa promise à l'écart pour lui dire qu'elle devait connaître certaines choses le concernant avant qu'ils ne s'unissent. Il lui avait confessé tout ce qu'il savait des crimes de l'empire, les anciens et ceux qui avaient encore cours au nom de son père, ainsi que ceux qui certainement se répéteraient quand lui-même serait roi. Il avait complètement vidé son sac, en pleurant, pathétique et même agressif, certain qu'elle le fuirait, espérant presque qu'elle tourne les talons et le rejette. Une dame de qualité ne pouvait faire autrement. Et il n'avait aucun doute sur ses qualités.

Quelle n'avait pas été sa surprise lorsqu'elle s'était rapprochée de lui et avait incliné son joli visage aux yeux immenses vers lui. Il n'avait décelé sur ses traits aucun étonnement, aucun regret, aucun jugement. Alors elle avait dit : « Un roi est le meilleur et le pire des hommes. Bien sûr. Bien sûr. » Elle avait collé ses lèvres aux siennes, et leur pression était si douce et pleine d'impatience qu'il en avait eu le souffle coupé. C'est peut-être à cet instant qu'ils s'étaient unis réellement, à cet instant que l'accord entre eux avait été scellé. À présent, il avait du mal à définir quel aspect de son amour l'attirait le plus. Était-ce le fait qu'elle était capable de tout lui pardonner et de l'aimer parce qu'elle comprenait sa bonté profonde ? Ou parce qu'elle démontrait ainsi qu'elle pouvait passer sur la vérité et vivre un mensonge, comme lui ? Quoi qu'il en soit, une fois qu'il se fut confessé à elle et qu'elle lui eut pardonné, il l'aima d'un amour sans limites. Sans son approbation, jamais il n'aurait pu remplir son rôle de monarque. C'était ou ce n'était pas une bonne chose pour le monde, mais pour un homme aussi incertain, le dévouement d'Aleera avait été une véritable bénédiction.

— Peut-être que oui, Thaddeus, dit enfin Leodan. Peut-être que je vous honore à l'excès. Nous commettons tous cette erreur, de temps à autre. Mais quel mal pourrait en découler ?

Il n'entendit pas la réponse du chancelier, si toutefois celui-ci en formula une. Il ferma les yeux et s'abandonna aux sensations qu'induisait la drogue. Il était plaqué contre un mur invisible. La brume s'était accumulée en lui, elle l'avait envahi. Le moment de quitter le monde physique était enfin arrivé. Cet instant se manifestait toujours sous la forme d'une pression, comme si sa poitrine était collée contre la pierre et qu'une grande force derrière lui pesait graduellement pour l'y enfoncer. Et juste quand il sentait

fort bien son incrédulité devant les affirmations d'Hanish. Il avait déclaré que ses alliés de la Ligue étaient plus puissants que les Akarans. Ils étaient agacés par les Akarans, et ils en voulaient à Leodan. Ils pensaient que le roi voulait enfreindre le Quota et abolir le commerce de la brume. Pour cette raison, ils avaient décidé de son sort. Il serait détrôné et remplacé par quelqu'un de plus compréhensif. Hanish dit qu'une telle chose s'était déjà produite en deux occasions durant les vingt-deux générations depuis Tinhadin, mais que cette fois ce serait différent. Le roi ne serait pas simplement déchu pour que son fils – plus jeune, donc plus facile à influencer et contrôler – prenne sa place. Le Lothan Aklun voulait que la lignée entière s'éteigne et que soit établie une nouvelle dynastie, avec un Mein sur le trône.

C'est pourquoi Hanish avait à sa disposition une race de gens étranges prêts à traverser les Champs de Glace pour faire la guerre au nom du Mein. C'est pourquoi il disposait d'armes nouvelles capables de projeter au loin des boules de feu ou des rochers. Et il fallait ajouter à cela une armée secrète de Meins qui s'était entraînée dans les montagnes au nord de Tahalian, à l'insu du monde extérieur. Avec ces atouts et bien d'autres surprises encore, Hanish se promettait de déferler sur un monde qui ne se doutait de rien et de le bouleverser contrée après contrée.

Les frères Mein avaient fait allusion à divers postes importants que Rialus pourrait occuper dans l'empire réorganisé qu'ils prévoyaient, mais pour l'instant il n'avait encore rien vu venir. Il avait espéré se montrer utile. Malheureusement, ses rapports avec Leeka n'avaient pas pris la tournure qu'il souhaitait. Il savait que l'armée du général avait été mystérieusement massacrée, mais il n'était pas du tout sûr que Maeander en ait tiré toute la satisfaction qu'il escomptait. Finalement, la mission de Rialus s'était limitée à garder le général en cage et à faire son possible pour dissimuler l'arrivée des étrangers. Et sur ces deux points, il avait échoué.

Maeander entra dans les quartiers privés du gouverneur avec un dédain manifeste pour les formalités dues à un officiel acacian. Il passa devant le secrétaire qui s'apprêtait à l'annoncer et sans attendre pénétra dans le bureau d'un pas souple, mais assez sec pour fendre la pierre sous ses bottes. Maeander était nettement plus grand que son hôte. Il était large d'épaules, et la puissance de son corps se sentait dans les mouvements de ses cuisses épaisses, les renflements durs de ses avant-bras et les contours de son cou.

Ses longs cheveux retombaient sur ses épaules, et les mèches dorées étaient lavées chaque jour dans l'eau glacée et peignées, ce qui était peu courant chez les Meins, qui généralement laissaient leurs cheveux pendre comme un nid de serpents emmêlés dans leur dos. Il était l'archétype des hommes virils de sa race, sanglé dans du cuir tanné, les jambes couvertes d'un pantalon ajusté.

Il ôta ses gants doublés de fourrure et les jeta sur la table, puis survola la pièce d'un regard rapide qui s'arrêta sur la grande plaque de verre.

— Ainsi, c'est là ta fenêtre, dit-il en s'approchant.

Il parlait acacian avec les accents gutturaux propres à sa langue natale, des sons qui avaient toujours offensé les oreilles de Rialus.

— Les gardes ont plaisanté avec moi tout à l'heure. Quand je leur ai dit de te prévenir de mon arrivée, l'un d'eux a répondu que tu étais déjà au courant, parce que tu es toujours un œil collé à ce panneau de verre. Un autre a dit que tu n'avais pas l'air de savoir qu'on peut voir dans les deux sens à travers une fenêtre. Gouverneur, une telle impertinence ne devrait pas être tolérée.

Rialus se sentit rougir. Que les gens puissent le voir de l'extérieur ne lui était jamais venu à l'esprit. Il imaginait quel spectacle absurde il offrait du dehors, tordu en diverses contorsions, ceux en contrebas le regardant du coin de l'œil, réprimant un sourire, riant de lui... Avec ces quelques mots lâchés d'un ton détaché, il était totalement ridiculisé. Il se souvenait d'une époque où les frères s'adressaient à lui en accord avec son rang, mais c'était du passé. Et il n'avait aucune idée de la manière de retrouver son ancienne stature. En fait, il craignait de plus en plus n'en avoir jamais eu.

Maeander se détourna de la fenêtre. Ses yeux étaient d'un gris peu commun. Il donnait moins l'impression de regarder une personne que de la viser. Jamais le gouverneur n'avait connu quelqu'un au regard aussi fixe et minéral. C'était celui d'un enfant considérant un insecte qu'il s'apprête à écraser sous son talon.

— Sais-tu ce qui est arrivé à l'armée d'Alain ?

D'habitude, Rialus se montrait plutôt bon orateur, mais devant Maeander il se mit à bafouiller des propos désordonnés qui, il n'en doutait pas, donnaient l'impression contraire. Heureusement, la question du Mein n'était que de pure forme, et il reprit très vite la parole. Selon ses dires, des éclaireurs numreks avaient été envoyés pour dégager le passage avant que le gros de leur nation ne repère la colonne du général. Invisibles, ils l'avaient suivie plusieurs jours durant, jusqu'à ce qu'ils trouvent le lieu propice à une embuscade.

Ils avaient déferlé sur eux dans le sillage du blizzard qui se dissipait et avaient massacré les Acacians un à un.

— Tu seras heureux d'apprendre que les Numreks sont aussi doués pour tuer qu'ils l'affirment, dit Maeander. Ils ont beaucoup apprécié l'épreuve proposée par l'armée d'Alain. Ce carnage les a mis en train, ont-ils dit.

Il pivota et arpenta lentement la pièce. Trois fines tresses pendaient du sommet de son crâne jusque sur son épaule gauche. Deux d'entre elles étaient entrelacées de rubans bleus ; à la troisième se mêlait une lanière de cuir cloutée de perles d'acier. Rialus savait que c'était là un système primitif de comptage : le bleu signifiait dix hommes tués, le cuir vingt. À moins que ce ne soit le contraire ? Le gouverneur ne s'en souvenait plus.

— Je n'ai jamais rien vu de comparable à cette armée numrek. Ils absorbent et recrachent tout ce qui s'oppose à eux. Leurs femmes et leurs enfants prennent autant de plaisir à tuer que les hommes. Je doute fort que les forces combinées d'Acacia puissent leur en remontrer en terrain découvert.

— Alors tout s'est passé pour le mieux, dit Rialus. Le Dispensateur récompense ceux qui le méritent. Une grande réussite.

Maeander n'aimait pas qu'on parle pour lui.

— Ne t'échauffe pas, Gouverneur. Tu as échoué à garder ton général en garnison ici. Tu es resté assis devant cette fenêtre alors qu'il partait menacer tout ce que mon frère prépare depuis des années. L'issue n'a pas été si mauvaise, c'est vrai, mais tu nous as forcés à hâter la réalisation de nos plans. Est-il vrai que ton général a envoyé des messagers ? Plusieurs messagers ?

— En effet. N'ayez crainte, je les ai fait traquer et abattre.

— C'est faux. Un d'entre eux en a réchappé. Un d'entre eux a même rencontré le chancelier du roi, Thaddeus Clegg.

— Oh ! souffla Rialus.

— Quoi qu'il en soit, tu as été sauvé une fois de plus par la chance.

Il se tut un moment pour laisser Rialus savourer son propre malaise, puis :

— Thaddeus est… contradictoire, assez pour qu'il n'estime pas que ses intérêts s'alignent sur ceux de Leodan.

La bouche de Rialus forma lentement un ovale.

— « Contradictoire » ?

— Exactement.

Maeander tendit la main vers un bol empli d'olives sur le bureau de Rialus, une douceur d'importation qu'on trouvait rarement dans le Mein. Il en goba quelques-unes et observa le gouverneur.

— En réalité, Rialus, les raisons de son esprit contradictoire croisent ta propre situation. Aimerais-tu que j'explique ?

Rialus acquiesça, hésitant, mais trop curieux pour refuser. Maeander parla tout en mangeant les olives. Il demanda à Rialus de remonter le temps avec lui, et d'imaginer Leodan et Thaddeus tels qu'ils étaient dans leur jeunesse. Le jeune prince rêveur, idéaliste, réticent à accepter le pouvoir que son éducation le destinait à incarner, ébloui par une jeune beauté – Aleera – qui semblait plus importante pour lui que le trône. À côté de lui, le chancelier : résolu, assuré, discipliné, bretteur émérite, possédé d'une ambition faisant défaut au futur roi.

— Leodan n'a jamais été le fils rêvé aux yeux de son père, dit Maeander avec un rictus mauvais.

Gridulan, affirmait-il, trouvait son fils trop faible. Mais un fils est un fils, et Gridulan n'en avait pas d'autre. Il ne pouvait le renier. C'est pourquoi le roi fit de son mieux pour endurcir Leodan, tout en gardant un œil sur Thaddeus. Il voulait que son fils ait un chancelier fort, mais il avait des raisons personnelles de craindre les aptitudes de Thaddeus. Celui-ci était un Agnate, ne l'oublions pas, et il pouvait faire remonter son lignage jusqu'à Édifus lui-même. Dans certaines circonstances, il pourrait même réclamer légitimement le trône. C'était là une menace sérieuse, et elle le devint encore plus – du point de vue du roi – quand Thaddeus épousa une jeune femme, Dorling, elle aussi d'une famille d'Agnates. Ils eurent un enfant mâle dès leur première année ensemble, soit deux ans *avant* qu'Aleera mette au monde Aliver. Nous avions donc Thaddeus, un homme fort, officier de Marah, avec une jeune épouse et un fils, bénéficiant d'un lignage excellent et de l'adoration de la populace, sans parler du soutien des gouverneurs qui voyaient en lui un habile avocat pour leur cause. En résumé, il était devenu une menace que Gridulan ne pouvait ignorer, même si Leodan n'en avait pas conscience...

— Devine donc ce qu'il fit pour régler la question, dit Maeander. Une petite idée ?

Rialus n'en avait pas, mais il fallut quand même un temps avant que Maeander en soit convaincu.

— Alors je vais te le dire, fit le Mein. Gridulan a conspiré avec un de ses compagnons. Sur l'ordre du roi, son fidèle s'est procuré un poison rare, du genre utilisé par les Ligueurs. Une substance mortelle. Il a veillé personnellement à ce que Dorling en consomme une dose diluée dans son thé. Son fils, qui tétait encore, a été empoisonné par le lait maternel. Tous deux ont succombé.

— Ils ont été tués sur ordre du roi ? demanda Rialus.

— Exactement.

À l'époque, personne n'avait su quoi penser de ces morts. Certains avaient soupçonné un assassinat, mais on n'avait suggéré aucun nom – du moins, pas le bon. Gridulan fut le premier à présenter ses condoléances au chancelier. Leodan était anéanti par le chagrin. Thaddeus lui-même endura admirablement la souffrance, mais il ne fut plus jamais le même homme par la suite. Gridulan avait agi avec une grande habileté. Il avait réussi à éteindre la flamme de l'ambition chez le chancelier tout en laissant l'homme en vie pour qu'il épaule son fils. Leodan ne découvrit la vérité concernant ces assassinats que des années plus tard, après la mort de son père, quand il prit connaissance de ses archives personnelles. Mais comment se comporter maintenant qu'il savait que son père avait tué la femme et l'enfant de son meilleur ami uniquement pour le protéger ?

— Un homme fort aurait peut-être tout confessé à son ami, dit Maeander avec une moue, car il n'en semblait pas certain. Peut-être. Quoi qu'il en soit, Leodan n'en a rien dit. Il n'a confié ce secret à personne, et il s'est contenté de châtier le compagnon de son père, celui qui avait administré le poison. As-tu la moindre idée de qui était cette personne ?

Cette fois, Maeander n'attendit pas que Rialus réponde.

— Eh oui, dit-il, c'est ton bien-aimé père, Rethus, qui a empoisonné la femme et le fils de Thaddeus ! C'est pourquoi tu es ici devant moi aujourd'hui, un misérable gouverneur d'une province misérable. Tu es puni, comme l'a été ton père avant toi, pour ta loyauté envers Gridulan. Les secrets de famille ont des racines profondes, Rialus. Et je vois à la perplexité lisible sur ton visage qu'à la fois je t'ai étonné et que j'ai répondu à de vieilles questions.

Il fallut un moment à Rialus pour se reprendre et pouvoir demander :

— Comment savez-vous tout cela ?

Maeander détourna les yeux et cracha un noyau d'olive.

— Mon frère a beaucoup d'amis qui occupent des positions leur permettant d'être au courant de ce genre de choses. La Ligue, par exemple, observe tout cela avec intérêt, et elle est heureuse de nous offrir quelques renseignements pour semer un peu la zizanie.

Crois-moi, Rialus, l'histoire que je viens de te raconter est vraie. Il y a quelques mois, mon frère a communiqué l'information à Thaddeus Clegg en personne. La révélation a eu son petit effet sur lui. C'est pourquoi je crois juste de dire qu'il n'est plus complètement du côté de Leodan. Pense à l'existence que Thaddeus a menée depuis que Dorling et son fils sont morts. Pense à tout l'amour qu'il a reporté sur les enfants de Leodan, en compensation. Pense à la manière dont il a soutenu le roi quand celui-ci a été confronté au décès de sa femme, dû à des causes naturelles, bien sûr. Pense à ce que ce doit être de découvrir que tout cela était fondé sur le mensonge, le meurtre, la trahison. À sa place, ne voudrais-tu pas voir les Akarans châtiés ? La vengeance est de toutes les émotions la plus facile à comprendre et à manipuler. N'es-tu pas d'accord ?

Rialus l'était, même s'il souhaitait désespérément disposer d'un peu de temps et de solitude pour digérer tout ce que Maeander venait de lui dévoiler.

— Bref, dit Maeander, je ne te tuerai pas pour tes impairs, mais je crains fort que tu ne doives payer pour eux. J'ai promis Cathgergen aux Numreks. Quand ils arriveront, tu leur remettras la forteresse. Je te fais confiance pour ne pas irriter leur chef, Calrach. D'après ce que j'ai vu, il n'est pas très porté au pardon.

— Vous ne voulez pas dire...

Maeander parut soudain offusqué.

— Tu protestes ? Tu ne voudrais quand même pas que je leur donne Tahalian, n'est-ce pas ? Il n'y a pas d'autre solution. La forteresse leur permettra de se reposer et de se regrouper. Si tu préfères, tu peux laisser l'armée organiser la défense, et ensuite tu pourras t'échapper et courir vers ton destin, quel qu'il soit. Ne me regarde pas ainsi, Neptos. Je n'ai jamais vu un homme qui ressemble à un rat sur autant de points.

Un instant une colère réelle transparut dans la voix de Maeander, mais il la maîtrisa et ajouta d'un ton froid :

— Tu peux continuer à respirer, mais les véritables récompenses sont réservées à ceux qui nous servent plus efficacement.

— Vous m'avez condamné, balbutia Rialus.

— Non, ce n'est pas moi qui t'ai condamné. Si tu l'es, les graines de cette condamnation ont été semées bien avant que je te connaisse. Il en est ainsi pour chacun de nous. Et c'est tout ce que j'ai pour toi.

Rialus ne trouva la force de parler que lorsque Maeander tourna les talons pour partir.

— Vous oubliez que je... je suis le gouverneur de cette forteresse.

Maeander reporta un regard perplexe sur lui. Rialus changea immédiatement de tactique. Mieux valait abandonner la menace suggérée dans cette déclaration.

— Peut-être que je peux faire mes preuves, corrigea-t-il.

— Es-tu donc aussi fourbe que ton père ? Et comment ferais-tu tes preuves ?

— Si ce que j'ai à vous offrir vous plaît, je dois avoir votre parole que je serai récompensé. Je peux vous offrir la famille royale. Leurs têtes, je veux dire.

— J'ai déjà des agents prêts à frapper le roi. Il se peut qu'ils l'aient déjà tué et que la nouvelle de sa mort soit en route vers Hanish.

— Non, non... Je sais cela, dit Rialus.

Il avait presque envie de sourire car il venait de se rendre compte que, selon toute probabilité, il avait trouvé l'assurance dont il avait besoin.

— Je ne parlais pas du roi. La lignée des Akarans ne commence ni ne finit avec Leodan.

Chapitre huit

Corinn Akaran en avait conscience, elle ignorait bien des choses concernant le monde, tous ces noms, ces lignées familiales et ces événements qui refusaient de se fixer dans sa mémoire. Mais quelle importance ? Tout cela avait très peu à voir avec son quotidien. Ce qui primait pour elle, c'est qu'elle était la fille aînée du roi Leodan, et la plus jolie. Elle n'hériterait pas du contrôle du royaume de son père – cette charge reviendrait à Aliver –, mais cela lui allait très bien. Elle ne voyait rien de très attrayant à la perspective de jongler avec un éventail aussi complexe de problèmes. Mieux valait rester en retrait et exercer son influence au sein de la cour. Elle avait la conviction que ce serait beaucoup plus distrayant. Le monde était peut-être immense, mais la partie qu'elle en occupait était beaucoup plus restreinte, et dans ce monde restreint peu de gens se trouvaient aussi bien placés qu'elle pour considérer l'avenir avec un optimisme suprême.

Elle avait cependant un secret qu'aucun de ses proches n'aurait pu deviner. Bien que de nature joviale et aimant les belles toilettes, les ragots et tous les jeux romantiques de son âge, elle portait en elle une conscience aiguë de la mort. C'était un nuage qui planait au fond de son esprit, jamais très loin, prêt à la menacer si elle levait les yeux pour englober de plus vastes perspectives. Elle avait dix ans quand sa mère était décédée, et, depuis, la malédiction de la mortalité ne s'était jamais éloignée de ses pensées. Aleera Akaran s'était évanouie de l'existence comme le printemps disparaît devant l'été. Un mal invisible l'avait dévorée de l'intérieur, d'abord par des maux de dos, puis sous la forme d'une sangsue insatiable qui avait aspiré toute l'énergie de son corps.

Corinn se rappelait avec un luxe de détails douloureux les derniers moments passés en compagnie de sa mère. En rêve, elle se retrouvait souvent assise auprès de son lit, comme alors, ses mains plaquées autour de celles, blêmes et décharnées, de la malade. Son corps était ravagé au point qu'il semblait s'être à moitié dissous dans sa couche. Il faisait chaud, et elle reposait souvent sans couvertures, ses jambes nues s'étirant sous la robe, ses pieds et ses orteils paraissant anormalement gros maintenant qu'ils étaient ce que Corinn voyait en premier quand elle entrait dans la pièce. Aleera était devenue si faible qu'elle ne pouvait plus atteindre le tabouret placé près de la fenêtre sans l'aide de sa fille. Corinn soutenait le corps frêle de sa mère, qui à chaque pas faisait décrire à son talon des cercles au-dessus du sol, comme une enfant qui apprend à marcher.

Le poids de ces événements avait convaincu la fillette que le monde recelait en sa réalité plus de choses effrayantes qu'elle n'en imaginait dans ses moments les plus sombres. Où était la mère toute-puissante qui savait toujours ce que pensait sa fille avant que celle-ci ouvre la bouche ? La mère qui riait des dragons, serpents géants et autres monstres que redoutait Corinn ? Où était l'héroïne qui chassait de telles créatures rien qu'en entrant dans sa chambre, avec un simple sourire ou en prononçant son prénom ? Où était la beauté à côté de qui Corinn s'était assise pour être éduquée dans les fonctions officielles, la femme à laquelle toutes les autres devaient se comparer ? Elle était toujours stupéfaite de la rapidité avec laquelle tout avait changé, sans même une suggestion voilée qu'il y avait un sens à ce bouleversement.

Cette épreuve fut d'autant plus douloureuse que Corinn se voyait dans chaque partie du corps agonisant de sa mère. Aleera lui avait légué la forme de son visage, l'ourlé de ses lèvres, ces mêmes lignes en travers du front. Elles avaient des mains identiques : mêmes doigts longs et fuselés, même type d'articulations, mêmes ongles fins, et la même légère inclinaison du petit doigt. L'enfant de dix ans avait tenu entre ses paumes la réplique âgée, osseuse, affaiblie de sa propre main, comme dans une étrange fusion du passé avec le présent ou du présent avec le futur.

Bien qu'elle envisageât l'avenir avec un optimisme juvénile, quelque chose en elle était rongé par la peur qu'elle ne vive pas jusqu'à son prochain anniversaire. Il lui arrivait aussi d'imaginer qu'elle obtiendrait tout ce qu'elle désirait pour ensuite tout perdre et mourir. Elle avait ressenti cela quand elle avait dix ans, puis onze, douze, et cette impression était toujours aussi forte aujourd'hui. Le fait qu'elle contrebalançât ces pensées morbides par une nature par ailleurs débordante de vie était aussi déroutant pour elle qu'il l'eût été pour quelqu'un d'extérieur qui aurait découvert son conflit intime. Elle dissimulait de son mieux ses rêveries les plus sombres, car elles l'effrayaient autant qu'elles lui faisaient honte. Souvent, elle se répétait que tout être vivant était confronté à la mort, et que peu bénéficiaient d'une existence potentiellement aussi riche que la sienne. Et peut-être qu'elle se trompait. Peut-être qu'elle aurait une vie longue et pleine de joies, peut-être même trouverait-elle un moyen de vivre à jamais, sans vieillir et sans être touchée par la maladie.

Ce matin-là, Corinn devait accueillir la délégation de la nation d'Aushénie. Elle resta un long moment à étudier son reflet dans le miroir de sa coiffeuse. Puis elle choisit une brosse en poils de cheval pour étaler le maquillage. Elle la plongea dans une poudre faite de coquillages pulvérisés et la passa rapidement sur ses joues. Elle espérait que les paillettes s'accorderaient avec l'éclat des fils argentés de sa robe, une toilette bleu ciel cintrée qui mettait en valeur sa silhouette. En dépit de ses pensées morbides, elle était contente de ce qui l'attendait ces prochains jours. Au contraire d'Aliver, elle ne serait pas obligée d'endurer les formalités ridicules des réunions officielles. Mais, à la différence de Mena et de Dariel, elle était déjà en âge d'assumer un certain rôle protocolaire. Cette fois, elle servirait d'hôtesse et de guide au prince aushénien, Igguldan.

Sa camériste l'avait mise en garde contre la fraîcheur de l'air, mais elle n'avait qu'une combinaison légère sous sa robe. Elle disait supporter d'avoir froid, mais pas d'avoir l'air mal fagotée. Seule concession au temps, elle choisit un accessoire tout juste reçu de Candovie, une étole de fourrure blanche passée autour du cou et retenue par des fermoirs ouvragés. Elle jugea que cet ajout accentuait l'élégance de l'ensemble. Enfin, elle l'espérait, car elle n'était pas habituée à faire des effets de toilette durant l'hiver – la seule saison froide sur Acacia.

Corinn rencontra le prince aushénien sur les marches du grand hall de Tinhadin. Elle était entourée de plusieurs membres de la cour – un interprète et quelques assistants venus du bureau du chancelier. Leur groupe était encadré par les colonnes de granite décorant la façade, taillées grossièrement et veinées par les ans et les intempéries. Datant d'une période architecturale antérieure à la majeure partie de la cité, le hall avait été construit alors que les dirigeants des nations semblaient regarder avec méfiance les lignes douces et les arcs nets des cités évoluées comme celles de la côte talayenne, dont les générations ultérieures finiraient pourtant par s'inspirer.

Le prince était vêtu sobrement. Corinn aurait pu en concevoir un peu de dépit, mais l'attitude du jeune homme démontra que ses manières étaient impeccables. Il s'avança en baissant les yeux, les bras le long du corps et les paumes ouvertes vers elle. Lui et sa suite gravirent les marches dans un ensemble parfait, à croire qu'un seul esprit les guidait. Quand il eut atteint la marche inférieure à celle occupée par la princesse, il fit halte, releva les yeux et plongea son regard dans celui de Corinn juste un peu plus longtemps qu'il seyait. Elle se sentit encline à lui pardonner, pour le sourire timide qu'il arborait et parce que, elle le savait, sa robe, l'étole blanche, sa coiffure élaborée et la poudre de coquillage qui rehaussait son teint se combinaient pour un effet des plus impressionnants.

Les traits d'Igguldan étaient indubitablement aushéniens : ses cheveux pareils à la paille avaient été teints pour leur donner des reflets auburn, ses yeux étaient d'un bleu intense, comme constellés de perles de verre éclairées par-derrière. Jusqu'à présent, Corinn avait pensé que les peaux blanches et parsemées de taches de rousseur n'étaient pas aussi jolies que les peaux brunes des Acacians ou presque noires des Talayens, mais, en regardant Igguldan, elle se sentit attirée par cette caractéristique. Elle eut envie de tendre la main et de le toucher juste sous l'œil, puis de déplacer son doigt d'une petite tache à une autre.

Elle accompagna le groupe dans une visite des principaux bâtiments du niveau supérieur de la ville, des diverses ailes du palais jusqu'aux terrains d'entraînement et aux centres gouvernementaux. Les Aushéniens furent très intéressés par les singes dorés qui se promenaient partout, y compris à l'intérieur du palais. Corinn hocha la tête, blasée. Elle avait vu ces animaux chaque jour de sa vie. Ils étaient petits, de la taille de chats, avec des pelages épais allant du jaune à des nuances proches de l'écarlate. Ils avaient une quelconque signification sacrée, mais Corinn ne se souvenait plus laquelle et elle passa ce détail sous silence.

Enfin, ils arrivèrent aux vieilles ruines qui étaient tout ce qui subsistait des fondations d'une des premières tours défensives d'Édifus. Les vestiges effondrés de cette structure étaient enfermés dans une construction moderne, une sorte de pavillon qui offrait un panorama sur trois des quatre directions du compas. En son centre s'élevait la statue d'Élenet dans sa jeunesse. Un des assistants du chancelier s'avança pour réciter la première légende du sorcier, qui par bien des aspects était aussi celle du Grand Dispensateur.

— Au commencement, entonna l'assistant, un être divin nommé le Dispensateur créa le monde comme une manifestation physique de la joie. Il donna forme à toutes les créatures de la terre, humains compris, qu'il ne mit pas à part des autres. Il parcourut la terre en chantant et en créant avec le pouvoir des mots. Sa langue était le fil, l'aiguille, la trame grâce auxquels fut tissé le monde. Mais dans cette béatitude s'immisça la malice. Un jour, un orphelin humain de sept ans, Élenet, vit le Dispensateur qui passait dans son village. Il l'approcha et lui proposa d'être son serviteur, afin de rester en contact avec la grâce divine. Impressionné par la démarche, le Dispensateur accepta. Mais Élenet n'était pas comme les animaux qui allaient à sa suite. Il ne pouvait s'empêcher d'écouter le chant du dieu, et très vite il en apprit les paroles. Il en vint à en comprendre leur signification et se rendit compte de leur pouvoir. Il caressa l'idée de les manier lui-même. Une fois qu'il en eut appris assez, il s'enfuit.

« Il devint le premier Héraut du dieu, poursuivit l'assistant. Il enseigna son savoir à quelques élus. Lorsque le Dispensateur eut vent de la trahison d'Élenet, il en conçut une grande déception. Il tourna alors le dos au monde et devint silencieux. Jamais on ne le revit arpenter la terre de nouveau. Il cessa de chanter. Et c'est ainsi que nous avons ce monde tel qu'il est maintenant. »

À en juger à la manière dont Igguldan posa un genou à terre et passa les mains sur les fissures de la pierre antique, en marmonnant, cette légende lui était connue et lui faisait forte impression. Corinn faillit se formaliser de sa gravité, mais durant l'heure qui suivit il se montra un compagnon tout à fait délicieux. Il parlait un acacian presque parfait, comme la plupart des membres de la délégation, d'ailleurs. Depuis longtemps, l'interprète et les assistants du chancelier s'étaient placés à l'arrière du groupe, qui bientôt se scinda en unités moins nombreuses, comme des enfants en sortie éducative.

— Je me demande s'il est vrai qu'Édifus était un des disciples d'Élenet, dit Igguldan. C'était un sorcier, d'après ce qu'on m'a raconté. C'est pourquoi son triomphe fut aussi complet, comme celui de Tinhadin après lui. Qu'en pensez-vous, Princesse ?

— Je n'ai pas beaucoup réfléchi au sujet, mais je ne vois aucune raison de croire à la magie. Si mon peuple possédait un tel don, alors pourquoi ne le possédons-nous plus ?

— Vous ne le possédez pas ? fit Igguldan en souriant. Vous ne pouvez donc pas me jeter un sort et me contraindre à obéir à votre volonté ?

— Je n'ai pas besoin de la magie pour obtenir ce que je désire, répliqua Corinn.

Les mots s'étaient échappés de ses lèvres avant qu'elle se rende compte de leur sens. Une chaleur soudaine monta de sa poitrine et elle rougit.

— Peut-être avons-nous créé ces légendes plus tard, pour expliquer les hauts faits accomplis par Édifus. La grandeur est difficile à croire pour les gens normaux.

— Peut-être est-ce ainsi, oui...

Le prince tambourina des doigts sur la pierre patinée, se tint sur la pointe des pieds un instant et contempla le panorama qui s'étalait en contrebas, vers l'est.

— Je suppose que je suis quelqu'un de normal, alors, parce que j'aime ces anciennes histoires. Votre tradition, en fait, joue un grand rôle dans nos propres légendes. Pour nous, en Aushénie, il ne fait aucun doute que des hommes et des femmes ont jadis pratiqué la magie pour maîtriser le monde. Il existe un poème merveilleux sur la façon dont les humains ont acquis ce savoir. Je ne vous le réciterai pas maintenant – j'en serais bien incapable –, mais peut-être aurai-je l'occasion de vous le chanter plus tard.

— Où est la magie ? demanda Corinn. Je ne vois aucun sorcier dans les parages.

Le prince aushénien sourit, mais n'en dit pas plus. Pendant qu'ils quittaient les ruines d'Édifus et qu'ils reprenaient le chemin ascendant vers le Repos du Roi, Corinn confia :

— Je n'en sais pas tant que cela sur votre peuple. À quoi ressemblez-vous, les Aushéniens ?

— Vous trouveriez l'Aushénie trop froide. Pas autant que le Mein, car là-haut ils voient rarement le soleil en hiver et il peut neiger n'importe quel jour de l'année, même au plus fort de l'été. Ce n'est pas aussi dur en Aushénie. C'est vrai, notre été est court, mais c'est une explosion de vie. Toutes les créatures, toutes les plantes tirent le meilleur profit des quelques mois dont elles disposent. Au printemps, les pousses surgissent de dessous la neige, comme si un jour le Dispensateur les autorisait à apparaître et que rien ne pût les en empêcher. En été, le temps est assez chaud. Nous allons nous baigner dans les lacs du Nord. Certains vont même nager dans la mer. À Killintich, lors de chaque solstice d'été, nous organisons une compétition de course et de natation. Les participants nagent depuis le débarcadère du château jusqu'à un point situé de l'autre côté du port. Ensuite, ils font le trajet inverse en courant. L'épreuve dure une journée entière.

Ils firent halte un moment au pied du dernier escalier. Les autres arrivaient à quelque distance.

— Curieux que vous parliez du froid, puis, l'instant d'après, de fleurs s'épanouissant et de baignades. Où est la vérité, Prince ?

— Dans une contrée aussi septentrionale que l'Aushénie, ce n'est pas le froid qui a le plus d'effet sur vous. C'est le réchauffement, lorsque le froid bat en retraite.

Corinn hocha la tête, et ils firent silence un moment.

— Mais nous sommes pareils à votre nation par bien des côtés, reprit Igguldan. Mon peuple aime apprendre, tout comme le vôtre. Certains de nos meilleurs élèves viennent même se perfectionner à Alécia. Mais vous le saviez déjà, j'en suis sûr. L'Aushénie a été le premier pays du Nord à s'allier avec Édifus contre le Mein. C'est pourquoi mon père souhaite tant que le vôtre nous honore de sa présence. Voyez-vous, la santé de mon père est chancelante. Il ne peut se déplacer, mais il a consacré sa vie entière à œuvrer pour une alliance avec votre peuple. Il croit qu'ensemble nous serions plus forts.

Les autres ne les avaient pas encore rejoints, mais Igguldan gravit une marche et Corinn fit de même. Ils reprirent l'ascension pour préserver encore un peu ce moment d'intimité.

— Et nous sommes des poètes, dit le prince.

— Des poètes ?

— C'est ainsi que nous transmettons notre histoire, avec des poèmes épiques chantés par nos bardes. Dans nos cours, les différends doivent être argumentés en vers. C'est une formalité singulière, j'en conviens, mais elle attire des foules pour les affaires les plus compliquées.

— Très étrange, en effet, murmura-t-elle.

En fait, cela ne lui paraissait pas si singulier. Elle n'avait aucune patience pour les procédures officielles. Peut-être que si tous les membres du gouvernement étaient obligés de s'exprimer en vers elle se sentirait d'humeur à s'asseoir parmi eux.

— Vous êtes le fils aîné dans votre famille ? s'enquit-elle.

Igguldan hocha la tête.

— Oui. Il y a trois autres enfants après moi, et deux de la seconde épouse de mon père.

Corinn voulut lever un sourcil pour montrer sa perplexité et ne réussit qu'à rider tout son front.

— La seconde épouse ?

— C'est-à-dire... Mon père a remis en vigueur les anciens codes qui permettaient d'avoir deux femmes, afin d'assurer l'arrivée d'un héritier. Il n'avait pas besoin de prendre cette précaution, mais... il n'a rien voulu laisser au hasard.

— Je vois. Et vous, seriez-vous aussi enclin à ne rien laisser au hasard dans ce domaine ?

— Non, je ne me marierai qu'une seule fois.

Ils avaient atteint la terrasse supérieure située à l'arrière du Repos du Roi. Corinn posa ses mains sur la balustrade en pierre et releva le menton comme pour désigner l'étendue bleu-vert de la mer devant eux.

— C'est ce que vous dites. Il doit y avoir pléthore de beautés dans votre pays, suffisamment pour qu'un homme se marie avec plus d'une femme.

— Vous vous méprenez. C'est plutôt l'inverse. Les femmes ont moitié moins de qualités que celles d'Acacia. Croyez-moi...

Du bout des doigts, le prince effleura brièvement le dos de la main de Corinn.

— Princesse, le jour où vous aurez la bonté de poser le pied sur le sol de l'Aushénie, on acclamera la plus belle femme du pays, et je serai le premier de vos admirateurs.

Le prince n'aurait pu trouver formule plus efficace pour plaire à Corinn. En une simple phrase, il l'avait complimentée et avait sous-entendu de sa part à lui une fidélité durable tout en lui promettant l'admiration générale. Elle resta interdite un moment, ses mains parcourues d'un fourmillement curieux, et imagina la possibilité que sa vie soit celle d'un cygne au milieu de canards. Elle répondit au prince avec une timidité quelque peu affectée et reprit le cours de la visite, mais elle avait déjà décidé d'en apprendre le plus possible sur l'Aushénie. Peut-être venait-elle de trouver son futur époux. Tout le monde savait qu'Acacia et l'Aushénie désiraient s'allier. Son mariage pourrait être un coup politique retentissant. Elle serait alors la princesse d'une nation, la reine d'une autre. C'était là une perspective qui ne manquait certainement pas d'attrait.

CHAPITRE NEUF

LEEKA ALAIN NE SE FAISAIT PAS D'ILLUSION SUR L'IMPORTANCE de son rôle pour le destin de l'empire. En quarante-neuf années d'existence, dont plus de la moitié sous l'uniforme, il n'avait jamais imaginé connaître une destinée un tant soit peu singulière. C'était un simple soldat parmi beaucoup d'autres passés en cohortes dans l'anonymat des brumes de l'histoire. C'est ce qu'il avait cru jusqu'au moment où il avait ouvert les yeux et s'était extirpé d'un sommeil qui ressemblait au néant. Un acte simple, qu'il avait effectué des milliers de fois dans sa vie. Mais aujourd'hui, c'était comme renaître. Le moment précédent, il n'était rien, le suivant, un battement de ses paupières ramenait son être à l'existence, dans un monde inimaginable, un monde qui exigeait de lui des choses qu'on ne lui avait jamais décrites, même comme des éventualités.

Tout d'abord, cette création se réduisit à un carré blanc au-dessus de lui, d'une géométrie approximative et dont la brillance contrastait avec les ténèbres informes alentour. Il essaya de s'asseoir et prit appui sur des membres qu'il identifia vaguement comme des mains, des bras, des jambes, des pieds. Il était complètement coincé. Il regarda droit devant lui un long moment sans comprendre, sans point à fixer, sans pouvoir s'expliquer sa situation. C'est seulement quand une forme traversa l'espace lumineux – un mouvement qui passa et disparut aussitôt – qu'il bougea de nouveau. Il observa le carré de lumière assez longtemps pour surprendre de nouveau le phénomène. Un oiseau. C'était un oiseau, ou plutôt un bout d'aile vu par en dessous. Au-delà, la lumière changea et il reconnut des nuages de haute altitude dans le ciel arctique. Cette dernière révélation lui fut d'un grand secours. Avec elle vint la compréhension de toute cette pression autour de lui. Il renifla et inspira la cacophonie écœurante des odeurs. Alors il sut où il était et comment il y était arrivé.

Cette première créature cornue... Son cavalier... Tous les autres qui ont surgi du blizzard à sa suite... C'est réellement arrivé, songea-t-il. *Je les ai tous perdus. Je les ai menés à...* Mais à quoi les avait-il menés ? Qui étaient ces porteurs de carnage hurlant et piétinant joyeusement ? Il n'avait encore jamais vu en face une horreur aussi difforme. Comme le premier cavalier, tous avaient jailli de la tempête avec un désir fou de violence. Certains brandissaient des lances qu'ils décochèrent sans ralentir, et contre ces lourdes armes les cuirasses acacianes n'étaient pas plus résistantes que la peau. Le soldat qui se tenait à côté de lui en reçut une en pleine poitrine, fut soulevé de terre et rejeté en arrière sous la puissance de l'impact. D'autres ennemis chevauchaient des montures qui ressemblaient à ces animaux du Talay... des rhinocéros. D'une espèce domestiquée, mais cachés sous une épaisse toison grise. Ils renversèrent et écrasèrent ses soldats, et parfois ils s'arrêtaient assez longtemps pour transformer un corps en pulpe sanglante.

Le plus grand choc avait été l'apparition de l'ennemi, quand sa masse déchaînée agitant épées et haches avait percuté les Acacians immobiles. C'étaient des guerriers énormes, aux membres longs dotés d'une puissance effrayante. Leeka vit dans leur attitude un plaisir à tuer qu'il n'aurait jamais cru possible. Ils ôtaient la vie avec une joie presque enfantine. Comme quand un gamin muni d'une épée en bois fait mine de toucher son camarade aux bras, aux jambes et à la tête, et qu'ensuite il lève le poing en signe de victoire, ravi des blessures qu'il s'imagine avoir infligées. De la même façon, ces êtres tranchaient les membres avec délectation, tournoyaient sur eux-mêmes pour assener des coups monstrueux qui toujours trouvaient leur cible, et se félicitaient pour chacune de leurs victimes. Derrière leurs longs cheveux emmêlés on apercevait des visages pâles comme la neige. Leeka aurait voulu en regarder un au fond des yeux, mais il n'en eut pas l'occasion.

Il tenta de se remémorer les ordres qu'il avait donnés. Il essaya en vain d'agencer l'intégralité du massacre dans une continuité logique et se demanda s'il avait seulement eu le temps de commander ses hommes avant que le carnage ne prenne fin. Il n'y avait rien eu d'autre que la charge furieuse de l'ennemi, les piétinements, ses soldats qui mouraient, le sang giclant partout, les membres volant dans la neige souillée d'écarlate, les corps pareils à des poupées de chiffon éparpillés dans des postures que nul être vivant ne serait capable d'adopter. Pas un instant l'ennemi ne sembla se soucier de sa propre vie. Rien ne touchait ces monstres, rien ne les effrayait, et les ravages qu'ils faisaient dans les rangs des soldats de Leeka n'étaient pour eux qu'un moment de jeu intense.

Leeka avait vu un lancier ennemi immobiliser une soldate acaciane sous son pied. Le barbare avait étudié la femme avec une sorte de curiosité primitive, puis il lui avait enfoncé la pointe de son arme en plein visage. Le geste avait rendu Leeka fou furieux. Il avait poussé un hurlement. Le lancier l'avait entendu, avait dégagé son arme d'une saccade et s'était dirigé vers lui. Dans sa course, Leeka s'était promis d'empaler cette créature sur une longueur de bon acier acacian, si elle tentait un jet de lance et le ratait. Mais le lancier effectua un tir d'une précision redoutable. L'arme fila droit vers sa cible, et Leeka serait mort sans l'intervention d'un de ses soldats, un homme qu'il ne connaissait pas auparavant et dont il ne saurait jamais rien.

Le soldat s'interposa entre le lancier et le général. Il reçut la lance en pleine poitrine. Le projectile le transperça jusqu'au dos dans un jet de sang et de morceaux d'os. La pointe de la lance s'arrêta entre le flanc de Leeka et son bras. Le corps du soldat le percuta, et la force de l'impact les fit basculer tous deux en arrière. Dans la chute, le casque du sauveur heurta le front du général, qui perdit connaissance. Tous deux s'écroulèrent d'un bloc, passant pour morts.

C'est sans doute la raison pour laquelle Leeka n'avait pas été achevé et s'était retrouvé plusieurs heures plus tard enseveli sous un amas de corps. Avant d'être terrassé, il avait remarqué que certains des ennemis saisissaient les soldats massacrés par les chevilles et les entassaient en des monticules obscènes, comme s'ils nettoyaient leur terrain de jeu. Il en déduisit qu'on l'avait lui aussi lancé sur un de ces amoncellements macabres, et qu'il avait ensuite été recouvert par d'autres cadavres. Immobilisé, coincé à l'intérieur d'un amas de morts – les hommes et les femmes ensanglantés de son armée –, il reperdit conscience à plusieurs reprises.

Dans ses moments d'éveil, il se rendit compte de la fournaise et de la douleur. Il était tellement compressé de toutes parts que la chaleur lui parut d'abord produite par cette situation seule. Mais plus tard il fut enveloppé dans un brasier incroyable, bien au-delà de tout ce que les corps raidis auraient pu provoquer. Il sentit les cadavres autour de lui se courber et frissonner, exhaler des bouffées brutales de l'odeur atroce de la chair brûlée. Entre songes cauchemardesques et cauchemar de la réalité, il finit par s'éveiller complètement et se rendre compte avec ahurissement que la chaleur faisait rage en lui autant qu'au-dehors. Une pulsation fiévreuse animait le centre de son front. Un insecte s'était enfoui là, il en avait la certitude, qui avait planté son bec incurvé dans son crâne, y avait injecté son venin, et la partie inférieure de son corps se soulevait au rythme de spasmes incoercibles. Il tenta de l'atteindre, mais il ne pouvait pas bouger. Il transpirait par tous les pores. Un liquide salé piquait ses yeux. Il lécha les coins de sa bouche et s'effraya du cuir craquelé qu'étaient devenues ses lèvres. Ses dents avaient changé, elles aussi. C'étaient toutes des canines qui tailladaient sa langue, emplissant sa bouche d'un liquide mercuriel qu'il ne pouvait recracher. Il toussa, s'étrangla, perdit connaissance, se réveilla en haletant. Il se souvenait de la chaleur et de l'insecte dans son crâne, et il se dit que la chair avait sans doute commencé à se détacher de ses os comme de la viande pourrie. Et puis il s'évanouit. Rêva. S'éveilla. Se contorsionna. Encore et encore.

Tout cela s'était produit avant qu'il ne reprenne connaissance dans une atmosphère fraîche, avec ce carré lumineux au-dessus de lui et l'oiseau qui découpait des ombres fugitives dans le ciel. Il n'aurait pu dire combien de jours s'étaient écoulés quand, enfin, il parvint à s'extraire de l'abominable amoncellement de corps sous lequel il gisait jusqu'alors. Les cadavres qui lui avaient procuré un surplus de chaleur étaient maintenant raidis par le froid. Le monticule était saupoudré de glace, mais on distinguait aisément les restes macabres en dessous. On avait mis le feu aux morts. Des entassements similaires s'élevaient tout autour de lui.

Celui où Leeka avait été enseveli se consumait plus lentement que les autres. Sans doute était-ce grâce à cela qu'il respirait encore. Toutes sortes de débris jonchaient la toundra : des pièces d'équipement brisées, des cadavres d'animaux de bât et de chiens, des morceaux d'hommes et de femmes. C'était un spectacle de désolation absolue, sans une créature en mouvement à l'exception de quelques oiseaux au corps massif et au cou épais, les charognards de ces contrées stériles. Leur bec était énorme, court et visiblement dentelé. Avec une lueur d'espoir, il imagina qu'il était mort et se trouvait dans l'autre monde. Mais ce monde était trop horriblement solide pour qu'il y croie.

Il aurait pu rester là longtemps, debout jusqu'à mi-cuisse dans la masse agglutinée des cadavres qui le maintenaient, mais un charognard se posa tout près et arracha un doigt à un de ses soldats. L'idée de tuer une de ces bêtes réchauffa le cœur de Leeka et lui donna un but. En moins d'une heure, il avait déniché un arc et une poignée de flèches. Il en transperça trois avant que leurs congénères ne battent en retraite dans les airs, où ils décrivirent des cercles en poussant des cris rageurs. Mais, très vite, il prit conscience de la futilité de cette tâche. D'autres oiseaux apparurent bientôt en nombre. Ils se posaient dès qu'il leur tournait le dos.

Puis il remarqua la présence d'autres créatures, au sol celles-là : des petits renards à fourrure blanche et à la gueule tachée de rose, un animal semblable à une belette avec une queue marbrée de noir et de blanc, et même un insecte à carapace dure qui ne paraissait pas incommodé par le froid. Il en tua plusieurs en les touchant. Il les brûlait par la chaleur de ses doigts. La chaleur. Une arme puissante en ce lieu, un instrument de vie et de mort, de torture et de salut.

Il se mit en devoir de rassembler de quoi faire un feu. Cela ne lui fut pas facile tant il était faible. Souvent il devait s'interrompre pour boire un peu d'eau à l'outre qui pendait sur son ventre et grignoter de son pain plat, la seule nourriture qu'il pût envisager d'avaler. Dans la lumière oblique précédant le crépuscule, il alluma et alimenta un brasier sur lequel il jeta les corps calcinés et gelés de ses soldats. Il titubait dans l'obscurité et le froid alentour pour rapporter aux flammes ces offrandes macabres. Il le fit encore et encore, et chaque fois c'était un petit voyage entre les extrêmes. Il était pris de vertiges dès qu'il faisait un mouvement trop brusque. Il mettait alors un genou dans la neige et fermait les yeux jusqu'à ce que cette sensation cesse. Le vent s'était levé de nouveau et, avec les tourbillons, il était impossible de ne pas inhaler de la fumée de temps à autre. Toussant, couvert de suie, il s'acharna jusqu'à ce que sa triste besogne soit accomplie. Son armée ne serait pas la proie des charognards. Il préférait la libérer dans l'air, qu'elle soit emportée dans les cieux et parte à la recherche de cette paix dispersée sans doute très loin, dans la création bâtarde du Dispensateur.

Tard ce soir-là, Leeka se pelotonna près du feu, ses yeux larmoyants emplis de poussière. La crasse avait séché sur ses lèvres et collait à ses dents. À plusieurs reprises, le vent lui apporta le son d'un chant de femmes, au loin. C'était impossible... et pourtant il l'entendait avec une netteté presque suffisante pour comprendre les paroles et fredonner lui-même la mélodie. Qu'allait-il faire, à présent ? Il tenta maintes fois de se concentrer sur cette question. Avant tout, il était un général confronté à une tragédie, et il devait arrêter un plan d'action. Mais il y avait toujours quelque souvenir horrible pour détourner son attention. Les scènes de carnage s'entrechoquaient dans son esprit, cependant il ne gardait aucune image d'une de ces créatures abattues. De toute la journée il n'avait pas trouvé un seul de leurs morts. Tous les membres qu'il avait ramassés et jetés dans le brasier étaient ceux de ses soldats. Il n'avait découvert aucun indice laissant croire qu'un des ennemis ait été tué, rien qui suggérât seulement une blessure.

La piste de l'envahisseur apparut dans la lumière lustrée du matin. Malgré l'effet de flou engendré par la neige et le vent, le chemin qu'avaient suivi les tueurs était pareil au lit d'une rivière à sec s'étirant dans la toundra. Les engins munis de roues qu'ils poussaient ou tiraient devaient être énormes, car leurs traces formaient des rigoles profondes de plusieurs pieds dans la glace. Il repéra les empreintes enchevêtrées des rhinocéros laineux, et partout il voyait les myriades de pas des ennemis eux-mêmes, certains bien plus grands que ceux d'un homme normal, d'autres presque enfantins. Des empreintes de bottes semblaient appartenir à des soldats acacians. Des prisonniers ?

Leeka se mit à suivre la piste. Il tirait derrière lui un traîneau chargé de tous les vivres qu'il avait pu récupérer. Deux piquets de tente lui servirent de bâtons de marche qu'il enfonçait devant lui dans la glace à chaque pas. Bientôt, il força l'allure, silhouette isolée qui trottait à la poursuite d'une armée entière. Tout cela n'avait pas grand sens. Il ne savait même pas ce qu'il comptait faire, mais il devait faire quelque chose, cela il en avait la conviction. Il était soldat de l'empire, après tout, et il y avait un ennemi en marche, et une nation à alerter.

Chapitre dix

Comme tous les Aushéniens qu'Aliver avait eu l'occasion de rencontrer, Igguldan portait avec fierté la tenue nationale : un long pantalon en cuir moulant, une chemise à manches vertes sous une veste bleue, un chapeau en feutre incliné sur la tête. C'était une mise des plus simples, de celles qu'on pourrait choisir pour aller à la chasse, et elle faisait justement écho à l'état d'esprit du pays. Les Aushéniens n'aimaient rien tant que les immenses forêts de leur contrée et ils se voyaient toujours comme les chasseurs que leurs ancêtres avaient été jadis. D'après la stature longiligne et athlétique du visiteur, Aliver songea qu'ils n'avaient peut-être pas tort.

Un jour, devant son père, l'adolescent avait regretté que les autres nations eussent été autorisées à conserver une classe royale. À quoi rimait qu'un roi régnât sur d'autres rois ? Cela sapait leur autorité et menaçait de les rendre tous égaux. Ne serait-il pas plus approprié qu'il n'existât qu'un seul monarque pour tout l'empire ? Leodan avait répondu avec mesure. Non, avait-il dit, ce ne serait pas mieux. Toutes les nations du Monde Connu – l'Aushénie mise à part – nourrissaient un sentiment de subversion envers eux, pour maintes raisons. C'étaient des peuples conquis, mais ils n'avaient pas perdu toute fierté nationale. En maintenant en place leurs rois et leurs reines, leurs coutumes et leurs spécificités, on leur permettait de conserver un peu de cette fierté. C'était un point important, car les gens dépourvus de ce sens d'appartenance étaient capables de n'importe quoi.

— Il ne te coûte rien d'appeler « roi » un autre homme, de temps en temps, avait-il dit. Laisse-les être ce qu'ils sont, et continuons à faire en sorte que notre hégémonie soit pour eux aussi légère que la main du père sur l'épaule du fils.

Ce ne fut pas le Conseil Royal au grand complet qui accueillit le prince aushénien. Quelques-uns des membres envoyèrent leur secrétaire, ce qui fit grommeler Leodan. Thaddeus était présent à côté du roi, ainsi que sire Dagon, de la Ligue des Vaisseaux, et un assez grand nombre d'autres dignitaires pour donner à la rencontre toute la solennité requise. Le prince étranger était lui-même accompagné d'officiels de haut rang dans son pays, de conseillers et d'ambassadeurs chevronnés. Aliver savait que le prince n'était son aîné que de trois ans, mais il faisait déjà preuve d'une grande aisance. Les hommes plus âgés s'en remettaient à son jugement. Avant de prendre la parole, ils lui demandaient la permission d'un regard. Igguldan conversa librement avec Leodan et Thaddeus, puis il récita de la part de son père Guldan un long message de salutations qui ressemblait beaucoup à un poème par son rythme et ses rimes occasionnelles. Aliver aurait pu prendre ombrage d'un jeune homme plus à l'aise que lui dans le même rôle, mais il lui était difficile de ne pas apprécier Igguldan et ses manières affables.

— Aimables conseillers d'Acacia, déclara Igguldan, à la vérité je n'ai jamais posé les yeux sur plus belle île ni palais plus impressionnant. Votre nation est bénie, et Acacia est le joyau central de la plus somptueuse des couronnes.

Il parla comme si son seul objectif était de chanter les louanges de la culture acaciane. Combien il aimait chaque panorama qu'offraient ces hautes citadelles ! Quel n'était pas son émerveillement devant la qualité de ces ouvrages de pierre, de l'architecture acaciane, de cette démonstration de richesse subtile et sans ostentation. Il n'avait jamais goûté de mets plus fins que la veille au soir : cet espadon grillé sur un feu ouvert puis nappé d'une exquise sauce à base de fruits. Tous les gens qu'il avait rencontrés ici avaient été si courtois et si dignes qu'il reviendrait chez lui avec une nouvelle perception de ce qu'était un comportement modèle. Venant d'une nation plus petite influencée par les changements de saison, il était fasciné par le sublime mélange de pouvoir et de sérénité qu'affichait Acacia.

Il avait de tels talents d'orateur qu'Aliver ne s'aperçut pas tout de suite que le prince glissait lentement vers la véritable raison de sa visite. Lorsqu'il rattrapa le cours de la conversation, Igguldan était en train de déclarer que sa nation tirait une grande fierté de son histoire d'État libre et indépendant. Tout le monde connaissait le rôle joué par l'Aushénie pour assurer la paix acaciane. C'étaient les deux fronts et les puissances combinées de l'Aushénie et d'Acacia qui avaient défait leurs ennemis communs des années plus tôt. Depuis, les relations avaient parfois été turbulentes, certes, mais c'était l'esprit de leur relation première que son père souhaitait rappeler au souvenir des deux nations.

— C'est pourquoi je viens porter la requête de mon père, afin que vous admettiez en paix l'Aushénie au sein de l'Empire acacian, comme province partenaire, sur un pied d'égalité avec la Candovie, le Senival ou le Talay. Si vous nous acceptez, Guldan promet que votre nation tirera maints bénéfices de notre alliance et qu'elle ne regrettera jamais sa décision.

Voilà qui était une déclaration d'intention beaucoup plus claire que prévu. La réponse acaciane, en revanche, ne fut pas aussi directe. Les membres du Conseil Royal assaillirent le jeune homme de questions. Ils demandèrent en particulier quand Guldan annulerait le Décret de la reine Élena – cette déclaration hautaine d'indépendance éternelle – et Igguldan répondit que l'on ne pouvait revenir dans le passé et changer ce qui avait été. Guldan ne contredirait jamais la reine Élena, mais il parlait du présent, des jours et des années à venir.

Thaddeus voulut savoir quelle infortune avait accablé l'Aushénie pour qu'après tout ce temps ce pays vienne mendier une place à la table commune.

— Aucune infortune, Seigneur, mais nous avons vécu assez longtemps en dehors des cercles commerciaux de l'empire. Il y a parmi les miens un nouvel état d'esprit qui les pousse à considérer l'avenir avec un regard neuf. Nous voyons des opportunités que nous négligions jusqu'alors. Mon père est un des partisans les plus convaincus de cette nouvelle attitude.

Le chancelier ne parut guère impressionné.

— Hmmm... votre situation est à ce point difficile ?

Il y eut une très légère pointe d'irritation dans la voix du prince quand il nia cette insinuation. L'Aushénie, dit-il, était une nation modeste, mais qui n'avait jamais été pauvre. Ils étaient riches de l'ambre, cette gemme très prisée et connue dans le monde entier. Leurs sapins énormes fournissaient le meilleur bois du Monde Connu pour les vaisseaux de haute mer. De plus, leurs arbres produisaient une huile qui, soumise à un traitement jalousement tenu secret, était transformée en une sorte de poix idéale pour étanchéifier la coque des bateaux et la protéger des dommages du sel et des vers. Ce serait une aubaine pour toute nation qui envoyait ses vaisseaux sillonner les océans, il n'en doutait pas.

Igguldan semblait disposé à continuer sur sa lancée, mais sire Dagon s'éclaircit la gorge pour prendre la parole. Jusqu'alors il était resté assis et silencieux à une extrémité de la table, pourtant Aliver avait senti la puissance de sa présence à chaque seconde. La Ligue des Vaisseaux. Le père du prince avait un jour marmonné qu'il n'existait pas de puissance plus formidable dans tout l'empire. « Tu crois que je dirige le monde ? » avait-il demandé, sarcastique et sibyllin en même temps. La Ligue était née du chaos avant l'époque d'Édifus, sous la forme d'une union de navires brinquebalants, une bande de ruffians et de pirates, pour tout dire. Sous le règne de Tinhadin, ils avaient signé un contrat pour transporter le nouveau négoce avec le Lothan Aklun. Avec cette légitimité était venue une telle opulence que très vite ils s'étaient transformés en un monopole contrôlant tout le commerce maritime. La Ligue devint une entité tentaculaire et influente dans tous les secteurs du Monde Connu. Une fois qu'elle eut la mainmise effective sur les forces navales acacianes – un marché conclu après que le septième roi Akaran eut dissous sa marine de guerre trop indisciplinée et qu'il se fut tourné vers la Ligue –, elle bâtit une véritable puissance militaire, incluant l'Inspectorat d'Ishtat, une force de sécurité dont le seul rôle était de protéger ses intérêts.

Sire Dagon offrait le même aspect étrange que n'importe quel ligueur. Son comportement était plus celui d'un prêtre de quelque secte ancienne que celui d'un marchand. Son crâne avait été emmailloté de façon si serrée durant son enfance qu'il avait pris une forme allongée, l'arrière présentait désormais l'arrondi pointu d'un œuf. Son cou était plus long et fin que la nature ne l'aurait voulu, un effet obtenu par le port d'une série d'anneaux durant le sommeil, dont le nombre augmentait au fil du temps. Sa voix était juste assez forte pour être audible, et curieusement dénuée d'inflexions, comme si chaque mot cherchait à nier qu'il avait seulement été prononcé.

— Votre nation compte combien d'âmes ?

L'Aushénien adressa un signe de tête à son assistant et c'est le vieil homme qui répondit. Il y avait, parmi les citoyens libres, trente mille hommes, quarante mille femmes et presque trente mille enfants, plus un nombre limité d'anciens, car les Aushéniens choisissaient souvent de mettre fin à leur vie quand ils se sentaient devenir improductifs. Il fallait aussi citer une importante population de marchands étrangers sur leur sol, et une petite classe de serviteurs forte de quelque dix ou quinze mille membres.

Quand l'homme eut terminé, Igguldan intervint :

— Mais vous savez tout cela. Nous nous sommes rendu compte depuis quelque temps que nous étions observés par des agents de la Ligue.

— Je suis sûr que vous faites erreur, dit sire Dagon, sans préciser en quoi le prince se trompait. Par le passé, votre peuple a exprimé des objections envers notre système de négoce. Devons-nous croire que cela a changé ? Votre père remplirait toutes nos conditions comme il convient à l'intérieur de l'empire ? Vous savez quelle marchandise l'empire importe et ce que nous recevons en retour ?

Dans le moment de silence qui précéda la réponse d'Igguldan, le regard d'Aliver passa du prince aux autres membres du Conseil, puis à son père et au représentant de la Ligue. Il sentit son pouls s'emballer sous l'effet du danger et vit la même chose sur tous ces visages, mais nulle part il ne détecta la perplexité qui l'avait saisi. À quelle marchandise sire Dagon faisait-il référence ? Les métaux extraits des mines, le charbon du Senival, les marchandises diverses et les pierres précieuses du Talay, les produits exotiques de l'Archipel de Vumu, c'étaient là tous les produits du commerce international. Ceux qu'Igguldan avait mentionnés trouveraient également des acheteurs. Mais si c'était bien de ces marchandises qu'il parlait, pourquoi ce ton presque sinistre ?

Igguldan répondit à l'homme de la Ligue d'un hochement de tête qui semblait contraint.

Satisfait, sire Dagon posa ses mains sur la table. Le joyau qu'il portait à un doigt réfléchit des éclats de lumière.

— Avec le temps et la raison, tous les peuples ont trouvé leur compte dans notre système. Tous ont perçu les bénéfices de ce que nous offrons. C'est pourquoi nous devons protéger ce que nous avons déjà établi. Nous sommes arrivés à un équilibre. Nous ne voudrions pas le mettre en péril. Pour cette raison, les nouveaux partis ne sont pas entièrement les bienvenus en ce moment. Je suis sûr que je parle pour le roi en apportant cette précision.

Sire Dagon eut un petit mouvement de tête vers Leodan, sans même le regarder. Puis il parut changer d'avis :

— D'un autre côté… Dites-moi, vos femmes sont-elles fertiles ?

Igguldan s'esclaffa, mais se reprit aussitôt en voyant que personne ne l'imitait. Son regard fit le tour de la table puis revint se fixer sur sire Dagon. Par tous les traits de son visage le prince disait qu'il avait compris s'être trompé : le Ligueur n'avait pas fait une plaisanterie douteuse. Suivit une conversation qu'Igguldan trouva visiblement aussi incongrue qu'Aliver. Les assistants de l'Aushénien étaient préparés à cette question. Ils citèrent des statistiques sur l'âge auquel la femme aushénienne atteignait sa maturité sexuelle, la fréquence de ses grossesses et le taux de mortalité chez les nouveau-nés.

Pendant un court instant, Aliver pensa voir sourire sire Dagon, mais aussitôt après il douta que ce fût la bonne interprétation de cette expression fugitive. Le Ligueur garda pour lui tout commentaire et se retrancha dans le silence. La réunion se poursuivit sans un autre mot du représentant de la Ligue.

Leodan parut heureux de placer la conversation sur un nouveau terrain.

— J'entends votre conviction, Prince, et je l'admire. Mais j'admire aussi et depuis longtemps l'indépendance de votre nation – la dernière à profiter de cette situation dans le Monde Connu. Pour certains d'entre nous, votre peuple a été... une inspiration.

— Mon Seigneur, répondit Igguldan, on ne subvient pas aux besoins d'une nation par l'inspiration. Nous, Aushéniens, n'avons aucune raison d'éprouver la moindre honte, mais il nous apparaît clairement que le monde s'est éloigné du modèle que nous avons si longtemps appelé de nos vœux.

— Et quel est ce modèle ? demanda Thaddeus. Soyez assez aimable pour nous rafraîchir la mémoire, Seigneur.

— L'Aushénie a parfois été dirigée par des femmes qui avaient envergure et sagesse. Notre reine Élena, dans ses décrets, a proposé que le Monde Connu soit composé d'une fédération de nations libres et indépendantes, aucune n'étant soumise à une autre, toutes échangeant les marchandises qu'elles produisent le mieux, chacune conservant ses caractéristiques nationales, honorant les traditions et les religions anciennes tout en tendant la main de l'amitié aux autres. C'est ce qu'elle a proposé à Tinhadin.

Un membre du Conseil remarqua qu'un tel système pouvait certes fonctionner au niveau de la subsistance, chaque nation se débrouillant et restant sur des termes d'égalité avec les autres, mais qu'aucune n'atteindrait la richesse, la stabilité et la productivité que l'hégémonie acaciane avait créée avec l'aide de la Ligue dans le domaine commercial. Tous ces pays resteraient des îlots querelleurs animés de ferveurs nationales, comme ils l'étaient avant les Guerres de Répartition.

Igguldan ne chercha pas à discuter ce point. Avec un hochement de tête et un ample geste de la main, il déclara que le palais autour d'eux prouvait le bien-fondé de cet argument. Cependant, il ajouta :

— La reine vous aurait répondu en disant que ce qu'il y a de plus grand n'est pas toujours ce qu'il y a de meilleur, en particulier quand la richesse est détenue par très peu de gens, alors qu'elle est générée par le labeur d'une multitude.

Puis il baissa la tête et se passa une main dans les cheveux.

— Mais ce n'est pas le sujet dont je suis venu parler. Élena appartient au passé, et nous regardons vers l'avenir.

— Il m'arrive d'avoir la vision du monde souhaitée par votre reine, dit Leodan.

— Moi aussi, répondit le prince, mais alors il me faut fermer les yeux. Quand ils sont ouverts, le monde m'apparaît très différent.

La réunion fut ajournée une heure plus tard, et le roi alla prendre le thé avec Aliver et son chancelier. Les deux adultes discutèrent un long moment, et leur conversation passa d'un aspect de la réunion à l'autre. Aussi l'adolescent fut-il surpris quand son père l'apostropha :

— Que penses-tu de tout cela ? Parle sans détours.

— Moi ? Je pense... Le prince donne l'impression d'être quelqu'un de raisonnable. Je ne vois rien à dire de négatif à son endroit pour l'instant. S'il représente réellement son peuple, c'est une bonne chose pour nous, non ? À un détail près : s'ils nous tiennent en si haute estime, pourquoi ne nous ont-ils pas rejoints plus tôt ?

— Nous rejoindre implique beaucoup de choses, dit Leodan. Ils ont raison d'avoir hésité, mais depuis quelque temps déjà ils ont clairement montré qu'ils seraient nos amis si nous acceptions d'être les leurs.

Thaddeus agita la main pour signifier que la situation n'était pas aussi simple.

— Comme toujours, ton père est fort généreux en paroles.

— Non, je dis les choses telles qu'elles sont. Ils nous tendent la main en signe d'amitié depuis déjà des années. C'est nous qui ne l'avons pas encore saisie, voilà tout.

— Et c'est aussi bien. Notre patience a payé.

Le chancelier parlait comme s'il s'adressait au roi, mais son regard s'appesantit sur Aliver assez longtemps pour lui faire comprendre que le message lui était destiné.

— Ce que le prince n'a pas reconnu, c'est que l'Aushénie doit beaucoup souffrir. Je suis étonné qu'ils soient restés hors de l'empire aussi longtemps sans que leur économie ne s'écroule. Ils disposent de quelques richesses minières, c'est vrai, de forêts de qualité, de l'ambre et de la poix dont Igguldan a parlé, et ils ont quelques ports bien aménagés, mais sans la Ligue pour commercer, ils n'en ont pas fait grand-chose. Ce sont des gens fiers, et ils ont été obligés de vendre au marché noir, ils ont dû trafiquer avec les pirates. Ce qui jure un peu avec tout cet idéalisme. Ils nous font cette proposition de façon aussi directe parce qu'ils ont plus besoin de nous que nous n'avons besoin d'eux. Si nous acceptons, le sujet de leur statut dans l'empire sera très délicat à régler. Maints fardeaux pèsent sur un nouveau *Vedel*, un membre conquis du rang le plus bas. Ils doivent s'y soumettre sans le prendre comme une insulte, même si dans la réalité un Vedel endure beaucoup d'insultes.

— Et s'ils n'entrent pas dans l'empire comme Vedels ? demanda le roi.

— Ils y sont contraints. Selon les anciennes lois, il n'existe pas d'autre catégorie. À son époque, Tinhadin l'a exposé de façon très claire : le rejoindre ou le combattre. Quand l'Aushénie a refusé l'hégémonie d'Acacia, ce pays a scellé son destin.

Thaddeus prit le temps de boire lentement une gorgée de thé, puis il éleva un peu le ton pour contrer l'argument qu'il sentait poindre :

— Les générations écoulées entre le temps de Tinhadin et aujourd'hui n'y changent rien. Tout chef, toute nation sait que ses décisions auront des répercussions dans les générations futures. Lorsque la reine Élena a rejeté l'offre de Tinhadin, elle savait que son peuple en subirait à jamais les conséquences.

Leodan prit alors la parole :

— Thaddeus parle de noir et de blanc dans un monde d'un millier de couleurs. À la vérité, nous n'avons jamais conquis ni vaincu l'Aushénie durant les guerres anciennes. S'ils n'avaient pas été eux aussi ennemis du Mein, nous n'aurions peut-être jamais accédé à la prédominance. Pendant des siècles, ils ont vécu sans être alliés, vassaux ni ennemis.

— Oui, pendant des siècles, dit Thaddeus, et cela ne peut changer du jour au lendemain. La vérité, Aliver, c'est que bien évidemment ton père serait heureux d'accueillir les Aushéniens. C'est un idéaliste. Il désire un monde de paix où tous ont leur place à la table commune. Il n'aime pas reconnaître que pour qu'il y ait une table, nombreux sont ceux qui doivent en être exclus. C'est pourtant un des principes sur lesquels la Ligue fonde ses décisions. Voilà pourquoi il est fort peu probable que les Aushéniens soient acceptés parmi nous. La Ligue a un droit de veto dans le cas d'une telle demande d'expansion. J'ai l'impression qu'ils sont tentés par l'Aushénie, mais qu'ils restent en retrait pour une raison qu'ils ne nous expliqueront sans doute jamais. Comme ton précepteur te l'a peut-être déjà pleinement enseigné, Aliver, l'entité impériale est avant tout une entreprise commerciale. Et dans ce domaine, la Ligue occupe la place la plus importante. Nous ne connaissons qu'en partie la façon dont la Ligue conduit ses affaires, mais si elle ne veut pas de l'Aushénie, alors l'Aushénie n'entrera pas dans l'empire.

Leodan se frotta le visage avec les deux mains. Cette conversation semblait l'épuiser.

— Telle est la question réduite à son essence, mon fils, dit-il.

— En noir et blanc, ajouta Thaddeus.

CHAPITRE ONZE

L'ASSASSIN ÉTAIT PARTI POUR ACACIA DANS LE SECRET LE PLUS ABSOLU, parce qu'il n'avait pas le choix. Si quelqu'un d'autre avait été au courant de la mission de Thasren, il y aurait eu beaucoup trop d'occasions de trahison. À travers l'empire, nombreux étaient ceux qui se plaignaient de la domination acaciane, mais il ne pouvait mettre sa confiance en personne une fois qu'il aurait franchi les portes de sa capitale. Il ne chercha même pas à entrer en contact avec les agents du Mein cachés au cœur d'Acacia, certains depuis des années, d'autres depuis des générations. Qui pouvait dire de quelle façon la vie sous ces climats du Sud les avait pervertis ? Il préféra se frayer son propre chemin dans la ville basse, et de là passer les grandes portes déguisé en laboureur. Il marcha incognito dans les rues populeuses de la cité avec une facilité qui l'emplit de mépris pour ces gens. Aucun étranger n'aurait pu se déplacer ainsi dans Tahalian sans éveiller des soupçons. Quel intérêt de vivre dans une forteresse aussi formidable si un agent ennemi pouvait y pénétrer si aisément ? Les Acacians étaient incapables d'apprécier leur île. Quand il vit tout autour de lui les richesses exposées sur la grand-place, l'impatience fit battre plus vite son cœur. Sous le contrôle du Mein, une Acacia rebaptisée deviendrait un bastion impénétrable. Il se délecta à l'imaginer, tout en sachant qu'il ne vivrait pas pour voir ce jour glorieux de ses yeux.

En interrogeant quelques passants à la peau mate, il put se diriger dans le quartier où étaient logés les dignitaires étrangers. Tout en donnant l'impression d'être occupé, il se mit à attendre le seul contact qu'il avait l'intention d'avoir. Ce ne fut pas long. Dès le troisième jour, il reconnut l'ambassadeur de son peuple à Acacia. La chevelure naguère blonde de Gurnal avait pris un éclat métallique, comme c'était souvent le cas chez les hommes du Mein qui séjournaient trop longtemps dans les contrées du Sud. Tout d'abord, il n'aperçut que sa tête dans la foule, mais quand l'ambassadeur passa près de lui, Thasren vit que Gurnal portait des vêtements amples à la mode acaciane, des sandales et des chaussettes en laine. Seul le médaillon sur sa poitrine attestait de ses origines. Maeander avait eu raison de se méfier : Gurnal avait oublié qui il était. Pourquoi la séduction des douceurs était-elle toujours aussi puissante avec les faibles ? Pourquoi une nation érigée sur le mensonge était-elle aussi attirante pour des gens qui auraient dû se montrer plus sensés ?

Ce soir-là, Thasren avait encore ces questions à l'esprit quand il escalada le mur de pierre et se laissa retomber dans l'enceinte de l'ambassade. Il avait passé l'après-midi à surveiller les lieux et pensait savoir exactement combien de personnes vivaient là. Il avait traqué chacune d'elles avec méthode. Il traversa lentement la maison endormie, faisant halte dans chaque pièce le temps que sa vue s'adapte à tout changement de luminosité ou d'obscurité. Il prit soin de ne rien heurter, ce qui ne fut pas une mince affaire car cette demeure était encombrée d'objets inutiles, des urnes décoratives et des statues grandeur nature, des sièges trop petits pour s'y asseoir, des animaux empaillés dans des postures vivantes. Dans chaque pièce il décela une fragrance différente. Il se rendit compte, peut-être plus facilement qu'en plein jour, que chaque parfum était celui d'une fleur.

Il trouva la fille de l'ambassadeur endormie et la bâillonna sans un bruit. Elle leva la main quand il pressa un ruban d'étoffe sur sa bouche ouverte, comme si elle ne voulait surtout pas être tirée d'un rêve agréable. Le fils était un adolescent athlétique, au sommeil léger, et tous deux s'affrontèrent quelques secondes dans le noir. Ce fut une lutte singulière, étouffée, plus étrange encore parce que le garçon ne prononça pas un son, même quand l'assassin lui tordit les bras dans une position à la limite de la rupture. La mère des enfants poussa un hoquet quand la lame noire et courbe se posa sur sa gorge. Elle ouvrit de grands yeux, regarda fixement le visage penché sur elle et articula muettement le nom de son mari. Supplique ou accusation ? Thasren n'aurait pu le dire. Il bâillonna et ligota chacun d'eux là où il était, avec une conscience aiguë de la générosité dont il faisait ainsi preuve. Pour les trois serviteurs de la maisonnée, ce fut une autre affaire. Ils dormaient les uns près des autres, et tous s'éveillèrent à temps pour se défendre. Ce fut presque avec soulagement qu'il les égorgea et tendit l'oreille jusqu'à ce qu'ils fassent silence. L'incident avait fait un peu de bruit. Il resta donc immobile pendant un long moment, écoutant le moindre son qui aurait indiqué qu'on les avait entendus.

Gurnal avait dû sentir quelque chose dans la nuit. Il aurait dû être déjà debout, armé et prêt à tuer, mais toutes ces années sur Acacia avaient émoussé ses réflexes de survie. Lorsque l'assassin se glissa comme une ombre dans sa chambre, l'ambassadeur roula d'un côté du lit à l'autre, puis en sens inverse, empêtré dans ses draps comme un bambin. Quand enfin il parvint à se redresser sur les coudes, il marmonna quelque chose d'incompréhensible, libéra ses jambes et les balança hors du lit, posa les pieds au sol et se leva. Avait-il l'intuition de ce qui se passait ? En ce cas, il n'en donnait aucun signe. Il ne remarqua même pas Thasren debout derrière le coin de son armoire. Il grommela encore quelque chose et se dirigea vers le couloir.

L'assassin effectua un roulé-boulé qu'il termina en position accroupie juste derrière l'autre. Son couteau entailla les jambes au niveau du genou, une jambe puis l'autre, en deux gestes vifs comme ceux d'un boucher payé pour être rapide. Au moment où Gurnal s'écroulait, l'assassin agrippa le col de sa toge et tira en arrière. L'instant suivant, il immobilisait les bras de l'homme entre la double équerre de ses genoux, en appliquant une pression telle qu'il sentit les biceps rouler sur l'os. Gurnal cria de toutes ses forces, jusqu'à ce que l'assassin presse la lame ensanglantée sous son nez. L'avertissement suffit à ramener le silence.

— À qui es-tu loyal ? interrogea Thasren.

Il avait employé sa langue natale, faite de sons discordants, des mots pareils à des galets de rivière craquant sous un ciseau.

L'homme regarda son agresseur au fond des yeux, ces yeux qui étaient aussi gris que les siens.

— Au Mein. Au sang des Tunishnevres, aux milliers qui ont péri, avec qui... je ne fais qu'un.

— C'est une bonne chose que tu aies prononcé ces paroles, ce sont celles qui conviennent. Mais es-tu l'homme qui convient ?

— Bien sûr, dit Gurnal. Qui êtes-vous ? Pourquoi m'avoir blessé de la sorte ? Je suis...

— Silence ! C'est moi qui pose les questions.

L'assassin modifia la position de leurs deux corps afin d'appuyer son genou sur la poitrine de l'autre dans une posture plus confortable.

— Quand dois-tu approcher le roi prochainement ?

Gurnal grimaça et geignit. Le Mein pesa un peu plus sur sa poitrine afin d'obtenir une réponse. Dans un premier temps, l'ambassadeur parla d'un ton incrédule, yeux écarquillés, car il était tout bonnement impossible qu'il se soit réveillé pour connaître une telle horreur et se retrouver blessé. Mais son agresseur avait d'autres questions. Il les posa comme si la situation présente était tout à fait normale. Gurnal répondit sans plus de mauvaise grâce, détaillant son quotidien, ses devoirs, les endroits où il était attendu dans les prochains jours et ce qu'il devait y faire. Petit à petit, il parut se rasséréner, comme si ces divers engagements confirmaient que sa place dans le monde des vivants perdurerait.

Enfin, son interrogateur en revint au début.

— Tu le rencontreras ce soir ?

— Oui. Pas en personne, bien sûr, mais je me trouverai dans le hall quand il accueillera la délégation aushénienne. Je ferai partie des nombreux...

— Un banquet est prévu ?

— Au palais, après-demain soir. J'y serai personnellement. Il n'y aura qu'une poignée d'entre nous. Il est rare de dîner à la table du roi, mais je...

L'homme s'interrompit, perplexe. Il remua un moment la mâchoire avant de parvenir à parler de nouveau.

— Je vous connais. Thasren ! Thasren...

D'une voix sifflante, le Mein lui intima le silence, avant de se pencher et de laisser ses lèvres effleurer la peau douce et le cartilage de l'oreille.

— Qui je suis n'est d'aucune importance pour toi. Ce qui importe, c'est que tu es devenu faible. Tu parles avec ta bouche et non avec ton cœur.

L'ambassadeur protesta et regarda autour de lui, comme si des secours étaient entrés en silence dans la chambre et attendaient qu'il les voie pour agir.

— Peut-être le Callach qui juge toutes choses devant les portes des Montagnes t'entendra et te permettra d'entrer. Mais en ce monde, c'est un maître différent qui estime ce que tu vaux, et ce maître est mécontent de toi. Hanish Mein n'accorde plus de prix à ta vie, mais tu demeures un Mein, et à ce titre il t'est donné une dernière chance de prouver ta loyauté.

Pendant les heures suivantes, Thasren expliqua à l'homme et à sa famille comment devaient se dérouler les choses. Il décrivit les trésors de torture et de souffrance qu'Hanish leur infligerait s'ils échouaient à accomplir une seule des tâches qu'on leur confiait. Il souligna leurs devoirs envers la race, et leur rappela que nul lieu n'était hors d'atteinte pour les Tunishnevres, qu'aucun Mein ne pouvait échapper à leur juste courroux. Ils n'avaient que quelques petites obligations à remplir pour assurer leur salut. La femme et les enfants se montreraient en public sans trahir aucun signe de ce qui venait de se passer. Ils minauderaient, se prosterneraient et flatteraient les Acacians, comme cela semblait leur être naturel. Ils trouveraient des excuses pour expliquer l'absence de leurs serviteurs et ne laisseraient entrer personne dans la maison familiale. De son côté, Gurnal enseignerait à Thasren tout ce qu'il lui fallait savoir pour approcher le roi, quelles coutumes devaient être suivies, qui il risquait de rencontrer, le nombre de gardes et leur placement. En résumé, ils allaient l'aider à tuer le souverain.

Quand Thasren quitta l'ambassade dans l'après-midi, il portait une perruque qui était en fait la chevelure d'un des serviteurs que le Mein avait scalpé. Elle tenait en place grâce à un bandeau en crins de cheval tressés, une décoration traditionnelle arborée pour les grandes occasions. Outre ses talents de tueur, il y avait une raison pour laquelle il était le plus apte à accomplir cette mission : le bâti de son visage était très similaire à celui de Gurnal, avec la même forme générale, la même inclinaison des yeux et la même ligne de mâchoire. De plus, ils étaient apparentés, cousins au deuxième degré du côté maternel. La différence la plus marquante entre eux était leurs cheveux, mais Thasren avait remédié à ce détail.

Il trouva le chemin du palais très facilement et en franchit les portes au milieu d'un flot de gens que les gardes faisaient avancer sans rien vérifier. Comme aucun d'entre eux n'était supposé se retrouver près du roi, ils ne furent pas fouillés, seulement surveillés et contenus dans des espaces délimités à l'avance, pour être spectateurs mais non participants. Il détestait l'atmosphère de cet endroit où se mêlaient mille odeurs et parfums venus de maintes contrées étrangères. C'était exactement ce qu'Hanish lui avait décrit : les représentants de tant de nations différentes, des races d'hommes qui maintenant s'inclinaient en souriant devant leurs maîtres acacians. Le monde entier avait-il donc oublié ce qu'était la fierté de la race ? Ils étaient semblables à autant de créatures à sabots – cerfs et antilopes – se rassemblant pour chanter les louanges du lion qui dévorait leurs enfants. Tout cela n'avait aucun sens.

Il se tint près de l'entrée pendant toute la soirée, feignant de se sentir à l'aise dans les vêtements étranges de l'ambassadeur, saluant d'un hochement de tête quiconque croisait son regard. À plusieurs reprises, il se détourna de gens qui semblaient prêts à engager la conversation. Par deux fois, il ne put l'éviter et bavarda un moment avec des hommes qui semblaient bien le connaître. Il toussa et expliqua qu'il avait pris froid. La cocasserie de cette allégation n'échappa pas aux Acacians. Il était resté trop longtemps sur l'île, plaisantèrent-ils Il devenait acacian lui-même, et succombait au moindre courant d'air un peu frais. Les deux hommes le quittèrent le sourire aux lèvres.

L'effort qu'il dut fournir pour réussir cette duperie épuisa son corps. Son cœur battit à tout rompre pendant ces échanges. Des gouttes de sueur perlèrent sous son nez et à ses joues et coulèrent le long de ses flancs. Il sentit l'humidité entre ses cheveux et sa perruque. Mais pour ceux qui posaient les yeux sur lui, il semblait parfaitement calme. Quand le brouhaha de la foule s'atténua subitement et que le crieur demanda l'attention de tous, il observa le roi qui faisait son entrée, coiffé d'une couronne en or hérissée de piquants pour rappeler le nom de l'île. Alors, l'assassin sut qu'il était près, très près de gagner sa place dans l'histoire de son peuple. Ce soir, il ne tenterait pas de s'approcher. Mais c'était un badinage sinistre : le cerf lui-même serait meilleur à tuer le lendemain.

CHAPITRE DOUZE

À L'INSU DE SON PÈRE, DE SES SŒURS ET DE SES FRÈRES, et même de la nourrice avec qui il était censé passer ses après-midi, Dariel Akaran échappait souvent aux limites de la chambre d'enfants et se promenait au hasard pendant des heures dans les entrailles du palais. Ses pérégrinations avaient commencé l'été précédent. Quand son ancienne nounou avait été terrassée par une forte fièvre, une femme plus âgée l'avait remplacée. Elle convenait bien au poste, avec ses manières aimables et une nature accommodante, mais elle ajoutait à son thé une substance liquide qui la faisait dormir. Dariel en avait évidemment tiré avantage.

Même quand elle se réveillait et constatait son absence, les quartiers réservés aux enfants étaient tellement étendus qu'elle pouvait l'y chercher sans soupçonner qu'il ne se trouvait plus dans le labyrinthe de toutes ces pièces communicantes. Lorsqu'il réapparaissait, il engageait simplement la conversation en exprimant son ennui, et il l'implorait de jouer à un jeu de société, aux fléchettes, aux soldats du royaume, au duel avec des bâtons... La vieille femme n'avait pas l'énergie pour de telles activités, et elle laissait le gamin s'occuper seul pendant des périodes de plus en plus longues, ce qui était exactement ce qu'il souhaitait.

Il avait découvert le passage dérobé par hasard, en suivant une bille mal lancée qui avait disparu entre son armoire et le mur. L'armoire en acajou était énorme et aussi inamovible pour le garçon que si elle avait été solidaire de la pierre du palais. Elle occupait la plus grande partie du mur, auquel elle n'était cependant pas collée. Dariel passa un bras, puis une jambe, avant de se glisser derrière en se tortillant comme un ver. Sa poitrine était pressée contre le bois et son dos frottait contre le granite froid. Il essaya de se baisser en pliant les genoux, de profil, doigts tendus vers l'endroit où il pensait ramasser la bille. Il était tellement désireux de la récupérer et si irrité par ces contingences matérielles lui faisant obstacle que, lorsqu'il réussit enfin à s'accroupir et à balayer le sol poussiéreux du bout des doigts, il ne prit pas le temps de se demander comment il avait accompli un tel miracle.

C'est seulement quand la bille fut dans son poing fermé qu'il se rendit compte de sa situation. Il se trouvait dans une sorte de couloir très étroit, éclairé juste assez pour qu'il discerne la maçonnerie ancienne des murs. Leur surface était inégale, chose très inhabituelle dans le palais. Il régnait ici une paix, un calme plus profonds que tout ce qu'il avait expérimenté jusqu'alors. Il y avait également un léger déplacement d'air. Une brise à peine perceptible qui caressait son visage comme un murmure.

Ainsi débuta son exploration du réseau depuis longtemps oublié de passages jadis utilisés par les serviteurs pour se déplacer sans être vus. C'était un labyrinthe d'escaliers, de tunnels, de couloirs et de culs-de-sac, éclairés ici et là par des trous forés dans la pierre qui laissaient entrer la lumière extérieure. Il visita des pièces à l'abandon, entièrement meublées, avec des tentures aux murs et des tapis au sol dont on distinguait à peine les motifs géométriques sous l'épaisse couche de poussière. Jamais il ne rencontra un être vivant en ces lieux, mais les créatures féroces sculptées sur les linteaux l'effrayaient : des bêtes aux yeux bulbeux, bipèdes comme les hommes et les femmes, avec des parties du corps empruntées aux sangliers, aux lions, aux lézards, aux hyènes et aux aigles. L'une d'elles ressemblait à une grenouille, mais l'expression violente de sa face n'avait rien en commun avec ces bestioles amusantes qui bondissaient sur le sol au printemps. Quel peuple étrange avait pu sculpter ces choses ? Cette époque avait dû être vraiment horrible, et elle correspondait certainement au moment où les humains s'étaient définitivement dissociés des bêtes. Un jour, un singe doré suivit Dariel, mais en voyant ces représentations il se sauva et, devant cette réaction, l'enfant se demanda s'il n'aurait pas été plus sage de l'imiter.

Une autre fois, il émergea d'un long passage étroit en plein soleil, avec les embruns de la mer sous lui. Il rampa par l'ouverture et sur la saillie rocheuse, aveuglé par la brillance soudaine du jour. Il venait de trouver un chemin secret qui menait directement à la côte nord de l'île, pas très loin du Temple de Vada. Il resta là, à s'enivrer de l'air iodé, tandis que les courants d'air ébouriffaient sa chevelure. À un jet de pierre, un banc de poissons faisait frémir l'eau. Bec ouvert, de grands oiseaux décrivaient des cercles à la verticale de ce festin. Il en regarda un replier ses ailes et plonger dans la mer.

Il décida de rebrousser chemin pour aller chercner quelque chose qui pourrait lui servir de canne à pêche. Alors qu'il allait faire demi-tour, une vague plus forte que les autres frappa la paroi sous lui. Une énorme masse d'eau vint le frapper sous le menton et en pleine poitrine. La puissance du choc le souleva du sol. Pendant un instant l'eau bouillonna et tourbillonna autour de lui. Ses bras et ses jambes furent tirés dans toutes les directions. Il chercha frénétiquement une prise sur la saillie rocheuse, avec ses doigts et ses pieds, et réussit enfin à se caler entre deux pierres. Pendant de longues secondes il resta étendu là, à respirer par à-coups, avec la conscience aiguë qu'il aurait pu être emporté et se perdre dans les vagues en contrebas. Personne n'aurait jamais deviné ce qu'il était advenu de lui. Il aurait simplement disparu de la surface de la terre.

Cette pensée fit monter en lui des sanglots qui lui déchirèrent la poitrine. Il ne retourna pas en cet endroit, pas plus qu'il ne mentionna l'événement à quiconque. Certes, il avait été terrifié, mais comme ses pérégrinations souterraines accéléraient les battements de son cœur et faisaient naître un délicieux picotement dans ses mains, et le souffle fantomatique dans les couloirs dressait les poils de sa nuque, il aimait toujours le temps qu'il passait dans ces lieux secrets. Il n'avait aucune envie de mettre un terme à ses aventures, et il savait que ce serait le cas à l'instant où un adulte en aurait vent.

Enfin, un adulte de la partie supérieure du palais... Ces êtres de lumière ne constituaient qu'une partie de la population de l'immense bâtisse. Il découvrit de nombreux autres points de connexion entre les passages oubliés et ceux toujours utilisés. Et ce monde-là celui du dessous, était tout aussi intéressant à explorer. Dans la communauté souterraine des travailleurs, cette société invisible de serviteurs et de techniciens, de cuisiniers et d'ouvriers grâce auxquels le fonctionnement du palais était assuré, Dariel devint vite très connu, et très apprécié. De même, c'est auprès d'eux qu'il connut ses plus grandes joies avec des adultes – à l'exception de son père, qu'il adorait. Il leur fallut quelque temps pour s'accoutumer à sa présence et pour surmonter leurs craintes qu'il n'arrive quelque chose au gamin et qu'ils ne fussent punis pour cela. Quelques-uns ne passèrent jamais ce cap et restèrent méfiants en sa présence. Il les soupçonnait de se disputer avec les autres quand il n'était pas là. Mais il se lia très vite d'amitié avec ceux qui l'acceptaient. Il se déplaçait dans le chariot tiré par un âne avec lequel un homme du nom de Cevil apportait les provisions des entrepôts souterrains au palais. Il se tenait entre les hanches rebondies des boulangères et dérobait l'un après l'autre ces gâteaux sucrés dont il raffolait. Il s'asseyait en compagnie des anciens ouvriers du palais qui vivaient une retraite frugale dans ce réseau de caves, des hommes et des femmes très âgés, inexistants pour la société royale.

Il passait des journées entières à contempler avec crainte et respect le labeur exténuant des préposés aux feux qui travaillaient dans des chambres noircies comme des catacombes, sous les cuisines. Les fours royaux étaient alimentés par une série de chaudières gigantesques d'où un réseau de tuyaux s'échappait pour se disperser à travers la voûte des sous-sols, dans un tel enchevêtrement que le garçon ne comprit jamais rien au système, malgré toutes les questions qu'il posa. Cette salle immense était elle-même un seul et unique four sinistre, tapissé de suie et de poussière de charbon, peuplé d'hommes noircis qui s'échinaient souvent torse nu et inondés de sueur, avec des épaules et des bras à la musculature formidable, des yeux injectés de sang et des dents jaunies. La salle était ouverte à une extrémité non pour savourer la vue splendide de la mer à l'ouest, mais pour soulager un peu de la fournaise et pour faciliter l'arrivée de nouveaux chargements de charbon expédiés du Senival et qui arrivaient par barges depuis les Grandes Terres.

Le matin du banquet en l'honneur de la délégation aushénienne, Dariel se dirigea vers la salle des fours. En approchant, il perçut le grondement de toute cette activité à distance, puis il décela l'odeur de la suie dans l'air qui se réchauffait à chaque coude de tunnel franchi. Quand enfin il émergea du boyau, la chaleur intense des fours le frappa dans un rugissement, comme s'il venait d'entrer dans la bouche de quelque monstre vivant. Les premiers instants, la vision de ces hommes éclairés par les braises rougeoyantes avait quelque chose d'horrible. Mais il repéra vite une silhouette et se dirigea vers elle.

Val affirmait être candovien. Il affirmait aussi avoir été un pillard dans sa jeunesse, une sorte de pirate des Flots Gris. Malgré son jeune âge, Dariel ne prenait pas ces paroles au pied de la lettre. Val lui semblait tellement appartenir à Acacia qu'il ne pouvait lui imaginer une autre origine. Ce qui ne pouvait être mis en doute, en revanche, c'était son incroyable présence physique. Il avait un torse si large que la première fois que Dariel l'avait vu se déplacer avec une grâce massive devant les fours, sa silhouette se découpant sur l'éclat orangé de la fournaise, le gamin avait crispé une main sur sa poitrine, certain d'être tombé sur un des géants qui, dans les légendes, alimentaient les volcans de ce monde.

Il frissonnait toujours en le voyant. Val rugit un ordre à quelqu'un et se pencha en avant pour ramasser un morceau de charbon aussi gros qu'un bébé. C'est alors qu'il aperçut Dariel. Il se redressa de toute sa taille, et avec une main énorme essuya de sa bouche le blasphème qu'il venait de proférer.

— Jeune prince, que faites-vous là ? s'enquit-il en s'approchant et en mettant un genou à terre. Il y a un banquet, ce soir. Vous ne le savez pas ? Votre père honore le prince aushénien. Ce n'est pas un moment très bien choisi pour venir vous amuser ici. Ou est-ce justement la raison de votre venue, le désir de créer des ennuis au vieux Val ?

Une fois de plus, Dariel fut frappé de timidité devant cet homme si grand et si fort, en même temps qu'il se sentait attiré par lui et aimait se sentir aussi petit face à ce géant. Il répondit comme souvent, avec un sourire hésitant qui accompagnait une déclaration d'innocence à peine audible.

L'homme posa une main sur l'épaule du gamin et le secoua doucement, par jeu.

— Bah, fit-il en se relevant avec quelque difficulté, c'était l'heure de ma pause, de toute façon. Allons respirer un peu d'air frais.

Ensemble ils s'éloignèrent des fours. Dariel marchait derrière Val, qui se frayait sans difficulté un chemin parmi la foule grouillante des travailleurs. Les pelletées de charbon qui volaient dans la gueule des fourneaux, les chariots passant en craquant derrière les ânes rétifs, les hommes oscillant et jurant sous l'effort : le mouvement était partout autour de lui, mais tant qu'il restait près de Val, Dariel se savait en sécurité. Il trébuchait de temps en temps sur le sol inégal, et une fois il percuta les jambes de Val quand celui-ci fit halte pour laisser passer un chariot. La main de l'homme descendit des hauteurs et vint couvrir son épaule, en un geste de protection momentané. Puis ils repartirent.

Le ciel était alourdi de nuages, couche sur couche, et pourtant on était ébloui en sortant de la caverne et en entrant dans cette matinée hivernale. Le changement brutal fit basculer ses sens, des ténèbres à la lumière en quelques pas, de la chaleur étouffante au froid venteux. Ils émergèrent au-dehors comme s'ils sortaient d'une fissure dans le flanc d'un volcan, telle une fumerole de souffle fétide soudain exhalée et accueillie par le choc de l'air salé. Ils gravirent un escalier taillé dans la roche puis parcoururent une rampe inclinée longeant une paroi trouée d'ouvertures menant aux fours que les chaudières souterraines alimentaient.

Dariel pénétra dans la cantine à temps pour voir Karan, la femme qui distribuait leurs rations aux travailleurs, se redresser d'une position inclinée. Elle venait de déposer une plaque de biscuits secs dans le support sur lesquels ils refroidiraient. La vision fugitive de ses seins oscillant dans le mouvement le figea sur place, et il se sentit rougir d'une gêne incompréhensible qui vibra plus fort en lui quand elle lui lança un regard qui semblait décrypter ses pensées mieux qu'il ne le faisait lui-même. Les yeux de la femme passèrent sur Val. Elle planta ses poings sur ses hanches, qui saillirent sous le tablier comprimé, et considéra l'homme d'un air désapprobateur.

— Quel spectacle tu offres ! dit-elle. Venir ici sans même te passer un peu d'eau sur le visage !

Si jeune qu'il fût, Dariel savait que c'était lui et non le contremaître la cause de son déplaisir. Elle ne lui avait jamais fait confiance comme Val, se dit le garçon, même s'il ne voyait pas comment ni pourquoi il aurait pu lui nuire. Et il sentait que, en dépit du ton froid dont elle usait avec Val, le colosse lui plaisait bien ; ce qui embarrassait suffisamment cette virago pour qu'elle le dissimulât ainsi.

— Si j'avais une bonne raison de me soucier de mon apparence, tu peux être sûr que je le ferais, femme, dit Val, mais je suis ici pour quelques biscuits et un peu de thé. Est-ce trop demander ? Je ne savais pas que je devais faire ma toilette pour un biscuit et un peu de thé.

Il lança un regard furtif à Dariel pour lui demander son soutien, puis d'une main balaya la plupart des biscuits d'une des plaques et les rassembla dans l'autre main.

— Ne fais pas attention à elle, dit-il au garçon un peu plus tard.

Ils étaient revenus à l'escalier et s'y étaient assis, côte à côte avec les biscuits et le thé entre eux, une longue paire de jambes et une courte se balançant dans le vide.

— Elle pense que tu ne devrais pas manger la même nourriture que les ouvriers.

Dariel tenait un biscuit entre ses doigts et envisageait sans réel plaisir de le porter à sa bouche, car il était fade et sec.

— J'aime bien ça, dit-il. Il faut mordre fort dedans, ajouta-t-il avec l'espoir puéril que c'était là une forme de compliment compréhensible pour le géant.

— Sûr, tu aimes bien ça. C'est ce que je lui dis, mais certaines personnes sont bizarres.

Dariel était déjà arrivé seul à cette même constatation.

— Pourquoi elle ne m'aime pas ?

— Sa famille cuisine pour la tienne depuis des générations. Elle et moi, nous sommes des serviteurs, nous n'avons pas à fricoter avec la royauté. Elle n'a pas tort sur ce point, mais j'ai ma propre façon de penser. Tu es un gentil garçon. Et puis, dans une année de temps, tu ne viendras plus me voir. Tu cesseras de descendre ici. Ne vois nulle offense dans mes propos, je veux juste dire que tu auras mieux à faire : ton entraînement, et toutes ces choses à apprendre pour devenir prince. Karan, elle, pense que tu représentes ma mort, je ne sais trop pourquoi. Elle a dit qu'elle l'a rêvé. À quoi j'ai répondu qu'elle avait dû s'empiffrer de ses propres biscuits juste avant d'aller au lit. Mais elle a l'art de faire réfléchir les gens à certaines choses. Alors, permets-moi de te demander... À quoi ça rime, tout ça ?

La perplexité qu'afficha Dariel poussa Val à poursuivre. Il s'inclina vers l'enfant et fronça les sourcils jusqu'à ce qu'ils se rejoignent entre ses yeux.

— Pourquoi es-tu ici, en bas, avec moi, à manger mes biscuits durs comme le roc et à partager mon thé noir ? Tu es un prince, Dariel, et pour toi ce doit être aussi agréable que de manger de la poussière, sans parler de la compagnie de quelqu'un comme moi.

Dariel détourna les yeux. C'était moins la question en elle-même que le ton de cet homme qui le mettait mal à l'aise. Il manquait de naturel dans sa façon de parler, comme s'il exprimait autre chose que ses émotions véritables. Dariel avait déjà l'esprit assez fin pour détecter la tromperie. La décrypter, en revanche, était une tout autre affaire. Il avait déjà expliqué comment il avait découvert le chemin menant aux sous-sols du palais. Il avait dit qu'il aimait l'aventure, le danger, les gens qui n'étaient pas aussi guindés et faux que ceux de la cour. Val avait entendu tout cela auparavant, mais régulièrement la même question revenait, comme si aucune des réponses antérieures de Dariel ne le satisfaisait. Pour éviter le silence, l'enfant dit la première chose qui lui passa par la tête :

— La vieille femme qui veille sur moi prend une boisson qui la plonge dans le sommeil.

— C'est vrai ?

— Oui. Alors je m'ennuie à rester tout seul là-haut.

Val enfourna un biscuit entier dans sa bouche et parla tout en le mastiquant.

— Mouais... Qui aurait envie de regarder une vieille femme dormir, hein ?

Une fois encore, Dariel crut percevoir une note ironique dans la voix de l'homme, mais il n'en montra rien. Il voyait là une invitation rare à parler de ce qui le troublait. Il expliqua que ses sœurs et son frère aînés ne se montraient pas toujours très gentils avec lui. Immédiatement il rectifia : Mena était presque toujours gentille, mais Corinn le prenait pour un idiot et Aliver ne l'aimait pas. Son frère lui avait déjà crié de le laisser tranquille, et Corinn lui avait ordonné de cesser de la suivre comme un toutou, en ajoutant qu'elle aurait préféré avoir une autre sœur. Aucun des trois n'avait de temps à lui consacrer. Aucun ne semblait se soucier qu'il n'ait personne avec qui jouer, jamais. Il dépeignit un tableau sombre d'un abandon quotidien de la part de ses proches, des heures de solitudes, des vies d'isolement.

Val l'écouta sans l'interrompre. De temps à autre il se permettait juste un grognement, puis il se remettait à mâcher son déjeuner de plus belle, en suivant du regard le lent mouvement des bateaux sur la mer. Levant les yeux, Dariel contempla un moment la dilatation de ses narines lorsqu'il inspirait, et les poils à l'intérieur, enrobés de poudre de charbon. Pour une raison qui lui échappa, il songea alors à son père quand celui-ci se glissait parfois dans sa chambre et venait déposer un baiser sur sa joue, son front et sa bouche. Dariel ne montrait jamais qu'il était éveillé, alors qu'il avait le sommeil très léger et ouvrait souvent les yeux en percevant le froissement des vêtements de son père à la porte. En quelques occasions, il avait senti les larmes de l'homme mouiller sa peau.

Et soudain il s'en voulut de tout ce qu'il venait de dire. Pourquoi avait-il parlé de ces choses ? La vérité, c'était qu'il aimait tellement sa famille que cela l'effrayait. Ses sœurs et son frère étaient chacun à sa façon une version de la perfection qu'il adorait. Il redoutait le jour où son père cesserait de lui prodiguer autant de marques d'affection, même s'il craignait aussi la tristesse insondable qui semblait les motiver. Si c'était déjà arrivé, quelque chose d'aussi abominable pouvait se reproduire. Il pouvait perdre quelqu'un, et c'était là une pensée horrible. Pour changer de sujet, il demanda à son ami de lui raconter son passé.

Val parut d'abord penser que ce n'était pas une très bonne idée, mais un instant plus tard la vivacité de ses souvenirs eut raison de ses réticences. Il dit qu'il était né dans une famille de pillards, les Verspines. Aussi loin que remontât sa mémoire, il avait vécu une existence d'errances, surtout à bord des vaisseaux rapides, mais parfois aussi sur les Îles du Lointain où ils se cachaient après des raids réussis. Ils razziaient la côte océane du Nord, la Candovie, et jusqu'au Talay. Ils frappaient toujours de nuit, en s'introduisant sans bruit dans les cités et les villes et en réveillant les habitants terrorisés. Ils prenaient ce qu'ils désiraient et affrontaient sans pitié quiconque s'opposait à eux. Ils échangeaient leur butin contre toutes les fournitures dont ils avaient besoin, puis ils se retiraient sur les îles pour y couler des mois de tranquillité. Ils pêchaient, se doraient sur les plages, buvaient, se bagarraient, bref ils profitaient de la vie jusqu'à ce que le moment vienne de repartir pour un autre raid.

Dariel commençait à vraiment sentir le froid ambiant, d'autant qu'un vent de nord-ouest les assaillait continuellement, mais il ne voulut pas le reconnaître devant Val.

— Pourquoi n'es-tu plus pillard ?

Val grimaça, grommela qu'il ferait mieux de retourner au travail et se mit debout avec raideur. Toutefois, il prit le temps de contempler la mer encore quelques secondes.

— La vérité, c'est que j'ai perdu le cœur à partir en raid, dit-il. Trop d'entre nous sont morts de la mauvaise façon. Quand j'étais plus jeune, cela ne me tracassait pas autant. Je croyais que je méritais d'avoir tout ce que je pouvais prendre, et que tous ceux que je tuais ou blessais pour l'obtenir étaient simplement sur mon chemin. Il faut que tu comprennes que ce monde est empli d'hommes qui valent à peine mieux que les animaux. Je peux en plaisanter, aujourd'hui. Toi et moi pouvons être assis là et deviser paisiblement de cette époque. Mais un animal, voilà ce que j'ai été pendant trente années de ma vie. Le problème, c'est qu'un homme est différent d'un animal. Après, quand vient le calme, nous nous rendons compte que nous avons mal agi. Lorsque j'ai quitté mes frères de flibuste, je suis venu ici pour servir ton père. Pense simplement à moi comme étant Val, le contremaître, qui fut un tueur sans cœur il y a bien longtemps. Peux-tu te faire à cette image ?

Dariel regarda le visage taillé à la serpe de l'homme, si large et grand, et si noirci, cette tête perchée sur des épaules qui auraient pu être une chaîne de montagnes tant était large l'ombre qu'elles projetaient sur l'enfant. Et malgré tout cela, Dariel ne pouvait l'imaginer en assassin. Si terribles et frappantes que soient les histoires narrées par cet homme, si avide que soit son esprit d'enfant à les entendre, il ne parvenait toujours pas à croire que Val ait pu faire du mal à quelqu'un. C'était un simple travailleur appartenant au monde souterrain du palais, un géant sympathique qui avait probablement hérité sa position de son père sans peut-être jamais quitter l'île, un homme qui savait très exactement quel genre d'histoires raconter à un enfant tel que Dariel, et qui le faisait par gentillesse.

CHAPITRE TREIZE

LEODAN AKARAN ÉTAIT UN HOMME EN GUERRE CONTRE LUI-MÊME. Il charriait des conflits muets dans son esprit, des luttes qui faisaient rage d'un jour à l'autre sans jamais être résolues. Il était conscient de cette faiblesse intérieure, de ce défaut dû à sa nature de rêveur, de poète, d'érudit, d'humaniste. Ces penchants ne convenaient guère à un roi. Il enveloppait sa famille dans la riche culture d'Acacia tout en lui dissimulant le commerce odieux qui l'avait fondée. Il avait pour projet que ses enfants ne fassent jamais l'expérience de la violence physique, même s'il fallait, pour se garantir ce privilège, passer certaines personnes au fil de l'épée. Il détestait l'idée que d'innombrables êtres humains sur ses territoires fussent enchaînés à une drogue qui garantissait leur travail et leur soumission, et pourtant il s'adonnait au même vice. Il aimait ses enfants passionnément, et il lui arrivait de se réveiller en sursaut, terrorisé par un cauchemar où quelque infortune les terrassait. Mais il savait aussi que des agents œuvrant en son nom arrachaient d'autres enfants à l'étreinte aimante de leurs parents, pour une séparation définitive. C'était monstrueux, et par bien des côtés il avait l'impression que c'était sa faute.

Il n'avait été l'instigateur d'aucune de ces abominations. Comme ses enfants, il était né dans cette situation. Il avait grandi en croyant les mêmes légendes qu'il racontait maintenant au plus petit. Il avait appris la même révérence envers les héros fondateurs de sa nation. Il avait pratiqué les Formes, considéré avec respect les dignitaires venus de tous les coins de l'empire, et cru inconditionnellement que son père était le maître légitime du monde entier.

Quand pour la première fois il avait vu les mines de Kidnaban, ces gouffres béants creusés dans la pierre, avec cette masse d'ouvriers vêtus d'un simple pagne qui travaillaient comme des insectes à forme humaine, il n'avait pas compris. Son esprit ne pouvait saisir pourquoi ces hommes et ces garçons avaient choisi une telle existence, et il ne se demanda pas pourquoi cette journée l'avait laissé avec l'estomac noué par une angoisse diffuse. Mais juste après son quatorzième anniversaire, il avait appris en très peu de temps que ces mineurs étaient recrutés d'office dans chacune des provinces, que les chefs des diverses nations qui venaient à Acacia étaient des privilégiés, ceux-là mêmes qui se chargeaient de réprimer la plupart de leurs sujets.

Ces révélations furent pour lui un choc, mais c'est en apprenant l'existence du Quota qu'il décida de passer à l'action. Il venait juste de découvrir la chose lors d'un cours privé quand, tout pénétré des sentiments vertueux qui sont l'apanage de l'adolescence, il décida de rejoindre son père qui s'entraînait à l'épée. Était-il vrai, demanda-t-il, que depuis l'époque de Tinhadin ils avaient fourni un quota annuel d'esclaves à une nation située au-delà des Flots Gris ? Était-il vrai qu'au nom des Akarans, des agents enlevaient des centaines de garçons et de filles dans les provinces, des enfants destinés à être vendus et que jamais on ne revoyait ? Était-il vrai que personne ne savait vers quel travail, vers quel destin ces enfants étaient envoyés ? Était-il vrai que ces étrangers – les Lothans, qui formaient le Lothan Aklun – payaient les esclaves avec de grandes quantités d'une drogue qui plongeait la majeure partie de l'empire dans un état de dépendance ?

Gridulan cessa ses exercices d'escrime. Il planta la pointe de sa lame dans le matelas à ses pieds et considéra son fils. C'était un homme de grande taille – que Leodan n'égalerait jamais – et à la raideur toute militaire. Ses compagnons, treize hommes qu'il connaissait depuis l'enfance, étaient éparpillés sur l'espace d'entraînement. Quelques-uns s'affrontaient à l'épée par paires, mais la plupart étaient rassemblés à côté d'un des pylônes et bavardaient.

— Tout cela est vrai, en effet, dit Gridulan. Le Lothan Aklun a également promis de ne jamais entrer en guerre contre nous. C'est quelque chose dont nous pouvons nous féliciter. Tinhadin a écrit que chacun des Lothans était comme un serpent à cent têtes. Je suis heureux de voir que tu apprends les réalités du métier de roi, mais je n'ai guère de temps pour…

Alors le jeune Leodan avait interrompu son père, d'une voix basse, aux inflexions venimeuses, qui lui était totalement étrangère. La seule notion d'esclavage lui apparaissait comme une insulte personnelle, une horreur telle qu'il ne put contenir sa colère.

— Comment permettez-vous qu'une telle abomination soit perpétrée en votre nom ? Nous devrions abolir cette honte sur-le-champ, même si cela signifie la guerre avec ces Lothans. C'est la seule attitude honorable. Si vous ne le faites pas, alors quand je serai…

Leodan aurait peut-être pu réagir au geste du roi s'il n'avait été aussi inattendu. Gridulan fit passer le pommeau de son épée dans sa main gauche, avança d'un pas et gifla son fils avec une force telle que la tête du garçon fut rejetée en arrière. L'adolescent recula en titubant. Tandis que d'une main il couvrait sa joue en feu, son père fulmina contre lui. D'une voix sifflante, il lui dit que tout ce qu'ils possédaient venait justement de là. L'abolition du Quota mettrait en péril leur vie à tous, mais reviendrait aussi à renier le souvenir de la lignée des Akarans, qui tous sans exception avaient estimé le Quota juste. Seul un fou pouvait accorder plus de valeur à la liberté de quelques-uns qu'au bien-être d'une nation entière.

— Nous agissons ainsi depuis des générations, dit Gridulan, qui se tenait très près de son fils. Tinhadin en personne a accepté cet échange. Qui es-tu pour mettre en doute sa sagesse ? Si cela ne te suffit pas, sache que je ne commande pas à l'armée. En titre, oui, mais dans les faits ses diverses composantes obéissent avant tout à leurs gouverneurs. Les gouverneurs, à leur tour, s'inclinent devant les désirs de la Ligue. Et la Ligue ne permettrait jamais que le Quota soit abrogé. Si nous donnions cet ordre, ils comploteraient dans notre dos. Ils feraient tout pour nous détruire et placer quelqu'un d'autre sur le trône, me comprends-tu ? Alors nous n'aurions plus rien. Tu pourrais même être vendu comme esclave toi-même. Nombreux sont ceux qui à Alécia accueilleraient l'ironie de la chose avec joie.

— Être roi ne signifie donc rien ? demanda Leodan, serrant les dents en prévision d'un autre coup.

Mais Gridulan ne le frappa pas de nouveau. Quand il répondit, ce fut avec plus de tristesse que de colère.

— Bien sûr, je suis un homme puissant, mais je suis puissant parce que je suis bien placé dans la danse de l'empire. Je connais les règles et j'agis en conséquence. Mais cette danse me dépasse, Leodan. Elle te dépasse aussi. Peut-être est-ce là un concept trop grand pour que tu puisses encore le saisir dans son intégralité. Tu veux la paix, l'équité et la justice pour tous, mais tes projets n'apporteraient rien de tout cela.

Le roi se redressa de toute sa taille, étira une jambe, puis l'autre, et souleva mollement son épée dans une main. Avant de retourner affronter son partenaire d'escrime, il lâcha :

— Vraiment, Leodan, tu dois étudier encore quelques années avant de me défier. N'aborde plus ce sujet avec moi en public, même devant mes hommes de confiance.

Assis sur le rebord d'une des grandes fenêtres de sa bibliothèque, Leodan se demanda si à ce stade son père avait déjà assez endurci son cœur pour devenir le meurtrier qu'il se révélerait être dans les années suivantes. Il repoussa cette pensée. Il consacrait trop de temps au passé, il le savait. Il était difficile de faire autrement, surtout un soir pareil, alors que l'air semblait ouaté par la mélancolie.

Bien qu'Acacia fût située dans une zone tempérée idéalement placée entres les brousses arides du Talay et les étendues gelées du Mein, il arrivait que l'île soit visitée par un temps assez froid pour autoriser des chutes de neige. Généralement ce n'était qu'un voile évanescent, une fois tous les quatre ou cinq ans. Ce soir, celui du banquet en l'honneur de l'Aushénie, était justement un soir de neige, l'agonie d'un blizzard né au loin et qui venait s'éteindre en douceur ici.

Il y avait d'abord eu quelques flocons épars virevoltant dans la lumière fade de la fin d'après-midi. En début de soirée, les nuages planaient si bas qu'ils effleuraient les flèches des plus hautes tours du palais. Ils déversèrent un bombardement de billes blanches cotonneuses qui tombèrent à la verticale, comme attirées vers le sol par une apparence de poids en contradiction avec leur fragilité.

Dans la courte période de solitude entre ses entrevues de l'après-midi et avant qu'il ne se prépare pour le banquet, Leodan se réfugia dans l'atmosphère sereine de la bibliothèque. C'était un sursis, et déjà il le sentait arriver à sa fin. Il traversa la pièce déserte en contemplant ces milliers de livres. Il y en avait un là qui était supposé avoir été rédigé dans la langue utilisée par le Dispensateur pour créer le monde. Comme toujours quand il se trouvait seul ici, il se sentit attiré par cet ouvrage.

Il regarda autour de lui un instant, pour vérifier qu'il n'y avait nul intrus, puis s'empara du livre. Il passa les doigts sur la reliure du volume ancien, qui ne portait d'autres marques que celles du temps. Il savait où le trouver depuis sa cérémonie de passage à l'âge adulte, quand son père le lui avait montré. À l'intérieur, avait affirmé Gridulan, on pouvait découvrir tout ce qui faisait fonctionner le monde, les outils dont Tinhadin s'était servi pour conquérir le Monde Connu. Une science redoutable, avait dit Gridulan. C'est pourquoi Tinhadin avait banni tous ceux qui avaient lu cet ouvrage. Il avait également interdit à ses descendants de le déchiffrer, quand bien même il les chargeait d'être ses gardiens. Il l'avait caché à la vue de tous. Depuis, ils perpétuaient la coutume.

Adolescent, Leodan avait passé des heures innombrables à s'imaginer maniant le pouvoir divin, créant des mots qui remodelaient la texture de la réalité. Néanmoins, pas une fois il n'avait ouvert le livre. Il n'avait jamais cru complètement l'histoire qui l'entourait, mais il était assez effrayé pour ne pas courir de risques. Parfois il avait envie d'ôter le livre de son étagère et de le feuilleter, ou de le déchirer, de le brûler, ou simplement d'en rire ; il ne savait pas ce qu'il préférerait en faire. Mais il ne l'avait encore jamais ouvert, et il ne le ferait pas maintenant. Il avait cessé d'y penser depuis quelque temps déjà, comme il avait cessé de croire à des choses telles que la magie. Il y avait si peu de preuves de son existence dans la vie réelle…

Il posa le doigt sur le livre rangé juste à côté, un volume des *Deux Frères*. Il le fit basculer vers lui et le prit. Il retourna à son alcôve, en songeant que cette lecture pourrait l'inspirer pour continuer à raconter son histoire ce soir à Mena et à Dariel. Il était enchanté de pouvoir encore jouer au conteur pour eux, et il redoutait le moment inévitable où il les verrait s'éloigner de lui, où ils auraient à laisser derrière eux ces choses de l'enfance et à avancer dans la vie en compagnie de leurs pairs. Une part de lui-même voulait que ses enfants aient la sécurité et le bonheur à portée de main, qu'ils soient satisfaits avec cette simplicité caractéristique du jeune âge, qu'ils incarnent des souvenirs de son amour pour sa défunte femme qu'il pourrait continuer de voir grandir.

Mais il souhaitait également qu'ils se jettent dans la vie et qu'ils nouent des amitiés partout dans l'empire. S'il n'aimait pas voyager, ce n'était pas par mépris pour le monde extérieur. Dans sa jeunesse, il avait adoré parcourir les contrées lointaines où il s'était fait de nombreux amis. Du moins, il avait cru que c'étaient des amis, bien qu'à dire vrai il en sût assez peu sur ce qu'était l'amitié. Il n'avait jamais été proche de ses pairs comme l'avait été son père, par exemple. Quelque chose en relation avec la cape de roi lui avait rendu difficiles les contacts naturels avec les personnes de son âge. C'est seulement dans les cours étrangères, avec les interprètes, les gestes et les rites obligés, le tout baignant dans l'intérêt et l'amusement mutuel pour les différences culturelles, qu'il s'était senti assez à l'aise avec les autres pour croire à l'amitié. Cela avait été un des bonheurs de sa jeunesse.

Depuis la mort d'Aleera, le monde lui semblait différent. Peut-être parce que les cendres de sa chère épouse avaient été dispersées du sommet du Rocher du Refuge un jour où soufflait un vent venu du nord, si bien qu'elle avait été disséminée partout sur l'île. Il y avait une particule d'elle dans chaque poignée de terre, dans chaque plante qui poussait là, dans les substances nutritives qui alimentaient les acacias, dans l'air qu'il respirait. Il sentait son contact tous les jours. Il pensait à elle chaque fois que la brise l'effleurait, ou quand il tournait la tête et décelait un parfum la rappelant. Il pensait même à elle quand il passait les doigts dans la poussière accumulée dans certains recoins de la bibliothèque. C'est pourquoi il craignait maintenant de quitter Acacia. Il redoutait la seule idée de la quitter. Ils n'avaient pas vécu ensemble assez longtemps, mais si ses propres cendres étaient dispersées de la même manière et dans les mêmes conditions, ils pourraient au moins partager le long silence de la mort. À part le bonheur et le bien-être de ses enfants, ces retrouvailles étaient maintenant tout ce que désirait Leodan. Qui pouvait les lui assurer s'il décédait en terre étrangère ? Qui pouvait lui garantir qu'il ne passerait pas l'éternité torturé par le chagrin, comme il venait de vivre les années écoulées depuis le départ d'Aleera ?

Leodan leva les yeux du livre. De telles pensées ne l'aidaient en rien. Il était roi, et il y avait autour de lui un monde sur lequel il pouvait laisser sa marque, peut-être pour l'améliorer. Il restait un dessein qui lui donnait une chance de trouver un sens à ce qu'était désormais sa vie. Un combat d'une valeur assez grande pour que, s'il l'emportait, il pût se présenter en homme accompli devant la mémoire de sa femme et devant ses enfants. S'il parvenait à abroger le pacte passé par Tinhadin avec le Lothan Aklun... S'il y parvenait, il pourrait mourir avec quelque espoir que l'avenir recelait un héritage noble pour ses enfants. Il n'était pas facile d'affronter ce projet en face et de le concrétiser, mais depuis sa rencontre avec ce prince aushénien, il avait senti renaître l'espoir.

Igguldan avait été pour lui une révélation. Le jeune homme comprenait manifestement le fardeau de l'infamie dont se chargeait celui qui concluait un tel marché avec la Ligue. Et, bien qu'il fût convaincu que sa nation devait en passer par là, on voyait bien que l'Aushénien possédait encore assez de sens moral pour détester cette perspective. Peut-être qu'un homme jeune tel que lui était précisément la personne dont Leodan avait besoin à ses côtés, une âme ayant les mêmes goûts que lui et avec qui il pourrait œuvrer à changer la nature de l'empire.

Bien évidemment, son chancelier avait raison de soupçonner que la Ligue n'accueillerait pas l'Aushénie à bras ouverts. Elle craignait que l'addition d'une nation ne fasse pencher la balance de la puissance hors de son contrôle, ne serait-ce que temporairement. Elle convoitait les produits aushéniens – sans parler de sa jeunesse à échanger –, mais elle voulait que ce peuple soit encore un peu plus affaibli. Et pour l'instant les Aushéniens n'étaient pas à genoux. C'étaient des gens vigoureux et dans leur très grande majorité épargnés par l'addiction à la drogue qui abrutissait une si grande partie du Monde Connu. De plus, ils conservaient encore une puissance militaire trop importante, ce qui troublait la Ligue, laquelle avait toujours considéré cette forme de pouvoir comme une menace, au point même de limiter l'effectif de ses propres forces de sécurité.

Leodan supputait que bientôt sire Dagon viendrait lui proposer une série de mesures pour affaiblir l'Aushénie. Ils introduiraient davantage de brume dans le pays. Ils enverraient des agents fomenter des intrigues ou piéger des personnages de premier plan dans des scandales honteux, ou les remplaceraient par des manœuvres apparemment innocentes : un accident infortuné, une fièvre, un poison déguisé pour ressembler à un remède. Leodan sentit ses mains trembler à ces pensées. Sa nation avait recouru à de tels stratagèmes par le passé. Ils seraient de nouveau proposés.

À moins que... Et s'il réussissait à faire entrer rapidement l'Aushénie dans l'empire ? S'il s'alliait aux Aushéniens ? S'il en faisait des partenaires pour l'aider à abroger le Quota, ravissant ainsi le pouvoir à la Ligue et brisant les liens avec le Lothan Aklun ? Certes, cela pourrait signifier la guerre sur plusieurs fronts, d'abord contre la Ligue et les forces conservatrices du Conseil et, peut-être, contre le Lothan Aklun si celui-ci mettait en application ses menaces vieilles de plusieurs siècles. Mais une telle occasion ne se représenterait peut-être pas avant très, très longtemps...

Dans la bibliothèque, le livre dans une main et une tasse de thé dans l'autre, Leodan se fit le serment de convoquer secrètement

Aliver et Igguldan. Il leur dévoilerait tout ce qu'il savait des crimes de l'empire. Et en même temps qu'il révélerait ces horreurs à son fils, il lui demanderait de s'associer à lui pour y mettre un terme. Il offrirait une chance à Igguldan d'achever le rêve de la reine Élena. Si le moment du changement n'était pas venu, quand arriverait-il ? Un homme ne pouvait attendre indéfiniment de naître à la personne qu'il croyait être.

Leodan entendit un serviteur pénétrer dans la bibliothèque par la porte située à l'autre extrémité de la pièce. Sans se retourner, le roi suivit la progression du domestique entre les étagères, puis au bas d'une volée de marches basses, entre les tables de lecture et enfin vers l'alcôve où il était assis. L'autre s'immobilisa à deux pas et parla dans un murmure déférent. L'heure du banquet approchait. Le tailleur du roi attendait celui-ci, si Sa Majesté souhaitait que sa tenue soit ajustée au mieux. Le livre pressé contre sa poitrine, Leodan suivit le serviteur.

Pendant l'heure suivante, une équipe d'hommes s'affaira autour de lui. Son tailleur lui fit étendre les bras à l'horizontale et Leodan resta ainsi, affublé d'ailes pendantes en tissu. Comme en toute occasion particulière, le roi devait revêtir une tenue définie dont le moindre détail était en concordance avec la tradition. Les monarques acacians recevaient toujours les dignitaires aushéniens en vêtements flottants verts, avec des broderies d'or complexes sous chaque bras. L'habit était conçu pour produire différentes images, toutes plaisantes à l'œil. Vu de face avec les bras tendus, il recréait une peinture murale des marais du centre de l'Aushénie, foyer de diverses espèces de gibiers d'eau migrateurs à long cou qui avaient beaucoup inspiré la poésie nationale ancienne, y compris leur légende de Kralith, un dieu ayant l'apparence d'une grue car issu de la boue primordiale de ces marais. S'il serrait les coudes contre ses flancs et joignait les mains devant sa poitrine, le tissu des avant-bras représentait des illustrations de soldats acacians en armure dans des postures héroïques. Par un placement judicieux des symboles nationaux, ce vêtement réussissait à suggérer que, malgré sa reconnaissance de l'histoire d'un autre pays, Acacia avait toujours l'envergure de l'atteindre et l'étreindre.

La double porte au fond de la pièce s'ouvrit avec un claquement sec. Mena et Dariel se précipitèrent à l'intérieur en poussant chacun un battant. C'était un concours qu'ils s'imposaient depuis quelques semaines maintenant, un test pour savoir lequel des deux avait le plus de force. Juste derrière eux venait Corinn, dans sa robe d'apparat. Aliver et Thaddeus fermaient la marche en discutant. En voyant ses enfants se diriger vers lui – chacun d'eux d'une taille et d'un tempérament différents, avec des fragments d'Aleera dans les traits et les attitudes –, le roi se sentit empli de joie. Il s'efforça de ne pas penser aux circonstances qui avaient privé ce pauvre Thaddeus du même bonheur simple. Un jour il lui dirait tout, il se le promit. Un jour.

Il dut lever les bras pour permettre à Mena de lui entourer la taille des siens. Il roula des yeux à l'intention du tailleur, mais ne dissuada pas sa fille. Avec un calme de façade très difficile à tenir, Corinn vint déposer un baiser furtif sur sa joue.

— Père, il neige ! s'exclama Dariel, le visage rayonnant d'excitation. Il neige, juste là, dehors ! Vous avez vu ? On peut sortir ? Venez avec nous. Vous pouvez, non ? Je vous battrai à la bataille de boules de neige !

Il lança cette dernière phrase avec une pointe de défi, menton relevé, l'index braqué sur son père comme pour le mettre en garde du danger.

Suivit un échange que Leodan redoutait si souvent, et qu'il observa depuis la position qui était la sienne, avec son âge et le privilège de sa position, non de monarque, mais de simple père. Dariel sautilla comme si ses jambes étaient équipées de ressorts, en évoquant tous les arguments qu'il avait maîtrisés en neuf ans d'âge. Aliver expliqua que le roi n'avait pas le temps d'aller s'ébrouer dans la neige. Il reprenait le rôle d'aîné et d'héritier responsable, informant et se comportant avec l'attitude régalienne qu'il avait dû copier sur le buste des rois dans la Grande Salle. Derrière tout cela, Corinn lâcha d'un ton sec quelque chose au sujet du banquet auxquels ils – les adultes – étaient sur le point de participer. Dans ces mots il perçut son ambition, un ton de voix qui la différenciait des enfants plus jeunes, mais qui, en même temps, avait quelque chose de l'imploration d'une fillette à son père. Mena, elle, restait en retrait et écoutait tout. Elle contempla cette débauche d'énergie enfantine et sourit à Leodan. Et quand elle le fit, il vit Aleera en elle, non pas dans la forme de ses traits, mais dans cette joie patiente et pleine de cette connivence qui illuminait ses prunelles.

— Dariel a raison, déclara Leodan. Ce soir est particulier. Faisons ce qu'il demande. Nous courrons sur les toits et nous ferons la guerre à coups de boules de neige. Nous tous. À la lumière des torches. Et ensuite nous nous regrouperons dans une seule pièce. Nous dormons trop éloignés les uns des autres, de toute façon. Ces vieilles bâtisses sont immenses. Elles nous séparent. Ne prends pas cet air, Aliver. Tu peux te distraire quelques minutes pour ton vieux père. Fais comme si tu étais encore mon tout jeune fils. Fais comme si tu ne voulais rien de plus que mon amour, être près de moi et m'entendre te raconter des histoires tard le soir. Bientôt, toi et moi parlerons de sujets autrement plus graves, mais permets-moi de profiter de cette nuit.

— D'accord, dit Aliver d'une voix forte pour couvrir les cris ravis de Dariel. Mais n'attendez aucune miséricorde de ma part. Avant que la nuit n'atteigne son terme, je serai couronné Roi des Neiges.

— Je vais apparaître au banquet de ce soir brièvement, dit Leodan.

Remarquant que Corinn était sur le point de protester, il lui sourit et ajouta :

— Pas *trop* brièvement quand même. Je m'éclipserai après le troisième plat. Je ne leur manquerai certainement pas, et alors nous pourrons avoir notre petite guerre.

Chapitre quatorze

Thasren Mein resta un long moment immobile dans la rue, à sentir les flocons se poser sur sa peau et fondre. Qu'il était agréable de laisser son visage levé recevoir le baiser de la neige ! C'était un spectacle magnifique et quelque peu étrange en ce pays. L'air nocturne était juste assez froid pour qu'il neige, sans un souffle de vent, et les sons s'en trouvaient étouffés, les passants écrasant la couche moelleuse de cristaux sous leurs pieds. Par tous ces aspects, c'était là une expérience très différente de celle qu'on vivait lors d'une tempête sur les Hautes-Terres du Mein. Il n'en restait pas moins que le message et sa signification étaient faciles à saisir : c'était une bénédiction venue de son pays, un encouragement envoyé par les Tunishnevres pour lui rappeler que, ce qu'il allait faire, il allait le faire pour un grand nombre de gens. La neige tombait sur Acacia. Ainsi donc le changement était entériné par les cieux.

Quand il gravit la dernière volée de marches et approcha du hall de banquet situé de l'autre côté d'une cour dallée, les invités y entraient déjà. Des doigts il effleura sa perruque, afin de vérifier les attaches qui la maintenaient en place. Sa tenue était impeccable, il avait revêtu la cape luxueuse d'un ambassadeur. Il fut un temps, il le savait, au début du règne d'Acacia, où nul ne s'approchait du roi à moins de cent pas. À l'époque, les monarques présidaient ces rassemblements sociaux de haut, comme des spectateurs au théâtre. Ils restaient en sécurité derrière un cordon de gardes de Marah, des soldats à l'épée tirée, chacun ayant un genou à terre, vêtus et saupoudrés de bronze afin de ressembler à des statues, prêts à prendre vie à la moindre menace. De ce qu'il avait appris, on les entraînait autant à observer les mouvements du corps et l'attitude qu'aux arts martiaux. Mais cela remontait à un passé lointain. L'opulence ramollit toujours les gens et les rend négligents. C'est dans la salle d'un banquet très différent qu'il entra en cette occasion ; un banquet que les premiers rois auraient eu du mal à reconnaître.

Il salua les gardes à la porte d'un hochement de tête. Ils annoncèrent le nom de l'ambassadeur, sans trace de méfiance derrière leurs sourires. Comme Gurnal le lui avait expliqué, il devrait traverser une longue salle de réception avant d'atteindre sa cible. Les deux murs étaient décorés de peintures représentant les premiers Acacians. Plus près encore s'élevaient des statues d'hommes qu'il supposa être des rois. Derrière leurs épaules de pierre, des soldats affectaient la même pause, bras collés au corps, mains croisées sur le pommeau de leur épée. Ils étaient aussi figés que les personnages inanimés qu'ils protégeaient. À l'entrée au fond de la salle, un groupe d'hommes étaient rassemblés – l'hôte officiel et ses gardes. Thasren continua d'avancer, conscient que chacun de ses pas était épié, chaque mouvement de ses mains disséqué, ses traits scrutés, son attitude analysée. Il avait découpé une fente dans sa veste, afin de saisir son arme promptement. Il dut se réciter une prière apaisante pour empêcher ses doigts de se crisper tant ils étaient impatients de se refermer sur la garde de sa dague pour trancher la première gorge qui se plaindrait de lui.

À l'entrée du hall, le chef de la garde de Marah affichait un sourire de bienvenue tout en bloquant le passage de façon discrète avec deux soldats de chaque côté, qui eux ne souriaient pas. Derrière eux, Thasren découvrit une pièce illuminée par des centaines de lampes et grouillant d'une foule nombreuse. L'air y était empli du brouhaha des conversations et de la mélodie égrenée par des instruments à cordes, et il y planait les parfums capiteux de rigueur lors d'une telle soirée. Le Marah le toucha en deux endroits, à l'épaule et à la hanche opposée. Il accueillit Thasren par le nom de Gurnal, lui demanda si le temps lui convenait, mais tout en parlant il tourna son attention vers les gardes postés dans la salle extérieure. Du regard et d'une légère avancée du menton il leur fit comprendre qu'avec l'arrivée du dernier invité ils allaient pouvoir fermer les portes donnant sur le dehors. Il se retourna vers l'homme devant lui qui, en dépit d'un calme de façade, était tendu comme un ressort et prêt à frapper et à se tailler un chemin sanglant à partir de cet endroit s'il ne pouvait faire autrement.

Avant que le garde ne le prenne brièvement dans ses bras pour le tâter par mesure de sécurité, ce qui lui aurait coûté la vie, une corne retentit à l'autre bout du hall. C'était une note puissante, que suivit un ton plus doux aussitôt repris par les cordes. L'officier dit quelque chose d'un ton aimable, lui tapota très rapidement le torse dans une danse de la main qui ne toucha pas l'arme dissimulée sous le vêtement. Il fit signe à Thasren qu'il pouvait passer.

Ce geste levait le dernier obstacle à son succès. À présent il lui suffisait de s'asseoir et d'attendre l'ouverture du banquet. Il regarda l'arrivée du roi, avec son entourage, son fils et sa fille, le prince aushénien, le chancelier Thaddeus Clegg, les gardes qui les flanquaient tous. Bien que le repas fût qualifié d'intime, plus d'une centaine de convives occupaient la salle, la plupart entre lui et le monarque. Pendant les premières secondes il ne bougea pas du tout. Il sentit ses pores s'épanouir sous la moiteur de l'excitation, mais il s'efforça au calme et à une respiration lente et profonde. Il concentra son esprit comme on le lui avait enseigné. C'était à lui de créer le moment de la mort de sa proie, à lui d'assembler une myriade de forces mouvantes en ce monde pour les transpercer comme le ferait une flèche décochée à travers des cerceaux jetés dans l'air. Il mémorisa les différents acteurs dans la pièce, leur façon de se comporter, leurs traits, leur proximité avec le roi.

Quand il se déplaça, il le fit en suivant les autres qui étaient comme aspirés vers la personne royale. À deux reprises il fit un écart, s'ouvrit un chemin jusqu'en terrain découvert, et de là il guetta le bon moment. Leodan répondit à un salut lancé depuis la foule. Il chercha du regard l'homme en question et s'avança, le sourire à ses lèvres suggérant qu'il venait de reconnaître un vieil ami. Il se glissa entre deux tables et, pendant un moment, ses gardes allèrent en file indienne derrière lui. Quand il ouvrit les bras pour donner l'accolade à l'autre homme, les oiseaux brodés sur son vêtement ondulèrent dans le mouvement.

Thasren sortit la dague de sous son vêtement. Il le fit d'un geste en diagonale qui éloigna l'arme de son corps, un geste si rapide qu'il attira nombre de regards. La lame refléta l'éclat des lampes, et tous virent l'objet acéré dans une main qui n'aurait pas dû en tenir. Le roi tourna vers lui un regard déconcerté. Sa bouche s'entrouvrit comme s'il allait prononcer le nom de l'ambassadeur. Thasren inclina la lame courbe pour lui porter un coup plongeant dans l'œil gauche. Il allait frapper quand un des gardes bondit sur une table. Son épée fila en remontant pour trancher le poignet de l'agresseur. Thasren lui décocha un coup sec au niveau du coude et la lame du garde le manqua. Pendant l'instant où l'homme se trouva en déséquilibre, le Mein le fit tomber en lui balayant la cheville d'appui de sa main libre. L'autre bascula en arrière et percuta un autre soldat qui arrivait à la rescousse.

L'ami du roi se tenait devant celui-ci, à la fois protecteur et tétanisé par la peur. Thasren releva la jambe et abattit son talon sur le genou de l'autre. Le noble s'écroula comme une masse. Un autre garde arrivait sur la gauche du Mein, l'épée brandie. Thasren piqua de sa dague vers lui. Le soldat voulut parer cette attaque étrange, et Thasren s'accroupit aussitôt. Il tournoya sur place et logea la pointe barbelée ornant le pommeau de sa dague sous l'aisselle de son adversaire, enfonçant le dard de plus d'un pouce dans la chair tendre. Il tira sèchement vers le bas et traça une entaille horrible jusqu'au nombril avant de rompre le contact.

Il entendit une voix haut perchée qui hurlait. Le fils du roi. Quel que soit l'ordre que donnait l'adolescent, il ne fut pas suivi d'effets. Thasren n'avait toujours pas utilisé sa lame, et c'est à cet instant qu'il le fit. Avant que quiconque puisse l'attaquer, il parcourut les quelques pas le séparant du roi, qui battait en retraite. Face à ce visage stupéfait, il frappa dans la partie supérieure gauche de la poitrine, à travers l'œil brodé d'une grue aushénienne. Le mouvement ressemblait à une attaque d'escrime très rapide, rien de plus. De la blessure ne s'échappa qu'un peu de sang aussitôt recouvert par la main du roi. Et ce fut tout. La tâche avait été plus facile à accomplir que le Mein ne l'avait imaginé.

Il cessa tout geste agressif, se redressa de toute sa taille et abandonna sa posture de combat. Il se tenait immobile au milieu des corps blessés et vivants, cerné par les épées pointées sur lui. En quelques secondes l'Élite l'avait encerclé. Ces soldats surentraînés l'auraient tué sur-le-champ s'ils n'avaient été déroutés par sa passivité inattendue. Ils se figèrent comme lui, et Thasren eut le temps de regarder autour de lui. Ses yeux s'arrêtèrent sur le roi, qui à présent s'appuyait contre le mur derrière un rempart de gardes. Alors l'assassin se nomma dans son propre langage, parlant comme s'il était un personnage issu d'une légende des temps anciens. Il déclara qu'il était Thasren Mein, fils d'Heberen, frère cadet d'Hanish et de Maeander. Il dit qu'il mourrait avec le cœur gonflé de joie, car il avait accompli un acte juste. Il avait abattu le despote d'Acacia. C'était un acte irréprochable, qui s'était fait attendre trop longtemps. Il l'avait accompli, et à présent il ne souhaitait rien de plus de la vie.

— Nombreux seront ceux qui chanteront mes louanges, dit-il en acacian, avec un accent épais et rugueux. Nombreux seront ceux qui suivront mon exemple.

Il pressa le fil courbe de la dague contre sa gorge et enfonça d'un geste sec l'acier dans l'artère principale. Un instant plus tard il gisait sur les dalles patinées du sol, et il vit en oblique le chaos alentour. Son corps s'était effondré dans une pose telle que chaque pulsation de son cœur envoyait un jet de sang au-dessus de lui, qui retombait sur son visage et sa poitrine en une brume écarlate. Il cligna des yeux et chercha à distinguer quelque chose à travers ce voile. Un groupe d'hommes emportaient le roi hors de la pièce. Ils le tenaient en position à demi assise, en le soutenant de leurs mains, dont une ou deux pressaient la blessure à sa poitrine. Pendant quelques secondes, l'espace entre eux se dégagea et Thasren aperçut l'ovale de la bouche du roi. La douleur faisait frémir les traits de son visage. Ses yeux étaient deux puits d'incompréhension, de stupéfaction et de peur.

Devant ce spectacle Thasren songea à son frère aîné, regrettant qu'il n'ait pas lui-même accompli ce haut fait, et il espéra que le récit qui finirait par lui parvenir l'emplirait de fierté pour son cadet. Il sentit un vide vorace envahir son corps et l'éteindre pouce par pouce. Dans sa bouche, le sang avait un goût métallique. Il se sentait possédé par une lourde crainte révérencieuse. Il avait fait au moins une grande chose dans sa vie. Grâce à cela, il n'éprouvait aucune peur. La peur, il venait de la déchaîner, mais lui-même s'avançait vers l'autre côté sans crainte, comme il seyait au soldat luttant pour une juste cause. Avant de perdre conscience, il se mit à réciter la Prière de Réunion, le chant à la gloire des Tunishnevres.

Chapitre quinze

Mena ne serait plus jamais capable de regarder le dé à huit faces du jeu d'enfants appelé la course des rats sans avoir la nausée. C'est à cela que son jeune frère et elle jouaient au moment où Leodan avait été attaqué. Dariel craignait que le roi n'honore pas sa promesse de venir s'amuser avec eux après le dîner, et la princesse avait accepté de s'asseoir avec lui près de la porte pour qu'ils puissent bondir sur leur père dès qu'il serait libre. Ils faisaient tomber le dé de leur paume et le regardaient rouler jusqu'à ce qu'il s'immobilise dans les replis de la soie couvrant leur banquette. Mena ne s'intéressait pas particulièrement à ce jeu, pas plus qu'elle ne voyait pourquoi s'investir autant dans un simple acte de hasard, mais elle aimait sentir le dé tressauter dans son poing. Elle le secouait souvent si longtemps que Dariel finissait par s'impatienter.

Cela se produisit quelques instants seulement après que les grandes portes avaient été refermées. Mena prêta à peine attention aux bruits étouffés qui s'élevèrent dans le hall, mais elle bondit sur ses pieds quand les portes s'ouvrirent subitement. Les deux panneaux pivotèrent et frappèrent les murs de pierre. Mena, qui s'apprêtait à un lancer, sursauta si violemment que le dé échappa de sa main et tomba sur le sol. Un instant elle le regarda qui roulait jusqu'au milieu du tapis, et elle songea à le retirer. Mais c'est alors qu'elle vit le groupe d'hommes qui franchissaient les portes. Serrés les uns contre les autres et penchés comme s'ils transportaient un fardeau, tous criaient dans une grande confusion. Une voix s'éleva au-dessus des autres et ordonna de faire place au roi : « Place au roi blessé ! » Mena n'avait pas encore complètement compris le sens des mots quand elle se rendit compte qu'ils portaient un homme. Son père...

La peau de Leodan avait perdu son teint ambré et était aussi mate que si on l'avait poudrée. Ses lèvres tremblantes étaient crispées, ses yeux habités par une terreur nue, sa couronne de travers. L'écume blanche de la bave s'accrochait à sa barbe. Et sous ces distorsions qui rendaient ce visage méconnaissable, il y avait l'être qu'elle aimait le plus au monde, dépouillé de tout ce qui faisait de lui un homme fort, un père et un sage. Elle agrippa Dariel et l'aveugla d'une main plaquée sur les yeux. Serrant son frère contre sa poitrine, elle se détourna, comme si par ce mouvement elle pouvait annuler ce qu'elle venait de découvrir.

Plus tard cette nuit-là, dans la chambre de Dariel, elle resta assise sur le lit et berça dans ses bras le gamin en pleurs. Elle répéta d'innombrables fois que tout irait bien. Leur père se remettrait, bien sûr. Ce n'était qu'une piqûre, avaient-ils dit. Et croyait-il vraiment qu'une piqûre pouvait blesser le roi d'Acacia ?

— Allons, dit-elle. Ne sois pas stupide. Père viendra te voir demain matin, et il se moquera de ces yeux gonflés que tu as toujours quand tu as pleuré avant de t'endormir.

Lorsque la respiration de Dariel adopta le rythme serein du sommeil, elle l'étendit doucement dans le lit. Dos appuyé contre le mur, elle observa le lent mouvement de la poitrine du garçon. Elle étudia ses traits détendus. Elle l'aimait tellement. Cette constatation lui fit monter les larmes aux yeux pour la première fois de la soirée. Il ne pouvait pas réellement comprendre, n'est-ce pas ? Elle-même savait fort peu de choses de ce qui s'était produit, et elle ignorait si leur père était ou non en danger de mort, mais les détails ne semblaient pas avoir d'importance. Son visage lui avait tout dit en un instant. Quoi qu'il se passât le lendemain ou le jour d'après, l'expression de peur qu'elle avait découverte ne pourrait s'effacer de son esprit. Toujours elle la verrait sous la surface. C'était comme si elle avait surpris son père durant quelque acte obscène, quelque chose de tellement dégradant que jamais elle ne pourrait revenir à l'innocence qu'elle connaissait un moment plus tôt. La sérénité de leur relation ne serait jamais plus la même.

Elle descendit du lit et arpenta la grande chambre de long en large pendant un moment, regard fixé sur le dallage du sol, incertaine de ce qu'elle devait faire, où elle devait aller, doutant même qu'il y eût quelque chose à faire ou un endroit où se rendre. Elle envisagea de se glisser hors de la pièce et de gagner les appartements de son père, mais elle serait certainement stoppée en chemin, surtout en pleine nuit et après de tels événements. Elle ne pourrait l'approcher avant le matin, et encore, ce n'était même pas sûr.

Finalement elle traversa la pièce et grimpa dans les branches basses de l'acacia qui occupait un coin de la chambre. C'était une chose étrange dans un palais, un cadeau d'anniversaire de Leodan à son jeune fils l'hiver dernier. Le roi avait eu l'idée seul, il en avait parlé à des artisans et des menuisiers, et fait exécuter le projet en secret pendant que lui et les enfants partaient en bateau à Alécia pour un court séjour. À leur retour, tous les enfants étaient entrés dans la chambre de Dariel pour découvrir que le tronc noueux d'un vieil acacia avait été sauvé après sa mort lente et fixé dans le dallage. Ses branches se tordaient vers les hauteurs et par endroits semblaient se fondre dans les murs et les soutenir. Il avait été poli, ses épines ôtées pour ne laisser que les nodosités arrondies de leur base. Le bois était teint d'un rouge marron avec de l'huile dans laquelle avait macéré du bois de santal. Il était décoré de rubans et de grandes feuilles vertes en soie, de sorte que l'arbre semblait éternel. Des plates-formes avaient été insérées entre les branches avec des cordes, des échelles et des balançoires pour se déplacer entre elles. Tout cela simplement pour surprendre un gamin avec cette structure énorme dans laquelle il pourrait jouer. C'était une idée inédite, une extravagance dans une culture qui en général ignorait les besoins et les désirs des enfants jusqu'à ce qu'ils approchent du passage à l'âge adulte. Ce cadeau avait provoqué plus d'un commentaire sur la santé mentale du roi.

Depuis une plate-forme, Mena contempla le reste de la pièce. Les appliques aux murs, leur flamme réglée au minimum, dispensaient une douce clarté orangée. Dariel dormait à poings fermés, avec à côté de lui le plateau de nourriture et le thé apportés par les servantes. Le regard anxieux et le geste nerveux, elles s'étaient affairées autour d'eux quand ils étaient arrivés. Elles avaient demandé encore et encore ce qui leur ferait plaisir, mais aucune d'entre elles ne pouvait répondre à la seule question qui importait aux enfants. Aucune ne voulut murmurer le moindre mot sur l'état de santé du souverain. Tout irait mieux au matin, affirmèrent-elles. Il fallait laisser le roi et ses gens faire ce qui devait être fait, et tout irait mieux au matin. Si elles ne l'avaient pas répété avec une telle insistance, Mena les aurait peut-être crues. Mais elle sentit que rien n'était tel qu'elles le décrivaient. Les servantes avaient toujours murmuré à propos du roi. Même quand la princesse pouvait les entendre elles faisaient des allusions concernant ses désirs, ses motivations ou ses actes. D'habitude elles se trompaient, mais aujourd'hui c'était différent. Elles étaient apeurées, déconcertées. Et elles mentaient.

— Il ne faut pas les écouter, dit Mena à voix haute dans le silence de la pièce.

C'étaient des femmes à l'esprit étroit qui traitaient les enfants les plus jeunes comme s'ils n'étaient que... bah, que des enfants trop jeunes pour comprendre quoi que ce soit. Mena avait toujours eu conscience d'être plus mûre que son âge. Elle comprenait des choses qui échappaient aux servantes – un talent qu'elle partageait avec son père. Leodan, en homme intelligent, attentionné et sain à un point que peu d'autres gens atteignaient, savait que sa fille n'était pas une gamine à qui s'adresser avec condescendance. Parfois, quand ils étaient tous les deux et que l'humeur du monarque s'y prêtait, il lui parlait comme si elle était une adulte. Elle savait que c'était un rapport anormal entre eux, cette compréhension mutuelle qu'ils avaient et qu'ils ne dévoilaient qu'en privé.

Ainsi il lui avait parlé franchement, sur un ton méditatif, alors qu'il était perché dans l'arbre avec elle. Il avait déclaré qu'il ne se souciait pas que les nobles, les domestiques ou n'importe qui d'autre le prennent pour un fou. Quand avait-il tenu ces propos ? Au début du printemps dernier ? Dans les premières semaines de l'été ? Il avait dit qu'en vérité le monde lui-même était fou, plein de méchanceté, de malveillance, de cupidité et de duplicité. Hélas ! c'étaient là ses composantes, comme les lettres dans ses cahiers de classe étaient les clefs qui ouvraient au langage qu'ils parlaient. Il lui avait fallu du temps pour s'en rendre compte, mais il savait maintenant que c'était la triste réalité.

— Quand j'étais jeune, avait-il dit en s'appuyant contre une branche sous elle et en caressant d'une main le bois patiné, je pensais que je pourrais changer le monde. Je croyais que lorsque je deviendrais roi, je rédigerais des décrets et des lois qui aboliraient les souffrances du peuple. Je ne pensais pas être en mesure de rendre le monde parfait. Pas exactement. Mais j'avais l'intention de le rendre aussi proche de la perfection qu'il était humainement imaginable.

Elle lui avait demandé s'il y était parvenu. Il avait levé les yeux vers elle, avec sur le visage une expression de pitié et d'amour mêlés. Il avait mis un moment pour répondre. Il l'avait remerciée de la question, laquelle impliquait que sa fille pensait qu'il était un assez grand homme et que sa vie à elle avait été assez bénie pour qu'elle imaginât de telles choses possibles. Mais non, il n'était parvenu à réaliser aucun de ses rêves de jeunesse. Il ne pouvait dire exactement pourquoi ni comment, mais chacune des grandes notions qu'il avait eues s'était évaporée peu à peu devant ses yeux. À la réflexion, il avait l'impression que les mots avec lesquels il exprimait ces concepts ne duraient pas plus que la vapeur qui s'échappe de la bouche par une journée d'hiver. Il parlait, mais ses mots n'avaient pas de substance durable. Ils s'évanouissaient presque dès l'instant où ils avaient quitté ses lèvres. C'est ainsi qu'il avait présidé le Conseil où tous ces visages graves et polis étaient tournés vers lui. Il avait proposé des réformes jusque dans la grande salle d'Alécia aux gouverneurs, qui tous lui avaient juré allégeance. Son discours avait été entendu, son bon sens reconnu, sa sagesse louée. Il quittait ces réunions avec le sentiment que le monde allait changer, mais, année après année, le monde restait tel qu'il était, identique et nullement affecté par ses désirs. Personne ne s'opposait à lui, mais rien ne se produisait jamais non plus. Il s'était alors rendu compte à quel point il était impuissant. Entre lui et le fonctionnement du monde, il y avait des milliers d'autres mains. Chacune feignait de lui être loyale, mais aucune n'accomplissait ses volontés. Peut-être était-ce pour cela qu'il avait revu à la baisse ses ambitions et qu'il s'était réfugié dans l'amour d'une femme et l'émerveillement de voir les enfants qui en résultaient.

— Mena, ma sage fille, je ne suis pas aussi fort que tu peux le penser, avait-il soupiré en lui pinçant doucement le menton entre le pouce et l'index. Je n'ai pu changer ce monde. Je n'ai pu empêcher les autres de commettre des crimes, des crimes terribles, en mon nom. Je n'ai pu empêcher ta mère de nous quitter quand la maladie l'a emportée. Mais j'aime mes enfants. Aussi êtes-vous mon œuvre aujourd'hui, tous les quatre. J'ai pensé : « Pourquoi ne pas construire à l'intérieur de ma maison le monde tel que j'aimerais qu'il soit ? » Si je parviens à t'élever jusqu'à l'âge adulte dans un bonheur inconnu du monde extérieur, alors j'aurai accompli quelque chose. Un jour, tu découvriras de quelles ignominies les hommes sont capables entre eux, mais en attendant, pourquoi ne pas connaître la joie ? Tu veux être une enfant pour qui les rêves se réalisent, n'est-ce pas ?

À cet instant Dariel était entré dans la chambre. Leodan l'avait appelé et la brève intimité entre le père et la fille avait été suspendue jusqu'à une nouvelle occasion. Ce souvenir faisait maintenant monter les larmes aux yeux de Mena. Elle ne lui avait pas répondu. Elle ne lui avait pas demandé de quelle nature étaient les horreurs du monde extérieur. Elle ne les avait jamais vues et n'était au courant que des anciennes luttes décrites avec une éloquence triomphante dans les livres d'histoire. Mais elle aurait aimé lui répondre, parce qu'elle voulait de toutes ses forces être une enfant pour qui les rêves se réalisent.

Elle était certaine de ne pouvoir trouver le sommeil, mais elle finit par glisser dans un état de somnolence, toujours perchée dans l'arbre, adossée contre le bois sculpté pour son confort. Elle rêva de quelque chose qu'elle pensa être un souvenir, même si plus tard elle ne pourrait dire s'il c'était celui d'un événement passé ou d'un rêve antérieur. Elle et une fille dont le nom lui échappait rampaient sur les rochers de la côte nord, jusqu'au bout du promontoire surplombant la mer. La fille s'était munie d'un filet de pêche avec l'idée puérile qu'elles rapporteraient le dîner. Elles savaient qu'elles n'auraient pas dû se trouver sur ces rochers, avec les vagues qui roulaient sous elles, gonflées d'algues, infestées de crabes bleus et de moules. Mais tout irait bien si elles rapportaient à la maison un trésor vivant dans leur filet.

Alors qu'elles approchaient de l'extrémité du promontoire, Mena vit un remous étrange dans l'eau. Juste sous la surface, un banc de poissons évoluait. Ils se déplaçaient en masse, si nombreux qu'elle n'en apercevait ni la tête ni la fin. Ils étaient serrés les uns contre les autres et longs de presque un mètre. Les plus proches frôlaient la surface de si près que parfois leur queue apparaissait à l'air libre. Elle pouvait voir entre eux très loin dans les profondeurs. Elle ignorait que la mer était aussi profonde ici, pourtant elle semblait ne pas avoir de fond, et elle grouillait de poissons.

La princesse demanda le filet à l'autre fille, s'en saisit et se pencha pour le lancer. La fille murmura qu'elles ne devraient pas attraper ces poissons.

— Ils sont en route pour aller voir le dieu de la mer, dit-elle. Nous serions maudites si nous les mangions.

Mena ne prêta pas attention à cette mise en garde. Quel dieu de la mer, d'ailleurs ? Ridicule. Elle lança le filet dans l'eau et se prépara aux secousses que ces poissons, en se débattant, allaient lui faire ressentir. Un moment plus tard elle remonta le filet, mais pas un seul poisson ne s'était laissé prendre au piège. Elle relança le filet selon un angle différent, le releva, sans plus de succès.

Quelle que soit la manière dont elle lâchait son piège maillé, de côté, très profond, elle ne parvenait à remonter aucun poisson. Ils évitaient le piège, si serrés qu'elle pouvait voir les ondulations minimes de leurs nageoires et la flexion de leurs larges écailles quand ils glissaient les uns sur les autres. Elle observa leurs yeux tournés vers elle au passage : des yeux attristés. Quelque chose dans leur regard l'attirait. Elle posa le filet de côté et bascula dans l'eau, certaine que de cette façon au moins elle parviendrait à les toucher et que c'était ce qu'ils désiraient. S'ils répondaient à l'appel d'un dieu de la mer, ils ne le faisaient pas de leur plein gré. Elle pouvait les aider. Soudain, cela paraissait très important, et elle plongea dans l'eau et descendit vers ses profondeurs...

Mena s'éveilla en sursaut. Un spasme agita ses bras et elle faillit tomber de son perchoir. Pendant quelques secondes, rien autour d'elle n'eut de sens. Elle sentit le rêve s'éloigner et comprit qu'il y avait quelque chose d'important dont elle devait se souvenir, mais c'est seulement après qu'elle fut restée immobile un moment que les événements de la soirée lui revinrent à l'esprit. Par une fenêtre haute et étroite elle vit que l'aube arrivait. Des nuages effilochés parsemaient le ciel, rosis par endroits. Un jour nouveau se lève, songea-t-elle. Quels dommages de la veille seraient réparés ? Combien n'apparaîtraient plus à la lumière vive du soleil que comme des jeux d'ombres et de clairs-obscurs ?

Elle descendait de l'arbre quand la porte s'ouvrit. Corinn entra d'un pas hésitant et regarda autour d'elle comme si elle ne connaissait pas cette pièce. Ses yeux se fixèrent sur la forme endormie de Dariel. Une de ses mains vola vers ses lèvres, elle murmura quelques mots, comme une paysanne superstitieuse qui est témoin de quelque acte violent de la nature. Dans son immobilité, elle devint pareille à une île entourée par le mouvement. Des serviteurs arrivèrent derrière elle et se dispersèrent afin de préparer la chambre pour la journée. Ils ouvrirent les rideaux et éteignirent les lampes, emportèrent le plateau de nourriture intacte et le remplacèrent par un autre chargé de fruits et de jus.

Corinn revint à la réalité quand elle vit Mena qui avançait vers elle. Son visage était gonflé, ses lèvres boudeuses et trop molles.

— Il ne va pas mourir, dit-elle. Il m'a dit qu'il ne mourrait pas. Il a dit qu'il ne me quitterait jamais. Il l'a promis à Mère, pas avant qu'il ait connu tous mes enfants et qu'eux aussi aient fait sa connaissance... pas avant qu'ils l'aient entendu tout leur dire sur

Mère. Il a dit qu'il nous parlerait de Mère, comment elle était dans sa jeunesse, au moment de leur mariage...

— Tu lui as parlé ?

La main de Corinn voleta devant elle, comme pour expliquer son propos :

— Pas depuis que c'est arrivé. Je veux dire, il m'a promis avant, enfin, avant tout cela...

Mena sentit que sa sœur risquait de continuer sur la même ligne et préféra l'interrompre.

— Mais maintenant, comment est-il ? Dis-moi ce que tu sais.

— Que veux-tu savoir ? dit Corinn dont les yeux ne cessaient de passer nerveusement d'un coin de la pièce à un autre. Père a été poignardé. Un assassin du Mein... Ils prétendent que la lame était empoisonnée, mais je ne les crois pas. « Quel poison ? » ai-je demandé, et personne n'a pu me répondre. Ils ne savent rien du tout. Personne ne veut me dire la vérité. Et ils refusent de me laisser le voir. Thaddeus lui-même n'a pas voulu me recevoir ! Ils se conduisent tous comme des fous. Ils ont appelé Aliver en Conseil, comme si Père n'était déjà plus. Mais c'est faux. Je suis sûr qu'il est toujours vivant !

Elle est plus effrayée que moi, se dit Mena. Elle prit les deux mains de Corinn dans les siennes et les serra. Ce contact parut rasséréner un peu sa sœur, assez du moins pour qu'elle baisse la voix et parle plus calmement, le regard posé un moment sur l'épaule de Mena, plus près de croiser le sien qu'il ne l'avait été depuis son arrivée.

— Mena, c'était horrible. J'ai tout vu. J'ai vu l'homme avant même qu'il se démasque. Je l'ai vu traverser la foule. Je l'ai trouvé séduisant. Je me suis dit : « C'est Gurnal, me semble-t-il. Il paraît plus jeune que dans mon souvenir. Curieux que je n'aie jamais remarqué qu'il avait autant de charme. » Et puis je l'ai vu sortir son poignard de sous ses habits. Que faisait-il avec un poignard à un banquet ? Si j'avais crié à cet instant... Je n'ai pas compris... Je ne comprends rien.

Mena l'attira à elle. D'instinct elle sut qu'il valait mieux ne rien dire en réponse à une telle déclaration, mais quelque chose en elle lui murmurait que les rôles qu'elles occupaient maintenant n'étaient plus les mêmes qu'auparavant. Elle repensa au rêve et dans une soudaine révélation se rendit compte que la fille sur le rocher avec elle n'était pas une inconnue, mais Corinn, une version différente de Corinn. Comment était-ce possible ? Elle s'était trouvée là avec sa sœur, et pourtant elle avait cru qu'il s'agissait d'une autre personne. Cela n'avait aucun sens, mais les rêves en avaient rarement. Elle chassa ces pensées. Pour l'instant, elle en avait conscience, il lui incombait de réconforter sa sœur aînée. Le problème, c'est qu'elle ne pouvait le faire avec des mensonges, et elle eut quelques secondes d'hésitation avant de trouver le ton juste pour chuchoter :

— Tout va s'arranger. Si Père. .

— Arrête ! s'écria Corinn, ses yeux écarquillés enfin braqués sur elle, féroces. Père ne va pas mourir. Cesse d'espérer qu'il meure ! Ne dis même pas que c'est possible !

Mena était atterrée. Elle s'y était très mal prise.

— Je... Je n'ai pas dit ça. Je ne le souhaite pas. Tout cela est tellement effrayant. C'est ce que... ce que...

Pendant un instant Corinn parut prête à la frapper, mais elle fit un pas en avant et prit sa sœur dans ses bras. Alors Mena éprouva le premier moment de réconfort depuis le banquet. C'était très triste, en vérité, mais il y avait quelque chose d'apaisant à savoir que toutes deux ressentaient la même peur et la même peine, avec une clarté partagée qui ne se reflétait dans aucun autre aspect de leurs rapports.

Chapitre seize

De loin, l'oiseau ressemblait beaucoup à la variété assez petite de pigeon dont il était issu. Vu de près, il offrait un aspect très différent. Il était de la taille d'un jeune aigle des mers, dont il avait la musculature et le bec de prédateur, et ses yeux scrutaient le monde avec une acuité exceptionnelle. Il portait des manchons en cuir enveloppant ses serres, dont chacune était terminée par une pointe acérée dont on lui avait inculqué l'usage. Un tube était attaché à une de ses pattes, où l'on pouvait glisser des notes roulées. C'est un oiseau messager, un pigeon de nom, peut-être, mais aussi une créature d'une férocité qui égalait son dévouement à sa mission. Il n'était quasiment jamais la proie d'un autre prédateur ailé. Voilà pourquoi c'était l'oiseau idéal pour la plus urgente des dépêches, comme celle envoyée le soir même où Thasren Mein avait frappé le roi Leodan.

Le pigeon décolla du bras de son gardien dans le district d'Acacia réservé aux dignitaires étrangers. Ses ailes fouettèrent l'air salé et il s'éleva dans le ciel nocturne. Il vola dans un premier temps à travers la cascade de flocons, dans un monde grisé et aux contours flous. Quelque part au-dessus d'Alécia, le temps s'éclaircit. L'oiseau poursuivit sa route dans la nuit, en planant de temps à autre pour se reposer.

À l'aube il atteignit un autre gardien dans un village côtier près d'Aos. Il descendit des airs en une longue glissade, avec derrière lui des cieux empourprés. Le message attaché à sa patte fut retiré et confié sans être lu à un autre oiseau. Celui-ci parcourut le trajet jusqu'au sud de l'Aushénie dans la journée, en suivant le relief des prairies. Un troisième volatile porta le message au-delà de la

Trouée de Gradthic et arriva à Cathgergen une heure avant le lever du soleil, deux jours après le début de ce périple. Cette fois le message fut ôté du tube et apporté en hâte par les couloirs glacés aux appartements où séjournait temporairement le frère cadet d'Hanish Mein, Maeander, avec son entourage.

Maeander s'éveilla en entendant prononcer son nom. L'autre restait derrière la porte close et entonnait à voix basse la prière codée qui demandait le pardon pour cette intrusion et la promesse que celle-ci était motivée par une question de la plus haute importance. Le Mein se leva de sa couche et considéra un moment l'amas de corps, de coussins et de couvertures en fourrure dans lequel il avait dormi. Ce lit occupait la majeure partie de la pièce. Il était chauffé par le sol grâce au système de ventilation qui répartissait la vapeur montant des entrailles de la terre dans toute la forteresse. Des parties de membres féminins déliés apparaissaient ici et là, une corolle de cheveux blond pâle, un bras passé sur un dos nu, des doigts enfoncés dans la douceur d'une fourrure de renard des neiges. Cinq, six ou sept : il était difficile de dire combien de corps reposaient là, entrelacés. Quand Maeander prenait des amantes, il ne comptait pas, et il aimait qu'elles se ressemblent assez pour se confondre. Debout au centre de la pièce, il laissa l'air glacé hérisser sa peau nue. Il appréciait quand les sensations passaient d'un extrême à l'autre, du chaud au froid, du plaisir à la douleur, des courbes voluptueuses et douces de ses concubines à la rigueur de sa vie militaire.

Lorsqu'il ouvrit la porte et tendit la main pour prendre le message, il était pleinement réveillé. Il referma la porte et lut la dépêche. Une fois, deux fois, et encore. Il lui semblait avoir passé sa vie à attendre de découvrir les nouvelles que le message détaillait. Son cœur lui rappela toutes ces années de patience en battant furieusement, comme s'il voulait décompter ces jours innombrables aussi vite que possible.

— Merci, Pères, dit-il. Gloire à toi, mon Frère. Nul ne t'oubliera. Tu as gagné l'honneur que tu souhaitais obtenir de l'existence.

Alors qu'il revenait au centre de la pièce, il perçut des mouvements parmi les draps et les fourrures. Une des femmes bâilla sans façon, roula sur elle-même et exposa la courbe pleine d'une hanche. Maeander sentit le désir s'éveiller en lui. Il songea un instant au plaisir qu'il pourrait prendre à les réveiller avec des cris excités, à les culbuter pour célébrer sa joie des événements à venir, à la partager avec autant d'autres pour en avoir les échos. Mais il savait qu'il ne se permettrait pas ce genre de distraction maintenant que le message avait annoncé le commencement. Une telle attitude aurait été aussi inappropriée que de gémir sur la mort de son frère. Il passa dans la pièce voisine. Il y avait une autre manière de profiter de ce jour, et mieux valait qu'il s'en occupe sans délai.

Ainsi, lorsque Rialus Neptos entra, il le trouva installé sur un canapé dans son bureau de gouverneur. Maeander s'était déjà attelé à sa tâche et avait envoyé un autre pigeon en direction des vents froids qui soufflaient depuis le nord. Il avait également dépêché un cavalier chaudement vêtu vers une autre destination septentrionale. Par mesure de discrétion, il avait veillé à ce que les soldats de son escorte sortent de la forteresse un à un et séparément. Ses chevaux et ses traîneaux avaient été équipés en vue de son départ. Il n'avait plus qu'à parler avec Rialus, et sa mission à Cathgergen serait terminée.

Le gouverneur était arrivé la mine préoccupée et marmonnant, coudes collés au corps et épaules relevées contre le froid de la pièce. En voyant Maeander, il fit halte si subitement qu'il renversa un peu de la boisson fumante qu'il tenait dans ses deux mains.

— Maeander ? Qu'est-ce qui vous amène ici à une heure aussi matinale ?

Le Mein simula une irritation exagérée.

— Quelle sorte d'accueil est-ce là ? On pourrait croire que tu n'es pas heureux de commencer la journée en ma compagnie.

Rialus changea immédiatement d'attitude. Il expliqua qu'il n'avait surtout pas voulu manquer d'égards à Maeander. Il était étonné, voilà tout. En fait il était en chemin vers les bains et ne faisait que passer. Il aurait tout aussi bien pu ne pas entrer dans son bureau, auquel cas Maeander aurait dû attendre son arrivée bien plus longtemps. Il continua à s'enferrer ainsi dans ses excuses sans donner signe qu'il allait s'arrêter.

— Il suffit ! lâcha Maeander en abattant la semelle de sa botte noire sur le dallage avec un bruit sec. J'ai nombre de choses à te dire. Tu ferais mieux de prendre un siège.

Rialus n'en avait pas vraiment envie, mais, devant le regard impérieux de Maeander, il obéit.

— Leodan Akaran n'est plus sur le trône, annonça le Mein. Ne m'interromps pas. Je te dirai tout ce que tu dois savoir. Mon frère Thasren s'est sacrifié pour mettre un terme définitif au règne de Leodan. Je viens d'être informé qu'il est parvenu à ses fins. Je pense que d'ici un jour ou deux tu apprendras que l'Akaran a quitté ce monde. Fais attention à ton café.

Rialus était tellement abasourdi par la nouvelle qu'il avait laissé sa tasse pencher dangereusement.

— Par cet acte, Thasren a annoncé que le peuple n'honore plus la lignée des Akarans. Il a déclaré la guerre, et il est dans mes intentions de me rallier totalement à la cause pour laquelle il est mort. D'ici quelques heures, je partirai avec un petit contingent de mes hommes. Ne prends pas cet air soulagé, je n'en ai pas encore fini. Maintenant, Rialus, ce que je vais te dire risque de te jeter dans la plus grande confusion, alors fais un effort pour maîtriser tes nerfs. Aujourd'hui, tu as plusieurs responsabilités importantes à assumer. La première est en rapport avec les bains.

— Les... les bains ?

— Exactement. La deuxième compagnie des gardes va les utiliser ce matin, n'est-ce pas ? Eh bien, tu vas ordonner à la première et à la troisième compagnies de rejoindre la deuxième dans ces eaux fumantes. Cela fera un grand nombre d'hommes et de femmes, mais je suis sûr que personne n'y verra d'objection. Tous ces corps chauds qui se frottent et se touchent... Qui n'aime pas l'ambiance moite des bains collectifs ? Mais je te recommande instamment de ne pas te joindre à eux. Tu expliqueras, si toutefois tu dois te justifier, que les bains doivent être récurés cet après-midi, et qu'en conséquence toute personne désireuse de les utiliser doit le faire ce matin. Quelque chose comme ça...

D'un geste de la main il indiqua qu'il laissait avec joie ce genre de détails à l'imagination du gouverneur.

— Et ensuite... tu ordonneras la fermeture de toutes les ventilations qui ne sont pas reliées aux bains. Cela fait, tu feras ouvrir à leur maximum les valves principales. Tu déverseras toute la puissance de l'énergie accumulée dans les puits.

— Je ne comprends pas, commença Rialus. La chaleur dans les bains...

— Sera considérable. Je sais. Très vite l'eau des bassins entrera en ébullition. Les soldats deviendront rouges comme des homards. Ils se bousculeront pour sortir de l'eau, mais ils seront trop nombreux. L'air s'emplira de vapeur, la chaleur brûlera leurs poumons et ils suffoqueront. Je sais très bien ce qui va se passer, Rialus.

— Mais ils tenteront de fuir dans les couloirs, nus et... balbutia le gouverneur, trop dérouté pour terminer sa phrase. Est-ce une plaisanterie ?

— Tout cela te semble donc amusant ? Tu es quelqu'un d'étrange, Rialus. Bref... Les homards ne sortiront pas des bains. Je laisse derrière moi assez de soldats pour bloquer les portes jusqu'à ce que la cuisson à la vapeur soit totale. Après quoi mes hommes disposeront de tous les autres soldats qu'ils trouveront. Cela fait, ils te laisseront préparer la suite. Y a-t-il quelque chose que tu n'aies pas compris jusqu'alors ?

Rialus répondit par une description ânonnée de ce qui arriverait aux troupes, comme si la réalité de ce qu'il proposait avait échappé à Maeander. Près de trois mille hommes et femmes, soit la quasi-totalité de la Garde du Nord depuis la disparition de la colonne d'Alain, mourraient ébouillantés. Leurs chairs gonfleraient et éclateraient, laissant se répandre leurs fluides corporels dans une mort horrible. Il n'avait jamais entendu un plan aussi terrible. Il s'agissait d'un meurtre à grande échelle. Une infamie et un traquenard de proportions titanesques.

— Ce sera abominable, conclut le gouverneur d'un ton partagé entre l'indignation et l'incrédulité. Il n'est pas possible que je sois...

Maeander se leva et vint poser une main puissante sur l'épaule frêle de Rialus, qu'il obligea à se mettre debout. Alors il passa le bras autour du cou de l'autre et le tourna vers sa précieuse fenêtre.

— Ce sera effectivement abominable, mais tu n'as pas à t'en soucier. Tout ce que tu auras à faire, c'est regarder par ta fenêtre, là. Surveille l'horizon. Souviens-toi que des invités sont en chemin. Ils sont presque arrivés. En fait, tu les recevras ce soir. Ils seront affamés et ils voudront prendre leurs aises. Alors, mon ami, tu seras heureux de disposer d'autant de viande cuite à point pour les rassasier.

Maeander s en alla sans attendre de réponse. Il était tellement satisfait de lui-même qu'il craignait de ne pouvoir s'empêcher d'afficher son contentement sur son visage. Ses talons claquèrent sèchement sur le sol. C'était une façon presque douloureuse de marcher, mais il aimait que la terre sous lui accepte le châtiment de ses pas. Il savait que Rialus le regardait s'éloigner, bouche bée, pénétré de peur et de révérence. *Un homme si petit*, songea Maeander. *Un rat.* Mais il était utile et facile à manipuler, on ne pouvait le nier.

Le Mein était d'assez bonne humeur pour pardonner au rat ses défauts. Il n'avait jamais été aussi content. Thasren était immortel, à présent. Bientôt, Hanish conduirait une armée vers Alécia, par le fleuve Ask. De son côté, Maeander prendrait la tête d'autres forces qui franchiraient les montagnes et entreraient en Candovie. Et ses nouveaux alliés, ces Numreks, ravageraient l'Aushénie et sèmeraient une terreur comme le Monde Connu n'en avait pas vu depuis des siècles. Puis viendrait la grande rencontre dans laquelle le gros de l'armée acaciane se retrouverait à implorer la vie sauve avant même le début de la bataille…

Le présent est un temps béni à vivre, songea Maeander.

Chapitre dix-sept

La rencontre de Leeka Alain avec le guerrier numrek commença de façon étonnamment feutrée. Il marchait depuis si longtemps sur le sol souillé, marqué par le passage de la horde, qu'il était devenu négligent. La lassitude était comme une chape de plomb sur ses épaules. Il n'avançait plus du pas décidé qu'il avait eu les premiers jours. La solitude et la désolation omniprésentes jouaient des tours à son esprit. Il fit halte pour étudier les alentours et examiner les formes mouvantes sur la neige, tout là-bas. Il avait déjà vu des mirages sur la courbe de l'horizon, et ce à plusieurs reprises, sans qu'aucune des formes floues n'adoptât une silhouette identifiable. Pendant des périodes de plus en plus longues, dans la journée, il évoluait dans un monde imaginaire bâti avec des éléments du passé. Il en vint presque à oublier le but de sa marche obstinée, à oublier qu'il pistait un ennemi très réel, à oublier le récent massacre de son armée. Tout cela prenait l'apparence nébuleuse d'un cauchemar surgi d'un temps lointain, qu'il avait du mal à resituer dans un contexte réel.

Il traversa les marais et atteignit la limite occidentale des Terres Stériles sans trop s'en rendre compte. Devant lui s'étendaient des terres aussi nues qu'auparavant, mais qui maintenant ondulaient tels les plis d'une peau ridée. Les lits gelés de cours d'eau s'étiraient ici et là, encore intouchés par le printemps. Il perdait de vue l'horizon chaque fois qu'il descendait dans une cuvette, mais les traces de la horde étaient très faciles à suivre. Elle traversait la contrée droit devant elle, sans jamais dévier. Tête baissée, Leeka continuait de mettre un pied devant l'autre.

Il arriva au sommet d'une élévation et entama la descente de l'autre versant, en direction de ce qui dans quelques mois serait une rivière. Il aperçut les formes sombres qui se découpaient sur le blanc de la neige, mais il mit un temps à les distinguer vraiment. Ce fut un grognement qui attira son attention – le premier son émis par une créature vivante qu'il entendît depuis bien longtemps. C'était aussi un cri d'alarme, et il éveilla aussitôt tous les sens du guerrier en lui. Il se figea instantanément. Derrière lui, le traîneau glissant sur la pente vint cogner contre ses talons.

Devant lui se trouvaient deux créatures vivantes, et une morte. Le son avait été produit par un de ces rhinocéros laineux. Il se tenait à quelque quarante mètres, dans une proximité tellement absurde pour Leeka qu'il pouvait imaginer le contact de sa fourrure rêche. Il distinguait les excroissances striées qui entouraient ses cornes, et il remarqua les motifs gravés sur les boucles de la selle. La soudaine présence du général semblait rendre l'animal nerveux. Il recula lourdement, en balançant la tête de droite et de gauche. Quelques mètres derrière lui, un des envahisseurs était accroupi auprès d'un petit feu. Il leva les yeux, d'abord en direction du rhinocéros, puis vers Leeka. Pourquoi il était là, que ce soit sur ordre, parce que c'était un traînard ou un déserteur, le soldat d'Acacia n'en saurait jamais rien. Il n'y avait aucune chance que les deux hommes engagent une discussion. Ce que Leeka découvrit lui retourna l'estomac comme encore aucun carnage de guerre n'avait pu le faire.

Le Numrek était assis devant un banquet de chair humaine. Le corps nu d'un jeune homme avait était placé au-dessus d'un chaudron chauffé par de la poix comme Leeka en avait déjà trouvé des traces. Le cadavre était étendu sur le dos, bras et jambes écartés de sorte que les pieds et les jambes touchaient le sol glacé tandis que le torse grillait, fumait et marinait tout à la fois. Le Numrek s'apprêtait à déchirer une portion de chair et d'organes internes dans le ragoût humain quand il repéra Leeka. Il posa son couteau et se mit debout, en étirant ses bras comme un vieux travailleur qui se prépare à accomplir une tâche interminable. Il s'inclina en avant et fouilla devant lui un moment, avant de se redresser, une lance dans une main, une épée à lame courbe dans l'autre.

Le général défit les courroies qui l'attachaient au traîneau. Il avait cessé de porter son épée sur lui quelques jours plus tôt et l'avait arrimée au traîneau. Il la fit glisser de son fourreau. Il possédait aussi une arbalète et des carreaux, mais le Numrek se rapprocha de lui beaucoup trop vite. Il projeta la lance, qui s'enfonça profondément dans le ballot de provisions et renversa le traîneau. Leeka fit un bond en arrière, s'écarta en décrivant un demi-cercle et ôta ses gants. Il soupesa sa lame. Le Numrek n'avait même pas tenté de le toucher avec la lance. Il avait frappé par amusement et choisi sa cible, c'était évident dans la joie apparente qui l'animait à présent. Il s'avança d'un pas dansant, presque sautillant, si une attitude aussi enfantine pouvait être attribuée à une créature d'une telle taille et d'une telle férocité. Il fit passer son épée d'une main à l'autre, à plusieurs reprises, pour démontrer qu'il était aussi habile avec les deux. Ses fourrures oscillaient avec ses mouvements et pendaient autour de son corps, dont elles masquaient les contours. Ses traits étaient toujours difficiles à discerner sous la broussaille de sa tignasse et le couvre-chef abaissé sur ses sourcils, mais un rictus visible déformait sa bouche.

Comment tuer une chose pareille ? La question taraudait Leeka. Il se concentra sur le combat qui risquait d'être le dernier de sa vie. Le Numrek attaqua par de grands mouvements latéraux qui sifflèrent en découpant l'air. Leeka esquiva un coup destiné à sa tête, et le fil courbe de l'épée trancha quelques boucles de ses cheveux. La première fois qu'il para, l'impact des deux épées déclencha une douleur fulgurante dans son poignet, qui faillit bien céder. Il ne conserva son arme qu'en recouvrant sa main avec l'autre et en combattant ainsi. Si « combattre » était le terme qui convenait. À dire vrai, il reculait en titubant et évitait la plupart des coups sans jamais riposter. Sa lame ne rencontrait l'autre que pour la dévier. Il n'était qu'une marionnette se contorsionnant selon le bon vouloir de son adversaire.

Très vite, il fut essoufflé et couvert de sueur, les yeux embués. Il lui semblait avoir déjà résisté un temps incroyablement long. L'ennemi parlait tout en se battant. Il grommelait un déluge de sons gutturaux juste assez ordonnés pour ressembler à des mots. Leeka chercha un moyen de passer à l'attaque, mais l'autre était trop massif, trop rapide. Il dégageait une odeur répugnante, pareille à un mélange de vinaigre, d'urine et d'oignon. Quand le Numrek se campa devant le soleil bas qu'il masqua entièrement, il devint soudain une sorte de guerrier fantôme. Un homme avait-il jamais tué une telle créature, un géant aussi formidable ?

C'est alors que Leeka se souvint. La Huitième Forme. Gerimus contre les gardiens de la forteresse de Tulluck. D'après la légende, ces gardiens étaient des géants. Plus grands et plus forts que n'importe quel homme, et inhumains par leur irrespect total de la vie. Des guerriers dont l'existence n'avait qu'un but : tuer. Ils avaient terrorisé le Premier Royaume de Candeva, le prédécesseur du Deuxième Royaume de Candovie. C'est seulement lorsque le héros Gerimus les avait repoussés jusqu'à la forteresse et en avait occis deux lui-même que la manière de les terrasser avait été découverte. Le héros s'était rendu compte qu'ils montraient une trop grande confiance en leurs aptitudes. Ils étaient trop puissants et trop impatients. Il retourna ces défauts contre eux, en les narguant par un combat uniquement défensif jusqu'à ce qu'ils commettent des erreurs dans leur hâte d'en finir. La méthode avait été couronnée de succès une fois, elle pouvait l'être une deuxième.

Leeka s'évertua à incorporer des fragments de la Forme dans sa défense. Tout d'abord il n'y parvint que de justesse et faillit bien perdre la tête, puis il trouva un compromis entre ce qu'il devait faire pour rester en vie et les anciens enchaînements de Gerimus. Le tout était compliqué par le fait que dans la Forme le héros antique avait deux adversaires, mais Leeka modifia la plupart des mouvements destinés au deuxième ennemi. Le Numrek parut ne se rendre compte de rien. C'est seulement quand le général tournoya sur lui-même dans une attaque sautée fulgurante que le géant sentit que quelque chose de bizarre se passait. Il tourna sa tête massive et étudia l'endroit frappé aussi vicieusement par son adversaire. Il observa Leeka enfoncer sa lame dans le pied de son ennemi imaginaire, libérer la pointe de l'épée et d'un geste ascendant immédiat frapper sous un menton invisible. Le mouvement achevé, le guerrier acacian fit face au Numrek.

Quoi qu'il ait pu penser de la démonstration, l'envahisseur s'avança et reprit ses attaques. Pendant qu'ils combattaient, Leeka se glissait de plus en plus dans la Forme. La sensation était puissante. S'il devait mourir, du moins conserverait-il quelque dignité dans ses derniers instants. Et dans cette parcelle de confiance retrouvée se nichait la graine de la maîtrise. Il commença à se rendre compte qu'à certains moments il n'anticipait pas simplement les actes de son adversaire, il les provoquait. *Oui*, songea-t-il, *fais un pas vers moi*. L'autre s'exécuta. *Frappe et déplace-toi sur la droite*. Une fois encore, le Numrek parut obéir. *Maintenant un coup latéral aux jambes.* Il sauta, et ce fut de justesse. La danse n'était pas parfaite, mais Leeka parvenait à exécuter les variations avec une aisance de plus en plus grande. Son adversaire ne semblait pas distinguer une structure dans ses mouvements, mais il devenait nerveux. Une partie de sa gaieté meurtrière l'avait déserté. Il ne parlait plus, sauf pour pousser un grognement de temps à autre. À plusieurs reprises il cracha en direction de Leeka, et sa salive était autant une arme qu'une insulte.

Quand le moment arriva, Leeka en fut le premier étonné. Pris de fureur, son ennemi fit passer son épée de la main gauche à la droite. Il se rua en avant, lançant la lame dans une longue courbe ascendante avant de l'abattre de toute la force de son bras, de son épaule et de son torse, en mettant tout le poids de son corps dans le coup. La puissance de l'attaque était phénoménale, mais Leeka se contenta d'esquiver d'un pas de côté. L'acier siffla si près de lui et avec une telle violence que le seul déplacement d'air faillit le déséquilibrer. La lame mordit profondément le sol gelé dans une grande gerbe de cristaux.

Exactement comme le dernier des géants de Tulluck avait entaillé le sol de granite de la forteresse. Leeka bondit sur l'épée du Numrek, un pied sur le dos de la lame, le suivant sur la poignée. Son troisième pas se posa sur l'avant-bras du géant. De cette position il effectua alors un coup circulaire. Sa lame chanta dans l'air autour de lui, un éclair d'acier si rapide que par la suite il ne pourrait se souvenir de l'instant où le fil avait tranché le cou de l'ennemi. Mais il se remémorerait toujours le moment qui suivit, quand il prit conscience de ce qu'il venait d'accomplir. La tête du Numrek resta perchée sur ses épaules pendant toute la durée de sa chute. Quand le corps percuta lourdement le sol, la tête fusa en avant, propulsée semblait-il par un puissant jet écarlate. Jamais encore Leeka n'avait exécuté ainsi la Forme.

Contemplant le sang qui tachait la glace en fumant, il déclara :

— Eh bien... ça marche.

Bien qu'il eût du mal à résister à la nausée, il réussit à tirer ce qui restait du corps humain hors du feu. Du pied il renversa la marmite, puis se servit de la hampe de la lance pour remuer les tisons et relancer le feu, qu'il alimenta d'objets inflammables pris dans ses réserves. Ensuite il entreprit la tâche lente et déplaisante de transformer la chair humaine en cendres. Il le devait à cet homme qui avait combattu sous ses ordres. Il n'avait pas reconnu le visage gelé ni trouvé de papiers d'identité, mais il prononça quelques paroles pour le repos éternel de ce pauvre bougre. Sa tristesse était bien réelle. Elle venait du fond de son cœur plus clairement que jamais encore, et il n'eut pas honte de ses larmes. Il n'avait pas pensé au jeune homme pendant qu'il combattait le Numrek, mais il était heureux de l'avoir vengé.

Plus tard ce même jour, quand tout ce qui pouvait être fait pour le soldat anonyme le fut, Leeka tourna son attention vers le rhinocéros qui était resté à quelque distance et n'avait cessé de l'observer d'un air impavide. Lance au poing, il s'avança vers la bête en s'efforçant de dissimuler la douleur qu'il ressentait à présent dans la cheville. Il avait dû se la tordre à un moment ou un autre durant le duel. L'élancement était pareil à une brûlure à chaque pas, et l'articulation était raide et enflée. Il ne voulait surtout pas montrer la moindre faiblesse à la créature, mais chaque fois qu'il s'en approchait elle s'écartait, s'ébrouait et reculait. Elle réagissait parfaitement aux déplacements de l'humain et maintenait la même distance entre eux, sans jamais le quitter du regard. Leeka chercha une quelconque nourriture à lui offrir, mais il ne vit rien de comestible.

— Écoute, dit-il, je n'ai pas de temps à perdre. Au cas où tu ne l'aurais pas remarqué, ton maître a perdu la tête. Mais toi et moi, nous pourrions nous entraider. Je veux me rendre quelque part au plus vite, ce qui ne sera pas aisé avec cette cheville. Et toi... toi, tu donnes l'impression d'avoir besoin d'aller quelque part.

Il y avait quelque chose comme de l'intelligence dans l'attitude attentive de la bête, mais rien qui ressemblât à une compréhension réelle de la situation. En réponse, l'animal frappa la glace d'une de ses pattes de devant. Leeka était conscient de sa faiblesse, de sa légèreté comparée à la taille et au poids de l'animal, à ses armes naturelles et à l'épaisseur de ses défenses. L'homme considéra la bête avec irritation. Mieux valait que le rhinocéros ne se souvienne pas qu'il pouvait empaler Leeka sur sa corne et se promener avec ce nouveau trophée. Ou qu'il pouvait le renverser et le piétiner jusqu'à le réduire en pulpe sanglante. Un affrontement violent entre eux n'était pas envisageable pour l'homme. Le vainqueur était par trop évident. Leeka eut une idée.

Il s'éloigna en claudiquant et revint un moment plus tard en tenant la tête du Numrek par les cheveux. Il la lança entre lui et l'animal. Le macabre trophée roula sur le sol puis s'immobilisa. La créature l'étudia, la contourna comme si elle soupçonnait quelque tricherie. Leeka songea à divers traits d'esprit, mais il renonça. Le moment ne s'y prêtait guère. Il laissa le silence s'installer. La bête avait déjà assez à décanter avec son intelligence limitée, de toute façon. Et l'homme était tout disposé à lui octroyer un peu de temps pour cogiter.

CHAPITRE DIX-HUIT

OLIVER S'HABILLA POUR LA RÉUNION AVEC DES GESTES D'UNE RAIDEUR militaire. Bien que seul dans la pièce, il rabattit sèchement les pans de sa veste, comme si chacun de ses mouvements était épié par des anciens pressés de dénoncer sa mollesse. La chambre était peu éclairée : il avait mouché la plupart des lampes. Il y faisait froid car il avait ouvert la fenêtre. Il devait se rendre à sa première réunion avec les conseillers du roi, une entrevue inopinée arrangée à cause de la tentative d'assassinat. *Une tentative*, se répéta-t-il, rien qu'une tentative. Même s'il n'avait pas été autorisé à voir son père durant les deux jours qui s'étaient écoulés depuis l'agression, Thaddeus l'avait assuré que le roi avait survécu et qu'il luttait de toutes ses forces. Pour le moment, avait dit Thaddeus, seuls les médecins pouvaient l'aider. En lui-même, ce fait était absurde. Comment la vie de Leodan Akaran et le destin de tout un empire pouvaient-ils reposer dans les mains de quelques hommes ? L'un avec un poignard, d'autres avec des potions et des fortifiants...

Certes, Aliver avait déjà été mis en garde contre ce genre d'éventualités, mais les discussions antérieures sur les règles de l'élévation au trône lui avaient paru n'être que des notions lointaines et abstraites, qui n'auraient pas d'importance pour lui avant longtemps. Jason, son précepteur, avait déclaré un jour qu'un prince ne connaît pas de période plus périlleuse que les jours ou les semaines qui précèdent son couronnement. Souventes fois, avait-il continué, les princes étaient assassinés par leurs conseillers ou leurs amis les plus proches, quand ce n'était pas par des parents désireux d'accaparer le pouvoir. Aliver ne se souvenait plus de ce qu'il avait répondu, mais il avait certainement affirmé qu'une telle trahison ne se produirait jamais au sein des Akarans. Jason avait eu une réponse pour cela aussi : « Jamais, dans l'histoire connue, un pouvoir à la tête d'une nation, si fort soit-il, n'a exercé la charge suprême indéfiniment. Soit vous autres Akarans avez brisé ce moule, soit l'histoire a pris son temps avant de vous rattraper. » Jason s'était incliné en parlant ainsi, presque par plaisanterie, sans pourtant se départir de l'attitude amicale mais respectueuse qu'il avait toujours quand il défiait le prince. En repensant à cet échange, Aliver eut un frisson désagréable d'appréhension.

On frappa à la porte et il sursauta. Un instant plus tard un écuyer se présenta devant lui, avec dans ses paumes ouvertes l'épée appelée la Confiance du Roi. Le prince connaissait bien cette lame. C'était avec elle qu'Édifus en personne avait combattu à Carni. La tache noire sur le cuir de la garde, disait-on, était le sang de la propre main du premier roi. À un moment, durant son affrontement contre un chef de tribu, Édifus avait trébuché, lâché l'épée et n'avait réussi à survivre qu'en immobilisant la lame de son ennemi entre sa paume et ses doigts. Une parade impressionnante s'il en était, qui à l'entraînement avait été remplacée par un blocage de la paume contre le plat de l'épée adverse. Leodan n'avait porté cette épée que lors des rares circonstances où elle était de rigueur, mais souvent Aliver était venu l'admirer sur l'autel où elle était exposée, dans les appartements privés de son père. Il avait laissé courir ses doigts sur le vieux cuir tressé de la garde, avait refermé sa main sur elle, avec l'espoir que ses doigts s'adapteraient parfaitement à sa forme.

Une fois il l'avait soulevée de son support et l'avait tenue devant lui, une main sous la garde et l'autre sous le fourreau. Il avait rompu l'unité entre les deux d'un simple mouvement du poignet et avait exposé à la lumière quelques centimètres seulement de la lame. Il n'était pas allé plus loin. Par la suite il avait été incapable de se l'expliquer avec netteté, mais sur le moment il avait eu l'impression que la portion dénudée de l'épée chantait quand l'air et la lumière la touchaient. Et ce n'était pas un cri de joie. C'était la tristesse exprimée à travers l'acier trempé. Il avait alors eu la certitude que la pièce grouillait de spectres prêts à se matérialiser pour déchaîner leur fureur sur lui. Il avait commis un grave impair en s'appropriant pour un instant cet objet qui ne lui était pas encore destiné. Il avait aussi eu l'impression très forte que l'histoire martiale attachée à cette lame était horrible par des aspects qu'on ne lui avait pas enseignés.

À présent il se tenait les bras levés tandis que l'écuyer attachait le ceinturon autour de sa taille. Cette épée serait considérée comme sienne jusqu'à ce que son père se soit suffisamment rétabli pour la lui reprendre. Il s'efforça de la porter avec le naturel qui convenait, en ignorant la façon dont le fourreau cognait contre sa jambe à chaque pas. Il n'avait pas imaginé prendre place au Conseil avant son dix-septième anniversaire. Quelques jours plus tôt, il aurait estimé que c'était un grand honneur de s'asseoir à côté de généraux et de conseillers. Aujourd'hui la culpabilité qu'il éprouvait à devoir le faire était semblable à une pierre aux arêtes acérées logée dans sa poitrine. Il avait vu un assassin poignarder son père, et il n'avait rien fait. Cette vile créature avait traité son père de despote. Un despote ! Quelle raison y avait-il à un tel propos ? Il savait que les hommes possédés par le mal voyaient le monde à leur façon et qu'on ne pouvait leur faire confiance pour dire une seule fois la vérité, mais le fait que l'assassin ait proféré une telle phrase à la cantonade, devant tant de gens, en arborant une telle certitude de son bien-fondé... Cela révoltait Aliver et faisait bouillir son sang.

Il aurait tant voulu revenir en arrière jusqu'à cet instant et saisir l'homme à la gorge. Pourquoi ne l'avait-il pas fait ? Il avait seulement crié encore et encore pour que quelqu'un arrête l'assassin. Il aurait pu repousser les gardes s'il l'avait voulu. Il aurait pu sauter sur la table. Il aurait pu faire tant de choses dont il aurait maintenant toutes raisons d'être fier. Mais il n'avait rien fait. Il avait revu la scène et toutes ses variations possibles cent fois avant que l'aube ne se lève le lendemain. Rien de tout cela ne l'avait apaisé, au contraire : il en était arrivé à penser que la blessure de son père était sa faute plus que celle de n'importe qui d'autre.

Comparée à la grandeur architecturale de mise dans la plupart des réalisations acacianes, la salle du Conseil était un espace réduit, tout juste suffisant pour la table ovale en son centre, une surface basse en granite poli autour de laquelle étaient assis les dix conseillers du royaume. La seule source de lumière provenait d'une fenêtre étroite et haute dans le mur sud. Son faisceau venait éclairer le centre de la table et creusait les traits des conseillers. Le contraste vif ainsi créé transformait les murs en une masse vague qui pour Aliver donnait définitivement à l'endroit des airs de salle d'interrogatoire.

Après un moment d'hésitation, le temps que sa vue s'adapte à la luminosité ambiante, le prince prit place dans le fauteuil de son père. Il se demanda s'il devait procéder à l'ouverture de la réunion. Son regard passa sur les visages des anciens sculptés dans l'ombre. On eût dit autant de bustes de pierre. Comment commencer une telle réunion ?

Il n'eut pas à le faire. Thaddeus Clegg ouvrit la séance en invoquant les noms des cinq premiers rois acacians et en rappelant à toutes les personnes présentes qu'elles allaient prendre part à un débat de la plus haute importance. C'est vers ces rois qu'ils devaient se tourner pour rechercher la sagesse, sur eux qu'ils devaient prendre modèle dans la situation troublée qu'ils affrontaient aujourd'hui.

— Avant que nous n'abordions les sujets dont nous devons discuter ici, je suis sûr que vous souhaitez tous savoir comment se porte le roi, fit-il, et des murmures se firent entendre. Tout ce que je peux vous dire, c'est ce que les médecins m'ont confié. À l'instant présent, le roi est toujours en vie. Si tel n'était pas le cas, on viendrait nous en avertir sur-le-champ. Mais, c'est presque certain, il a été empoisonné. Ils pensent que la lame qui l'a blessé appartient à l'Ilhach, l'ordre ancien des assassins meins. Je sais, cet ordre a été dissous et déclaré hors-la-loi par Édifus. Mais il est toujours possible que ce soit son poison mortel qui consume la force vitale du roi.

Le regard du chancelier s'attarda un instant sur Aliver, puis se détourna.

— Les médecins font de leur mieux. Il se peut que le roi survive ; hélas, le contraire est également envisageable. Nous devons être prêts aux deux éventualités. Comme vous le constatez, le prince Aliver a pris la place de son père aujourd'hui. Souhaitez-lui la bienvenue, même si vous priez pour qu'il rende très vite son siège à Leodan.

Aliver voulut regarder les conseillers un à un et rendre leurs saluts, mais il ne put aller jusqu'au bout. Il écouta les dernières paroles les yeux fixés sur la table devant lui.

Il continua de contempler le grain du granite pendant que le secrétaire de Thaddeus faisait son rapport. Peu de personnes sur l'île étaient en mesure de confirmer l'identité de l'assassin, déclara-t-il. Par chance, un officiel qui avait séjourné une année à

Cathgergen pour vérifier les livres de la Satrapie attesta que l'homme était bien Thasren Mein. Mais le sujet était controversé. Par l'intermédiaire de pigeons voyageurs, les représentants du Mein à Alécia avaient nié la nouvelle et juré que l'assassin ne pouvait être Thasren. Ils voyaient là un complot fomenté par d'autres conspirateurs, non par le Mein. Ils annonçaient même leur intention de faire voile promptement pour rallier Acacia et plaider leur innocence. Toutefois il s'agissait peut-être d'une ruse, car le seul représentant officiel du Mein actuellement sur l'île avait disparu. Gurnal et sa famille s'étaient évanouis dans la nature, en laissant derrière eux une résidence jonchée des cadavres de leurs serviteurs. À ce stade, il était difficile de voir clair dans cette affaire.

Quand le secrétaire eut terminé, Julian, un des conseillers les plus anciens, prit la parole :

— Nous disposons d'assez d'informations pour décider des actions à entreprendre.

Quelques voix s'élevèrent pour faire remarquer que personne n'avait encore suggéré la moindre action. Mais Julian poursuivit son idée :

— Hanish Mein qui envoie son propre frère à la mort... et pour quelle raison ? Pour déclencher une guerre qu'il ne peut espérer gagner ? Je ne puis croire ni ce que mes yeux ont vu ni ce qu'on m'a dit depuis. Hanish est à pleine plus qu'un adolescent. Je l'ai rencontré lors des rites d'hiver, il y a quelques années. Il se laissait pousser une barbe clairsemée sur les joues, comme ces gamins impatients d'être des hommes.

Relos, le commandant des forces acacianes et un homme qu'Aliver savait avoir toute la confiance de son père, intervint alors.

— Ce n'est plus un gamin. Je pense qu'il est maintenant dans sa vingt-neuvième année.

Le regard de Julian accrocha celui d'Aliver une seconde, puis il demanda, sans s'adresser à quelqu'un en particulier :

— Si Hanish Mein est derrière cet attentat, quelles sont ses motivations ?

— Nous ne pouvons les deviner, répondit Chales, un autre vieux soldat. Julian, votre amour de la paix est bien connu, mais tout le monde n'a pas l'esprit aussi généreux que vous.

— Et les garçons sont souvent fous, ajouta Relos. Trop fiers.

Thaddeus prit Julian de vitesse.

— Personne ici ne prétend qu'il fait jour quand c'est la nuit noire, dit-il. Nous devons considérer toutes les éventualités, et la question de Julian est pertinente. Cet attentat n'est peut-être pas le fait d'Hanish Mein. Peut-être... Mais je me suis rendu compte que souvent le coupable le plus évident est le véritable coupable. Les Meins sont un peuple ancien, et les peuples anciens ont la mémoire qui remonte loin. Hanish peut croire qu'il agit au nom de ses ancêtres. Il est en contact avec eux, et ils sont assoiffés de sang acacian aujourd'hui comme ils l'ont toujours été. C'est du moins ce que les hommes du Mein croient. C'est ainsi qu'ils se leurrent.

— Nous sommes tous des peuples anciens, Thaddeus, dit Relos. Certains d'entre nous s'en souviennent, d'autres non. Certains peuvent nommer le père du père de leur père, d'autres en sont incapables. Mais le sang qui coule dans les veines de chacun d'entre nous coule depuis le commencement, et il coule toujours. L'ancienneté n'excuse en rien la trahison.

Un moment de silence poussa Aliver à prendre la parole :

— Nous tournons autour de la question sans l'aborder de front, déclara-t-il. Cet homme, l'assassin, quelqu'un doute-t-il qu'il appartienne à la race du Mein ? N'a-t-il pas parlé leur langue avec aisance ? Ne s'est-il pas nommé lui-même ?

Un nouveau moment de silence accueillit ces questions. Tous semblaient surpris d'entendre le jeune homme s'exprimer ainsi, et personne ne savait comment lui répondre.

— Alors pourquoi regarder le ciel nocturne et se demander si ce ne serait pas le jour déguisé ? Nous savons qui a commis ce forfait. Un Mein a frappé mon père de son poignard ! Nous rendrons la pareille à ce peuple, mais avec une puissance décuplée. Et peu m'importent les raisons qui ont incité cet homme à agir de la sorte. Ce qui est fait est fait, quelle que soient les raisons qui l'ont motivé. Le Mein doit être châtié.

— Certes, Prince, dit Thaddeus, et c'est pourquoi nous sommes rassemblés en ce lieu. Nous devons définir les modalités de notre riposte. Les gouverneurs auront leur propre idée sur la question, mais ils se tourneront vers nous pour que nous les guidions et, en fin de compte, pour que nous approuvions les actions qu'ils entreprendront.

— Nous sommes donc ici pour décider comment attaquer ? demanda Aliver, que sa propre intrépidité emplissait d'assurance. Dans combien de temps pouvons-nous avoir une armée aux portes de Tahalian ?

Thaddeus se tourna vers Carver, le seul capitaine de Marah présent sur l'île, afin d'avoir son expertise sur le déploiement des forces. En tant que conseiller, il était le plus jeune de l'assemblée. Il était né fortuné, dernier en date d'une longue lignée de guerriers, et son talent autant que son ambition lui avaient permis de se hisser rapidement au premier rang. Quelques années plus tôt, il s'était porté volontaire pour mener une armée contre la Discorde Candovienne. L'expédition militaire avait donné lieu à des anecdotes qui, pour Aliver, tenaient plus de la fiction que de la réalité, mais Carver pouvait sans nul doute se targuer d'avoir commandé au combat. Peu d'Acacians pouvaient en dire autant. Néanmoins, le prince n'accordait guère de crédit à son opinion.

Aucune attaque contre le Mein ne pouvait se faire dans la précipitation, déclara-t-il. Il fallait tenir compte de l'habileté militaire du Mein, de sa situation géographique isolée et des territoires à traverser avant d'atteindre l'objectif. Les forces acacianes étaient disséminées dans tout l'empire de façon à pouvoir assurer le maintien de l'ordre, mais elles n'étaient pas en concentrations suffisantes pour permettre le lancement d'une campagne militaire sans réorganisation ni transfert des troupes. Ils pouvaient commencer à rappeler des unités stationnées dans les provinces, à lever des contingents supplémentaires et à réunir le gros de leurs forces près d'Alécia pour le début du printemps. Peut-être, si l'Aushénie se montrait accommodante, serait-il possible de prendre des positions avancées près de la Trouée de Gradthic pour l'équinoxe de printemps. Mais ce ne serait alors qu'une mesure défensive. Ils ne pourraient marcher sur les Hautes-Terres du Mein qu'un mois plus tard, au mieux. Ensuite, leur progression serait rendue difficile par le sol détrempé et les rivières en crue, sans parler des insectes...

— Les insectes ? répéta Aliver d'un ton incrédule. Avez-vous perdu l'esprit ? Mon père vient d'être poignardé par un assassin mein et vous me parlez d'insectes ?

Carver se rembrunit, et ses sourcils broussailleux se rejoignirent entre ses yeux.

— Seigneur, avez-vous jamais vu les moucherons qui pullulent pendant le printemps mein ? Ils submergent la contrée en nuages si denses que les hommes suffoquent en les inhalant. Et ils piquent. Des hommes sont morts d'avoir perdu trop de sang. Mais le pire, c'est qu'ils transmettent des fièvres violentes et des maladies... Il y a maints aspects à considérer lorsqu'on prépare une campagne militaire, maintes façons pour les soldats de mourir autrement que par l'épée. Les insectes, Prince, en sont une. Peut-être qu'une force avancée familière des rigueurs de l'hiver mein pourrait faire mouvement plus tôt, avant que le dégel ne ramène à la vie cette peste volante. Mais étant donné l'absence du général Alain, ce n'est pas ce que je recommanderais.

Aliver secoua lentement la tête. Il était déconcerté d'entendre un soldat exprimer autant de réticences. Il avait toujours appris à penser en termes d'attaque directe, d'autant que leurs forces dépassaient en nombre celles de n'importe quelle province. Il aurait aimé savoir ce qui était arrivé au général Alain, mais à la manière dont Carver en avait parlé, il était évident que tout le monde avait déjà une idée sur le sujet.

— Les soldats du Mein ne sont pas plus de vingt mille, dit-il, dont la moitié à notre service un peu partout dans l'empire. Ainsi le veut le décret. Ma question est donc la suivante : en combien de temps pouvons-nous rassembler une force assez grande pour vaincre les dix mille guerriers présents dans le Mein ? La tâche ne semble quand même pas impossible.

D'un ton maussade, Carver répondit que la population du Mein avait toujours été très difficile à évaluer. Elle semblait fluctuer d'une manière qui ne correspondait absolument pas au recensement officiel.

— Si nous devons entrer en guerre contre le Mein, il est peu probable que nous croisions le fer avant le début de l'été. Une expédition punitive envoyée avant... Je ne suis pas sûr que ce soit possible. Si Hanish a choisi le moment de l'attentat afin que nous soyons dans l'impossibilité de riposter immédiatement, il a réussi. Il faut également considérer la nature profonde des Meins. Pour ces hommes, tuer est un acte banal. Ils éliminent les plus faibles d'entre eux afin que chaque génération soit plus forte. Ils s'entraînent dans les conditions les plus éprouvantes qui soient. Ils ont des coutumes secrètes dont nous ne savons rien. Chaque vie meine que nous prendrons nous coûtera cher.

Des murmures d'approbation saluèrent cette déclaration. Un conseiller fit part de rumeurs selon lesquelles Hanish aurait entraîné une armée secrète en un lieu caché. Un autre surenchérit. Julian grimaça devant ces spéculations sans fondement, mais il n'avait d'autre argument que sa désapprobation.

— Hanish combat selon les lois du Maseret, dit Carver, cette danse de mort que les Meins apprécient tant. S'il est derrière l'attentat contre le roi, c'est comme une dague plantée en plein visage. Il souhaite que nous soyons déséquilibrés. Et nous devons reconnaître qu'il a déjà atteint cet objectif.

— Je crains que la prochaine frappe ne soit déjà en préparation, ajouta Chales.

Relos hocha la tête à plusieurs reprises, comme il le faisait toujours pour indiquer qu'il allait prendre la parole.

— Ces gens ont des croyances très fortes. Ils parlent avec leurs morts, et à ce qu'on m'a dit, les défunts sont des orateurs très persuasifs. Rien n'est plus dangereux qu'une croyance profonde mise au service d'une cause.

Aliver regarda autour de lui. Qu'est-ce qui n'allait pas chez ces hommes ? Ce qui était arrivé à son père n'était donc plus qu'une simple tactique dans une danse guerrière ? Converser avec les morts ? À les entendre, on aurait pu croire qu'on ne parlait que de manœuvres militaires, ou que ce n'était là qu'une réunion d'affaires...

— Êtes-vous venus ici pour rédiger les termes du renoncement de mon père à son royaume légitime ? lança-t-il d'une voix dure. Soyez tous maudits si vous n'avez rien de plus viril à me dire !

— Jeune Prince, dit Thaddeus, l'expression peinée comme s'il eût préféré avoir cet échange en privé, il n'est pas nécessaire de nous maudire. Aucun d'entre nous ne pense que nous soyons réellement en danger. Nous voulons simplement vous faire comprendre que le problème posé est grave.

— Cela, je le sais, répliqua Aliver. N'ai-je pas vu le visage de mon père ? Dites-moi donc ce que vous devez me dire. Mais, je le répète, dites-moi aussi comment nous châtierons Hanish Mein. Car c'est ce que nous ferons. Nous devons seulement décider comment et quel jour. Compris ?

Les autres murmurèrent leur assentiment, mais pendant le reste de la réunion Aliver se demanda si son éclat avait été judicieux. Quand enfin ils se séparèrent, il avait l'esprit encombré d'idées qui s'entrechoquaient comme les débris d'un navire naufragé à la surface de la mer. Il n'avait aucune intuition de ce qui allait se passer. Il était pareil à un mousse agrippé à un morceau d'épave, ballotté par des courants sur lesquels il n'avait aucun pouvoir.

Chapitre dix-neuf

De tout ce qui chagrinait réellement Thaddeus lorsqu'il se tenait près du lit de douleurs de son vieil ami le roi, le pire était cette manière dont la chair désertait les os du visage du monarque, comme sans regret. Le processus dévoilait Leodan pour ce qu'il était : un homme vieilli, si las de la vie que les muscles de son visage avaient encore à peine le pouvoir de se contracter, de frissonner ou de réagir à une quelconque émotion. Dire que sa peau était cendreuse aurait été ne parler que de la surface de la réalité. Il était d'un teint blafard, mais surtout, on sentait que le fluide vital s'était retiré très loin dans ce corps. L'idée vint à Thaddeus qu'Édifus lui-même avait sans doute offert un spectacle très similaire sur son lit de mort. Et ce trépas, comme celui du premier roi, risquait fort de marquer un tournant dans l'ordre du monde.

Thaddeus avait du mal à ne pas tomber à genoux et à hurler sa peine, à tout confesser, à tout nier. Il ressentait la vérité inhérente à ces deux impulsions contradictoires. D'une certaine façon, tout était sa faute. Il avait cru au contenu du message envoyé par Hanish Mein. À l'instant où il l'avait appris, il avait su que Gridulan était coupable des crimes cités par Hanish. Et il avait haï le fils pour les péchés de son père. Il avait voulu le punir, que les Akarans connaissent la souffrance, que le pays lui-même verse dans le chaos. À de nombreuses reprises, quand il observait le roi égaré dans la transe induite par la brume, Thaddeus s'était imaginé refermant les mains sur ce cou offert et expulsant la vie de ce corps. La chose aurait été physiquement facile à accomplir, mais il n'avait jamais fait qu'en rêver. À la place, il avait tué cette pauvre messagère. Ce n'était pas prévu, et il n'était pas certain des raisons qui l'avaient poussé à agir ainsi. C'était une notion vague qui lui était venue cette nuit-là. La femme apportait des nouvelles d'une menace pesant sur les Akarans. Or Thaddeus désirait que cette menace vive et se développe, aussi la messagère devait-elle mourir. C'était lâche de sa part, mais d'une certaine façon il avait demandé à Hanish Mein de châtier le roi comme lui n'aurait pu le faire. Alors pourquoi se sentait-il aussi misérable maintenant qu'Hanish avait rempli sa part du marché ?

Pendant qu'il s'affairait à la myriade de tâches qui incombaient à sa position de chancelier loyal, il fut frappé une fois encore par les images du visage stupéfait de Leodan, la tache naissant à sa poitrine, les doigts d'une de ses mains se crispant sur l'épaule du prince aushénien, qui restait bouche bée, pétrifié. De même il revoyait sans cesse l'aplomb méprisant de l'assassin quand il s'était nommé. Thaddeus avait entendu les mots prononcés en langue meine, et leur signification lui était apparue aussitôt. Il avait regardé l'homme se trancher la gorge d'un geste décidé. Son visage exprimait la certitude, rien qui évoquât le doute ou l'hésitation, ni même la peur de la finalité béante de ses propres actes. Thasren avait contemplé la pièce comme s'il était le vrai prophète d'un dieu inconnu. Autour de lui, semblait-il, il n'avait vu que des ignorants maudits.

Un son s'échappa de la bouche du roi, à peine plus qu'un geignement. Il ouvrit les yeux. Thaddeus lui saisit la main et murmura son nom. Leodan tourna son regard vers lui, mais ses prunelles ne montrèrent pas la surprise que le chancelier attendait. Le monarque paraissait avoir su tout du long qu'il était là. Il ne démontra les dommages subis par son corps que lorsqu'il ouvrit les lèvres pour parler. Sa langue était blanche et sèche, mais gonflée. Manifestement il n'était pas en mesure de s'exprimer. C'était un des symptômes de l'empoisonnement, le signe que sa dernière heure approchait.

Mais le roi n'avait pas totalement perdu l'usage de ses membres. Il fit un geste, approximatif d'abord, qu'il réitéra jusqu'à ce que Thaddeus comprenne qu'il réclamait un parchemin, de l'encre et une plume. Quand il les eut dans les mains, et après que le chancelier l'eut assis dans le lit et adossé contre les oreillers, il se concentra en haletant pour positionner ses doigts. Il les fixa du regard, ainsi que la page, et il força son corps à lui obéir. Sa main se déplaçait par tressaillements successifs, remuant et se figeant soudain, pour tracer des lettres difformes et serrées. Pendant un moment, la pointe de la plume sur le parchemin fut le seul son audible dans la pièce. Thaddeus se tiraillait le lobe d'une oreille en patientant, et son esprit élaborait les hypothèses les plus délirantes concernant ce qu'écrivait le roi. Quelle accusation allait-il formuler ? Quelle malédiction ? Et le chancelier se demanda comment il réagirait si cet homme agonisant le chargeait du crime dont il était effectivement coupable. Aurait-il encore assez de colère pour frapper le mourant ? Il ne détectait aucune émotion de cette sorte en lui.

Leodan mit un temps considérable à rédiger son message, mais quand il eut terminé, son visage exprimait une certaine satisfaction, et il tendit le parchemin à Thaddeus, qui prit connaissance du court texte.

« *Dites aux enfants que leur histoire n'est qu'à moitié écrite. Dites-leur d'écrire le reste et de le placer près des plus grandes histoires. Dites-leur. Leur histoire a sa place auprès des plus nobles jamais narrées.* »

Thaddeus acquiesça.

— Bien sûr, sire.

Le roi reprit le parchemin et ajouta une phrase : « *Vous devez le faire.* »

— Que désirez-vous que je fasse ? s'enquit le chancelier sans chercher à dissimuler son soulagement. Dites-le, et je le ferai.

Il comprit instantanément l'inanité de ses propos et les regretta. Il effleura le poignet du roi pour le pousser à écrire encore :

— Écrivez ce que vous voulez, et je le ferai.

Leodan rédigea la suite d'une écriture plus brouillonne. Thaddeus changea de position afin de pouvoir décrypter ses mots. Il comprit ce qui était attendu de lui avant même la fin du message. Le roi lui rappelait les mesures à prendre, parce qu'il allait mourir avant que ses enfants ne soient en âge de lui succéder. Ce plan plaçait le destin de la nation entre les mains de Thaddeus. Lui seul connaissait les différentes étapes à suivre, qui ne nécessiteraient que la collaboration d'une poignée de personnes. Le chancelier fut abasourdi de se souvenir qu'ils avaient déjà abordé ce sujet. Quand ils en avaient parlé, tout cela ne ressemblait qu'à une formalité élaborée. Une œuvre de pure imagination qu'il n'acceptait que pour apaiser les occasionnelles crises de morbidité du roi. Mais il paraissait maintenant impossible de distinguer les hypothèses les plus improbables de la réalité.

— Je ne pense pas que ce sera nécessaire, dit-il en posant sa paume sur la main du monarque. Il y a encore trop de choses qui nous échappent. Vous allez peut-être survivre à cette épreuve. Cette agression peut n'avoir été que l'œuvre d'un fou isolé. Ce que vous demandez risque de mettre vos enfants en péril au lieu de les protéger. Ce plan est né d'une conversation à bâtons rompus, dans des circonstances très différentes...

Leodan abattit son poing sur sa cuisse. La colère tétanisait son visage. Au prix de ce qui sembla être un effort monumental, ses traits se contorsionnèrent, sa bouche s'ouvrit et il réussit à dire d'une voix tremblante :

— Faites... -le.

Il répéta ces deux mots à plusieurs reprises, jusqu'à ce qu'ils n'aient plus de sens et que sa langue ne puisse plus les former.

Un tel ordre était impossible à refuser. Quand Thaddeus lui eut affirmé qu'il veillerait à ce qu'il soit exécuté, le roi se détendit enfin. Il poussa un long soupir et se laissa aller contre les oreillers. Il ne tenta pas de parler de nouveau, mais ses yeux se fixèrent sur le chancelier et l'étudièrent avec intensité. Ils étaient humides et pleins d'affection. Thaddeus faillit se détourner, mais le regard du roi aimantait le sien, et il ne discerna aucun reproche en lui. Le chancelier sentit que son ami lui demandait de se remémorer les bons moments passés ensemble, les rêves dont ils avaient discuté, les réalisations accomplies. Il se rendit compte qu'en dépit de la soudaine proximité de cet homme avec sa fin, il avait une raison de contentement. Il était enfin libre de pousser ses enfants à combattre pour la cause qu'il s'était toujours accusé de ne pas avoir embrassée. Il demandait au chancelier de les embarquer dans un périple effrayant, mais c'était agir, enfin. Pour Leodan, il n'existait plus d'autre choix. Il semblait n'avoir aucun doute sur ce qui importait maintenant, et il était convaincu qu'il devait envoyer ses enfants dans ce voyage incontournable.

Il rédigea un autre ordre : « *Faites venir les enfants d'abord et ensuite...* » Thaddeus n'avait pas besoin que le roi complète sa dernière requête. Il s'occuperait des deux.

Il reçut les enfants royaux une demi-heure plus tard. Il avait horriblement froid, même s'il savait que c'était uniquement en lui, car la pièce était chauffée normalement pour la saison. Il se posta dos contre les portes closes de la chambre du roi, mains posées l'une sur l'autre afin de les empêcher de trembler. En voyant les quatre jeunes visages, il se félicita d'avoir pris ces précautions. Leur seule apparition le plongea dans un tourbillon d'émotions. Comme s'il était leur propre père, se dit-il. Mais regardez-les ! Regardez la beauté de mes enfants ! Aliver... Par Tinhadin, quel noble maintien ! Ce port à la fois militaire et détendu. Un adolescent bien entraîné, diligent et sérieux, doté d'une vraie force de caractère pour arborer une telle bravoure en ces moments douloureux. Alors qu'elle était d'ordinaire la beauté du groupe, Corinn montrait aujourd'hui un visage gonflé et rosé par endroits, qui donnait l'impression de pouvoir céder à la laideur à tout moment. Pourtant il y avait quelque chose de déchirant dans les émotions nues qu'elle affichait. Les yeux de Mena étaient voilés d'une tristesse qui n'était pas de son âge, et elle gardait la tête baissée comme si elle savait avec une calme résignation pourquoi on les avait fait quérir. Et Dariel, les yeux écarquillés, frémissant comme une souris... Thaddeus dut maîtriser la soudaine montée d'émotions en lui, et il lui fallut fournir un effort considérable pour parler avec sérénité.

— Votre père va vous recevoir, à présent. De grâce, ne l'éprouvez pas. Sachez qu'il communiquera avec vous par le seul biais à sa disposition. Ne lui demandez pas plus qu'il ne peut donner. Il est très mal.

Il n'était pas très sûr de la façon dont il devait poursuivre, s'il lui fallait être plus précis. Il voulait qu'ils sachent ce qui se passait, mais il ne parvenait pas à l'exprimer, et il s'entendit demander :

— Vous êtes prêts ?

Question idiote – il s'en rendit compte en s'entendant la prononcer, alors qu'il avait devant lui des visages qui n'étaient évidemment pas prêts à voir leur père pour la dernière fois. Il pivota sur lui-même, ouvrit un battant et fit un pas de côté. Quand les quatre furent entrés, il referma la porte de l'extérieur. Il s'éloigna en s'efforçant de ne pas penser à la scène dans la chambre entre un vrai père et ses enfants.

Ses bureaux se trouvaient un peu plus loin dans le couloir. Il y entra et laissa la porte ouverte derrière lui afin d'entendre les enfants repartir. Il pourrait alors revenir auprès du roi. Il donna à son secrétaire l'ordre de préparer la pipe à brume. Alors qu'il se tournait pour obéir, la surprise de l'homme – ou était-ce du mépris ? – se lut sur son visage. Thaddeus ne le réprimanda pas pour cette réaction. Il avait raison à bien des égards. Si le souverain approchait de l'issue fatale, ne convenait-il pas qu'il gardât l'esprit clair jusqu'au dernier moment ? N'avait-il pas encore maintes choses à accomplir, et son dernier souffle ne devait-il pas être exhalé au service du pays ? Bien sûr tout cela était vrai, et ridicule, aussi. Le compte rendu officiel de la fin du roi ne ferait pas mention de la drogue. Les comptes rendus officiels n'en parlaient jamais.

Le chancelier resta debout devant la cheminée pendant un long moment. Il prit le tisonnier et remua les bûches, alors même qu'elles brûlaient très correctement et n'avaient nul besoin d'y être aidées. Que le vieil homme ait ce qu'il souhaitait, se dit-il. C'était le grand avantage de la brume. Elle offrait à son usager ce qu'il désirait le plus, ce dont il avait le plus besoin pour continuer à vivre. Leodan ne s'y était jamais adonné avant la disparition d'Aleera, mais dans le chagrin qui l'avait écrasé ensuite il avait découvert cette drogue que des millions de ses sujets ne connaissaient que trop bien. Les esclaves des mines de Kidnaban, les parents des enfants du Quota, les masses grouillantes dans les quartiers pauvres d'Alécia, les marchands qui sillonnaient sans cesse les mers, les soldats stationnés loin de leur foyer des années durant, les ouvriers de mille métiers différents qu'ils avaient appris enfants et pratiqueraient toute leur vie, tous ces gens étaient dépendants du baume de la drogue pour supporter la torture incessante de leur quotidien. Et leur roi n'était pas différent d'eux.

Le temps qu'avait passé Leodan sous l'influence de la brume avait été très particulier, car il avait retrouvé sa défunte femme. C'est ce qu'il avait confessé. Elle l'attendait juste au-delà du mur de la conscience. Une fois qu'il l'eut franchi, elle l'accueillit avec compréhension et reproche dans ses yeux, avec un amour véritable pour sa personne, mais sans indulgence pour son vice. Après ces premiers moments elle prit ses mains dans les siennes, elle l'accepta complètement, et elle le mena à travers la beauté de leur amour. Ils glissèrent sans à-coups d'un moment de bonheur à un autre, mari et femme, heureux comme des parents comblés qui voyaient le Dispensateur leur donner un, puis des enfants. Les moments les plus fragiles sont souvent les plus marquants, aimait-il à répéter. Des instants fugitifs durant lesquels il la voyait sous un certain éclairage, quand il se souvenait de ses traits, de son expression, de sa voix ou de son attitude... Comment pouvait-il l'aimer aussi totalement et oublier tant de ce qu'elle avait été durant les heures de veille ? C'étaient ces détails que le roi cherchait désespérément à retrouver au-delà du mur de la brume. Aleera l'entraînait dans un voyage rétrospectif de tous ces moments merveilleux qu'ils avaient vécus ensemble. En une seule soirée.

La vie avait dû n'être qu'une punition bien fade comparée à un tel bonheur, songea Thaddeus. Puis il pensa aux enfants. Leodan, lui, avait eu des enfants, une joie que le chancelier n'avait pas goûtée. Au moins le roi n'avait-il pas eu à vivre en sachant que sa femme était morte à cause d'une trahison. Après le décès de Dorling, on lui avait demandé cent fois pourquoi il ne s'était pas remarié et n'avait pas eu d'autres enfants. Il avait toujours donné une réponse vague à cette question, en laissant entendre qu'il craignait d'être la cause d'autres morts. Peut-être avait-il toujours su sans se l'avouer que l'on avait tué ceux qu'il aimait pour brider ses ambitions.

Ah ! Thaddeus remua les bûches à petits coups violents de tisonnier, irrité qu'il était de ne pouvoir maîtriser ses pensées. Elles étaient comme les anneaux d'un serpent se déroulant dans sa tête, un serpent affamé qui à certains moments semblait se dévorer la queue. Il rangea le tisonnier à sa place et relut une fois encore le mot rédigé par le roi, ces lettres griffonnées, irrégulières, qui ressemblaient à peine à son écriture normale. Si ce document était découvert par quelqu'un d'autre, personne ne croirait qu'il était de la main de Leodan Akaran. Peu en comprendraient la teneur exacte. Seuls le roi et lui avaient parlé du plan auquel ces quelques lignes faisaient référence. Comme il était étrange qu'un sujet dont ils avaient discuté tranquillement quelques années plus tôt – le chancelier sirotant une coupe de vin, le monarque plongé dans la brume – devienne à présent une possibilité réelle ! Mais ce message n'était pas destiné à être lu par d'autres yeux. Il ne s'adressait qu'à lui, Thaddeus. Le roi lui faisait entière confiance pour s'occuper du sujet qui l'angoissait le plus. Sans avoir la moindre idée de qui était celui qui l'avait trahi.

La note, qu'il parcourut de nouveau, était brève : « *S'il advient que vous deviez le faire, envoyez-les aux quatre vents. Envoyez-les aux quatre vents, comme nous en avons parlé, mon ami.* »

Après l'avoir lue une dernière fois, il desserra les doigts et laissa la feuille glisser dans le feu. Elle atterrit au bord des bûches, et pendant quelques secondes il pensa qu'il devrait la pousser avec le tisonnier. Mais soudain elle s'enflamma, se racornit et noircit. En un instant elle n'existait plus. Il se désintéressa de la flambée et contourna son bureau, sans trop savoir ce qu'il devait faire à présent, mais avec dans l'idée qu'il siérait qu'il reprît son rôle de chancelier. C'est alors qu'il aperçut l'enveloppe.

C'était un simple carré blanc placé au centre de la surface patinée de son bureau. Elle n'aurait pas dû se trouver là. Elle n'avait pas été jointe à son courrier reçu plus tôt, et si elle lui était personnellement destinée, elle aurait dû lui être remise en mains propres. S'il avait eu froid auparavant, à présent il se sentait glacé. Il ne toucha pas l'enveloppe, mais se laissa choir avec raideur dans son fauteuil. Le cuir protesta contre son poids, puis s'en accommoda comme toujours.

Il brisa le sceau avec son ongle et lut le message.

« *Le roi est mort. Tu n'y es pour rien, Chancelier. Tout le crédit revient à mon frère. Si tu es avisé, tu n'éprouveras ni culpabilité ni joie. Mais à présent, Thaddeus, tu dois penser à ton avenir. Porte ton attention sur les enfants. Je les veux, et je les veux vivants. Livre-les moi vivants et tu auras la richesse ainsi que ta vengeance. Cela, je te le promets.* »

Ses yeux s'arrêtèrent sur la signature au bas du message, comme si ce n'était pas un nom mais quelque mot dont il avait oublié la signification. « *Hanish, du Mein.* »

Il y eut un bruit dans le couloir. Thaddeus pressa la lettre entre sa paume et sa cuisse. Deux hommes passèrent à l'extérieur de la pièce en bavardant, et leur silhouette fut visible un très court instant, avant de disparaître. Thaddeus posa le message sur ses genoux.

Il resta assis un long moment et laissa son esprit s'égarer au fil de vieux souvenirs, loin du dilemme auquel il était maintenant confronté. Puis il sentit un léger courant d'air et sut qu'on venait d'ouvrir la porte de la chambre du roi. Il ne pouvait plus reculer. Il se leva, porta l'enveloppe et la feuille jusqu'à la cheminée et les laissa tomber dans les flammes. Puis il s'apprêta à aller voir une dernière fois son vieil ami. Il lui apporterait sa pipe et lui ferait ses adieux. Ensuite il déciderait du sort des enfants Akaran.

CHAPITRE VINGT

De Cathgergen, plusieurs messagers ailés d'une variété menue du Nord s'égaillèrent à travers le Mein. Chacun trouva des repères dans la mer de glace et de neige, rien de plus que des affleurements rocheux ou des cabanes basses dans lesquelles des hommes solitaires veillaient sur les cages de fer et les pigeons qu'ils y élevaient, des ermites aux longs cheveux, reliés au reste du monde des humains par ces seuls oiseaux. Cet itinéraire était ancien, établi en des temps reculés et connu uniquement des quelques âmes qui l'utilisaient. Il était d'une étonnante fiabilité. C'est ainsi qu'un courrier volant arriva à Tahalian quatre jours seulement après avoir été envoyé des plaines ensoleillées d'Acacia, soit en beaucoup moins de temps qu'il n'aurait fallu à un humain pour parcourir la même distance.

Alors que l'oiseau se posait quelque part à Tahalian, repliait ses ailes et refermait ses serres tremblantes sur le perchoir pour offrir son fardeau à un autre homme, celui à qui le message était destiné – qui se trouvait alors dans l'espace appelé Calathrock, une arène creusée dans les champs à l'extérieur de la place forte – se leva du tabouret à trois pieds. Cette structure était l'œuvre de centaines d'hommes qui y avaient travaillé des dizaines d'années. Construite avec des troncs énormes maintenus en place par des bracelets métalliques massifs, l'arène affectait la forme d'un dôme gigantesque couvrant cinq cents mètres carrés. Elle était assez haute et vaste pour accueillir des manœuvres militaires, des exercices de troupes et l'entraînement aux armes. On pouvait même y organiser la réplique de certaines batailles à l'abri de tout œil indiscret, et sans se soucier des intempéries. C'était un monument fonctionnel dédié à la cause militaire, mais aussi la fierté secrète d'un peuple à qui était officiellement nié le droit aux secrets et à la fierté. Si imposant qu'il fût, le Calathrock était en ce jour le théâtre d'un affrontement entre deux hommes.

Hanish Mein marcha jusqu'au centre du cercle laissé ouvert pour lui. Il s'inclina face à l'homme qui avait juré de le tuer et d'un hochement de tête indiqua qu'il était prêt à entamer la danse du Maseret. Hanish était de stature moyenne, mince et vêtu d'une jupe courte et d'un thalba, un long rectangle de cuir fin enroulé autour de son torse avec l'aide de serviteurs, qui laissait ses bras nus. Il portait les cheveux plus courts que la plupart des hommes du Mein, coupés ras sur les côtés et à la base du crâne. Seules ses nattes retombaient sur ses épaules, trois au total, deux tressées de cuir de caribou, la troisième de soie verte. Ses traits semblaient avoir été sculptés dans le seul dessein d'attirer l'attention sur ses yeux : un front large creusé de rides très fines, des pommettes saillantes, un nez aquilin. Une de ses narines était barrée d'une mince cicatrice. Sa peau avait la blancheur du lait, particulièrement sous les paupières inférieures, qui, dans une certaine lumière, luisaient littéralement, ce qui rehaussait encore l'intensité de son regard gris, lui donnant une expression singulière que les étrangers confondaient souvent avec de la rêverie.

Le soldat qui lui faisait face dépassait le chef d'une tête. Il avait les membres déliés et bien proportionnés. Sa musculature était sèche, sa chevelure de ce blond brillant tant prisé dans son peuple. Il arborait deux nattes tressées de soie verte, ce qui signifiait qu'il avait déjà effectué cette danse et y avait survécu. C'était un guerrier respecté qui, pendant les années où leur plan avait mûri, s'était tenu au côté d'Hanish. Sous la direction de celui-ci, il avait surveillé la formation de l'armée secrète. Et c'était seulement aujourd'hui, à la veille du carnage, que son ambition le poussait à défier son chef.

Déployés en arc de cercle autour des deux adversaires se tenaient quelques membres de la suite et officiers du Mein, l'instructeur en chef du Maseret, un chirurgien et une rangée de Punisari, ces forces spéciales qui servaient ici de gardes du corps royaux. Il y avait également deux prêtres encagoulés des Tunishnevres. L'un emporterait le corps du vaincu dans la chambre sacrée pour l'y faire immédiatement rejoindre ses ancêtres. L'autre était prêt à exécuter le rituel de l'accession à la royauté si le prétendant l'emportait et remplaçait donc Hanish comme chef. Haleeven, le conseiller particulier d'Hanish, se trouvait dans le groupe. C'était un homme plutôt petit pour un Mein, mais bâti en force, avec un nez proéminent couturé par le froid et un réseau de vaisseaux sanguins qui sillonnait le haut de ses joues. C'était aussi l'oncle du jeune chef.

Au-delà de ce premier cercle, le Calathrock fourmillait de guerriers. Dix milliers de soldats s'étaient rassemblés là, harnachés pour la bataille, leur arme au poing ou accrochée dans leur dos. Chacun d'eux avait coiffé sa chevelure blonde dans le style traditionnel et emmêlé propre aux guerriers meins. L'événement n'était pas spécialement inhabituel, mais il ne manquait jamais d'échauffer le sang de tous ceux qui avaient la chance d'y assister. Hanish leva les deux mains pour répondre à leurs cris. Il savait pourquoi ils poussaient une telle clameur, et il souhaitait leur démontrer que le premier d'entre eux croyait au verdict du Maseret. Un peuple fort méritait un chef fort, qui n'avait pas peur d'être mis à l'épreuve. Intérieurement, il s'ordonna de se dépouiller de son amour de la vie, de sa peur, de ses désirs. Il abandonna tout ce qui faisait des hommes inférieurs la proie de l'erreur, afin de se battre le mieux possible et de pouvoir se remémorer ces moments plus tard.

Les deux hommes s'avancèrent jusqu'à être assez près l'un de l'autre pour frapper, et ils s'engagèrent dans une danse lente et tout en courbes, l'un faisant un pas vers l'autre, puis reculant, avant de glisser de côté. Pour qui ignorait tout du Maseret, cette première partie pouvait paraître ennuyeuse, voire efféminée. Ce fut d'abord Hanish qui offrit à l'autre son profil, puis son adversaire en fit autant, avant qu'ils reprennent tous deux une posture frontale. Les jambes se croisaient, un pied avançait de quelques centimètres. Ils pivotaient du torse comme si le haut et le bas de leur corps obéissaient à des esprits différents. Bien qu'aucun des deux ne le montrât, ils étaient armés d'une dague courte glissée dans son fourreau à l'avant de la ceinture. La lame étroite mesurait une vingtaine de centimètres de long et ressemblait à celle des coutelas utilisés pour dépecer les truites, bien qu'elles fussent d'un métal de qualité bien supérieure.

Le chef maîtrisait les mouvements codifiés à un tel niveau que seule une petite partie de sa conscience les dirigeait. Il cherchait à présenter une attitude suggérant un amusement tranquille, sans trahir la moindre indication de la façon ni du moment où il frapperait. Dans le même temps il étudiait son adversaire, à la recherche de toute faiblesse qu'il pourrait exploiter. Il axa sa concentration sur la rapidité d'exécution. Il libéra son esprit des mille détails inutiles du monde afin de le focaliser sur les seuls paramètres décisifs pour sa survie. Son instructeur de Maseret lui avait dit un jour de visualiser deux cobras s'affrontant dans la jungle. Ils effectuaient un ballet singulier, fait de mouvements lents dépourvus de la moindre erreur. Et quand l'occasion se présentait, le coup fatal était porté en un éclair. Bien qu'il n'eût jamais vu de cobra vivant, Hanish n'avait jamais oublié cette image. Il y avait recouru auparavant, et chaque fois son premier coup avait été aussi soudain qu'une étincelle entre deux silex, si immédiat entre sa conception et l'action qu'il ne l'avait enregistré qu'après son exécution.

Les deux hommes établirent le premier contact avec leurs paumes. Ils s'inclinèrent l'un vers l'autre et collèrent leurs cous l'un contre l'autre, le menton accroché à l'épaule adverse, bras et doigts cherchant une prise. Ils tournèrent sur place, en poussant depuis les chevilles et à travers les jambes et le torse, pour mesurer le poids et la force de l'autre. En masse musculaire et en puissance pure, Hanish était surclassé, mais en quelques mouvements il sut que l'autre s'appuyait moins sur sa jambe droite. Peut-être avait-elle reçu une blessure sérieuse dans le passé, ce qui la rendait moins efficace. En outre, les gestes de l'homme étaient plus fluides quand il avançait que lorsqu'il reculait. Il n'aimait pas battre en retraite. En dépit de ses efforts pour le dissimuler, il préférait frapper le premier. Il guettait le moment de s'élancer, quand il marcherait sur son adversaire, la jambe droite en avant...

Le chef rompit le contact et s'écarta en tournoyant. Il dégaina sa dague, et l'autre fit de même. Hanish ne fut pas surpris quand le soldat crispa les muscles de sa jambe droite, pivota du torse, prit sa lame en revers et lança son bras dans une ample diagonale, avec toute la force de son corps. L'homme avait effectivement frappé le premier.

L'inquiétude envahit ses traits avant même la fin du mouvement. Au moment où il aurait dû plonger sa dague dans le haut du sein droit d'Hanish, l'acier ne rencontra que le vide. Hanish s'était baissé pour éviter l'attaque. Il effectua un quart de tour, se redressa de toute sa taille et planta sa dague entre les épaules de son adversaire. À la façon dont la lame plongea jusqu'à la garde, il sut qu'elle avait glissé entre deux côtes. Il l'inclina et la tira en suivant la double ligne des os. Il entailla une partie du cœur, l'arrière d'un poumon, et trancha dans les muscles du dos.

L'autre s'écroula. Les soldats assemblés poussèrent des vivats tonitruants, et la cacophonie assourdissante fit trembler la couche de neige sur le dôme. Ils se mirent à scander le nom d'Hanish, en se frappant la poitrine du poing. Les premiers rangs s'avancèrent vers le vainqueur telle une vague humaine, et les Punisari durent frapper les crânes et user de la hampe de leur lance pour stopper cette déferlante. Enfant déjà, Hanish avait cet effet galvanisant sur son peuple. Ses compatriotes semblaient voir en lui la résurrection des héros des temps anciens, dans sa précision mortelle et fulgurante.

Fermant les yeux, il demanda en silence aux ancêtres d'accepter ce brave. *Qu'il soit maintenant un guerrier honoré parmi vous*, songea-t-il. Il récita mentalement les paroles qu'on lui avait enseignées pour de tels instants. *Que son épée soit le vent nocturne, son poing le marteau qui fait trembler la terre. Que ses orteils étendus repoussent les mers devant eux, et que sa semence tombe des cieux sur le ventre accueillant des femmes*... Spontanément, le nom de l'homme résonna dans sa tête, et avec lui apparut l'image du garçon qu'il avait été, le souvenir des rires partagés. Hanish repoussa ces pensées là où elles devaient rester.

Il rouvrit les yeux et se tourna vers les prêtres. Tous deux ôtèrent leur capuche, révélant des crânes parsemés de mèches dorées entre lesquelles luisait la pâleur du cuir chevelu. Ce seul mouvement calma les soldats, qui firent silence.

— Ainsi le veulent les Tunishnevres, dit un des prêtres d'une voix douce qui pourtant portait loin. Ne les déçois pas, Seigneur, la prochaine fois que tu seras mis à l'épreuve.

Sur ces mots ils s'inclinèrent à l'unisson et se retirèrent d'un pas coulé, comme s'ils glissaient sur la glace.

Hanish leva de nouveau les bras à l'adresse de la foule, et les acclamations reprirent de plus belle. Il s'approcha des guerriers, tendit les mains par-dessus le barrage des Punisari et effleura les doigts offerts, et il leur rappela les hauts faits à venir et le pouvoir éternel des Tunishnevres. Ils n'étaient forts qu'ensemble, dit-il. Lui-même n'était pas différent d'eux, et ils ne valaient pas moins que lui. Tout homme parmi eux pouvait le défier pour vérifier la vérité de cette affirmation. Aucune vie ne comptait si elle n'était vouée à toute la nation meine. En cela, et en bien d'autres domaines, ils différaient de leurs ennemis, les Akarans.

— Nous autres Meins vivons avec le passé, s'écria-t-il. Il respire autour de nous et ne peut être nié. N'en est-il pas ainsi ?

La foule répondit qu'il en était ainsi.

— Et, à la vérité, nous n'avons pas à avoir honte de beaucoup de nos actes. Ce sont les Akarans qui réécrivent l'histoire à leur convenance. Ce sont eux qui veulent oublier qu'Édifus n'avait pas un fils, mais trois. Ils ne peuvent donner leur nom, mais nous le pouvons. Thalaran, l'aîné, Praythos, le plus jeune, et entre eux Tinhadin.

Chaque nom fut salué par un grondement de dégoût, des jurons et des crachats au sol.

— Du calme, du calme, dit Hanish.

Il les apaisa en baissant la voix, de sorte qu'ils durent faire silence pour l'entendre.

— Deux de ces frères ont combattu auprès du troisième, Tinhadin, afin de renforcer et d'étendre le territoire de leur père. Cela, ils l'ont fait avec l'aide des Meins. Nous étions alors leurs alliés. Et comment avons-nous été remerciés ? Je vais vous le dire. Peu après la mort d'Édifus, Tinhadin a assassiné ses frères. Il a massacré leurs familles et toutes les femmes et les enfants des factions qui les soutenaient. Ensuite il a massacré la plupart des Meins de rang royal parce que ceux-ci s'insurgeaient contre cette infamie. Vous savez que tout cela est la vérité. Nous, guerriers du Mein qui nous étions si promptement alliés à Édifus, nous avons été accusés de trahison au royaume. Mais le cœur du conflit venait de ce qu'Hauchmeinish…

Un rugissement monta de l'armée à la mention de ce nom révéré.

— Oui, poursuivit Hanish, notre bien-aimé ancêtre détestait la seule idée de faire le commerce d'esclaves avec les Lothan Aklun. Il a traité la Ligue des Vaisseaux de ramassis de pirates, et il leur a déclaré la guerre. C'est pour cette raison que nous avons été massacrés et maudits. C'est la noblesse et la légitimité de nos ancêtres que Tinhadin a trahies. C'est pour nous châtier de nos vertus qu'il nous a exilés en cette région inhospitalière. Mais cet exil prendra bientôt fin, mes frères, et vous verrez la liberté de vos propres yeux !

Alors qu'ils empruntaient un couloir sombre pour sortir de l'arène, Haleeven parla à son neveu.

— Tu sais comment faire bouillir le sang des hommes. Néanmoins ces combats ne me plaisent pas, Hanish. Ils sont hors de propos avec la période que nous abordons. J'aurais tout aussi bien pu me pencher sur ton cadavre, il y a un instant.

— C'était impératif, répliqua Hanish, en particulier dans la période que nous abordons. Si je ne peux vivre selon le code d'honneur des ancêtres, quelle valeur a ma vie ? Ce sont les anciens qui bénissent nos corps dans la bataille, qui approuvent nos talents ou les rejettent. Tu le sais, Haleeven. Sans ces combats, comment pourrais-je avoir la certitude que la bénédiction des Tunishnevres est toujours sur moi ? Parfois tu m'étonnes, mon oncle. Aucune vie d'homme n'a d'importance ; seul le but en a une.

L'autre eut un sourire en coin.

— Mais chaque homme a sa place et son rôle pour aider à atteindre le but. Manleith n'était pas de tes amis. Il désirait la gloire qui sera bientôt tienne, c'est tout. Il n'aurait pas dû te défier maintenant, surtout toi, la vingt-deuxième génération…

— Je ne suis pas le seul fils de ma génération, rétorqua Hanish. Mon rôle consiste à mener les hommes par l'exemple. C'est pourquoi j'ai dansé avec Manleith. Et c'était bien un ami, dans mon enfance. Pense à ces hommes dans l'arène. Pense à leur unité, à la façon dont ils s'entraînent pour la guerre à venir. Leur regard est clair, leur corps est fort, aucun d'entre eux n'est souillé par la brume. Penses-y ! Compare nos hommes à ces millions d'esclaves de la duperie de par le monde. Si tu penses que je peux m'attacher leur loyauté sans leur prouver que je suis loyal envers eux, tu te trompes.

Sur ces mots, Hanish laissa son oncle superviser l'entraînement. Il poussa les portes en bois de sapin et gravit les marches qui menaient hors du Calathrock et à l'air libre. Un vent sauvage le gifla avec une force telle qu'il dut faire halte un instant, campé sur ses jambes écartées, une main levée pour abriter son visage des minuscules échardes de glace qui assaillaient ses joues et ses yeux. Bien qu'il eût connu de telles rigueurs tout au long de ses vingt-neuf années d'existence, la violence de l'hiver mein l'étonnait toujours, en particulier quand il sortait de l'abri massif qu'était le Calathrock ou de la chaleur de la forteresse. La nuit hivernale devenait alors pareille à un animal vivant et furieux. Plus ils se retranchaient et amélioraient leurs conditions de vie au quotidien, plus la neige s'évertuait à les effacer du paysage, le vent à les jeter contre les pierres des montagnes, le froid à pénétrer leurs défenses. Hanish se pencha en avant et entama la courte marche à travers l'espace gelé en direction des ombres basses de Tahalian, à peine visibles à travers le blizzard.

Arsay, un de ses aides, l'attendait à l'intérieur de la place forte. Il lui tendit un petit parchemin.

— Un message de Maeander, annonça-t-il. Thasren a atteint Leodan. Il s'est promené, a mangé et dormi parmi les ennemis sans se faire remarquer, et l'a attaqué lors d'un banquet. Il l'a frappé avec une lame d'Ilhach. L'idylle du roi touche à sa fin.

Hanish prit le parchemin, mais ne le lut pas. Depuis le départ de Thasren, il avait pensé chaque jour à la mission de son frère, mais au son de son prénom il s'en voulut de ne pas avoir pensé à lui depuis quelques heures. Thasren, seul des semaines durant en terre hostile, avec tout autour de lui la vilenie qu'était Acacia, sa vie menacée par un danger très différent de celui du Maseret. Le plus jeune, le moins doué pour la guerre, le plus éloigné dans le lignage paternel. Hanish savait que Thasren avait toujours eu l'impression d'être moins que ses frères. Être le cadet de trois frères chez les Meins n'était pas une position facile à tenir. Mais un tel aiguillon peut se transformer en aubaine s'il vous pousse à l'action. C'est ce qu'affirmait la sagesse meine.

— Et mon frère ?

Arsay détourna les yeux et répondit en utilisant une ancienne formule indiquant un trépas honorable :

— Il demande que gloire lui soit rendue.

— Elle le sera, répondit aussitôt Hanish.

Il ordonna à Arsay de réunir le conseil des généraux dès la première heure le lendemain, et d'envoyer deux messagers, un dans les montagnes pour prévenir l'armée qui s'y cachait que l'heure avait sonné, un autre à Cathgergen, destiné à Maeander pour lui enjoindre de lâcher les Numreks. De son côté, il rassemblerait les officiers de marine mercenaires qui étaient invités depuis si longtemps dans cette contrée glacée. Ils avaient bu assez d'alcool, dormi assez longtemps et suffisamment profité des plaisirs que le Mein pouvait offrir. Il était temps pour eux de gagner le prix de leur séjour. Ils se trouvaient à mille lieues de la mer, mais une flotte était prête, un autre projet secret élaboré pendant de longues années. Bientôt elle cinglerait à travers un océan glacé.

— Je les rencontrerai tous demain, dit Hanish. Et dis à mon scribe que j'aurai besoin de lui aussi, demain. Cette nuit je veillerai avec les ancêtres. Ils voudront comprendre le destin de Thasren. Il me revient de le leur expliquer. Et je dois me laver du sang de mon adversaire. La soirée sera longue.

Arsay avait baissé la tête à la mention des anciens, et il ne la releva pas. Alors qu'il se retirait, Hanish détecta la peur dans la raideur de son cou et de ses épaules. Bien qu'il critiquât ce genre de réaction – personne n'aurait dû avoir peur des ancêtres, même s'ils étaient la personnification fantomatique de la fureur –, il devait admettre que sa gorge s'était serrée et sa poitrine comprimée. Personne ne l'aurait dû, mais tout le monde redoutait les

Tunishnevres. Dans leur chambre sacrée il sentait la pulsation de leur énergie immortelle aussi nettement que le froid ou la chaleur sur sa peau, la joie ou la crainte dans son cœur. Ils étaient les Anciens de son peuple, préservés dans l'éternité. Et l'hostilité que recélait leurs souvenirs antiques était une chose glaçante à affronter.

Il attendit seul un certain temps, pour rassembler ses forces et sentir les énergies depuis si longtemps éparses s'ordonner enfin. La vingt-troisième génération depuis la Répartition... C'est ce qu'il personnifiait. Si les Tunishnevres avaient raison – ce qui n'était pas douteux –, le monde entier allait connaître un bouleversement radical.

Chapitre vingt et un

Par la suite, Corinn devrait rêver de cette ultime étreinte à de nombreuses reprises, tant ces moments prirent pour elle l'aspect d'une malédiction, un piège cauchemardesque fait des bras de ses frères et sœur et du corps agonisant de son père. Elle savait que telle n'avait jamais été l'intention de Leodan, que ce geste était une preuve torturée de son amour, mais peu importait. Elle aurait souhaité que rien de tout cela n'arrive. Plutôt que de le voir ainsi, mieux aurait valu pour elle ne pas le voir une dernière fois. Il est parfois préférable que certaines choses restent incomplètes à jamais.

Ce qui se produisit dans la chambre entre le roi et ses quatre enfants fut très simple. Il les attendait dans son lit, assis contre des oreillers empilés. Corinn resta en arrière tandis que les autres se précipitaient vers lui et se jetaient à genoux près du lit. Même à cette distance, elle découvrit un homme plus ravagé par la souffrance qu'elle n'aurait pu l'imaginer. Pendant toute la nuit précédente elle avait continuellement pensé à lui, tordu par la douleur, dans différentes postures et conditions, et même figé par la mort. Mais le voir ainsi... C'était comme si un démon encapuchonné ayant hanté ses rêves toute la nuit s'était subitement découvert à la lumière du jour. Au lieu de dissiper ses peurs, le démon s'était révélé encore plus hideux que ce qu'elle craignait. Elle voulait tourner les talons et fuir. Et elle l'aurait peut-être fait si le regard du roi n'avait captivé le sien à l'instant où elle avait franchi le seuil de la pièce, comme s'il concentrait toute son attention sur elle et elle seule.

Les autres murmurèrent leur soulagement de le voir, leur horreur devant ce qui était arrivé, leurs souhaits qu'il se remette rapidement. Mais il ne pouvait entendre cette litanie très longtemps. Il leva un bras pour leur intimer le silence et crispa les doigts dans le vide. Les enfants attendirent, mais le roi ne semblait pouvoir leur offrir autre chose que ce geste. La première, Corinn comprit que Leodan était incapable de parler, qu'il était terriblement affaibli et sans doute à quelques heures seulement de sa fin. Il était dans l'incapacité physique de leur faire l'ultime cadeau de quelques paroles sages. Il ne pouvait pas tenir les promesses qu'il lui avait faites.

Et elle sut avant les autres ce que signifiaient ses bras levés, tremblants, écartés en un geste ample. Aliver recula d'un pas, croyant apparemment que le roi agissait ainsi pour entamer une discussion sur un sujet vaste et important. Mais ce n'était pas cela. Il resta simplement dans cette position jusqu'à ce que ses enfants comprennent l'invitation. Alors ils se massèrent maladroitement ensemble dans l'étreinte qu'il offrait, et Corinn fut la dernière à s'y joindre. Il lui sembla qu'elle seule se rendait compte de l'horreur qu'il y avait à se presser de la sorte contre un mourant, sans rien dire, accrochés les uns aux autres, en larmes.

C'est ainsi que les enfants Akaran passèrent leurs derniers instants avec leur père. Au sortir de la pièce, Corinn se mit à courir droit devant elle, ignorant Mena qui la suppliait de rester avec eux. Elle en était incapable. Au lieu de sentir se raffermir les liens qui les unissait, elle avait l'impression que c'étaient des tentacules empoisonnés. Elle s'enfuit dès qu'elle le put. Elle alla se réfugier dans ses appartements et ordonna aux gardes de ne laisser entrer personne.

Et c'est derrière sa porte close qu'elle apprit la mort de son père, plus tard ce même jour. La nouvelle lui parvint sous la forme d'un murmure. Puis l'énorme glas d'une des plus hautes tours se mit à sonner, grave et triste. Elle connaissait son existence, mais ne l'avait encore jamais entendu. Il n'était utilisé que pour annoncer le trépas d'un Akaran. Entre ses vibrations profondes elle perçut les sanglots et les gémissements des serviteurs, une manifestation audible d'abattement qui se répandit dans tout le palais, déborda dans la ville basse et sur le port, pour ensuite se propager dans le monde entier. Corinn plaqua les mains sur ses oreilles, sans parvenir à faire taire la plainte de tout un peuple.

La semaine qui suivit se déroula dans un brouillard sinistre. Si elle avait eu le choix, elle serait restée enfermée dans sa chambre et aurait rejeté le monde entier. Mais elle n'avait pas le choix. Sa présence était requise quotidiennement, à chaque heure, semblait-il, alors qu'elle ne faisait guère plus que se montrer, coquille vide que chacun venait embrasser ou saluer, la larme à l'œil. Elle se tint auprès des autres enfants du roi tandis que les masses chantaient avec eux la lamentation du monarque disparu. Elle se tint immobile et tremblante quand les tambours marquèrent le rythme lent et solennel de l'hymne funèbre martial réservé aux souverains trépassés. Elle resta assise sans écouter l'interminable succession de discours funèbres, tous ces nobles venus de loin ou de près, exprimant leur chagrin en des termes qui s'accumulaient jusqu'à perdre toute signification. Elle savait que derrière cette façade solennelle l'inquiétude grandissait, et que les gens s'interrogeaient à voix basse sur les horribles possibilités de l'avenir proche, mais sa peine personnelle suffisait à l'accaparer. Elle ne se souciait nullement de ce qui se passait hors de sa vue.

À la fin de la semaine, les prêtresses de Vada et leurs acolytes préparèrent le corps du roi pour son incinération. C'était un des seuls rôles d'État qui leur revînt, et elles l'accomplirent avec toute la solennité qui convenait. Quand elles émergèrent avec l'urne contenant les cendres du défunt, les rites funéraires prirent fin pour un temps. Les cendres ne seraient dispersées qu'à la fin de l'automne. Corinn n'était pas impatiente d'assister à cette cérémonie, mais les traditions lui accordaient un répit salutaire.

Dès qu'elle le put, elle invoqua les anciens rites du deuil. Elle garda ses fenêtres closes et interdit à ses serviteurs de lever les yeux sur elle. On déposait à manger et à boire devant la porte de sa chambre, mais elle en profita peu. Les jours s'écoulèrent dans une grisaille identique. Mena vint la voir à deux reprises, Aliver une fois, et Dariel lui-même envoya un messager pour la supplier de venir à lui, mais elle repoussa toutes ces avances. Elle passait du sommeil à la somnolence, des rêves aux souvenirs, ces visions du passé qui semblaient si lointaines. Parfois elle était frappée par la fausseté de l'illusion du temps. Ce qui avait été ne pouvait plus être. Ce à quoi elle s'était raccrochée – sa mère, son père – n'avait à présent pas plus de substance que ces images qu'elle invoquait. Et de quel réconfort étaient-elles ? Corinn ne pouvait les toucher, les soupeser dans le creux de sa main, les voir réellement de ses yeux ou les entendre dans l'air environnant. Sa vie allait être telle qu'elle se l'était imaginée dans ses moments les plus sombres : un chemin au long duquel elle perdrait un à un des êtres chers. C'est ainsi que serait son existence, jusqu'à ce qu'elle-même soit engloutie par la gueule toujours affamée de l'oubli. Elle ne pouvait affronter cette réalité. Alors elle la nia. Du moins jusqu'à ce que le monde vienne à elle sous une forme qu'elle ne souhaitait pas repousser.

Elle entendit des cris étouffés depuis son boudoir, puis le son d'un gros objet qui tombe sur le sol, et le cliquetis rapide de talons sur la pierre. L'incident ne suffit pas à la faire se lever du lit où elle était mollement étendue. Au premier coup frappé à la porte elle releva simplement la tête et contempla fixement l'épais panneau de bois. Mais quand celui-ci s'ouvrit, elle comprit enfin que quelqu'un avait la ferme intention d'entrer pour la voir.

Igguldan trébucha derrière la porte qui pivotait et manqua s'étaler de tout son long. Il regagna tant bien que mal son équilibre, se redressa et avança rapidement de quelques pas dans la chambre. Derrière lui plusieurs gardes se bousculèrent sur le seuil pour entrer. Ils étaient tellement impatients de rejoindre le prince qu'ils se gênaient mutuellement pour passer. Le regard d'Igguldan survola la pièce et s'arrêta sur Corinn assise au bord de son lit, une main posée sur la poitrine. Il fit encore un pas en avant, puis s'immobilisa. Les gardes réussirent enfin à franchir la porte et se précipitèrent vers lui, mais ils se figèrent face à Corinn, incertains de la conduite à tenir.

— Princesse, dit l'Aushénien, pardonnez cette intrusion. C'est indigne, je le sais, mais il fallait que je vous voie. Je voulais absolument m'assurer que vous alliez bien et que...

Un des gardes prit alors la parole. Lui aussi présenta ses excuses et expliqua que le prince était passé devant eux sans se soucier de leur ordre de ne pas aller plus loin. Corinn l'interrompit d'un geste de la main.

— Laissez-nous, ordonna-t-elle.

Une fois qu'ils furent seuls, le prince voulut de nouveau se faire pardonner. La jeune fille lui dit que ce n'était pas nécessaire. Il s'enquit de sa santé et exprima toute sa sympathie, mais une fois encore Corinn lui demanda de cesser. Un peu dérouté, il resta bras ballants un moment, comme s'il hésitait à parler. Puis il se décida et le fit sans ambages :

— Je suis rappelé en Aushénie. Mon père craint pour ma vie, je pense. De plus il semble très préoccupé par d'autres sujets, des mouvements de troupes au nord. J'ai reçu un ordre très bref, par pigeon voyageur. Mais je dois partir, Princesse.

Après une seconde, il ajouta :

— Je ne veux pas vous laisser ainsi.

Corinn se tordit les mains nerveusement. Elle se demandait encore pourquoi elle avait accepté de le recevoir. Elle se savait échevelée, dans une robe froissée, la mine défaite. Elle baissa les yeux et désigna quelque chose à l'extérieur de la pièce, en espérant qu'il détourne son regard d'elle.

— Il semble que le monde soit en proie à une grande agitation.

— En effet, et plus même que vous ne pouvez l'imaginer. Toute l'île est en effervescence. Des vaisseaux font voile vers les Grandes Terres et en arrivent à chaque heure. Les gouverneurs d'Alécia sont tout le temps en séance. Le traité entre nos nations n'est pas officiel, mais apparemment les gouverneurs nous veulent pour alliés. Une rumeur prétend qu'une armée ferait le siège de Cathgergen. Votre frère gère vaillamment la situation. Vous pouvez être fière de lui, même s'il se trouve dans une position singulière, puisqu'il n'est plus un prince et pas encore réellement le roi.

Corinn lui demanda quand il devait partir. Il répondit qu'il lèverait l'ancre pour Alécia au prochain lever du soleil. Là, ils prendraient à bord des représentants avec lesquels son père souhaitait s'entretenir et ils feraient voile directement vers l'Aushénie. Il ne donna pas plus de détails, mais alors que tous deux pensaient à ce voyage, Corinn songea à la distance que celui-ci mettrait entre eux. Elle se remémora les eaux glacées où le prince avait dit se baigner, le paysage recouvert de forêts, et combien il devait être agréable de chevaucher entre les troncs massifs de ces arbres. Elle imagina Igguldan galopant dans une nature sauvage totalement différente du joyau poli dans son écrin marin qu'était Acacia. L'Aushénie était une terre très lointaine, et pas seulement en termes de distance. C'était un endroit sauvage où l'on pouvait se perdre et se réinventer.

— Pensez-vous que je pourrais vous accompagner ? demanda-t-elle. Je ne serai pas un fardeau pour vous. C'est seulement que je veux échapper à cet endroit. Je veux être avec vous, simplement avec vous.

Elle n'avait pas accordé la moindre pensée à ce sujet depuis la mort de son père, mais en prononçant ces paroles elle eut la certitude absolue qu'elles reflétaient l'exacte réalité. C'était précisément ce qu'elle désirait à cet instant, plus que toute autre chose.

Igguldan lui recouvrit les mains des siennes et serra fermement. Ensemble ils s'assirent sur le bord du lit, côte à côte.

— J'aimerais tant que le monde ne soit pas aussi fou, et vous avoir rencontrée en d'autres temps. Votre père était un homme d'exception. Après l'avoir vu se faire agresser, j'en ai été malade. Malade ! Mais même alors j'ai continué de penser à vous. Tout ce que j'entendais, tout ce que je voyais ou sentais me faisait penser à vous. Ce monde s'écroule, mais je ne peux penser qu'à vous. Je me suis dit : « Ce n'est pas bien. Reprends-toi. » Mais j'en ai été incapable. Alors j'ai pensé : « Peut-être est-ce l'amour. Oui, c'est bien cela. Tu es amoureux de la princesse Corinn. » Je sais que dire les choses ainsi n'est pas convenable, mais le temps manque. Je voulais vous voir une dernière fois avant que nos chemins se séparent. J'avais besoin de vous faire savoir que vous êtes aimée. Où que vous soyez en ce monde, mon amour vous accompagnera.

Une fois encore, le prince avait réussi à exprimer parfaitement ce qu'il ressentait. Elle était aimée. Cet homme brave, séduisant et fidèle, cet homme l'aimait. Elle serra ses mains et s'inclina très légèrement en avant.

— Je ne vais nulle part, dit-elle, pensant qu'il s'était trompé. Pourtant j'aimerais le faire. J'irais avec vous si vous me le demandiez.

Les mains du prince adoucirent leur étreinte.

— Ils ne vous l'ont pas encore dit ? Corinn, vous devez partir demain, vous aussi. Je ne le sais que parce que votre frère m'en a fait la confidence. Il était tellement furieux qu'il ne pouvait garder la nouvelle pour lui. Tous les enfants Akaran doivent quitter l'île pour se mettre à l'abri. Le chancelier pense que vous serez plus en sécurité ailleurs que sur Acacia, en quelque lieu tenu secret.

— Un lieu tenu secret ? murmura la princesse.

Le prince crut qu'elle le poussait à lui en révéler plus, et il dut admettre que c'était là tout ce qu'il savait, mais elle ne s'était pas réellement attendue qu'il réponde. Elle envisageait simplement la possibilité de ce lieu secret. Où pouvait-il se trouver ? Elle avait rêvé si souvent de voyager en des endroits lointains, et elle s'était demandé comment elle serait reçue, si on la trouverait belle ou non. Iraient-ils jusqu'au Talay ? Sur la côte candovienne ? Feraient-ils voile vers les Îles du Lointain ou quelque autre lieu très distant du cœur de l'empire ? Ou serait-ce seulement Alécia ? Ce n'était pas vraiment un endroit secret, mais peut-être voyait-elle trop grand. Peut-être passerait-elle les prochaines semaines recluse dans une chambre, dans la capitale. Bien que ces nouvelles fussent une surprise pour elle, Corinn n'éprouvait pas de sentiment d'urgence particulier. Au moins cela signifiait du mouvement, du changement, et un éloignement du palais. Ce ne pouvait donc être mauvais, n'est-ce pas ?

Elle demanda à Igguldan où il se rendrait s'il devait aller se cacher quelque part. La question parut le déconcerter quelque peu, et il prit un temps de réflexion avant de répondre qu'il se rendrait certainement dans l'extrême nord de son propre pays. Il y avait là une région de l'Aushénie où la forêt recouvrait les contreforts de la Chaîne de Gradthic. C'était un pays froid, mais l'air y était si pur qu'il vous emplissait de vigueur et de santé. Les montagnes elles-mêmes constituaient une contrée sauvage peuplée de grands ours bruns et d'une race de loups différente de celle des forêts. Il ne s'était rendu là-bas qu'une seule fois, plusieurs années auparavant, mais jamais il n'avait oublié la sensation qu'on éprouvait à se tenir sur ces rochers au soleil couchant, avec les montagnes derrière vous et la forêt ancienne qui s'étendait au sud jusqu'à l'horizon, le tout illuminé de couleurs changeantes, les bois sombres effleurés par le feu du soleil, avec dans le ciel ces aigles vigilants qui planaient. Il n'avait jamais eu autant conscience de la solitude qu'en ces moments, mais il avait aussi été saisi d'une fierté ancestrale. C'est de ce pays que son peuple était né, de ces contrées rudes et dangereuses, mais qui faisaient partie intégrante de son sang et de sa chair. Ses aïeux avaient traversé les forêts et étaient allés fonder l'Aushénie sur la côte sud. Ils avaient laissé derrière eux les loups et les ours, et pris leur place légitime de gardiens du pays. C'était quelque chose qu'il avait en commun avec tous les Aushéniens.

— Il faut que vous voyiez cela, dit-il.

— J'aimerais beaucoup, répondit Corinn. Dites que vous m'emmènerez avec vous, et je viendrai. Vous pourrez prendre soin de moi et me faire connaître cette contrée sauvage qui est vôtre. Vous pourrez chasser pour moi et me protéger des ours et des autres créatures. Le monde peut continuer sans nous.

Les mains d'Igguldan étaient moites dans celles de la princesse. Elle remarqua ce détail quand il les retira, laissant l'air frais caresser ses paumes légèrement humides. Qu'avait-elle dit ? Elle le désirait, mais c'était un projet si vaste et si flou qu'elle avait du mal à le comprendre dans son intégralité. Ce n'était peut-être pas absurde, peut-être pas une erreur. Elle n'aurait pu le dire. Quoi qu'il en soit, lorsqu'il retira ses mains des siennes, Corinn sut qu'Igguldan refusait son offre. Elle attendit qu'il le lui dise clairement.

Le prince fouilla dans la poche de poitrine de son vêtement et en sortit une petite enveloppe scellée à la cire.

— J'ai écrit ceci pour vous, dit-il. Je n'étais pas sûr d'avoir le courage de vous la donner. Je ne suis toujours pas sûr d'en avoir le courage... mais je le fais quand même.

Il plaça l'enveloppe dans la paume ouverte de la princesse et referma ses doigts dessus.

— Qu'est-ce que c'est ?

— Vous le saurez en la lisant, mais ne le faites pas maintenant. Lisez-la plus tard.

Il se mit debout et tira doucement sur ses bras pour qu'elle se lève elle aussi.

— À présent, nous devons nous montrer à la hauteur de la situation. Corinn, j'aimerais plus que tout vous faire découvrir mon pays et que tout ce que vous avez dit devienne réalité, mais cette heure n'est pas venue. Mon père me rappelle parce que nous devons faire face à la menace d'une guerre. Je dois lui répondre. Et vous, vous devez faire comme vous le conseille le chancelier. Il a la bonne solution.

Il prévint ses protestations en lui agrippant les bras des deux mains, un geste rude d'abord, qui se transforma aussitôt en caresse.

— S'il vous plaît, Corinn. Laissez-moi servir d'abord mon père et la mémoire du vôtre. Ensuite je reviendrai pour vous. Accepterez-vous mon retour, alors ? Je dois savoir que je vais combattre pour vous. Si c'est le cas, personne ne pourra me vaincre.

Corinn réussit à acquiescer. Igguldan pressa son visage contre celui de la princesse, déposa un baiser sur sa joue brûlante et douce. Puis il tourna les talons et sortit d'un pas rapide.

CHAPITRE VINGT-DEUX

RIALUS NEPTOS S'ENFUIT DE CATHGERGEN après ce qu'il affirmerait être un siège de plusieurs jours. Son dernier acte avant le départ fut de projeter toutes sortes d'objets lourds – son fauteuil, un vase en cuivre, un presse-papier en forme d'ours des Champs de Glace, une vieille hache offerte à son père par les Aushéniens – contre la grande fenêtre qui avait si lamentablement trahi et blessé son ego. Le pan vitré n'explosa pas en une cascade d'éclats comme il l'aurait voulu, mais il se fendit et s'étoila suffisamment pour que Rialus s'estimât satisfait. Que le message fût adressé au verre lui-même, à quiconque le découvrirait plus tard ou à sa propre personne, il n'y réfléchit pas. Il partit avec la suite restreinte d'officiels, de courtisans et de membres de sa famille qu'il avait pu garder auprès de lui dans la Satrapie, une poignée de personnes lui devant tant que leur silence était garanti. Les Numreks qu'il laissa derrière lui le terrorisaient autant qu'il l'avait feint. De ce qu'il pouvait en juger, peu de ses proches avaient encore les idées assez claires pour soupçonner son implication dans le malheur qui fondait sur eux. À dire vrai, alors qu'il se hâtait à travers la Trouée de Gradthic, il se sentait presque l'âme d'un fugitif craignant pour sa vie.

C'est pourquoi il arriva en Aushénie avec toutes les apparences de sa duperie. Lors d'un conseil réuni en urgence avec le roi Guldan, il raconta comment les envahisseurs étrangers avaient surgi d'une tempête de neige. Depuis quelque temps déjà il affirma s'être inquiété de vagues rapports mentionnant une activité suspecte au nord, à la limite des Champs de Glace. Pour cette raison il avait envoyé le général Alain explorer le territoire en question et interroger les frères Mein. Il n'avait plus eu de nouvelles de lui et avait craint quelque mésaventure, mais l'attaque sur Cathgergen l'avait pris totalement au dépourvu.

Les Numreks, dit-il, étaient arrivés en une horde massive, créatures monstrueuses vêtues de peaux et de fourrures, armées de lances de deux fois la hauteur d'un homme et d'épées à lame courbe lestées à la pointe. Nombre d'entre eux chevauchaient des bêtes cornues, des créatures dotées par la nature d'une carapace recouverte d'une toison laineuse. Ils s'étaient déversés par les portes de Cathgergen avant même que l'alarme ne soit donnée. Ils ne s'étaient pas expliqués, ne s'étaient pas annoncés : ils avaient simplement commencé à massacrer sans merci, dans une débauche de violence qui semblait les combler de joie, et ils beuglaient et dansaient au son de tambours invisibles pendant tout le carnage.

Rien de tout cela n'était très éloigné de la vérité. Les Numreks – ses invités, comme Maeander les avait appelés – avaient investi Cathgergen tel un torrent destructeur. Bien qu'il y eût très peu de soldats pour s'opposer à eux, ils avaient trouvé de quoi assouvir leur soif de sang, ce qu'ils avaient fait avec cette sorte gaieté répugnante décrite par Rialus. Le gouverneur avait bien entendu omis de préciser que toute la Garde du Nord avait trouvé la mort dans un piège atroce. Il avait affirmé que les soldats dépassés en nombre avaient résisté pied à pied et cédé une partie puis une autre de la forteresse à l'ennemi au prix de combats acharnés, jusqu'à ce qu'ils se retrouvent coincés contre le dernier mur de granite de l'endroit. Alors, et alors seulement, Rialus avait consenti à parlementer avec la brute épaisse qui commandait les envahisseurs.

— Vous avez vu leur chef en face ? demanda Guldan.

Dans sa jeunesse, il avait été un homme de grande taille et de belle prestance. Aujourd'hui encore, assis dans la salle du conseil royal, courbé par la raideur des ans, il conservait une noblesse indéniable dans l'allure. Ses traits étaient fermes et réguliers, quoique sa voix fût moins assurée qu'il ne l'aurait souhaité.

— Quel est son nom ?

— Calrach, dit Rialus. Jamais il n'y eut créature plus étrange dans le Monde Connu depuis que les Anciens ont banni les dieux d'Ithem…

— Vous prétendez que ce sont des dieux ? intervint un des assistants de Guldan.

Rialus eut un instant d'hésitation.

— Euh, non... Je dis seulement qu'ils sont horribles à contempler. Très effrayants.

Comme pour bien des aspects de son récit singulier, le gouverneur pouvait parler avec une honnêteté totale. Quand il s'était trouvé face aux Numreks, il avait eu l'impression de regarder par une vitre déformante une époque immémoriale, peuplée d'êtres dont l'argile avait été cuit dans un moule différent de celui des créatures terrestres, faits pour habiter un autre monde, une ère plus ancienne. C'étaient des créatures de grande taille, dépassant celle d'un homme mortel de trois ou quatre têtes, aux membres longs, aux épaules larges et curieusement plates, comme s'ils portaient une sorte d'empiècement rigide et carré sous la peau. Ils avaient le cheveu noir et le sourcil broussailleux. Rialus avait d'abord cru qu'ils s'étaient poudré ou peint la peau tant celle-ci était pâle. Mais quand il eut l'inconfort de se trouver tout près d'eux, il se rendit compte que c'était là leur teint naturel, une couleur semblable au mélange cérémoniel de lait arrosé de sang de bouc que les Vadayens boivent pour fêter la nouvelle année. C'était une membrane fine sous laquelle battait un lacis complexe de veines aussi visibles que si elles avaient été dessinées sur une feuille tenue devant une lampe.

Calrach, leur chef, montrait sa force dans l'attache noueuse de son cou. Ses traits eux-mêmes dégageaient une impression de tension féroce. Ses yeux étaient d'un brun si sombre qu'ils en semblaient presque noirs. Ses arcades sourcilières proéminentes étaient percées de plusieurs anneaux épais en argent, et le métal était si profondément enfoncé qu'il avait dû transpercer l'os. Rialus eut les plus grandes difficultés à affronter ce visage, mais dès que son regard s'en détournait il ne pouvait s'empêcher d'y revenir, terrifié par la constatation que la créature continuait de le fixer derrière ce masque effrayant. C'était un homme sans en être tout à fait un.

Le gouverneur raconta que pour interprète les envahisseurs recoururent aux services d'un scribe mein, révélation qui suscita des murmures effarés dans son auditoire aushénien.

— Hanish Mein connaît donc cette race ? dit Guldan.

Rialus répondit qu'il fallait le supposer, puis il poursuivit son récit :

— Calrach n'a présenté aucune excuse. Il n'a donné aucune explication, aucune justification. Il a simplement déclaré que nous devions partir, que Cathgergen ne nous appartenait plus. On avait promis la cité aux Numreks. Il m'a libéré afin que le monde sache quels ennemis approchaient et se prépare mieux à la bataille, pour leur plus grand plaisir.

— Qui leur a promis Cathgergen ? s'enquit un assistant aushénien.

Rialus haussa ses frêles épaules, qui remontèrent presque jusqu'à ses oreilles.

— Je l'ignore, mais nous n'étions pas en position de discuter. Il m'a dit de courir rejoindre les miens et de les prévenir que la fin approchait. Qu'ils nous traqueraient pour se divertir et qu'ils feraient rôtir nos carcasses sur des broches.

— Vous n'êtes pas sérieux ! s'exclama le roi. Rialus Neptos, êtes-vous devenu fou ? Ce que vous racontez dépasse l'imagination.

Le monarque parut s'abîmer dans une réflexion personnelle un moment, puis il posa de nouveau la question :

— Êtes-vous devenu fou ?

Le gouverneur aurait pu l'imaginer sans grande difficulté. Malgré son art du mensonge, jamais il n'aurait pu inventer pareille histoire. Calrach avait véritablement tenu ces propos. Il était assis là, à s'esclaffer avec ses lieutenants et à débiter les pires insanités, comme si Rialus n'était pas présent ou qu'un traducteur ne lui murmurait pas chaque phrase à l'oreille. Il avait serré les genoux pour contenir sa vessie. Au seul souvenir de ces moments, Rialus enviait ceux qui ne les avaient pas encore connus.

Les Aushéniens avaient bien d'autres questions à lui poser. Ils se savaient constituer l'objectif suivant, c'était évident, et ils l'interrogèrent pour obtenir maints détails, son avis et ses conjectures. Rialus se prit à son rôle de conseiller de confiance, ce rôle qu'il avait toujours rêvé d'endosser. Mais derrière la tentation sincère d'aider il n'oubliait ni Maeander ni Calrach, ce qui lui permit de ne pas perdre de vue ses propres projets. Il déclara donc aux Aushéniens que son devoir lui ordonnait de se rendre à Alécia. Guldan lui donna congé, en le chargeant du message grandiose selon lequel cette horde féroce devrait affronter d'abord les forces armées de l'Aushénie. Quelle belle déclaration d'intention ! songea Rialus. Mais comme beaucoup de déclarations, celle-ci n'avait pas plus de poids que l'air expulsé par la bouche qui l'avait formulée. L'ancien gouverneur ne doutait pas que toute l'Aushénie tomberait en deux semaines, un mois tout au plus. Bien entendu, il garda pour lui cette estimation.

Il embarqua à bord d'un vaisseau de la flotte royale, et put contempler l'agitation des préparatifs militaires sur la côte dont il s'éloignait. Il était plutôt satisfait de lui, un sentiment qui atteignit son comble quand il arriva dans la capitale. Il avait repéré une villa située sur les collines à l'ouest d'Alécia lors d'une brève visite, quinze ans plus tôt. Alécia : pour lui c'était le centre véritable de l'empire acacian, d'où toute chose de valeur partait de par le monde. Il aimait cet endroit, la richesse qui y était contrôlée, les plaisirs qu'il offrait, la puissance qu'il avait, et le labyrinthe sans fin de ses intrigues. Il avait du mal à s'orienter dans la complexité du plan de la cité, mais c'était sans importance. Depuis très longtemps, Rialus avait la conviction qu'il s'épanouirait entre ses murs pâles chauffés par le soleil, drapés de plantes grimpantes et parfumés des fragrances les plus suaves.

Il était par conséquent fort dommage qu'il arrive en traître chez ce peuple tant aimé, comme il le fit quand il se présenta aux portes d'Alécia. Il s'efforça de ne pas trop y penser et y réussit très bien en se concentrant sur le butin enfin à sa portée. Il avait confié à Maeander qu'il avait au sein de la capitale des alliés qui partageaient son désir de voir redistribuées les richesses de la ville. Certains étaient des membres de la famille Neptos, mais beaucoup d'autres avaient été formés par ses agents lors de séances clandestines qui réunissaient des petits groupes indépendants les uns des autres. Il avait une promesse à tenir. Il n'était pas spécialement choqué par le sang que d'autres verseraient sur son ordre, pour peu qu'il finisse par obtenir une partie au moins de ce qu'il méritait depuis si longtemps. Durant ses premiers jours à Alécia, Rialus fut un homme à deux visages. En public, il pleurait à chaudes larmes sur les souffrances qu'allait apporter la guerre imminente. En privé, il scrutait les villas dominant la cité pour choisir son nouveau domicile. Et comme il le croyait depuis longtemps, il semblait bien que le Grand Dispensateur allait récompenser ceux qui le méritaient.

Chapitre vingt-trois

Le vacarme était inédit dans ces étendues glacées et désertiques : le grognement des bêtes qui peinaient sous les chaînes, les cris constants, le tintement de cloches innombrables, le crissement des bottes de marche, et le grincement perpétuel d'énormes objets entraînés sur une surface qui ne pouvait décider si elle devait aider ou entraver leur progression. C'était le grattement du métal et du bois sur la glace, le son d'une flotte de quatre-vingt-dix vaisseaux de guerre qui traversaient un océan gelé. Ils étaient tirés par des centaines de bœufs laineux, conduits par une armée de quinze mille hommes qui marchaient avec des cloches accrochées à leurs bottes. Les plus anciens parmi les soldats avaient recommandé à Hanish de les équiper tous d'une clochette qui tinterait quelle que soit la distance parcourue. Ils devaient s'annoncer au monde avec les voix qui parlaient pour toutes ces générations silencieuses ayant lutté pour que ce jour existe. Les Tunishnevres devaient les avoir entendus et avoir su dans leurs chambres d'immobilité à quel point leurs enfants les honoraient.

À mesure que grandissait le nombre des lieues parcourues, Hanish sentait l'emprise des anciens faiblir quelque peu, mais jamais il n'avait été aussi certain de mériter leur confiance et d'accomplir ce qu'ils attendaient de lui. Grâce à lui, les rumeurs colportées dans les contrées tempérées d'Acacia étaient vraies, et sur une échelle qui dépassait les spéculations les plus extravagantes. Les quelques navires entraperçus par des pêcheurs plusieurs semaines auparavant ne formaient qu'une force de reconnaissance envoyée pour vérifier la possibilité de réaliser le plan d'Hanish. Celui-ci avait donné pour instruction à cette flotte restreinte de se laisser voir. Pour lui, quoi que les gens entendissent sur de prétendus mouvements dans le Nord, ils n'y croiraient pas tant qu'ils ne se seraient pas retrouvés face à face avec l'avenir qu'il leur apportait. Alors, pourquoi ne pas leur permettre de réfléchir à ces fantômes qu'ils ne pouvaient ni entièrement croire ni entièrement rejeter ? Pourquoi ne pas les laisser s'inquiéter ?

— Pour le Mein, la nature a toujours été comme l'aiguillon du fouet pour le bœuf, lui cria Haleeven à l'oreille pour couvrir la plainte sifflante du vent. Elle ne change rien. Elle nous ralentit peu et nous garde à l'ouvrage. Comme il se doit.

Son oncle dispensait toujours une telle sagesse au bon moment, et Hanish était heureux de sa présence à ses côtés. Même s'il n'en montrait jamais rien, il lui était parfois difficile d'afficher une confiance inébranlable. Cet homme plus âgé et plus avisé, si semblable à son père, était une source vive de force.

Un matin, vers la fin de leur première semaine de voyage en direction du sud, le temps s'éclaircit si brusquement qu'il rendit les animaux nerveux. Il parut modifier les sons, les sensations et la texture même du monde alentour. Les hommes plissèrent les yeux pour scruter le lointain, et plus d'un inclina la tête de côté pour mieux percevoir l'étrangeté de l'instant. Tout le dôme du ciel luisait d'un bleu pâle. On distinguait à peine le soleil, mais il éclairait tout le firmament de façon égale. Hanish escalada le gréement du navire sur lequel il voyageait. Les cordes rugueuses mordirent ses paumes, et ses pieds dérapèrent sur les barreaux incrustés de glace. Ce n'était pas un marin. Quel homme né dans le Mein l'était ? Et pourtant il sentit la joie l'envahir quand il s'adossa contre le mât, dans le poste de vigie, le visage rougi par l'effort de l'ascension, la brise le giflant par rafales et emportant les volutes de vapeur de son souffle.

Devant lui s'étendait un monde d'une blancheur douloureuse à contempler. Il abrita ses yeux avec une visière de verre fumé. Dans ce crépuscule artificiel il put voir pour la première fois l'intégralité de son entreprise en mouvement. Tout autour de lui, une flotte traversait une mer blanche et solide. Quatre-vingt-dix navires qui ne tanguaient ni ne roulaient avec les ondulations des courants, qui ne montaient ni ne descendaient au gré des vagues. Leurs voiles étaient soigneusement repliées et leurs gréements scintillaient telles des toiles d'araignées dans la rosée. Les vaisseaux avançaient sur des patins de bois renforcés de fer et tirés par de longues théories de bœufs, des animaux à la fourrure laineuse si volumineuse qu'elle dissimulait leurs formes. Cinquante bêtes au moins, disposées sur deux lignes, tractaient chaque navire, aiguillonnées par les hommes emmitouflés de fourrures, qui eux-mêmes n'avaient d'humain que leurs mouvements.

Derrière eux l'armée suivait, à pied ou en traîneaux, équipée pour résister aux grands froids et luttant pour rester en vie. Elle ne constituait pas une force énorme, mais elle représentait tout ce qu'ils avaient pu rassembler. Ses rangs comptaient plus d'un homme aux cheveux gris et un certain nombre d'adolescents de treize ou quatorze ans. Tous combattraient avec honneur, et ils ne formaient qu'un des trois contingents de l'attaque. Une autre armée de cinq mille soldats empruntait le passage nord pour entrer dans la Région des Lacs de la Candovie. Elle causerait des ravages considérables sous la conduite de son frère. Et puis il y avait les Numreks, qui avaient certainement dévasté l'Aushénie à cette heure. Et il existait encore quantité d'autres stratégies élaborées pendant toutes ces années à Tahalian. Incroyable de voir tout cela en mouvement !

Hanish s'attarda dans le nid-de-pie bien après que son visage et ses mains se furent engourdis, et il n'en redescendit que lorsque le soleil, où qu'il se fut dissimulé dans le ciel, eut disparu derrière la glace et que le monde soit devenu ténèbres, avec le retour de la tempête, un mur d'éclats de verre propulsé par un vent furieux.

Quelques jours plus tard, ils atteignirent l'avant-poste de Scatevith, où ils s'adjugèrent une grande quantité des provisions qui y étaient stockées. Ils y restèrent deux jours afin de procéder aux diverses réparations nécessaires du matériel. Puis ils reprirent leur route vers le sud et contournèrent les montagnes qui bordaient les limites des Hautes-Terres du Mein. Ensuite s'étendait une vaste vallée rejoignant en pente douce les Forêts Eilavanes, une zone beaucoup plus aisée à traverser que la majeure partie de la Bordure Méthalienne. Ils descendirent dans un paysage noyé sous la neige et ponctué de sapins trapus qui leur offrirent des feux pétaradants. Bien que la température soit négative chaque nuit et presque toute la journée, nombre de soldats ôtèrent leurs bonnets de fourrure et secouèrent la cascade de leurs cheveux noués, qui retombèrent telles des cordes sur leurs épaules. Avec l'assentiment du chef, de petits groupes partirent en avant de l'armée afin de chasser le renne. La fumée de la viande rôtie s'éleva bientôt dans l'air.

Narines dilatées pour capturer ce fumet, Hanish se remémora ces vieilles légendes qui racontaient comment les Akarans s'étaient approprié le trône par des alliances pour le moins équivoques, des promesses faites et jamais tenues, et comment ils avaient entrepris de châtier tout peuple assez brave et fort pour s'opposer à eux et dénoncer leurs crimes. C'est alors que la malédiction s'était abattue sur la race appelée Mein, qu'étaient nés les Tunishnevres et que le peuple d'Hanish avait été banni des plaines et chassé au-delà de la Bordure Méthalienne. Des années durant, les Meins avaient suivi les troupeaux de rennes, en vivant d'eux et avec eux d'une façon qui différait peu de celle qu'avaient connue les hommes des temps oubliés. Il leur fallut plusieurs générations pour trouver le site de Mein Tahalian, découvrir et utiliser les sources chaudes bouillonnant sous la glace, et se fixer de nouveau pour mener une existence sédentaire. Ils abattirent les arbres immenses et édifièrent un sanctuaire dans la région la plus désolée du Monde Connu. Et il leur fallut attendre encore bien des générations avant d'oser une tentative hésitante pour réintégrer le reste du monde, en jurant allégeance à tout ce qui était akaran, en prétendant que le passé n'avait jamais été tel qu'il avait été et qu'ils ne souhaitaient qu'imiter, soutenir la grandeur de l'hégémonie acaciane et combattre à son service.

Telles étaient toutes les pensées que la seule odeur de la viande de renne portée par l'air glacé éveillait chez Hanish. Il doutait fort que les enfants d'Acacia soient au courant de ces choses. Il y en avait tant dans l'histoire du monde qu'ils ignoraient délibérément. Ils ignoraient tout ce qui pouvait leur faire honte, et se convainquaient qu'il en était de même pour toute autre personne. Non qu'Hanish voulût les voir différents. Il préférait que son arrivée les ébranle jusqu'au tréfonds de leurs certitudes et les laisse abasourdis et déroutés, mais trop tard pour qu'ils reconnaissent la forme et la substance véritables du monde sur lequel ils régnaient.

Leur progression s'améliora encore lorsqu'ils abordèrent la surface plane et dépouillée des Dolines, une immense étendue de lacs et de marais en été, le premier réceptacle des grandes fontes qui s'écoulaient chaque printemps du Nord en plein dégel. Du moins ils purent voyager aisément pendant quelque temps. Ils avançaient depuis quatre jours dans ce paysage morne et glacé quand un des navires brisa la glace sous son poids. Il s'enfonça de quelques pieds, soulevant des plaques de glace à son pourtour et créant une crevasse qui s'étira en zigzaguant devant lui et avala une dizaine de bœufs ainsi qu'un homme assez malchanceux pour s'être trouvé là à fouetter les bêtes. On le tira des eaux glacées et on l'emmitoufla dans des fourrures, tandis que plusieurs bœufs réussirent à reprendre pied sur la glace après qu'on eut sectionné leur longe. Mais la glace se reformait déjà autour du vaisseau. Elle l'enserra dans son étau et pendant la nuit la pression fit craquer la coque, qui se fendilla en plusieurs endroits. Les dommages auraient pu être circonscrits si Hanish et ses hommes avaient disposé du temps et du matériel nécessaires, mais ils n'avaient ni l'un ni l'autre. Hanish ordonna le déchargement du navire, qui fut également dépouillé de tout ce qui pouvait être utile, et abandonné sans plus de cérémonie.

L'incident était un signe avant-coureur de ce qui les attendait. Par bien des aspects, la partie suivante de leur voyage fut la plus pénible. Ils allaient sur la glace peu fiable et sentaient la pulsation sourde du dégel durant la journée alterner avec le gel nocturne, ce qui multipliait les pièges. Hanish envoya des éclaireurs munis de grandes perches en fer pour sonder la surface devant l'armée ; ils le firent au son, à l'instinct et à l'expérience. En quelques occasions il s'aventura lui-même à pied en avant de ses troupes et scruta l'horizon. Il n'aurait pu expliquer pourquoi il agissait ainsi. Cela lui semblait simplement la chose à faire. Il trouvait un certain réconfort à observer un paysage désolé et à s'imaginer y être seul, avec l'idée que sa quête commençait et s'achevait avec lui, sa force et ses faiblesses. Bien sûr, il ne se passait pas longtemps avant qu'il entende les éclaireurs marteler la glace de leurs tiges métalliques, comme d'étranges gardiens de troupeau qui auraient frappé le sol devant leurs bêtes et non à leur suite. Il n'était pas seul : cette pensée, à chaque fois qu'elle lui venait, était pour lui une déception autant qu'un réconfort.

Quand ils atteignirent la zone où la glace se brisait, tout changea de nouveau. Ils y arrivèrent plus rapidement qu'Hanish ne l'avait prévu. Là, devant eux, s'étalait la ligne noire de l'eau libre. Elle se transformait en une masse bouillonnante bleu et brun, emportant la fonte du lac sur lequel ils avaient voyagé et glissant vers le sud pour former le fleuve Ask. D'énormes morceaux de glace compacte se délitaient peu à peu. L'armée consacra toute la matinée à s'activer fiévreusement pour passer du voyage sur glace à celui en eaux libres.

Le premier vaisseau avait à peine embarqué hommes, chevaux et approvisionnement que la glace commença à gémir et à frémir sous lui. Les Meins qui des jours durant avaient mené les bœufs abandonnèrent leur fouet et grimpèrent à bord des navires. Les bœufs, si longtemps attelés et sollicités, erraient de-ci de-là, inquiets, sans comprendre ce que signifiait leur soudaine libération. C'est seulement quand le premier bateau glissa en avant et que sa poupe s'éleva un instant, dans le grincement de la coque qui semblait prête à se briser en son milieu, que les animaux s'ébrouèrent avec mauvaise humeur et s'élancèrent vers le nord. Personne ne tenta de les en empêcher. Le premier vaisseau trouva son assiette sur l'eau, saisit le courant et commença à s'éloigner.

Le navire d'Hanish fut le troisième à entrer lourdement dans l'eau. À cet instant, le chef n'était pas en mesure de prendre le temps d'annoncer la nouvelle aux Tunishnevres, comme il aurait aimé le faire. Des fentes entre les planches gelées de la coque laissaient entrer des jets d'eau. Le capitaine cria que très vite le bois se gonflerait et redonnerait toute son étanchéité à la coque, aussi Hanish évacua ce détail de son esprit. Il n'avait pas le loisir de s'en occuper, de toute façon. Aussi loin au nord, le cours du fleuve était difficile à naviguer, alimenté, comme toujours à cette époque de l'année, par la fonte qui s'accentuait dans les Dolines. Hanish avait espéré aborder en Acacia avec l'arrivée du printemps, et apparemment il avait calculé juste. Le flot envahissait les rives et noyait à demi les arbres bordant le fleuve, tout en déferlant vers l'aval comme si chaque goutte d'eau rivalisait avec les autres pour arriver la première à la mer. À certains moments ils furent ballottés par des vagues aussi grosses que celles d'un océan par temps de tempête. À d'autres, des tourbillons, des zones de forts courants et des remous furieux faisaient tourner et gîter les navires, et des hommes étaient précipités dans l'eau. Ce qui semblait être des poings géants saisissaient les rames et les brisaient, fracassant plus d'un crâne au passage.

Le plus grand danger était cependant représenté par ces endroits où le fleuve s'écoulait au-dessus d'obstacles normalement émergés en partie. Ce pouvait être des îles, dont on ne voyait plus à présent que le sommet des arbres pointant comme les doigts de géants noyés. Il y avait aussi des hauts-fonds qui menaçaient de déchirer le ventre des navires, ou des rochers énormes sur lesquels l'eau passait dans un chaos bouillonnant. Un des vaisseaux de tête tomba dans un de ces pièges. Il plongea dans l'écume puis se redressa, la proue saillant dans l'air, immobile une seconde comme s'il allait s'élancer vers le ciel. Puis, avec une lenteur effroyable et dans la clameur horrifiée de tous ceux qui assistaient à la scène, il glissa en arrière. La poupe fut prise dans la chute torrentielle derrière elle. Tout le vaisseau bascula, et les hommes furent propulsés dans les airs de tous côtés, avant de s'abîmer dans le maelström. Le navire se renversa complètement et disparut. Quand sa coque revint à la surface, ce n'était plus qu'une masse sans vie, pareille au ventre de quelque léviathan mort.

Ils étaient à la merci du fleuve. Ils chevauchaient un serpent d'eau titanesque. Hanish savourait pleinement ces moments. Trop longtemps il était resté cloîtré ! Quelle merveille que d'être libre, même si cette liberté menait à la mort. Il n'éprouvait aucune pitié, aucun chagrin pour ceux qu'il perdait. Ce serpent exigeait simplement un droit de passage élevé pour le service qu'il rendait. Tout ce qui importait pour Hanish, c'était qu'il se rapprochait du but. Et il s'en sentait maintenant assez près pour tenter quelque chose qu'il n'avait encore expérimenté que dans la solitude de Tahalian.

Chapitre vingt-quatre

La nuit, Aliver commença à rêver de duels contre des ennemis sans nom ni visage. À la différence de ses songes farfelus du passé, où il affrontait à l'épée des adversaires mythiques, ces visions étaient d'une nature sombre, et chaque moment imprégné de peur. Elles commençaient toujours de façon anodine : il déambulait dans les ruelles de la ville basse, il bavardait avec ses compagnons en prenant le petit déjeuner, ou bien il cherchait dans sa chambre un livre qu'il savait avoir déposé quelque part. Mais à un moment ou à un autre les événements prenaient toujours une tournure violente. Un soldat apparaissait au bout de la ruelle, l'épée au clair, et le hélait par son nom, ou bien la table du repas se renversait, et il découvrait des guerriers ennemis qui investissaient la pièce telle une armée d'araignées, par les fenêtres, accrochés au plafond et leur épée entre les dents dans un rictus métallique. Souvent, il sentait seulement dans son dos une malveillance informe qu'il allait devoir affronter.

Dans ces rêves, il combattait avec succès, jusqu'au moment où il devait plonger sa lame dans le corps de son adversaire. Il se rendait alors compte qu'il s'apprêtait à transpercer une créature vivante, comme lui, et le flot du temps changeait. Les mouvements ralentissaient. Ses muscles perdaient leur force et devenaient d'inutiles rubans de goudron sous sa peau. Il ne voyait jamais sa lame s'enfoncer dans la chair de ces ennemis oniriques. Il se réveillait, pantelant, le corps tendu et tremblant comme si le duel avait eu lieu dans le monde réel. C'est seulement alors que la puanteur envahissante de la réalité s'imposait à lui. Il ne s'était pas échappé d'un rêve désagréable pour retrouver un univers accueillant : il avait ouvert les yeux une fois de plus sur un cauchemar éveillé qui chaque jour anéantissait ses efforts pour le nier.

Son père était mort. Ce fait signifiait mille choses pour Aliver, et toutes étaient source de confusion. Son accession au trône elle-même n'était pas simple. Les Akarans étaient des monarchistes stricts, mais la situation générale était tellement embrouillée qu'elle empêchait le jeune homme de prendre la place de son défunt père. La même révérence pour le rituel qui permettait aux gens d'accepter le système en place exigeait une adhésion sans faille à la tradition. Et, selon celle-ci, les nouveaux souverains étaient couronnés en automne, au moment où les cendres de leur prédécesseur étaient éparpillées. C'est ce jour-là que Tinhadin était monté sur le trône, et l'usage voulait que tous ses successeurs suivent son vénérable exemple. Une attente de plusieurs mois n'était pas sans précédent dans l'histoire. Jamais on n'avait vu un souverain couronné à une date autre que celle de l'équinoxe d'automne ni sans la présence des gouverneurs assemblés. De plus, les prêtresses de Vada jugeaient le moment défavorable à un couronnement et refusaient de bénir toute cérémonie en ce sens. Et la machinerie gouvernementale semblait n'avoir aucun intérêt à précipiter un adolescent inexpérimenté dans un rôle aussi important. Un autre prince aurait peut-être saisi le pouvoir quand même. Pas Aliver. Malgré lui, il éprouvait quelque chose ressemblant fort à du soulagement de n'avoir pas coiffé la couronne immédiatement, même si jamais il ne l'admettrait. Pour le moment, Thaddeus était beaucoup mieux préparé à porter la voix de la monarchie.

Le jeune homme était assailli par les mauvaises nouvelles. Il avait à peine le temps d'en apprendre une qu'une autre lui parvenait. Cathgergen était tombé aux mains d'une horde barbare inconnue, sa garnison avait été massacrée, son gouverneur et sa suite jetés dans le froid, afin que le message d'une catastrophe imminente pour le monde fût transmis. Rien de tout cela n'était aisé à concevoir. La chute de Cathgergen signifiait la défaite d'au moins deux mille soldats. Et rien ne prouvait qu'un seul d'entre eux en ait réchappé pour raconter la bataille, ou même que certains étaient détenus prisonniers. Et qu'était-il advenu de tous ces autres résidents de la place forte, les artisans et les commerçants, les courtisans et les travailleurs, avec leurs familles, tous ces gens divers qui rendaient vivable un avant-poste aussi isolé que Cathgergen ? Ils avaient tous disparu, et Aliver n'avait encore entendu personne expliquer comment cela était possible.

Plusieurs officiels d'Alécia avaient été assassinés durant leur sommeil, avec leur épouse ou leur mari, leurs enfants, les serviteurs et les esclaves. Leurs corps avaient été massacrés avec une sauvagerie sans rapport avec la violence brute d'un meurtre, comme si chacun avait été victime d'un tueur fou de sang. Deux jours plus tard fut commis un autre attentat contre la famille royale, tandis que celle-ci essayait de quitter Manil, la ville bâtie à flanc de falaise et dominée par un des palais royaux. La demi-sœur de Leodan, Katrina, ainsi que quatorze autres personnes portant le nom d'Akaran par la naissance, et bien plus par union, furent surpris sur les quais aux premières heures d'un matin ensoleillé. Des hommes déguisés en ouvriers du port les assaillirent alors qu'ils venaient d'embarquer sur leur navire et les massacrèrent avec les épées courtes qu'ils avaient dissimulées sous leurs vêtements.

Personne ne savait comment des complots de cette ampleur avaient pu être gardés secrets et effectués avec une telle efficacité. La rumeur et les spéculations donnèrent naissance à la croyance que nombre des assassins impliqués dans ces attentats étaient des serviteurs, des jardiniers et des ouvriers employés par l'aristocratie, dont beaucoup étaient au service de leur maître depuis des années sans avoir jamais donné le moindre signe de fausseté. Une autre version voulait qu'une flotte de navires de guerre fît voile vers le sud, en provenance du Mein. Des trappeurs auraient aperçu les vaisseaux sur le fleuve Ask, mais on ne pouvait expliquer comment ces gens simples perdus dans la nature avaient fait passer le message, pas plus que le sens de son contenu. Certains affirmaient que Rialus Neptos, disparu après le massacre des officiels à Alécia, avait joué un rôle actif dans la révolte. D'autres encore prétendaient que toute la suite des représentants de la Ligue avaient embarqué et fait voile sans un mot.

Aliver désirait plus que tout comprendre ce qui se passait et assembler tous ces éléments en un schéma logique, mais les moments de calme où il pouvait réfléchir étaient rares et brefs. L'époque de l'entraînement au Marah était révolue pour lui, à présent. Ses officiers parlaient à ceux qui n'étaient encore que des étudiants quelques jours plus tôt comme s'ils avaient subitement gagné en stature. Apparemment, tous avaient été promus, dans un mouvement collectif. Ils discutaient des épreuves qu'ils affrontaient maintenant avec une franchise qu'Aliver n'avait pas prévue et qu'il n'appréciait guère. Ces hommes qui semblaient si à l'aise dans leur rôle une semaine auparavant donnaient désormais l'impression d'hésiter, et ils se montraient nerveux quand ils distribuaient leurs ordres. Leur avenir, expliquaient-ils, n'était plus seulement chargé de la douleur physique de l'entraînement ou de l'humiliation d'être battus lors de rencontres de démonstration, ou même d'une disgrâce sociale – ce qui avait été jusqu'alors le pire sort possible pour eux. Ces dangers, ils les avaient tous connus par le passé, mais à présent ils s'apprêtaient à combattre pour leur propre vie. Aliver lui-même devrait bientôt tuer. Cette pensée transforma totalement la façon dont il voyait son entraînement. Avait-il l'instinct d'un tueur ? Cela lui semblait très improbable. Se pouvait-il qu'il fasse honte à sa nation dès sa première mise à l'épreuve ? Jamais il n'avait redouté quelque chose autant que cette éventualité.

Le pire, c'est qu'il ignorait ce qu'on attendait exactement de lui. Sa position parmi ses pairs était plus que jamais étrange. D'un autre côté, il craignait qu'on ne lui épargne les responsabilités de la bataille, tout comme il avait toujours été mis à l'écart des autres dans sa formation. Pourtant il était vrai que les officiers désignaient toujours les Formes comme les exemples de la valeur au combat, et dans la plupart de ces occasions légendaires c'était un roi qui avait manié l'épée, la lance ou la hache. Attendait-on de lui qu'il enfile ce costume légendaire et qu'il les mène à la victoire ? Il n'en savait rien, et personne – pas même Thaddeus – ne lui proposa d'éclaircir ce point.

Quelques jours avant que les jeunes soldats n'apprennent leur affectation et se rendent aux postes concernés, Thaddeus Clegg se joignit aux officiers pour évaluer les troupes rassemblées. Le site choisi fut le stade baptisé d'après la femme du septième roi, le Carmelia. Il était situé sur une langue de terre qui avançait dans l'océan comme un pied à demi submergé, en contrebas du palais, mais légèrement au-dessus de la ville basse. Affectant la forme d'un grand cirque taillé dans la pierre, le Carmelia pouvait accueillir des milliers de spectateurs sur ses bancs. L'arène était un vaste espace en plein air dont le sol tassé était presque aussi dur que la pierre, souvent balayé selon des motifs circulaires qui, lorsqu'on les regardait, créaient des illusions d'optique.

Devant les silhouettes immobiles des officiers et du chancelier, les meilleurs soldats de l'île entrèrent dans le stade en formation parfaite de bataillon d'infanterie. Ils se déplaçaient au rythme d'une flûte de bataille, un instrument capricieux aux sons d'une mélancolie singulière mais qui portaient loin. Pendant l'heure qui suivit, quelques-uns eurent l'honneur de combattre en duel pour leur prestigieux public. Ensuite, l'ensemble des cinq cents soldats prirent part à une représentation élaborée de la Neuvième Forme, dans laquelle les Haden et les Hommes des Bois sauvaient la future épouse de Tinhadin de la Trahison Senivale. Puis ils se mirent en rang pour écouter leurs chefs les abreuver de discours sur la gloire passée et sur le conflit à venir.

Plus tard encore, le chancelier s'adressa à eux. Thaddeus caressa le chaume dru de son menton et réfléchit un moment. Sans sa tenue d'apparat et l'écharpe sur ses épaules qui était l'insigne de sa fonction, on aurait eu du mal à le reconnaître tant son visage était hagard et ses traits creusés.

— J'ai appris aujourd'hui même une nouvelle que je tiens à vous communiquer, dit-il. Je préfère le faire ainsi, parmi vous, si près que nous pouvons mutuellement nous voir et nous toucher.

Il leva une main, et Aliver remarqua alors qu'elle tenait un parchemin. Il le brandit dans un geste théâtral pour le montrer à tous les soldats, comme si d'où ils se trouvaient ils pouvaient lire le texte important qu'il contenait.

— Ceci est une déclaration de guerre rédigée par Hanish Mein, fils d'Heberen. Il y exprime sa haine pour nous et se déclare chef absolu du monde à venir. À présent, les choses sont claires. Nous savons qui nous combattons et pourquoi. Nous savons qu'il vise notre anéantissement total. Il croit avoir le pouvoir de réussir, c'est pourquoi il a déclenché ces lâches attentats. Tel est le combat qui nous attend. Telle est l'ignominie que peut contenir un document aussi bref que celui-ci.

Il paraissait sur le point de lancer le parchemin dans la brise. Les soldats demeuraient silencieux, de même que les officiers, tous certains que le chancelier avait quelque chose à ajouter. Il se tenait immobile, et son regard ne rencontrait celui de personne. Aliver prit conscience qu'il percevait le fracas des vagues venant s'écraser contre l'assise rocheuse, sous le stade. Il compta un impact, puis deux et trois, s'étonna de ne pas avoir remarqué ce son plus tôt et fut frappé par l'intimité avec laquelle la mer touchait la terre. Il en éprouvait la sensation dans la plante de ses pieds. C'était également dans l'air, et chaque réverbération se transmettait à lui comme si quelque pluie d'embruns invisibles s'abattait sur son visage et ses épaules. Il y avait tout un monde au-delà de son champ de vision actuel, et il menaçait de déferler sur l'île sans prévenir, à tout moment.

Thaddeus releva la tête et sembla enfin remarquer les visages autour de lui. Son regard passa sur eux et s'arrêta une fraction de seconde sur Aliver.

— Je suggère que nous apprenions à aimer le chaos dès aujourd'hui, dit-il. Voyons dans les troubles présents et à venir une caractéristique nouvelle de nos existences. De même que le soleil se déplace dans le ciel, le vent souffle sur la terre et la nuit succède au jour, il ne peut en être autrement... Ainsi, nous souffrirons, il ne saurait en être autrement. Faites-vous à cette idée dès aujourd'hui et vous serez mieux préparés à l'affront de demain. Il y a un moment, vous avez exécuté la Neuvième Forme. Comme vous le savez, il n'existe que dix Formes. Il n'y a cependant aucune raison pour qu'il n'y en ait pas une Onzième. Pensez-y également quand sonnera l'heure du combat.

Il se tourna comme pour partir, sembla se raviser et ajouta :

— Attendez-vous enfin à être surpris. Le monde est un endroit différent de ce que vous en connaissez. Il est possible que vous jugiez que nous avons échoué à vous y préparer.

Le matin où ils devaient recevoir leurs dernières instructions en vu de la guerre, Aliver rencontra Melio et Hephron sur les terrasses supérieures. Le prince les salua tous deux d'un hochement de tête, et s'étonna d'accueillir avec joie la compagnie d'Hephron. Il trouvait quelque chose de réconfortant à le faire. Quelques jours plus tôt seulement, il détestait cordialement l'adolescent, au point de voir en lui un ennemi. Mais il n'éprouvait rien de tel à présent. Hephron avait déjà souffert plus que lui-même. Il avait perdu deux sœurs à Manil, un cousin et plusieurs serviteurs qu'il connaissait depuis sa plus tendre enfance. Avec la mort de nombreux autres Akarans de haut rang, il s'était rapproché du trône. Par le passé, Aliver aurait pu penser que cette promotion soudaine emplirait Hephron de joie, mais des considérations aussi mesquines n'étaient plus de mise. Le visage du jeune homme roux ne montrait rien sinon l'extrême lassitude causée par la perte d'êtres chers et sa détermination à affronter ce qui arriverait.

— Je viens de recevoir mon affectation, déclara-t-il. Ils m'envoient à Alécia. J'avais demandé à aller en renfort en Aushénie. Ils sont certains de rencontrer la horde qui a saccagé Cathgergen, et je voulais me trouver là où je serais le plus utile.

Il hésita un moment et continua de marcher quelques mètres en ressassant ses pensées. Un cri retentit, venu d'une terrasse inférieure, mais ils se trouvaient à une certaine distance et ils poursuivirent leur déambulation du même pas.

— Mais... mon affectation n'est pas sans honneur, d'une certaine façon. J'ai été détaché auprès du général Rewlis.

— Tu vas le seconder ? fit Aliver, qui stoppa net.

— N'ayez pas l'air aussi étonné.

— Je... je ne suis pas étonné.

— Tout a changé, dit Hephron. Même la Ligue l'a reconnu. Ils ont rappelé trois de leurs navires de transport qui sont partis sans un mot d'explication. Nous pouvons encore déplacer nos troupes, mais pas aussi facilement que nous le souhaiterions.

— Font-ils partie de tout cela ? demanda Melio. La Ligue, je veux dire. Le savez-vous, Aliver ?

— Je n'ai aucune certitude, répondit le prince. En fait, j'en doute. Les Ligueurs ne vivent que pour tirer des profits du commerce. Peu leur importe avec qui ils traitent. Ils se montrent simplement prudents et ne voient que leur intérêt personnel.

Hephron sourit.

— Ce ne sont pas les seuls.

— Que veux-tu dire ? s'enquit Melio.

— Ce n'est pas le moment d'en parler. Plus tard, peut-être.

— Pourquoi plus tard ? dit Aliver. À cause de moi ? Il y a quelque chose que tu n'oses pas dire en ma présence ?

Hephron jeta un regard au prince, puis détourna les yeux.

— Je tiens toujours ma langue en votre compagnie. Comme tout le monde. Personne ne veut offenser le futur roi.

— Tu sembles pourtant chercher à le faire, intervint Melio d'un ton sarcastique.

— Nous n'aurions jamais dû nous quereller. Toute cette animosité entre nous est ridicule, mais je sais certaines choses que le prince ignore et je ne peux m'empêcher d'y penser. Mon père ne voulait pas que je me laisse tromper. Il m'a dit la vérité. Peut-être que ce sera une révélation pour toi aussi, Melio. Il a toujours dit que nos crimes nous reviendraient. Tout ce qui se passe actuellement... si vous saviez la vérité, rien de tout cela ne vous étonnerait. Par exemple, comment croyez-vous que nous maintenons notre niveau de richesse ? On ne nous dit rien à ce sujet. Nous sommes simplement supposés penser que l'opulence perdure. Nous l'avons acquise, donc elle est nôtre pour toujours, n'est-ce pas ? Nous sommes un peuple respectable qui mérite de régner en maître sur le monde, et chacun se satisfait de cette situation. C'est pour le mieux, vraiment.

Il les regarda l'un après l'autre et eut un rictus amer.

— Est-ce que cela vous convient, à vous ? Réfléchissez. Une fois que vous vous serez rendu compte que tout ne se tient pas... venez me voir. Je vous dirai tout ce que je sais sur le cœur pourri d'Acacia. Alors vous vous demanderez pourquoi on ne nous a pas déjà attaqués.

Aliver se dit qu'il devrait le souffleter. Le gifler et le défier de dégainer son épée. Personne ne pouvait s'attendre à une réaction moins vive en réponse à une condamnation aussi délirante de la nation. À moins qu'il ne le dénonce, et qu'il laisse les officiers l'interroger. N'était-ce pas là son devoir ? Et si Hephron s'apprêtait à les trahir ?

— Mes excuses si je vous ai offensé par mes propos, dit Hephron sans paraître les regretter le moins du monde. Ce n'est pas contre vous que je suis en colère. Vous n'êtes qu'un pion dans tout cela, comme moi. Mais c'est moi qui vais devoir risquer ma peau. Moi et Melio ici présent, et d'autres comme nous.

Il commença à s'éloigner en rebroussant chemin, et se retourna après quelques mètres.

— Les adultes, m'a dit mon père, doivent avoir l'esprit assez large pour accepter en eux la complexité des choses. Seuls les imbéciles croient à des absolus. Vous n'êtes évidemment pas un imbécile, Aliver. Vous êtes seulement naïf.

Aliver suivit Hephron à deux pas de distance et se répéta ces propos à de multiples reprises. Il savait qu'il aurait dû éprouver de la colère et le maudire pour sa faiblesse alors qu'ils étaient menacés. Au lieu de quoi il marchait derrière lui comme s'il était aspiré par son sillage. Il compara les paroles du jeune homme à la confession sibylline du chancelier. Il réfléchissait à la gravité de leur implication quand ils atteignirent le haut des marches. Hephron se figea en découvrant le spectacle en contrebas. Pendant plusieurs secondes, immobile au sommet de l'escalier, Aliver ne parvint pas à comprendre ce qu'il voyait.

La place située au niveau inférieur, à quelques centaines de pas, baignait dans la confusion la plus totale. Les gens couraient dans tous les sens en criant. La première personne que le prince reconnut fut le général Rewlis. Au même moment, le général recevait un coup d'épée dans l'arrière de la jambe. Aliver connaissait le visage de l'agresseur, sans toutefois pouvoir mettre un nom dessus.

Rewlis posa un genou à terre et rejeta la tête en arrière pour hurler de douleur, mais son cri fut étouffé une seconde plus tard quand la même lame entailla son cou dans une frappe diagonale sous l'oreille. Le général s'écroula, le sang jaillit, et ses jambes tressautèrent dans les spasmes de l'agonie.

— Hellel ? murmura Melio.

Hephron comprit ce qu'il disait avant Aliver.

— Ce sale chien ! J'aurais pu le tuer dans son sommeil tant de fois...

L'étrangeté de cette déclaration n'aida nullement Aliver à comprendre ce qui se passait sur la place. Hellel ? Il avait fait partie des proches d'Hephron, qu'il suivait comme son ombre et dont il aurait pu terminer les phrases.

Remarquant l'air toujours ahuri du prince et son regard fixe, Hephron eut un mouvement du bras qui englobait la scène et la balayait en même temps.

— Ce sont des Meins ! Regardez-les ! Hellel, là, près de la balustrade. Et Havaran. Et Melish sur les marches. Ils nous ont trahis ! Nous aurions dû nous y attendre.

L'instant suivant il dévalait l'escalier au risque de se briser le cou. Il voulut tirer son épée mais ne put le faire que lorsqu'il arriva sur la terrasse inférieure. Aussitôt, deux adversaires se précipitèrent vers lui de deux côtés opposés. Melio le rejoignit et sa lame virevolta à une vitesse fulgurante.

Plus tard, Aliver tenterait d'être sûr de ce qui s'était produit ensuite. Il se souviendrait avoir dégainé son épée et serré les dents, s'être rué dans l'escalier... C'était exactement ce qu'il faillit faire. Il aurait tant voulu le faire. Et il l'aurait fait, si avant qu'il ne s'élance une main ne s'était refermée sur son avant-bras et ne l'avait fait pivoter sur place.

C'était Carver, le capitaine de Marah.

— Prince, dit-il, rengainez votre épée. Vous devez penser à votre sécurité.

Et il ordonna à une partie des soldats qui l'accompagnaient de l'escorter. Les autres se précipitèrent dans l'escalier derrière le capitaine. Ce fut tout. Une fois emmené à l'écart, Aliver ne vit jamais la fin de l'escarmouche. Il se retrouva « en sécurité », pendant que Melio et Hephron devenaient des guerriers.

Chapitre vingt-cinq

Thaddeus réintégra ses appartements privés après une journée épuisante passée à lutter contre la confusion qui l'habitait tout en se comportant à la face du monde comme un chancelier efficace. Son chat Mesha, qui dormait sur le fauteuil, étira une patte devant lui, puis l'autre, et salua son maître d'un miaulement léger. Il appartenait à une race commune dans le sud du Talay, avait une fourrure couleur sable, des poils ras sur tout le corps, sauf sous le ventre et la gorge. Il était une fois et demie plus gros qu'un chat normal et possédait un orteil supplémentaire à chaque patte, une singularité de sa race dont il aimait profiter quand il chassait les souris. Cela l'aidait également à se faire respecter des singes dorés qui depuis longtemps avaient appris à s'écarter prudemment de son chemin.

Pendant que Thaddeus ôtait sa cape et la plaçait sur le dossier d'un siège, Mesha sauta du fauteuil et réduisit la distance entre eux à pas lestes. L'homme étendit la main et le chat vint frotter sa tête contre les doigts offerts. Bien qu'il n'en fît jamais la confidence à quiconque, le chancelier plaçait la majeure partie de son désir d'interaction sensuelle avec les autres dans le bout de ses doigts, et il réservait ses contacts les plus intimes à Mesha. C'était tout ce qu'il lui fallait comme compagnie, à présent. Il était trop fier et réservé pour se laisser distraire par un quelconque attachement affectif à autrui, et il n'était plus question qu'il se risque à aimer plus que cela.

— Mesha, tu es ma fille adorée. Tu le sais, hein ? La folie se propage au-dehors de cette pièce, mais tu n'y es pour rien. Quelle chance tu as…

Un peu plus tard, assis avec Mesha lové sur ses cuisses, il sirota une liqueur sirupeuse au goût de pêche tout en s'efforçant d'atteindre un calme intérieur qui s'accorderait à son apparente sérénité. Il échoua complètement. L'agitation d'un pays frappé à de multiples reprises et maintenant affairé aux préparatifs de guerre était plus que suffisante pour lui chavirer l'esprit. Il avait passé la journée en conseil avec les généraux pour affronter les forces d'Hanish Mein près d'Alécia, qui était probablement son premier objectif. Ils avaient étudié tous les détails relatifs à la constitution de la plus grande armée vue dans le Monde Connu depuis l'époque de Tinhadin. La tâche était colossale, effectuée dans la précipitation et sans véritable chef pour maîtriser la réalisation de l'entreprise. Certes Aliver participait aux réunions, il ajoutait sa pierre à l'édifice commun et se comportait avec noblesse face à la situation. Mais les généraux s'adressaient en réalité à Thaddeus. Et c'était ce moment crucial de sa vie, où son rôle dans la cité se heurtait à son propre désir de vengeance, qui le déconcertait vraiment.

Il n'avait pas ouvertement accepté d'aider Hanish, mais quand il avait lu le court message du Mein, une partie de lui avait souhaité lui obéir. Peut-être avait-il servi trop longtemps un roi pour se sentir à l'aise en tant que son propre maître. Ou bien c'était une preuve du pouvoir d'Hanish, de sa capacité à plier la volonté d'autres hommes à la sienne en dépit de l'éloignement. Que faire des exigences exprimées par le Mein, qui lui intimait de capturer les enfants Akaran ? C'était aussi simple que cela. Qu'il accomplisse cette tâche pour Hanish, et Thaddeus serait vengé des Akarans. Qu'il obéisse à cet ordre et il en serait récompensé de bien d'autres façons. Il se demandait s'il pouvait se reconstruire en entrant au service des Meins. Que lui offriraient-ils en guise de rétribution ? Un gouvernorat, peut-être. Le Talay lui conviendrait, avec ces lieues carrées de prairies fertiles. Cette province était assez vaste pour qu'il s'y perde. La perspective ne manquait certes pas d'attrait.

Mais il était aussi possible qu'il ne voie pas assez grand. S'il était encore possédé de l'ambition que Gridulan avait détectée en lui toutes ces années plus tôt, il aurait trouvé un moyen de s'approprier le trône. C'est lui qui dans les faits avait la haute main sur ce qui se passait dans l'île. Compte tenu de tous ceux qui étaient déjà morts, de la confusion régnant dans les Grandes Terres et des affrontements sanglants qui se produisaient jusque dans les cours intérieures en plein Acacia, personne ne tenait les rênes du pouvoir aussi sûrement que lui. Il avait la confiance des enfants royaux, et accès à chacun d'entre eux dans leurs appartements privés. Il aurait pu aller de l'un à l'autre et tous les supprimer : un bol de lait tiède offert par un oncle bien-aimé, un gâteau au glaçage particulier, un baume très spécial sur son pouce quand il chasserait les larmes des yeux de ces pauvres orphelins... Il connaissait un grand nombre de méthodes d'empoisonnement. Il aurait pu placer un oreiller sur leur bouche endormie, les saigner d'une entaille au cou, figer leur cœur avec ce coup porté du plat de la main qu'il avait appris tant d'années auparavant. Oui, il aurait pu mettre un terme à leur existence et ainsi payer de retour la trahison de Gridulan.

— Comme tout cela est pathétique, Mesha, dit-il en caressant le dos du chat, qui leva vers lui ses yeux fendus et las. J'ai créé le chaos ! Je devrais réfléchir à l'attitude la plus sûre et l'adopter. Rien ne peut plus stopper les bouleversements imminents, je le vois aussi clairement que n'importe qui. Et ces enfants ne sont pas les innocents qu'ils semblent être. Le petit du chacal ne devient-il pas un chacal en grandissant ? Ne finit-il pas par mordre la main qui l'a nourri ? Il ne peut en être autrement. C'est folie que d'agir comme si eux ou moi pouvions être différents de ce que nous sommes. Tu vois, je peux tout exprimer avec la plus grande clarté. Mais je les aime. Là est le problème.

Mesha commençait à s'assoupir quand Thaddeus se leva et le déposa sur le sol. Il était irrité d'avoir parlé ainsi, même si c'était uniquement à un chat. Il alla ouvrir le placard encastré dans le mur près de son lit et en sortit la pipe à brume qui appartenait encore au roi il y a peu. Étrange qu'il vienne si tard à ce vice. Étrange qu'il ait passé toute une vie avant de comprendre le véritable besoin de l'oubli. Il savait que dès demain matin, il devrait de nouveau affronter des décisions à prendre ou à ne pas prendre, mais d'ici là il ne souhaitait qu'une chose : tout oublier, ou du moins atteindre un état où plus rien n'aurait d'importance.

Plus tard, il fut tiré de ce néant ténébreux, sans rêve ni pensée. Ce qui l'extirpait de cet endroit était d'une force irritante. Il lui semblait qu'une poigne de fer s'était refermée sur une portion de son être et l'entraînait vers la conscience. Il roula sur le dos, avec l'espoir que ce changement de position l'aiderait à replonger dans le sommeil, car il n'était pas encore l'heure pour lui de se lever. Il sentit une pression au pied du lit, qu'il mit sur le compte de Mesha. Le chat agrippait parfois une de ses jambes et plantait ses griffes dans la chair de quelque proie imaginaire.

Alors une voix déclara :

— Lève-toi et fais-moi face.

Thaddeus voulut lancer un cri pour alerter ses gardes, mais avant que le moindre son ne sorte de sa bouche, le reste de son corps obéit à l'ordre. Il se redressa d'un bloc, et sa vision s'éleva pour s'adapter à sa nouvelle posture. À ceci près que... son corps réel ne bougea pas. Sa poitrine, ses bras et sa tête n'avaient pas suivi. Il se mit à la verticale, mais d'une façon incompréhensible il laissa son enveloppe corporelle étendue sur le lit. C'était comme s'il s'était glissé hors de sa peau avec une légère secousse. Il sentait ses organes, ses muscles et ses os abandonner son esprit. Son corps le libéra et il se retrouva assis, la partie inférieure de son être toujours contenue à l'intérieur de son bassin et ses jambes, la partie supérieure devenue un esprit obéissant, au garde-à-vous.

Devant lui, au pied du lit, était suspendue dans l'air la forme vague d'un homme. Elle avait approximativement les contours d'un corps, mais Thaddeus pouvait voir à travers l'apparition la pièce à peine éclairée qui se trouvait derrière. L'être générait sa propre lumière. Dans ses yeux gris virevoltaient des points brillants. Ils étaient ce qu'il y avait de plus visible chez lui, deux orbes de feu autour desquels le reste de la créature s'assemblait. Ils étaient la seule partie de l'apparition qui semblât assez solide pour être touchée, et pourtant l'énergie qui les illuminait scintillait derrière eux par vagues, baissant puis augmentant de nouveau, comme s'il y avait en eux la lumière de la lune parfois cachée par les nuages. Ces yeux dessinaient les traits du visage et conféraient une certaine solidité à ses épaules et ses bras, mais la partie inférieure du corps se dissolvait dans le néant.

La forme parla encore. Sa voix paraissait affaiblie par la distance, creuse comme si les mots étaient prononcés à travers un long tube. Malgré les intonations sépulcrales, ils étaient d'une franchise qui frappa Thaddeus comme une gifle.

— Thaddeus Clegg, chien, j'ai à te parler.

Stupéfait, Thaddeus regarda fixement l'apparition. Comment était-ce possible ? Il voulut afficher une moue dédaigneuse pour montrer ce qu'il pensait de l'intrusion de l'homme, quelle que soit la sorcellerie à laquelle il recourait. C'était une réaction instinctive, mais l'expression était difficile à tenir car l'éclat des yeux était quasiment hypnotique. Pourquoi n'appelait-il pas les gardes d'un cri ? Il serait facile de le faire, il le savait, pourtant quelque chose l'en empêchait et le maintenait dans l'emprise de ce regard. Il devait d'abord identifier cet être. C'*est la clef de la situation*, se dit-il. Il sentit un nom monter dans sa gorge, un nom qui s'imposait naturellement à lui. Il suffisait de le prononcer pour qu'il devienne réel.

— Hanish ?

L'autre sourit, visiblement satisfait d'avoir été reconnu.

— Comment est-ce possible ?

— Par le voyage dans le rêve, dit la forme. Tu es endormi sans être endormi ; je suis éveillé en esprit et très éloigné de mon corps endormi. Je le sens qui veut me faire revenir en ce moment même, pour que je réintègre mon enveloppe corporelle. Nos esprits n'aiment pas quitter nos corps, Thaddeus. C'est assez ironique, si l'on considère qu'à cause de la malédiction qu'est leur existence les gens de mon peuple ne songent qu'à échapper au fardeau de la chair, mais c'est vrai. Je suis aussi étonné que toi que nous conversions ainsi. Nous n'avons jamais été assez proches l'un de l'autre, et j'ignorais si tu avais le don. Tout le monde ne l'a pas, vois-tu. Entre mes frères et moi il y avait toujours le silence. Il n'est pas toujours possible de comprendre l'ordre des choses...

La manifestation d'Hanish s'évanouit dans l'obscurité puis réapparut un instant plus tard, brillant d'un éclat plus vif.

— Je suis heureux que tu m'aies reconnu aussi vite, mais je ne suis pas venu pour d'aimables bavardages.

Quelque chose dans le ton employé par le Mein sembla très étrange à Thaddeus, assez en tout cas pour qu'il se concentre non seulement sur ses propos, mais aussi sur la façon dont ils étaient exprimés. Il était difficile de percer Hanish à jour à cause des distorsions induites par l'éloignement, mais il y avait bien un homme qui tenait ce discours, et le chancelier avait toujours été doué pour décrypter les motivations cachées des individus.

— Les enfants sont-ils en sécurité ? demanda le Mein.

— Les enfants ? N'ayez aucune crainte pour eux. Ils ne représentent aucun danger réel pour...

— Tu ne les as pas molestés, n'est-ce pas ? interrompit Hanish, avec une pointe d'inquiétude.

L'image s'estompa un moment, et Thaddeus en profita pour réfléchir. Dans les yeux d'Hanish il voyait que le Mein lui dissimulait un élément d'importance. Il ne mentait pas véritablement, mais il y avait derrière ses paroles un intérêt qu'il s'évertuait à lui cacher.

— Bien sûr que non, répondit-il quand la forme d'Hanish reprit sa brillance antérieure. Je les ai gardés ici, près de moi, en sécurité à tous égards...

— Il est important qu'ils survivent. Compris ? Leur vie signifie beaucoup pour moi. Je suis ici pour te dire une fois de plus que, lorsque tu me les livreras, tu seras récompensé. Nous en parlerons dans des moments plus calmes, et tu n'auras pas à le regretter. Tu peux me croire. Je ne suis pas un de ces bonimenteurs d'Akarans. Je dis la vérité. Mon peuple le fait toujours.

Thaddeus comprit subitement ce qu'Hanish lui taisait. C'était là, derrière cette affirmation que les Meins disaient toujours la vérité. Ce n'était pas une fanfaronnade, mais une déclaration de la fierté d'une nation. Les Meins avaient toujours affirmé qu'ils avaient été bannis dans le Nord parce qu'ils avaient dénoncé sans détour les crimes des Akarans. Et ils croyaient aussi qu'ils avaient été maudits. Les Tunishnevres... C'est cet élément que Thaddeus n'avait pas encore pris en considération. Ce n'était qu'une légende pour les Acacians, mais peut-être bien plus pour les Meins eux-mêmes.

Jusqu'à maintenant, il n'avait pensé qu'à la très ancienne haine que les Meins nourrissaient envers Acacia, à leur convoitise de ces terres agréables, à la richesse qu'ils s'approprieraient s'ils régnaient sur l'île et au plaisir qu'ils auraient à vaincre enfin leurs ennemis séculaires. Mais il n'avait pas creusé assez profondément les motivations d'Hanish. Il n'avait pas compris avant cet instant qu'il ne s'agissait pas d'une guerre avec pour seule visée des biens terrestres. Le Monde Connu constituait certes le champ de bataille, mais la cause pour laquelle combattait Hanish s'étendait sur d'autres plans de l'existence. Il devait croire que ses ancêtres étaient enfermés dans un purgatoire éternel, et il voulait rompre la malédiction jetée sur eux pendant la Répartition et libérer les Tunishnevres. D'après la légende, cette prouesse ne pouvait être accomplie que d'une façon. En se la remémorant, Thaddeus se dit que soit Hanish était dément, soit le monde était un lieu de mystères bien plus obscurs qu'il ne l'avait senti.

Ces pensées vinrent au chancelier en l'espace d'un instant, et Hanish ne sembla pas remarquer ce qui changeait chez son interlocuteur.

— Réunis-les auprès de toi, dit-il. Veille sur eux pour moi. S'il leur arrive quoi que ce soit, je transformerai ton existence en une souffrance sans fin. C'est un cadeau que je peux te faire très aisément. Ne mets pas plus en doute l'ampleur de ma générosité que celle de ma colère.

— Je n'ai aucun doute sur l'une comme l'autre, répondit

Thaddeus. Soyez assuré que j'attends votre arrivée ici, avec les enfants à mes côtés.

La lumière vacilla dans les yeux d'Hanish, puis s'éteignit. Sa forme ondula et se brouilla comme la vapeur dispersée par le vent. Thaddeus eut l'impression très nette de retomber vers son corps. Il réintégra son enveloppe physique et sentit de nouveau sa peau l'entourer. *Je n'obéirai pas*, se dit-il. *Je ne suis pas un serviteur. Je suis libre d'agir à ma guise...*

Il se le répéta encore et encore tandis que la pesanteur du sommeil investissait son être. Il craignait de se souvenir d'une partie de la nuit et d'en oublier une autre. Il lutta contre l'engourdissement afin de se remémorer cette révélation, car elle bouleversait tout : Hanish croyait qu'il pouvait lever la malédiction accablant les Tunishnevres s'il tuait un héritier de la dynastie des Akarans. Seules les gouttes du sang akaran le plus pur pouvaient instiller la vie chez ses ancêtres maudits. Si Hanish parvenait à ses fins, les enfants que Thaddeus aimait – ces quatre enfants dont il aurait tant voulu qu'ils fussent siens et à qui il avait consacré toute l'affection qu'il aurait donnée à sa propre progéniture – seraient écartelés sur l'autel du sacrifice, tailladés et vidés de leur sang dans une mort longue et atroce. Si la malédiction de Tinhadin était une réalité et non un mythe, et si elle pouvait être inversée, vingt-deux générations de guerriers meins reviendraient de la mort. Ils parcourraient de nouveau cette terre et leur vengeance ravagerait le monde.

Cette évidence eut raison des dernières hésitations de Thaddeus. Il ne pouvait prendre le pouvoir, pas plus qu'il ne pouvait laisser Hanish déchaîner un nouvel enfer sur terre. Il y avait cependant une prière qu'il était en mesure d'exaucer. Il aurait dû le faire depuis longtemps. Cela, il le savait maintenant avec une certitude plus absolue que toute autre croyance dans ses allégeances contradictoires. Il avait déjà décidé que les enfants devaient être envoyés au loin. Et il allait réaliser le plan dont Leodan Akaran avait rêvé pour ses héritiers si le sort devait l'emporter avant qu'ils n'aient atteint l'âge adulte. Thaddeus connaissait ces mesures en détail, et il avait le pouvoir de les exécuter. Lui seul dans le monde entier en était capable. Les enfants eux-mêmes ne pouvaient imaginer de quoi il s'agissait, pas plus qu'ils ne devaient être mis au courant. Aliver le détesterait pour avoir agi ainsi. Il y verrait probablement le pire des destins et accuserait le chancelier d'être un traître.

C'était juste, songea Thaddeus. Horrible et juste : une vérité et un mensonge.

CHAPITRE VINGT-SIX

QUAND HANISH S'ÉVEILLA DE SA CONVERSATION ONIRIQUE avec le chancelier, une foule de tâches l'attendaient. Sa flotte descendit le fleuve Ask jusqu'à ce que celui-ci la crache dans la Mer intérieure. Malgré son envie de mettre le cap sur Acacia, il savait qu'il devait encore patienter et ne le faire qu'au moment voulu. Il rassembla ses navires survivants à l'embouchure du fleuve. Ils dérivèrent ensemble le temps de faire le point, de récupérer les traînards et de s'apporter mutuellement l'aide disponible. Il découvrit que son armée n'était pas en aussi mauvais état qu'il l'avait craint, voire dans de meilleures dispositions que prévu, car ses hommes rongeaient leur frein et désiraient avant tout accoster et engager le combat. La ferveur pour leur mission les habitait, et ils étaient impatients de le prouver par l'épée.

Hanish les garda à bord pendant qu'il recevait des nouvelles par pigeons voyageurs. Il apprit ainsi que la première grande bataille de la guerre entre Hanish Mein et les Akarans n'avait impliqué aucune troupe meine ou acaciane. À la tête d'une armée, le prince Igguldan avait affronté les Numreks à Aushenguk. Guerriers, fermiers, marchands et prêtres venus de tous les coins du royaume s'étaient réunis sur le champ de pierraille pour défendre leur nation. Igguldan avait rassemblé une armée forte de près de trente mille hommes. L'ennemi, quant à lui, ne dépassait pas les six mille guerriers.

Mais à tous points de vue les Numreks étaient effrayants. Ils formaient une horde beuglante rappelant vaguement des humains, mais avec des différences grotesques, un spectacle ahurissant pour les Aushéniens qui les virent approcher. Ils avaient rasé en partie l'abondante toison de leurs montures pour les adapter au temps. Des portions de fourrures adhéraient encore à leur corps massif, et des cicatrices laissées par les cisailles marquaient leur cuir grisâtre ici et là. Elles ressemblaient à des créatures malades, mais malgré cette apparence elles trottaient avec toute l'assurance massive de leurs corps bardés de muscles.

Par ailleurs, les Numreks firent usage d'une arme qu'ils n'avaient pas encore révélée : la catapulte. C'étaient des engins étranges qui propulsaient des boules de feu grosses comme un demi-homme. Quand leurs bras se détendaient, les sphères jaillissaient juste au-dessus du sol, rebondissaient en arcs longs et arrachaient des mottes de terre au sol à chaque impact. Leur puissance était telle qu'elles creusaient des trouées dans les rangs des troupes aushéniennes. Elles écrasaient les hommes qu'elles touchaient de plein fouet, brisaient le corps de ceux qu'elles effleuraient, en décapitaient certains. L'attaque prit le jeune prince au dépourvu, tout comme la boule incandescente qui déchiqueta son torse. Avec lui périrent les efforts de résistance de sa nation, en un seul après-midi. Ce fut une tragédie pour les Aushéniens, bien sûr, et une douce musique aux oreilles d'Hanish quand il apprit la nouvelle.

L'arrivée de Maeander en Candovie fut tout aussi efficace. Comme ils l'avaient décidé, Maeander avait fondu sur les clans l'un après l'autre, poussant chacun à une rébellion active ou l'obligeant par la force à se soumettre. Les Meins avaient semé les graines de cette invasion des années auparavant, par l'envoi d'agents qui avaient pour mission de dénicher des alliés et de propager le mécontentement dans la populace. Les Candoviens étaient des combattants féroces, prompts à s'emporter et fiers, par là assez comparables aux Meins. Ils étaient également indisciplinés et faciles à exploiter. Les Acacians avaient fait en sorte qu'ils soient ainsi, en favorisant d'abord un clan, puis un autre, en fomentant la discorde parmi eux afin que dans leurs chamailleries ils ne focalisent jamais leur animosité sur leur véritable ennemi. Maeander maîtrisait tous les aspects de la persuasion, qu'elle soit brutale ou non, et il tira avantage de cette situation. Par l'intermédiaire d'un messager, il promit d'amener toute la Candovie avec lui en traversant les montagnes du Senival, une force qui triplerait celle avec laquelle il était arrivé sur le territoire. Il faudrait peut-être les mater après la guerre, mais pour l'instant il préférait s'en faire des alliés.

Acacia elle-même implosait. Hanish n'avait eu aucune certitude sur la manière dont ses soldats servant les Acacians loin de leur terre natale réagiraient à sa déclaration de guerre. Il nourrissait certains espoirs, bien entendu. Chaque Mein n'avait-il pas juré de répondre à l'appel à la guerre de sa nation, où qu'il se produise et à n'importe quel moment ? Il craignait toutefois que toutes ces années passées loin des terres ancestrales n'aient affaibli leur détermination. En revanche, les Tunishnevres ne doutaient jamais. Ils lui affirmèrent que leur emprise sur les soldats du Mein était toujours aussi puissante. Et ils disaient vrai. Dans tout l'empire, les guerriers meins entrèrent en rébellion ouverte dès que la nouvelle les atteignit. Ils se jetèrent sur les ennemis qu'ils appelaient camarades quelques minutes plus tôt.

Sur Acacia, les trente-trois soldats meins du régiment acacian et les quatre nouvellement débarqués d'Alécia tirèrent l'épée et massacrèrent la moitié des officiers acacians de l'île, une tâche rendue plus aisée par l'effet de surprise. À Aos, cinq Meins s'enduisirent le visage de sang et se rendirent au marché, où ils tuèrent tous les gens qu'ils trouvèrent sur leur chemin. D'autres empoisonnèrent les fontaines des lieux de villégiature situés à l'est d'Alécia. Et un soldat isolé stationné dans un des avant-postes des Grandes Terres se transforma en assassin, exécutant ses officiers supérieurs et plusieurs personnages officiels locaux dans leurs lits avant d'être capturé. Tous se sacrifièrent, car aucun de ces rebelles ne souhaitait être pris vivant. Sans aucun doute les Tunishnevres les encouragèrent-ils à agir de la sorte et exigèrent que par la mort ils se rachètent de l'infamie d'avoir servi les Akarans.

Dans le Talay uniquement, le soulèvement fut déjoué avant même de commencer. Des ordres acacians de prudence atteignirent Bocoum presque en même temps que l'annonce de la guerre, et les soldats meins furent mis aux fers avant d'avoir pu prendre les armes. C'était un échec malheureux, mais limité. Dans l'ensemble, Hanish était fier de son peuple. Selon les estimations les plus raisonnables, les révoltes avaient réduit de près d'un quart les forces armées de l'empire, à la fois par les vies que prirent les épées et par le nombre de soldats détournés de leur rôle premier. Les Acacians trébuchèrent dès le début, et n'entreprirent aucune action décisive. Quelle grande nation, en vérité ! Quelques semaines seulement après que la mort de Leodan Akaran eut déclenché cette guerre, le chef des Meins n'avait aucune raison sérieuse de penser qu'il avait commis une erreur en impulsant le conflit. Et il ne s'était pas encore servi de son arme la plus redoutable.

La bataille principale devait avoir lieu dans les vastes champs s'étendant à l'est d'Alécia. On n'avait pas encore semé, à cause des troubles. Les Acacians rassemblèrent ce qu'ils espéraient être une grande armée. Leurs moyens de transport avaient été paralysés quand la Ligue des Vaisseaux avait fait appareiller ses navires du jour au lendemain sans donner aucune explication, mais d'autres étaient venus au secours de l'empire avec des bateaux de pêche, des bacs, des barges et des navires de plaisance, des yoles et des canoës. Sur terre, marchands et négociants prêtèrent leurs chariots, leurs chevaux et leurs mules. Grâce à cette mobilisation, les soldats purent converger vers Alécia. À quel commandement se ralliaient ces forces ? Ce n'était pas clair. Des déclarations martiales furent faites au nom du prince Aliver Akaran, mais le jeune homme lui-même était gardé au secret, comme il convenait à Hanish.

— Quelle obligeance de la part de celui qui les dirige de les rassembler tous en un seul endroit, afin que nous puissions disposer d'eux d'un coup, d'un seul, dit Haleeven. À la réflexion, peut-être devrions-nous leur accorder plus de temps pour se regrouper.

— La courtoisie l'exige, en effet, répondit Hanish.

Quand les forces meines débarquèrent à quelques jours de marche de l'ennemi, elles ne se mirent pas tout de suite en mouvement vers lui. Elles établirent un immense campement et prirent le temps de s'y détendre et s'y divertir. Le climat était si doux que les hommes se dévêtirent et sentirent le contact de l'air sur des endroits de leur corps qui n'avaient pas eu cette chance depuis des mois. Ils étaient d'une pâleur fantomatique, recouverts d'une croûte de peaux mortes, et ils rosirent très vite sous le soleil du printemps des Grandes Terres. Ils organisèrent des jeux mettant en avant les prouesses physiques : courses à pied et concours de lutte, confrontations à l'épée et à la lance, lutte à la corde, celle-ci étant remplacée par deux hommes s'agrippant solidement. Dix ou douze hommes soulevaient chacun des deux guerriers choisis et tiraient en arrière de toutes leurs forces pour déséquilibrer l'équipe adverse avant que l'un des deux hommes ne lâchât prise. Par bien des côtés ces quelques jours ressemblèrent beaucoup à leur fête de l'été, car le temps était aussi agréable qu'au plus fort de l'été à Tahalian. Nombre de guerriers dansèrent même le Maseret. Ils burent le vin, la bière et les alcools qu'ils razziaient dans les villages voisins. Bien qu'il arrivât à certains d'être complètement ivres, ils se réveillaient toujours plus énergiques et alertes que les adeptes de la brume.

Cette période se révéla excellente pour le moral des troupes, et quand elles marchèrent vers l'ennemi, ce fut au son des chants. Hanish, qui allait à cheval au côté de son oncle, ne s'était jamais senti autant au centre des événements de ce monde. Derrière lui, une marée humaine piétinait le sol, entonnant les légendes de leur peuple. Chacun d'eux avait la chevelure paille des Meins, était plus grand et parfait de corps, vêtu de bandes de cuir serrées pour se protéger. Innombrables étaient les casques et les pointes de lance qui brillaient au soleil, innombrables les yeux gris-bleu. Ils portaient toujours les clochettes exigées par les Tunishnevres, qui produisaient à elles seules un fracas d'une ampleur réjouissante. Hanish ne pouvait contempler cette armée sans être submergé par l'émotion. Et il était impatient de voir le premier de leurs ennemis.

Quelle armée ces Acacians avaient réunie ! Quarante, peut-être cinquante mille hommes immobiles dans les champs telle une nouvelle récolte récemment surgie du sol retourné. Plus de trois fois le nombre des Meins, de toutes les tailles et couleurs, hommes et femmes qui illustraient la variété extrême des sujets d'Acacia. Le regard d'Hanish s'élança au-delà de cette armée, vers la grande muraille de pierre qui s'étendait du nord au sud, d'un bord du monde à l'autre. Alécia se trouvait à des lieues de l'autre côté de cet obstacle, mais derrière l'armée acaciane se dressait la première barrière érigée des années plus tôt contre des ennemis tels que lui et ses frères. Il y avait une beauté irrégulière dans la réalisation de la muraille, formée de blocs de tailles et de couleurs diverses. Il aurait pu s'agir d'une mosaïque grossière sans motif défini, et pourtant quelque chose dans la vaste palette de teintes, de matières et de tailles attirait l'œil d'un endroit à l'autre.

Hanish connaissait l'histoire de la construction de ce mur. Édifus avait ordonné son édification en dépit du fait qu'il était difficile de trouver des pierres adéquates dans la région. En réponse, l'une après l'autre les nations lui avaient envoyé des émissaires avec des pierres taillées et des ouvriers pour les assujettir à l'ensemble. La nouvelle de cette entreprise s'était répandue, et même les plus petites tribus vivant aux confins de l'empire avaient fait une offrande de pierre et de main-d'œuvre pour construire le mur. Celui-ci représentait donc la première acceptation symbolique de l'ordre mondial qu'Hanish souhaitait maintenant abolir.

À cet instant, il n'aurait pu dire si la muraille lui paraissait plus ou moins impressionnante qu'il se l'était imaginé. Elle était les deux tout à la fois. Il savait que quelque part se trouvait une pierre noire, un bloc de basalte géant taillé à la base des montagnes près de Scatevith. Il le reconnaîtrait quand il le verrait. Le nom d'Hauchmeinish y était gravé dans un coin. Il retrouverait cette pierre et la ferait desceller. Ce n'était pas une offrande que les Meins avaient faite de bon cœur, et il serait heureux de la récupérer.

La coutume avait toujours voulu que les chefs se rencontrent avant la bataille, dans l'éventualité où leurs différends puissent se régler, même au dernier moment. Peut-être s'étaient-ils mutuellement mal compris. Peut-être un des camps avait-il des doutes, ou des regrets de dernière heure. Hanish ne refusa pas ce rituel aux Acacians quand ils demandèrent à parlementer.

Haleeven le trouva dans leur nouveau campement, assis sur un tabouret, à l'intérieur d'une zone entourée de draps tendus entre des lances fichées en terre. Le chef ne désirait rien de plus qu'un espace privé où il pouvait prier et communier avec les Tunishnevres, quoique en réalité Hanish se sente très éloigné de ses ancêtres depuis qu'ils avaient descendu le fleuve Ask vers le sud. Il devinait leur présence comme l'odeur lointaine de la nourriture apportée à un homme affamé sur les ailes du vent, mais ce n'était rien en comparaison de l'intensité de leur proximité quand il était à Tahalian. La certitude palpable de leur soutien lui manquait, en particulier alors qu'il s'apprêtait à déclencher l'enfer sur terre.

Son oncle écarta les draps de ses deux mains et entra.

— Es-tu prêt ?

— Oui, répondit Hanish en contrôlant sa voix pour qu'elle ne trahisse aucune note d'incertitude. J'écoutais ce chant d'oiseau. L'as-tu entendu ? Il chante le matin, et aussi le soir. C'est comme... du cristal qui se brise. Je veux dire que ce chant a la pureté, la beauté glacée du cristal se brisant, mais capturé dans un chant d'oiseau et délivré dans l'air. Je n'ai jamais rien entendu de tel.

— Nos oiseaux n'ont pas grand-chose à chanter, dit Haleeven.

Hanish était vêtu d'une tenue très similaire à celle portée pour danser le Maseret. Un thalba blanc enserrait son torse, donnant un peu de rigidité à son port. Ses tresses avaient été ramenées en arrière et liées dans une lanière de cuir de bœuf. Il était armé de son couteau – tout comme Haleeven –, glissé à l'horizontale dans son étui de ceinture. Mais aucun des deux hommes ne pensait à sa lame ou à toute autre arme conventionnelle. Haleeven tenait l'arme du jour entre son pouce et ses autres doigts. C'était un boîtier en argent de petites dimensions.

— Dois-je l'ouvrir ? demanda-t-il.

Comme aucune réponse négative ne venait, il fit jouer le petit fermoir et ouvrit le boîtier, qu'il inclina vers son neveu. À l'intérieur, un échantillon de tissu reposait dans l'écrin de métal, replié trois fois. Sa façon était grossière, très semblable à celle des vêtements portés par les nobles meins. On discernait les traces d'un motif, mais des liquides avaient imprégné le tissu et dessiné d'autres formes. Hanish le contempla un très long moment.

— Cette chose a tué mon grand-père, dit-il enfin.

— Qu'elle massacre maintenant l'ennemi, répondit Haleeven.

Hanish tendit la main, pinça le tissu entre ses doigts et l'approcha de sa poitrine. Il le coinça sous un repli de son thalba, dans le creux sous le muscle pectoral droit.

— Souviens-toi de repousser la bataille de deux jours, dit son oncle. N'oublie surtout pas de faire en sorte que cela soit.

Un peu plus tard, Hanish se trouva face à un demi-cercle d'Acacians aux prunelles sombres, chacun d'entre eux vêtu de la tenue d'apparat de sa nation, dans des tons d'orange frangés de rouge, avec des armures pareilles aux écailles polies d'un poisson argenté. Un des Acacians ouvrit la rencontre selon le rituel, en demandant la présence du Dispensateur et en invoquant le nom d'anciens Acacians. Hanish ne le supporta pas.

— Qui parmi vous parle au nom des Akarans ? interrompit-il.

— Moi, fit un jeune homme en s'avançant de deux pas.

C'était un noble au port altier et au corps puissant, qui affectait l'attitude faussement détendue de l'escrimeur.

— Hephron Anthalar.

— Anthalar ? Donc tu n'es pas un Akaran ? Je pensais rencontrer Aliver Akaran en personne, aujourd'hui. Pourquoi n'est-il pas là ?

Hephron parut embarrassé par la question, et quelque peu irrité. Il ne put s'empêcher d'effleurer de la main le pommeau de son épée.

— J'ai l'honneur de parler pour... pour le roi. Nous lui avons affirmé que vous n'étiez pas digne d'être mis en sa présence.

Hanish s'était attendu à voir le roi lui-même. Il s'était imaginé l'avoir en chair et en os devant lui, et pouvoir le toucher de ses propres doigts. Il lança un regard à Haleeven, si rapide que nul n'aurait pu se douter de ce que les deux hommes échangeaient ainsi. Visiblement son oncle estimait qu'il devait continuer à agir selon le plan prévu. Ce n'était peut-être qu'un simple imprévu sans gravité...

Se retournant vers Hephron, Hanish afficha une moue de dérision.

— Ainsi donc, à la place de ton couard de monarque tu es là pour répondre des péchés des Akarans ? Quel peuple étrange vous faites, à vous laisser mener par des hommes qui ne sont même pas des chefs.

— Je ne suis pas venu répondre des péchés des Akarans. Je suis ici pour m'assurer que vous serez châtié pour les vôtres. Et effacez ce sourire de votre visage ! Je veillerai à ce que vos lèvres soient scellées avec du fil métallique avant le coucher du soleil, demain.

Hanish eut un geste vague en direction de sa bouche, comme pour nier toute raillerie dans son expression.

Un autre des Acacians prit la parole. C'était Relos, le chef militaire des forces acacianes, un homme de grande taille, au corps anguleux et aux cheveux ras poivre et sel. Pendant un moment il parla de la puissance militaire qu'ils avaient rassemblée. Ils étaient nettement supérieurs en nombre aux hommes d'Hanish, dit-il, et ce n'était là qu'une partie de l'armée encore à la disposition de l'empire.

— Alors, qu'avez-vous à proposer ? C'est vous qui nous avez amenés à cet instant. Devrons-nous aller à l'affrontement, ou êtes-vous prêt à reconnaître vos torts et en acceptez-vous les conséquences ?

— Reconnaître mes torts ? Oh ! une telle pensée ne m'effleure pas l'esprit.

— Je suis Carver, de la famille Dervan, dit un troisième Acacian. J'ai mené notre armée contre la Discorde Candovienne il y a quelques années. Je connais le champ de bataille, et je sais comment nos troupes se comportent quand elles sont mises à l'épreuve. Vous ne pouvez espérer l'emporter sur nous.

Hanish haussa les épaules.

— J'estime différemment la situation, et tu as ma déclaration de guerre. Engageons la bataille dans deux jours pleins.

— Dans deux jours ? répéta Hephron en interrogeant du regard Relos et les autres généraux, dont aucun ne protesta.

— Oui, fit Hanish, nous avons pensé que cela vous conviendrait. Vous ne devriez pas y voir d'objection, puisque vos rangs grossissent chaque jour. Pendant ce délai je ne recevrai aucun renfort, mais je préparerai mes hommes par la prière. Vous ne nous refuseriez pas une telle demande ?

— Très bien, qu'il en soit ainsi, déclara Hephron. Dans deux jours.

Les autres Acacians firent demi-tour pour repartir, mais Hephron ne bougea pas. Il soutint le regard d'Hanish sans vouloir le laisser aller, mais sans trop savoir comment y parvenir. Finalement, il dit :

— Leodan était un bon roi. Vous avez commis une erreur désastreuse en vous en prenant à lui.

— Vraiment ? dit Hanish en approchant d'un pas. Laisse-moi t'expliquer une chose. Mon ancêtre Hauchmeinish était un homme plein de noblesse. Il représentait la droiture quand votre Tinhadin était consumé par la folie du pouvoir. Hauchmeinish a parlé à Tinhadin comme le ferait un ami, un frère.

Avant qu'Hephron ne puisse parer le geste, le Mein étendit la main qu'il tenait posée sur sa poitrine et en plaça la paume sur l'épaule du jeune homme. L'Acacian eut un mouvement de recul et se tendit, prêt à riposter. Hanish donna une pression légère à sa main, eut une moue innocente et par toute son attitude fit comprendre qu'il n'était pas une menace. Cette proximité physique, voulait-il dire, était nécessaire pour que son message soit bien compris.

— Hauchmeinish a dit à Tinhadin qu'il était possédé par les démons. Il lui a demandé de se rendre compte qu'il avait massacré ses frères, chassé la magie du monde et vendu les gens en esclavage. Mais ton souverain n'a pas voulu écouter. Il s'est retourné contre Hauchmeinish et lui a coupé la tête. Il a maudit son peuple – mon peuple – et nous a bannis sur le plateau gelé où nous vivons depuis. Ce que je te dis là est la stricte vérité. Hauchmeinish avait raison. Ton empire est celui du mal, et pendant toutes ces années il a prospéré sur la souffrance des gens. Je suis venu mettre fin à ce règne et, crois-moi, beaucoup chanteront mes louanges pour l'avoir fait. Ne te rends-tu pas compte que ces choses sont vraies ?

Les muscles et les tendons du cou d'Hephron saillirent comme si tout son corps était soumis à une tension extrême.

— Non, je ne pense pas que ces choses soient vraies.

Pendant plusieurs secondes, Hanish ne bougea pas. Il scruta le visage du jeune homme de son regard gris mélancolique, triste comme quelqu'un qui sait que la seule manière d'affronter une tragédie est de le faire avec humour.

— Je respecte ta colère. Crois-moi, je la respecte. Nous nous reverrons bientôt, mais je m'efforcerai de me souvenir de toi tel que je te vois maintenant.

Il ôta sa main de l'épaule d'Hephron et la lui passa sur la joue en une caresse fugitive. Hephron recula la tête, mais pas avant que les doigts du Mein n'eussent effleuré ses lèvres. Le jeune soldat était sur le point de dégainer son épée, mais déjà Hanish avait tourné les talons et s'éloignait.

— Je te tuerai de mes propres mains ! s'écria le jeune homme. Cherche-moi dans la bataille. Si tu en as le courage !

Pauvre gamin, songea le Mein sans ralentir son pas. *Il n'a pas idée de la puissance d'un simple contact de la main, il n'imagine pas ce qui l'attend.*

À l'aube, deux jours plus tard, Hanish alla se placer à la pointe de ses troupes. Ils avancèrent sur la plaine nappée de brouillard. La vapeur bleutée et diaphane se dissipa rapidement quand l'œil rougeoyant du soleil apparut sur l'horizon et éclaira la scène du carnage à venir. Mais, comme il l'avait prévu, aucune armée en formation ne les attendait de pied ferme. Ils traversèrent sans rencontrer la moindre opposition les champs sillonnés, ces carrés géométriques qui auraient dû constituer le champ de bataille. Sans s'arrêter ils arrivèrent à l'entrée du camp acacian. Personne pour les affronter, nulle ligne de soldats, aucune armure brillante, rien de toute cette grande armée qu'ils avaient découverte deux jours plus tôt.

Le camp n'était que désolation et fumeroles. Les feux de cuisine allumés la veille au soir s'étaient éteints et ne dégageaient que de minces volutes de fumée. Les corbeaux, que l'odeur et les détritus de tant de personnes rassemblées attiraient toujours, s'étaient posés en grand nombre sur le sol, le toit des tentes et un peu partout. Dans le ciel, les vautours décrivaient leurs cercles patients et réguliers. De l'ensemble se dégageait une atmosphère lugubre, mais c'étaient les corps humains qui ajoutaient l'horreur à cette scène.

Autour des feux et dans les allées entre les alignements de tentes, dans chaque endroit découvert, des corps gisaient dans la poussière. Une multitude de corps. Soldats, aides et artisans, tous ces gens qui formaient l'armée acaciane. Tous avaient roulé au sol et y étaient prostrés, s'y contorsionnaient de souffrance ou contemplaient fixement le ciel, bouche ouverte, visage luisant de sueur et crispé par la terreur, la plupart du temps marqué de taches rougeâtres ayant la taille et la forme de têtards.

Hanish fit halte pour contempler ce spectacle. Le camp baignait dans un brouhaha étouffé qui donnait la chair de poule. De fait l'air était empli de sons, une cacophonie en sourdine faite de halètements et de geignements. Tous ces hommes étaient la proie d'une souffrance atroce. Très peu d'entre eux étaient encore assez conscients pour seulement remarquer l'arrivée de l'armée ennemie. Pour la plupart ils n'eurent aucune réaction. Hanish comprenait parfaitement ce qu'ils enduraient, et à cet instant il aurait eu du mal à dire s'il se réjouissait de ce qu'il leur avait infligé ou s'il en concevait de la honte.

Les troupes meines ne purent se contenir plus longtemps. Les guerriers déferlèrent autour d'Hanish, l'épée tirée, la lance effectuant un mouvement de piston au rythme de leur course. Les Acacians gisaient tels des milliers de poissons échoués au sec et impuissants. Les soldats meins se dispersèrent entre eux et les transpercèrent de leur lance ou les égorgèrent de leur lame. Certains poursuivirent les très rares Acacians encore sur pied. Hanish lui-même ne fit pas couler le sang. Il se contenta de déambuler au cœur de cette boucherie et observa de son regard gris et froid ses hommes qui se livraient au massacre. Il avait fait passer le mot : il cherchait un Acacian en particulier, qu'il ne voulait pas que l'on tue avant qu'il lui ait parlé. Un soldat finit par lui rapporter le renseignement désiré. Hanish trouva l'homme dans une grande tente acaciane au montage élaboré.

Hephron n'avait pu s'écarter que de quelques pas de sa couche. Il n'était même pas complètement habillé. Il était étendu sur le sol, ses yeux exorbités et fixes, noyés par les larmes qui avaient laissé un réseau de traces sur ses joues. Son front était luisant de sueur.

— Oh ! Hephron, je préfère vraiment me souvenir de toi tel que tu étais l'autre jour et non tel que tu es maintenant. Je n'ai pas manqué de remarquer ta force. Et ta colère. Je m'incline devant les deux, elles te font honneur. C'est pourquoi je veux t'expliquer ce qui est arrivé. Tu n'y comprends rien, n'est-ce pas ?

Hanish mit un genou à terre à côté du jeune homme. De la main, il chassa les insectes qui bourdonnaient alentour.

— Connais-tu l'histoire d'Élenet et de sa première tentative pour créer grâce à la langue du Dispensateur ? Quand le Dispensateur est venu à lui, il a trouvé Élenet dans le verger, recroquevillé sur sa dernière création. Les récits anciens n'en précisent pas la nature, mais j'en suis arrivé à avoir mon idée sur le sujet. Je pense que la première chose voulue par Élenet pour lui-même, c'était la vie éternelle. Nulle part il n'est fait mention de la mort avant qu'Élenet devienne un Héraut. Mais il a craint que, s'il fut un temps où il n'existait pas, viendrait un temps où peut-être il ne serait plus.

Aussi a-t-il essayé de s'armer contre le courroux du Dispensateur. Or c'est justement en tentant de se rendre immortel qu'il a déchaîné les maux qui ôtent la vie. Ce jour-là, il a créé la maladie, et nous en payons le prix depuis lors. Vois-tu, c'était le problème avec les humains qui voulaient parler la langue du Dispensateur. Ils n'étaient pas des dieux, et ils n'auraient jamais pu le devenir. Ils ne possédaient pas totalement l'aptitude à former les mots avec justesse. La corruption de leur bouche et de leur cœur, leurs intentions erronées ont toujours dévoyé la magie et l'ont transformée en quelque chose de vil. C'est une de ces choses qui brûle à présent en toi.

Hephron parut prendre conscience de sa présence seulement alors. Ses yeux se braquèrent sur lui. Les pupilles étaient dilatées et atteignaient presque la taille des iris, mais quelque chose dans l'intensité frénétique qui les habitait montrait qu'il s'efforçait de se concentrer sur Hanish. Il y avait maintenant une teinte rosée dans sa sueur. Le Mein trouva un linge dans une cuvette près du lit et s'en servit pour essuyer le front de l'Acacian. Presque instantanément le sang dilué réapparut dans les replis de la peau.

— Il y a des années, avant ma naissance mais du vivant de ma mère, mon peuple est entré en contact avec les Numreks, et à travers eux avec le Lothan Aklun. Ces pionniers ont tous souffert de ce mal. La première expédition à revenir de l'autre côté des Champs de Glace a infecté presque tout Tahalian. La forteresse entière a été dévastée, comme ton armée l'est aujourd'hui. Des milliers de gens ont péri. Mais ceux qui ont survécu, nous nous en sommes rendu compte, n'ont plus jamais eu ce mal. De même nous ne sommes pas restés contagieux très longtemps après nous être remis. Tout d'abord nous avons caché ce mal, par honte, mais plus tard, grâce au génie de mon père, nous avons découvert que ce pouvait aussi être une arme. Ton peuple n'en a jamais entendu parler. De toute façon, nous ne nous sommes jamais recensés de façon exacte auprès de vous. Après la fièvre, nous avons été heureux de connaître ce mal. Nous avons appris qu'il était possible d'en avoir un échantillon sur la pointe d'une aiguille, juste assez pour qu'une personne piquée une fois ne succombe pas à sa pleine fureur dévastatrice. Plus tard encore, nous avons découvert que l'esprit du mal peut subsister longtemps après la fin de la fièvre. Ce que je t'ai transmis en te touchant, jeune Hephron, venait directement d'un morceau du vêtement dans lequel mon grand-père est mort.

Hanish glissa une main dans les plis de son thalba, comme il l'avait fait deux jours plus tôt, avant de toucher l'Acacian, mais cette fois il en ressortit le carré de tissu tenu entre le pouce et l'index.

— Voilà ce qui vous a vaincus aujourd'hui. Il porte la contagion en lui. Impossible à croire, n'est-ce pas ? Je ne le croirais pas moi-même si je n'avais appris sa réalité par la souffrance. Finalement, tu ne m'auras pas tué, Hephron Anthalar. Cette possibilité n'a jamais été tienne. C'est moi qui t'ai tué, d'un simple contact des doigts. Maintes personnes se remettent, avec le temps, mais non sans endurer des jours entiers cette souffrance que tu connais maintenant, et ensuite ils restent très faibles pendant un temps. Voici donc ce qui va se produire : cette fièvre va se répandre comme une vague invisible parmi ton peuple. Et après la vague viendra la moisson. Sois donc heureux que ton rôle dans tout cela touche à sa fin. L'idylle des Akarans n'est plus, et avec sa disparition naît un nouvel âge. Mieux vaut pour toi que tu ne survives pas pour le voir. Je doute beaucoup que tu apprécierais la forme qu'il prendra.

Quand Hanish sortit de la tente un moment plus tard, il tenait à la main son couteau, dont la lame était marbrée de sang. Tout autour de lui son armée continuait méthodiquement le massacre. Il leva les yeux et considéra la muraille d'Alécia. Avant de la franchir, il faudrait localiser la pierre de Scatevith. Alors il pourrait poser sa joue sur elle. C'était ce qu'il devait faire. Il avait terriblement envie de sentir contre sa peau cette pierre, qu'elle lui murmure que tout était tel qu'il devait être. Tout cela était juste et légitime, qui avait commencé avant lui et se poursuivrait après lui. Il n'était que l'instrument d'un dessein plus vaste.

CHAPITRE VINGT-SEPT

LE NAVIRE CHOISI ÉTAIT UN DES PLUS GROS BATEAUX DE PÊCHE, avec deux grand-voiles carrées au milieu et un foc triangulaire qui dansait au-dessus de la proue comme un cerf-volant, ondulant et claquant au vent de telle sorte que le simple insigne portant le nom de son propriétaire apparaissait et disparaissait à la vue. Quelqu'un l'observant depuis la côte l'aurait certainement reconnu. Ce vaisseau de commerce sillonnait les eaux acacianes depuis plus de trente ans. Les hommes d'équipage sur le pont étaient un peu plus nombreux qu'à l'accoutumée, mais il n'était pas rare que les bateaux de pêche embarquent des mousses à former durant les dernières semaines de l'hiver, avant que les bonites ne reviennent peupler les hauts-fonds talayens, suivis par les vaisseaux du continent ayant besoin d'équipages pour le printemps. Il flottait haut sur l'eau, comme si sa coque attendait d'être remplie, avant de partir pêcher pour cinq jours, durée habituelle durant la période creuse. Mais ces apparences étaient trompeuses.

Les hommes en tenue de pêcheurs étaient en fait des gardes de Marah. Et la cargaison n'était pas constituée de ces poissons à queue jaune que le navire traquait généralement en hiver. Elle se composait seulement des quatre enfants Akaran. Pendant la première partie du périple ils étaient restés cachés à fond de cale, renfrognés, le regard vide, respirant par la bouche le plus possible. Ils affichaient tous la même inquiétude à fleur de peau, comme une caractéristique génétique héritée à la naissance et qui se manifestait seulement maintenant. Mena était habitée par l'envie de parler, de partager, de dire quelque chose pour briser la tension. Mais à chaque fois elle était stoppée dans son élan par l'évidence indiscutable qu'elle n'avait rien de raisonnable à dire.

Une fois qu'il eut quitté la courbe abritée de la partie nord du port, le vaisseau accrocha le vent et vogua sur ses ailes. Son étrave fendait les eaux bleues glacées, des oiseaux de mer suivaient sa poupe en exprimant leurs exigences dans un concert de cris rauques. Lorsqu'une bonne distance entre eux et l'île fut parcourue, le capitaine des gardes invita les enfants à monter sur le pont. Il leur expliqua qu'aucun œil indiscret ne pouvait plus les apercevoir. À l'arrière du bateau, Mena observa les soldats et goûta l'air salin sur sa bouche. Elle se demandait combien, parmi ces hommes et ces quelques femmes qu'elle voyait là, avaient déjà tué. Certains d'entre eux avaient joué un rôle dans la répression du soulèvement des soldats meins. En une heure de combats sanglants, les rebelles avaient été matés, les derniers d'entre eux poursuivis dans les escaliers pour être finalement massacrés dans les rues de la ville basse. Aliver, elle le savait, avait été soustrait à cette mêlée. Il n'en avait pas parlé, mais elle voyait bien qu'il en avait honte. Et ce n'était pas la seule insulte faite à sa fierté.

Elle se détourna des gardes et contempla le sillage du bateau. Elle ne savait trop que penser de ce voyage. Thaddeus leur avait affirmé qu'ils ne fuyaient l'île que pour un temps, une semaine environ, en tout cas pas plus d'un mois. Ils seraient plus en sécurité loin de la population, et ils devraient le rester juste le temps que la rébellion soit écrasée, que les assassins de leur père soient châtiés et les autres comploteurs démasqués et neutralisés. Ils navigueraient jusqu'à la pointe nord de Kidnaban et resteraient au calme chez le directeur des mines là-bas. Thaddeus leur avait promis qu'ils retourneraient en Acacia dès que ce serait possible. Pour des raisons qu'elle ne s'expliquait pas elle-même, Mena ne l'avait pas cru. Il existait une autre vérité derrière son attitude et ses paroles lénifiantes, mais elle échappait à la jeune fille.

Aliver ne semblait pas mettre en doute la sincérité du chancelier, mais il s'était insurgé contre ce plan avec plus de véhémence que Mena ne l'avait jamais vu manifester. Il s'était emporté au sujet de la bataille imminente, en répétant qu'il était de son devoir de mener l'armée au combat. Il était le souverain d'Acacia ! Cette responsabilité lui incombait, même s'il devait perdre la vie en l'assumant ! Thaddeus avait dû déployer tous ses talents de persuasion pour seulement obtenir d'Aliver qu'il parle sans crier. Il avait invoqué ses pouvoirs en qualité de chancelier en exercice, et ses responsabilités concernant l'intérim. Il avait réussi à prendre l'ascendant sur le futur roi en affirmant que les ordres venaient directement de Leodan en personne, et que leur honneur à tous deux exigeait qu'ils s'y conforment. En fin de compte, ce fut moins la persuasion que la force qui fit monter le prince à bord. Il fut escorté avec les autres enfants par des gardes de Marah déguisés qui déclarèrent de leur devoir de suivre les instructions du roi telles que transmises par le chancelier. Aliver dut donc accepter son exil temporaire, même s'il rageait de l'insulte implicite contenue dans cet éloignement.

Vers la fin de leur premier jour en mer, ils arrivèrent en vue du Cap de Fallon. C'était un ensemble de falaises à demi écroulées surmontées par un paysage aux ondulations paresseuses qu'envahissaient des herbes hautes, avec ici et là les taches colorées des fleurs sauvages d'hiver. Dariel était assis à côté de Mena à la poupe. Tous deux partageaient des sardines épicées sur des biscuits salés. Dariel triturait les poissons plus qu'il ne les mangeait, en essayant de séparer les arêtes molles de la chair avec la pointe de son couteau, pour ensuite les rassembler sur la lame avant de les éjecter par-dessus bord d'une brusque torsion du poignet. Quelque chose dans cette occupation emplissait Mena d'amour pour l'enfant. Ce sentiment enflait en elle avec la puissance de la nostalgie pour ce qui avait été perdu, comme si elle n'était pas assise auprès de lui à cet instant précis, qu'elle n'était pas toujours sa sœur, et lui son frère. Elle se demandait pourquoi elle le regardait avec une émotion qui suggérait qu'il n'en était plus ainsi.

Aliver vint vers eux, portant ostensiblement l'antique épée d'Édifus, la Confiance du Roi. Elle semblait trop grande pour lui, tel un appendice étrange et plus encombrant qu'utile. Il faisait de son mieux pour oublier sa colère et sa rancœur, et afficher au moins l'apparence de la maîtrise de lui-même. Pour cela Mena eut soudain envie de le serrer dans ses bras, mais elle savait qu'il n'aurait pas du tout apprécié le geste.

— Nous arrivons aux mines, dit-il en désignant la côte d'un mouvement de tête. Ceux qui y travaillent sont des criminels, envoyés là pour expier leurs forfaits. Il y en a de plus grandes encore à Kidnaban, et toute une série au Senival.

Mena se tordit le cou pour regarder par-dessus le bastingage. Alors qu'ils contournaient un promontoire, le soleil bas allongea sur le paysage des ombres assez denses et des zones assez lumineuses pour qu'elle mette un moment avant de voir correctement la scène. Les grandes ombres sur la terre étaient en fait une série de fosses énormes. Elles s'ouvraient à l'air libre, et la jeune fille n'aurait pu évaluer leur profondeur, car seule la paroi la plus éloignée, sillonnée d'entailles et de lignes, était visible. Des lanternes brillaient ici et là, en réalité de grands feux enfermés dans le verre qui brisait et amplifiait la lumière dont il projetait des éclats dans le ciel. À en juger par ce dispositif, le travail ne cessait pas à la tombée du jour. Elle se demanda comment un tel nombre de criminels était possible, comment tant de gens pouvaient être assez fous pour voler ou blesser autrui. Peut-être, quand elle aurait l'âge requis, pourrait-elle s'atteler à ce problème et lui trouver une solution. Elle voyagerait au nom de son père et exigerait que tous les citoyens se conduisent mieux avec les opportunités de l'existence, et qu'ils n'entachent pas la paix par des actes aussi mesquins et bas.

Ils passèrent la nuit dans l'abri entre Kidnaban et le continent. Le lendemain après-midi, le navire entra dans le port de Crall, sur la côte nord de Kidnaban. Au soir, dans le confort restreint de la propriété du directeur bâtie sur la colline dominant la ville, ils firent connaissance avec Crenshal Vadal. C'était un individu des plus anodins. Sous sa lèvre inférieure, son visage se terminait brusquement par une diagonale vers le cou. Il parlait d'un ton guindé, et dans le même temps il semblait souhaiter être complètement ailleurs, comme si tout son corps ne désirait que se rétracter et disparaître derrière un angle de mur. Mena remarqua que plusieurs minutes s'écoulèrent avant qu'il n'exprime sa tristesse pour la fin de Leodan, et elle soupçonna l'un de ses assistants de lui avoir discrètement remémoré l'événement par un signe ou une grimace quelconque.

Pendant le dîner, Crenshal se montra un peu plus précis sur les détails de leur séjour. Ils devaient tout simplement rester cloîtrés dans une partie de sa résidence, et c'était tout. Ils étaient là pour attendre. Ils ne recevraient aucune visite, parce que personne ne devait savoir où ils se trouvaient. Thaddeus enverrait régulièrement des messages pour les tenir au courant de tout changement ou développement dans la situation générale. Ils n'auraient aucune autre correspondance avec l'extérieur. Ils devraient s'accoutumer au manque de luxe, de mets raffinés et de divertissements, et ne pas commettre d'extravagance qui risquait d'attirer l'attention sur eux. De même, il leur était formellement déconseillé de se promener dans la ville. Leur existence serait simple, très éloignée de l'opulence d'Acacia. Tout ce que Crenshal pouvait leur offrir, c'était des pièces parcourues par les vents coulis, une installation conçue pour héberger la direction et l'administration des mines, des repas simples et le plaisir de sa compagnie. Il ajouta ce dernier point sur le ton de la plaisanterie, mais avec un tel manque d'entrain que sa tentative d'humour tomba à plat.

Aliver lui signifia qu'il entendait être tenu averti de tout ce qui se passait à l'extérieur. Il le dit d'un ton hautain, comme s'il jouissait d'une position d'autorité différente de celle des autres enfants de Leodan. Mena jeta un regard circulaire en se demandant si les autres avaient remarqué son incertitude très mal déguisée. L'adolescent craignait manifestement d'être écarté du cours des événements et de ne pouvoir prendre de décision. Il se trouvait dans une position aussi floue qu'inconfortable : plus haute que celle du prince qu'il était quelques semaines auparavant, mais certainement pas celle du souverain qu'il espérait devenir. Aux yeux de Mena, il ne s'était pas encore fait à sa nouvelle situation.

Ce fut d'un ton plus léger qu'il demanda :

— Avez-vous des chevaux que nous pourrions vous emprunter ? Nous aimerions explorer l'île. Respirer un peu d'air pur nous ferait le plus grand bien.

Dariel était visiblement enthousiasmé par cette éventualité, mais le patron des mines mit aussitôt le holà à ces espoirs.

— J'ai bien peur que vous ne puissiez visiter l'île. C'est... enfin, votre sécurité prime avant toute autre considération, Prince. Les plaisirs tels qu'une chevauchée doivent être oubliés pour le moment. Je suis sûr que le chancelier vous l'a déjà expliqué.

— Et les mines ? insista Aliver. Je souhaiterais les inspecter. Nous pouvons le faire discrètement, ou...

— Les inspecter ? répéta Crenshal comme s'il n'avait encore jamais entendu ce verbe. Mais... mon jeune Prince, c'est tout aussi impossible. Les mines sont des nids de dégénérés. Par ailleurs, elles ne présenteraient aucun intérêt pour vous. Nous trouverons de quoi vous divertir à l'intérieur de cette propriété. Vous ne vous ennuierez pas, jeunes gens. Je vous le promets.

Au cours des jours suivants, toutefois, cette affirmation se révéla fausse. Ils ne voyaient que très peu le patron des mines. Il dînait avec eux chaque soir, mais il était absent toute la journée et laissait peu de possibilités de distraction aux enfants. Les officiels et les directeurs qui d'ordinaire habitaient dans la propriété avaient été relogés, et toute la bâtisse résonnait des échos du vide qui l'emplissait. Mena n'avait jamais vu une de ces personnes, même si dans sa chambre, que le précédent locataire avait quittée en hâte, elle trouva des indices de présence humaine : une demi-fiole d'essence parfumée près de la cuvette, une unique chaussette oubliée sous le lit, une rognure d'ongle de pied sur le sol près de la commode...

Les jeux de société les aidèrent à passer les premiers après-midi. Les livres ayant appartenu à l'ancien directeur des mines – Crenshal ne montrait quant à lui aucun intérêt pour la littérature – les occupèrent le troisième jour, quand Dariel convainquit Aliver de lire à haute voix pour tous une série de poèmes épiques. Le gamin était ravi, mais Mena ne put s'empêcher de penser à son père. Corinn eut peut-être la même réaction, car elle se leva subitement et s'éloigna sans donner d'explication. Corinn avait très peu parlé depuis leur départ d'Acacia, et quand elle le faisait c'était d'une voix monocorde, comme si elle était indifférente à leur situation.

Lors du troisième après-midi cependant, ils s'approchèrent d'un échange moins superficiel. Corinn entra dans la salle commune où ils passaient le plus clair de leurs journées et regarda autour d'elle d'un air maussade. Mena fut étonnée de la voir marcher vers elle, se laisser choir sur le canapé à son côté et pousser un soupir de lassitude.

— Tu as entendu ? Un des soldats a dit que deux hommes avaient été surpris alors qu'ils essayaient de quitter le village. Il a dit qu'ils avaient été « ligotés » et l'autre a éclaté de rire et affirmé qu'ils l'avaient bien mérité. Qu'est-ce que ça signifie, à ton avis ?

— Qu'ils ont été punis, certainement, répondit Mena.

— Évidemment, ils ont été punis ! s'emporta Corinn. Tu dis toujours les choses les plus évidentes. Mais punis *comment* ? C'est la question que je me pose.

— Je ne dis pas les choses les plus évidentes, répliqua Mena, qui craignait que cette discussion ne tourne à l'aigre, car si quelqu'un disait des évidences, c'était Corinn elle-même.

Cette dernière émit un son de gorge bas, une sorte de gémissement de protestation.

— C'est tellement étrange, ici, Mena. Rien n'est comme ce devrait être. Je ne supporte pas la façon de se comporter des gens. On dirait qu'ils sont... arriérés, comme s'ils avaient un cerveau d'animal et pas d'être humain. J'aimerais tellement que nous rentrions chez nous. Je déteste ce néant. Et puis, j'ai trop de choses à faire. Des choses importantes.

— Par exemple ? demanda Mena en s'efforçant de ne pas adopter un ton vexant.

Corinn la regarda d'un air pincé.

— Tu ne comprendrais pas.

Au quatrième jour, quand un serviteur du patron des mines leur apporta des dés pour jouer à la course des rats, Mena cessa réellement de croire qu'elle pourrait s'occuper dans la propriété. Elle comptait les jours comme le faisait Aliver, et tous deux attendaient avec impatience des nouvelles de Thaddeus, dans l'espoir qu'il les ferait revenir chez eux. Quand le premier message du chancelier leur parvint, cependant, il ne leur annonçait aucun changement. La situation demeurait instable, écrivait-il avec brièveté, et il valait mieux qu'ils restent où ils étaient. Il leur promettait qu'il les préviendrait de toute évolution, mais il ne leur donnait aucune précision sur ce qui s'était passé à Acacia depuis leur départ. Aucune nouvelle sur la guerre. Aucune indication sur une amélioration ou une détérioration de la situation générale.

Un après-midi, Mena remarqua une sorte de suaire diaphane dans le ciel, et elle craignit que son pressentiment ne se soit matérialisé dans le monde réel. Il y avait des ombres dans l'air, des formations d'apparence nuageuse qui ondulaient et s'écoulaient sur de lents courants aériens. En les voyant par la petite fenêtre de sa chambre, elle se rendit compte qu'elles avaient toujours été là. Elle n'avait pas pris la peine de s'intéresser à elles auparavant, voilà tout. Le ciel n'était pas simplement couvert, comme elle l'avait d'abord cru. Car au-delà de ces ténèbres mouvantes, on percevait un écran d'un bleu clair emplissant tout le ciel. Étrange, se dit-elle. Quand elle les remarqua pour la première fois, elle ne put s'empêcher de détourner le regard, comme si ces formes dans le ciel étaient de mauvais présages, des volutes et des tourbillons qui risquaient de se matérialiser en une entité beaucoup plus menaçante si elle les contemplait trop longtemps.

Le matin dès son réveil, elle alla à la fenêtre avant toute autre chose. Les vapeurs sombres étaient toujours présentes, crevant les yeux maintenant qu'elle avait appris à les voir. Vers le soir, elles s'intensifièrent. Plus elle observait le phénomène et plus elle prenait conscience de la présence autour d'elle de ces nuées, de mille façons différentes. La plupart du temps elles évoluaient paresseusement avec des vents d'altitude qu'elle ne pouvait sentir, mais dans leurs moments d'immobilité des particules de cette matière en suspension tombaient tout autour d'elle, se déposaient sur les surfaces planes et s'amoncelaient sur les imperfections des murs. C'était une sorte de poussière, si légère qu'elle était charriée par le moindre souffle d'air. Elle sentait le contact des minuscules cristaux sur ses joues et ses paupières. Elle en avait le goût dans ses poumons, elle les inhalait à chaque respiration. Elle était stupéfaite de ne pas en avoir pris conscience plus tôt.

Mena demanda à la servante qui changeait ses draps si celle-ci avait remarqué le phénomène. L'autre parut très perturbée qu'on lui adresse la parole, et elle faillit sortir à reculons de la chambre.

— Princesse, ce que vous voyez, c'est la poussière qui s'élève des mines. Elle naît du labeur des ouvriers, c'est tout.

Mena voulut savoir si les mines étaient proches, et la domestique acquiesça. Juste derrière les collines en surplomb de la propriété, dit-elle. Où étaient tous les mineurs, en ce cas ? Comment se faisait-il qu'elle n'ait encore vu aucun signe de l'existence des mines ?

— Vous en avez vu un signe. Vous l'avez déchiffré dans le ciel. Mais pour vous, il n'est pas nécessaire qu'elles soient plus réelles que cela. Les mineurs ? Je ne sais pas, ma Dame. Peut-être qu'il n'y en a pas. Ce n'est pas à moi de le dire.

Pendant que Mena réfléchissait à cette réponse, la servante en profita pour s'éclipser. Un comportement irritant. Une servante ne devait pas prendre congé alors qu'on venait d'engager la conversation avec elle. D'un autre côté, l'impudence de la jeune femme qui avait préféré fuir l'échange fut peut-être ce qui inspira Mena quelques heures plus tard.

Elle quitta la propriété bien après la tombée de la nuit, emmitouflée dans un manteau épais déniché dans sa penderie. Elle évita le garde en faction devant sa porte en se glissant par la fenêtre et en se laissant tomber dans le patio en contrebas, avant d'ouvrir le portail sur la liberté. Elle n'avait emporté aucun moyen d'éclairer son chemin, mais la lune était haute dans le ciel et, bien que nerveuse et attentive au moindre bruit, elle n'eut aucune difficulté à suivre les sentes blanches comme l'os qui menaient hors de la propriété.

Un peu plus loin sur le chemin, elle eut à éviter un second garde. Il formait une silhouette plus dense dans les ténèbres. Elle détectait les détails de son corps, la position de sa tête et la direction probable de son regard. Elle décela même une odeur musquée portée par la brise – celle de l'homme. Elle abandonna le chemin et marcha courbée dans l'herbe, en explorant l'obscurité devant elle avec ses pieds et ses mains, et elle trouva une déclivité du terrain qui lui permit de contourner le soldat.

Elle ne cessait de percevoir des sons qui faisaient battre la chamade à son cœur : le frottement de son manteau, le craquement ténu des herbes sous ses pieds, la façon dont la pression de son poids dérangeait les grains de sable dans des crissements infimes de protestation, l'explosion de sons quand un rongeur effrayé par sa proximité s'enfuyait. À tout instant, elle s'attendait que la sentinelle la hèle. Elle avait entendu dire qu'il était presque impossible de se déplacer de nuit en silence, et que les gardes de Marah étaient entraînés à remarquer toute anomalie dans les bruits nocturnes. À présent elle se demandait qui avait pu le prétendre. Malgré sa respiration heurtée et la violence que les sons les plus discrets infligeaient à ses propres oreilles, alors que ses mollets étaient douloureux à force de maintenir cette posture à demi accroupie dans laquelle elle progressait, son évasion ne paraissait cependant pas rencontrer de grands obstacles. Elle continua d'avancer et eut bientôt laissé le soldat derrière elle. Alors elle revint sur le chemin. Ses pieds, ses mains, ses doigts et tous ses muscles semblaient savoir ce qu'il convenait de faire sans qu'elle ait à les commander. Elle eut presque envie de s'asseoir pour réfléchir à cette étrangeté, mais se ravisa. Il lui fallait d'abord atteindre le but qu'elle s'était fixé.

Des escaliers permettaient de s'éloigner de la propriété. Ils avaient été creusés si profond dans le flanc de la colline qu'en conservant sa position courbée, elle pouvait les emprunter sans risquer d'être repérée. Ils se terminaient au croisement avec une route pavée. Elle traversa celle-ci et continua de l'autre côté en agrippant des deux mains les longues herbes qui poussaient dru sur la pente.

En tout, l'ascension ne lui prit que quelques minutes, mais ce fut un soulagement lorsqu'elle sentit l'angle de la pente s'adoucir sous ses pieds et vit qu'il n'y avait rien au-dessus d'elle. Le souffle court, elle parcourut les derniers mètres lentement, comme quelqu'un ayant atteint son but. Elle se redressa de toute sa taille, ce qui lui permit de voir ce qu'il y avait au-delà. Elle savait ce qu'elle était censée découvrir, ce qui motivait sa curiosité, la raison – s'il y en avait une – de son escapade nocturne. Pourtant, elle n'était pas préparée au spectacle qu'elle découvrit.

Disparue, la nuit calme qu'elle avait connue de l'autre côté de cette élévation, derrière elle. La lune était invisible, et le ciel n'avait plus cette clarté sous laquelle elle avait marché. Devant elle la terre semblait cachée sous un tourbillon de poussière, un bouillonnement pareil à un nuage mouvant. En dessous s'étendait un puits énorme aux entrées innombrables. Il emplissait tout le paysage devant elle, un cratère désolé comme elle n'en avait encore jamais vu ou imaginé, vibrant d'une clameur furieuse, d'une cacophonie lancinante.

Elle contemplait la limite nord des mines de Kidnaban. Cette vision la frappa d'une horreur dont elle avait oublié l'existence, cette même peur qu'elle avait éprouvée quand une domestique imbécile lui avait raconté des histoires sur une race de gens à l'apparence de démons vivant dans une montagne fumante, nourrissant les brasiers intérieurs avec les enfants désobéissants enlevés dans leur lit. Comme dans ce qu'elle avait imaginé alors, des centaines de feux illuminaient l'endroit. Des feuilles de verre courbes entourant les chaudrons d'huile enflammée projetaient des rayons jaunâtres vers le ciel. Dans leur éclairage elle distingua de nouveau cette confusion de lignes diagonales qu'elle avait aperçue au Cap de Fallon. Mais elle se trouvait à présent beaucoup plus près. Les lignes bougeaient, troublées par une forme de mouvement à peine perceptible. Elle crut que c'était un effet de la lumière. Il lui fallut un moment pour comprendre qu'il y avait plus que cela.

Ces lignes étaient en fait des escaliers et des corniches, ou de larges pistes pour les engins, des rampes et des systèmes d'échelles qui s'empilaient d'étage en étage. Et les objets en mouvement ne devaient rien à un effet d'optique. C'étaient des êtres humains. Par centaines. À cette distance, ils apparaissaient si petits qu'ils ne pouvaient être perçus individuellement, seulement par leur mouvement collectif, comme une colonne de fourmis vue de loin semble n'être qu'un seul animal. Peut-être étaient-ils des milliers, plutôt que des centaines. Des dizaines de milliers. Et même cette estimation ne concernait qu'une petite portion du nombre total. Elle n'avait aucune idée de l'étendue des mines et de ce qui demeurait caché à sa vue.

Elle s'avança progressivement et se laissa glisser de l'autre côté, sur une saillie rocheuse solide. Puis elle rampa sur le ventre pour regarder en bas. Quand sa tête dépassa du bord, elle se figea. Juste sous elle, à une dizaine de mètres, courait une véritable avenue taillée dans la roche. Elle grouillait de travailleurs. Ils portaient des objets sur leurs épaules, des sacs sur leur dos, et leur peau, comme leurs vêtements, était du même gris sombre que la mine, teintée de la lumière rougeoyante.

Loin au sud s'élevait une tour, et derrière elle une autre. Elle était massive et surmontée d'un toit qui faisait penser à un champignon, frappé de l'insigne doré de la lignée des Akarans. C'était le symbole de sa propre famille, l'arbre d'Akaran, la silhouette d'un acacia se découpant sur un soleil jaune. C'était *son* symbole, qu'elle avait griffonné mille fois sur les nappes et les dessus de table.

Sous ce toit, elle aperçut des balcons peuplés de silhouettes. Au sud, au bord de la mine, elle vit une autre tour de guet, et au-delà, tout autour de la mine, de nombreuses autres. Les silhouettes étaient celles de gardes, parmi lesquels une grande proportion d'archers. Elle discernait tout juste leur attitude décontractée, l'arc au poing, une flèche encochée prête à être tirée. Elle n'aurait pas dû s'en étonner. Les criminels devaient être surveillés. Mais ils étaient en si grand nombre… Les tours de guet étaient partout, et les plus éloignées se réduisaient à des formes bulbeuses sur l'horizon. Les ouvriers qui s'affairaient en contrebas n'avaient aucune chance de s'évader, aucune autre solution que de se plier à ce qui promettait d'être un labeur sans fin.

Son regard revint sur les files de silhouettes sous elle. Un détail la perturbait dans ce spectacle. Ces gens semblaient exténués. Ils avançaient tête baissée, sans se parler. Aucun ne levait les yeux vers le ciel. Plus elle observait la scène et plus elle avait l'impression de distinguer des traits individuels. Ce fut à cause de cette intimité croissante qu'elle se rendit compte que le pire n'était pas ces foules trébuchantes, leur abattement évident ou leur petitesse en comparaison des lieux. Il y avait une autre raison pour laquelle ces files indiennes lui paraissaient aussi irrégulières : des enfants figuraient parmi ces travailleurs. Un sur quatre environ, pour la plupart pas plus âgés qu'elle, et certains plus petits que Dariel. C'en était trop pour elle.

De retour dans l'air frais de la nuit, Mena repassa de l'autre côté de la colline et redescendit de quelques pas vers la propriété, puis elle s'assit dans l'herbe. Elle ne devait pas rentrer avec le moindre signe de cette découverte sur son visage. Elle n'était pas censée l'avoir faite. Aucun d'entre eux ne devait s'approcher des mines. Manifestement, le monde n'était pas tel qu'on le lui avait laissé croire. Elle pensa à son père et à ses accès de mélancolie. En était-ce la raison ? C'était une des mines d'Acacia. Les mines de son père, de leur famille. Ces gens, ces enfants... ils travaillaient tous pour elle. Il y avait bien des êtres qui arrachaient les enfants à leur lit pour les envoyer alimenter les feux du monde. Ils travaillaient en son nom. Elle se demanda si cette servante l'avait su, toutes ces années auparavant. Était-ce pour cela qu'elle s'était senti le droit de l'effrayer, de la tourmenter et de peupler ses nuits de cauchemars ?

Elle revint à la propriété juste à temps : à peine avait-elle réintégré sa chambre et ôté son manteau qu'on frappa sèchement à la porte. Elle et ses frères et sœur devaient changer de lieu de résidence, annonça une voix qu'elle ne reconnut pas à travers l'épais panneau de bois. Il était très urgent qu'elle soit déplacée.

— Princesse, votre sécurité en dépend.

Pourquoi ne parvenait-elle pas à identifier cette voix ? Ce n'était pas un des gardes de Marah qui les avaient escortés, pas plus qu'un serviteur ou quelque autre personne dont elle se souvînt dans l'entourage de Crenshal. Et pourtant elle avait la quasi-certitude que cette personne avait dit la vérité. Sa sécurité dépendait bien d'un départ rapide. Elle ramassa son manteau et survola la pièce du regard en se demandant si elle devait prendre des dispositions pour ses affaires. Elle songea à questionner l'inconnu dans le couloir, mais quand elle ouvrit la porte elle se sentit étrangement prête à quitter cette propriété telle qu'elle était, les joues encore rosies de sa sortie nocturne, le manteau sur un bras. Elle était prête. Simplement prête.

Elle ne se doutait pas qu'en quittant cette chambre, elle laissait à tout jamais une partie de sa vie derrière elle. Elle ignorait que pour plusieurs années elle ne verrait plus ses frères et sa sœur, ni même quiconque elle avait connu jusqu'alors. Elle ne pouvait imaginer que franchir ce seuil serait pour elle comme pénétrer dans l'obscurité, disparaître de la carte, changer de peau, se retrouver loin de son foyer, de son pays et de son nom, dans une tout autre vie.

DEUXIÈME PARTIE

EXILS

CHAPITRE VINGT-HUIT

PEU DE GENS L'AYANT CONNU À LA FLEUR DE L'ÂGE auraient réussi à identifier l'homme qui gravissait le chemin poussiéreux au-dessus du village montagnard de Pelos. Il marchait accompagné de la puanteur des boucs, ses vêtements étaient imprégnés de l'odeur de la sueur de cheval, sous ses ongles la fiente de poulet avait séché et des plumes étaient prises au piège de sa chevelure et de sa barbe emmêlées. Son haleine empestait le vin. Il s'occupait des animaux dans la taverne du village. C'était un travail pour un mendiant ou un enfant, une tâche qu'il pouvait exécuter sans cesser de vaciller, en s'accordant des pauses pour boire à une outre de ce vin qui brouillait si agréablement les contours de chaque jour. Bien peu de choses dans son aspect évoquaient l'homme qu'il avait été jadis. On ne l'appelait même plus par son nom véritable. Chaque jour, pourtant, il le murmurait, car il avait besoin de l'entendre flotter dans l'air, comme un acte de défi sans conséquence, destiné à ses seules oreilles.

Ce soir-là, il fit halte sur un affleurement rocheux juste à côté du chemin. Devant lui le terrain montagneux dessinait des crêtes et des déclivités qu'éclairait la lune montante. Ici et là des nappes de brouillard glissaient dans les vallées telles des limaces fantomatiques sur le sol humide de la forêt. Un point lumineux se déplaçait sur le flanc d'une colline, au loin. Sans doute un marchand avec sa lanterne comme protection contre les esprits. Ces montagnards étaient des gens superstitieux qui s'effrayaient de la nuit et des créatures qui l'habitaient. L'homme n'avait pas de telles peurs. Une partie de lui désirait mourir des griffes d'un belrann ou être emmené en esclavage par quelque goule des bois. L'un ou l'autre de ces destins serait pour lui préférable à son quotidien. Il ne vivait plus du tout pour ses heures de conscience. Si un ours garou reniflait sa piste et venait le décapiter d'un coup de mâchoires, il ne regretterait que la perte de son existence rêvée.

Il s'apprêtait à faire demi-tour et à tituber jusqu'au taudis où il dormait, attiré là par cette envie sourde qui avait fini par le définir ces derniers temps. Avant de partir, il dit dans un souffle :

— Leeka Alain. Je suis Leeka Alain. Je ne suis pas mort. Je n'ai pas été tué.

Leeka Alain, naguère général dans la province la plus turbulente d'Acacia. Aujourd'hui, qu'était-il ? Il n'avait plus de but dans la vie depuis maintenant plusieurs années. Toutes ces tâches dans le Nord gelé, sa survie isolée après l'attaque des Numreks, l'épreuve de la fièvre et la longue marche sur les traces de l'armée ennemie, tout cela était derrière lui et ne représentait plus rien. L'idée qu'il avait peut-être un rôle crucial à tenir s'était révélée fausse. Il avait descendu la Bordure Méthalienne neuf ans plus tôt, chevauchant cette créature cornue et laineuse, en croyant être le porteur de nouvelles apocalyptiques.

Il avait trouvé un pays déjà en guerre et en proie à maintes agressions : son souverain était mort, l'Aushénie avait été écrasée par les Numreks, les Candoviens poussés à la rébellion par Maeander, et les forces militaires acacianes dévastées par un mal qui en faisait des cibles faciles pour un massacre. À bien des égards, Hanish avait assuré sa victoire sur les Champs Aléciens. Leeka ne s'y était pas trouvé ce jour-là, mais il était arrivé peu après et avait découvert un tapis de cadavres pourrissants abandonnés aux mouches, aux vautours et à toutes sortes d'autres charognards.

Les semaines qui suivirent les Champs virent une boucherie interminable ravager les rues, les cours, les temples, les monuments et les maisons. Il semblait que la fureur destructrice du Mein ne s'apaiserait pas avant que tous les Acacians aient été passés au fil de l'épée. Par crainte d'un tel sort, d'autres nations s'allièrent avec le Mein. Les clans de la Candovie n'avaient jamais été aussi unis ; les guerriers du Senival combattirent avec bravoure, mais déposèrent très vite leurs haches ; l'Archipel de Vumu demanda la paix avant même d'essuyer la moindre attaque. Dans toute l'Aushénie, il n'y avait presque plus de foyers de résistance. Qu'un empire resté debout si longtemps puisse s'écrouler aussi rapidement stupéfia Leeka. Comme si toutes ces années d'obéissance ne signifiaient rien. Toutes les louanges et les hommages déversés sur

Acacia s'évanouirent en un éclair, pour laisser place au feu d'une animosité de longue date.

Seul le Talay, avec ses vastes ressources, s'opposa au Mein, même après l'invasion des Grandes Terres et d'Acacia. Il était difficile de dire s'ils avaient agi ainsi pour la cause acaciane ou parce qu'ils souhaitaient acquérir leur propre indépendance. Ils avaient pu abandonner Acacia – comme la majeure partie du reste du monde – tout en choisissant de combattre pour leur propre compte. Leeka ne s'était pas renseigné sur la question, qui d'ailleurs ne l'intéressait pas. Ils luttaient contre Hanish Mein et la horde numrek, c'était tout ce qui importait. Il s'était précipité pour les rejoindre, et se réjouissait surtout à l'idée de combattre les Numreks.

Nombreux avaient été ceux à estimer que les Numreks ne seraient pas capables de combattre hors des régions septentrionales. Aux observateurs, ils avaient paru mal équipés même pour la chaleur relative qui régnait en Aushénie. Mais quand ils arrivèrent dans le Talay écrasé de soleil, ils se débarrassèrent de leurs fourrures et de leurs manteaux et allèrent ainsi, créatures blanchâtres à l'aspect grotesque. Ils n'en étaient que plus effrayants, car la longueur de leurs membres et la taille de leurs mains et de leurs pieds n'était plus dissimulée. Dès leur premier jour d'exposition au soleil, leur peau se couvrit d'ampoules et pela comme de la viande sur des charbons ardents. Pendant les premières batailles ils donnèrent l'impression d'avoir traversé un mur de flammes. Des lambeaux de leur peau se détachaient, et ils perdaient leurs cheveux par touffes entières.

Leeka avait pensé qu'ils ne pourraient continuer ainsi et vivre. Mais ils survécurent. Ils se battaient comme des fous furieux. Campés au milieu du carnage, ils offraient une apparence plus horrible encore que les cadavres alentour, mais jamais ils ne tombaient, sinon sous les blessures les plus graves. En quelques semaines ils commencèrent à se rétablir. Leur peau se reforma, un peu plus sombre et tendue sur leurs muscles. Elle pela de nouveau – moins brutalement cette fois –, mais quand elle repoussa elle était plus résistante. Avant longtemps ils sillonnèrent fièrement le pays, nus à l'exception d'une sorte de jupe que portaient indifféremment les individus des deux sexes. Au grand désarroi des Talayens qui battaient en retraite, les Numreks n'avaient jamais semblé aussi forts et en meilleure santé que dans cette nudité halée. Lors du solstice d'été, ils dansèrent pour rendre hommage à la longueur du jour et à la puissance du soleil. Une nouvelle théorie naquit : les Numreks n'étaient pas des créatures du Nord, comme tout le reste du monde le croyait. Dans un passé lointain, cette race avait sans doute vécu sous des cieux tropicaux. Peut-être avait-elle été poussée à s'exiler au nord et ne revenait-elle que lentement à son climat d'origine. Affaibli par des pertes énormes, le Talay se rendit tribu après tribu.

Les gens disaient qu'Hanish Mein visait l'éradication totale de tout ce qui était acacian. On racontait que la malveillance des Tunishnevres était telle qu'Hanish détruirait tous les signes de la race qu'il avait vaincue. Mais une fois la paix établie, il entreprit d'assurer son emprise sur les terres conquises par des mesures d'une modération surprenante. Il épargna l'architecture acaciane. Il laissa à Manil, Alécia et Aos toute leur splendeur. Il ne toucha pas à une statue ou à une pierre en Acacia, à l'exception de toutes les représentations de Tinhadin qui furent réduites en poussière. Il fit enlever la pierre noire de Scatevith de la Muraille d'Alécia, la rapporta dans le palais d'Acacia et la fit trôner à l'endroit où avaient eu lieu des hommages à Édifus et à Tinhadin. En règle générale, il se contenta de faire venir les siens en Acacia, qui ajoutèrent leurs vestiges du passé à ceux déjà en place. Il ajouta les spécificités meines aux acacianes et parut s'accommoder de certains aspects de l'empire défait. Au lieu de démanteler le système de gouvernement et de commerce, il l'adapta à ses propres objectifs.

Rien de tout cela n'éteignit le feu de la haine qui consumait le cœur de Leeka, mais il finit par renoncer à la lutte. Ses alliés étaient morts ou avaient déposé les armes, et quelques-uns étaient tombés dans la clandestinité. Ses ennemis étaient passés d'une phase de conquête à celle de la reconstruction et du retranchement, ainsi qu'à la gestion de leurs richesses nouvellement acquises. Si Leeka avait su avec certitude ce que sa vie allait devenir, il se serait jeté sur son épée pour se transpercer le cœur. Mais il n'en savait rien. Chaque jour se fondait dans le suivant, ouaté par la drogue, et sa défaite lui collait de plus en plus à la peau.

Il erra dans l'empire. Il perdit ou abandonna les signes extérieurs de son rang : il échangea sa veste contre de la nourriture, sa dague pour du vin, égara son casque un soir particulièrement embrumé, se fit voler son sac par un jeune garçon beaucoup plus leste que lui. En peu de temps il ressemblait à n'importe quel vétéran las de la guerre. Il apparaissait négligé, perdu, peut-être mentalement atteint, mais manifestement inoffensif pour les militaires meins qui maintenaient l'ordre dans la majeure partie du Monde Connu. Il avait toujours eu un certain penchant pour la bouteille. Après la guerre, boire ne lui procurait plus aucun plaisir, mais il avalait l'alcool comme d'autres de l'eau pour se désaltérer. S'il était mort en ivrogne, il n'en aurait pas été gêné. Paradoxalement, il fut sauvé quand il contracta une nouvelle addiction.

Dans tout l'empire mein, la brume était plus abondante qu'elle ne l'avait été durant le règne des Akarans. Elle était partout, aussi omniprésente que le pain et l'eau, et moins chère que le vin candovien. Un soir où il ne trouva rien d'autre, il en fuma une pleine pipe. Que de révélations il eut alors ! Grâce à la brume, il comprit qu'il s'était trompé. Il n'était pas un raté. La guerre n'était pas terminée. Non, à la vérité il était l'apôtre solitaire d'une vengeance sanglante. Il avait déjà tué des Numreks, et il recommencerait. Il s'étendit sur le sol et vit les images au-dessus de lui, sur l'écran du ciel nocturne. Il sillonnait l'Aushénie, une épée dans chaque main. La terre n'avait pas vu de guerrier comparable à lui depuis une éternité. À un certain moment, la vision ne fut pas seulement imaginée, il se retrouva à vivre en elle. Il sentit le sol sous ses pieds et l'air qui emplissait ses poumons. Il parcourut des milliers de lieues, combattit jusqu'à ce que son visage ruisselle du sang des Numreks et que ses poings soient tellement soudés à ses épées qu'elles en devenaient des extensions de son propre corps. Il fit un carnage terrifiant…

Le premier matin, il s'éveilla angoissé de ces rêves quand il se retrouva dans ce corps anémié, sans rien d'un héros. Il aurait pu renoncer à la drogue et la maudire, mais il ne pouvait s'empêcher d'entendre le rythme entêtant de la brume qui subsistait dans son corps longtemps après qu'il l'avait prise, suggérant qu'il y eût quelque vérité dans ses visions. Ces rêves étaient tellement réels, précis dans leurs moindres détails, aussi vivaces que la vraie vie ! Non, ils étaient plus réels encore que l'existence qu'il menait à présent.

Il était interdit de consommer de la drogue durant la journée et les heures de travail. Quiconque était surpris par un soldat du Mein à en fumer avant le coucher du soleil risquait d'être enfermé et privé de la précieuse substance, ce qui était le châtiment redouté par tous les drogués. Leeka s'était donc déniché un emploi qui lui permettait de travailler saoul durant la journée au milieu des animaux, et de gagner les quelques pièces nécessaires pour rêver avec la brume toute la nuit. Il devint pareil à des millions d'autres individus de par le Monde Connu. Jamais il ne prit conscience de ce qui lui arrivait, jamais il ne s'interrogea sur la pente glissante qu'il descendait peu à peu. Il n'aurait pu dire à quel moment il en devint complètement esclave. La brume exigeait une dévotion totale. Bientôt Leeka ne crut plus en aucun autre dieu et se prosterna devant un nouvel autel.

Il pensait à tout cela alors qu'il approchait de l'abri enténébré où il passait ses soirées. Un peu plus tôt, il avait sorti de sa poche de poitrine le paquet contenant la brume et il marchait en en caressant les fibres de ses doigts. Une fois à l'intérieur, la préparation de la drogue ne prendrait que quelques minutes, et ensuite il inhalerait, inhalerait…

Leeka fit subitement halte et se figea. Il sentait quelque chose, une autre respiration, proche mais invisible. Il songea aux prédateurs nocturnes de la montagne et se dit que si c'en était un, sa mort ne faisait aucun doute.

— Pardonnez-moi, dit une voix. Je ne voulais pas vous surprendre.

Une silhouette encapuchonnée se détacha des ombres noyant le côté de sa cabane et s'avança dans le clair de lune, bras levés en signe de paix.

— En fait c'est vous qui m'avez surpris en arrivant aussi silencieusement.

Le ton de l'homme était amical, mais Leeka détestait tout particulièrement parler aux gens qui dissimulaient leur visage, surtout ceux qui se cachaient près de son abri en pleine nuit et venaient lui bloquer le passage. Il s'efforça d'exprimer au mieux son déplaisir par le seul regard.

— Êtes-vous Leeka Alain ? dit l'homme.

La question le prit au dépourvu. Sa première pensée fut que l'autre devait l'avoir entendu soliloquer un moment plus tôt, mais c'était très improbable. Il enfouit les fibres de brume dans sa poche.

— Êtes-vous Leeka Alain, qui commandait l'armée de Leodan dans le Mein ? Leeka Alain, que certains surnomment le chevaucheur de monstre ?

L'acacian de l'autre était fluide, et il s'exprimait comme un natif de l'île. Leeka n'avait pas entendu parler cette langue aussi parfaitement depuis très longtemps. Qui pouvait poser pareille question, et en acacian ? Sans doute un homme qui souhaitait l'entendre confirmer son identité avant de l'exécuter.

— Êtes-vous celui qui a affirmé avoir été le premier à tuer un Numrek ?

— Non, rétorqua Leeka dans le dialecte des montagnes. Je ne suis pas cet homme.

La silhouette encapuchonnée ne bougea pas. C'était une statue qui se fondait presque dans le flou de la nuit. Un instant, Leeka se demanda s'il n'était pas victime d'une hallucination. Peut-être que cette statue s'était toujours trouvée là et qu'il avait oublié son existence. Et peut-être que ce n'était pas du tout une statue, seulement un tour que lui jouait le clair de lune et son esprit impatient de s'embrumer.

L'inconnu reprit la parole, toujours en acacian :

— Je regrette beaucoup de l'apprendre. J'ai besoin des services de Leeka Alain. Il est vrai que vous ne lui ressemblez guère. Peut-être me suis-je trompé. Je suis désolé de vous avoir importuné. Permettez-moi de vous offrir quelque chose pour compenser cette erreur. Tenez...

La main de la silhouette s'éleva, et il en jaillit l'éclat tournoyant d'une pièce lancée en l'air, qui brillait à chaque fois qu'une de ses faces reflétait la lumière lunaire. Les yeux de Leeka ne purent s'empêcher de suivre son vol. Un tour de voleur, et il était tombé dans le piège. Par la suite, il ne pourrait dire qu'il avait vu l'homme bouger. Mais il sentit très nettement le coup porté à son ventre. Un picotement à sa nuque déclencha un éclair de douleur qui le traversa comme le feu se propage dans les broussailles sèches, s'embrasant et s'éteignant la seconde suivante. Quand la sensation disparut, il perdit conscience.

Dès qu'il ouvrit les yeux, il sut qu'un certain laps de temps s'était écoulé et qu'il ne se trouvait plus au même endroit. Il se remémora la silhouette dans les ombres, la voix, la pièce lancée dans l'air, l'impact qui l'avait cassé en deux. Un moment il resta étendu avec ces pensées à l'esprit, pendant que sa vision se clarifiait et se concentrait sur les poutres grossièrement équarries d'un plafond au-dessus de lui. Elles étaient éclairées par la lumière changeante d'un feu de cheminée. Il connaissait bien ce plafond, dans chacune de ses irrégularités, ce nœud qui déformait une des poutres, la dentelle de ces vieilles toiles d'araignée accrochée à cette autre. Il se trouvait sur sa couche, dans sa cabane, et contemplait son propre plafond. Étrange…

La silhouette d'un homme se pencha sur lui.

— Vous m'avez menti, Leeka Alain. Je ne prétendrai pas en être étonné. L'époque ne prête guère à parler sans détour à un inconnu, mais je m'attendais à ce que vous vous montriez plus convaincant.

L'homme approcha une chandelle de son visage. Leeka le regarda avec perplexité. Il voyait un vieil homme à la peau aussi crevassée que l'écorce d'un arbre, aux cheveux gris et à la barbe rare tressée selon la mode senivale. Si son corps s'accordait à ce visage, l'homme était d'une maigreur comparable à celle de n'importe quel mendiant qu'il pouvait croiser dans la rue sans lui prêter attention. Comment ce vieillard avait-il réussi à seulement le frapper ? Était-il tombé si bas ?

L'autre parut deviner ses pensées.

— Je ne suis pas aussi décrépit que j'en ai l'air. Vous non plus. Dans un combat loyal, je n'aurais pas eu la moindre chance contre vous. Ce qui s'est passé dehors… que cet incident n'écorne pas votre orgueil de soldat.

Il se tut une seconde, puis reprit :

— Regardez mon visage, Leeka. Dites-moi si vous me reconnaissez. Il se peut que tel soit le cas, car nous nous sommes rencontrés une fois, à une autre époque et en un autre lieu, et dans ce qui semble maintenant avoir été un autre monde, vraiment.

Leeka comprit qui il avait devant lui au moment où les mots lui échappèrent :

— Vous êtes le chancelier… Thaddeus Clegg.

Le vieil homme sourit.

— Bien, dit-il. Il y a encore de l'espoir pour vous.

Chapitre vingt-neuf

Oui, dut reconnaître Corinn un après-midi, alors qu'elle remontait à cheval la piste élevée qui suivait la crête serpentine en direction du Rocher du Refuge, les femmes meines avaient un potentiel certain pour la beauté. Il fallait seulement s'accoutumer aux angles durs de leur visage. Elles avaient la même structure osseuse et la même nature que les hommes de leur race, mais ce qui paraissait ciselé, viril et séduisant chez eux était quelque peu étrange chez elles. C'est du moins ce que Corinn avait pensé pendant la plupart des années passées en leur compagnie. Quand ce changement d'appréciation avait-il commencé ? Elle n'aurait pu le dire avec précision, mais les chevauchées récentes partagées avec une suite de jeunes femmes du Mein y avaient certainement contribué.

Tout avait débuté par un ordre. Hanish Mein, lui avait dit un messager, priait la princesse Corinn de passer des après-midi avec sa cousine Rhrenna et sa suite de jeunes femmes nobles, amies et servantes. Le messager avait employé le verbe « prier », même si tous deux savaient que « exiger » aurait mieux convenu à la réalité. Et il l'avait appelée « Princesse ». Tout le monde l'appelait ainsi, alors qu'elle était une prisonnière sur l'île ayant jadis été celle de Leodan. Elle était maintenue dans ce purgatoire interminable par celui-là même qui avait orchestré l'assassinat de son père, la ruine de l'empire acacian et de la famille Akaran. Elle parcourait à présent les mêmes couloirs qu'elle avait parcourus toute sa vie. Elle avait les mêmes vues de la ville basse et de la mer depuis le palais. Souvent, le soir, elle dînait à la longue table de la grande salle. Mais elle n'était plus chez elle. Un autre homme s'installait à la place qu'avait occupée son père. L'invocation précédant le repas était prononcée dans une langue différente, et elle appelait à la bénédiction d'une force collective menaçante que Corinn ne comprenait pas réellement. Son quotidien était en équilibre entre ce qui avait été et ce qui était dorénavant, les frontières gommées par la réalité du présent, enveloppées dans le souvenir. C'était sa situation particulière, aussi détestable qu'unique.

Cet après-midi-là, Rhrenna montait un alezan qu'elle avait dû choisir afin qu'il s'accorde avec sa tenue, une veste bleu pastel et brun-roux, avec une jupe fendue qui ressemblait presque à une robe quand elle se tenait debout mais s'ouvrait quand elle était en selle. C'était une fille au teint pâle et à l'ossature fine, dont les traits imparfaits formaient néanmoins un effet d'ensemble agréable à l'œil. Elle portait ses longs cheveux tressés d'une façon que Corinn mit quelque temps à différencier de celle qu'employaient les hommes.

Pendant les deux premières années, peu de femmes meines s'étaient aventurées hors de Tahalian. Leurs époux se montraient protecteurs envers elles, pour ne pas dire possessifs. Les Meins n'aimaient guère mêler leur sang à celui d'autres races et voyaient d'un très mauvais œil qu'une de leurs femmes donne naissance à un enfant métis. Il valait beaucoup mieux que les femmes de l'empire nouvellement conquis portent des enfants plus pâles qu'elles-mêmes, aux yeux gris et aux traits acérés. Bien qu'assez peu prisée, la chose était inévitable. Quelles que soient les louanges dont ils couvraient leurs femmes, les hommes meins n'en dédaignaient pas pour autant les beautés étrangères. Ils semblaient beaucoup apprécier le goût, le contact, les tons de peau et les traits distinctifs de celles auxquelles ils affirmaient être indifférents. On disait de Maeander lui-même, le propre frère d'Hanish, qu'il était le père d'une véritable tribu d'enfants. Peu à peu, un nombre croissant de femmes meines firent le voyage pour venir remplir le rôle d'épouse et de concubine, et pour apporter une plus grande normalité domestique, à la fois dans le palais et parmi les simples soldats dont la plupart vivaient désormais une existence d'un luxe inédit.

Rhrenna était sur Acacia depuis quelques mois seulement, mais elle semblait s'être bien adaptée. Un de ses charmes était sa voix, haute et douce, qui se prêtait fort bien à la langue acaciane, contrairement à la plupart des Meins.

— Hanish te trouve très jolie, dit-elle en la regardant avec une timidité affectée à travers la dentelle ajourée de son chapeau à large bord. Mais tu dois déjà le savoir. Tu comprends les hommes mieux que moi, n'est-ce pas ?

— J'en ai très peu compris jusqu'ici, répondit Corinn.

Elle ne s'intéressait guère aux amourettes et aux intrigues de cour, tout d'abord parce qu'il ne s'agissait pas de *sa* cour, mais aussi parce que cela lui rappelait désagréablement ce qu'elle avait perdu. Malgré tout, elle se surprit à demander :

— Pourquoi dis-tu qu'Hanish me trouve jolie ?

— C'est évident, Princesse, répondit Rhrenna. Quand vous êtes tous deux dans la même pièce il ne peut détacher son regard de ta personne. Et lors des danses d'été, il n'a quasiment prêté attention qu'à toi.

Une autre jeune femme, une amie d'enfance de Rhrenna, approuva. Elle se tourna sur sa selle et obtint la même réaction des quatre autres cavalières qui les suivaient.

Mais Corinn ne l'entendait pas ainsi.

— Comme si j'avais pu impressionner qui que ce soit ce soir-là ! J'ai multiplié les faux pas tout le temps... Et il était bien obligé de me prêter attention, sinon il aurait eu les pieds réduits à l'état de bouillie. Je ne comprends rien à vos danses.

Rhrenna resta songeuse un moment, se laissant bercer par le pas nonchalant de son cheval, avant de lâcher :

— Tu fais des faux pas plus gracieux que beaucoup d'autres.

Corinn tenta à de multiples reprises de détourner les compliments de Rhrenna, mais la jeune femme trouvait toujours un moyen de transformer ses protestations en phrases bienveillantes. L'Acaciane finit par se réfugier dans le silence, puisqu'elle ne parvenait pas à se dévaloriser. Et qu'avait-elle à faire de cette admiration ? Pendant des années avant la guerre, elle avait été admirée par des femmes et des hommes autrement plus raffinés que ces filles. Elle avait une conscience beaucoup plus aiguë de sa propre situation et elle n'était pas complètement sûre que les autres sentent la fausseté de leurs rapports. Elle savait n'être qu'un trophée exhibé pour le plaisir des Meins et l'édification des nouveaux sujets du roi. Voyez, disait sa seule présence, voici la preuve irréfutable que l'empire qui existait avant notre arrivée a été défait. Voyez cette Akaran assise à *notre* table. Voyez ses manières, sa beauté, son raffinement. Contemplez-la, rappelez-vous la puissance passée des Akarans et comment ils ont été balayés, domptés, domestiqués. C'était ce que la présence de Corinn clamait chaque jour. Quelle tristesse ! Son existence était dénuée de toute épreuve physique, de tout travail pénible, et elle profitait du luxe et de quantité de privilèges qu'elle avait toujours connus. Et pourtant, elle se sentait constamment mise à l'écart, possédée, utilisée, asservie, même par ces jeunes femmes qui affirmaient l'adorer.

Elles étaient assez proches du Rocher du Refuge pour que la brise leur apporte la puanteur des fientes d'oiseaux qui régnait sur l'endroit. Une des cavalières s'en plaignit en mettant une main devant son nez et en demandant si elles devaient vraiment aller plus loin. Lèvres serrées, Corinn poussa son cheval en avant. Elle se rendait compte qu'elle se vexait de la moindre remarque déplaisante concernant l'île de son père, même quand il était question des habitudes des oiseaux de mer. Elle n'avait pas à feindre d'adorer le paysage alentour. L'île était au summum de ses couleurs estivales. L'herbe recouvrant les collines s'était desséchée jusqu'à revêtir un jaune enflammé et métallique. Le seul élément qui manquait était les couronnes vertes des acacias. Ils avaient tous été abattus pendant l'année suivant la victoire d'Hanish, dans un acte de méchanceté gratuite et symbolique, un autre point que Corinn ne lui pardonnerait jamais.

Bientôt les incendies de la saison sèche s'allumeraient et enverraient des nuages de fumée noire qui attireraient les charognards avides de fouiner dans les saignées cendreuses ouvertes à flanc de collines telles des blessures. Corinn en fit la remarque aux autres et leur précisa que désormais il leur faudrait choisir avec soin les jours où elles voudraient se promener. Des gens s'étaient déjà retrouvés encerclés par ces incendies à la progression fulgurante et brûlés vif là où ils se tenaient. Les jeunes femmes l'écoutèrent dans un silence respectueux et craintif. Pour des gens habitués à neuf mois d'hiver par an et des étés jamais dépourvus du risque d'une tempête de neige, l'éventualité de ces feux spontanés devait paraître effroyable. Corinn n'était pas mécontente que ces jeunes femmes redoutent des aspects de l'île qu'elle-même connaissait depuis toujours, même si elle éprouvait la morsure du souvenir qui accompagnait si souvent ce genre de pensées. Igguldan. Elle ne pouvait supporter de l'évoquer. Quelle torture d'avoir été aussi près d'un grand amour pour se le voir ravi par les actes impitoyables de fous sanguinaires.

Le vent se leva alors qu'elles approchaient des falaises du Rocher du Refuge. Quand elles en atteignirent le sommet, Rhrenna et les autres tenaient toutes leur chapeau pour l'empêcher d'être emporté. Corinn, dont la peau était habituée au soleil et qui n'avait donc pas besoin de se protéger le visage, chevauchait sans couvre-chef. L'amusement qu'elle tira de cet épisode fut cependant de courte durée.

— Regardez, dit une des jeunes femmes, Larken est de retour du Talay. C'est son navire, là-bas.

Corinn mit un moment à le repérer. Sa grand-voile écarlate était frappée de la représentation stylisée d'un pic à manche court, le symbole de Larken accordé par Hanish en récompense de ses services durant la guerre. La vue de cette voile rouge qui avançait à bonne vitesse vers elles sur le bleu-violet scintillant de la mer l'emplit instantanément de rancœur.

Larken. La seule évocation de cet homme lui rappelait l'époque qui avait précédé sa captivité. C'est lui qui avait frappé à la porte de sa chambre, sur l'île de Kidnaban, neuf ans plus tôt. Il s'était tenu devant elle, imposant et séduisant dans sa tenue de garde de Marah. Il avait parlé sur un ton de grande franchise, et avec un calme impressionnant qui donnait à ses propos tout leur poids. C'est Thaddeus Clegg qui l'envoyait, avait-il expliqué. Il devait l'emmener dans un lieu sûr, elle et seulement elle. D'autres gardes se chargeraient de la même opération pour ses frères et sa sœur, chacun partant pour une destination différente. Il n'aurait pas été prudent de les regrouper tous en un seul endroit. Thaddeus et son père avaient tout prévu pour eux. Il avait produit des documents corroborant ses dires, avec tous les sceaux et les signatures, ainsi que l'empreinte de la bague de Thaddeus.

— Venez, avait-il dit. Vous pouvez avoir confiance en moi. Sur ma vie j'ai fait serment de vous protéger.

De toute son âme elle avait voulu le croire. Comment avait-elle pu accepter de partir avec lui sans d'abord parler à ses frères et sa sœur ? se demandait-elle aujourd'hui. Elle avait certes essayé, mais il s'était montré si convaincant, il avait paru si sincère. Les agents d'Hanish Mein se rapprochaient d'eux, avait-il affirmé. Les traîtres se dévoilaient maintenant dans tout l'empire. Même leur hôte aux mines, ce Crenshal, était suspect, et c'est pourquoi ils devaient fuir au plus vite. La rapidité de leur départ était primordiale. Ses frères et sa sœur étaient déjà en route. Si elle venait immédiatement elle pouvait avoir l'assurance de les revoir bientôt. C'était la seule solution.

Larken était poli et déférent, mais aussi efficace, énergique et déterminé. Il savait tout ce qu'il y avait à faire et il l'exécuta sans accroc. Elle n'avait qu'à suivre ses instructions. Ils sortirent discrètement de la propriété et descendirent dans la petite ville de Crall, s'enfoncèrent dans le dédale de ses ruelles pour atteindre les quais. Là ils embarquèrent sur un sloop que Larken barra seul avec l'aisance d'un marin chevronné. Au lever du soleil ils avaient contourné un cap et étaient hors de vue de Crall. Il cita tous les points de repère qu'ils dépassèrent sur Kidnaban, et il lui expliqua ses intentions quand ils s'éloignèrent de l'île en direction du Cap de Fallon. Quand leur embarcation se glissa dans la petite ville endormie de Danos tard cette nuit-là, elle était fourbue et elle avait entièrement placé son sort entre les mains de Larken.

Il lui expliqua qu'ils devaient rencontrer un magistrat resté fidèle à la cause des Akarans en un lieu et à une heure prédéterminés. Il était le seul à savoir comment ils procéderaient à partir de là, et elle pouvait se reposer sur lui. L'homme se trouvait bien à l'endroit indiqué par Larken. Il accueillit Corinn avec tant d'effusion qu'elle en fut gênée, ce qui ne lui était encore jamais arrivé.

— Ici nous n'avons rien à craindre, dit-il tandis qu'ils marchaient à pas lents. Cette rencontre a été entourée du plus grand secret. Personne à part moi n'a lu les instructions du chancelier. Les préparatifs de chaque étape de votre mise en sécurité ont été effectués indépendamment des autres, de sorte que personne d'autre que moi ne peut comprendre la situation dans sa globalité. Tout a été fait selon les ordres de Thaddeus, que j'ai suivis à la lettre. Vous pouvez me croire, Princesse Corinn, le pire est derrière vous, à présent.

— Personne n'est au courant de notre arrivée ? demanda Larken. Vous en êtes certain ?

L'autre répondit par l'affirmative, ajoutant qu'il pouvait le jurer sur sa propre vie et celle de ses enfants. Il détenait tous les documents dont lui et la princesse auraient besoin pour agir, avec des instructions écrites des gens à contacter et les mots de passe secrets pour obtenir leur confiance. Ils devaient partir pour la Candovie. Là-bas, des personnes sûres se chargeraient de veiller sur Corinn dans une cachette si parfaite qu'Hanish Mein ne pourrait jamais la trouver, même s'il cherchait cent ans.

Toutes ces précisions parurent satisfaire Larken. Il ne dit rien de plus, et pendant un temps ils continuèrent simplement de marcher. Le magistrat parlait sans arrêt, se plaignait de la situation de l'empire, se lamentait sur la mort de Leodan, et offrait des détails fragmentaires sur ce à quoi elle devrait s'attendre dans les jours à venir, agrémentés de la promesse que tout rentrerait bientôt dans l'ordre. Corinn souhaitait à moitié qu'il se taise, mais en même temps elle lui était reconnaissante de son monologue. Elle avait envie de l'agripper et de ne plus le lâcher jusqu'à ce que les choses reprennent leur cours normal. Elle n'avait jamais éprouvé un besoin aussi grand de se raccrocher à autrui. Elle sentait déjà qu'elle passait de la garde de Larken à celle de cet homme trop bavard.

C'est en partie pourquoi ce qui se produisit la stupéfia autant. Pendant un moment, ce qu'elle vit ne prit pas tout son sens pour elle. Alors qu'ils tournaient un coin et s'engageaient dans une section de ruelle abritée du clair de lune, Larken murmura quelques mots. Le magistrat se retourna vers lui, comme s'il réagissait à une mise en garde. Il faisait donc face au garde de Marah quand celui-ci l'agressa. Larken leva quelque chose au-dessus de sa tête et l'abattit sur le front de l'homme. Celui-ci resta comme tétanisé, et on eût pu croire que son corps entier était suspendu au poing du soldat. Quand Larken rejeta le bras en arrière d'une saccade, le magistrat s'écroula. Sa forme qui n'était qu'une silhouette devant la cour éclairée trahit l'arme : une petite hache que Larken avait portée à sa ceinture. Corinn l'avait remarquée plus tôt, sans y accorder d'importance.

Larken saisit le coude de la princesse pétrifiée.

— Ne faites pas un bruit. Je ne vous tuerai pas, mais si vous criez à l'aide je vous réduirai au silence d'une manière très douloureuse.

Il la mena vers une volée de marches basses à la lisière de la zone d'ombre. Son visage était proche de celui de Corinn, son souffle chaud sur sa peau.

— Il fallait qu'il en soit ainsi, Princesse. Ne me le reprochez pas, ni à lui. Nous sommes tous des acteurs dans un drame qui dépasse notre entendement. Venez, notre voyage n'est pas encore terminé.

— Que... Que faites-vous ? balbutia-t-elle en grimaçant à cause de la pression infligée à son poignet par la main de Larken. Où m'emmenez-vous ?

Pour la première fois, il ignora ses questions. Pas de réponse polie. Pas d'explication approfondie et rassurante. Il l'entraîna simplement à sa suite. Il allait la mettre au secret, oui, mais pas là où son père l'avait prévu. Il se révéla que Larken n'était ni un garde loyal de Marah ni complètement un traître. Il retint simplement Corinn captive dans la vieille cabane d'un moine et attendit de la vendre au pouvoir qui sortirait victorieux de la guerre. C'était dans le centre de l'île de Danos, au milieu de collines rocailleuses, le long d'une berge de la rivière si abrupte et parsemée de rochers que peu d'humains trouvaient des raisons de s'y aventurer. Ils passèrent les jours dans de longues périodes de silence brisées à l'occasion par des conversations que Corinn elle-même se détestait d'accepter. Il la nourrissait et prenait soin d'elle. À intervalles de quelques jours, il la ligotait et retournait à Danos pour se renseigner sur la situation. C'est par les rapports qu'il lui faisait ensuite que la jeune fille fut tenue au courant de l'évolution du conflit. En dehors de cela, Larken avait beaucoup de choses à lui dire, des choses incroyables qu'elle ne crut pas à l'époque, mais dont la véracité était maintenant indéniable.

Lorsqu'elle quitta la cabane, Corinn n'était plus la même. Elle avait renoncé à toute innocence, à toute idée, même vague, qu'elle pourrait jamais trouver quelque réconfort dans une croyance naïve, pleine d'espoir. Plus jamais elle ne se laisserait aller à baisser sa garde, se jura-t-elle. Elle n'accorderait plus jamais sa confiance. Elle n'aimerait plus jamais. Et plus jamais elle ne mettrait sa foi en d'autres êtres humains. Elle apprendrait tout ce qu'elle pourrait de ce monde, et elle trouverait le moyen d'y survivre.

Six semaines après l'avoir enlevée, Larken la présenta à Hanish Mein. Par cet acte, il se gagna une place privilégiée dans l'empire du nouveau chef. De son côté, Corinn se trouva plongée dans cet étrange purgatoire qu'elle subissait encore quotidiennement, neuf ans plus tard.

Elle ne parla pas du tout pendant que le groupe de femmes rebroussait chemin vers le palais. Elles arrivèrent à une des portes situées à l'arrière. Des gardes aux cheveux blonds leur lancèrent en plaisantant qu'elles devaient donner un mot de passe pour entrer. Corinn n'avait ni le temps ni le goût pour ces enfantillages. Pas plus qu'elle ne fut heureuse de voir un messager qui l'attendait, une fois que la porte fut ouverte. Hanish Mein souhaitait la voir dans l'après-midi, à une heure donnée. Intérieurement elle soupira, et faillit répondre qu'elle se sentait mal et ne pourrait honorer le rendez-vous. Mais elle percevait les regards des autres femmes fixés sur elle, admiratifs, envieux et curieux tout à la fois. Hésitant sur la réaction à adopter, elle finit par accepter le message sans faire de commentaire ni montrer d'étonnement.

Alors qu'elle attendait dans le couloir menant aux appartements privés d'Hanish – ceux-là mêmes qu'avait occupés son père –, elle se rendit compte qu'elle devait fournir un effort pour ne pas rougir, pour calmer les battements de son cœur et conserver une expression impassible. Le chef du Mein avait sur elle un effet auquel Corinn résistait consciemment. Elle se souvint, comme toujours avant de lui parler, de la façon dont il avait ri d'elle lors de leur première rencontre. Elle avait invoqué le nom d'Igguldan et déclaré qu'il ne permettrait pas qu'elle reste emprisonnée. Hanish s'était esclaffé.

— Igguldan ? Ce morveux d'Aushénien ? C'est à lui que tu penses en cet instant ? Bien, je crois comprendre que c'était un garçon séduisant, un poète, de ce qu'on m'a dit. Peut-être aurais-tu une opinion différente de lui si tu savais qu'il a mené son armée à la plus grande défaite de sa nation. C'est la vérité. Ils ont tous péri... de façon très horrible, d'ailleurs. Son nom, chère Princesse, sera à jamais frappé du sceau honteux de la défaite. Mais s'il te réchauffe le cœur, souviens-toi de lui autant que tu le veux. Vous autres Acacians êtes très doués pour ce genre d'exercice.

À cette minute, Corinn n'avait jamais haï quelqu'un autant qu'Hanish. Il lui avait semblé être un monstre arrogant, impitoyable, cruel et répugnant. Elle était intensément frustrée de devoir se remémorer cette impression qu'elle avait eue de lui. Trop souvent, elle le savait, elle lui coulait des regards chargés d'une émotion très différente de celle qu'elle aurait voulu avoir.

— Corinn ? appela la voix du Mein. Princesse, je peux t'entendre respirer là, dehors. Entre et discutons un moment. J'ai appris quelque chose qui pourrait t'intéresser.

Une autre source de contrariété ! Hanish semblait vraiment posséder des sens très aiguisés. Elle pénétra dans la pièce et le trouva appuyé contre le bureau de son père, une liasse de papiers dans une main. Il tirailla une de ses tresses, celle qui indiquait le nombre d'hommes tués dans cette danse du Maseret que les Meins appréciaient tant. Il posa son regard sur elle et sourit, et elle le détesta pour la façon dont le moindre mouvement faisait ressortir la beauté de ses yeux. Et quels yeux ! Ils attiraient infailliblement le regard de la princesse. Ils paraissaient éclairés par un feu intérieur, comme si le visage de l'homme était une lanterne à forme humaine et ses yeux les fentes qui laissaient échapper la lumière grise contenue en lui. Corinn discerna un grand calme dans ces prunelles. Elles la touchaient autant que si elle avait contemplé les eaux turquoise sur une de ces plages de sable blanc près d'Aos. Certaines choses sont simplement faites pour être vues. Les yeux d'Hanish – en fait, tout son visage – en faisaient partie. Il fallut un effort considérable à Corinn pour afficher le masque de froid mépris qui convenait et qu'elle arborait toujours face à lui.

— Le soleil te va très bien, Corinn, dit Hanish en acacian, la langue qu'il utilisait presque toujours avec elle. Un teint aussi parfait, aussi approprié aux jours d'été ensoleillés d'ici. À propos, je suis content que tu aies fait cette balade à cheval avec ma cousine et ses amies.

— Je ne l'ai pas fait volontairement, répondit Corinn. Vous vous en souviendrez, c'était un ordre que vous m'avez transmis.

Hanish sourit comme si elle venait de dire quelque chose de très agréable à entendre.

— Ce n'est pas une tâche aisée que d'enseigner aux femmes meines les manières de la cour. Elles sont aussi mal préparées à cet exercice que l'étaient nos hommes. Cependant je sais qu'elles estiment beaucoup la valeur de ton exemple pour apprendre.

Corinn n'avait rien à répondre à cela. Hanish posa les papiers sur le bureau, se retourna vers elle et déclara :

— Comme je te l'ai dit, il m'est parvenu des nouvelles qui pourraient t'intéresser. Larken vient juste de rentrer du Talay. Il rapporte des informations concernant ton frère.

Il guetta une possible réaction de Corinn pendant quelques secondes, avant de poursuivre :

— Nous ne l'avons pas retrouvé, du moins pas encore. Mais je ne doute pas que nous y arrivions. Il est quelque part au Talay, à l'intérieur des terres. Larken pense ne l'avoir manqué que d'un cheveu. Il a fouillé un village sur la foi d'un renseignement donné par un de ses habitants, mais l'Acacian qui se cachait là venait de partir. Ton frère Aliver se montre très difficile à prendre.

— Comment savez-vous qu'il s'agissait d'Aliver et non de Dariel ?

— Je pensais justement que tu pourrais clarifier ce point pour moi. Est-ce Aliver ? Est-ce au Talay qu'il a été envoyé ?

— Cela vous aiderait-il de le savoir ?

— Oui, je l'admets.

Corinn le regarda au fond des yeux et répondit :

— Je n'en ai pas la moindre idée.

Hanish ne semblait plus aussi content de la jeune femme, à présent. Il semblait sur le point de s'écarter du bureau et de foncer sur elle, mais il se contenta de croiser les bras.

— Tu as beaucoup changé, hein ? fit-il en langue meine. Tu n'as plus rien à voir avec la fille que j'ai vue il y a neuf ans. Te souviens-tu comment nous t'avons soignée de la fièvre ? La malédiction des Numreks. Crois-moi, Princesse, sans notre savoir-faire avec ce mal, tu aurais connu de bien plus grandes souffrances. Peut-être que tes frères et ta sœur en ont éprouvé tous les effets, sans personne pour leur dire qu'ils allaient sans doute s'estomper. Ils auront changé, eux aussi. Peut-être serais-tu incapable de les reconnaître, aujourd'hui. Peut-être es-tu plus une des nôtres qu'une des leurs, Corinn.

La répugnance qu'elle éprouva à cette suggestion étincela dans les yeux de la princesse.

— Où sont tes frères et ta sœur ? insista Hanish en revenant à l'acacian.

— Vous m'avez déjà posé cette question.

— Et je te la poserai encore et encore. Il se peut que tu dises la vérité, mais je serais heureux de te la poser cinq fois par jour pendant les vingt prochaines années si cela pouvait finir par donner quelque chose.

— Après quoi vous cesseriez de le faire ?

— Après quoi je te la poserais dix fois par jour pendant les quarante années suivantes, en admettant que je ne rejoigne pas les Tunishnevres avant. Corinn, tu vis depuis neuf ans dans ma maison, en qualité d'invitée dans ce palais qui fut naguère le vôtre. T'ai-je jamais molestée ? Ai-je touché un cheveu de ta tête, t'ai-je forcée à quoi que ce soit d'une manière ou d'une autre ? Alors aide-moi à retrouver tes frères et ta sœur. Comme je te l'ai déjà dit, je veux seulement qu'ils reviennent dans le palais de leur père pour y vivre en paix, comme toi. Pourquoi préfères-tu les savoir en exil, cachés dans un coin d'une des provinces ?

— Où qu'ils soient, ils sont libres, répliqua Corinn. Et je ne voudrais pas changer cela pour tout l'or du monde. Pas plus qu'eux.

— En es-tu si sûre ?

Comme elle ne répondait pas, il eut un rictus railleur.

— Très bien, comme tu voudras. Cela n'a pas d'importance. Nous finirons par les retrouver. J'ai le temps et le pouvoir pour moi. Ils ont peu d'amis, et encore moins de ressources. Nous avons failli capturer un de tes frères. J'en suis certain. Ce qui signifie qu'il est en fuite, et susceptible de commettre des erreurs, par exemple de faire confiance à la mauvaise personne... Crois-moi, Corinn, ils ne vivent pas une existence luxueuse comme la tienne. Je suis désolé que nous ayons passé aussi peu de temps ensemble. Les années se sont écoulées, mais tu es toujours une inconnue pour moi. J'aimerais changer cet état de fait. Je vais beaucoup moins voyager que je ne l'ai fait jusqu'alors. Je suis convaincu qu'en me connaissant mieux tu apprendras à mieux m'apprécier. Peut-être alors parviendrons-nous à définir ce que nous sommes censés être l'un pour l'autre. Qu'en dis-tu ?

— Puis-je partir ? demanda-t-elle sur le ton du défi.

— Tu peux aller et venir comme bon te semble, Corinn. Il en a toujours été ainsi. Quand l'admettras-tu ?

Elle tourna les talons sans répondre. Les yeux d'Hanish la suivraient jusqu'à ce qu'elle soit hors de vue, elle le savait, et cela rendait difficile une démarche naturelle, mais elle réussit à sortir d'un pas égal. Elle passa dans une autre pièce et tourna un coin, laissant Hanish loin derrière. Elle poussa un soupir de soulagement et allait tomber le masque rigide qui figeait son visage, quand elle se rendit compte qu'elle était encore observée.

Maeander se trouvait devant la porte qu'elle devrait franchir. Il venait de s'arrêter là et conversait avec quelqu'un qui se tenait dans le couloir. Il remarqua sa présence et s'interrompit. Larken apparut alors et s'avança de quelques pas dans la pièce avant d'apercevoir à son tour la princesse. Il sembla instantanément amusé. Bien qu'Acacian, il ne s'exprimait plus maintenant qu'en langue meine. Lui et Maeander étaient des témoignages sculpturaux de tout ce qui était masculin dans leurs races respectives.

Corinn continua de marcher vers la porte. Elle scruta le couloir au-delà des deux hommes, comme si grâce à ses seuls yeux elle pouvait s'accrocher à quelque chose là-bas qui la tirerait à travers eux. Elle frôla Larken, qui ne bougea pas. Mais quand elle arriva à la hauteur de Maeander, celui-ci étendit le bras en travers de la porte pour lui bloquer le passage. Elle évita de le regarder et fixa l'intérieur de son coude devant elle. Une artère y battait comme un ver emprisonné sous la peau. Elle savait qu'il avait les yeux posés sur elle. Leur intensité lui était familière. Il lui semblait l'avoir sentie depuis qu'il l'avait vue pour la première fois, puis chaque jour par la suite, et dans ses rêves. Elle se réveillait parfois au cœur de la nuit et fouillait du regard toute la chambre, avec le sentiment que pendant son sommeil elle n'avait jamais été seule. Plus que tout autre, cet homme avait transformé le domicile de son père en un lieu menaçant, alors qu'il ne s'était adressé à elle que très rarement, et à voix basse.

Comme s'il savait ce qu'elle pensait, Maeander ne parla pas. Il s'inclina vers elle et de l'index de sa main libre lui effleura le menton. Après avoir étudié de longues secondes le visage de la jeune femme, il en rapprocha le sien. Les poils rêches de sa barbe caressèrent sa joue. Il pivota légèrement et sa langue humide lécha la tempe de la jeune fille.

Elle écarta la tête d'un mouvement brusque, de la main donna un coup sec sur le bras de Maeander et s'élança dans le couloir.

— A-t-elle un goût sucré, ou amer ? Je me le suis toujours demandé, dit Larken dans son dos.

Elle ne perçut pas la réponse. Plus tard, elle se demanda si elle avait bien entendu le rire de Maeander qui la suivait. Il semblait la suivre partout. Hanish pouvait tenir les propos les plus aimables, Maeander était la réalité derrière la façade des Meins. Jamais elle ne leur accorderait son crédit. Elle avait cessé de faire confiance aux hommes depuis longtemps, et elle n'allait pas recommencer maintenant. Elle n'avait pas la moindre idée des lieux où ses frères et sa sœur avaient fui. Mais elle avait la certitude qu'ils s'étaient retrouvés dans des situations préférables à la sienne.

Chapitre trente

Le brick allait s'échouer sur la terre ferme à pleine vitesse. Il fonçait droit sur les récifs, si près que le navire attaquait les vagues de travers là où elles commençaient à se recourber, en vacillant comme une monstruosité ivre. Spratling avait une vue parfaite de la scène depuis la plate-forme qui servait de nid-de-pie au *Ballan*. Il allait voir s'éventrer la coque de la proie qu'ils pourchassaient depuis quatre jours, et son contenu se perdre dans la mer. Il assisterait à la catastrophe comme aurait pu le faire un oiseau, et il devrait tout raconter à Dovian quand il reviendrait les mains vides. *Faites quelque chose*, songea-t-il. *Imbéciles, mais faites donc quelque chose ! Je ne vous traque pas depuis tout ce temps pour...*

Nineas, le vieux pilote, le héla. Le vétéran des mers avait l'art de se faire entendre, quelles que soient les circonstances.

— Ils tirent une bordée vers nous ! Spratling ! Tu veux toujours que je garde le cap ?

Le jeune capitaine lui hurla en retour que bien sûr ils devaient garder le cap ! Bien sûr ! Leur proie était un vaisseau de la Ligue et non un de ces grands navires de haute mer, mais elle n'en représentait pas moins une valeur énorme. C'était un de ces bricks qu'ils utilisaient pour transporter leurs chefs de la côte à la plate-forme qui leur servait de base, une cité flottante ancrée au sol de l'océan à environ cent lieues au nord-ouest des Îles du Lointain. En temps normal, ces bricks se déplaçaient avec une escorte de plusieurs bâtiments de guerre, chacun de ceux-ci manœuvré par la force militaire privée de la Ligue, l'Inspectorat d'Ishtat. Si celui-ci avait eu à bord un membre important de la Ligue, le vaisseau aurait aussi transporté des richesses impensables pour un pillard comme

Spratling. Mais il aurait été impossible de l'approcher sans une véritable flottille. Jamais personne ne s'était risqué à ce genre d'attaque. Cependant, ce navire voguait sans personne d'important à son bord, à en juger d'après les règles de la Ligue, donc sans nécessiter un déploiement des forces d'Ishtat.

Spratling le savait parce qu'un des espions de Dovian, passé maître dans l'art du déguisement et qui avait infiltré les dockers de la base de la Ligue, avait affirmé que ce vaisseau était certainement la seule unité vulnérable qu'ils pourraient arraisonner d'ici la fin de l'année. Le message était arrivé la nuit avant que le brick ne prenne la mer, mais Dovian avait jugé qu'ils pouvaient encore le rattraper. Avec sa bénédiction, Spratling avait levé l'ancre le lendemain matin. Le *Ballan* était un clipper aux lignes élancées, taillé pour la vitesse, avec une grand-voile très haute et une structure légère. Il n'avait pas l'aspect d'un navire de guerre, et c'est pourquoi le brick l'avait certainement ignoré le premier jour de la poursuite. On avait peut-être repéré le curieux engin monté à sa proue, une sorte de série de planches reliées entre elles par des attaches en fer et inclinées sur une charnière solide. À son sommet, pointé vers l'avant, on voyait un grappin métallique de près de sept pieds de long, à l'aspect redoutable, effilé à son extrémité et aussi épais qu'un bras d'homme pour le reste. Le tout ressemblait à une passerelle amovible qu'on pouvait abaisser sur un quai pour décharger le navire par l'avant, ce qui aurait été un système très utile dans les ports les plus fréquentés de la Mer Intérieure. Mais son utilisation n'avait rien d'aussi inoffensif, comme Spratling espérait bien le démontrer. C'était son invention, après tout. Son crochet, comme il aimait à le surnommer.

Ils avaient suivi le brick à travers les hauts-fonds et le long de la succession d'îles qui ponctuaient la meilleure route à travers les Îles du Lointain. Ils avaient aperçu d'autres bâtiments, et Spratling n'avait aucune envie qu'on le voie passer à l'attaque. Ils avaient donc navigué de la manière la plus conventionnelle, en faisant escale dans plusieurs ports comme s'ils commerçaient, puis ils profitaient de la vitesse supérieure du *Ballan* pour rattraper leur retard. Il était toujours facile de repérer le brick car ses flancs étaient d'un blanc à la luminosité très inhabituelle.

Au troisième jour, leur proie avait commencé à se méfier. Elle avait accru sa vitesse, toutes voiles déployées, mais ce n'est qu'au matin du quatrième jour que le *Ballan* avait poursuivi l'autre navire jusqu'au bord des hauts-fonds d'un des petits atolls situés à la limite nord des Îles du Lointain. Aucun autre vaisseau n'étant en vue, Spratling avait décidé qu'il était temps de passer à l'action. Ils s'approprieraient les trésors recelés par l'autre navire aujourd'hui, ou jamais. Ils le poursuivirent avec le vent en poupe. La vitesse était leur atout, mais il n'était pas aisé de manœuvrer pour mettre le « crochet » en position. Puis le brick donna de la bande, évita de justesse des récifs et revint brusquement vers eux. Leur capitaine devait connaître l'existence de ces écueils mieux que Spratling ne l'avait imaginé, mais peu importait. L'angle d'attaque était parfait, enfin.

Bien qu'il hurlât à pleins poumons, il n'était pas certain d'être entendu sur le pont. Avec ce vent et les embruns qui submergeaient la proue, ses paroles avaient toutes les chances d'être noyées dans le tumulte. De crainte que le pilote ne choisît de modifier le cap par sécurité, Spratling saisit la corde qui reliait le nid-de-pie au pont. Il portait les mitaines qu'il avait conçues pour cet exercice quand il n'était encore qu'un jeune homme, durant ses premières années de navigation. Entrelaçant les doigts au-dessus du filin, il se laissa glisser à une allure folle jusqu'au pont. Un moment plus tard il se trouvait debout à côté de Nineas.

— Ne change surtout pas de cap ! rugit-il à l'oreille de l'homme. On continue droit sur eux !

Il se tourna vers ses hommes qui s'étaient massés derrière lui. C'étaient des pirates de toutes races, chacun avec ses propres tendances, ses armes personnelles, ses revendications, désirs et raisons d'avoir choisi une existence de pillard. Mince et de stature moyenne, avec son visage d'adolescent séduisant, Spratling ne semblait pas de taille à commander pareilles troupes. Et pourtant il n'aurait pu paraître plus à l'aise dans son rôle de chef.

— Exactement comme nous l'avions prévu, messieurs, cria-t-il avec des accents de cordiale ironie. Et n'oubliez pas : rien ne se passe avant mon signal.

La proue énorme du brick écrasait les lignes fines du *Ballan*. Elle fendait les eaux telle une serveuse à la poitrine opulente dans une mer d'ivrognes. Elle était si blanche qu'elle ne semblait pas faite de bois, alors qu'il ne pouvait en être autrement. Des poutres enrobées de métal saillaient des flancs du brick, une ligne sur le pont supérieur, l'autre sur le pont inférieur. Elles avaient exactement la taille et la forme pour permettre à un homme de sortir le torse au-dessus de l'eau. Des arbalétriers s'y glissèrent et décochèrent un barrage instantané de traits. C'était là une bien piètre défense si l'on considérait ce dont était capable une unité de la Ligue complètement armée. Sur un navire correctement défendu, il y aurait eu deux à trois fois plus d'arbalétriers. Néanmoins la tête des projectiles était enflammée. Le seul fait de les décocher déclenchait la combustion. Ceux qui touchèrent le flanc du *Ballan* mirent le feu au pont ou aux voiles. Le mieux que les hommes de Spratling purent faire consista à décrocher les carreaux avec leurs armes et de les précipiter dans la mer. Cette attaque avait été prévue.

Les deux bâtiments continuaient sur la double trajectoire de leur collision. Ils étaient maintenant si proches que la vitesse du *Ballan* paraissait presque indécente. Spratling faillit ordonner d'affaler une partie des voiles, mais ils n'en avaient plus le temps. L'une d'elles avait reçu un carreau dans sa partie inférieure, et les flammes dévoraient déjà un trou de belle taille. Il hurla aux hommes manœuvrant le « crochet » :

— Tenez-vous prêts ! Attendez mon ordre !

Il observa la distance qui se réduisait entre les deux vaisseaux et ajouta :

— Les hommes sur le pont, accrochez-vous !

Au dernier moment il ordonna de virer pour mieux épouser la trajectoire du brick et ainsi diminuer l'impact. Le *Ballan* prit de la gîte dans l'effort de la manœuvre, mais quand les deux bateaux se percutèrent, la violence du choc dépassa ce que le jeune capitaine avait imaginé. Le son fut horrible, et les hommes furent déséquilibrés par le tangage subit du navire. L'eau balaya le pont et emporta deux marins. Les petits feux crachotèrent et reprirent vie. Spratling réussit à ordonner d'activer le « crochet » avant de traverser le pont sur le dos dans une longue glissade. Le grand bras de l'engin s'éleva et retomba presque lentement. Agrippé au bastingage, trempé et haletant, Spratling crut que le mécanisme s'était enrayé d'une façon ou d'une autre. L'arme ne retombait pas assez vite. Elle ne transpercerait peut-être même pas le bois de l'autre navire.

Mais la pointe d'acier perfora bien le pont ennemi. Sa forme particulière joua parfaitement son rôle et l'ensemble se courba afin que la pointe s'enfonce très loin, puis fléchit à l'instant où le poids des deux navires le tendit. Il projeta des poutres brisées de chaque côté de l'impact et creusa un trou qui engloutit plusieurs hommes. Le crochet traça une tranchée dentelée dans le pont tandis que le brick continuait sur sa lancée. Le *Ballan* fut tiré à sa suite et, pendant quelques secondes, Spratling fut incapable de parler. Ils étaient comme un poisson pilote collé précairement à un squale furieux. Il sentit la pointe d'acier heurter les traverses et les briser net une à une. Plusieurs arbalétriers furent écrasés entre les deux coques. Les autres quittèrent précipitamment leur poste de tir. Parfait, sauf que le crochet n'allait pas tenir ! Et s'il lâchait, ils risquaient fort de chavirer sous la secousse énorme que provoquerait sa libération, dans le tumulte des vagues et des courants qui agitaient le sillage du brick.

Spratling distingua la voix de Nineas qui lui demandait ce qu'ils devaient faire. Avait-il des ordres ? Le capitaine n'en avait pas, mais heureusement ce manque de réaction momentané passa inaperçu. Le crochet tenait bon. Le *Ballan* se stabilisa assez dans sa nouvelle position pour que les hommes puissent se remettre debout. Plusieurs d'entre eux se tournèrent vers Spratling, qui à son tour bondit sur ses pieds.

— À l'abordage ! cria-t-il. À l'abordage !

Ils escaladèrent tant bien que mal le flanc de l'autre navire, sans réfléchir. Comme les autres, Spratling se contenta d'agir. Il bondit, s'accrocha et se hissa, dans une telle frénésie que le tout ne prit que quelques instants étourdissants. Il mit enfin les pieds sur le pont du brick et resta interdit. Tout ce qu'il voyait autour de lui était recouvert d'une épaisse couche de peinture blanche, exactement comme la coque. Elle enveloppait chaque contour et protubérance, comme si le vaisseau entier avait été plongé dans la cire et suspendu pour sécher. Spratling et les hommes qui sautaient à bord autour de lui s'arrêtèrent net, abasourdis par ce spectacle étrange. Mais cela ne dura pas longtemps. Ils avaient à faire. Des marins ennemis se ruaient vers eux, et les carreaux d'arbalète sifflaient dans l'air. Le fracas des épées s'élevait déjà. Les minutes suivantes seraient sanglantes, mais telle était l'œuvre des pillards.

Trois jours plus tard, Spratling quitta les quais d'un pas déterminé, écrasant sous ses bottes les coquilles blanches du chemin menant à la ville qu'ils appelaient Palishdock. Il marchait à la tête d'une foule croissante constituée surtout de son équipage, mais qui grossissait à chaque seconde. Les enfants s'exclamaient et criaient des questions. Jusqu'aux chiens de l'endroit qui ne parvenaient pas à contenir leur enthousiasme. Ils pouvaient être fiers du retour triomphal de leur fils, avec un butin dont tous bénéficieraient ! Spratling ne pouvait effacer un large sourire de son visage. Si dépenaillés et peu nombreux que fussent ces gens, il était heureux d'être le centre de leur adoration, de se sentir important, aimé, de voir les visages des jeunes femmes rosis d'émotion, leurs regards pétillants d'admiration. Il n'avait aucune difficulté à endosser ce rôle, mais il ne le prenait pas pour acquis. Il se battait quotidiennement pour le mériter et pour que Dovian soit fier de lui.

À l'origine, Palishdock n'avait pas pour vocation d'être un établissement permanent. Bien qu'il ait maintenant six ans, le village offrait toujours le spectacle d'une certaine nonchalance dans sa construction. Les cabanes à la structure approximative avaient été érigées dans les creux et contre les monticules du paysage sableux, avec des trous entre les planches et de simples toits faits de branches de palmier. Les murs n'étaient souvent qu'un écran dressé pour assurer un minimum d'intimité. Nombre d'habitants cuisinaient à l'extérieur, sur des feux ouverts, et laissaient les rebuts de leurs repas aux chiens et à une colonie envahissante de chats. La ville entière semblait éphémère, susceptible d'être désertée à tout moment si le désordre devenait insupportable, ou si les circonstances l'exigeaient. Bien sûr, le port était parfait, quoique peu profond. Il disposait d'un accès unique, étroit et difficile à repérer depuis la mer à cause de la forme sinueuse de la côte et du camouflage naturel des hautes dunes. De fait, la ville était invisible du large. Seule la fumée aurait pu trahir sa présence, mais le bois sec des broussailles poussant sur l'île brûlait très bien. En passant près de ce bout de terre, peu de marins auraient pensé que les vapeurs blanchâtres au-dessus de l'endroit étaient autre chose qu'une sorte de brouillard. C'était un abri idéal pour des pillards.

Depuis sa création, un événement dont il se souvenait très bien, c'était aussi le foyer de Spratling. Il n'était encore qu'un enfant et se tenait auprès de Dovian quand l'homme avait contemplé le port naturel, souri et déclaré que c'était l'endroit qu'il leur fallait, parce qu'il était dissimulé au reste du monde et bien situé pour exercer leurs activités de pillage, de kidnapping et de toute autre forme de vol qui leur plairait. Dovian avait dit qu'il en serait ainsi, et avec le garçon à ses côtés il avait fait en sorte que ces rêves deviennent réalité.

Il laissa la foule exultante dans la cour du Palais de Dovian, où Nineas et les plus jeunes membres d'équipage pourraient narrer l'histoire héroïque de leur capture du brick de la Ligue, et entra dans le bâtiment. Il portait avec lui un boîtier étroit en or ouvragé. Le Palais de Dovian n'était pas, bien sûr, un véritable palais. C'était un fatras de pièces et de couloirs à peine plus élaboré que les cabanes du village. Ici et là des poutres et des planches, parfois des cloisons entières prélevées sur des vaisseaux, avaient servi à la construction. Aux murs étaient accrochés des écussons, des plaques et diverses pièces de gréement, souvenirs amassés au fil des ans. L'endroit ressemblait à un fort labyrinthique plus approprié à des parties de cache-cache et autres jeux d'enfants. Spratling avait beaucoup joué dans ces couloirs, et jamais il n'avait autant aimé ce palais que lorsque Dovian était encore sur pieds, agile malgré sa taille, et qu'il jouait et courait comme le gamin.

Spratling frappa à la porte avec la pointe de son pied. On lui dit d'entrer, ce qu'il fit. Il n'y avait pas de lumière à l'exception de celle filtrant par les multiples fissures dans les murs et le plafond, mais sa vue s'adapta rapidement. Dovian se trouvait à la même place que celle qu'il occupait depuis des mois maintenant, quand il était tombé malade, victime d'une douleur lancinante dans ses os, d'une toux qui lui déchirait la poitrine et d'un engourdissement des membres. Son lit était installé au fond de la pièce, et il y gisait telle une grosse masse d'humanité adossée à des oreillers que son poids écrasait. Son visage restait dans la pénombre, mais Spratling savait que l'homme avait les yeux fixés sur lui.

Le jeune capitaine fit halte à l'entrée de la chambre et relata en détail l'attaque du brick. Il cita les hommes qu'il avait perdus, avec un mot élogieux pour chacun. Il décrivit la prise du navire de la Ligue, les dommages causés au *Ballan*, l'utilisation du crochet. L'arme avait bien fonctionné, estima-t-il, mais ils devraient plutôt la monter sur un autre bâtiment et ne s'en servir que contre des vaisseaux plus petits. À dire vrai, le *Ballan* avait bien failli ne pas tenir le choc. Il décrivit l'affrontement sur le pont immaculé du brick et énuméra les trésors qu'ils avaient trouvés à l'intérieur. Pour une unité de la Ligue, ce vaisseau était quasiment vide, mais ses hommes l'avaient dépouillé de toutes les installations en or qu'ils avaient trouvées, sans parler des couverts en argent, des miroirs aux cadres ciselés, des tapis, des meubles sculptés et de très belles lanternes, bref, de tous les ornements normaux dans un vaisseau de la Ligue. De plus ils avaient découvert une chambre forte et obligé le capitaine à la déverrouiller. L'homme avait dû la croire vide, car il avait paru surpris du petit coffre empli de pièces de la Ligue qu'elle contenait, ce même coffre que Spratling tenait à présent dans les mains.

— Combien en avez-vous tué ?

— Dix hommes, deux garçons et… une fille. Theo lui a tranché la gorge avant de s'en rendre compte. Il n'y est pour rien.

— Et qu'avez-vous fait des autres ?

— Nous les avons ligotés et enfermés dans l'entrepont. Ils ont assez de nourriture et d'eau pour tenir des semaines, mais j'imagine que la Ligue les retrouvera dans un jour ou deux.

— C'est une bonne chose que tu aies fait preuve de clémence.

Spratling sourit.

— Tu me l'as appris, comme tu m'as appris comment et quand tuer. Et puis, un pillard aime laisser derrière lui quelques témoins pour qu'ils parlent de ses exploits.

Dovian émit un son, rire bas ou toussotement. Il fit un signe de son énorme main. Spratling s'avança dans la pièce, posa un genou sur le sol recouvert de tapis et regarda le large visage de l'homme, ses traits lourds tannés et ridés par le temps et le soleil, comme les Candoviens. Il perdait du poids depuis des semaines, mais demeurait encore formidable. Il leva une main et l'abattit sur l'épaule de Spratling. Ses doigts se refermèrent et exercèrent une pression presque douloureuse. Mais ce n'était pas un geste de réprimande, et Spratling demeura serein.

— Tu as fait ma fierté, garçon, dit Dovian. Tu le sais, n'est-ce pas ? Je n'étais pas sûr que tu reviendrais, cette fois.

Spratling eut un sourire ironique et acquiesça.

— C'était un peu risqué.

Dovian scruta son visage avec l'air de soupeser le sens exact de la formule, ce que cachait cet euphémisme.

— Je ne suis pas heureux que ton travail soit aussi sanglant, mais nous n'y pouvons rien. Nous n'avons pas fait ce monde tel qu'il est, n'est-ce pas ? Nous ne l'avons pas créé, et nous n'avons pas dressé les hommes les uns contre les autres. Nous ne sommes en rien coupables, pas vrai, mon garçon ?

Le jeune homme hocha la tête.

S'il espérait rasséréner Dovian, il échoua. Sa réaction fut même à l'opposé. Les traits de son visage se tordirent comme sous l'effet d'une souffrance physique. Il planta un doigt plié de son autre main dans un de ses yeux, comme pour l'arracher à l'orbite.

— Alors ma tâche est accomplie, je crois. Je t'ai enseigné tout ce que je savais. Regarde-toi, dix-huit ans et déjà meneur d'hommes. J'ai maintenant la certitude que tu es capable de réussir dans le monde, et je ne m'en plaindrai certainement pas. J'ai fait de mon mieux. Je suis désolé si ce n'est pas une vie digne d'un prince...

— Arrête ! Allons, je ne resterai pas plus longtemps ici si tu te mets à geindre comme la dernière fois. Je reviens après avoir pris un brick de la Ligue et tu commences à gémir sur le passé une fois de plus ? Pas question. Tu veux que je m'en aille ?

Dovian le regarda fixement un long moment.

— Au moins les hommes voient la royauté en toi. Non, c'est vrai. Et ne pars pas, tu n'es pas encore congédié ! Ils voient vraiment la royauté en toi. Ils ne le savent pas, mais tu as une emprise sur eux qui est impressionnante. Ils te suivent là où ils ne suivraient aucun autre homme. Je t'ai appelé Spratling pour que personne ne puisse imaginer que tu es de sang royal. Simplement un petit poisson comme un million d'autres dans la mer. Mais inutile de le nier, mon garçon, la noblesse coule de tes yeux et de ta bouche chaque fois que tu l'ouvres.

— Même quand je jure ?

— Même quand tu jures...

L'homme parut se renfoncer dans les oreillers. Apparemment, il était satisfait des images qui lui passaient par la tête.

— Même alors tu es toujours mon petit Dariel, le prince qui venait voir les loqueteux comme moi dans les sous-sols du palais. Pourquoi as-tu fait ça, mon garçon ? C'est très étrange qu'un gamin tel que toi se soit amusé à parcourir les ténèbres souterraines. Je ne l'ai jamais compris.

— N'essaie pas de le faire. De toute façon, je ne me le rappelle pas suffisamment pour t'éclairer sur ce point.

Spratling désigna le coffret qu'il avait déposé au bout du lit.

— Veux-tu voir ce qu'il contient ?

— Tu ne t'en souviens plus, c'est vrai ?

— Non. Tout ce dont je me souviens, c'est de ma vie actuelle. Cela, ce que nous avons là, c'est tout ce qui m'importe, dit-il du ton le plus péremptoire.

Il agissait ainsi parce que ce n'était pas vrai. Pas tout à fait vrai, en tout cas. C'est plutôt qu'il n'arrivait pas à donner un sens aux souvenirs antérieurs à sa rencontre avec Dovian. Leur compréhension manquait de clarté. La seule pensée de cette époque reculée semblait l'affaiblir. Il était alors envahi par une mélancolie qu'il n'éprouvait pas autrement. Quand il se laissait aller à repenser à ces temps anciens où il s'appelait encore Dariel Akaran, c'était sa fuite devant la guerre et la façon dont Val l'avait sauvé qu'il voulait se remémorer.

Il avait quitté l'île de Kidnaban sous la protection d'un homme qui se disait gardien. Ce soldat avait arraché Dariel à son lit un matin, et il était parti avec le garçon dans ses bras. Il lui avait expliqué la situation tout en marchant, mais Dariel était encore somnolent et plus tard il n'avait pu se souvenir de ce que l'autre avait dit pour le rassurer. Ils avaient quitté Crall en bateau et rejoint le continent en quelques heures. Ensuite, ils avaient marché deux jours durant. Au troisième, l'homme avait acheté un poney pour Dariel, car l'enfant était exténué et avait des ampoules aux pieds. Il avait tendance à pleurer pour rien et réclamait souvent son frère et ses sœurs. Il suppliait d'être ramené auprès d'eux, ou de rentrer au palais. Le gardien n'était pas particulièrement dur, mais il semblait mal à l'aise en présence des enfants et dévisageait souvent le garçon comme s'il n'avait jamais vu quelqu'un pleurer et ne comprenait pas ce gaspillage de fluides.

Selon ses dires, le père de Dariel avait fait en sorte que celui-ci soit pris en charge par un ami demeurant au Senival. Il leur suffirait de le retrouver et l'épreuve du gamin serait terminée, tout irait bien, tout serait expliqué. Ils avaient fait route vers l'ouest pendant plusieurs jours, dans un paysage bouleversé qui n'était pas sans rappeler les mines du Cap de Fallon, avec ces flancs de montagne éventrés et ce relief massacré par l'activité humaine. C'étaient les mines senivales, avait expliqué le gardien. Ils avaient croisé des ouvriers crasseux vêtus de loques, hommes et garçons pour la plupart, mais aussi femmes et filles. Ils semblaient très affairés, mais pas à leurs tâches habituelles. Il en entendit certains crier des nouvelles dont il ne comprenait pas le sens, sinon qu'il était sombre.

Sur cet endroit et sa signification dans l'empire de son père, Dariel n'avait pas le moindre indice jusqu'à ce que le gardien dît, alors que le coucher du soleil baignait le paysage défiguré d'une lumière cramoisie :

— Quel enfer nous avons créé ici. Un enfer avec une couronne dorée qui se dit...

L'homme s'était interrompu net en se souvenant de la présence de Dariel, et il avait déclaré qu'il valait mieux qu'ils repartent. Ils avaient presque atteint leur destination.

Ils descendaient une route sinueuse vers la ville de montagne où Dariel devait être amené quand le gardien fit halte.

— Qu'est-ce que c'est que cela ? avait-il marmonné.

Le village semblait accueillant, niché au fond d'une vallée entourée de pics. Pendant quelques instants Dariel avait pensé qu'il était joli à regarder, puis il avait remarqué l'immobilité qui y régnait. Personne dans les rues. Pas de fermiers ou d'animaux dans les champs alentour. Pas la plus mince volute de fumée s'échappant des cheminées des maisons.

— Quelque chose ne va pas du tout, avait maugréé le gardien, et en son for intérieur Dariel lui avait donné raison.

Dariel ne sut jamais ce qui était arrivé aux habitants de la petite ville. Ils étaient simplement partis, et malgré ses recherches le gardien n'avait pas trouvé trace de l'homme qu'il devait rencontrer. Il s'était alors assis sur un tabouret, avait englobé les lieux du regard, puis s'était pris la tête entre les mains et était resté silencieux pendant ce qui avait paru des heures à Dariel. Ce dernier avait attendu, debout à côté de l'homme, avec dans une main les rênes du poney qui se régalait de l'herbe tendre des montagnes.

Quand le gardien avait redressé la tête, son visage exprimait la détermination. Il se rendrait à la ville la plus proche, avait-il déclaré. C'était à une journée de cheval à l'ouest. S'il partait immédiatement, il pourrait y arriver au lever du soleil, et s'il y trouvait les réponses dont il avait besoin, il serait de retour vers la tombée de la nuit. Peut-être que quelqu'un le cherchait. Mieux valait donc que le gardien s'en assure et qu'il revienne avec une meilleure idée de la façon d'agir par la suite. Il faudrait cependant qu'il chevauche à bonne allure, aussi avait-il installé Dariel dans une cabane à la sortie du village. Il lui avait laissé son sac, et affirmé que c'était la meilleure solution.

L'homme était parti sur le poney. Dariel avait entendu le claquement des sabots pendant quelque temps, et quand ce bruit s'était estompé et avait cessé, le garçon avait été saisi par la peur. Il n'avait même pas protesté, pas dit un mot. Comment l'aurait-il pu alors qu'il savait que l'homme lui mentait ?

Tremblant et effrayé, il avait passé la nuit dans l'obscurité. Il se sentait aussi petit qu'une souris, et tout aussi vulnérable. Une pluie monotone et glacée était tombée des heures durant, et quand enfin elle s'était interrompue, le brouillard avait investi la vallée comme une armée de spectres. Il n'avait pas fait de feu, pas pensé à sortir la couverture du sac laissé par le gardien, et n'avait même pas reconnu la faim au creux de son estomac pour ce qu'elle était. La réalité de sa situation était trop sombre pour qu'il l'affronte, et il avait évité d'y penser. Il s'était réfugié dans son mental et avait imaginé que son père était toujours vivant et en chemin pour le secourir. Il avait nourri toutes sortes de chimères avec un espoir vorace. Peut-être était-ce une bonne chose, car quand le salut s'était présenté, il n'était pas plus prévisible ou probable que ses rêves, mais lui était prêt à l'accueillir à bras ouverts.

Assis maintenant sur un tabouret à côté du lit de son sauveur, Spratling demanda :

— Te souviens-tu de la nuit où tu m'as trouvé ?

— Comme si c'était hier, mon garçon.

— C'est là que tout commence pour moi, tu le sais ? Tu n'étais qu'une ombre qui a poussé la porte et trouvé ma cachette...

— Ce taudis ! grommela Dovian. C'est une honte que tu aies passé la nuit là-dedans.

— Je me souviens très exactement de ce que tu as dit, continua Spratling. Tu as dit...

— Qui aurait cru qu'on pouvait trouver un prince quelque part, de nos jours ? fit l'ombre en entrant dans la cabane avec une lanterne brandie à bout de bras. M'est avis que certains d'entre nous ont de la chance.

Dariel se remémorait peut-être très bien ces paroles aujourd'hui, mais cette nuit-là, il lui fallut un moment pour comprendre ce qui se passait. Il était resté caché trois jours. Une partie de lui pensait encore possible le retour du gardien, mais au fond il avait déjà abandonné tout espoir. *Je connais cette voix*, se dit-il. Mais à qui appartenait-elle, et comment pouvait-elle résonner ici ? Dariel ne parvenait pas à la faire coïncider avec ce décor montagnard.

L'ombre se rapprocha.

— Tu n'as rien, petit gredin ? N'aie pas peur. C'est moi, Val, et je suis venu pour t'aider.

Val ? songea Dariel. Val des sous-sols sous le palais, celui qui nourrissait les fours des cuisines... *Son* Val ! Il se leva, avança d'un pas titubant et s'écroula à demi contre la poitrine de l'homme. Quand il eut respiré cette odeur corporelle salée, âcre et teintée par la fumée de charbon, il exprima par une série de sanglots déchirants une horde de peurs gardées trop longtemps en lui. Il agrippa la chemise de Val dans ses poings et essuya ses larmes et son nez morveux contre le tissu rugueux, comme un bébé malade sur le point de céder au délire à cause du froid et de la fièvre.

— Oh ! ne pleure pas, lui dit Val à mi-voix. Ne pleure pas. À partir de maintenant, tout ira bien.

Et il tint parole. Du moins, autant qu'il était possible dans les circonstances. Val révéla qu'il était en chemin pour rentrer chez lui, en Candovie, comme bien des gens chassés par la guerre. Il avait croisé le gardien de Dariel par le plus grand des hasards, dans un camp provisoire installé sur le bord de la route empruntée par les réfugiés. L'homme avait largement entamé une bouteille d'alcool de prune et ne voyait aucun inconvénient à avouer à n'importe quel inconnu qu'il avait été le gardien d'un des enfants du roi. Val l'approcha assez pour sentir son haleine chargée. Il le questionna jusqu'à ce que l'autre reconnût qui il avait protégé et où il avait laissé son devoir quand il avait cédé à la lâcheté. Le gardien n'avait pas pu trouver la personne à qui il devait confier le garçon ! Celle-ci était partie, peut-être morte, et le gardien n'avait aucune instruction pour ce cas de figure. Et avec les nouvelles alarmantes qui circulaient partout – Maeander en Candovie, Hanish qui avait détruit l'armée aux Champs Aléciens –, il ne pouvait rien de plus pour le prince. Alors, oui, il l'avait abandonné à son sort, mais que pouvait-il faire d'autre ?

Val n'expliqua jamais avec exactitude ce qu'il fit au gardien, mais il laissa entendre que jusqu'à la fin de ses jours l'homme ne pourrait rien manger de plus consistant que de la bouillie. Cette révélation n'avait aucun sens pour le garçon, mais l'image qu'elle éveilla le remplit de perplexité pendant une grande part de la longue marche dans laquelle Val l'entraîna. Celui-ci affirma qu'il connaissait le lieu idéal pour eux, un endroit très vaste où ils pourraient disparaître. Le garçon effectua la majeure partie du voyage sur les épaules herculéennes du Candovien, une jambe pendant de chaque côté de son cou, les doigts enfoncés dans la masse bouclée de sa chevelure.

Ils mirent trois jours à sortir des montagnes, et au quatrième le gamin détecta le parfum salé de la mer. Dans l'après-midi, alors qu'il somnolait sur les épaules de l'homme, Dariel l'entendit dire :

— Regarde. Ce n'est pas la mer, là-bas. C'est un lieu où une race entière d'hommes pourrait se cacher.

Ils avaient fait halte sur un promontoire d'où l'on avait une vue dégagée sur le monde à l'ouest. Bien qu'il ait toujours vécu sur une île, Dariel sut au premier coup d'œil que les eaux qui s'étendaient devant lui étaient différentes. Elles n'étaient pas de ce bleu turquoise ou de ce vert singulier auxquels il était habitué. Ici la mer avait la couleur sombre de l'ardoise et ondulait en creux qui développaient lentement leur puissance. Près de la grève, les crêtes de vagues innombrables s'élevaient comme des montagnes liquides, semblaient rester suspendues un moment dans l'air, puis se recourbaient et s'écroulaient en un chaos ourlé d'écume. De temps à autre le fracas de l'impact claquait à ses oreilles, selon un tempo irrégulier et d'une façon qui rendait impossible l'association entre le son et la vision. Perché sur les épaules du géant, Dariel n'avait jamais assisté à un spectacle aussi impressionnant, par sa puissance comme par ses dimensions.

— C'est la langue des Flots Gris, dit Val. C'est un océan infini. Et c'est là que tu vas disparaître du monde de ton père pour émerger dans le mien.

L'enfant ne répondit rien. Depuis des semaines maintenant, une peur diffuse planait sur lui, aussi présente que le ciel. D'une certaine façon, il n'avait jamais cru qu'il réussirait à survivre sans sa famille. Le monde allait l'avaler. Les doigts du Grand Dispensateur l'arracheraient du sol et le propulseraient dans le néant. Il redoutait de n'avoir pas plus de substance qu'une flamme et de pouvoir s'éteindre aussi facilement. Et pourtant il était là. Le monde continuait d'exister comme il avait toujours existé, et lui s'y déplaçait toujours. Il survivait. Il avait en lui quelque chose d'aussi solide et d'aussi réel que tout ce qu'il voyait. Il pouvait vraiment disparaître d'un monde et émerger dans un autre, se dit-il. Disparaître et émerger transformé...

C'était exactement ce qu'il avait fait. Val lui avait offert une vie nouvelle, conféré un nouveau nom comme il le faisait pour lui-même. Il lui avait appris que les histoires qu'il lui avait racontées sur son prétendu passé de pirate sanguinaire dans sa jeunesse n'étaient pas inventées de toutes pièces, comme le garçon l'avait pensé. Val – Dovian, une abréviation du nom de son pays natal – descendait bien d'une longue lignée de pillards. En arrivant dans les Îles du Lointain, il ne mit pas longtemps à retrouver son ancien statut. Il entreprit de construire une flottille de navires et trouva des marins pour les manœuvrer. L'époque était propice aux razzias. Le Monde Connu était proche du chaos et se résignait à contrecœur aux nouvelles lois d'Hanish Mein. Nombre de groupes se heurtaient pour se faire une place dans la redistribution des pouvoirs qu'entraînait ce bouleversement. Val hissa les voiles avec Dariel, qu'il prit sous son aile. Il lui enseigna tout ce qu'il savait concernant la navigation, le combat, la piraterie et l'art de commander. Il lui apprit comment survivre dans cette existence des plus cruelles.

Tout ce qui avait précédé – le palais d'Acacia, son rôle de prince, l'empire de son père, les trois autres enfants que Leodan avait eu avec sa femme Aleera – tout cela semblait plus clair dans l'esprit de Val que dans celui de Dariel. Pourquoi s'accrocher au souvenir de gens qu'il ne reverrait jamais ? Il était si jeune que sa mémoire n'avait pas organisé les faits avec cohérence. Certes il lui venait toujours des images, et c'étaient des moments d'émotion qui semblaient le saisir à la gorge et l'étouffer. Il lui arrivait de s'éveiller en pleine nuit avec la peur que quelque chose ne soit horriblement faux, mais il apprit à maîtriser ces accès nocturnes avec le temps. Peut-être ne fallait-il les prendre que comme des preuves qu'il était en vie.

Spratling, puisque c'était désormais son nom et qu'il n'avait aucune raison de revenir à la personnalité effrayée de l'enfant qu'il avait été, fit glisser le petit loquet du coffret dont il répandit le contenu sur le lit de Dovian, dans un déluge miniature de pièces d'or. L'homme contempla le butin, passa les mains dessus, en soupesa quelques-unes dans sa paume. Il murmura que c'était précisément ce qu'il leur fallait. Ce trésor financerait tout...

Il choisit un objet et le tourna entre ses doigts dans un rai de lumière. Il était en or, ou couleur de l'or, bien que le travail parût presque trop fin et les bords trop acérés pour un métal aussi mou. Sa forme était inhabituelle. L'objet avait l'épaisseur d'une grosse pièce proche du carré, avec des marques qui étaient peut-être des mots, mais gravées dans un langage inconnu d'eux. La pièce était percée d'un unique trou légèrement oblong en son centre. Spratling ne l'avait pas remarqué auparavant.

— Qu'est-ce que c'est ? dit-il.

Dovian réfléchit un moment. Le jeune homme savait qu'il passait en revue le catalogue mental de tous les trésors accumulés en une vie.

— Aucune idée, dit-il enfin. Mais c'est une belle pièce.

Il la plaqua contre la poitrine de Spratling.

— Tiens. Garde-la accrochée à ton cou. Si tu venais à avoir des problèmes et que tu avais besoin d'une jolie somme, tu pourrais toujours la fondre et en faire des pièces. C'est à toi. Pour le reste, c'est plus qu'il ne nous faut pour ce que nous avons prévu de faire. Apporte-moi les cartes, nous allons les étudier.

Spratling s'exécuta et étala les parchemins sur le lit au bord duquel il s'assit. Il aimait ces moments, quand Val semblait oublier ses maux et que tous deux, comme un père et son fils, échafaudaient de grands projets et rêvaient d'un monde empli d'aventures et de combats. Par bien des côtés, Spratling était toujours l'enfant Dariel. Il ne se doutait pas encore que cela allait très bientôt changer.

Chapitre trente et un

Il y avait un acacia en particulier qui devait hanter les rêves de Thaddeus longtemps après les événements. Il se dressait, solitaire, dans la plaine. On aurait dit un vieil homme noir, penché de côté comme pour soulager une infirmité. Il était d'une minceur précaire, avec des branches tordues et fatiguées, des feuilles si peu nombreuses que le vieil homme ne fut pas certain que l'arbre était encore vivant avant de le voir de plus près. Mais l'acacia est un arbre résistant, à la pousse d'une prudente lenteur, hérissé d'épines contre ses ennemis, et stoïque dans les caprices du temps. Peut-être Thaddeus aurait-il dû y voir un signe réconfortant, mais il n'y parvint pas. Plus rien dans ce pays ne pouvait le rasséréner. Jamais la grandeur muette d'un paysage ne s'imposait autant à lui que lorsqu'il se tenait à l'ombre chiche de cet arbre. De cet endroit, la courbe de la terre semblait plus graduelle qu'ailleurs, les distances plus grandes, les collines au loin plus massives. La voûte du ciel paraissait plus haute dans le Talay qu'en tout autre lieu. Elle s'étirait encore et encore, bousculée en altitude par des nuages blancs empilés comme des colonnades supportant quelque temple immense. Partout où il portait le regard, en dessous ou au-dessus de lui, dans n'importe quelle direction, sur un point proche ou lointain, des créatures apparaissaient et disparaissaient. Il ne pouvait les nommer toutes, ni même les ranger dans des catégories, mais il soupçonnait chacune d'entre elles d'être un espion désirant l'étudier.

Des six provinces de l'ancien Empire akaran, aucune n'était aussi complexe ni aussi étendue que le Talay. En taille, il égalait la Candovie, le Senival, les Grandes Terres et l'Aushénie réunis. Au sud, il couvrait des régions si vastes que les Acacians n'en avaient jamais dressé la cartographie intégrale durant leurs vingt-deux générations de règne. Cette contrée était tellement aride qu'aucune pluie n'y tombait jamais. Bien que ce soit le nom d'une unique tribu qui avait donné celui du pays, en vérité les Talayens étaient simplement la nation privilégiée parmi de nombreuses autres. Certains avaient prétendu qu'Édifus était Talayen d'origine, mais lui-même n'avait jamais affirmé avoir de telles racines.

Il était en revanche indiscutable que les Talayens avaient été les premiers sur le continent à s'aligner sur Édifus. En retour, il leur avait accordé la domination sur leurs voisins et la responsabilité de les surveiller, ce qui n'était pas une mince affaire. La province abritait trente-cinq autres tribus, avec à peu près le même nombre d'idiomes et quatre grands groupes raciaux si distincts les uns des autres qu'aucune généralité ne pouvait s'appliquer aux gens du pays tout entier. S'il était exact que tous avaient le teint sombre, c'était dans une grande variété de nuances, sans parler d'une diversité physiologique plus importante que dans n'importe quelle autre région du Monde Connu.

Beaucoup de ces nations étaient assez nombreuses pour posséder une force armée indépendante. Les Halalys, les Balbaras, les Bethunis : à la fin de l'ère akarane, chacun pouvait présenter dix mille soldats sur le champ de bataille. Les Talayens eux-mêmes disposaient de quelque vingt-cinq mille hommes de guerre et, bien sûr, ils avaient le droit de lever des troupes chez leurs voisins. Si leur autorité s'était maintenue, le cours de la guerre du Mein en eût peut-être été changé. Ce qui ne se produisit pas, pour des raisons enracinées dans l'histoire antique.

Les vieilles antipathies ne meurent pas, songea Thaddeus. *Elles attendent seulement leur heure pour resurgir et dicter leur loi.*

De telles pensées lui venaient spontanément et ajoutaient à son malaise. Peut-être avait-il passé trop d'années à se cacher. Trop de temps dans le système de grottes de Candovie, en des endroits sombres et humides, avec la terre tout autour de lui, à entendre des gargouillements sourds semblables à ceux du ventre d'un géant. Mais il ne s'était pas senti aussi mal à l'aise quand il était ressorti à l'air libre et qu'il s'était mis à la tâche. Il avait confiance en ses capacités tandis qu'il collectait des renseignements, qu'il interrogeait ses espions et apprenait d'eux tout ce qu'ils pouvaient lui révéler. Il n'avait été assailli par aucun doute quand il s'était mis à la recherche du vieux général et l'avait dirigé sur un nouveau chemin. Alors pourquoi cette peur qui lui collait à la peau à présent ?

Il essaya de se convaincre que c'était parce qu'il se trouvait très loin de chez lui, plus loin chaque jour des latitudes sous lesquelles sa vie s'était écoulée. Ces contrées étaient très différentes même de la région luxuriante traversée dans le nord du Talay. Les terres cultivées s'y étendaient à perte de vue, marquées de lignes d'arbres qui séparaient les champs, avec ici et là un village. C'était la nature soigneusement entretenue, domestiquée par les générations successives d'effort humain. Et il y avait beaucoup plus d'habitants. Leur nombre avait pourtant été limité par la contagion, Thaddeus ne l'ignorait pas. Ils avaient été durement touchés par l'épidémie et la guerre, comme la plupart des provinces. On notait une absence très nette d'hommes d'âge moyen, alors que les femmes semblaient s'en être mieux sorties. Et la région fourmillait d'enfants, ce qui avait dû ravir Hanish Mein, puisqu'il avait promulgué une loi obligeant les femmes fécondes à procréer. Le Monde Connu avait besoin d'être repeuplé. Il fallait le nombre pour qu'il s'épanouisse, de nouveaux êtres aimés pour remplacer ceux qui n'étaient plus, de nouveaux citoyens pour aider à la bonne marche des sociétés. Mieux que quiconque, Thaddeus comprenait l'importance de ce point pour Hanish.

La destination de l'ancien chancelier était loin au sud, plus loin qu'il n'était jamais allé, au cœur du Talay, dans les plaines desséchées et les collines ondulantes. Son objectif était distant de plusieurs centaines de lieues, et c'était un trajet long et pénible pour un homme de son âge. Néanmoins il choisit de l'effectuer à pied. Les hommes seuls et atteints mentalement qui allaient au hasard n'étaient pas une rareté en ce monde. Il aurait pu errer indéfiniment sans jamais attirer l'attention des soldats du Mein éparpillés dans l'empire. Et cette longue randonnée avait peut-être aussi valeur de pénitence, bien qu'il n'y pensât pas lui-même.

Il arriva couvert de poussière dans la cour de Sangae Uluvara. Niché dans un vallon entre deux crêtes volcaniques, le village d'Umae était constitué d'une cinquantaine de cabanes, de quelques entrepôts, de puits de stockage et d'une structure centrale en bois surmontée d'un toit de chaume qui protégeait le marché du soleil comme de la pluie. La tribu de Sangae comptait environ deux cents âmes. Comme c'était une culture de gardiens de troupeaux, il était rare qu'ils soient tous rassemblés. Situé dans un endroit reculé, le village ne figurait sur aucune carte, et le Mein en ignorait probablement l'existence. Il aurait fallu que les hommes du Nord engagent des recherches approfondies pour le localiser ou trouver mention du lien d'amitié entre feu le roi Leodan et Sangae, un lien qui remontait à leur enfance. À l'exception de Thaddeus, aucune personne vivante ne connaissait l'importance de cet homme pour l'héritage des Akarans.

En entendant qu'on l'appelait du dehors, Sangae sortit de sa demeure. Après avoir cligné des yeux à cause du soleil, il regarda fixement Thaddeus, avec l'intensité qu'il aurait pu montrer face à une apparition. Un tumulte de pensées passa sur ses traits, des émotions qui semblaient onduler juste sous sa peau. Thaddeus n'en doutait pas, même aussi loin au sud l'homme avait certainement eu vent des rumeurs qui portaient atteinte à l'honneur de son vieil ami, et il doutait peut-être du chancelier qu'il avait devant lui : le traître ou le sauveteur. Et ce ne serait qu'une partie de son émoi, car il était père adoptif depuis neuf ans, et il ne pouvait que craindre les dangers encourus par son fils à cause de cette arrivée.

Mais quand il parla, Sangae le fit selon les usages, et d'une voix maîtrisée :

— Mon vieil ami, le soleil brille sur toi, mais l'eau est douce.

— L'eau est fraîche, mon vieil ami, et claire quand on y plonge le regard, répondit Thaddeus.

C'était le salut traditionnel dans le sud du Talay, et Sangae parut content que l'ancien chancelier ait répondu sans hésiter et en talayen. Mais ce fut en acacian qu'il dit :

— Cela fait bien longtemps. Assez longtemps pour que je me sois demandé si tu viendrais un jour. Assez longtemps pour que j'aie espéré que ce jour n'arrive jamais.

Thaddeus eut plus de difficulté à répondre à cette déclaration qu'à la première. Le chef de tribu ne quittait pas l'ancien chancelier des yeux. Son nez et ses lèvres, le front bombé et les larges ailes de ses pommettes, chacun de ses traits semblait déborder de générosité. Son visage était plein, en contraste flagrant avec son torse étroit et ses épaules minces. Ses yeux n'étaient pas plus blancs que ceux de Thaddeus, pas moins veinés et jaunis, et pourtant ils se détachaient sur le noir de nuit de sa peau. Pendant un instant, Thaddeus sentit l'aiguillon de la peur le piquer. Comment un enfant royal d'Acacia s'était-il adapté à la vie parmi ces gens ? Le concept lui-même lui échappait. Et s'il avait commis une terrible erreur ? Il chassa ces pensées de son esprit, car le doute n'avait pas sa place dans la façon dont il désirait se présenter.

— Au nom du roi, mon ami, dit-il, je te remercie pour ce que tu as fait.

— Je ne vois rien, répondit Sangae.

C'était une expression particulière à son peuple, qui signifiait qu'il niait avoir mérité des remerciements pour ses actes.

— Tu parles ma langue mieux que je ne parle la tienne.

— Je pratique avec quelqu'un depuis quelques années déjà. Comment s'est passé ton voyage ?

Les deux hommes parlèrent un moment de ce sujet innocent qui n'abordait pas de front les raisons de sa venue. Seulement des détails. Mais un bavardage aussi aimable ne pouvait s'éterniser et, en dépit de sa crainte quant à la réponse, Thaddeus finit par poser la question :

— Comment va le prince ?

La tête de Sangae s'inclina dans ce qui pouvait ressembler à une réponse positive, sans que ce soit pour autant une affirmation. Il fit signe à Thaddeus de le suivre dans sa maison et l'invita à s'asseoir en face de lui, sur une natte aux couleurs vives. Une fille vint déposer une gourde d'eau entre eux. Un moment plus tard, elle plaça un bol empli de dattes à côté de la gourde, puis elle se retira. La pièce était vaste. Même dans leur foyer les habitants d'Umae souhaitaient avoir de la place, une vue dégagée et un air non confiné. Thaddeus apercevait et entendait des gens dans toutes les directions, mais il y avait une certaine intimité dans l'espace de calme qu'occupaient les deux hommes. La température était d'une fraîcheur étonnante, bienvenue après la chaleur écrasante du dehors.

— Aliver chasse le laryx, dit enfin le chef de tribu. Il est parti depuis deux semaines. Si Billau le souhaite, il sera de retour très bientôt. Mais nous ne devrions pas parler de lui. Il n'est pas bon d'avertir les bêtes-esprits de ses intentions. Tu es mon invité jusqu'à son retour, bien entendu.

Il prit une datte dans le bol, mais sans paraître vouloir la manger.

— Neuf ans. Neuf années depuis que le garçon est arrivé ici, assez longtemps pour que je commence à croire que tu ne viendrais pas et qu'Aliver était vraiment mon fils. Je n'en ai pas d'autre, vois-tu, c'est ma malédiction.

Thaddeus faillit répondre sèchement à cet apparent apitoiement sur soi-même. Mieux valait ne jamais avoir eu d'enfant que d'en avoir perdu un par trahison, songea-t-il. Mais il ne souhaitait pas orienter la conversation dans cette direction.

— Tu n'as pas eu de problèmes avec le Mein ? demanda-t-il.

— Jamais, répondit Sangae. J'ai entendu parler d'eux, mais il semble qu'ils n'aient pas entendu parler de moi, ajouta-t-il avec un petit sourire. Ma renommée ne s'étend pas aussi loin que j'aurais pu le désirer. Prends donc un peu d'eau, je t'en prie.

Thaddeus s'empara de la gourde et but à longs traits avant de la présenter au chef, qui l'imita.

— C'est une bonne chose que nous l'ayons envoyé ici, en ce cas. Hanish n'a jamais cessé de traquer les enfants Akaran. Au moins un des héritiers de Leodan a grandi comme le voulait le souverain.

Sangae déclara que bien sûr il ne savait rien sur les trois autres enfants. Mais en ce qui concernait Aliver, oui, les plans s'étaient réalisés. Le gardien du garçon l'avait fait sortir sans encombre de Kidnaban. Ils avaient pris un bateau jusqu'à Bocoum, où ils avaient débarqué, pour ensuite se fondre dans le flot des réfugiés fuyant la guerre. Ils avaient voyagé à cheval pendant un temps, puis dans une caravane de chameaux, avant de traverser à pied les plaines jusqu'à Umae. Le secret dont ils s'entouraient fit durer le voyage plusieurs semaines, et le prince arriva à destination furieux, amer et désorienté. Il fallut toute la diplomatie de Sangae pour le convaincre que son exil n'était pas synonyme de défaite. L'issue du conflit n'était pas encore certaine. Il était le dernier d'une lignée de grands chefs. Sangae lui rappela que le sang d'anciens héros coulait dans ses veines. Il parla d'Édifus et de Tinhadin, des obstacles qu'ils avaient franchis pour accéder au pouvoir. Les difficultés qu'ils avaient affrontées ne semblaient-elles pas insurmontables ? Et pourtant, ils avaient réussi. Et Aliver ferait de même, promit Sangae, il avait simplement besoin de temps pour devenir l'homme qu'il devait être.

Sangae enveloppa un genou de ses larges mains.

— C'est ce que je lui ai dit. Il m'a confié la garde de la Confiance du Roi, et j'ai veillé sur cette épée pendant toutes ces années. Il a eu une bonne vie ici, comme un Talayen. C'est la vérité. Et il faut que tu le saches, ce n'est plus un enfant. Plus du tout.

— Parle-moi de ce qu'il a vécu, alors.

Durant ses neuf années d'exil à Talay, dit Sangae, Aliver avait assumé un rôle identique à celui de n'importe quel fils de noble famille guerrière talayenne. Il s'était entraîné aux arts martiaux développés par ce peuple, avait appris la maîtrise de la lance, la forme de lutte propre aux Talayens, et il était même devenu très bon coureur. Les premiers temps avaient été très durs. Sans doute était-il doué pour exécuter les Formes, mais cela ne l'avait guère préparé à l'entraînement qu'il avait suivi au Talay. Le maniement de la lance lui-même n'avait rien à voir avec celui auquel il était habitué. À la différence de ce qui se passait dans les Formes, l'art local de la guerre n'autorisait aucun acte qui ne soit absolument nécessaire. Dès l'instant où on lui avait confié une lance talayenne, on lui avait répété que c'était une arme destinée à tuer. On lui avait montré toutes les manières de parvenir à cet objectif, chacune efficace et rapide, sans perte de temps ni gaspillage d'efforts. Il avait relevé quantité de défis : l'apprentissage des arts martiaux, l'adaptation à la rudesse de la contrée, l'acquisition de la langue et de la culture, et le fait qu'il ne bénéficiait ici d'aucun statut, sinon celui qu'il pouvait acquérir par ses actes.

— Et a-t-il relevé ces défis avec honneur ?

Sangae répondit par l'affirmative. Aliver avait fait preuve de beaucoup de discipline, de désir d'apprendre et de courage. Le chef ne pouvait imaginer ce qui se passait dans l'esprit du jeune homme, lequel parlait très peu de lui-même, mais agissait toujours avec un grand sérieux. Peut-être avec un peu trop de sérieux, d'ailleurs. Il devait encore apprendre à rire comme un Talayen. Il avait reçu son premier tuvey – qui symbolisait sa participation à un raid contre une tribu voisine – avec les plus jeunes hommes de son groupe d'âge. Il le portait au-dessus du biceps. C'était pourquoi il avait le droit de chasser le laryx et, s'il en sortait victorieux, de réclamer en tant qu'adulte sa place au sein de cette nation. Il serait alors autorisé à posséder sa propre maison, à se marier et à s'asseoir au conseil, à côté des Anciens.

— L'appartenance est chose importante, dit Sangae, et Aliver a trouvé sa place parmi nous. Personne dans ce village ne prétendra le contraire. Il a des amis ici, et des femmes qui partagent sa couche. Nul ne prête plus attention à la couleur de sa peau. Ce genre de particularité ne compte pas vraiment dans une famille. Sa place est parmi nous.

Thaddeus perçut un double sens à ces paroles, et un léger durcissement dans le ton employé par le chef. Bien sûr, songea-t-il, perdre un enfant est toujours difficile, même un enfant adopté. Il repensa à tout ce que lui-même avait perdu, et il se demanda pourquoi c'était ce qu'une personne avait perdu – ou pouvait perdre – qui la définissait plus que ce qu'elle possédait encore.

— Je ne sais quel accueil il te fera, poursuivit le chef, mais sache qu'il n'a pas oublié pourquoi il a été envoyé ici. À la vérité, je crois qu'il ne pense toujours qu'à ce que l'avenir lui réserve. Cela l'emplit de colère, et pourtant... il est ainsi.

— Et la contagion ?

— Le prince a souffert d'une fièvre violente, comme beaucoup d'entre nous. Mais elle a fini par le quitter et il n'en a pas gardé de séquelles.

Sangae se tut un moment, et son regard se perdit au loin. Il observait un oiseau qui traversait une allée en sautillant.

— Que lui demanderas-tu ?

— Je ne demande rien. Son père l'a fait, et c'est à Aliver et à lui seul d'y répondre. Ce laryx, est-il dangereux à chasser ?

Sangae se tourna enfin vers lui.

— Peu d'hommes passent victorieusement un test aussi dur.

Pour chasser le laryx, expliqua-t-il, le chasseur devait devenir la proie pendant la majeure partie du temps. Tout d'abord, il lui fallait provoquer la bête en localisant un nid où celle-ci avait pour habitude de venir dormir. Le chasseur souillait alors l'endroit et ses alentours, dispersait les herbes tapissant le nid à grands coups de pied, urinait sur elles, crachait, s'accroupissait et déféquait. Ensuite il se postait non loin et attendait. Le laryx revenait, détectait l'odeur de l'homme et se lançait inévitablement à sa poursuite C'est alors que la chasse commençait réellement.

— Vois-tu, un laryx ne prend pas ce genre d'insulte à la légère. Une fois qu'il suit la piste d'une odeur, il ne la lâche pas avant d'avoir tué celui qui l'a offensé, ou avant de s'effondrer d'épuisement. Le chasseur doit donc courir devant sa proie, en restant toujours assez près de la bête pour qu'elle ne perde pas sa trace. Mais pas trop près. Une cheville foulée, le choix d'une mauvaise route, ou si l'homme surestime sa propre résistance physique... bien des facteurs peuvent signifier sa mort. La seule façon d'avoir raison de la bête, c'est de la faire courir jusqu'à épuisement total, et ensuite de l'attaquer de toutes ses forces, en espérant qu'elles seront suffisantes pour la vaincre. Si Aliver triomphe, il aura réussi à traverser une épreuve physique et mentale difficile à imaginer. Il aura vécu avec un démon haletant sur ses talons pendant des heures, et avec la mort garantie au moindre faux pas. Ce n'est pas un défi qu'il était obligé de relever. Il l'a choisi, et depuis j'ai prié pour qu'il soit prêt à en sortir victorieux. Des hommes meurent en tentant un tel pari, Thaddeus. Il se peut que tu n'aies jamais l'occasion de me le prendre. Si tu as la chance qu'il te regarde au fond des yeux, tu pourras être certain qu'il est fort. D'une force que les Akarans n'ont pas démontrée depuis des générations.

— À ton avis, il était prêt pour cette chasse ?

— Nous verrons, éluda Sangae.

Le malaise que cette réponse fit naître en Thaddeus perdura pendant les trois jours où il guetta le retour d'Aliver. *Quelle cruauté du sort si le prince meurt maintenant, juste avant que je l'invite à affronter sa destinée* ! songea-t-il.

Mais il n'aurait pas dû s'inquiéter. Quand Aliver arriva, ce fut dans une cacophonie joyeuse qui ne pouvait qu'annoncer son triomphe. Thaddeus se tenait dans la petite chambre que Sangae lui avait réservée, et il découvrit la scène par la fenêtre au volet relevé par un bâton. L'agitation des corps noirs était extrême. Ils couraient dans les rues comme un banc de poissons pris de frénésie, et tous semblaient avoir appris la nouvelle du retour du chasseur en même temps. Chacun avait abandonné l'activité à laquelle il s'adonnait pour venir acclamer le héros du jour. La foule semblait compter plus d'individus que le village entier. D'où venaient-ils tous ? Thaddeus faillit sortir pour se joindre à la liesse générale, mais il eut l'intuition qu'il convenait de rester en retrait pour l'instant, caché, et d'observer sans être vu.

Les gens se massaient autour de quelque attelage, une charrette tirée par plusieurs hommes, un véhicule assez grand pour y atteler en temps normal un de ces bœufs à longues cornes que les villageois utilisaient pour les chargements les plus lourds. Thaddeus ne put discerner ce qu'elle transportait avant qu'elle passe assez près. L'ancien chancelier recula d'un pas. C'était une bête, une créature morte si énorme qu'au début il se demanda s'il n'y en avait pas plusieurs empilées les unes sur les autres. Il y avait du loup dans les longues pattes, de la hyène dans l'épaisseur du cou, du sanglier dans le mufle, mais ce n'était aucun des trois. Sous sa fourrure clairsemée, la bête avait la peau pourpre, une horrible surface sèche et couverte de cicatrices. C'était une chose horrible, un véritable monstre. Comment Aliver avait-il réussi à tuer une telle créature avec une simple lance ? L'exploit semblait relever de l'impossible.

Un jeune garçon grimpa sur le chariot et tira les oreilles du cadavre. D'autres agrippèrent la fourrure à son cou et firent bouger la gueule de droite et de gauche, sous les vociférations joyeuses de la foule. Un gamin pesa de tout son poids sur la mâchoire inférieure afin de l'abaisser, et ouvrit la gueule assez largement pour feindre d'y glisser la tête. Mais il se ravisa au dernier moment et sauta en arrière avec une expression exagérée de peur, ce qui arracha quelques rires au public.

Tout cela n'était rien en comparaison de l'accueil que le chasseur lui-même reçut. Il était facile à repérer. Il fendait le flot humain tel un héros d'épopée ressuscité et revenant à l'adoration universelle qui lui était due. Ou comme le spectre de ce héros, une version humaine plus pâle que ceux qui l'entouraient. Il se frayait un chemin parmi les bras qui se tendaient pour lui tapoter l'épaule et les corps qui se pressaient vers lui. Chacun avait un mot à lui dire, et les dents blanches brillaient dans ces visages noirs. Un temps, les villageois ressemblèrent à des créatures se bousculant pour arracher des morceaux de son corps, mais Thaddeus savait que c'était là une altération de sa vision des choses qui n'avait aucun rapport avec la réalité.

Il fut surpris par la taille d'Aliver. Elle dépassait d'une tête celle de son défunt père. Sous les assauts constants du soleil, sa peau avait pris la couleur du cuir huilé, bien qu'elle fût toujours claire comparée au teint des Talayens. Il allait torse nu, et ses muscles dessinaient des courbes déliées et harmonieuses. Sa chevelure ondulée était striée de mèches dorées qui la rendaient beaucoup plus blonde qu'elle n'aurait été en Acacia. À cause de tous ces détails physiques, il aurait pu ne pas paraître à sa place dans un village talayen de l'Extrême Sud, et pourtant, dans le même temps, il n'avait jamais semblé plus chez lui. C'était un homme svelte et musclé, bronzé, au physique exubérant comme peut l'être celui d'un gaillard en pleine santé. Il portait cette distinction dorée – le turvey – au-dessus de son biceps gauche comme si elle faisait partie intégrante de sa personne et qu'elle avait toujours été là. Il accueillit toutes ces attentions empressées avec un calme sourire et répondit aux commentaires aimablement, sans aucun air de supériorité.

Un instant Thaddeus se demanda s'il n'y avait pas de l'humilité dans son expression, et s'il avait vraiment tué la bête, comme l'imaginaient les villageois. Par le passé, plus d'un noble acacian s'était approprié la gloire d'un tableau de chasse effectué par ses serviteurs. Mais, à la réflexion, le vieil homme décida que ce qu'Aliver gardait pour lui, il le faisait pour des raisons autres que la honte d'un mensonge. Il fit savoir à Sangae qu'il ne souhaitait pas perturber les joies du retour d'Aliver, et demanda que celui-ci lui soit envoyé plus tard dans l'après-midi, quand toute cette agitation se serait calmée.

Lors de leur rencontre, rien ne se passa comme l'ancien chancelier l'avait escompté. Des mois plus tôt, il avait imaginé cette entrevue et envisagé de saluer Aliver en le serrant dans ses bras. Il attirerait le garçon à lui et annihilerait toute distance entre eux, toute récrimination. Le lien serait instantané. Un simple contact physique suffirait à le restaurer, et tout le reste suivrait naturellement. Mais quand le jeune homme parcourut les derniers mètres qui les séparaient, Thaddeus sut que tout cela n'avait été qu'un rêve.

— Le bonjour, Aliver, dit-il, heureux de constater qu'il conservait encore un peu de maîtrise de lui-même. Je viens à toi avec un message de ton destin. Et j'arrive au bon moment. Je vois qu'aujourd'hui tu as tué une bête redoutable. Mes félicitations. Ton père aurait été fier de toi.

Comme il était étrange que tant de l'enfant vive encore dans les traits du jeune homme, dans ses yeux et l'ourlé de sa lèvre supérieure, dans la forme de son crâne ! Pourtant ce visage était aussi celui d'un autre. Le regarder était comme entendre une note discordante dans une mélodie familière. Il avait perdu beaucoup de sa douceur physique, même si cet effet devait autant à son comportement sévère qu'à ses traits secs. Était-ce l'éclat de la méfiance que Thaddeus décelait dans ses yeux ? La colère ? La surprise, ou la déception ? Il aurait été bien incapable de le dire, mais n'en continua pas moins à étudier le prince muré dans son silence.

— As-tu réellement tué ce monstre de tes mains ?

Quand Aliver parla enfin, Thaddeus nota une pointe d'accent talayen dans sa voix, une façon plus coulée de prononcer les voyelles, quoiqu'il n'ait perdu aucune fluidité dans sa langue natale.

— J'ai appris à faire bien des choses. Ainsi donc tu n'es pas mort ?

Ce n'était pas l'accueil auquel le vieil homme s'était attendu.

— Assieds-toi, je te prie.

Les mots sortirent de sa bouche sans qu'il y réfléchisse, mais il en fut heureux. Il paraissait toujours calme. Il le savait. Il avait encore de l'autorité. Il attendit qu'Aliver s'exécute et s'installe jambes croisées, le dos aussi droit qu'une planche.

Thaddeus prit une lettre sur la table basse devant lui.

— Commençons par ceci, Prince. Lis. C'est important pour toi.

— Tu connais son contenu ?

L'ancien chancelier acquiesça.

— Mais je suis le seul.

— Elle n'est pas de la main de mon père, commenta le jeune homme après y avoir jeté un œil.

— C'est moi qui l'ai rédigée, mais ce sont ses mots. Lis, et fais-toi une idée.

Aliver pencha la tête sur le document. Ses yeux glissèrent de haut en bas, puis revinrent au début de la missive. Thaddeus se détourna. Il n'était pas convenable d'observer quelqu'un qui lisait un message d'une telle portée. De toute façon, il connaissait la lettre par cœur, et toutes les formules employées par Leodan pour exprimer son amour à son premier-né. Il s'efforça de ne pas y penser, et de préserver un peu d'intimité au prince. Mais il ne put s'empêcher de se remémorer les derniers mots, car il devrait les dire à Aliver quand celui-ci relèverait la tête.

— Ce n'est pas sérieux, lâcha le jeune homme.

Il avait cessé de lire. Ses yeux restaient braqués sur la page, sans bouger.

— C'est très sérieux. De quel passage doutes-tu ?

Aliver agita la feuille pour indiquer qu'il remettait l'ensemble en question.

— Cette mention des Hérauts du Santoth... ce ne peut être sérieux. Si c'est vraiment cela que mon père voulait me dire, il devait être très proche de la fin et ne plus avoir les idées claires. Écoute ça : « Fils...tu es maintenant adulte, et il est temps pour toi de sauver le monde... » Et il me demande de le faire en recherchant les magiciens fous d'un mythe.

— Il se pourrait que les Hérauts du Santoth soient aussi réels que toi et moi.

Aliver le regarda fixement.

— « Il se pourrait » ? En as-tu déjà vu un ? As-tu pratiqué la magie, ou constaté ses effets ?

— Il existe des archives..., commença Thaddeus qui dut durcir le ton pour faire taire le scepticisme du jeune homme. Il existe des archives, dont tu ne sais rien, qui attestent en détail de l'existence des Hérauts du Santoth.

— Un mythe ! cracha le prince, comme s'il prononçait un juron.

— Un mythe vivant, Aliver ! C'est là une vérité aussi indéniable que le soleil ou la lune. Vois-tu la lune, en ce moment ? Non, mais tu crois que tu la reverras. Ton père t'affirme que les Hérauts du Santoth peuvent parcourir de nouveau le Monde Connu. Ils peuvent *nous* aider à reconquérir le pouvoir, comme ils l'ont déjà fait dans le passé. Tout ce dont ils ont besoin, c'est que ce soit toi, un prince akaran qui deviendra roi, qui les relèves de leur bannissement. C'est en partie pourquoi tu as été envoyé dans le Talay, pour être plus près d'eux, afin que tu apprennes à connaître ce pays et que tu acquières les talents nécessaires pour les rechercher et les retrouver. Ton frère et tes sœurs se sont aussi rendus en des lieux différents, bien que tout ne se soit pas déroulé comme nous l'avions souhaité. Je te parlerai de tout cela. Tu sauras tout ce que je sais. Tout. Et je te donnerai également des nouvelles d'Hanish Mein. Il a en projet quelque chose pour ses ancêtres, les Tunishnevres. Ils constituent une autre force dans laquelle tu ne verrais sans doute rien de plus qu'un mythe, et pourtant ce sont eux qui ont conféré le pouvoir à Hanish…

— À quoi correspond ce « *nous* aider à reconquérir le pouvoir » ?

— Nombreux sont ceux qui attendent ton retour. D'une certaine façon, le monde entier t'attend. Il y a des raisons que tu peux…

— Pourquoi devrais-je me soucier de ton monde, ou croire un mot de ce que tu racontes ? J'ai trouvé une autre vie, avec des gens qui parlent toujours vrai.

Thaddeus sentit son pouls battre le long de son cou. Il résista à l'envie de plaquer une main dessus.

— Il fut un temps où tu m'appelais « mon oncle ». Tu m'aimais. Tu le disais avec tes mots d'enfant, et je t'aimais tout autant en retour. Je suis toujours cet homme-là. Et je sais que tu te soucies du devenir de ce monde. Depuis toujours. Rien n'aurait pu ôter cette préoccupation de ta personnalité. Aliver, c'est ce que souhaitait ton père. Tout ce que tu as appris ici… l'homme que tu es devenu…

L'expression du prince demeurait indéchiffrable, totalement indéchiffrable, et Thaddeus finit par y réagir.

— Je vois que tu veux être un mystère pour moi, mais tu ne l'es pas.

Et avec plus de force, il répéta :

— Tu n'es pas un mystère pour moi.

— Tu prétends que je peux choisir ce que je vais faire ?

— Oui.

— Alors tu m'as déjà dit des demi-vérités, rétorqua Aliver. Tu sais que je n'ai pas le choix. Et tu n'as pas reconnu avoir trahi mon père. Un homme honnête l'aurait fait avant toute autre chose. Oui, je suis au courant Comment pourrait-il en être autrement ? Le monde entier est au courant de la trahison de Thaddeus Clegg. Hanish Mein en personne l'a annoncée, et j'en ai entendu parler avant même d'arriver ici, dans la caravane de chameaux. Les hommes discutaient pour savoir si tu étais un serviteur du mal ou simplement un imbécile. Je n'ai pas ajouté ma voix aux leurs, mais je connais la vérité : tu es les deux. Ce n'est certes pas toi qui as enfoncé la lame dans sa poitrine, mais... c'est tout comme. Si tu étais un véritable serviteur de mon père, tu te mettrais à genoux pour implorer le pardon.

Le prince se remit debout d'un mouvement fluide. Il en avait terminé. Déjà il tournait les talons pour partir. Il leva un pied pour faire un premier pas. Thaddeus ne s'était pas préparé à une telle réaction, il ne l'avait pas prévue, n'avait pas imaginé qu'Aliver lui tiendrait de tels propos.

Il bondit de sa position assise. Une de ses mains agrippa la jambe du prince. L'autre la rejoignit et un instant plus tard il étreignait la jambe de ses deux bras. Ce n'était pas du tout ce qu'il avait compté faire, mais il ne lâcha pas prise. Il se cramponna, en s'attendant qu'un poing rageur vînt s'écraser sur son crâne. C'est seulement alors qu'il comprit ce qu'il avait espéré pendant toutes ces années, ce qu'il avait redouté et désiré plus que tout, ce qui lui importait plus que le destin des nations. Le pardon. Il avait besoin qu'on lui pardonne. Et pour obtenir ce pardon, il devrait dire la vérité dans son intégralité. C'est ce qu'il ferait, pour une fois. Et si Aliver était bien le prince dont le Monde Connu avait tant besoin, alors le jeune homme saurait l'affronter.

Chapitre trente-deux

La jeune fille observait l'anguille qui se tortillait pour progresser dans l'eau bleutée. Elle était allongée sur le ventre, nue à l'exception d'un linge noué autour de ses hanches, et la surface rugueuse du bois du ponton créait des démangeaisons sur son ventre, sa poitrine et ses jambes. Le soleil frappait son dos avec une puissance qui la faisait frissonner. Sa peau était brunie à force d'avoir été exposée, et elle pelait par endroits. Ses cheveux avaient fini par se décolorer en un blond pâle. Elle n'était plus une petite fille depuis plusieurs années déjà – d'où le linge à sa ceinture –, mais à vingt et un ans elle conservait beaucoup de son côté garçon manqué. Ses seins étaient assez bien faits pour que les prêtres aient du mal à détourner leur regard d'eux, mais ils demeuraient assez petits pour ne lui occasionner aucune gêne physique, ce qui lui convenait tout à fait. Elle ne ressemblait en rien à l'incarnation terrestre d'une déesse, ce qu'elle était pourtant : prêtresse de Maeben, première déité féminine du peuple vumuan, révérée dans toutes les îles dispersées connues collectivement sous le nom d'Archipel de Vumu.

L'anguille n'était que courbes et mouvements. Elle n'arrêtait jamais ses contorsions pour avancer dans l'eau claire jusqu'à une distance fixée par elle-même, avant de faire demi-tour et de revenir de la même manière, selon un circuit allongé. La profondeur dépassait ici la taille d'un homme, et le poisson se maintenait près de la surface, mais le fin sable blanc tapissant le fond de l'océan était parfaitement visible, que la pureté de sa texture semblait agiter d'ondulations minimes. La jeune prêtresse aurait pu observer la créature sur ce fond marin sans jamais s'en lasser. Quelque chose dans ce spectacle lui apportait la paix, quelque chose en lui interrogeait, et la réponse semblait pareille au bourdonnement du trajet de l'anguille, s'il avait été audible. Elle aurait aimé qu'il en soit ainsi, même si elle avait découvert que la vie posait plus de questions qu'elle n'apportait de réponses.

Elle poussa sur ses bras, se releva et se mit à marcher sur le réseau de pontons qui créaient une sorte de chaos géométrique dans l'arc doux de la baie. À la position du soleil, elle savait qu'il était temps pour elle de se préparer à la cérémonie de ce soir. Si elle ne retournait pas au temple rapidement, les prêtres partiraient à sa recherche. Un instant elle envisagea de les laisser faire. Dans ces circonstances ils étaient très vite gagnés par la nervosité, et une fois elle s'était amusée à déclencher semblable agitation dans leurs rangs. Mais c'était avant. Plus le temps s'écoulait et moins elle se sentait capable d'imaginer une existence où elle n'était pas Maeben, dans laquelle les heures de la journée n'étaient pas ordonnées en accord avec la déesse.

Elle laissa la plage derrière elle et dut traverser le centre de la ville, qui s'appelait Ruinat. Ce n'était en fait guère plus qu'un village de pêcheurs, par bien des aspects identique à tous ceux qui étaient disséminés sur Vumair, l'île principale de l'archipel. Mais il s'y trouvait le temple de Maeben, ce qui conférait à l'endroit une prééminence sans commune mesure avec son humble apparence. Sur la côte est, Galat constituait un centre nettement plus important d'échanges et de commerce, sans toutefois bénéficier d'aucune dimension sacrée. Ruinat était un lieu d'humilité, très tranquille à présent, car la chaleur du soleil de midi s'abattait sur le monde avec une intensité constante, et la plupart des habitants s'étaient réfugiés dans les ombres de leur foyer, où ils faisaient la sieste en attendant que passent ces heures languides.

La prêtresse suivit la surface en terre durcie de la grand-rue, poitrine à l'air et sans rien à cacher. Son identité terrestre n'était pas ignorée du commun des mortels. Dans le village, tout le monde la connaissait. On l'avait vue grandir, depuis le jour de son arrivée, quand fillette elle était sortie de la mer, l'épée au poing et parlant une langue étrange, sans savoir son véritable nom. On avait ri avec elle au fil des ans, on lui avait appris à parler le vumu, on l'avait pourchassée à travers les rues et on lui avait lancé des plaisanteries, parfois même obscènes. Mais, une fois qu'elle avait revêtu les atours de Maeben, bien sûr, personne ne lui avait plus montré une telle familiarité. Chaque chose avait sa place, son temps.

À l'approche du temple, la prêtresse devait remonter l'allée des dieux. Les totems, énormes, avaient été taillés dans les arbres les plus grands de l'île, et ils culminaient si haut que les images sculptées à leur sommet demeuraient invisibles à l'œil nu. Mais elles n'étaient pas destinées à être vues depuis le sol, de toute façon. C'étaient des hommages à Maeben, qui ne pouvaient être contemplés que d'une perspective divine, depuis le cœur des nuées.

Dire de la déesse qu'elle était un aigle des mers aurait été commettre une erreur aussi grossière que sacrilège. Elle pouvait certes prendre cette apparence et avoir des sœurs et des cousines qui étaient réellement des créatures ailées, mais Maeben elle-même les éclipsait totalement. Ses yeux voyaient tout avec une clarté parfaite, et elle pouvait se concentrer sur n'importe quelle personne et lire au plus profond de son cœur. Elle méritait – et exigeait – leur respect. Et elle détenait le pouvoir de le leur rappeler quand elle le souhaitait.

Avec les années, la jeune femme avait appris que le panthéon vumu comptait de nombreux dieux. Il y avait ceux semblables à Cress, qui possédait la maîtrise des marées. Uluva nageait devant les bonites et les dirigeait lors de leur migration annuelle aux abords de l'île. Banisha était la souveraine des tortues de mer. C'est seulement avec sa bénédiction que ses filles se hissaient péniblement sur les plages du sud de l'île, à chaque été, pour y enterrer leurs œufs dans le sable chaud. Il y avait aussi Bessis, le dieu crocodile qui chaque nuit dévorait un morceau de la lune jusqu'à ce qu'elle disparaisse totalement. Repu, il attendait alors que le fruit de la lune soit de nouveau entier pour sortir de sa somnolence et reprendre son festin. C'était un monde dans lequel le cycle naturel des choses était constamment remis en question, car il dépendait du bon vouloir et de la santé d'un grand nombre de déités. Cela, elle l'avait bien compris. En revanche, elle ne connaissait pas le nom de tous ces dieux, mais c'était sans importance. Ils n'étaient que deux à se partager le sommet du panthéon vumu, et un seul était incontournable pour elle.

Maeben n'était pas une déesse avec un rôle défini dans le monde naturel, au contraire de bien d'autres. Du jour de sa naissance, elle avait méprisé l'idée d'être liée à une telle tâche. Elle était la déesse de la colère, la sœur jalouse du ciel, qui partout se croyait insultée : par les dieux, les humains, les créatures vivantes, et même les éléments. Maeben la Furieuse s'emportait aisément, et sa vengeance était toujours féroce. Elle déclenchait les tempêtes, commandait au vent et à la pluie, claquait du bec pour engendrer ces étincelles géantes qu'étaient les éclairs. À observer les humains, elle les avait très vite jugés trop fiers et trop favorisés par les autres dieux. En une seule occasion elle s'était laissé attendrir par un humain, mais il en avait résulté une tragédie.

Il avait pour nom Vaharinda et était né de parents mortels, mais pour une raison inconnue il avait été béni avant même de voir le jour. Au lieu que ce soit sa mère qui chantonnât pour qu'il dormît, c'était lui qui chantait pour l'apaiser. Elle ne se caressait pas le ventre pour le réconforter : c'était lui qui la caressait de l'intérieur. Vaharinda avait un don avec les femmes, et sa mère le sut avant même sa naissance. À sa venue au monde, toutes furent stupéfaites quand elles le tinrent dans leurs bras. Il était la perfection. Il grandit rapidement, et en tout il était harmonie et beauté physique. À l'âge de six ou sept ans, il faisait se pâmer les femmes adultes à sa seule vue. À onze ans, il en avait déjà connu charnellement des centaines, et à son quinzième anniversaire elles étaient des milliers à le désigner comme leur mari et affirmer qu'elles portaient ses enfants. C'était aussi un chasseur brave et expérimenté, et un guerrier que nul autre homme ne pouvait défaire en combat singulier. En sa présence, ses ennemis ne connaissaient que la peur.

Un jour, Maeben aperçut Vaharinda qui donnait du plaisir à des femmes, l'une après l'autre. Elle les vit qui gisaient haletantes sous lui, en pleine extase. Elle les entendit appeler le nom d'autres dieux, et les prier de venir constater la merveille dont elles faisaient l'expérience. Tout cela rendit Maeben curieuse. Elle prit forme humaine et approcha Vaharinda. Elle n'avait pas eu l'intention de se coucher sous lui, mais quand elle eut regardé au fond de ses yeux elle ne put s'en empêcher. Quel spécimen ! Quel outil de plaisir qui se tendait entre ses jambes ! Pourquoi ne pas grimper dessus et connaître par elle-même les plaisirs que la chair pouvait offrir ?

C'est exactement ce qu'elle fit. Et ce fut bon. Ce fut très bon. Ensuite elle resta étendue dans le sable, le souffle court, et c'est seulement alors qu'elle s'en rendit compte : Vaharinda n'avait pas autant été marqué par leur étreinte. Il bavardait déjà avec une autre femme. Prise de colère, Maeben l'apostropha et exigea qu'il la prît de nouveau. Mais il ne vit aucune raison de la contenter. Il déclara qu'elle était certes agréable, mais pas à un point tel qu'il en délaisse d'autres femmes. Elle avait les yeux d'un bleu aussi clair que le ciel, ajouta-t-il, alors qu'il préférait les yeux sombres. Sa chevelure était fine et éparse comme ces nuages de haute altitude qui annoncent un changement dans le temps, et lui préférait les épais cheveux noirs où il aimait crisper ses doigts puissants. Sa gorge avait la couleur du sable blanc, ce qui était très rare, oui, mais ses goûts le tournaient plutôt vers les peaux cuivrées par le soleil.

Entendant cela, Maeben fut prise de fureur. Dans un rugissement, elle quitta son apparence humaine et se transforma en un aigle des mers géant. Ses ailes étaient les plus grandes qu'on ait jamais vues, ses serres assez vastes pour entourer la taille d'un homme, chacune pareille à une épée courbe. Elle lui demanda s'il la préférait ainsi. Les témoins de la scène s'enfuirent, affolés. Seul Vaharinda resta. Il n'avait encore jamais vu de créature capable de l'effrayer, et cela n'allait pas changer aujourd'hui. Il saisit une de ses lances, et ils s'affrontèrent violemment. Leur combat fit rage sur toute l'île et au sommet des montagnes. Ils luttèrent dans les branches des arbres, bondirent dans le ciel et coururent à la surface de la mer. Vaharinda luttait comme nul homme avant lui, mais il ne pouvait l'emporter, car il n'était, après tout, qu'un être humain, alors que Maeben était d'essence divine. Elle finit par l'écraser entre ses serres. Alors, assise sur une branche pour que tous les habitants de Vumu puissent la voir, elle le dévora morceau par morceau, jusqu'à ce qu'il ne subsiste plus rien de lui. Puis elle prit son envol. La légende de Vaharinda ne devait pourtant pas s'arrêter là.

La prêtresse laissa l'allée des dieux derrière elle et remonta d'un pas léger le chemin qui serpentait vers le temple. À un endroit, elle fit halte pour observer un moment le port en contrebas. La vie y était maintenant visible. Plusieurs navires approchaient des quais, des transports de pèlerins désireux de rencontrer la déesse sous sa forme terrestre. Elle les recevrait dans quelques heures, comme chaque jour.

Avant d'atteindre le temple, la jeune femme s'arrêta une nouvelle fois. Elle aimait contempler la statue de Vaharinda. Il était représenté assis près de l'entrée, et c'était à la fois un monument à sa propre gloire et un rappel de la toute-puissance de Maeben. Le peuple de Vumu avait choisi d'honorer son héros. Il avait été le plus fort d'entre eux, le plus agréable à l'œil, le plus brave, le plus à même de contenter les femmes, en un mot celui que tous les autres hommes rêvaient d'égaler. Ils avaient envoyé une partie de leurs richesses aux habitants de Teh et de la côte talayenne, et ils étaient revenus avec un énorme bloc d'une pierre à la texture inédite sur leur île, duquel ils avaient tiré une sculpture de Vaharinda. Il avait cette attitude détendue qu'il affectait quand il était au repos, ses muscles taillés dans la pierre, ses traits identiques à ce qu'ils avaient été de son vivant. Il était nu et, puisque tel avait été son état pendant la majeure partie de son existence, son pénis était raidi par une érection, tel un poing serré brandi vers le ciel. C'était une statue splendide, sans équivalent dans le monde, avant ou après elle.

Devant une telle beauté, les gens de Vumu ne tardèrent pas à vénérer Vaharinda comme un dieu. Ils lui adressèrent des prières, lui demandèrent des faveurs, déposèrent à ses pieds des gerbes de fleurs et des bijoux, brûlèrent des offrandes en son nom. Très vite, des femmes virent dans la pierre l'homme qu'elles avaient aimé, et elles enfourchèrent son pénis pour atteindre le plaisir. Elles le préféraient même à leurs époux, et nombreuses furent celles qui affirmèrent avoir enfanté de sa semence minérale. Elles lui rendaient visite si souvent et en si grand nombre que les contours de son sexe s'effacèrent et que la longueur du membre diminua peu à peu. Mais il continuait de donner du plaisir et, à sa manière silencieuse, il en recevait en retour.

Maeben détestait tout cela. Plus encore que le mépris affiché par Vaharinda à son endroit, ce rituel la mettait en rage. Elle décida d'humilier les Vumuans de la plus douloureuse des manières. Tout d'abord elle s'abattit sur la statue, referma ses serres autour du pénis de Vaharinda et le trancha net. Elle transporta le membre sectionné loin en haute mer et le lâcha. Or un requin l'observait, qui crut qu'elle avait laissé échapper un morceau de choix. Le squale surgit des profondeurs et avala d'un coup le pénis tombé du ciel. Maeben en fut ravie. Vaharinda ne donnerait plus de plaisir à aucune femme. Néanmoins, elle n'avait pas assouvi son désir de vengeance à l'encontre des humains. Elle leur ôta le cadeau que Vaharinda avait fait aux femmes qui l'aimaient. Elle enleva leurs enfants. Elle fondit du ciel, les saisit entre ses serres et à grands coups d'ailes s'éleva dans les cieux, tandis que les marmots hurlaient et gigotaient, impuissants devant son courroux.

Comme elle passait devant la statue et entrait dans l'enceinte du temple, la jeune prêtresse ne put s'empêcher de jeter un coup d'œil aux dommages subis par l'œuvre de pierre. Malgré tout son bon sens, une partie d'elle-même regrettait de ne pas avoir vu Vaharinda au sommet de sa gloire. Elle avait même rêvé de le monter, comme d'autres femmes l'avaient fait, selon la légende. Mais dans ses songes, il n'était pas de pierre. C'était un être de chair et de sang, et les exercices auxquels ils s'adonnaient tous deux atteignaient de tels excès sensuels qu'elle s'éveillait souvent en sursaut, éberluée d'avoir pu imaginer pareilles scènes. Car elle était vierge. Il ne pouvait en être autrement. Elle perpétuait un rôle dans tout ce drame. Il y avait bien longtemps, les prêtres avaient prédit que la seule façon d'apaiser Maeben serait de choisir un symbole vivant d'elle qui pourrait se présenter devant le peuple chaque jour afin que jamais on n'oublie la déesse. Selon eux, les humains devaient prendre garde à ne pas tirer trop de joies et de plaisirs de l'existence, et garder à l'esprit qu'ils prospéraient seulement par la volonté bienveillante de Maeben. Toujours ils devaient considérer les êtres chers avec une part de tristesse. Jamais ils ne devaient profiter d'une bonne santé sans se souvenir que la maladie n'était jamais loin. Et ils ne devaient jamais louer le beau temps sans savoir qu'à la fin de chaque été venaient les tempêtes qui semaient la destruction sur leur passage, sans considération pour la souffrance humaine. Tous ces dangers quotidiens de l'existence, disaient les prêtres, étaient nécessaires pour apaiser une déesse dont l'œil jaloux ne ratait rien de ce qui se passait sur terre. Et la prêtresse, par-dessus tout, ne devait jamais succomber au désir que Maeben avait commis l'erreur d'éprouver pour Vaharinda.

Peut-être à cause de cette vision contrite de l'existence, les îles Vumu étaient bénies par une abondance qui emplissait les gens de la certitude que leurs croyances étaient justes. Ils récoltaient les huîtres dans un des ports abrités, les poissons-chats pullulaient dans les rivières boueuses qui dévalaient des hautes terres, si nombreux que les pêcheurs n'avaient qu'à se mettre debout dans leur canoë et les harponner au passage. Les bonites emplissaient à craquer leurs filets chaque printemps, et à la fin de l'été les arbres dans les vallées gémissaient sous le poids des fruits. À partir de huit ou neuf ans, les garçons pouvaient s'aventurer seuls dans la colline pour des parties de chasse. Ils revenaient toujours chargés de viande de singe, d'écureuils et d'un oiseau incapable de voler et si gras qu'il était difficile à transporter sous un bras. En vérité, Maeben avait bien des raisons d'être envieuse, et le peuple de Vumu bien des raisons d'être reconnaissant.

— Prêtresse ! lança une voix depuis le haut des marches du temple. Venez, venez, vous lambinez trop.

C'était Vandi, le prêtre en grande partie responsable de sa tenue pour la cérémonie. Il aimait se donner des airs féroces, mais en réalité il lui passait bien des choses, comme un oncle qui gâte sa nièce sur laquelle il sait n'avoir qu'une autorité limitée. Il brandissait sa robe de dessous comme si la prêtresse était assez proche pour s'en saisir et l'enfiler.

La jeune femme gravit lestement les degrés de pierre, taillés bas afin que l'approche du temple se fasse à pas lents et révérencieux. Mais c'était destiné aux fidèles, non à celle que l'on venait adorer ici.

— Du calme, Vandi, dit-elle. Souviens-toi qui sert qui, ici.

Comme la grande majorité des Vumuans, Vandi était de petite taille, avec des cheveux d'un noir de nuit, des yeux verts et une bouche en cul de poule. Étant prêtre et donc souvent à l'intérieur des bâtiments, il avait le teint moins cuivré que celui des villageois, mais il n'en restait pas moins un personnage remarquable.

— Nous servons tous la déesse, dit-il d'un ton sarcastique.

Elle se glissa dans le vêtement qu'on lui présentait et entra plus avant dans les entrailles du temple. Dans l'isolement de ses appartements, au milieu des volutes d'encens, elle se laissa vêtir par ses servantes. Elles la drapèrent dans les diverses épaisseurs de plumes de son office, qu'elles attachèrent une à une avec des gestes précis. D'autres peignirent son visage et ajustèrent le masque en forme de bec sur sa bouche, en vérifiant qu'elle parvenait toujours à respirer. Autour d'elles tournaient les parfumeurs qui prélevaient quelques gouttes à de précieuses fioles et exhalaient l'eau odorante en des embruns invisibles dont la maîtrise leur avait demandé des années. On glissa des serres à ses doigts et on les tint en place avec des lanières de cuir s'entrecroisant sur la main et le poignet. Chaque main portait trois de ces pointes cruelles, le pouce et deux fois deux doigts se répartissant l'ensemble. C'étaient les reliques effrayantes d'un véritable aigle des mers dont la taille avait dû être assez colossale pour approcher celle de la déesse.

Pendant tous ces préparatifs, la jeune femme restait immobile, bras écartés, impavide. Elle se rappelait que dans un lointain passé son père s'était parfois tenu dans une posture similaire quand on l'habillait. Peut-être n'était-elle pas arrivée aussi loin de ses origines qu'elle le croyait, songea-t-elle. Avant de devenir prêtresse, elle avait répondu au nom de Mena. À présent, elle était Maeben. Ce n'était pas très différent. Il lui arrivait de se souvenir de sa famille avec une netteté qui la stupéfiait, mais la plupart du temps ce n'étaient que des images immobiles coincées dans des cadres, comme des portraits accrochés sur les murs de son esprit. Parfois même elle se voyait de la même façon La princesse Mena, revêtue d'atours trop luxueux, une broche ornée de joyaux à la gorge, des épingles dans les cheveux. Elle se rappelait bien ses deux frères, quoique figés dans des attitudes différentes : Aliver, sérieux et soucieux de son rang en ce monde, et Dariel, généreux et innocent, toujours prêt à faire plaisir. En revanche, elle ne parvenait pas à se représenter complètement Corinn, ce qui ne manquait pas de la troubler. Elle aurait dû connaître sa sœur mieux que quiconque, et celle-ci était la plus difficile à définir. Mais rien de tout cela n'avait d'importance. Cette existence appartenait au passé, que ce constat lui plaise ou non. Sa vie était maintenant tout autre.

Un matin, des années auparavant, elle s'éveilla et elle sut avant même d'ouvrir les paupières qu'elle se trouvait à bord d'un petit esquif ballotté par les flots. Elle leva les yeux vers le blanc bleuté d'un ciel sans limites. Si elle redressait la tête, elle verrait tout autour d'elle la crête des vagues couronnée d'écume, comme depuis des jours déjà, et pour la première fois cette constatation éveilla en elle plus de lassitude que de frayeur. Elle s'assit. Son gardien talayen était un homme taciturne. Il évitait ostensiblement de la regarder et maintenait ses yeux sombres braqués sur l'horizon, la voile gonflée ou chaque flanc du bateau, pour jauger la houle.

Elle ne se sentait nullement gênée de l'observer ouvertement, avec candeur, et elle voyait avec quelle maîtrise il se débrouillait, malgré les deux doigts manquants à sa main gauche. Il s'en servait sans hésitation, mais avec des mouvements de crochets étranges qui attiraient toujours l'attention de la fillette. Elle avait vu très peu de difformités physiques sur Acacia. Certainement jamais parmi les serviteurs. Quant aux dignitaires en visite, ils auraient pris soin de dissimuler toute imperfection corporelle. Il ne lui paraissait plus aussi imposant qu'elle l'avait d'abord pensé, mais peut-être perdait-elle tout repère parce qu'ils étaient seuls sur un petit bateau perdu dans le décor immense de l'océan. Imposant ou pas, c'était un soldat. Il portait son épée courte à la taille, et le pommeau de son épée longue était visible dans un recoin du pont, comme s'il voulait la cacher.

Pour la centième fois, elle fut assaillie par l'absurdité de la situation. Elle l'avait cru quand il avait affirmé que c'était là le plan mis au point par son père, mais cela ne le rendait pas plus compréhensible. C'était le visage de cet homme qu'elle avait vu quand elle avait ouvert la porte de sa chambre à Kidnaban. C'était à lui qu'elle avait choisi de faire confiance lorsqu'ils avaient enfourché deux poneys et suivi la route côtière. Dans les bois, il lui avait rasé le crâne avec une tondeuse pour moutons. Il lui avait fait enfiler des vêtements grossiers et lui avait expliqué l'histoire à raconter, si on les interrogeait : elle était un garçon qu'il avait pris comme apprenti en remboursement d'une dette de famille. Personne ne leur posa la moindre question.

Ils naviguèrent de port en port, en payant leur passage quand ils le pouvaient, et ce ne fut pas avant d'avoir atteint Bocoum que l'homme décida d'acquérir le petit bateau dans lequel ils se trouvaient maintenant. Perplexe, elle le vit marchander pendant plus d'une heure avant de l'acheter. Elle lui demanda à plusieurs reprises pourquoi ils voyageaient ainsi, mais à chaque fois il lui répondit de lire la lettre qu'il lui avait donnée. Elle contenait une explication beaucoup trop brève, rédigée de la main de Thaddeus. La meilleure manière pour elle de se cacher était de le faire très discrètement, en renonçant à tout luxe et en prenant soin de ne pas attirer l'attention sur eux. Personne n'irait imaginer que les enfants Akaran voyageaient avec pour escorte un seul protecteur, et ainsi ils pourraient se fondre dans la masse sans risque. Il était impératif qu'ils ne laissent derrière eux aucun indice que quelqu'un pourrait relever plus tard et suivre. C'est pourquoi ils ne pouvaient plus piocher dans les finances du royaume pour se déplacer, ce qu'elle avait très bien compris. Mais elle se lassa très vite de cette mascarade.

— Où m'emmènes-tu ? demanda-t-elle.

Le gardien tourna la tête et scruta la mer derrière eux pendant un long moment. Mena avait déjà remarqué qu'il agissait souvent ainsi, comme s'il cédait à un besoin que sa réserve ne pouvait endiguer.

— Je suis les ordres, dit-il.

— Je le sais. Mais où t'a-t-on ordonné de m'amener ?

— Sur l'Archipel de Vumu. Comme je vous l'ai dit hier et avant-hier, Princesse.

— Pourquoi ?

— Je l'ignore. Je me contente d'exécuter les ordres.

— Me ramèneras-tu chez moi, si je te l'ordonne ?

Le regard de l'homme effleura le sien un très court instant, et elle y détecta une émotion qu'elle ne put interpréter. Puis il se remit à observer la mer.

— Je ne le peux pas. Même si je le voulais... Je vois bien que vous êtes effrayée, mais tout ce que je peux faire pour vous aider, je le fais.

— Combien de temps avant d'atteindre notre destination ?

— Quelques jours encore. Tout dépend des vents et des courants.

Il fit un geste de la main comme s'il n'avait aucune confiance en ces paramètres. Mena le dévisageait toujours.

— Je n'ai pas dit que j'étais effrayée, fit-elle. C'est toi qui l'es. Pourquoi ne cesses-tu de regarder alentour comme un animal traqué ? Qui crains-tu ?

Il eut un rictus de défi et son regard s'assombrit, comme s'il se refusait à répondre. Mais le respect qu'il avait toujours éprouvé pour la famille royale, même s'il était maintenant quelque peu entamé, le ramena à de meilleurs sentiments.

— Il y a un bateau derrière nous, dit-il enfin. Il se rapproche.

C'était vrai. Pour l'instant, il était encore minuscule, au point qu'elle l'aurait sans doute confondu avec un peu d'écume sur une vague si elle n'avait été attentive. Il apparaissait et disparaissait au gré des creux et des crêtes. Tout d'abord, elle ne crut pas qu'il les suivait. Comment le gardien pouvait-il être aussi affirmatif ? Mais au bout d'une heure elle eut l'impression que l'autre avait réduit la distance. Mena demanda au Talayen s'il ne vaudrait pas mieux l'attendre. Peut-être avait-il été dépêché d'Acacia pour les retrouver. Peut-être pouvaient-ils rentrer, à présent. Le gardien ne répondit pas, pas plus qu'il ne modifia leur course ni ne baissa la voile. Ce qui ne changea pas grand-chose, car l'autre bateau était plus rapide, plus élancé. Il gagnait peu à peu sur eux, poussé par une tempête. À moins qu'il ne la tirât derrière lui. Il était difficile de le savoir.

Des rafales de vent tailladaient les eaux et bousculaient le bateau comme si ce n'était qu'un jouet. Les vagues s'élevaient de plus en plus haut. En fin d'après-midi, l'autre embarcation était arrivée à leur niveau et suivait la même direction à la même vitesse, avec un écart de cent mètres qui se réduisait inexorablement. Il n'y avait qu'un seul homme à son bord. Mena venait à peine de l'apercevoir et elle se concentrait pour avoir quelques détails sur sa personne quand il se leva. Il lui fallut un petit moment pour trouver un équilibre satisfaisant. Il tenait une longue hampe dans une main. Le gardien avait dû le voir, lui aussi, car il siffla un juron et fit signe à Mena de venir auprès de lui. Il lui lança quelque chose qu'elle ne put saisir. Elle crut qu'il voulait qu'elle le remplace à la barre qu'il tenait coincée sous son aisselle. Ou qu'elle prenne cette corde sur laquelle il tirait. Quoi qu'il en soit, la peur qu'elle sentit dans sa voix et ses gestes la pétrifia. Elle resta immobile. Ils gravirent une vague et retombèrent sur son dos dans un hurlement La voile était gonflée à craquer, et Mena craignit qu'ils ne soient arrachés de la surface et propulsés dans les airs comme un cerf-volant libéré.

Pendant un moment, ils furent seuls dans une vallée d'eau sculptée. Puis ils furent deux, de nouveau. L'autre bateau glissa dans leur direction, sa proue sifflant en fendant le dos lisse de la vague. Leur poursuivant lança la hampe – un javelot – avec une force qui faillit le faire tomber par-dessus bord. L'arme vola en ligne droite et transperça le centre de la poitrine du gardien comme si elle n'appartenait à aucun autre endroit de ce monde. Le Talayen lâcha la barre et agrippa le javelot des deux mains. Il n'essaya pas de le retirer, mais plutôt de le soutenir. Il toussa et cracha du sang puis, une main tâtonnant derrière lui, il bascula en arrière par-dessus le plat-bord et disparut dans l'océan.

Le bateau se mit à tournoyer au hasard, embarqua de l'eau puis se redressa. Mena dut se plaquer sur le pont pour ne pas être frappée par la vergue. La voile claquait sauvagement tel un animal pris de frénésie, mais elle ne prenait plus le vent comme un moment auparavant. Mena ne savait comment la dompter. Paralysée par la peur, elle regardait fixement cette vie serpentine qui animait la toile. Puis elle sentit quelque chose d'inédit, l'impact du navire contre un obstacle solide, et elle se redressa.

L'autre bateau s'était placé bord à bord avec le sien, et ils se heurtaient du flanc comme pour se défier en combat singulier. Le marin sauta de son esquif dans celui de Mena, où il se reçut parfaitement. Il n'accorda qu'un coup d'œil à la fillette et ne chercha pas à l'approcher. Il tenait une corde avec laquelle il lia les deux embarcations, en laissant assez de mou pour qu'elles ne restent pas collées l'une à l'autre. Il disparut à la vue de Mena un instant, puis se redressa. Il fouillait le sac du gardien. Que voulait-il ? Que lui voulait-il, à *elle* ? Qu'allait-il lui faire ? Elle ne pouvait l'imaginer, mais les détails importaient peu, car le résultat serait certainement horrible. Tout d'abord, elle ne prit pas conscience que ses mains étaient posées sur une arme, et pourtant elles s'étaient refermées sur la garde de l'épée longue du gardien. Elle tira dessus et réussit à peine à la déloger de sa cachette. Mais l'arme était trop lourde pour qu'elle puisse seulement la soulever. Elle ne parvenait même pas à la sortir de son fourreau, alors que la pointe de l'étui traçait une ligne en zigzag en travers des planches. Jamais elle ne s'était sentie aussi impuissante.

Étrangement, l'homme lui tourna alors le dos. Il tira un moment sur le cordage, puis sauta de nouveau sur son propre bateau. Les deux embarcations s'entrechoquèrent. L'homme tendit la main et défit le nœud qui liait son bateau à celui de Mena. Il ne semblait nullement s'intéresser à elle.

— Que faites-vous ? cria-t-elle.

Il s'immobilisa et la regarda. Visiblement il avait souhaité éviter tout échange avec elle, mais, puisqu'il était interrogé, il ne pouvait que répondre :

— Je ne vous veux aucun mal, Princesse, cria-t-il pour couvrir le fracas du vent et de la mer. Ce qui s'est passé ici, c'était entre cet homme et moi. Je n'ai aucun différend avec vous.

— Vous savez qui je suis ?

Il acquiesça.

— Pourquoi avez-vous tué cet homme ? Pourquoi me faites-vous ça ?

— Lui et moi avons eu... un litige. Avec vous, je ne souhaite rien.

Une vague les souleva violemment et les sépara. Quand elle put le voir de nouveau, Mena lança :

— Vous allez me laisser mourir ici ?

— Non, vous ne mourrez pas. Vous êtes dans le courant qui vous mène vers l'est. Il traverse l'Archipel de Vumu comme si ces îles étaient une passoire. Même sans la voile vous reverrez la terre ferme d'ici quelques jours. Et les gens. Ce qui se passera ensuite entre eux et vous, ce sera à vous d'en décider.

— Je ne comprends pas, dit Mena, la gorge serrée par l'émotion.

L'homme la dévisagea un moment, et elle crut apercevoir une lueur de moquerie dans ses yeux.

— Vous n'êtes pas la seule à avoir une histoire, dit-il. Ce qui vient de se passer ici appartenait à la mienne... et à la sienne, ajouta-t-il avec un mouvement de tête méprisant vers les profondeurs. C'était une vieille dette, elle est maintenant réglée.

— Êtes-vous l'ennemi de mon père ?

— Non.

— Alors vous êtes son sujet ! Je vous ordonne de ne pas m'abandonner ici !

Il lança le cordage dénoué dans l'embarcation de Mena.

— Votre père est mort, et je ne reçois plus d'ordres. Princesse, j'ignore quelles étaient les intentions de votre père en vous envoyant ici, mais le monde n'est plus tel qu'il a été. Tracez votre chemin de votre mieux, je ferai de même pour le mien.

Sans ajouter un mot, il lui tourna le dos et déploya sa voile. Elle claqua en se gonflant et son bateau tailla sa route en diagonale à l'assaut de la vague suivante. Mena le vit glisser par-dessus la crête et disparaître de l'autre côté. Les mots de l'homme étaient pour elle comme une gifle. Elle s'en rendait compte soudain, elle avait cru très naïvement que le monde entier tournait autour d'elle et de sa famille. Jamais encore elle n'avait reconnu que la vie de quelqu'un d'autre pouvait affecter la sienne. Quelle sottise... C'était pourtant exactement ce qui se produisait ! Les actes d'Hanish Mein n'avaient-ils pas bouleversé son existence ? Et son gardien, ce tueur surgi de la mer n'avaient-ils pas eux aussi une histoire, une vie, un destin ? Elle comprenait maintenant que le monde était une farandole d'un million d'âmes, et que dans cette danse elle ne représentait qu'une seule participante. C'est du moins ainsi qu'elle se souviendrait de l'événement et des effets qu'il eut sur elle.

Elle suivait l'éloignement du tueur, qu'elle apercevait chaque fois que son embarcation se hissait au sommet d'une crête. Bientôt il disparut à sa vue. Elle se retrouva seule, sans rien autour d'elle sinon un ciel indéfini et des montagnes liquides en mouvement qui à ce moment constituaient l'entièreté du monde. Et il en fut ainsi pendant cinq longs jours, jusqu'à ce qu'elle repère l'île qui allait devenir son nouveau foyer et sa nouvelle destinée.

— Voilà, dit Vandi en se reculant pour examiner la prêtresse dans son costume complet. Vous êtes la déesse, une fois de plus. Qu'elle soit louée et qu'elle nous juge humbles !

Les servantes qui avaient aidé à la vêtir firent écho à la formule dans un murmure, avant de se retirer avec révérence. Cet instant semblait toujours étrange à Mena. Ces jeunes femmes l'avaient elles-mêmes transformée. Elles avaient ajouté chaque pièce de son costume sur son corps presque nu, et pourtant une fois leur travail fini elles tremblaient de peur devant ce personnage qu'elles avaient créé. Elle passa entre elles à la suite de Vandi, en direction des cymbales et des carillons qui annonçaient la cérémonie. Les Vumuans étaient des gens singuliers, songea-t-elle. Pourtant elle les avait toujours appréciés et elle éprouvait un certain réconfort à être parmi eux. C'était vrai depuis qu'elle avait posé les yeux sur eux pour la première fois.

Son arrivée sur l'île avait été pour le moins brutale. Elle aurait pu mourir. Le fait qu'elle ait survécu et la manière dont elle sortit de la mer jetèrent les bases de tout ce qui devait suivre. Seule dans son bateau, presque à court de vivres, elle avait observé l'île pendant deux jours. La mer s'était calmée, mais l'île était ceinturée par une barrière de récifs contre lesquels les vagues venaient se déchiqueter inlassablement. Alors qu'elle s'en approchait, Mena pensa qu'elle pourrait chevaucher ces projections furieuses et atteindre les eaux paisibles au-delà. Mais ce ne fut pas aussi facile. Son bateau accrocha les hauts-fonds. Sous la secousse, elle lâcha la barre et fut projetée en avant. Elle se cogna rudement l'épaule contre le plancher. La douleur fut si violente qu'elle en annihila presque complètement le tumulte autour d'elle. Roulant sur le dos, elle se redressa tant bien que mal et vit les vagues qui fondaient sur l'embarcation. Elle sentit la coque grincer sur le récif, jusqu'à ce que le bateau se renverse de côté. Pendant un moment, elle resta suspendue dans une eau bouillonnante qui envahit sa bouche et l'étouffa à demi. Le mât avait dû se briser net, ce qui permit au bateau de rouler sur lui-même, mais il ne se stabilisa pas quand il revint à sa position normale. Il continua de décrire des tonneaux, jusqu'à ce que le monde n'ait plus aucun ordre.

Elle fut aspirée hors de l'embarcation, retournée, secouée et bousculée par les mouvements amples de l'eau. À un moment, son visage fut plaqué contre les coraux, et ils éraflèrent ses bras et ses jambes à de nombreuses reprises. Elle avait la main refermée sur quelque chose, un objet qui tirait sur son bras dans tous les sens. Elle pensait que c'était une partie du bateau et se refusait à la lâcher. C'était un espoir vain, mais elle avait l'impression que si elle réussissait à s'accrocher à cette planche ou ce mât ou quoi que ce fût, elle s'en sortirait. Elle changea d'avis quand ce qu'elle tenait exerça une traction soudaine qui faillit lui déboîter l'épaule.

Elle dut perdre conscience. Elle n'en était pas sûre, mais à un certain moment elle eut l'impression très nette de s'éveiller, haletante, dans un calme relatif. Elle aspira l'air goulûment, toute son énergie concentrée sur le besoin frénétique d'emplir ses poumons. Après un long moment consacré uniquement à respirer, elle se rendit compte qu'il y avait du sable sous ses pieds. Autour d'elle, les eaux étaient tièdes et paisibles. Les vagues se brisaient toujours avec fracas à une courte distance de là, mais elle avait franchi l'obstacle et apercevait à présent des arbres sur la plage devant elle. Mieux, elle discernait la fumée montant d'un feu et les toits de paille de cabanes, ainsi qu'une embarcation qui glissait le long du rivage. La douleur lancinante à son épaule se rappela à elle, mais son bras n'avait pas été arraché et la souffrance était supportable.

Alors qu'elle commençait à avancer en pataugeant, elle remarqua que son bras gauche traînait un objet derrière elle, d'un poids étrange dans l'eau. Ses doigts étaient crispés sur une lanière qui s'était nouée à son poignet, au point que sa main était gonflée et bleuie. Elle tira sur son fardeau et ramena la longue épée du gardien à la surface. La lanière autour de son poignet était en fait la fine sangle permettant de mettre l'arme à la bretelle. C'était à l'épée qu'elle s'était ainsi accrochée, et non à quelque pièce du bateau. Elle l'avait peut-être tenue un certain temps, mais c'étaient les boucles de la lanière qui avaient fini par enserrer son poignet et souder l'arme à l'enfant, comme si la première redoutait les profondeurs et refusait d'abandonner la seconde.

C'est ainsi qu'elle débarqua sur l'île, armée de l'épée d'un guerrier, une fillette de douze ans récemment devenue orpheline et isolée de toute personne qu'elle avait connue auparavant. Ce qui restait de ses vêtements pendait en lambeaux sur elle. Sa chevelure était emmêlée. Les villageois qui se massèrent sur la plage et la regardèrent s'avancer vers eux n'avaient jamais rien vu de comparable. Elle semblait avoir traversé l'océan sans bateau pour la transporter. Quand elle ouvrit la bouche, une langue inconnue s'échappa de ses lèvres. Aucun d'entre eux ne comprit ce qu'elle disait. Ainsi naquit le mythe.

Lorsqu'elle arriva à Ruinat, une légende qui dépassait tout ce qu'elle pouvait imaginer la précédait déjà, une légende qu'elle ne comprendrait que plus tard. Son apparition semblait se produire à un moment fortuit et assez inhabituel pour qu'on ne puisse l'expliquer que par un mélange particulier de logique et de foi. Les villageois s'étaient mis à murmurer. Vaharinda n'avait-il pas dit que sous sa forme humaine Maeben avait les yeux bleu clair, tout comme ceux de cette fille ? N'avait-il pas qualifié sa chevelure de fine et éparse ? Et sa peau n'avait-elle pas la couleur du sable blanc ? Bon, la fille avait le teint un peu moins pâle, mais à peine, et dans l'ensemble elle correspondait très bien à la description. Ils avaient besoin d'une nouvelle Maeben. Les prêtres avaient été incapables de trouver une fille convenable depuis déjà un certain temps. Généralement, c'était une des natives de l'île, choisie parmi eux. Cette fois la déesse se présentait à eux sous une forme encore plus véridique. Son arrivée n'était certes pas parfaite dans son symbolisme, mais on ignora certaines choses, on en embellit d'autres et l'on fabriqua les détails qui manquaient pour parfaire le tout. Elle-même finirait par préférer la légende à l'histoire qu'elle savait vraie. Elle accepta le pouvoir que cette situation lui conférait, ce droit à la colère, le statut d'une infortunée enfant des dieux, mal préparée aux joies que les autres trouvaient normales, mais nécessaire pour le maintien de la vie. Spéciale.

Neuf ans plus tard, alors qu'elle s'avançait sur la plate-forme surplombant la foule des fidèles, il ne faisait guère de doute qu'elle était faite pour ce rôle. Tous levaient les yeux vers elle. Et elle était là, éclairée par la flamme des torches dans cette salle aveugle. Elle allait d'un bout à l'autre de la plate-forme dans son éblouissante parure de plumes, le corps et le visage peints de cinquante couleurs différentes, des serres redoutables s'incurvant à ses doigts. Les yeux qui toisaient la foule derrière le bec du masque étaient intenses et perçants. Des pointes se dressaient dans l'air depuis sa coiffe complexe. Elle était un cauchemar de beauté et de menace qui vivait juste là, au-dessus d'eux tous, un être en partie rapace, en partie humain, en partie divin. Elle savait sans le moindre doute qu'elle pouvait s'abattre sur eux et leur infliger une vengeance terrible si tel était son souhait. L'aptitude à la violence était en elle, nichée au fond de son cœur.

L'aide du grand prêtre annonça son arrivée. Il réprimanda les fidèles pour leur insignifiance. Au moment voulu, Mena leva les bras au-dessus de sa tête, et les pans emplumés de son costume claquèrent et bruissèrent. Sous elle, toutes les têtes s'abaissèrent vers le sol. Certains tombèrent à genoux. D'autres s'écroulèrent et restèrent prostrés. Tous imploraient sa miséricorde. Ils l'adoraient, disaient-ils dans un chant qui contredisait le rythme des carillons. Ils l'aimaient. Ils la redoutaient. Le prêtre les couvrait de reproches, les taillait en pièces, leur rappelait les folies de l'orgueil humain, et leur demandait s'ils savaient que le châtiment fondait du ciel à la vitesse d'un cri d'aigle. La musique discordante s'amplifiait, et, entre les questions et les réponses, les gémissements et les supplications des fidèles en prosternation, la salle entière frémissait.

Regardant par-delà les têtes des prêtres, les nobles massés, la population, avec les femmes et les enfants sur les bords – tous courbés avec révérence devant elle, en un acte de dévotion qui ne prendrait fin que si elle le décidait –, elle songea que peut-être elle était réellement Maeben. Elle l'avait été depuis le début. Il lui avait simplement fallu un peu de temps pour se découvrir à elle-même.

Elle était ici chez elle, à présent. C'était son rôle. Elle était Maeben, la ravisseuse d'enfants, la vengeance venue du ciel. C'était à elle que les gens avouaient leurs craintes et juraient leur adoration.

D'une voix forte et claire qui était la sienne lorsque Maeben s'exprimait, Mena déclara que les fidèles pouvaient relever la tête et la contempler de nouveau. En de tels instants, elle n'avait jamais été personne d'autre. Quand elle déploya ses ailes et s'élança avec un cri perçant dans les airs, elle ne douta pas que toutes les mains se tendraient sous elle pour la réceptionner. Et si une personne était capable de se jeter d'une telle hauteur sans peur de tomber, ne pouvait-on dire d'elle qu'elle possédait le secret du vol ? Exactement comme un oiseau, exactement comme une déesse.

Chapitre trente-trois

Que cette contrée est étrange, pensa Hanish alors qu'il observait depuis le balcon de son bureau le miroitement frémissant de la Mer Intérieure. Il lui avait toujours semblé anormal qu'un pays soit aussi généreux avec ses habitants. Il trouvait malsain – mais c'était évidemment une façon de parler – un climat aussi clément et... sain. Ici, le combat fondamental qu'Hanish considérait comme nécessaire à la vie avait été gommé, s'il avait jamais existé. À n'importe quelle époque de l'année, on pouvait sortir et profiter d'un temps doux, au pire un peu frais, avec exceptionnellement quelques flocons. En Acacia, les plus grands froids n'excédaient pas ce qu'un enfant du Mein pouvait supporter nu et pendant une nuit entière. Dans les Hautes-Terres, un seul approvisionnement oublié dans la nature, une unique erreur commise, un changement soudain dans les vents, un indice laissé aux meutes de loups... Il existait en ce monde tant de forces prêtes au mal qu'on ne devait jamais relâcher sa garde. Rien ne pouvait se faire sans réelle implication. Sur Acacia, tout était différent. La facilité qui y régnait, le luxe... Peut-être y avait-il là une forme de péril. Le danger ne se présentait pas toujours sous son aspect le plus évident.

— Roi Hanish Mein, je suis surpris qu'un homme de votre rang tourne le dos dans une pièce aussi accessible.

Hanish reconnut instantanément la voix qui s'élevait derrière lui. Il l'attendait, mais il l'aurait identifiée en tout autre lieu, toute autre circonstance. On ne pouvait oublier ces accents nasillards, ces intonations ouatées de suffisance, l'espace entre certains mots que meublait un son pareil à un ronronnement. Il se prépara à être troublé. Il laissa l'émotion le posséder un instant, puis se dissiper, afin que rien n'en transparaisse sur son visage. Avec des hommes tels que sire Dagon, il était impératif de conserver l'aptitude à dissimuler ses véritables pensées, tout en demeurant sceptique devant les propos proférés par l'autre.

— Je ne suis pas un roi, dit Hanish en se tournant enfin vers sire Dagon. Je préfère rester un simple chef, si vous n'y voyez pas d'inconvénient. Il se trouve simplement que je suis maintenant le chef principal du Monde Connu. Quant à ma sécurité, tous les palais ne sont pas des coupe-gorge comparables à ceux de la Ligue.

— Hmmm... Ce n'est pas ce que j'ai entendu dire, fit son visiteur.

Bien que de grande taille, son corps donnait une curieuse impression de fragilité, comme s'il y avait à peine assez de masse musculaire pour soutenir le squelette. Sa tête allongée était encapuchonnée, mais la lumière vive de l'après-midi baignait son visage et en soulignait maints détails. Ses yeux étaient injectés de sang comme ceux d'un consommateur régulier de la brume, et pourtant ils restaient alertes, et derrière eux l'esprit était aiguisé. Hanish n'avait jamais compris l'usage que les Ligueurs faisaient de la drogue. Ils l'avaient manifestement consacrée à des buts tout autres que ceux poursuivis par les masses qu'elle anesthésiait si efficacement.

Les hommes de la Ligue n'avaient aucun contact physique avec les personnes qu'ils saluaient, aussi se contentèrent-ils de se rapprocher et de s'incliner poliment.

— Quoi qu'il en soit, reprit sire Dagon, je suis heureux de vous rencontrer plutôt qu'un imposteur. Le bruit court que d'un jour à l'autre vous pourriez être invité à cette danse particulière à votre peuple. Comment s'appelle-t-elle, déjà ?

Hanish savait très bien que sire Dagon se souvenait du terme. Les Ligueurs possédaient un don de mémoire extraordinaire.

— Le Maseret, répondit-il.

— Ah oui, c'est cela. Le Maseret. Pardonnez-moi si je suggère que cette coutume devrait être découragée. Votre vaillance est proverbiale, certes, mais le simple fait d'annoncer que n'importe quel homme de votre peuple pourrait s'approprier tout ce que vous avez gagné est une erreur. Cette attitude risque de pousser des fous ambitieux à vous défier.

Plusieurs avaient agi exactement de la sorte, songea Hanish. Il avait dansé à cinq reprises depuis son départ pour le Sud et Acacia, ce qui signifiait que cinq de ses hommes avaient péri par sa lame. Chacun d'eux désirait son pouvoir. Chacun espérait tout obtenir par le biais d'une simple mise à mort. Mais, il n'en doutait pas un instant, sire Dagon était déjà au courant de tout cela. Inutile donc d'en parler.

— Vous m'honorez en laissant entendre que la Ligue accorde une certaine importance à la personne avec qui elle traite.

— Vous avez donné à votre peuple le monde qu'il dirige maintenant. La Ligue ne l'oublie pas, au contraire de certaines personnes proches de vous. Personnellement, j'admire votre détermination. Eh oui, Hanish, c'est un compliment. À mon âge, peu de choses présentent encore de l'intérêt. Mon ami, même l'accumulation de richesses est devenue plus une habitude qu'une ambition.

Hanish doutait fort que l'imminence du trépas fût en mesure de brider l'ambition dévorante d'un Ligueur, mais il ne montra rien de ce qu'il pensait, pas plus qu'il ne réagit à l'allusion concernant des personnes proches de lui. Était-ce une raillerie ou une mise en garde ? D'un geste, il convia sire Dagon à s'abriter de la morsure du soleil.

À l'intérieur, ils s'assirent face à face dans des fauteuils en cuir à haut dossier, avec entre eux une table ouvragée de style senival. Une petite procession de serviteurs entra, les bras chargés de plateaux de rafraîchissements et de mets. Les deux hommes parlèrent de sujets anodins pendant un certain temps. Chacun arborait la façade de la détente en présence de l'autre, tels de vieux amis n'ayant rien de plus pressant à discuter que la longueur de la saison nouvelle sur Acacia, la migration prochaine des hirondelles ou les effets positifs de l'air marin sur la santé. Hanish n'était pas mécontent de ce répit qui lui permettait d'étudier sire Dagon, et de soupeser non seulement ses propos, mais aussi la façon dont ils étaient exprimés, tout en guettant les pensées trahies par un mouvement des mains ou l'emphase placée sur un mot. Il savait que le Ligueur le soumettait au même genre d'examen.

— Alors, sire Dagon, vous êtes revenu tout récemment de l'autre côté du monde ?

— Je reviens de l'autre côté du monde, oui.

Comme il avait déjà essayé de le faire en maintes occasions, Hanish avait envie de sonder le Ligueur pour obtenir des renseignements sur ces mystérieux étrangers, les Lothans. Qui étaient ces gens qui modelaient une si grande partie de la destinée du Monde Connu ? D'une certaine façon, ils avaient été ses alliés dans son combat contre Leodan Akaran, mais il n'avait jamais posé les yeux sur l'un d'eux, et il ne savait rien de leurs coutumes ou de leur histoire. Il n'en connaissait pas un seul personnellement. Ils habitaient une barrière d'îles qui courait le long du continent que faute de mieux l'on surnommait « les Autres Contrées ». Ils ne montraient aucun désir d'interaction avec le Monde Connu, et semblaient se satisfaire des richesses que le Quota leur procurait. De ce qu'Hanish savait, aucun ne s'était même aventuré à travers les Flots Gris. La Ligue des Vaisseaux s'en chargeait pour eux.

Durant ses premières années au pouvoir, il avait exigé de savoir avec qui il traitait. Les représentants de la Ligue avaient promis de transmettre sa « requête », mais il n'en était jamais rien sorti. Il avait même soumis Calrach le Numrek à un feu roulant de questions. Son peuple venait de ce côté du monde, mais il en apprit peu de choses qui eussent un sens. Des Lothans, Calrach dit qu'ils étaient « insignifiants » et « sans importance ». Ce n'étaient que des négociants, affirma-t-il.

Neuf années au pouvoir et le Lothan Aklun n'avait de réalité pour Hanish que par son appétit forcené d'enfants esclaves et parce qu'il produisait la drogue qui aidait à apaiser les soubresauts de l'empire. Les Ligueurs répétaient que les choses étaient telles qu'elles devaient être, et il savait qu'aujourd'hui sire Dagon ne donnerait aucune réponse nouvelle à ses interrogations. Il jugea donc inutile d'aborder la question.

— À propos, dit sire Dagon, les Lothans sont heureux d'apprendre que vous avez fait des progrès avec les antoks. Ils vous les ont présentés parce qu'ils pensaient que vous trouveriez un moyen de canaliser leur voracité. Ils sont heureux de savoir que vous y êtes parvenus.

Pour toute réponse, Hanish se contenta d'un hochement de tête. À la vérité, il avait peu à voir avec ces antoks. Il n'avait vu ces bêtes étranges qu'en une seule occasion. C'étaient des créatures énormes, pareilles à des versions vivantes de ces géants dont on retrouvait parfois les os dans la terre. Il aurait peiné à en donner une description. L'antok était un mélange des pires traits bestiaux, avec quelque chose de l'hyène, et une tendance à la brutalité débridée et à la voracité. Il avait fini par concevoir une manière de les utiliser au combat, mais il avait confié à Maeander la tâche de mater ces créatures dans un lieu clos et reculé du Senival. Moins il entendait parler de ces bêtes et mieux il se portait.

Sire Dagon ne s'attarda pas sur ce sujet.

— Je pense que vous serez satisfait des nouvelles que j'apporte, dit-il. Le Lothan Aklun est impatient d'accroître le volume des échanges avec vous. Il s'est montré patient pendant de longues années, comme vous le savez. Le tribut minime que vous lui avez envoyé jusqu'à aujourd'hui... vous comprendrez aisément qu'il estime vous avoir fait une faveur en l'acceptant, et qu'il a approvisionné l'empire en brume à crédit. C'était une période d'ajustement nécessaire, mais elle arrive maintenant à son terme.

Il marqua une pause durant laquelle seul un de ses sourcils s'éleva, puis s'abaissa. D'un simple geste de la main, Hanish l'invita à poursuivre.

— Nous nous sommes engagés à livrer aux Lothans un plein chargement d'esclaves du Quota avant l'hiver. Il représentera le double de ce que les Akarans offraient, mais ce n'est rien de plus que ce dont vous étiez convenus avant la guerre. Dans chaque province, ils demandent cinq mille corps, équitablement répartis entre les deux sexes et les races. La fourchette d'âge peut être un peu plus large qu'auparavant, ils n'y voient pas d'inconvénient. En retour, ils accroîtront d'un tiers les livraisons de brume. Cela peut paraître peu, mais la drogue a été raffinée. Elle n'a plus d'effets incapacitants, et elle crée plus vite la dépendance. Le corps s'y adapte de telle manière que, lorsqu'il en est privé, le consommateur connaît un désarroi significatif, accompagné d'hallucinations, de fièvre et de douleur. La plupart des gens feront n'importe quoi pour être certains d'avoir leur ration quotidienne de drogue. Tout est décrit en détail dans les documents afférents au traité nouvellement revu. Voilà, Hanish Mein. Vous serez heureux d'apprendre qu'ils n'exigent rien de plus de vous.

Le Mein détourna les yeux. Pour lui, ces exigences étaient exorbitantes. Quelle générosité de leur part, en vérité... Il suivit du regard un singe doré qui s'était perché sur la balustrade du balcon. Le soleil paraissait enflammer son pelage jaune orangé. Hanish n'aimait pas, n'avait jamais aimé ces créatures. Il leur trouvait un caractère fouineur et faux, comme si le palais entier leur appartenait, et que lui n'y était qu'un intrus. Dans les premiers temps à Acacia, il avait rencontré une autre espèce de primates plus puissants, avec un pelage blanc, de longs bras et une face d'un bleu brillant. Mais ceux-là s'étaient montrés revêches et même belliqueux. Ils chassaient leurs congénères dorés et laissaient derrière eux des cadavres à demi dévorés. Ils semblaient aussi prendre plaisir à lancer des membres arrachés à leurs victimes sur les groupes de femmes. Hanish n'avait pas tardé à ordonner leur extermination. Les singes dorés, en revanche, avaient trouvé grâce aux yeux de ces nobles dames, et gagné ainsi le droit de rester au palais.

— J'ai apporté le traité révisé avec moi, dit sire Dagon. Vous et vos gens pourrez l'étudier tout à loisir. Et ce sera à peu près tout. Vous pourrez ensuite de nouveau profiter tout à loisir de cet empire que vous avez bien mérité. Il n'y a qu'un aspect du traité remanié qu'il vous faudra considérer...

Le Ligueur parut soudain se souvenir de toutes les victuailles disposées devant lui, et il se pencha pour étudier le contenu des plateaux. Il laissa sa phrase en suspens pendant un moment, mais Hanish savait se montrer patient.

— En guise de commission pour notre rôle dans les négociations, la Ligue demande... eh bien, nous ne demandons pas une somme qui équivaudrait à un pourcentage de la transaction, non, rien de tel. Nous aimerions simplement décharger vos épaules d'un fardeau et le prendre à notre compte.

D'un geste rapide du pouce, Hanish effleura la cicatrice à son nez.

— J'ai du mal à contenir ma curiosité, dit-il d'un ton détaché.

— Nous aimerions vous soulager du fardeau que représentent les Îles du Lointain. Nous aimerions les posséder en propre.

— Ces îles fourmillent de pirates.

Sire Dagon sourit.

— Nous avons réfléchi à cet aspect de la situation, et, après avoir étudié en détail leur manière de fonctionner, nous sommes confiants en nos capacités à pacifier ces îles rapidement.

— Ces pirates ne sont pourtant pas gens à accepter la passivité, quelle que soit sa forme.

— Ils vous posent un problème, n'est-ce pas ? dit sire Dagon. Et vous avez déjà accepté tant de problèmes. Peut-être ne pensiez-vous pas que la paix serait un plus grand défi que la guerre ? C'est une leçon qu'on n'apprend que par les erreurs et les épreuves. C'est pourquoi la Ligue préfère toujours la solution de la paix, même si nos amis décident de se faire la guerre.

Hanish ne pouvait nier la réalité. Qui aurait cru qu'il serait plus facile de remporter des batailles que de gérer l'empire ? Les crises se succédaient. Pour certaines d'ailleurs, il avait sa part de responsabilité. Ainsi, la fièvre s'était révélée beaucoup plus virulente qu'il ne l'avait imaginé. Il n'avait pas prévu qu'elle étendrait ses ravages aussi loin, ni avec quelle rapidité elle dépasserait ses objectifs purement militaires. Elle avait fait beaucoup trop de victimes et laissé derrière elle une population très fragilisée.

De la même manière, les Numreks avaient outrepassé leur rôle. Ils n'étaient pas retournés au-delà des Champs de Glace comme ils s'y étaient engagés au départ, bien qu'Hanish les ait très généreusement récompensés pour leurs services. Dans la confusion qui avait suivi la guerre, et alors que la fièvre faisait encore rage dans le Sud, ils s'étaient retranchés en Aushénie et avaient revendiqué toute cette région. Ils avaient investi villes et villages, ainsi que des propriétés royales, et réduit en esclavage les humains assez malchanceux pour tomber entre leurs mains. Pire encore, ils avaient commencé à installer des colonies le long de la côte ouest talayenne. Des créatures du Nord gelé, vraiment ! En réalité, les Numreks semblaient adorer le soleil le plus brûlant et la nage dans les eaux tièdes et limpides.

Il existait d'autres problèmes dont il n'était nullement la cause. Peut-être parce que la guerre avait enrayé la distribution de la brume, les gens se mettaient toutes sortes d'idées en tête. Ils devenaient turbulents, sournois, déclenchaient des rébellions, commettaient des actes de sabotage, comme lorsqu'ils incendièrent les réserves de grain des Grandes Terres, ce qui eut pour effet de les réduire de moitié et d'entraîner une année entière de quasi-famine. Ils inventaient des histoires de prophéties sacrées, prétendaient qu'Hanish et son fléau n'étaient que les signes avant-coureurs du retour du Grand Dispensateur. Ils développaient aussi un goût prononcé pour les martyrs, des criminels endurcis pour qui la torture et l'exécution devenaient comme une bénédiction. Le Talay n'avait jamais été totalement pacifié, les Îles du Lointain étaient infestées de pirates, et ses troupes étaient harcelées par des assassins déguisés en sujets loyaux.

Les révoltes dans les mines étaient sans conteste le sujet de mécontentement le plus aigu pour Hanish. Alors qu'il était sur le point de relancer le moteur du commerce mondial, les mineurs avaient décidé de prendre les rênes de leurs propres existences. Ils avaient refusé de continuer le travail. Certains malades parmi eux s'étaient taillé une belle popularité en suggérant qu'ils méritaient tous une part des profits de leur labeur. Une sorte de prophète à la voix fascinante et aux discours enflammés, Barack le Simple, avait provoqué des troubles à n'en plus finir. Il était allé jusqu'à prédire le retour d'Aliver Akaran. Tout cela était très ennuyeux. Ses divagations n'avaient apporté que malheur à ceux qui l'avaient suivi. La révolte avait été brisée par un siège qu'Hanish avait eu du mal à maintenir. Un grand nombre des révoltés avaient péri. Une perte de main-d'œuvre terrible, et pour rien.

Les Numreks, la Ligue et le Lothan Aklun. Comment s'était-il retrouvé aussi misérablement débiteur envers eux tous ? Dans la froidure de Cathgergen, si loin du pouvoir et des privilèges, chaque partenariat avait semblé parfaitement logique et défini. Pourquoi ne pas acheter une armée et la payer avec les richesses des contrées qu'elle conquerrait ? Pourquoi ne pas promettre de grosses sommes aux marchands qui aideraient à l'enrichir ? Quels meilleurs partenaires d'affaires que les fournisseurs d'un marché toujours demandeur dont il n'avait pas à se soucier ? Aucune somme ne paraissait trop importante, tant qu'elle l'aidait à atteindre ses objectifs. Il ne voyait plus du tout les choses ainsi, aujourd'hui.

Un autre de ses soucis, et non des moindres, était qu'il n'avait réussi à capturer qu'un seul des quatre héritiers Akaran. Corinn vivait librement et dans l'opulence en Acacia. Elle ignorait tout du destin qui l'attendait. Sa présence aurait dû être pour le chef mein une forme de réconfort, or elle le tourmentait. Qu'allait-il faire d'elle ? Que voulait-il faire d'elle ?

Sire Dagon pressa une prune contre ses dents. Il en incisa la peau, se figea et savoura l'humidité qui en coulait. Il ne croqua pas le fruit. Apparemment, le jus sur ses lèvres lui suffisait.

— Bref, ces brigands qui ne cessent de lancer des raids d'un bout à l'autre de la côte… inutile de vous soucier d'eux plus longtemps. Nous-mêmes avons eu quelques difficultés avec eux, mais nous n'avons pas encore sévi. C'est ce que nous allons faire, et ils seront matés d'ici à l'été prochain. L'Inspectorat d'Ishtat l'emportera là où vous avez combattu, nous sommes confiants sur ce point. Une fois la question réglée, nous prendrons tranquillement possession des îles, et vous profiterez de toute la gloire pour avoir sécurisé la côte contre ces pirates.

— Pourquoi tenez-vous tant à ces îles ? demanda Hanish.

Sire Dagon le regarda un moment. D'un doigt il essuya le résidu de jus au coin de ses lèvres.

— Avant que je ne vous le dise, souvenez-vous que le doublement du Quota rendra Acacia plus riche que jamais…

— Comment ces Lothans peuvent-ils en vouloir plus ? l'interrompit Hanish, incapable de masquer l'incrédulité dans sa voix.

Que font-ils de tous ces esclaves ? Ils n'en demanderaient pas plus s'ils les mangeaient à tous les repas.

Sire Dagon se rembrunit en inclinant la tête de côté, et cette attitude indiquait clairement que l'interrogation et le commentaire étaient tout à fait déplacés.

— On ne pose pas ce genre de questions. Ils font à leur propre façon ; soyons-en heureux tous les deux. Souvenez-vous qu'un des principes premiers du contrat régissant le Quota était que la Ligue servirait d'unique intermédiaire entre Acacia et le Lothan Aklun. En assumant ce rôle, nous n'avons jamais trahi les secrets d'un des partis en les révélant à l'autre. Et nous continuerons ainsi. Comme je le disais, le Lothan Aklun a juré de ne jamais modifier cet accord, ni aujourd'hui ni demain. De même nous ne fixerons pas le Quota trop haut dans les provinces. C'est quelque chose qui est parfois arrivé durant l'ancien règne, mais cela ne se reproduira pas. Une fois que nous aurons normalisé le nouveau Quota, nous pacifierons les Îles du Lointain. Nous les nettoierons, nous les rendrons exploitables et nous commencerons la production.

— La production de quoi ?

— De la seule chose que le Lothan Aklun veuille de nous.

La réponse vint à Hanish telle une chose amorphe s'extirpant des profondeurs de son imagination.

— Vous allez élever des esclaves sur ces îles.

À cette affirmation, sire Dagon ne montra ni surprise ni satisfaction. Il arracha un grain de raisin à une grappe et continua du même ton froid :

— Pour ma part, je n'entérine pas ce terme, *esclave*. Mais, si vous voulez dire que nous élèverons notre production là-bas, vous avez raison. Nous mettrons en place un système très efficace. Nous avons déjà préparé tous les plans. L'île de Gillet Major, en particulier, fera une très jolie plantation.

Après le départ du Ligueur, Hanish s'appuya contre son bureau et regarda à travers les fins rideaux qui ondulaient dans la brise de l'après-midi. Le monde pouvait être tellement calme, à certains moments, se dit-il. Tellement inconscient... Son frère et son oncle entrèrent, et il dut faire appel à toute son énergie pour gommer les traces d'inquiétude dans son comportement.

— J'ai croisé cet étrange personnage dans la cour, annonça Haleeven. Je n'ai aucune sympathie pour cette engeance, Hanish. Aucune sympathie.

Son visage portait témoignage des turbulences connues lors des dernières années. Ces temps de paix paraissaient difficiles pour le vieil homme. Et, même s'il ne s'en plaignait jamais, le climat trop doux ne lui convenait pas. Il semblait toujours mal à l'aise, le teint empourpré comme s'il sortait de l'entraînement, troublé par quelque chose dans l'air qu'il ne parvenait jamais à définir.

Maeander n'avait pas ce genre de problèmes. Il était toujours aussi hâbleur et sûr de lui. Il avait gagné en muscles au niveau du torse et des bras, et acquis un hâle plus prononcé que la plupart des hommes du Mein. La peau qui pelait sur son nez attestait son goût toujours aussi vif pour les activités extérieures.

— Quoi ? dit-il au premier coup d'œil qu'il posa sur son frère. Tu n'as pas l'air bien, Hanish. Mal à l'aise, voilà ce que je dirais. Es-tu aussi mal à l'aise que tu le parais ?

— Il nous faut accroître notre pouvoir, dit Hanish.

— C'est ce que j'ai toujours dit, répliqua Maeander.

— Je suis tiré et poussé dans toutes les directions par mille mains différentes, chacune avec un doigt dans ma poche et la menace d'un couteau dans l'autre main.

— Je te comprends, mon frère. N'ai-je pas toujours dit : « Nous avons besoin d'un pouvoir plus fort » ? C'est la première pensée qui me vient le matin au réveil. Je m'extrais de tous ces corps nubiles et la première chose qui me vient à l'esprit, c'est : « Le pouvoir ! J'ai besoin de plus de… »

— Un peu de sérieux, coupa Haleeven d'un ton sec. Hanish ne plaisante pas.

Avec une moue mécontente, Maeander s'assit à la place qu'avait occupée le Ligueur et entreprit de peler une orange. Il approcha le fruit de son nez et en huma le parfum.

— Il faut que nous déménagions les Tunishnevres et que nous achevions la cérémonie.

— Tu sais bien que nous ne pouvons pas encore le faire, dit Haleeven.

— Mais ils sont impatients ! Nous n'avons pas le choix, Hanish. À moi aussi, ils parlent, et ce qu'ils m'ont dit est très clair. Ils veulent qu'on les amène ici. Ils veulent que leurs corps reposent à l'endroit où le crime a été commis sur eux, et ils veulent quelques gouttes du sang d'un Akaran vivant. Ils veulent être libres, mon frère, et cela, tu peux le leur offrir. La chambre ici est presque prête à les accueillir. Il n'y a aucune raison de ne pas commencer.

— Et les trois autres ? fit Haleeven.

— Exact, approuva Hanish. Sans eux, les Tunishnevres ne peuvent se dresser. Au moins sont-ils en sécurité, actuellement, dans des conditions stables. Le climat qui règne ici les détruirait, et les mettrait dans un état qui anéantirait toute possibilité de les libérer.

L'argument ne parut pas déstabiliser Maeander.

— Ce n'est pas nécessairement vrai, dit-il. Un seul peut suffire. En particulier si les autres sont morts. Si Corinn est la dernière de la lignée royale, alors son sang est tout ce dont nous avons besoin. Elle pourra les libérer. Imagine, Hanish, la puissance qui serait alors la nôtre ! Tous ces problèmes mesquins qui te troublent tant aujourd'hui seraient balayés d'un coup, comme ça...

Il leva une main, doigts joints par la pointe, avant de les ouvrir en corolle comme pour libérer ce qu'ils enserraient, de l'air, du vide, l'invisible.

— C'est ce que les ancêtres ont placé en moi. Ils ont placé cette vérité en moi.

— À moi, ils n'ont pas dit qu'ils n'avaient besoin que de Corinn.

— Ils craignent que tu ne sois déjà compromis, abusé par cet endroit. Je leur ai juré qu'il n'en était rien. Ils ont accepté ma parole. Tu es leur bien-aimé, mais ils ne peuvent attendre éternellement. Ils sentent le parfum de la libération, Hanish. Et leur patience est de courte durée quand ils ont l'impression d'être négligés.

Il mordit dans l'orange et ajouta, la bouche pleine :

— Par les dieux, ce fruit est succulent !

Hanish ignora ce dernier commentaire, mais il réfléchit un long moment à ce qu'il venait d'apprendre. Ainsi donc Maeander communiait avec les Tunishnevres. Il savait que son frère s'adonnait à cette pratique depuis quelque temps déjà. Or il ne s'était encore jamais vu que quelqu'un d'autre que le chef et quelques prêtres de haut rang interagissent avec eux. Hanish avait laissé faire parce qu'il devait énormément à Maeander. Son frère avait toujours été l'arme parfaite, un fauve prêt à mordre la personne qu'on lui désignait. Hanish savait que les ancêtres l'adoraient pour la force qui l'habitait si naturellement. Mais qu'ils aient parlé à Maeander de lui, Hanish... et qu'ils aient exprimé des doutes concernant le chef vivant, voilà qui était d'une extrême gravité. Il y avait là bien des messages à décrypter, et une menace à l'intérieur d'une menace. Et il ne pouvait rien accepter tant qu'il n'aurait pas une meilleure compréhension de la situation.

— Nous allons trop vite, déclara Haleeven. Tu ne nous as pas dit quelles nouvelles ton étrange visiteur t'a apportées.

Hanish leur relata son entretien avec sire Dagon. Il ne leur cachait jamais de telles choses, même s'il n'était pas aussi disert quand il rencontrait le Cercle des Conseillers, ce nouveau groupe de Meins influents qui, ironiquement, résidaient tous à Alécia Hanish était troublé de constater à quel point ces gens s'étaient adaptés au mode de vie acacian. S'il avait trouvé un moyen d'agir différemment, il ne s'en serait pas privé, mais dans les domaines les plus divers il devait bien se rendre à la raison : le modèle acacian offrait la solution la plus raisonnable et la plus réalisable.

Quand Hanish eut terminé son résumé, Haleeven prit la parole :

— Je déteste la seule idée de devoir nous incliner devant les Lothans. Je n'ai jamais vu un seul d'entre eux. Pour ce que nous en savons, la Ligue les a peut-être inventés de toutes pièces. Je l'ai déjà dit, nous devrions écarter la Ligue et traiter directement avec les Lothans. S'ils existent.

— C'est aussi mon avis, dit Maeander, mais il ne nous appartient pas de nous disputer avec les ancêtres. Ils ont béni les arrangements que nous avons passés, et ce sont eux qui veulent être libérés, et maintenant. Souviens-toi que la voix de ton frère s'exprime à travers eux, Haleeven, ainsi que celle de notre père, Hanish.

Ce dernier hésita un instant, mais il repoussa la pensée qui le taraudait et conserva son impassibilité, de sorte que Maeander ne remarqua rien.

— Je parlerai aux ancêtres ce soir, déclara-t-il. S'ils sont d'accord, nous enverrons un message à Tahalian. Pour leur dire qu'il est temps de commencer le transport. Haleeven, tu t'en occuperas.

— Ce n'est pas ce dont nous étions convenus, intervint Maeander. Hanish, allons, tu sais que je devrais y aller. Tu as un empire à diriger. Je ne suis qu'un outil à ton service. Tu ne peux pas penser que je ne saurais pas accomplir à la perfection une tâche aussi importante ! Haleeven viendra avec moi, si cela peut te rassurer, mais t'avons-nous jamais déçu ?

— Jamais. Pas une seule fois. C'est seulement que la chose doit être faite comme il convient.

Maeander feignit d'être vexé.

— Ce que je veux dire, enchaîna Hanish, c'est que nous n'avons pas que le transfert comme tâche urgente. Nous devons redoubler d'efforts pour retrouver les Akaran. S'ils sont encore en vie, nous devons les capturer. Et c'est là que j'ai besoin de toi, Maeander. Tu n'as pas d'autre mission, à présent. À toi de les débusquer et de les ramener ici.

Il avait parlé d'un ton qui n'admettait aucune réplique, en évitant de croiser le regard de son frère, de crainte d'y voir la lueur de la révolte.

— J'aurais dû te confier la charge de leur traque depuis le premier jour. De mon côté, je ferai en sorte que Corinn ne coure aucun risque, qu'elle reste près de moi et sous bonne garde.

Il passa derrière son bureau, pêcha une clef dans sa poche de poitrine et se pencha pour déverrouiller un tiroir.

— Mon oncle, lis tous ces documents, dit-il en prenant un paquet enveloppé de cuir qu'il déposa sur le bureau. Tu devras suivre ces instructions à la lettre. Fais tout exactement comme les anciens le préconisent. Les Tunishnevres n'ont pas bougé depuis vingt générations. Si tu commets une erreur...

Haleeven ramassa le paquet de documents et s'assit. Il passa les doigts sur l'enveloppe en cuir de renne, défit le petit loquet et l'ouvrit, et il parut rester un moment pétrifié par une crainte superstitieuse, les narines palpitantes tandis qu'il inhalait l'odeur sèche de la vénérable liasse.

— Je ne commettrai pas d'erreur, dit-il. Sois remercié pour cela, Hanish. Les Hautes-Terres en été... il me tardait de les revoir.

— Tu vas donc les revoir, dit Hanish en souriant, car il était sincèrement heureux pour le vieil homme. Peut-être trouveras-tu même le temps pour une partie de chasse. Les rennes doivent être bien gras à présent, et négligents car tu es absent depuis longtemps. Accomplis ta tâche comme il convient, et qu'elle te revivifie aussi.

Il aurait pu en dire plus, mais il sentait le regard de Maeander sur lui. Il se tourna vers lui.

— Je ne puis me disputer avec toi, mon frère, dit Maeander. Si les Akaran sont toujours en vie, je les trouverai et je les traînerai par les cheveux jusqu'à tes pieds. Et quand cela sera fait, je pense que tu m'accorderas l'honneur de leur trancher la gorge de ma propre lame.

Chapitre trente-quatre

L'homme qui devait accompagner le prince le trouva accroupi à côté de sa tente dans l'obscurité précédant l'aube. Sans un mot, Aliver rassembla ses effets personnels dans un sac en peau de bouc qu'il passa à son épaule. Il régla la lanière de cuir jusqu'à ce que le poids soit disposé comme il le désirait. Il n'était vêtu que du court pagne tressé de chasseur. Ce voyage était censé être une sorte de chasse, et il s'était équipé en conséquence, exactement de la même manière que quelques semaines plus tôt, quand il était parti traquer le laryx. Ce jour-là, il avait pensé que jamais il ne s'était lancé dans une aventure aussi risquée ou aussi importante. Aujourd'hui, tout cela était presque oublié.

— Prêt ? demanda Kelis.

Ses traits avaient une sécheresse qu'Aliver avait longtemps prise pour un jugement à son égard, même si ces derniers temps il n'était plus aussi certain que le visage de l'homme trahissait la moindre pensée derrière ce masque.

— Bien sûr, dit Aliver.

L'autre hocha la tête et s'en fut. Aliver le suivit. Il adapta sa foulée et son rythme à ceux de Kelis. Ils passèrent progressivement de la marche à un trot d'abord léger, puis à celui plus marqué pour lequel ces gens du Sud étaient réputés. Ils franchirent les limites du village, gravirent une courte pente jusqu'à une crête qui, si elle avait été plus élevée, leur aurait ensuite dévoilé un paysage de pâtures ponctuées d'arbres et dorées par le soleil de la saison sèche. Il leur faudrait encore couvrir une centaine de lieues avant d'entrer réellement dans le territoire de chasse. Toute cette journée s'étira devant Aliver sous la forme d'une course continue. Mais il était entraîné à de telles épreuves. Chaque inspiration lui apportait la force nécessaire pour continuer. Il sentait le claquement de la terre sous ses pieds et savait qu'il était fait pour cette vie, que c'était là sa place dans ce monde.

Quelle différence avec celui qu'il était en arrivant dans le Talay ! Sa fuite de Kidnaban avait été pénible, mais il avait réussi à atteindre son but. Il avait été traîné par un gardien jusqu'à la cour de Sangae Umae. Qu'avait-il pensé qu'il lui arrivait, à l'époque ? Il avait du mal à s'en souvenir. Il avait été en colère, effrayé : cela, il le savait. Mais il se remémorait surtout des détails épars, comme d'avoir trouvé un serpent couleur sable dans une de ses bottes, le premier matin au village – quand il portait encore des bottes. Le reptile était dangereux, avait-il appris, et même mortel. C'était une des raisons pour lesquelles les Talayens préféraient aller pieds nus. Il repensait souvent à cette anecdote, et au fait qu'il ne portait plus aucune chaussure non plus depuis des années, et qu'il s'imaginait mal en porter de nouveau un jour.

Il gardait un souvenir très précis de la difficulté qu'il avait eue à se tenir en équilibre au-dessus du trou où tous les villageois faisaient leurs besoins. C'était pourtant un acte très simple, s'accroupir pour se soulager, mais il détestait l'exécuter, il détestait ne pas parvenir à s'essuyer avec des feuilles ou des pierres, comme tout le monde ici. Il se rappelait avoir observé les garçons du village jouant à un jeu qui pour lui n'avait aucun sens. Chacun d'entre eux à son tour se laissait frapper par une forte badine. Ils se frappaient mutuellement sans retenue, et leurs corps tressaillaient sous les coups dans une douleur évidente. Et pourtant ils riaient, se moquaient les uns des autres, et offraient des sourires éblouissants au ciel dans une allégresse qui semblait sans limites.

Il n'avait pas non plus oublié la menace qu'il avait sentie chez ces jeunes au corps noir et délié avec lesquels il s'était exercé. Comparé à eux, il avait été faible. Il s'était retrouvé essoufflé bien avant eux. Ils étaient tous affûtés, multipliant coups de genoux et de coudes quand ils luttaient, lorsqu'ils n'utilisaient pas leur menton comme une lame de couteau qu'ils pressaient contre son dos. Il gardait aussi en mémoire l'image des filles du village, avec leurs yeux ronds quand elles l'observaient, tout en murmurant entre elles, et ces rires perlés qui fusaient parfois et qui étaient plus douloureux pour son amour-propre que toutes les corrections infligées par les garçons. Et il n'oublierait jamais les difficultés qu'il avait éprouvées à prononcer correctement les mots talayens. Il les avait répétés encore et encore, exactement comme il croyait les avoir entendus, pour n'obtenir que des railleries. Il y avait quelque chose de féminin dans la façon dont il roulait ses *r*, quelque chose d'enfantin dans sa prononciation du *g* dur, et un côté franchement attardé dans son incapacité à maîtriser les silences qui conféraient des sens très différents à la même phrase. Il se souvenait de sa haine pour le sable qui volait dans l'air du soir. Il crépitait sur son visage, se collait au parcours des larmes sur ses joues, même quand il s'évertuait à les effacer.

Mais tout cela remontait à des années. Pourquoi seulement y penser, aujourd'hui ? À présent il était un chasseur accompli, un homme, un Talayen. Il courait à côté d'un guerrier qui était pour lui comme un frère. Il respirait avec régularité et parcourait des lieues avec pour seul effet une fine pellicule de sueur sur sa peau quand le soleil se levait. Ces garçons auparavant menaçants étaient maintenant ses compagnons. Les filles aux grands yeux moqueurs s'étaient métamorphosées en jeunes femmes qui à présent le couvaient de regards appréciateurs, des amantes qui dansaient pour lui, et dont plusieurs auraient aimé être la première à lui donner un enfant. Il parlait aujourd'hui la langue comme les autochtones. Il ne se souvenait pas complètement de la façon dont cette transformation s'était déroulée. Sa mise à mort du laryx avait marqué sa majorité aux yeux de la communauté. Et c'était vrai, il ne s'était jamais senti plus vivant que pendant cette chasse, jamais aussi conscient de sa mortalité et de son désir indéniable de survivre. Mais pas seulement de survivre : d'atteindre la gloire. Toutefois, même cet événement n'avait été qu'un épisode parmi bien d'autres qu'il fallait également considérer. Qui peut expliquer comment il est devenu celui qu'il est maintenant ? Cela n'arrive pas en un jour. C'est une évolution graduelle qui se produit peu à peu, de façon imperceptible.

Ce n'était pourtant pas entièrement vrai. Il repensait à ces premiers temps à cause de Thaddeus et de tout ce qu'il avait apporté avec lui. Thaddeus, qu'il aimait et détestait d'égale manière. Les gens du village l'appelaient l'Acacian. Aliver, quand il s'adressait à eux en talayen, utilisait ce même surnom. Apparemment, aucun d'entre eux ne s'étonnait de cette façon de faire, pas plus que lui-même ne s'interrogeait sur son sentiment d'appartenance à un peuple dont on lui avait dit dans son enfance qu'il était constitué d'êtres inférieurs à lui. Mais, chaque après-midi, quand il s'asseyait face à Thaddeus et qu'il parlait sa langue maternelle, il savait qu'il n'était pas des leurs, pas entièrement, pas comme il l'aurait souhaité. Il était aussi un Acacian. Et plus encore, s'il fallait en croire Thaddeus, un pivot sur lequel le destin du monde devait tourner.

Aliver et Kelis continuèrent d'avancer pendant la plus grande partie de la journée, ne faisant halte que pour se désaltérer et manger légèrement, avant de reprendre leur chemin. Ils se reposèrent à l'ombre d'un acacia pendant les heures les plus chaudes du jour, mais ensuite leurs talons soulevèrent la poussière jusqu'au crépuscule et pendant une partie de la soirée. À certains moments Aliver, comme porté par une transe, en oubliait la raison de ce voyage et ne pensait qu'à courir, avec pour seule conscience le mouvement de ses jambes et le panorama offert par les alentours immédiats.

Quand ils firent halte pour camper tard ce soir-là, cependant, il ressentit tout le poids des responsabilités dont Thaddeus l'avait chargé. Ils firent un petit feu, tout juste suffisant pour rappeler aux animaux que c'étaient là deux humains qu'il valait mieux éviter. Ils n'avaient rien emporté pour le coucher, et ils creusèrent deux emplacements peu profonds dans le sable, côte à côte et tête vers le feu. La nuit pouvait être froide, mais le sol retenait assez de chaleur pour qu'ils soient à l'aise jusqu'au matin. Ils mangèrent une pâte qu'ils avaient confectionnée en mélangeant leur précieuse eau avec les grains de sedi moulus qu'ils avaient emportés. La chose n'avait aucun goût particulier, mais elle était nourrissante. Aliver se servit d'une tranche de bœuf séché comme cuiller, avant de la dévorer. Kelis dénicha le tubercule que les Talayens appelaient « racine articulée » à cause de sa forme. Il l'ouvrit proprement à la jointure et tous deux s'assirent pour sucer tranquillement leur portion gorgée d'un liquide doux et vif, très revigorant.

— Parfois, j'ai l'impression que tout ça n'est qu'une folie, dit Aliver. Ce ne peut pas être vrai, ce que nous faisons, ce que je suis censé faire. C'est une histoire pour enfants, une légende comme celles qu'on me racontait quand j'étais petit.

Kelis retira le morceau de racine de sa bouche.

— C'est ton histoire, à présent. Et c'est toi la légende.

— C'est ce qu'on dit. Vous nous trouvez insensés, nous, les Acacians ? À chasser des magiciens bannis et tout le reste ? Est-ce que nous ne sommes qu'une plaisanterie pour vous ?

— Une plaisanterie ?

À la lumière dansante du feu, les traits de l'homme étaient difficiles à déchiffrer, mais sa voix ne suggérait aucune propension à rire.

— Kelis, on m'a envoyé à la recherche de magiciens vieux de cinq cents ans que je dois convaincre de m'aider à reconquérir l'empire qu'a perdu mon père. Peux-tu comprendre une telle perte ? Il n'y a rien ici, autour de nous, qui puisse illustrer l'ampleur de ce que mon père a perdu. Il était le monarque du plus grand empire au monde. Et à présent, de sa tombe il me demande de tout reprendre. N'est-ce pas risible ?

Une cacophonie soudaine de cris de chacals s'éleva dans un vaste demi-cercle face à eux. Les chiens sauvages saisissaient très bien l'humour de la situation, apparemment. À la différence de Kelis, qui lança son morceau de racine au loin.

— Nos conteurs nous parlent aussi des Hérauts du Dieu. Ils appartiennent à nos légendes tout comme aux tiennes. Tu les as déjà entendues, d'ailleurs.

— Tu y crois, alors ?

Kelis ne répondit pas, mais Aliver sut qu'il le ferait s'il insistait. Bien sûr, il y croyait. Pour les Talayens, la vérité résidait dans les paroles prononcées. Peu importait que certaines de leurs légendes soient très improbables ou qu'elles se contredisent entre elles. Si elles étaient racontées – si elles leur avaient été racontées par ceux qui étaient venus avant eux –, il n'y avait pas d'autre choix pour un Talayen que de les croire. Parce qu'il n'y avait pas de raison de réagir autrement. Aliver avait entendu un grand nombre de leurs légendes, au cours des ans.

Il savait que les Hérauts étaient censés avoir traversé tout le Talay pour s'exiler. Ce bannissement les aurait emplis de colère. Ils avaient aidé Tinhadin à conquérir le monde, et maintenant lui, le plus grand d'entre tous, se retournait contre eux et leur interdisait de recourir au parler des dieux. Ils le maudirent en sourdine, afin que Tinhadin ne puisse les entendre. Mais ces malédictions, même murmurées, avaient un pouvoir. Elles firent des ravages dans le pays, elles soulevèrent des pans entiers de la croûte terrestre, elles déclenchèrent des incendies, elles touchèrent les animaux des plaines et les transformèrent en des créatures telles que le laryx. Les Hérauts causèrent beaucoup de ravages, disaient les légendes, mais par chance ils continuèrent de marcher, et après avoir traversé les régions habitées ils s'enfoncèrent dans les plaines arides du Sud. Selon le mythe, les Hérauts du Santoth vivaient toujours là-bas. Personne ne s'y était jamais aventuré pour le vérifier. Pourquoi le faire ? Une seule personne aurait eu de bonnes raisons de partir à leur recherche : un prince de la lignée des Akarans, qui viendrait annuler leur châtiment.

— Tu veux entendre l'histoire de quelqu'un d'autre, plutôt que la tienne ? demanda Kelis. Alors écoute celle-là. Il y avait un jeune Talayen dont le père était un homme très fier, un guerrier. Il ne vivait que pour la guerre et souhaitait que son fils fasse de même. Or son fils était un rêveur, de ceux qui prédisent l'arrivée de la pluie, si tel enfant naîtra en bonne santé, quelqu'un pour qui les songes sont aussi réels que la réalité de la vie éveillée. Ce garçon rêvait des choses avant qu'elles ne se produisent. Dans ses songes il parlait avec des créatures, et parfois, au réveil, il conservait le souvenir du langage de ces animaux, pendant quelques instants. Le fils désirait ardemment en apprendre plus sur ce don. Le père aurait pu être fier que son fils ait été ainsi choisi. Mais il ne l'était pas. Quand il dormait, le père était aussi mort qu'une souche à la vie. C'est seulement éveillé qu'il trouvait du sens aux choses, et seulement dans la guerre que ces choses lui paraissaient claires.

« Il interdit à son fils de rêver. Il le fit avec tout le mépris qu'il pouvait transmettre par les mots et le regard. Il le fit en le ridiculisant, avec des paroles blessantes. Il se tenait debout près de la couche de son fils quand celui-ci dormait. Dès qu'il voyait les yeux du garçon remuer sous les paupières, signe qu'il entrait dans le monde des rêves, il le secouait avec la hampe de sa lance. Et il le réveillait, encore et encore. Bientôt le garçon en vint à redouter le sommeil. Mais les songes lui venaient quand même, parfois en plein jour, alors qu'il était éveillé. Le père apprit à reconnaître la présence du rêve dans les yeux de son fils, et il le giflait s'il le soupçonnait de se laisser aller. Rien de tout cela ne put arrêter le garçon. Il ne pouvait tout simplement pas s'empêcher d'être celui qu'il était. Pourtant le père trouva un moyen.

Kelis s'interrompit pour écouter un bruit proche, le grattement de pieds griffus sur le sol sec. Les deux garçons tendirent l'oreille un moment, jusqu'à ce que la stridulation d'un grillon à dos noir s'élève. Ce bruit de griffes venait sans doute d'un lézard. Aucune raison de s'inquiéter.

— Alors, dit Aliver, le père trouva un moyen...

Kelis reprit son récit :

— Oui. Il adopta le fils d'un homme mort, et il le plaça avant son propre fils. Il le nomma premier-né, ce qui signifiait que tout ce qui était au père – le nom, les ancêtres, les biens – reviendrait à son fils adoptif. Si le vrai fils, le rêveur, voulait mener une vie prospère, il ne lui restait plus qu'une chose à faire. Il convoqua l'autre dans le cercle et il le tua. Il lui enfonça sa lance dans la poitrine et le regarda se vider de son sang. Son père n'en conçut pas de colère, mais bien plutôt de la joie. C'était exactement ce qu'il avait voulu. Son véritable fils avait en lui un guerrier, qu'il le veuille ou non. Le père avait obtenu ce qu'il désirait. Par la suite, son fils se mit à réellement détester le sommeil. Quand il dormait il rêvait encore, mais c'était toujours de la même chose. Il rêvait de ce combat, de la lance transperçant son adversaire, du sang, du visage de l'autre en train d'agoniser. Ainsi le rêveur fut-il chassé, et seul demeura le guerrier.

— Je n'avais encore jamais entendu cette histoire, dit Aliver.

L'autre inclina la tête de côté, puis la redressa.

— Aucun d'entre nous ne choisit son père. Pas plus toi que moi, ou n'importe qui d'autre. Mais crois-moi, quand on est né pour un destin, il ne faut pas le refuser. Ne pas faire ce pour quoi on est né, c'est se charger d'un fardeau perpétuel et écrasant.

Au lever le lendemain matin, les jambes d'Aliver étaient raides, mais elles se décrispèrent très vite. Le rythme du deuxième jour suivit celui du premier. La contrée qu'ils traversaient offrait le même paysage parsemé d'arbres, avec de vastes vallées peu profondes. Mais au troisième jour, un groupe de quatre laryx décelèrent leur piste et se lancèrent à leur poursuite. Les bêtes bondissantes jappaient en se rapprochant, assez près pour qu'en jetant un coup d'œil en arrière Aliver note les caractéristiques de chacune. Une oreille manquait à l'une. Une autre avait une patte avant plus faible. Le chef de meute était l'individu le plus imposant des quatre, plus grand encore que celui qu'Aliver avait tué, et le quatrième avait tendance à courir détaché sur le côté, comme s'il se préparait déjà à une manœuvre de contournement. Si ces quatre-là les rattrapaient et les encerclaient, ils n'avaient aucune chance de s'en sortir vivants. Les laryx détestaient autant les humains qu'ils les craignaient. Comme le lion qui chasse les petits de félins moins puissants, ils semblaient traquer les hommes par pure méchanceté.

Tout en courant, Aliver se rendit compte à quel point il était différent de celui qu'il avait été quelques semaines plus tôt, quand il avait lui-même chassé une de ces bêtes. Il avait alors affronté avec calme la possibilité d'une mort horrible, s'il échouait. Le plus étrange était qu'au fond de lui-même ce sentiment lui était très familier. À un certain niveau il avait vécu avec une peur comparable depuis que son père avait été poignardé. Il y avait toujours eu, quelque part, un monstre invisible qui le poursuivait. Se retrouver face à un danger réel, en plein jour, fut pour lui une sorte de libération. Il avait entraîné la bête là où il le voulait, avant de se retrouver face à elle, assez près pour sentir son odeur et... il avait fait ce qu'on attendait de lui. Il avait plongé sa lance au fond du poitrail du monstre et l'avait maintenue là jusqu'à ce que le laryx s'écroule et tressaille dans son dernier souffle. Il ne savait trop comment, mais il sentait que cet exploit avait transmuté quelque chose de fondamental en lui.

Kelis pressa l'allure. Ils ne s'accordèrent aucune pause en milieu de journée. Ils couraient dans l'air surchauffé qui ondulait par vagues sous le soleil. Si les laryx étaient capables de courir pendant des heures d'affilée, ils ne le faisaient que lorsqu'ils avaient été réellement provoqués. Dès que des proies plus faciles – des phacochères – croisèrent le chemin de leurs poursuivants, ceux-ci les délaissèrent. Les deux hommes n'en continuèrent pas moins à la même cadence, et ils ne l'interrompirent que plusieurs heures après le coucher du soleil.

Au cinquième jour, ils traversèrent un marais salant et rencontrèrent une migration de flamants roses. Par milliers ils avançaient dans le paysage, leur plumage brillant sous le soleil, chacun avec son long cou gracile et ses pattes noires interminables qui lui conféraient une démarche hautaine et précise. Pourquoi ils ne s'envolaient pas, Aliver n'aurait pu le dire. Ils se contentèrent de s'écarter au passage des deux humains qu'ils observèrent de côté, sans autre réaction.

À la fin de la sixième matinée, ils atteignirent la grande rivière qui descendait des collines occidentales. Ici elle était large de plus d'une lieue. Durant la saison des pluies, le fleuve constituait un obstacle formidable. Même dans les conditions présentes il servait de frontière sud aux terres habitées du Talay. Le cours lui-même était maintenant réduit au minimum, une veine étroite et humide de quelques pas de large, dans laquelle on ne s'enfonçait pas au-delà de la cheville. Les deux hommes restèrent immobiles en son centre. Aliver appréciait la sensation des pierres polies sous ses pieds. Si l'horizon autour d'eux n'avait pas été une étendue infinie de terres délavées et rudes, à peine marquées de traces de végétation, Aliver aurait pu fermer les yeux et laisser le contact des galets évoquer le souvenir d'un endroit et d'une époque très lointains.

— Mon frère, annonça Kelis, je n'irai pas plus loin.

Aliver se tourna vers lui et le vit emplir sa gourde qu'il porta aussitôt à ses lèvres.

— Quoi ?

— Mon peuple ne se risque pas au sud de ce fleuve. À partir d'ici, le Dispensateur t'accompagnera. Il est de meilleure compagnie que moi.

Aliver le dévisagea.

— Je t'attendrai, ajouta Kelis. Crois-moi, Aliver, quand tu reviendras ici, je serai là.

Aliver fut assez décontenancé par cette annonce pour ne pas la discuter. Kelis lui laissa une liste de choses à faire et à ne pas faire, et il lui expliqua comment conserver l'eau, quelles racines gonflées d'humidité rechercher, quels animaux étaient susceptibles de lui offrir une bonne rasade de sang. Aliver savait déjà tout cela, mais il resta immobile à écouter son ami, même s'il était plus impatient de partir à chaque seconde.

— Sangae m'a confié un message pour toi, déclara ensuite Kelis en soulevant le sac d'Aliver et en l'aidant à le fixer sur son dos. Il a dit que tu es un fils pour lui. Et que tu es un fils de Leodan Akaran. Et que tu es un prince de ce monde. Il a dit être certain que tu sauras affronter avec bravoure les défis qui se présenteront à toi. Et il a dit que le jour où tu placeras la couronne d'Acacia sur ton front, il espère que tu lui permettras d'être un des premiers à s'incliner devant toi.

— Sangae n'a pas à s'incliner devant moi.

— Peut-être que *toi*, tu n'as pas besoin qu'il s'incline devant ta personne. Mais il le fera pour lui-même. Le respect coule dans les deux sens et peut signifier autant pour celui qui donne que pour celui qui reçoit. Va, maintenant. Tu as encore un long trajet à parcourir avant le coucher du soleil. Tu devrais rencontrer des collines où t'abriter pour la nuit, des affleurements rocheux. Le laryx craint ces endroits dès la nuit tombée.

— Comment trouverai-je les Hérauts du Santoth ? Personne ne m'a rien expliqué.

Kelis lui sourit.

— Personne ne pouvait rien t'expliquer, Aliver. Personne ne sait.

Durant ses premiers jours de solitude, Aliver fit l'expérience de périodes de transe encore plus longues qu'auparavant. Ce n'étaient pas tant des pensées concernant sa mission ou des souvenirs qui les déclenchaient que la vision de la grandeur chaotique piégée dans la chair silencieuse de ce monde, dans l'air et dans les créatures peuplant ces contrées. Une fois, dans un paysage constellé de nombreux cratères, Aliver vit le ciel comme contenu dans le bol où il progressait. Au-dessus de lui les nuages s'amoncelaient et bouillonnaient. Ils ne se déplaçaient pas à leur manière habituelle, mais paraissaient plutôt retenus dans cette région particulière du monde où ils changeaient continuellement sans jamais s'échapper.

De tels moments le frappaient de toute leur importance. Il n'y voyait pas un signe à décrypter pour saisir une prophétie. Le sens était simplement là, dans ce spectacle, dans ces moments d'attention à la vie, et il suffisait de garder les yeux grands ouverts. Dans sa jeunesse il n'avait jamais été de ceux qui étudient les couchers de soleil ou les vastes panoramas, pas plus qu'il n'avait accordé beaucoup d'attention au changement de couleur des feuilles dans les Grandes Terres. À cet égard, depuis le début de son périple il était devenu une personne très différente.

Au beau milieu de sa quatrième nuit en solitaire, Aliver s'éveilla subitement, car il venait de comprendre quelque chose qui l'avait tiré de son sommeil. Lorsque Kelis lui avait raconté l'histoire de ce rêveur à qui son père refusait de suivre son chemin, il avait parlé de lui-même. Son ami était ce rêveur empêché de suivre sa propre destinée. Peut-être cela aurait-il dû être évident au ton qu'il avait employé, mais il n'avait encore jamais rien révélé le concernant. Il n'avait jamais sollicité la pitié d'une autre personne, et il ne l'avait pas fait non plus en lui narrant cette histoire, Aliver le savait. Pourquoi n'avait-il pas compris, et dit quelque chose ?

Plus tard cette nuit-là il fit un rêve, et il passa toute la journée suivante à se remémorer la conversation réelle qui l'avait déclenché. Pendant la semaine où il avait rencontré Thaddeus chaque après-midi, ils ne s'étaient pas contentés de parler des défis qui attendaient Aliver. Le vieil homme s'était déchargé de sa duplicité. Il avait expliqué l'histoire que lui avait détaillée Hanish Mein sur la manière dont le grand-père d'Aliver avait tué l'épouse et l'enfant de Thaddeus. Et oui, avait-il avoué, malgré la source de ces révélations, il avait cru que Gridulan avait fait assassiner sa famille. Pour cette raison Thaddeus avait voulu se venger, et c'est ainsi qu'il avait trahi les Akarans.

Aliver avait été presque incapable de réagir, que ce soit par une colère renouvelée ou en accordant le pardon que cet homme désirait visiblement tant. Il ne savait s'il devait haïr l'ancien chancelier pour avoir conspiré avec Hanish Mein, présenter ses excuses pour la trahison de sa propre famille ou remercier Thaddeus d'avoir été l'instrument du sauvetage de son frère et ses sœurs, ainsi que de lui-même.

Au cours de ces conversations, Thaddeus avait démêlé l'écheveau complexe des crimes qui faisaient fonctionner ce monde. Aussi douloureux que ce fût à entendre, Aliver lui fut reconnaissant de lui apprendre ces réalités. Il avait toujours redouté ce qui restait inexpliqué ou qu'on passait sous silence. Il avait certes déjà saisi des mots tels que « Quota » ou « Lothan Aklun », mais sans jamais pouvoir les relier à des faits concrets. À présent, il écoutait avec la plus grande attention tout ce que Thaddeus pouvait lui révéler. Acacia était un empire esclavagiste, qui faisait commerce d'êtres humains et prospérait sur les travaux forcés, tout en facilitant la circulation de drogue pour soumettre les masses. Les Akarans n'étaient pas les chefs bienveillants qu'on lui avait toujours décrits. Qu'est-ce que tout cela signifiait pour lui ? se demanda-t-il. Pouvait-il avoir la certitude qu'un nouveau règne akaran serait meilleur que celui instauré par Hanish Mein ?

Finalement le paysage prit un aspect différent. Il devint encore plus desséché, et Aliver s'enfonça dans une région au sol accidenté. L'herbe rare était blanchie jusqu'à en paraître argentée et contrastait violemment avec les amas rocheux qui parsemaient la contrée, des pierres volcaniques noires qui évoquaient les déjections monstrueuses des créatures titanesques de l'ancien monde. Aliver n'aurait pu dire s'il avait inventé cette image lui-même ou si on lui avait déjà raconté une telle histoire. Il lui semblait conserver de vagues souvenirs de cet endroit, et même avoir vu ces créatures déserter cette région et s'éloigner sur leurs longues pattes à la recherche de terres plus hospitalières. Entre les rochers, des acacias solitaires poussaient, tordus et terriblement déformés. C'étaient les aïeux de la race, abandonnés ici et toujours présents, leurs bras levés en une supplication sans réponse.

Nulle part il ne décela d'indice de présence humaine. Ici, pas de villages, aucune trace d'agriculture, pas un outil oublié. Il n'y avait même pas d'animaux. C'était un environnement terriblement désolé, et qui l'était chaque jour un peu plus. Les Hérauts du Santoth avaient été des hommes, des humains comme Édifus, celui dont le sang coulait dans les veines d'Aliver. S'ils vivaient quelque part près d'ici, il y aurait eu des signes de leur présence. Mais il n'y avait rien.

Un matin, après une semaine de cette quête solitaire, Aliver comprit qu'il ne survivrait pas. Une partie de lui n'avait jamais espéré trouver ces Hérauts, mais il ne s'était pas rendu compte, avant d'avoir passé en revue ses maigres réserves – une portion de grains de sedi tenant dans la paume, quelques gorgées d'eau tiède, un petit paquet d'herbes sèches pour concocter une soupe –, qu'il ne lui restait pas de quoi vivre plus d'un jour ou deux. Il n'avait pas repéré de « racine articulée » ni aucune plante susceptible de retenir un peu d'humidité. Il n'avait jamais connu endroit plus aride. S'il restait assis sans bouger, il sentait l'air lui voler la souplesse de sa peau qui se desséchait. Il pouvait tenter de rebrousser chemin jusqu'à la limite de la rivière, mais à combien de jours s'en trouvait-il maintenant ? Il était incapable de le dire, mais il avait la conviction que cet objectif était plus éloigné que le point qu'il atteindrait en marchant.

Dressé sur ses jambes raidies par la fatigue, il scruta les alentours. Le monde étendait devant lui l'uniformité de sa désolation, jusqu'à l'horizon et sans doute au-delà. Rien. Rien que le sable, la roche et le ciel au-dessus. Il fit un pas. Puis un autre. Il ne tenta pas de courir. Il avait seulement le sentiment qu'il devait bouger, avancer lentement, même en vacillant. Il laissa ses maigres réserves derrière lui. Elles ne l'aideraient pas longtemps, et sans elles il passerait cette épreuve plus vite. Il nota la position du soleil et estima l'heure du jour, avant de décider que tout cela n'avait aucune espèce d'importance. Comme il l'avait subodoré tout du long, les Hérauts n'étaient que des émanations vaporeuses du passé, gardées vivaces par des esprits superstitieux. Et lui n'était plus qu'un cadavre ambulant. Le plus étonnant était que cela ne le dérangeait pas réellement. Il se sentait justifié dans sa conduite, d'une certaine manière. Il avait eu raison depuis le début. Il n'était pas destiné à cette grandeur dont on pétrit les mythes. Peut-être ce manteau reviendrait-il à Corinn, ou Mena, ou même Dariel ; et peut-être que la lignée des Akarans ne méritait pas le pouvoir qu'elle avait eu jadis entre les mains.

Tout cela lui paraissait parfaitement cohérent, et le simple fait de l'accepter lui conféra un calme qu'il n'avait encore jamais connu. Il pensa affectueusement à ses sœurs et son frère. Il regretta de ne pas les avoir vus grandir et atteindre l'âge adulte. Il espéra qu'ils réussiraient dans leurs entreprises, quelles qu'elles soient. Lui, Aliver, avait toujours été le maillon faible, malgré tous ses efforts pour prouver le contraire. Son père avait placé en lui des espoirs pour le moins déraisonnables.

Vers midi il trébucha et s'écroula. Il se redressa sur ses genoux et regarda autour de lui l'étendue plate de sable, ponctuée ici et là de rochers oblongs de la même couleur fauve que tout le reste du paysage, dressés ou couchés sur le flanc, ou appuyés les uns contre les autres. Il s'interrogea distraitement sur ces étrangetés géologiques, mais sa gorge était parcheminée et c'était là quelque chose de bien plus important. Il avait cessé de transpirer depuis déjà un certain temps. Sa tête résonnait au même rythme que son cœur, et à certains moments cette pulsation s'amenuisait et sa vision s'en trouvait aiguisée.

Il s'étendit sur le sol. Rien de tout cela ne serait trop douloureux s'il ne l'éprouvait plus à l'intérieur de son corps. Il resta ainsi un long moment, satisfait de ne plus avoir de but. C'est pourquoi au premier signe de mouvement, de changement, il éprouva une émotion étrange, comme une coloration du monde qu'il expérimenta... mais pas la peur, comme il aurait pu s'y attendre. Pas l'incrédulité non plus. Non, cette émotion était beaucoup plus difficile à définir. Elle tenait presque du regret. Et ce qui la déclenchait était toutes ces pierres autour de lui, qui s'éveillaient. Elles s'éveillèrent et se mirent à converger lentement vers lui.

CHAPITRE TRENTE-CINQ

LE PAVILLON DE CHASSE DE CALFA VEN était accroché à un pilier granitique faisant face au sud et surplombant les vallées sauvages et encaissées de la Réserve de chasse du Roi. À moitié creusé dans la roche et à moitié perché sur elle, le pavillon avait été un lieu de villégiature très prisé par la noblesse acaciane pendant plus de deux siècles. En langue senivale, son nom signifiait « le nid du condor des montagnes ». La réserve royale était une région boisée très giboyeuse, que protégeaient un groupe d'hommes assurant l'entretien de la bâtisse et des patrouilles régulières dans la forêt pour dissuader les braconniers. Corinn n'y était pas revenue depuis sa prime enfance, mais c'était toujours le lieu qu'elle gardait en mémoire.

Il avait fallu aux Meins plusieurs années pour tenir assez bien l'empire et s'accorder enfin des vacances. Le concept lui-même était quelque peu étranger à des gens habitués à chasser pour survivre, mais récemment ils s'étaient faits à cette coutume. Quand Corinn avait appris qu'Hanish requérait sa présence avec lui au pavillon de chasse, elle n'avait pu que se plier à ce souhait. Non qu'elle eût refusé si elle en avait eu la possibilité. Elle faisait en sorte que son ressentiment soit perceptible dans son attitude comme dans son discours, mais elle ne se sentait jamais aussi vivante qu'en sa compagnie.

Elle chevauchait à quelque distance derrière Hanish, avec plusieurs autres nobles dames meines, quand ils arrivèrent au pavillon. Abordé de ce côté, c'était une structure en granite gris composée de blocs massifs assemblés dans un style simple qui rappelait des temps plus humbles. Le personnel les attendait sur les marches. Corinn reconnut l'un des serviteurs, le majordome de la maison, Peter. Enfant, elle le trouvait séduisant, et elle fut frappée par la vieillesse qui semblait s'être abattue sur lui. Il était le premier élément du pavillon qui montrât la réalité du passage du temps.

Son accueil fut des plus démonstratifs. Il approcha Hanish dans une posture à demi voûtée, son corps tremblant comme celui d'un vieux chien de chasse qui essaie de remuer sa queue figée par l'arthrite.

— Nous sommes très honorés par votre visite, Seigneur. Très honorés...

Il laissa à peine le temps à Hanish de répondre et dans un flot de paroles expliqua qu'ils espéraient le rencontrer depuis si longtemps, qu'ils avaient tout préparé très soigneusement pour son séjour, et qu'il découvrirait des bois luxuriants et foisonnants de gibier.

— La réserve regorge de toutes sortes d'animaux. Vous n'aurez aucun mal à...

Il s'interrompit en pleine phrase. Son regard qui survolait la suite royale venait de s'arrêter sur la personne de Corinn. Il la dévisagea un instant, le cercle de ses iris bien visible dans le blanc des yeux écarquillés, puis il inclina la tête et la salua par son nom, d'une voix bafouillante. Il se détourna aussitôt et reporta son attention sur le chef mein.

Cette réaction laissa Corinn perplexe. Pourquoi cette apparente frayeur ? Il craignait Hanish, c'était évident, mais le regard qu'il avait posé sur la princesse disait une crainte d'une tout autre nature. Elle ne put chasser complètement de son esprit l'image de cette expression, bien que la visite du pavillon l'occupât un temps. Il était étrange d'entendre Peter mener les arrivants à travers ces pièces qu'elle connaissait déjà. Il en parlait comme si toute la bâtisse avait été créée spécialement pour le plaisir d'Hanish et que le souvenir de ses précédents propriétaires n'était plus qu'un écho lointain.

Les pièces étaient exiguës et sombres, malgré l'éclairage dispensé par les appliques et les flambées dans les cheminées. Certains anciens ornements étaient toujours en place : une tenture murale courant sur toute la longueur de la salle à manger, un candélabre en argent gravé de la légende d'Élenet, les pots en verre ventrus et emplis d'épices et d'herbes aromatiques. Comme elle avait aimé ce parfum... Le respirer menaçait de la faire succomber à l'émotion, et c'est pourquoi elle s'évertua à respirer très superficiellement et à se concentrer sur ce qui avait été retiré et ajouté pour plaire aux nouveaux maîtres : des fourrures sur certains sièges ou sur le sol, dans le plus pur style du Mein, quelques tables basses, aux pieds épais, la crête du Mein tracée sur les dalles devant la cheminée de la salle à manger. Oui, il y avait de nombreuses touches inédites dans la décoration.

Larken, le Marah acacian qui l'avait trahie des années auparavant, marchait à la hauteur d'Hanish. Il semblait bouffi d'orgueil et imbu de son nouveau statut, et il parlait presque autant que Peter. Depuis le départ de Maeander, il était très souvent aux côtés du chef mein. Corinn le haïssait toujours autant, même si elle le dissimulait de son mieux.

Elle prêta l'oreille aux commentaires des autres femmes sur ce qu'elles découvraient. Elles jugeaient tel objet charmant, tel autre bizarre... Rhrenna ne cessait de passer les doigts sur les tables pour vérifier l'absence de poussière. Elles assumaient leur nouveau rang avec une telle affectation que Corinn s'en irrita, même si, là non plus, elle n'en laissa rien transparaître. Son arme principale contre ces gens était sa méfiance naturelle. Le dédain la soutenait et la nourrissait, et elle l'entretenait comme un jardinier soigne la beauté piquante de ses rosiers.

L'intérêt majeur du pavillon de chasse résidait dans le panorama d'exception qu'il offrait. Chaque pièce surplombant la Réserve du Roi disposait d'un balcon ouvert d'où l'on pouvait contempler la canopée verdoyante qui s'étendait au nord, percée ici et là d'une saillie granitique. Le vent faisait frémir le sommet des arbres comme une tempête ébouriffe la mer. La beauté sauvage de l'ensemble coupa le souffle à Corinn. Cette vision n'avait aucun rapport avec ses souvenirs d'enfance. Elle se remémorait seulement la menace qu'elle sentait dans toute cette verdure, les ombres sous les arbres qui semblaient cacher partout des ogres, des goules des bois et des ours mangeurs d'hommes. Aujourd'hui, si cette menace diffuse lui paraissait toujours bien présente, elle la trouvait revigorante. Elle lui rappelait les images des forêts nordiques décrites par Igguldan.

Ce soir-là, elle dîna face à Hanish, dans la grande salle. Il y avait une trentaine de convives, avec autant de domestiques pour les servir, qui formaient un ballet incessant et empressé entre les cuisines et les tables. Le menu était un peu trop orienté pour Corinn : venaison et sanglier, boudins et terrines de foie. Elle passa son temps à remuer les morceaux dans son assiette. Ce qu'elle détestait le plus dans ce genre de circonstances, c'était la possibilité qu'elle soit sollicitée dans la conversation comme quelque représentante de la culture acaciane. Très tôt elle avait mordu à l'appât et s'était efforcée de relater les accomplissements de son peuple, mais elle n'était jamais parvenue au résultat qu'elle escomptait. Soit elle se sentait ridicule parce que ses connaissances n'égalaient pas les faits vérifiables que d'autres avançaient, soit elle finissait avec l'impression douloureuse d'avoir plutôt rehaussé le prestige du Mein. Ce soir, elle se trouva encore et encore au centre de la conversation. Larken aurait pu répondre à toutes les questions qu'on lui posait, mais personne ne semblait plus se souvenir qu'il avait été acacian.

— Corinn, cette peinture murale, que raconte-t-elle ?

— Laquelle ?

— Celle qui est comme... comme le monde entier, si grande et si détaillée. Mais elle est centrée autour d'un seul personnage, qui ressemble à un jeune garçon. Vous voyez bien à qui je fais allusion.

Bien sûr. Corinn répondit que c'était là une description du monde à l'époque d'Élenet. Elle s'en tint au strict minimum, mais après avoir été poussée à développer le sujet, elle expliqua que la scène représentait le moment dramatique où le Grand Dispensateur s'était détourné du monde. Elle conclut en affirmant qu'elle n'en savait pas plus.

— Quel étrange système de croyances, commenta une jeune femme nommée Halren. Il est fondé sur la certitude que votre dieu vous a abandonnés, n'est-ce pas ? Il vous déteste. Il méprise votre dévotion, et des siècles durant votre peuple a continué de le vénérer presque à contrecœur. D'un côté vous dites : « Le dieu existe et il me déteste », et l'instant suivant vous haussez les épaules et vous poursuivez le cours de votre vie, sans même essayer de regagner ses faveurs. Ne voyez-vous pas l'aspect insensé de cette attitude ?

Mal à l'aise, Corinn se tortilla sur son siège, coula un regard à Larken, et marmonna qu'elle n'avait pas réellement réfléchi à cet aspect des choses.

— Pourquoi lui poser la question ? dit une des amies de Rhrenna. Ce n'est pas une érudite. N'est-ce pas, Corinn ?

La princesse n'aurait pu dire si l'intervention était amicale ou si c'était une pique non déguisée. Elle se sentit rougir.

— Si j'avais perdu les faveurs des Tunishnevres, je ferais n'importe quoi pour les regagner, dit Halren en lançant un regard furtif à Hanish. Heureusement je sens qu'ils sont satisfaits de moi. De nous tous, d'ailleurs, grâce à notre chef.

Cette tirade ne fit rien pour éteindre le feu aux joues de Corinn. Elle se tourna vers Halren, vers les éclats argentés à son front et ses traits pâles.

— Vous êtes « bénis » depuis quoi, neuf années ? Ce n'est rien en comparaison du règne des Akarans.

Corinn aurait pu dire quelque chose d'encore plus dur – ce qu'elle aurait regretté par la suite – si Hanish n'avait choisi cet instant pour devenir le centre d'attention.

— La princesse énonce une vérité indiscutable, dit-il, et son regard gris parut songeur, comme s'il y réfléchissait. Corinn, as-tu déjà entendu l'histoire de Petit Kilish ? Petit Kilish était un géant qu'on avait surnommé ainsi par plaisanterie, bien sûr. Il était fermier, et il avait fabriqué une faux si énorme que lui seul pouvait la manier. Il aimait la balancer à grands gestes, et il moissonnait les épis par milliers. Il fabriqua une seconde faux, et, quand il dansait dans les champs en fauchant de droite et de gauche, chacun de ses gestes équivalait au travail de dix hommes. Il devint célèbre dans tout le pays. On organisa des concours où il se mesura aux autres, pour savoir qui pouvait couper le plus d'épis, mais il triomphait toujours largement. Bientôt plus personne n'osa prétendre le battre à ce jeu.

Hanish marqua une pause pendant qu'un serviteur remplaçait son assiette sale par une propre, puis il reprit son récit.

— Un jour un étranger arriva, un homme de petite taille, au teint bistre et au regard torve. C'était un moissonneur d'âmes. Il avait inventé une machine qui avait déjà rasé la plus grande partie du monde. C'était une grande structure qui s'étirait d'un bout à l'autre d'un champ, montée sur des roues. Sur une centaine d'endroits de cette structure, il avait placé des mannequins articulés et aussi complexes que de véritables êtres humains, mais faits en bois de chêne. Chacun d'entre eux tenait une faucille. Quand les gens virent cela, ils éclatèrent de rire. Quelle sorte d'énorme jouet était-ce donc là ? À quoi pouvaient servir des êtres en bois ? Mais ce moissonneur d'âmes connaissait certaines paroles divines. Il murmura un enchantement qui déroba l'âme de ceux qui se moquaient de lui, et il plaça chacune de ces âmes dans un des mannequins en bois. Alors ceux-ci s'animèrent, et ils se mirent à manier leur outil comme l'auraient fait des êtres de chair et de sang. Le moissonneur d'âmes donna une tape à sa mule qui tira la structure sur toute la longueur du champ. Tous les gens de bois travaillèrent pour lui, et en quelques minutes il avait moissonné plus que Petit Kilish n'aurait pu le faire en une journée entière.

Un autre serviteur s'approcha pour remplir le verre du chef, mais Hanish le repoussa d'un geste.

— Les gens étaient stupéfaits, poursuivit-il. Ils louèrent l'étranger. Tous convinrent qu'il avait remporté le concours, mais Petit Kilish détestait cette machine et l'homme qui l'avait construite. Toute cette effervescence autour de l'inconnu l'irritait grandement. Pourquoi les gens applaudissaient-ils une créature aussi vile ?

— Pendant un moment, ils avaient eux-mêmes oublié leur âme, dit Halren.

— N'avaient-ils pas remarqué les morts-vivants sans âme parmi eux ? Avant même de réfléchir à ce qu'il faisait, Petit Kilish balança sa faux et décapita proprement le moissonneur d'âmes. La tête tomba des épaules sur le sol, où elle continua de parler pendant encore plusieurs minutes, avant que la langue dans la bouche ne comprenne que tout était perdu. Petit Kilish regarda autour de lui, et il craignit d'être traité d'assassin, de criminel, et d'être banni. Mais les gens ne le bannirent pas. Au contraire, ils se réjouirent, et dirent : « Que Petit Kilish continue de moissonner nos champs, car il est fort et n'a pas besoin de voler nos âmes ! » Et il en fut ainsi.

D'un geste de la main, Hanish signifia que l'histoire finissait là. Plusieurs voix s'élevèrent pour le complimenter sur son récit. Halren resplendissait en jetant des regards brillants alentour, comme si Hanish n'avait narré cette histoire que pour elle. Mais l'attention du chef demeurait centrée sur Corinn.

— Nous racontons cette histoire depuis de très nombreuses années. Tu en comprends la signification, n'est-ce pas ?

— Vous dites que Petit Kilish était un géant, mais je pense qu'au moins une partie de son corps n'était pas au diapason du reste, dit Corinn. Et c'est certainement ainsi qu'il a hérité de son surnom. On ne devrait jamais faire confiance à un homme appelé « Petit ». Personne n'a envie de penser qu'une partie de lui-même est petite. Cela rend amer, injuste et mesquin.

— Corinn, intervint Rhrenna, c'est une curieuse façon de...

— Petit Kilish, dit Hanish en interrompant les deux femmes, était de race meine, le moissonneur d'âmes acacian. Telle est le sens de l'histoire. Nous sommes peut-être arrivés très récemment au pouvoir Princesse, mais nous n'avons pas vendu notre âme pour l'obtenir. Cela nous a simplement pris un peu plus de temps pour arriver par des moyens honnêtes au résultat que vous avez atteint par ruse et trahison.

— Vous venez d'inventer toute cette histoire, rétorqua Corinn. Et quant aux « moyens honnêtes », est-ce que vous prétendriez…

Hanish renversa la tête en arrière et partit d'un rire tonitruant.

— J'ai mis la princesse en colère. Je doute qu'elle admette sa surprise de voir qu'une vieille histoire révèle la vérité actuelle de l'histoire de deux peuples. C'est presque une prophétie, non ? D'avoir contribué à sa réalisation est pour moi une source de joie inépuisable.

Des murmures approbateurs parcoururent la tablée, mais Corinn déclara :

— C'est peut être une source de joie pour vous, c'est source de peine pour moi.

— Je ne le crois pas, affirma Hanish en la regardant au fond des yeux. Je pense que tu dis ce genre de chose parce que tu estimes de ton devoir de les dire. Mais la vérité, Princesse, c'est que nous t'avons causé fort peu de mal. Certes, il y a ton père. Je n'implorerai pas ton pardon pour cela, mais je te demanderai de te rappeler qu'au moment où tu perdais ton père je perdais moi-même un frère bien-aimé. Chacun n'était que l'instrument d'une cause, et ces deux causes étaient opposées. C'est ainsi qu'agissent les hommes, et ce n'est pas un crime.

Hanish se renversa dans son fauteuil, prit son verre et but une gorgée.

— En dehors de cela, nous ne t'avons fait aucun mal.

— Aucun mal… commença Corinn.

— Exactement, coupa-t-il. Nous n'avons jamais touché un seul cheveu de tes frères et de ta sœur. Jamais. Et nous ne le ferions pas, pas pour leur faire du mal, du moins. Nous avons toujours voulu les ramener à leur foyer, dans le palais où ils ont leur place. Ils pourraient vivre à nos côté, tout comme toi. Regarde-toi, Corinn. Regarde la vie que tu mènes. Tu es le centre d'une cour de femmes et d'hommes qui t'adorent, en dépit des piques dont tu les accables. Tu profites de tout le luxe de la royauté, sans aucune de ses responsabilités. Je souhaiterais seulement que tu t'adaptes mieux à ta position. Vraiment, j'aimerais te voir… heureuse.

Corinn redressa vivement la tête et le regarda droit dans les yeux. Elle avait eu l'impression qu'il s'apprêtait à lui introduire la pointe de la langue dans l'oreille. C'était ainsi que ses dernières paroles l'avaient atteinte, comme une caresse humide qui pouvait survoler toute la table et la toucher devant tout le monde. Mais bien sûr il était toujours confortablement assis sur son siège, le verre au niveau de son nez pour humer le vin. À l'exception de Maeander, personne n'avait jamais réussi à la mettre dans un tel inconfort sans raison manifeste.

— Alors mourez, lâcha-t-elle. Vous et vos gens, mourez tous. Et rendez-moi ma famille.

Halren allait s'offusquer, mais Hanish paraissait seulement amusé.

— Ma chère, quelle émotivité, dit-il à Corinn. Et tu es vraiment très belle. N'est-ce pas, Larken ?

— Parfois un peu agressive, dit le traître, mais pas désagréable à regarder.

Corinn se leva et quitta la salle, suivie par tous les regards.

CHAPITRE TRENTE-SIX

POUR LEEKA ALAIN, ce ne fut pas une mince affaire que d'échapper à l'emprise de la brume. Il y eut des jours peuplés de visions. Des nuits hantées par des cauchemars horribles. La douleur le transperçait avec une telle intensité qu'il en était tétanisé et restait tremblant sur sa couche longtemps après. À certains moments, il entrevoyait le monde tel qu'il l'avait connu quand il était la proie de la fièvre, dans le Mein. Mais, au-delà de toutes ces souffrances, il se souviendrait du délire comme d'une destruction qu'on lui infligeait et qu'il s'infligeait à lui-même. Parfois son corps lui semblait grouiller de mille vers aux mâchoires tranchantes qui se frayaient un chemin partout dans ses chairs. Le pire était que ces vers faisaient partie intégrante de sa personne. Leeka était le dévoreur et le dévoré.

Durant toute cette épreuve, l'ancien chancelier resta à ses côtés. Dès la première nuit, quand Thaddeus surgit de nulle part, il fut toujours là pour l'aider, médecin inflexible, infirmier, geôlier et confident. Il l'enferma presque dans sa cabane. Il lui attacha les poignets et les chevilles au bâti du lit, enveloppa sa taille d'une pièce d'étoffe et s'assit auprès de lui pour lui expliquer qu'il avait grand besoin des services de l'ancien soldat. Mais il ne pouvait pas en parler avant que l'esprit et le corps de Leeka se soient libérés de l'addiction. Leeka fulmina contre lui, confus qu'il était et apeuré par les tourments que connaissait son corps.

Un jour, quand sa vision se fut assez éclaircie pour qu'il voie nettement Thaddeus se pencher sur lui, il déclara avec une conviction absolue qu'il était en train de mourir. Ce n'était pas une torture à laquelle il pourrait survivre plus longtemps.

Thaddeus étendit alors ses doigts et révéla l'étui terminé par une pointe qui était placé au bout de son auriculaire.

— Vous voyez ceci ? Cette pointe a été trempée dans un poison si puissant qu'il tue presque avant que la victime en ait senti la piqûre. Comparable dans sa fulgurance à celui que j'ai déjà utilisé sur vous, à ce détail près que celui-ci est mortel. Je vais le laisser ici, à côté de vous. S'il est vrai que vous ne pouvez vivre sans brume et sans vin, alors servez-vous-en pour vous ôter la vie. Ou, si vous êtes trop égoïste pour cela, venez à moi pendant mon sommeil, et tuez-moi. Volez les quelques pièces que j'ai dans mes affaires et prenez la fuite. Laissez le sort du monde entre les mains d Hanish Mein. Ne revendiquez aucune grandeur. Le choix est vôtre. Si vous me tuez, ce ne sera pas un crime, plutôt un cadeau. Voyez-vous, j'ai moi aussi bon nombre de démons à affronter. Nous pourrions faire tous deux une belle paire de lâches.

L'homme ôta l'arme de son doigt et la déposa sur le tabouret où il était assis jusqu'alors. Il défit les liens de l'autre et s'éloigna. Leeka avait la certitude que, malgré toute sa sagesse, Thaddeus ne saurait jamais à quel point il avait été près de saisir cet ergot et de le lui enfoncer dans le cou. Il avait terriblement envie de le faire. Il imagina chaque geste, comment il ramasserait les pièces de l'homme, chaque pas en direction du village, toutes les transactions qu'il devrait effectuer avant de pouvoir enserrer de ses lèvres l'embout d'une pipe et inhaler. Sur sa vie, il n'aurait pu dire ce qui l'empêcha d'agir de la sorte.

Le lendemain matin, il s'éveilla en larmes. Il savait sans le moindre doute possible qu'il était seul au monde. Il n'en rejetait la faute sur personne, sinon lui-même. Sa destinée avait peut-être été tributaire de celle des nations, mais c'était sa propre faute s'il n'avait jamais réellement aimé une femme, s'il n'avait pas eu d'enfants, et n'avait jamais considéré le monde avec les espoirs et les craintes d'un grand-père pour l'avenir de ses petits-enfants. S'il avait pris le temps de s'occuper de ces choses, peut-être aurait-il mieux compris la valeur de la vie. Il était abasourdi de constater qu'il avait passé tant d'années sans se rendre compte que leur addition donnerait un résultat nul. Peut-être aurait-il dû se servir de ce dard empoisonné, finalement. Sur lui-même.

— Je vois que vous n'avez pas complètement terminé de vous apitoyer sur votre sort, dit Thaddeus, interrompant ce sombre train de pensées.

Leeka roula sur le lit et vit l'homme de nouveau assis sur le tabouret, qui l'observait et lui tendait un linge. Leeka le prit et essuya son visage. Il était conscient qu'il aurait dû se sentir gêné, mais il ne l'était pas du tout. Thaddeus lui demanda s'il avait assez faim pour avaler quelque chose. Leeka s'entendit répondre par l'affirmative.

— Bien, dit l'ancien chancelier. C'est la bonne réponse. J'ai fait un peu de soupe. Seulement des légumes et des herbes ramassés dans les collines, avec quelques champignons, mais je pense que cela vous plaira. Partagez-la avec moi, et ensuite nous pourrons discuter du travail que j'ai à vous proposer.

Plus tard il penserait souvent à cette étrangeté chez l'être humain qui lui fait souhaiter la mort et, l'instant suivant, aimer la vie grâce à quelques paroles attentionnées, un mouchoir offert et une nourriture frugale pour emplir son estomac vide. Ces éléments autant que tout le reste aidèrent Leeka à survivre. Après ce matin-là, il ne lui fut plus jamais vraiment difficile de refuser la brume. Il éprouva des moments d'envie, bien entendu, chaque jour et même chaque heure, dans les premiers temps. Et il dut résister encore et encore pour ne pas succomber. Mais il découvrit qu'il avait le pouvoir de refuser. Le fait que Thaddeus lui ait confié une mission lui donna cette force.

Il quitta sa cabane à flanc de colline avec la tête pleine d'instructions et des espérances renouvelées de la plus inattendue des façons. Une épée acaciane battait sa cuisse, le cadeau de départ du chancelier. Dans les premières années du nouvel empire, un ancien soldat armé aurait attiré l'attention, mais le monde avait changé depuis les débuts du règne d'Hanish. La résistance avait été vaincue. Les troupes meines dispersées sur tout le territoire se souciaient peu des individus et consacraient leur énergie à faire appliquer les nouvelles lois et à assurer la sécurité du commerce qui faisait vivre l'empire.

Leeka marcha d'un bon pas ; il savourait l'air qui emplissait ses poumons, et même la douleur dans les muscles de ses jambes. À la fin de la première semaine, il s'était coulé de nouveau dans le moule de son ancienne discipline personnelle. Il choisissait à dessein l'itinéraire le plus difficile, gravissait les pentes et les escarpements les plus rudes. Un après-midi, alors qu'il se reposait entre deux sommets, des crampes envahirent ses jambes. Les tendons de ses jarrets se crispèrent, et une douleur brûlante l'envahit. Il leva son visage vers le ciel et pleura de joie. Il était en train de reconquérir son corps.

Jamais il n'oublierait l'exaltation qu'il connut en arrivant en haut d'un pic, près de la crête ouest des montagnes du Senival, avec autour de lui rien d'autre que les nuages, en contrebas des milliers de sommets moindres, chacun aussi aiguisé que le croc d'un ours, chacun pareil à un doigt accusateur pointé vers les cieux. Il exécuta alors la danse de la Dixième Forme, celle de Telamathon affrontant les Cinq Disciples du dieu Reelos. Il n'avait jamais éprouvé un moment d'une telle pureté de toute son existence. Ce fut un hommage chorégraphié, un acte de parenté avec tout ce qu'il avait été et tout ce qu'il espérait redevenir. Il s'était peut-être laissé aller à ses illusions, à cause du vertige des cimes. Il n'en savait rien, mais, alors qu'il tailladait l'air, pirouettait et bondissait, il avait cru que pendant un moment tous ces sommets figés interrompaient leur méditation minérale pour l'observer.

Ensuite, beaucoup trop rapidement, il descendit des montagnes et marcha jusqu'au rivage des Flots Gris. Il joua des coudes et des épaules pour s'ouvrir un chemin dans le fourmillement humain du commerce et de la traîtrise qui régnaient sur les villes côtières. Peu de regards se posaient sur lui avec amabilité. Tous jaugeaient les risques ou les opportunités qu'il pouvait représenter. Il sentait planer dans l'atmosphère une menace différente de tout ce qu'il avait connu pendant le règne de Leodan. Cent revendeurs de brume l'accostèrent, qui tous l'assuraient de la qualité de leur drogue, pure, d'origine, non coupée, garantie. Leeka se demanda si quelque signe sur son visage ou dans son comportement le désignait comme une proie pour ces gens, ou si c'étaient là les offres habituelles débitées à tout client potentiel dans ce monde. À plus d'une reprise il enserra d'une poigne d'acier la main d'un pickpocket qui explorait ses vêtements. Deux fois on le provoqua dans des bars pour des insultes qu'il n'avait jamais proférées, et en une occasion il dut brandir son épée face à trois jeunes ruffians, dans une ruelle sombre. Il se borna à la démonstration dans le vide de quelques enchaînements rapides utilisés par Aliss pour disposer du Fou de Careven. Le trio eut assez de bon sens pour battre en retraite, et il lui en fut reconnaissant.

Thaddeus lui avait communiqué l'identité d'un homme à contacter dans une des villes côtières. Il le trouva et le convainquit sans difficulté. L'individu le confia à un autre, qui le nourrit et lui apprit ce qu'il savait. Il l'aida aussi à continuer de combattre le désir de brume et le dépêcha vers une troisième personne, avec un message. Peu à peu il se rendit compte qu'il existait une résistance cachée mais active dans l'empire. L'ancien chancelier participait à une entreprise qui le dépassait. Et grâce à lui, Leeka en était maintenant partie prenante.

Il mit ces différents séjours à profit pour interroger tous les gens qu'il croisait avec le plus de discrétion possible. Il ne connaissait la personne qu'il devait joindre que par un simple nom, qu'il ne prononçait que très rarement. Selon son interlocuteur, il adaptait son discours et ses questions. Il passa près de deux mois ainsi, sans se rapprocher de son but. Il entendait peu de choses susceptibles d'aiguiller ses recherches, mais beaucoup de détails qui alimentaient son désir de poursuivre sa quête. Et bien sûr, quand une ouverture se présenta à lui, il ne la reconnut pas pour ce qu'elle était.

Dans une taverne d'un port de pêche dont il n'avait même pas demandé le nom, une femme l'approcha. Elle avait un verre dans une main. Elle était jeune, jolie et affichait un sourire assez blasé pour qu'il la catalogue aussitôt comme prostituée. Pourtant, quand elle parla, ce fut sans détour :

— Pourquoi cherches-tu après un pillard ?

Leeka lui servit une de ses réponses habituelles. Il y faisait allusion à une proposition d'affaire, certains renseignements intéressants qu'il détenait, l'éventualité que le pirate et lui-même en tirent tous deux des bénéfices substantiels. Mais bien entendu, le sujet était trop délicat pour qu'il en parle davantage avec quelqu'un d'autre que le jeune homme qu'on lui avait recommandé.

Elle hocha la tête comme si cette explication la satisfaisait, but lentement à son verre puis, sans prévenir, lui cracha en pleine face. Il eut le visage aspergé d'un liquide brûlant qui l'aveugla instantanément. Des mains s'abattirent sur lui, qui n'étaient pas celles de la jeune femme. Subitement, il eut l'impression que tous les clients de la taverne lui tombaient dessus. Il fut rossé à coups de poing et d'objets divers. Ses armes lui furent arrachées et son crâne cogné contre un mur jusqu'à ce qu'il perde conscience.

Quand il retrouva ses esprits, il sut aussitôt qu'il était en mer. Les embruns giflaient son visage. Son corps était trempé, et de temps en temps il se retrouvait submergé. Il finit par se rendre compte qu'il avait été ligoté sur une planche clouée à la proue d'un navire. Ses bras, ses jambes et son torse étaient immobilisés par les liens, et à certains moments son corps ouvrait la voie dans les flots fendus par le voilier. On avait fait de lui une figure de proue vivante.

Et c'est dans ces conditions qu'il arriva à Palishdock, des conditions peu enviables, avec beaucoup moins de discrétion qu'il ne l'aurait souhaité et une apparence peu révélatrice de sa personne pour la foule de brigands qui s'était rassemblée pour l'observer. L'équipage qui le descendit sur le ponton ne prit pas vraiment de précaution dans l'exécution de cette manœuvre. Il le laissa face contre les planches décolorées par le soleil pendant un bon moment. Quand enfin il daigna le transporter sur la plage, il se contenta de soulever la planche à laquelle il était saucissonné, pour l'abandonner ensuite dans le sable brûlant, mais seulement quelques minutes. Puis il sentit qu'on relevait la planche et qu'on l'adossait à la verticale contre une construction quelconque. Et il attendit ainsi, impuissant, son visage tuméfié couvert de sable.

La jeune femme qu'il avait prise pour une prostituée était là, en compagnie du groupe de ruffians qui l'avaient si joyeusement battu comme plâtre avant de le ligoter. Ils s'attardèrent là, aussi indolents et désœuvrés que des mendiants des rues, jusqu'à ce que deux autres sortent d'une des cabanes de l'endroit : un jeune homme et un individu plus âgé et très imposant. Le jeune ne paraissait pas content du tout. Il s'entretint avec ceux qui avaient amené Leeka, puis il le toisa de loin. Apparemment il hésitait à lui parler ou à tourner les talons. Son aîné s'appuyait lourdement sur une canne. Sa peau était pâle et malgré sa corpulence il semblait mal en point. Il contempla Leeka sans rien dire.

Finalement le jeune s'approcha. Il dégaina la dague de l'étui à sa cuisse et la brandit entre Leeka et lui, dans un geste qui n'était pas exactement une menace, mais qui n'en était pas loin.

— Qui es-tu, et pourquoi as-tu posé des questions à mon sujet ?

Leeka regarda le visage séduisant du jeune homme et, le souffle déjà court devant l'éventualité de la réponse, il demanda :

— Tu es celui qu'on appelle Spratling ?

— Je réponds à ce nom. Et alors ?

Leeka aurait aimé que ses lèvres ne soient pas aussi gonflées et sèches, couvertes de sang séché et de sel. Il aurait préféré que son œil gonflé n'obscurcisse pas ainsi sa vue et pouvoir boire un peu d'eau pour libérer les mots de sa gorge. Mais rien de tout cela n'allait changer, aussi dit-il ce qu'il avait prévu de dire :

— Prince Dariel, je me réjouis de voir que...

— Pourquoi m'appelles-tu ainsi ? coupa le jeune homme, soudain possédé par une colère mêlée de confusion.

Au grand soulagement de Leeka, un autre répondit pour lui. L'homme plus âgé avança son corps imposant.

— Calme-toi, mon garçon. Tout est ma faute. Tout est ma faute.

pour parachever son apparence féroce et flamboyante. Pendant que les mains agiles se hâtaient de travailler sur son corps, elle attendit de sentir la divine présence l'investir, animer son corps, placer les mots sur ses lèvres et utiliser sa langue pour les prononcer, modeler son esprit dans une croyance absolue. Mais jusqu'ici la déesse refusait de l'habiter quand elle en avait le plus besoin. Elle restait silencieuse, et Mena se trouvait contrainte de parler pour elle, ce qu'elle s'efforçait de faire de son mieux.

Tout d'abord, elle s'était crue déficiente. Le grand prêtre avait affirmé que la déesse la mettait simplement à l'épreuve, car c'était une maîtresse exigeante et rude. C'était une simple affaire de temps, avait-il dit, mais Maeben finirait par vivre réellement en elle à tout moment, et pas seulement pendant la frénésie des cérémonies. Si le phénomène tant attendu ne s'était pas encore produit, Mena avait pris de plus en plus d'assurance. Autour d'elle tous semblaient croire totalement à son incarnation, et d'habitude cela suffisait à lui remonter le moral. Mais aujourd'hui, elle le savait, les choses seraient quelque peu différentes, et elle ne pouvait s'empêcher de redouter la rencontre imminente.

Un peu plus tard, elle s'assit sur le siège pareil à un trône, dans l'antichambre du temple. Vaminee, le grand prêtre de l'ordre de Maeben, était debout à côté d'elle. Il avait la peau sombre et si lisse qu'on ne pouvait lui donner un âge précis, même si Mena savait qu'il tenait ce poste depuis plus de quarante ans. Il portait une ample robe qui tombait en plis diaphanes de ses épaules, et il conservait une telle immobilité qu'on aurait pu croire à une statue. Ce n'était pas la première fois qu'ils attendaient le commencement d'un face-à-face de ce genre. Pour tout dire, ils avaient partagé ce même silence à trois reprises durant ces dernières années.

Le jeune couple entra, flanqué de prêtres de rang inférieur. Tête baissée, mains tendues devant eux avec les paumes ouvertes tournées vers le ciel, ils s'approchèrent lentement. Mena nota à quel point ils paraissaient chétifs. C'étaient encore des enfants, ou presque ! Comment avaient-ils pu avoir – et perdre – une fille ? Ils s'agenouillèrent au pied de l'estrade.

— Qui êtes-vous ? interrogea Vaminee sans préambule. De quel endroit ? Quelles circonstances ?

Ce fut le père qui répondit, d'une voix haut perchée étranglée par l'émotion. Ils venaient de l'intérieur des terres, d'un village dans les collines. Lui chassait les oiseaux pour les plumes utilisées dans les cérémonies, elle tressait des paniers et divers objets avec des fibres de palmier, qu'ils vendaient ensuite sur le marché de Galat. Leur fille, Ria, avait été une enfant très gentille, au visage rond comme sa mère, plutôt timide. Ils l'aimaient plus que tout. Le père aurait donné son âme sans hésiter pour la retrouver. Il ne pouvait comprendre pourquoi...

— Vous avez un autre enfant, dit Vaminee. Un garçon, le jumeau de la fille. Soyez-en heureux.

— Et nous en avons eu un autre avant cela, dit le père qui tenait à bien se faire comprendre. Nos enfants sont arrivés tous les trois en même temps. Nous avons perdu le premier lors de l'offrande à l'étranger. Ils nous ont pris Tan. Alors pourquoi Maeben nous punit-elle de nouveau ?

Oh ! songea Mena, ils avaient déjà donné un enfant au Quota. Et maintenant ils en avaient perdu un deuxième !

Vaminee ne paraissait pas spécialement ému.

— Trois enfants d'un coup, c'est un butin trop précieux pour passer inaperçu. Mais dites-nous exactement ce qui est arrivé à la fille.

La mère se chargea de répondre. Elle montrait beaucoup moins d'émotion que son mari. Sa voix était comme son regard, terne et lasse, comme si elle avait dépassé le stade du chagrin et errait déjà dans un autre lieu. Elle marchait sur une crête en compagnie de sa fille, raconta-t-elle, et Ria traînait un peu en arrière, mais la fillette connaissait bien cet itinéraire. Sa mère l'entendait chanter, ou plutôt répéter encore et encore quelques paroles très simples. Et soudain sa voix s'était tue, comme éteinte en pleine phrase. La mère avait regardé en arrière, là où aurait dû se trouver son enfant, mais la gamine n'y était plus. Elle avait alors levé les yeux vers le ciel et avait aperçu les deux jambes de sa fille, puis le mouvement des ailes qui l'emportaient. Ensuite elle avait entendu ses battements puissants.

Les yeux de la mère croisèrent brièvement ceux de Mena avant de s'abaisser vers le sol devant elle.

— J'ai su alors que Maeben l'avait volée.

— Maeben ne vole rien, dit Vaminee. Ce qu'elle prend devient à elle à l'instant où elle le touche.

— J'avais pensé que Ria était à moi, dit la mère en relevant la tête. Elle est sortie de mon...

— Baisse les yeux ! s'écria Vaminee. Oublierais-tu où tu te trouves ? Tu penses que ton chagrin n'appartient qu'à toi. Tu te trompes ! Le chagrin appartient à Maeben. Ce que tu ressens n'est qu'une petite partie de ce qu'elle endure. C'est comme un simple grain de sable face à toutes les plages de Vumu. Maeben a pris ton enfant pour qu'elle lui tienne compagnie sur Uvumal. Un jour tu comprendras que c'est un cadeau, pour la fille comme pour toi. N'est-ce pas, ô Furieuse ?

C'était le moment tant redouté par Mena, le signal qu'elle devait maintenant entrer dans l'échange. Elle se leva et s'avança vers eux, bras levés, ailes déployées comme pour prendre son envol. Elle gardait le visage aussi impassible qu'elle le pouvait, alors même qu'elle cherchait fiévreusement les mots justes qui justifieraient les actes d'une déité colérique. Et elle ne les trouvait pas. Elle fut soudain consciente de la monstruosité qu'était son masque, avec ce bec énorme. La honte de ce qu'elle faisait lui serra le cœur.

Elle fit halte devant les parents qui avaient collé le front contre le sol. Elle remarqua le tatouage sur la main de l'homme, les vertèbres qui saillaient à travers la peau trop mince sur le dos de la femme. Comme elle aimait ces gens – tous les gens de Vumu ! Elle aimait leur apparence, l'odeur de leur peau et la forme de leur bouche quand ils riaient, cette grâce tranquille et naturelle dans leurs mouvements. Ces deux-là, devant elle à cet instant, représentaient tous les autres, tous ceux qui vivaient sous la tyrannie de la déesse qu'elle incarnait. Elle espérait qu'ils ne lèveraient pas les yeux vers elle. Ils n'y étaient nullement obligés. Ils pouvaient garder la tête penchée vers le sol et l'écouter justifier les actions de Maeben. Elle n'avait à prononcer que quelques phrases, juste assez pour leur rappeler que Maeben ne répondait devant personne de ses actes, qu'elle éprouvait toujours de la colère pour les affronts que l'humanité lui infligeait. Elle n'avait aucune raison de présenter des excuses, et ces deux-là – on le lui avait dit et répété – la remercieraient plus tard pour avoir montré une telle force devant leur chagrin.

Mais les paroles qui finirent par lui échapper la stupéfièrent. Elle ne s'adressa pas à eux en vumu. Elle utilisa cette langue dans laquelle il lui arrivait de rêver, la langue à demi oubliée de son enfance. Elle dit qu'elle était désolée pour eux, qu'elle pouvait seulement imaginer l'immensité de leur tristesse. Si elle avait pu tout changer, elle l'aurait fait. Elle leur aurait redonné leur fillette au visage rond. Sans la moindre hésitation.

— Mais je ne le peux pas, ajouta-t-elle. Maeben prend soin de votre enfant, à présent. Vous devriez chérir deux fois plus votre fils.

Vous avez fait une offrande à la déesse. À présent vos existences seront bénies et votre fils sera à jamais votre joie de vivre.

Plus tard, quand elle quitta la chambre de cérémonie, elle se demanda ce que le prêtre aurait fait s'il avait compris la langue qu'elle avait parlée. C'était déjà une très mauvaise chose qu'il l'ait entendue l'utiliser. Sans aucun doute la réprimanderait-il pour cela, mais elle n'était jamais aussi impressionnée qu'il le croyait. Parfois, quand il la sermonnait ainsi, elle s'imaginait tirant de son étui la vieille épée de Marah avec laquelle elle était arrivée sur l'île, et elle se voyait lui trancher la tête d'un seul mouvement. Elle se représentait très bien cette action, et même les jets de sang. Elle s'étonnait d'être capable de pensées aussi violentes, mais peut-être n'était-ce là que la résultante de tout ce temps consacré à symboliser la colère de Maeben.

Il était peu probable que ses paroles aient fait le moindre bien à ces parents éplorés. Ils n'avaient certainement rien compris. Était-ce une preuve de lâcheté de sa part ? Une confession incomplète ? Pourquoi était-elle toujours attirée vers cette langue dans les moments les plus difficiles ?

Elle était encore harcelée par ces pensées au soir, quand elle quitta le temple pour rejoindre ses appartements privés. Elle portait une robe très simple pour se protéger de la brise marine. Ses pieds nus foulaient le sable compact du chemin que les étoiles teintaient d'une couleur gris os. Des buissons bas frangeaient un côté de la sente qu'elle suivait sans porter de lumière, car elle la connaissait par cœur.

Elle s'immobilisa soudain : elle avait cru entendre quelque chose – un murmure, peut-être, quelque son inhabituel en ce lieu, et déjà enfui. Mais il n'y avait rien sinon ce calme proche du silence, la stridulation basse d'un insecte dans les broussailles, la fuite précipitée d'un rongeur apeuré par sa tension, l'aboiement lointain d'un chien, dans le village, là-bas, et l'écho étouffé de voix dans le temple. C'était tout. Plus elle tendait l'oreille et plus elle doutait d'avoir perçu un bruit anormal dans ce décor. Elle s'en était presque convaincue lorsqu'il y eut un bruissement distinct dans les buissons derrière elle.

Elle fit volte-face et découvrit la silhouette d'un homme qui sortait à découvert. Il avait dû se dissimuler dans la végétation jusqu'à ce qu'elle soit passée. L'inconnu était plus grand que n'importe quel Vumu du village. Il ne pouvait s'agir que d'un étranger à l'île, un marin ou un pillard, et certainement pas de quelqu'un qui lui voulait du bien. Pourquoi sinon l'aurait-il guettée dans l'obscurité ? Elle calcula la distance qui la séparait du village, envisagea même de contourner vivement l'homme et de foncer vers le temple. Elle pouvait aussi crier. En ce cas, combien de temps s'écoulerait avant que l'on vienne à son secours ? Elle ferma les poings et ses ongles mordirent ses paumes. Son cœur battait la chamade, mais le calme froid de la colère l'envahissait, et elle se sentit soudain plus déesse que lorsqu'elle avait porté la lourde tenue de Maeben, durant cette journée.

— Mena ? C'est bien vous, n'est-ce pas ?

Elle le comprenait très clairement, et un instant elle remarqua que son accent n'était pas celui des îliens. Puis elle se rendit compte d'autre chose. Il ne s'était pas exprimé en vumu. Il avait parlé… dans cette autre langue. Elle reconnut les mots et leur signification au moment même où elle s'étonnait de les entendre prononcer par quelqu'un d'autre. Il l'avait appelée par son prénom, détail que bien peu connaissaient sur cette île. Une seconde, elle crut s'être attiré la colère d'un démon. Peut-être la déesse voulait-elle la châtier pour avoir parlé dans cette langue étrangère ?

— Que me veux-tu ? demanda-t-elle en prenant soin d'employer le vumu. Je n'ai rien qui puisse t'intéresser, alors laisse-moi en paix. Je suis au service de la déesse. Sache que son courroux est prompt et terrible.

— C'est ce que j'ai entendu dire, répondit-il. Mais vous ne ressemblez pas vraiment à un aigle géant qui enlève les jeunes enfants. Non, vous n'y ressemblez pas du tout.

L'homme s'avança d'un pas. Elle recula d'autant, et il leva une main pour l'apaiser. Il y eut un bruit dans l'enceinte du temple. Alors que l'étranger penchait la tête, attentif, la clarté soulignant son profil permit à Mena de reconnaître le marin qui l'avait regardée avec insistance le matin même. Cette découverte la laissa plus perplexe qu'effrayée.

— Vous parlez le vumu comme une native de l'île, mais vous ne l'êtes pas, n'est-ce pas ? Dites-moi si je me trompe. Vous êtes Mena Akaran, de l'Arbre d'Acacia.

Mena secoua la tête, et répéta plusieurs fois qu'elle était « Maeben sur terre », mais pas avec assez de conviction pour l'interrompre.

— Vous avez pour frère Aliver, pour sœur Corinn. Votre plus jeune frère est Dariel. Votre père n'était autre que Leodan…

— Que me veux-tu ?

Ce n'était pas une question, mais une exclamation soudaine qui avait jailli de sa poitrine, le besoin impérieux de le faire taire, parce que les noms qu'il prononçait et la langue qu'il utilisait avec un tel calme n'avaient aucun effet calmant sur elle, bien au contraire.

— Vous me connaissez, Mena. J'étais le compagnon d'armes de votre frère, dans son groupe d'entraînement. Mon père était Athenos. Il tenait les dossiers pour votre père, dans la bibliothèque du palais. J'ai dansé avec vous quand vous aviez dix ans. Vous vous souvenez ? Vous m'avez marché sur les pieds et j'ai souffert le martyre. Dites que vous vous souvenez de moi. Je vous en prie, Mena.

Tout en parlant il s'était rapproché insensiblement. La lumière n'était pas plus intense, mais sa proximité soulignait ses traits. Elle ne se rappelait qu'en partie les faits qu'il décrivait. Ils se bousculaient dans son esprit et s'opposaient à la possibilité qu'il soit là et les décrive. Et pourtant elle connaissait ces traits. Elle revoyait le garçon qu'il avait été dans ces yeux, toujours aussi grands dans ce visage. Ses lèvres étaient entrouvertes, mais elle se remémorait leur dessin quand il souriait et que la malice transformait toute son expression.

— Princesse, dit l'homme en mettant un genou à terre, j'avais perdu tout espoir... Dites-moi que c'est bien vous, et que je ne fais pas erreur.

— Quel est ton nom ? demanda-t-elle avec un calme qui la surprit.

L'éclat de ses yeux était magnifié par la lueur des étoiles. Elle vit que quelque chose changeait en eux, et elle comprit qu'ils s'emplissaient de larmes.

— C'est moi, Melio, dit-il.

Chapitre trente-huit

À une époque, Rialus Neptos avait sincèrement cru que son gouvernorat de la Satrapie du Mein était la pire malédiction de toute son existence. Il détestait cet endroit gelé, peuplé de citoyens frustes qui représentaient le rebut de l'empire. Il bouillait de colère rien qu'en pensant au dédain avec lequel les Akarans le traitaient, à tel point qu'il avait été prêt à tout pour acquérir une meilleure situation. C'est ainsi qu'il avait fait appel à ses connaissances les moins recommandables dans tout Alécia – membres de sa famille, criminels, opportunistes de tout poil – pour préparer et déclencher toutes sortes de troubles au moment de l'attaque d'Hanish Mein. Il s'était réjoui du chaos qui s'abattait sur la cité. Pendant quelques jours il avait vécu dans un état d'euphorie totale devant le spectacle de l'ordre ancien qui était balayé. Il attendait l'avènement du règne des Meins, certain qu'il y aurait une place de choix.

Le sentiment de trahison n'en avait été que plus fort lorsque Hanish, dans une décision qui avait dû lui paraître une excellente plaisanterie, avait fait de Rialus son officier de liaison personnel avec Calrach, le chef de la horde des Numreks. Souvent, en pleine nuit, Rialus s'éveillait en hurlant de ce cauchemar où il revivait l'instant de sa nomination. Hanish avait souligné le fait que Rialus était un des premiers Acacians que les Numreks avaient rencontrés. Le chef mein affirmait que leurs alliés parlaient toujours avec chaleur de l'accueil qu'il leur avait réservé à Cathgergen. Rialus avait démontré sa force morale, son courage et son savoir-faire dans les négociations avec une peuplade aussi rude que les Numreks.

— Tu es l'homme de la situation, Rialus, disait-il. Cet honneur, tu l'as plus que mérité.

Rialus avait protesté avec énergie. Il ne savait rien de ces animaux ! Il n'était pas taillé pour ces régions froides du pays où ils devaient s'installer. Il aurait de beaucoup préféré un poste au cœur de la nation, à Alécia ou sur la côte, près de Manil. Peut-être pouvait-il servir Hanish en qualité de premier magistrat à Bocoum, ou à un poste équivalent ? Mais devenir l'intermédiaire avec les Numreks ? Il ne connaissait même pas leur langue. Il ne voulait pas paraître ingrat, bien sûr, s'était-il empressé d'ajouter, mais Hanish pourrait peut-être reconsidérer son affectation... Ces bêtes mangeaient de la chair humaine, tout de même ! Ce ne pouvait être le genre de compagnie qu'on souhaitait à un allié de sa valeur.

Par la suite, il regretta amèrement d'avoir osé protester. Maeander était présent, et il sembla beaucoup se divertir de ses arguments et de ses supplications. Rialus fut confirmé à son poste, et c'est ainsi que commença pour lui une nouvelle période misérable.

Il tira quelque satisfaction de voir que les Numreks ignoraient les directives d'Hanish quand celles-ci ne leur convenaient pas. Ils ne restèrent pas dans le Mein, ni même en Aushénie, comme ils s'y étaient engagés. Ils descendirent plus au sud et Calrach en personne installa sa cour dans une propriété le long de la côte talayenne. Là, au moins, Rialus retrouva le climat doux qu'il appréciait tant. Mais la chaleur du soleil sur sa peau fut bien peu comparée aux déboires qui peuplaient son quotidien.

À quoi les Numreks passaient-ils leur temps ? Quelle sorte de culture était la leur, et comment profitaient-ils des récompenses récoltées pour avoir aidé Hanish ? Eh bien, ils aimaient se laisser rôtir au soleil, comme si c'était là un but des plus raisonnables. Par beau temps, ils s'allongeaient nus sur le sable des plages, ne bougeant que pour rouler sur le ventre quand ils étaient restés trop longtemps sur le dos. Et ils sirotaient des boissons fraîches que leur apportaient des serviteurs acacians. Les jeunes accompagnaient toujours les adultes, qui les dorlotaient un instant pour les repousser violemment le suivant, sans raison précise.

Quand ils ne grillaient pas au soleil, ils se frappaient avec des bâtons courbes qui brisaient souvent des os, ou avec des lames qu'ils n'enfonçaient pas complètement, pour que les blessures ne soient pas fatales. Ils s'enorgueillissaient de leurs cicatrices. Rialus commit l'erreur de laisser paraître son horreur devant de telles blessures, et chaque jour on le forçait à contempler les plaies les plus atroces. Les Numreks épiaient sa moindre réaction de dégoût et s'en réjouissaient grandement.

Il commit un autre impair en observant les jeux de lancer auxquels les Numreks aimaient s'adonner. Le principe en était des plus simples : un esclave était forcé à une course d'obstacles tandis qu'un guerrier lançait une série de javelots vers lui. Rialus eut la bêtise de déclarer qu'il trouvait ce spectacle amusant. En réponse, Calrach l'invita à jouer. Comme coureur. Il le souleva de son siège, brandit un javelot et lui dit en souriant :

— Le tout, c'est d'être chanceux.

Rialus n'avait jamais couru aussi vite de toute sa vie. Son cœur battait si fort qu'il avait l'impression que les autres pouvaient le voir cogner contre sa poitrine. À chaque instant il sentait le souffle de la mort. Les javelots sifflaient derrière lui à chacune de ses foulées. Il était sûr qu'il allait mourir ou passer le peu de vie qui lui resterait empalé sur une pointe d'acier. Mais aucun projectile ne le toucha. Et c'est seulement quand son cœur eut assez ralenti qu'il perçut un léger brouhaha, celui de Calrach et ses compagnons, rendus presque aphones par l'hilarité. Le chef numrek n'avait jamais voulu le transpercer. Pour eux, ce n'était qu'un jeu. Tout était un jeu, et malgré ses efforts Rialus n'avait pu s'empêcher de se ridiculiser à leurs yeux.

— Oui, Neptos, oui ! s'écria un des lieutenants de Calrach. Très amusant. Tu as raison !

Ils ne montraient aucun penchant pour l'art ou la culture, pour la peinture ou la sculpture, la poésie ou l'histoire. Ils n'y voyaient aucun intérêt. En fait, le caractère primitif de leur nature dépassait de très loin tout ce que Rialus avait pu observer jusqu'alors. Ils n'avaient aucune pudeur, et n'étaient nullement gênés par les fonctions naturelles du corps. Ils mangeaient, rotaient, pétaient, déféquaient, forniquaient ou se masturbaient au vu et au su de tout le monde, quels que soient le sexe, l'âge ou le statut des éventuels témoins. Rialus les divertissait beaucoup quand il cherchait à s'isoler pour faire ses besoins, et il finit par y renoncer. Parfois il se demandait si les Numreks appartenaient réellement au genre humain. Neuf années en poste avec eux ne lui avaient pas encore permis de répondre définitivement à cette question.

Avec le temps, il avait appris leur langue, qui était très singulière. Les vocables les plus simples impliquaient des contorsions de la langue combinées à des inhalations et des inflexions gutturales venues du fond de la gorge.

Le soir que Calrach choisit pour lui accorder sa première mission officielle débuta comme n'importe quel autre soir de banquet. Sur l'idée malicieuse de quelqu'un, sans aucun doute, Rialus se trouva placé entre deux jeunes femmes, des concubines qui n'étaient liées à aucun mâle en particulier. Elles ne différaient pas tellement des éléments masculins de la horde, à vrai dire. Elles se frottaient souvent contre lui, se penchaient pour saisir un morceau de nourriture, et lui tâtaient sans vergogne les flancs et les cuisses de leurs doigts épais.

Le pire dans cette situation, c'était que ces femelles excitaient Rialus. Il n'y comprenait rien et détestait cette réaction, mais à la vérité il était assis de façon fort inconfortable autour d'une rigidité presque douloureuse. Les femmes dégageaient une odeur, un parfum sirupeux évoquant celui d'un fruit trop mûr. La senteur n'avait rien d'agréable, mais elle recelait une invitation douceâtre aux excès charnels. Rialus dut endurer la présence repoussante et excitante de ces femmes pendant toute la soirée, et ce fut pour lui une torture très déstabilisante. Calrach paraissait très bien comprendre son trouble, et s'en réjouir, naturellement. Le chef ne cessa d'observer et de commenter les défauts de Neptos.

— Rialus, tu ne touches pas à ton assiette, disait-il. Comment est-ce possible ? Tiens, goûte donc ce plat.

Un serviteur plaça un bol rempli devant lui. Calrach expliqua qu'il s'agissait d'un ragoût d'intestins de rhinocéros fermentés dans le lait des femelles de la même espèce et conservé dans des tonneaux pendant des mois. Avant d'être servi, il était largement arrosé d'un alcool très fort.

Il regarda Rialus approcher une cuillerée du brouet de ses lèvres.

— Peut-être que ton estomac est trop faible pour ça, comme le reste de ta personne, dit-il d'un ton enjoué.

Sur la gauche de Rialus, la femelle ajouta .

— Il n'y a qu'une partie de sa personne qui n'est pas trop faible, en ce moment...

— Tu as encore beaucoup à apprendre sur mon peuple, déclara Calrach. Un an encore, ou un peu plus, et tu seras toi-même un Numrek. Et fier de l'être.

Il s'esclaffa de l'absurdité de ce propos, puis changea de sujet :

— Dis-moi, Rialus, penses-tu qu'Hanish Mein nous respecte ?

Nous autres Numreks, je veux dire. Nous, les élus. Ou qu'il nous insulte ?

— Je ne sais trop ce que vous voulez dire, fit prudemment Rialus.

— Il nous insulte ?

C'était chez Calrach un tic de langage que de répéter sa dernière phrase, comme pour démontrer que toutes les réponses et interprétations possibles étaient contenues dans les mots eux-mêmes, et qu'il suffisait à son interlocuteur de bien réfléchir.

— En quelle manière vous sentez-vous insulté ? éluda Rialus.

Calrach broncha comme un cheval mécontent, se gratta vigoureusement la joue, au point d'en faire tomber une pluie de peaux mortes.

— Ce n'est pas ce que je ressens. C'est ce que je renifle. Et c'est une odeur qui ne me plaît pas. Le père de mon père parlait parfois d'une telle odeur. Elle venait des Lothans, avant qu'ils ne se retournent contre nous et ne nous chassent de notre monde. Nous composions alors leur armée personnelle. Tu le savais, n'est-ce pas ? Nous avons été leurs alliés durant maintes générations, mais ils ont fini par se servir de nous d'ignoble façon. Si j'ai un souhait, Rialus, c'est de revenir un jour dans les Autres Contrées, et d'apporter aux Lothans une odeur nouvelle. Tu me comprends.

Rialus détestait quand le chef des Numreks parlait ainsi. Et Calrach le faisait souvent, particulièrement dans des circonstances où Rialus ne comprenait rien à ce qu'il disait. Mais il était inutile de chercher à comprendre. Calrach avait un discours elliptique auquel il fallait s'adapter. Il reviendrait plus tard au sujet qui le tracassait, si celui-ci était réellement important pour lui.

Les tambours retentirent, annonçant l'arrivée du plat principal. Ce soir devait être présentée aux convives une spécialité numrek inédite pour Rialus, et il se méfait toujours de ces occasions. Subitement la table devant lui fut soulevée par les serviteurs placés à chaque coin. La jeune femme à sa droite lui agrippa le biceps et ronronna quelque chose d'incompréhensible à son oreille, avec une expression de plaisir anticipé sur ses traits grossiers. À peine la première table avait-elle été enlevée qu'une autre fut déposée devant eux.

Juste en face de lui fut placée une douceur numrek appelée « tilvhecki ». Elle était de la taille d'un cochon adulte et affectait l'aspect d'une outre de peau gonflée au maximum, assez translucide pour laisser entrevoir son contenu, lequel semblait être constitué d'abats de diverses couleurs. Pour mieux expliquer les délices qui les attendaient, Calrach crut bon de préciser que l'apparence de ce mets était en accord avec le reste. Le tilvhecki était le nom qu'ils donnaient à l'agneau. Lors de leur exil dans les Champs de Glace, ils n'avaient pas eu d'agneau à disposition et s'étaient donc trouvés privés de ce régal pendant une très longue période. Comme souvent chez les Numreks, la recette recourait aux phénomènes de fermentation et de putréfaction. Tout d'abord, la viande et les viscères d'un jeune agneau étaient laissés exposés à l'air libre pendant plusieurs jours. On baignait ensuite les morceaux dans les fluides corporels de l'animal additionnés d'épices et de vin. Quand l'ensemble grouillait convenablement de vers, on le cousait dans la peau pour qu'il fermente encore. Finalement on le cuisait et on le servait bien chaud, comme maintenant.

Calrach en personne se chargea d'inciser la chose. Dès que la pointe de son poignard perça l'enveloppe de peau, le contenu se déversa. La vue des chairs amollies et tachetées qui s'épanchèrent mollement de l'entaille provoqua un début de nausée chez Rialus. La puanteur qui le frappa était d'une telle puissance qu'il eut l'impression d'avoir la tête subitement plongée dans des latrines. Il aurait vomi sur place s'il n'avait depuis déjà longtemps perfectionné l'art de respirer par la bouche, ce qu'il fit par petites goulées, en gardant son nez obturé.

Le visage de Calrach se tordit en un rictus qui découvrit le désordre horrible de sa dentition.

— Dis-moi, Neptos, penses-tu que nous sommes des créatures répugnantes ?

Rialus répondit comme il savait devoir le faire, et affirma qu'il ne les trouvait pas répugnants du tout. Satisfaite de cette réponse, une des femelles qui l'encadraient lui servit une part abondante de tilvhecki. L'autre lança d'une voix forte quelque chose à la cantonade. Tous les Numreks présents se tournèrent alors vers lui, dans l'expectative. Rialus se mit alors à plaider qu'il avait déjà fort bien mangé et qu'il ne pouvait avaler une bouchée de plus. Il agrémenta son plaidoyer de gestes explicites, mais personne n'accorda la moindre attention à ses protestations.

— Mange ! Mange ! manges-en ! cria une voix.

L'exhortation fut reprise, et bientôt tous lui criaient la même chose, en un chœur assourdissant. Plusieurs convives s'approchèrent et se penchèrent vers lui, jusqu'à ce que leur haleine putride caresse son visage.

— Allez, mange ! Mange !

Finalement, se haïssant au moins autant qu'il haïssait les Numreks, Rialus éleva la cuillère au niveau de ses lèvres et fit glisser un morceau puant sur sa langue. L'exploit fut salué par des rugissements de joie. Rialus resta parfaitement immobile, mâchoire bloquée, avec la chose innommable dans sa bouche. Un autre Numrek, le frère du chef, vint alors se placer derrière lui. Il plaqua une main sur son front, une autre sous son menton, et força un mouvement de mastication. Cette initiative déclencha elle aussi une manifestation de joie tonitruante chez les autres convives. Ils roulèrent parmi les coussins en se tenant les côtes, comme s'ils n'avaient jamais rien vu d'aussi drôle.

Quand un semblant de calme fut revenu, le chef choisit de parler de choses sérieuses avec le petit homme. Il le fit en employant un ton qui poussa les autres à détourner les yeux et parler entre eux à voix basse.

— Rialus Neptos, écoute maintenant le message que tu vas porter à Hanish Mein. Et prépare-toi, car cela ne lui plaira sans doute pas. Nous aussi voulons un Quota. Compris ?

Rialus n'en était pas du tout sûr. Il se raclait toujours le palais de la pointe de sa langue pour en chasser le goût du tilvhecki.

— Le Lothan Aklun a un Quota, répéta Calrach. Les Numreks doivent avoir un Quota.

Sa logique sur le sujet ne semblait pas aller beaucoup plus loin. Rialus faillit lui demander pourquoi il désirait avoir plus d'esclaves. Ils en avaient déjà suffisamment pour subvenir à tous leurs besoins.

— Honorable Calrach, préféra-t-il dire, je suis sûr qu'il ne peut en être ainsi. Vous avez reçu un paiement plus qu'approprié pour vos services. Hanish n'appréciera pas que vous lui demandiez cela.

Calrach prit une expression offensée, une de celles qu'il avait apprises de Rialus lui-même.

— Je ne demande qu'une chose, gronda-t-il. Une seule chose. Qui peut refuser *une* chose ?

Puis son regard erra sur la table encombrée, et il ajouta, avec un léger changement dans le ton :

— Enfin, une chose jusqu'à ce que j'aie pensé à une autre...

Apparemment, la réflexion était publique et assez humoristique pour ressembler à une plaisanterie numrek. Rialus reçut une claque retentissante entre les omoplates, et il resta assis là, piqué au vif par le geste, comme toujours la risée de tous. Cela ne pouvait durer. Il devait bien exister un moyen pour lui d'améliorer sa vie. Il le fallait. Et il le trouverait, ou bien il mourrait en le cherchant. Il détestait vraiment Hanish Mein, cet être suffisant et ingrat. Et Maeander... Non, mieux valait ne pas penser à lui. Même dans sa nouvelle langue, il n'existait pas de mot assez fort pour exprimer sa haine. Il se jura qu'un jour, les deux frères regretteraient d'avoir attisé la colère de Rialus Neptos.

CHAPITRE TRENTE-NEUF

OLIVER REGARDA LA PIERRE SE CHANGER EN CHAIR avec une sorte d'acceptation muette, comme si le simple fait d'assister à un tel prodige le rendait banalement possible. Il n'y avait pas de terreur. Pas de confusion. D'un point qui semblait hors de son propre corps, il vit les rochers de granite s'étirer en des êtres vaguement anthropomorphes. Chacun se tenait sur deux jambes pareilles à des piliers, balançait ses bras depuis l'articulation des épaules, et tournait vers lui une tête avec deux trous noirs à la place des yeux. Ils se mouvaient avec une fluidité lente. Ils l'approchèrent à la manière de fossoyeurs de roc et de terre, venus nettoyer son cadavre avant d'en disposer. Car c'était bien ce qui se passait, n'est-ce pas ? Il était en train de mourir ici, dans le Sud profond, brûlé par le soleil, vaincu. Il devenait aussi sec que le sable sous lui, et à présent les êtres minéraux sortis de la terre venaient réclamer sa dépouille. Il se demanda pourquoi personne ne lui avait jamais expliqué tout cela. Il n'était fait mention nulle part d'un semblable phénomène dans les écrits concernant les esprits qu'il avait pu lire.

Ces entités de pierre animée l'entourèrent et refermèrent leur cercle sur lui. Elles glissèrent leurs bras sous lui et le soulevèrent dans l'air. Son poids ainsi partagé, elles le transportèrent au-dessus de la terre. Il avait l'impression de flotter. Sa tête se renversa en arrière et pendant un temps il observa les soubresauts d'un monde retourné. Il crut qu'elles parlaient, mais une fois de plus il n'aurait pu le jurer. Quelque chose passait cependant entre elles, plus semblable à des souffles exhalés qu'à un langage articulé.

Il lui fut impossible de savoir combien de temps et sur quelle distance ils le portèrent. Il comprit néanmoins que la terre tournait sous lui. Il vit le soleil passer dans le ciel, puis les étoiles scintiller et s'éteindre, mais il ne traduisit pas ces éléments par le passage du temps ou le sens du mouvement. Ce n'était pas une expérience qui se mesurait en moments écoulés, plutôt un instant qui se fondait dans le suivant avec une telle douceur qu'il en résultait une sorte de constance globale. Il n'y avait pas d'avenir, de présent ou de passé. Tous ces concepts ne faisaient plus qu'un. Il oublia qui il était. Son existence et ses pressions n'avaient pas de substance. Plus que n'importe quoi d'autre depuis sa présentation à ses sauveurs, cela devait le hanter plus tard, comme une promesse accrochée à l'extrémité de la vie.

Quand il revint à la véritable conscience, ce fut grâce à un autre contact. Quelqu'un prononça son nom, son prénom puis celui de sa lignée familiale. La voix lui demanda de s'éveiller et de s'expliquer. Il était venu à eux – pourquoi ? Il sentit une pression s'exercer sur son sternum, avec une force suffisante pour lui arracher un gémissement. Il ouvrit les yeux.

Au-dessus de lui, le ciel nocturne. Une voûte noire sous laquelle une gaze de nuages d'altitude ondulait, délimitée par le rebord d'un grand bol de pierre rouge pâle. Il voulait contempler les alentours et tenter de deviner où il se trouvait. C'était peut-être le monde des morts, après tout. Au prix d'un effort long et douloureux, il s'assit. Quelqu'un était dans la même position juste à côté de lui, jambes croisées, dans une parfaite immobilité. À première vue, il s'agissait d'une forme humaine, usée et âgée, sculptée dans la pierre et peut-être si ancienne qu'après avoir été rabotés durant des éons par le vent sableux, ses traits s'étaient presque effacés et des creux s'étaient formés aux endroits moins durs. Les yeux étaient doux et conservaient une vague indication de couleur, comme s'ils avaient jadis été peints d'une teinte vive dont il subsistait quelque résidu. La statue était assez proche pour qu'il la touche, et Aliver crispa les doigts avec le désir de le faire.

Dans le visage, les paupières clignèrent. Les lèvres saillirent, comme une carpe qui aspire l'eau, puis se figèrent. Aliver sentit une pensée pénétrer son esprit, et il lui fallut un moment pour l'organiser en mots, un autre pour les disposer en phrases qu'il comprenait. Il sut – sans saisir pourquoi – que le message émanait de la forme vivante à côté de lui. Elle disait son plaisir de le voir reprendre conscience. Les autres allaient venir, car tous voulaient *savoir*.

Le jeune homme ouvrit la bouche pour parler. La statue leva un bras, dans un geste vif qui plaça sa paume ouverte dans l'air devant lui, pour le faire taire. *Attends.* Le sens puis le mot qui le portait se formèrent dans sa tête. *Laisse venir les autres.*

Un frisson parcourut le corps d'Aliver. Il assista à une scène irréelle à laquelle il ne pouvait tout simplement pas croire. L'arène rocheuse dans laquelle il se trouvait s'emplit peu à peu d'autres silhouettes pareilles à celle assise auprès de lui. Elles étaient semblables à celles qui l'avaient porté ici. Il le savait ; pourtant elles étaient aussi différentes. Leurs mouvements étaient difficiles à cerner. En tant qu'êtres physiques, ils donnaient l'impression de ne jamais bouger, et cependant l'air grouillait de mouvements, comme si de nombreux spectres traînaient leur corps immatériel dans ce monde et ne devenaient visibles que lorsqu'ils cessaient de remuer. Même quand ils furent assis autour de lui, figés de nouveau, Aliver ne put distinguer leur visage et leurs traits individuels qu'en les regardant directement. Mais, dès que son regard glissait de côté, ils reprenaient l'apparence de ces statues patinées par les intempéries qu'il avait d'abord cru voir, tout en arrondis anciens. C'est ainsi qu'il se trouva assis au milieu d'êtres de pierre fantomatiques, qui tous n'avaient un visage que s'il le scrutait avec attention, un masque qui ne trahissait la vie que par intermittences.

Pardonne-nous, mais nous devons savoir... As-tu le livre du Parler du Dispensateur ?

Une fois encore, il dut ordonner les mots pour interpréter le message. Il était exprimé par un ensemble de voix, mais Aliver sentait déjà comment lui donner une signification. Il commença à répondre :

— Le livre de...

Mais les mots sonnaient monstrueusement, comme des rochers s'entrechoquant, ou comme s'il les avait hurlés à pleins poumons. Il vit que les êtres autour de lui pensaient de même. Ils parurent refluer telles des plantes aquatiques oscillant après le passage d'une vague.

Celui qui s'était trouvé auprès de lui au début eut soudain la main posée sur l'épaule d'Aliver.

Notre roi, ne parle pas ainsi, de grâce. Parle avec ton esprit. Pense à ce que tu veux que nous sachions, et ensuite envoie-nous cette pensée.

C'était là une requête pour le moins étrange, mais Aliver savait que lui-même avait déjà entendu leurs pensées par l'esprit. C'était pourquoi cet endroit était plongé dans un tel silence. C'était pourquoi leurs paroles semblaient naître dans son propre crâne. Il se concentra pour formuler une réponse, avec maintenant la crainte que toutes ses pensées, ses faux pas et ses erreurs ne leur soient transmis. Quel personnage chaotique il leur révélerait ! Mais ils attendirent, paisibles, leur visage inchangé, empreint d'une avidité figée. Il était clair qu'ils n'avaient pas accès à ses pensées s'il ne le leur accordait pas.

Après un temps de concentration, il forma une pensée dans son esprit, avec le plus de netteté possible, et la projeta vers l'extérieur : *Quel est ce livre* ?

Les visages qui l'observaient furent pris d'un nouveau mouvement de balancier, mais vers lui cette fois. Il reçut une réponse issue de plus d'un seul esprit. Le livre était *Le Chant d'Élenet*. C'était le texte qu'Élenet avait rédigé de sa propre main, et dans lequel il définissait chaque mot de la langue du Dispensateur.

De grâce, dirent-ils, *révèle-le nous*.

Aliver resta assis dans le silence pendant un long moment. Que se passait-il ici ? Il avait presque envie de se gifler pour se réveiller de ce rêve, mais il se demandait aussi si ces êtres n'étaient pas les gens veules de l'après-mort, et s'il ne subissait pas là la réception réservée aux nouveaux venus. Il semblait qu'ils lui demandaient le secret permettant de regagner la vie, une connaissance qu'il savait ne pas détenir. Mais au-delà de tout cela une autre pensée s'imposa à lui. Il effaça tout le reste et lui donna forme.

Êtes-vous le Santoth ?

Dans un même mouvement toutes les têtes autour de lui – une centaine, peut-être deux fois plus, car leur nombre croissait à chaque instant – acquiescèrent. Les visages de pierre se craquelèrent sur des sourires.

C'est là le mot qui nous désigne, répondirent-ils à l'unisson.

Très bien, songea Aliver. *C'est là le mot qui vous désigne. Mais, par le Grand Dispensateur, que vous est-il arrivé* ? Il ne laissa pas ces pensées lui échapper, et les visages grimaçants et figés ne montrèrent aucun signe de compréhension. Ils attendaient la suite. Aurait-il l'énergie nécessaire ? Ne devrait-il pas manger quelque chose ? Se désaltérer ? Mais son corps ne lui posait pas de problème Il n'avait plus faim ni soif, même s'il ne se souvenait plus de la dernière fois qu'il avait avalé quelque chose. Il eut un regard circulaire et s'appliqua de son mieux. Il ne pouvait pas tout demander Il lui fallait commencer quelque part.

Le Chant d'Élenet. *Dites-m'en plus sur lui*.

Ils le firent, et avec gratitude. Plus tard, Aliver serait dans l'incapacité de dire combien de temps avait duré son entretien avec le Santoth. C'était moins un dialogue qu'une communion en spirale. Il n'apprit rien de façon linéaire, mais en assemblant les révélations il obtint quelque chose qui ressemblait à une légende, née dans des esprits désœuvrés pour s'occuper et expliquer les maux du monde. C'était sans doute ce qu'il en aurait dit, dans sa jeunesse. Mais, dès l'instant où il avait vu les rochers se lever et marcher, sa jeunesse avait été irrémédiablement derrière lui. Et voici ce qu'il apprit du Santoth :

Le Chant d'Élenet était l'encyclopédie de la langue du Dispensateur. Dans ce livre était inscrite la vérité parlée du monde entier. En dépit de ses nombreux manques et des grandes erreurs qu'il commit en pratiquant la sorcellerie – c'était le terme le plus approprié pour décrire l'usurpation par un humain du langage divin –, Élenet était avide d'apprendre et méticuleux dans sa façon de noter ce qu'il découvrait. Comme le disaient les légendes, il vécut à une époque où le Dispensateur parcourait la terre, et il le suivit. Il écouta et apprit les chants dans la langue de la création. Chaque mot qu'il vola à la bouche du dieu, il l'écrivit dans un alphabet de sa propre invention. Pour les rares personnes capables de le déchiffrer, il donnait toutes les instructions précises permettant d'utiliser la magie dans ce monde. C'était un manuel expliquant la formation et le modelage de la Création, et c'était aussi le document le plus dangereux jamais couché sur le papier.

Lorsque Élenet quitta ce monde pour en explorer d'autres, il confia son ouvrage aux soins des disciples du Santoth. Il ne dit jamais où il se rendait, ni dans quel dessein, mais il disparut de la surface de la terre, exactement comme le Dispensateur avant lui. Le livre passa de génération en génération, d'un Héraut à un autre. En ces temps anciens, ils étaient les gardiens du savoir. Rois et princes régnaient sur le monde, et le Santoth usait de sa magie pour lui conserver sa cohérence, en aidant à maîtriser le chaos dont les hommes semblaient si friands. C'était une responsabilité sacrée, et pendant des siècles ils ne pratiquèrent la langue divine que pour le bien du Monde Connu. Tout changea cependant quand un jeune Santoth nommé Tinhadin devint le gardien du livre.

Il le tint serré contre sa poitrine, dit le Santoth à Aliver, *et il ne le partagea pas avec nous.*

Tinhadin aimait le pouvoir du livre. Il l'étudia de façon approfondie, en écartant les autres de plus en plus souvent. Il devint prédominant au sein du Santoth et beaucoup plus fort que n'importe lequel d'entre eux. Un jour, il fut plus puissant que tous les autres réunis. Avec sa mainmise sur le texte, lui seul avait accès aux traductions fidèles, à la prononciation exacte et à la signification de chaque mot contenu dans la langue du Dispensateur. La plus légère variation en corrompait la magie, qu'elle affaiblissait ou dirigeait d'une manière que l'orateur n'avait pas voulue.

Et pourtant, les autres Hérauts du Santoth aimaient Tinhadin comme l'un des leurs. Il partageait son savoir avec eux, mais de plus en plus les mots du Dispensateur ne leur parvenaient que par son unique intermédiaire. Quand il entreprit de remodeler le monde, ils ne comptèrent pas leurs efforts pour l'y aider. Il voulait apporter la paix au monde, disait-il. Il y avait trop de chaos, trop de souffrance, un trop grand potentiel en l'humanité pour causer sa propre perte et retourner à l'état animal. Les autres soutinrent Tinhadin dans sa lutte pour prendre le contrôle du monde. Mais, avant qu'ils comprennent ce qui arrivait, Tinhadin les avait surpassés. Il plaça une couronne sur son propre front et se sépara d'eux.

Mais ce ne fut pas pour son bonheur, dit le Santoth. *Cela devint le plus lourd des fardeaux.*

Comme les hommes ordinaires avant lui, Tinhadin redoutait de perdre le pouvoir qu'il avait acquis. Mais surtout il s'épuisa à incarner aussi totalement la langue de la Création. C'était un sorcier doté du pouvoir de modeler le monde simplement en ouvrant la bouche. Mais, expliqua le Santoth, il trouva bien vite ce pouvoir trop difficile à maîtriser, et trop encombrant. *Imagine vivre une existence où les mots sortis de ta bouche modifient la trame même du monde autour de toi,* dit le Santoth à Aliver.

Tinhadin devint trop puissant, la magie prit une part trop grande dans le fonctionnement de son esprit. À certains moments il modifiait le monde rien qu'en pensant dans la langue du Dispensateur. Ou bien il employait la langue dans un rêve, et s'éveillait pour en découvrir les répercussions autour de lui. C'est pourquoi il se retourna contre le Santoth. Il se mit à détester sa propre magie. Il voulait vivre sans elle, mais il ne le pouvait pas dans un monde où d'autres sorciers travaillaient toujours avec leurs sortilèges. Il bannit alors le Santoth de l'empire. Ses membres ne partirent pas tous de leur plein gré. Il dut en affronter un grand nombre, qu'il détruisit. Les autres, il les força à l'exil. Ensuite il jeta sur eux tout ce qui lui restait de magie, sous la forme d'un sortilège qui devait les garder perpétuellement en vie, pris au piège dans ces contrées du Sud, jusqu'à ce que lui ou un de ses descendants ne vienne les libérer. Ce qui, bien sûr, ne s'était jamais produit, et les Hérauts du Santoth avaient vieilli jusqu'à devenir ces êtres avec qui Aliver communiait maintenant. C'étaient ceux-là mêmes que Tinhadin avait chassés, qui étaient toujours vivants – si l'on pouvait employer ce terme – et qui attendaient.

Quand le prince leur demanda s'ils connaissaient toujours la magie, ils répondirent par l'affirmative, mais ajoutèrent que leur savoir avait été tellement corrompu au fil des ans qu'ils ignoraient ce qui se passerait s'ils prononçaient les mots du Dispensateur. Leurs connaissances s'étaient muées en une malédiction dont ils devraient éternellement se garder. Sans le véritable savoir qu'on ne pouvait trouver que dans *Le Chant d'Élenet*, ils risquaient d'ouvrir une déchirure dans ce monde, déchirure qui ne serait peut-être jamais refermée. Ils avaient appris à parler comme les dieux, mais à présent ils craignaient eux-mêmes d'être des démons.

Maintenant que tu nous as entendus, fit la voix collective du Santoth, *dis-nous où est le livre. Nous souffrons sans la parole. Nous avons besoin des mots du Dispensateur, afin de redevenir entiers et bons.*

Aliver secoua la tête. Il ne voulait pas dire ce qu'il devait dire. Déjà il sentait une certaine paix parmi les sorciers. Il avait éprouvé leur souffrance avant même qu'ils ne la mentionnent. Il comprenait la terrible épreuve que constituait leur bannissement, et il ne se serait pas permis de douter de ce qu'ils lui avaient transmis. Hélas ! la vérité était simple.

Je suis désolé, dit Aliver. *Je n'ai pas ce livre.*

Le Santoth fut lent à réagir.

Ton père... il ne t'en a pas parlé ?

Non, il ne m'en a rien dit.

Chapitre quarante

Corinn s'efforçait d'afficher sa haine d'Hanish Mein pour que le monde entier en profite. Il était le plus grand ennemi de sa famille. Jamais elle ne l'oublierait, et jamais elle ne lui pardonnerait ses forfaits. Elle le détestait. Rien de ce qu'il pourrait faire ne changerait cette évidence. C'était un être odieux, un assassin à grande échelle ; plus tard, des gens plus aimables écriraient le récit de ses infamies.

Elle ne devait surtout pas perdre de vue cette perspective, car dans le cadre paisible de Calfa Ven, c'étaient des insultes d'une nature plus personnelle qui la piquaient le plus au vif. Pour dire les choses simplement, Hanish jouait avec elle, comme cette première nuit au pavillon de chasse. À certains moments il donnait l'impression de chercher à lui plaire – et de bien lui montrer qu'il faisait tout dans cette intention –, alors qu'à d'autres il n'avait pour elle qu'une indifférence blessante.

Ils étaient dans les montagnes depuis quelques jours quand il lui avait demandé de l'accompagner pour une promenade à cheval le lendemain après-midi. L'invitation avait été faite avec beaucoup de cérémonie, devant une foule de témoins. Le jour suivant, elle attendit à l'heure dite. Elle était fort joliment vêtue d'une tenue de cavalière crème, avec un chapeau de soie perché au sommet de sa tête. L'air printanier était frais, mais elle était certaine qu'il avait rosi ses pommettes à souhait. Elle découvrit qu'Hanish avait complètement oublié sa proposition. Il était parti chasser tôt le matin même, apparemment sans penser à elle. Rhrenna elle-même, son amie d'autrefois, ne put dissimuler son amusement devant la façon dont il l'avait rabaissée.

Mais quelle importance, après tout ? Les Meins étaient des gens mesquins dont l'un des plaisirs était d'humilier une race qui durant des générations avait prouvé sa supériorité sur eux. Qu'il s'amuse de ces petites méchancetés si cela lui chantait, il n'obtiendrait d'elle que mépris et condescendance. Elle n'éprouvait rien d'autre pour lui. Par chance, leur séjour dans les montagnes touchait à sa fin. Corinn avait compté les jours, car elle était impatiente de retourner en Acacia où elle pourrait mettre quelque distance entre elle et ce barbare qui se disait maître du Monde Connu.

Curieusement, pourtant, quand un serviteur lui apporta un message d'Hanish, elle ressentit un fourmillement dans la poitrine et une accélération de son pouls qu'elle aurait interprétés comme des signes d'exaltation, n'étaient les circonstances. Il souhaitait sa compagnie cet après-midi, dit le messager, pour s'exercer à l'arc. Il la priait de ne pas le laisser esseulé. L'idée n'était pas déplaisante, se dit-elle : qu'il soit à son tour rejeté, dédaigné. Mais elle savait que son absence n'aurait pas cet effet. Hanish n'était pas facile à blesser. Et il trouverait un moyen de la punir au dîner. À tout prendre, un refus serait plus aisément tourné en ridicule qu'une acceptation, décida-t-elle.

Elle le trouva sur le terrain de tir à l'arc. Pour une fois il s'était délesté de sa suite, et n'était accompagné que d'un écuyer qui s'occupait des arcs et d'un garçon qui, à quelque distance dans l'herbe drue, attendait de retirer les flèches des cibles.

— Ah, Princesse ! s'exclama le Mein avec un sourire réjoui. Je commençais à douter... Viens m'enseigner ce que tu sais. C'est un sport noble, n'est-ce pas ? J'ai cru comprendre, aux dires des serviteurs, qu'enfant tu étais habile archer.

— Il se peut que je l'aie été, mais aujourd'hui je ne suis pas plus archer qu'enfant.

Il lui offrit l'arc que l'écuyer venait de lui présenter.

— Ah ! tu as raison au moins pour moitié. Laisse-moi juger de l'autre.

Corinn prit l'arme. Le bois de frêne poli était agréable au toucher, la courbe des branches familière, l'ensemble aussi léger que s'il était fait dans un os d'oiseau géant. Elle fit courir ses doigts le long de la corde tendue. Elle examina l'arc un moment avant de faire signe pour avoir une flèche.

Elle l'encocha, la mit en place et leva l'arc pour viser la cible. Elle tenait l'arme avec aisance, et ses doigts se positionnèrent l'un après l'autre. Elle gardait le dos droit, mais sans raideur, comme on le lui avait enseigné des années auparavant. Elle savait qu'Hanish s'était interrompu pour l'observer. Elle n'en avait cure. Elle choisit une cible triangulaire, située à quelque distance de l'endroit où le garçon se tenait. Elle ramena la main étirant la corde jusqu'à sa joue, la flèche glissant sur ses doigts, et elle lâcha le projectile. La flèche fila dans l'air, parut disparaître, pour se matérialiser un instant plus tard, plantée près du centre de la cible.

Hanish poussa une exclamation. Il lui effleura le bras et lança quelque commentaire approbateur à l'écuyer, lequel abonda dans son sens. Corinn n'avait pas connu un tel plaisir viscéral depuis bien longtemps. La précision mortelle du tir, la puissance pointée sur la cible, le bruit sec de l'impact puis l'immobilité totale, la preuve visuelle de sa dextérité fichée là-bas... Ses doigts se détendirent d'eux-mêmes, claquèrent pour obtenir une autre flèche.

L'après-midi passa très vite. Hanish pouvait bien croire qu'il l'occupait agréablement avec ses questions et ses compliments, mais le plaisir ou la déception de Corinn dépendait du vol de chaque flèche. Le garçon qui les ramassait ne cessait de courir d'un bout à l'autre du terrain. Il avait un sourire de côté, et un de ses yeux se désaxait régulièrement par rapport à l'autre. Mais il n'en restait pas moins de plaisante compagnie, et il semblait beaucoup s'amuser. Corinn décida qu'elle lui demanderait son nom avant de repartir.

— Il existe une légende candovienne au sujet d'un archer, dit Hanish alors qu'ils patientaient pendant que les cibles étaient remises en place et les flèches regroupées. J'ai oublié son nom. On le disait meilleur tireur de toute la contrée, d'une précision absolue en toutes circonstances. À cette époque les Senivales et les Candoviens étaient en désaccord sur le tracé de leur frontière commune. Lors d'une réunion des tribus organisée pour résoudre ce problème, un Senivale mit l'homme au défi de prouver sa supériorité à l'arc. Était-il vrai qu'il pouvait transpercer une olive à une distance de cinquante pas ? Bien sûr, répondit le Candovien, c'était la stricte vérité. Le Senivale lui demanda alors de le démontrer, mais le champion candovien refusa. Il déclara qu'aucune olive ne l'avait jamais offensé, mais qu'il serait heureux de crever l'œil d'un Senivale à cent pas. Il ne toucherait que l'œil, promit-il. Si la pointe de sa flèche sortait même de très peu de l'orbite, il reconnaîtrait qu'il n'était pas le meilleur tireur du pays. Personne n'accepta sa proposition.

Deux oiseaux huppés survolèrent les arbres et firent le tour du champ de tir sans prêter attention aux humains. Corinn imagina l'un des deux abattu en plein ciel tandis que l'autre poursuivait ses évolutions.

— Où voulez-vous en venir ? demanda-t-elle.

— Nulle part. Parfois les histoires n'ont d'autre but que de divertir. Sais-tu, Corinn, que je sacrifierais un doigt de ma main droite pour te voir plus heureuse ?

— Mon bonheur n'est pas à un prix aussi léger.

Hanish eut une grimace désabusée, comme une marque de respect pour la morgue de la jeune femme, mais qui disparut très vite de son visage. Il encocha une autre flèche.

— En fait, Maeander pourrait probablement toucher une olive à cinquante ou même cent pas. Il excelle dans tout ce qui touche au combat. Il m'impressionne fort, je n'ai pas honte de le dire.

Corinn doutait qu'Hanish fût impressionné par quelqu'un d'autre que lui-même, mais elle avait remarqué l'absence de Maeander au pavillon de chasse et elle s'interrogeait.

— Où est votre frère ? Occupé au loin, à quelque massacre ?

— Bizarre que tu poses la question. Sa mission a un rapport direct avec toi. Il est parti à la recherche de tes frères et de ta sœur. Je sais, je sais : tu n'admettras même pas qu'ils sont toujours en vie. Mais s'il les retrouve, il te les ramènera. Je suis sûr que tu sauras en éprouver un peu de gratitude.

Elle ne savait que répondre. Les livrerait-il empalés ? Chargés de chaînes ? Ou pourrait-elle vraiment leur parler et être de nouveau avec eux ? Partageraient-ils cette étrange captivité avec elle, comme Hanish l'avait toujours promis ? S'il en était ainsi, cela ne ressemblerait presque plus à la captivité. Mais elle ne devait même pas envisager cette possibilité. Elle n'y croyait pas réellement. Hanish se moquait d'elle. Si elle tombait dans le piège, elle ne ferait que l'aider à échafauder une autre plaisanterie cruelle. Depuis la maladie et la mort de sa mère, elle savait qu'il fallait se défier du monde entier. Les personnes aimées vous étaient toujours ravies. Vos rêves systématiquement anéantis. C'était la vie telle qu'elle la comprenait.

Le garçon se tenait toujours sur le terrain, près des cibles, mais l'écuyer revint vers eux, une brassée de flèches dans les mains. Corinn préféra changer de sujet, même si son propos n'était pas totalement anodin.

— J'ai vu un homme de la Ligue des Vaisseaux au palais, dit-elle. Celui qui porte une broche décorée d'un poisson en turquoise.

Hanish décocha sa flèche. Un tir médiocre. Il abaissa lentement son arc, l'air sombre.

— C'est un marsouin. Pas un véritable poisson, à ce qu'on m'a dit. Enfin, c'est l'emblème de la Ligue. Il s'appelle sire Dagon. C'est un Ligueur de haut rang. Il ne répond qu'à sire Revek, le président.

Sire Dagon. Oui, c'était son nom. En l'entendant, Corinn se souvint qu'elle l'avait connu quand elle n'était encore qu'une enfant. Elle ne l'avait jamais apprécié, à cause de son apparence, sa voix, son arrogance mêlée d'onctuosité. Il s'était trouvé au pavillon de chasse lors d'un de leurs séjours ici. Ce devait être pourquoi elle avait continué à penser à lui sans jamais parvenir à le situer exactement.

— De quoi lui avez-vous parlé ?

— Négoce, commerce. C'est le domaine de la Ligue.

— Ont-ils trahi mon père ? Vous ont-ils encouragé à nous attaquer ? Dites-moi la vérité, que je sache si la prochaine fois que je croise Dagon je devrai cracher à son passage.

Hanish encocha une autre flèche, visa et tira. Mieux cette fois, près du centre d'une des cibles les plus éloignées. Le garçon poussa une exclamation de félicitation et leva un poing comme si c'était là un succès personnel pour lui. Hanish l'ignora. Il répondit à Corinn sur un ton inhabituellement guindé :

— La Ligue ne prête allégeance à rien ni personne, Corinn. Son seul objectif concerne l'acquisition de richesses. Mais puisque tu poses la question... Elle a nourri des griefs envers ton père pendant la majeure partie de son règne. Les Ligueurs ont conclu un pacte avec nous. Si nous, les Meins, lancions une guerre terrestre contre Acacia, et que celle-ci paraissait susceptible d'être un succès, ils retireraient leurs vaisseaux et n'apporteraient aucun soutien maritime à ton père. Nous serions préparés à cette situation, et pas Acacia. Ton pays étant une île, l'offre était très alléchante. C'était une énorme erreur que de dépendre d'une entité commerciale pour votre marine de guerre, vois-tu. Bien sûr, je ne suis pas dans une meilleure position moi-même, à présent, mais je vais bientôt remédier à cette situation.

Corinn tira. Sa flèche percuta la cible juste à côté du dernier trait décoché par Hanish, si près que la pointe déchira une partie de l'empenne. Elle prit soin de ne pas se tourner vers lui.

— Et que leur avez-vous promis ?

— J'ai accepté de doubler le Quota, et donc de doubler leurs profits. Récemment, je leur ai dit qu'ils pouvaient s'installer dans les Îles du Lointain s'ils parvenaient à débarrasser l'endroit des pirates qui l'infestent. Voilà ce dont nous avons discuté, sire Dagon et moi.

— Hmm, fit Corinn, d'un air songeur et quelque peu sarcastique. Je n'avais pas imaginé une telle chose. Que vous et quelqu'un comme Dagon soyez assis à la même table et décidiez tranquillement du destin de milliers de gens. Quand vous concluez de tels accords, est-ce que cela vous excite ?

Hanish se pencha légèrement en avant, sans vraiment se rapprocher d'elle, mais dans une attitude qui indiquait que sa réponse n'était destinée qu'à elle, et à elle seule.

— Beaucoup, dit-il. Que veux-tu savoir d'autre ? Veux-tu que je te parle des esclaves que nous vendons et qui partent de l'autre côté de l'océan ? De la manière dont nous distribuons la brume que nous recevons en échange ? De notre façon d'abrutir les masses afin qu'elles s'échinent au travail pour nous sans jamais se plaindre ? Je te raconterai tout, Princesse, s'il te plaît de l'entendre. Je prétendrai même que tout ce système est de mon invention, et que ton père, ce cher Leodan, n'était pas le plus grand esclavagiste de l'empire, même avant que je ne vienne au monde.

Sa voix avait été feutrée, presque séductrice jusqu'à ces derniers mots, prononcés sur un ton glacial. La réponse de Corinn fut au diapason ·

— Je ne m'intéresse plus du tout à ces choses. Pourquoi n'allez-vous pas tuer quelque animal ?

Elle tendit l'arc à l'écuyer et tourna les talons pour s'éloigner.

— Tu souhaites chasser ? dit Hanish en lui saisissant le coude. Nous pouvons le faire ici même.

Il encocha une flèche, leva l'arc, mais il ne la pointa pas vers les cibles. Le garçon remarqua la flèche braquée sur lui et se dandina nerveusement sur place. Il regarda autour de lui comme s'il devait y avoir une cible toute proche qu'il n'aurait pas encore vue.

— Tu lui cries de courir, ou je le fais ?

— Vous n'oseriez pas... dit Corinn.

— Pourquoi donc ? Il n'est rien de plus que mon esclave. S'il meurt, c'est moi qui y perdrai.

Les muscles de son avant-bras saillirent sous l'effort, et les articulations de ses doigts blanchirent autour de l'arc.

— Non, Hanish, dit Corinn.

Elle savait qu'il le ferait. Il était sur le point de le faire. Ce n'était pas une plaisanterie, et en même temps c'en était une.

— Tu dis ça, mais à la vérité tu veux que je le fasse. Tu veux le voir transpercé et l'entendre hurler. N'est-ce pas ?

Il lui fallut un moment pour répondre. Elle ne savait pas pourquoi elle hésitait. Elle n'envisageait pas différentes réponses : il n'y en avait qu'une. Mais elle avait du mal à la formuler.

— Non, dit-elle enfin. Je ne veux pas ça.

— Mon garçon ! cria Hanish. Lève la main bien haut !

L'autre ne comprenait pas. Le Mein abaissa son arc et lui montra par le geste ce qu'il voulait de lui. Le garçon l'imita. Hanish lui ordonna alors d'écarter les doigts et de les garder ainsi.

— Bien, et maintenant ne bouge surtout pas !

— Arrêtez ça ! dit Corinn dans ce qui était plus un murmure que le cri qu'elle avait voulu pousser.

Il tira. Le garçon ne tressaillit même pas, ce qui fut une excellente chose pour lui, car la flèche fusa entre son majeur et son index, sans les toucher, pour aller se planter dans l'herbe quelque part derrière lui.

— Faut-il en déduire quelque chose ? lança Hanish en abaissant son arc. À toi de décider.

Il fit volte-face et s'éloigna, en laissant tomber l'arme au sol après quelques pas.

Corinn le suivit des yeux. Elle vit sa silhouette se fondre entre les troncs à l'écorce pâle et les feuillages qui semblaient applaudir avec un enthousiasme frémissant. Elle songea soudain qu'il avait raison à son sujet. Elle sentait la vérité émerger à la surface de sa conscience et l'obliger à voir l'évidence : une part d'elle avait voulu qu'il abatte le garçon. Pour quelle raison, elle était incapable de l'expliquer. Simplement pour démontrer que c'était possible ? Pour prouver que l'innocence supposée du garçon ne le protégeait de rien ? Ou pour voir la pointe de la souffrance propulsée dans l'air, décidée par une personne pour une autre d'un simple relâchement des doigts sur une corde tendue ? Pour assister à l'affirmation de la cruauté d'Hanish ? Peut-être y avait-il de cela, oui. Son ventre se noua à cette seule pensée, ce sentiment d'aversion intimement mêlé à celui d'une attirance diffuse. À quel jeu Hanish jouait-il avec elle, si c'était un jeu ?

Elle dut fournir un effort réel pour détacher son regard des arbres et le reporter sur le garçon qui se tenait toujours au même endroit. Il avait baissé la main, mais il restait là, comme s'il ne savait ce qu'on allait encore exiger de lui. Elle fut heureuse de ne pas lui avoir demandé son nom.

De retour au pavillon de chasse, et alors qu'elle était plongée dans ses pensées, elle eut la surprise de voir Peter, le majordome, qui apparut à son côté dans l'escalier. Il arriva vers elle comme un agresseur, surgissant de l'endroit où sans nul doute il avait guetté sa venue.

— Princesse, dit-il, vous n'êtes pas la jeune fille que je garde en mémoire.

Il s'immobilisa à quelques centimètres seulement d'elle. Jamais elle ne s'était trouvée aussi proche de lui depuis son arrivée, et sans personne d'autre dans les parages immédiats. Il eut une crispation étrange des muscles au niveau des sourcils, et elle faillit pousser un cri.

— Votre père aurait été fier de la façon dont vous résistez, dit-il. J'avais entendu parler de ce qui vous était arrivé, mais je ne le croyais pas jusqu'à votre venue ici.

Un instant il parut submergé par la tristesse, puis il demanda :

— Quand viendra-t-il, Princesse ? Dites-le moi et nous serons tous prêts à nous joindre à lui. Ici, nous vous sommes tous restés loyaux.

— Quand viendra *qui* ? rétorqua Corinn.

— Mais, votre frère, bien sûr ! Tous, nous prions le Dispensateur pour qu'Aliver revienne au plus tôt, et que sa vengeance balaie Hanish Mein de ce monde !

CHAPITRE QUARANTE ET UN

LORSQUE SON CHEVAL GRAVIT LES DERNIERS MÈTRES DE LA PENTE qui menait au sommet de la Bordure Méthalienne, Haleeven Mein put enfin sentir la proximité du foyer. Une brise tonique parut caresser les fissures de son visage grêlé, comme pour y chercher des signes familiers. L'air moite et fétide qui balayait ces terres charriait le parfum de décomposition qui était la signature de l'été mein. Il mit pied à terre, s'accroupit, agrippa l'herbe rêche et murmura une prière de remerciement à son neveu. Hanish lui avait fait un cadeau sans pareil en lui permettant de revoir sa terre natale pour la première fois depuis des années. Mieux encore, il était de retour pour entreprendre le transport qui apporterait enfin à leurs ancêtres une libération plus que méritée. Et, s'il éprouvait quelques appréhensions concernant certains aspects de sa mission, il s'efforçait de ne pas trop y penser. Une fois de plus, il jura d'accomplir le souhait le plus cher de ses ancêtres.

Le monde devant ses yeux était imbibé par le printemps. Les couches successives de neige avaient fondu et continuaient de le faire sous la chaleur hésitante d'un soleil oblique. Dans cette zone de hauts plateaux, la terre n'était qu'une épaisse couche grasse de tourbe. Détrempée comme une éponge, elle poussait des gargouillis sous chaque pas. Haleeven, son escorte de cavaliers et la longue théorie de recrues à pied derrière eux devaient emprunter un itinéraire précis, où la terre était assez tassée pour accepter leur passage. L'air bruissait des nuées d'insectes nouvellement venus à la vie, des choses minuscules qui ne semblaient rien aimer tant que se coller dans les yeux des gens. Elles envahissaient bouches et narines. Et elles piquaient.

Haleeven regarda les visages gonflés et rougis autour de lui. Plusieurs hommes protégeaient leurs lèvres avec une bande d'étoffe. D'autres ne cessaient de gifler leurs chairs et y étalaient leur propre sang dont les insectes s'étaient gorgés. Haleeven s'efforçait de demeurer imperméable à ces désagréments. Il laissait les boutons et les piqûres se multiplier sur sa peau, et son regard traduisait son mépris pour ceux qui montraient moins de maîtrise. Il ne prenait même pas la peine de regarder derrière lui les laboureurs étrangers, cette masse misérable. Il savait que beaucoup s'écrouleraient en chemin et succomberaient aux fièvres transmises par les minuscules agresseurs ailés.

Après quelques jours supplémentaires de marche en direction du nord, il put contempler les crêtes des Monts Noirs qui lacéraient l'horizon. Des rafales de vent dévalaient des sommets pour souffleter hommes et chevaux et repousser les nuées d'insectes dans l'oubli. Bientôt ils atteignirent les plateaux plus fermes des Hautes-Terres, une toundra parsemée d'herbe, royaume des rennes et des loups, des renards, des ours blancs et de ces bœufs arctiques que les Meins avaient domestiqués depuis bien longtemps. Le paysage était quasiment désert pour l'instant, mais Haleeven savait que tous ces animaux étaient quelque part hors de vue, juste au-delà de l'horizon. S'il avait eu le temps, il aurait éperonné sa monture et se serait perdu dans ces étendues sauvages qui avaient façonné son peuple.

Tahalian. Il s'étonna lui-même en constatant qu'il posait sur la forteresse un regard d'étranger, au moins en partie. L'endroit ressemblait à une créature morte depuis longtemps, comme la carcasse d'une bête en lambeaux, piégée des années plus tôt dans une cage de pins énormes, arrachés, écorcés et souillés. La moitié de la structure était recouverte par la neige, et l'on n'apercevait pas une tache de verdure. C'était un taudis gris-brun enfoncé par méfiance dans une terre qui jamais ne lui avait souri. Tel était Tahalian.

Haleeven franchit les portes dans un accueil qui pour être modeste n'en était pas moins chaleureux. Un jeune homme répondant au nom d'Hayvar, cousin d'Hanish, commandait temporairement la forteresse. Il était bien fait de sa personne, mince et, contrairement aux Meins imperturbables, il semblait vif et aux aguets. Il avait à peine fini d'étreindre Haleeven qu'il l'assaillait de questions. Comment allait Hanish ? Avait-il vraiment fait préparer une chambre sacrée pour les ancêtres sur Acacia ? À quoi ressemblait l'île ? Était-ce bien la récompense dont parlaient tous les soldats de retour au pays ? Les femmes avaient-elles toutes la peau olivâtre, le visage ovale et de grands yeux ?

— Je suis heureux de pouvoir bientôt m'en rendre compte par moi-même, dit-il. Je repartirai avec toi. Hanish m'a donné son accord. J'ai un message de sa main qui le prouve. Il veut que nous soyons tous rassemblés là-bas pour voir la malédiction levée.

Le jeune homme semblait trop impatient de quitter le pays natal, même si la raison en était parfaitement valable, jugea Haleeven. Mais il était jeune, et il avait eu le sentiment d'être privé d'un rôle actif dans le drame qu'avait vécu ce monde. Les soldats qui avaient navigué avec Hanish ou marché avec Maeander n'étaient-ils pas avides de voir les contrées situées au-delà des Hautes-Terres ? Hayvar n'était pas différent. S'il n'avait pas été un petit garçon au début de la guerre, il serait parti depuis des années.

Haleeven répondit donc à ses questions, même s'il prit soin d'employer un ton légèrement désapprobateur et de baisser les yeux vers sol quand il était obligé de décrire les beautés découvertes dans le monde extérieur. Il craignait de trahir quelque chose – sans trop savoir quoi – s'il croisait le regard d'Hayvar dans de tels moments.

Il le suivit sur les remparts de la forteresse. Ils contemplèrent la procession des ouvriers qui avançaient à contrecœur depuis le lointain. Le toucher rêche des troncs de pin sous ses paumes, l'odeur de résine mêlée à celle de pourriture, la vision de ce paysage en mosaïque, ces prairies cuivrées qui émergeaient des vieilles neiges, ce ciel bas et pommelé qui écrasait l'ensemble : ah, il était de retour chez lui !

Pendant quelques instants, il se laissa emporter par la nostalgie. Comment expliquer que ce paysage n'avait rien à envier aux eaux bleues scintillantes entourant Acacia ? Il n'aimait pas cet endroit pour ses douceurs et ses plaisirs, et il ne croyait plus que son peuple fût le meilleur de la terre. Il avait été témoin de bien trop de bravoure chez d'autres et vu trop de beautés dans des contrées étrangères pour adhérer encore à cette croyance étriquée. Il aimait le Mein simplement parce que... eh bien, peut-être parce que ce pays avait besoin d'être aimé. C'était probablement une explication insensée, mais c'était la seule qu'il trouvait. Même s'il avait disposé des mots appropriés pour s'exprimer, il doutait que le jeune homme à côté de lui les eût réellement faits siens. Leurs ancêtres eux-mêmes avaient des vues sur un autre lieu...

— Frère d'Heberen, dit une voix, les ancêtres ont prédit ta venue.

Haleeven sut qui venait de parler sans avoir besoin de regarder. L'homme avait dû approcher dans ses pantoufles doublées de fourrure. Seul un prêtre des Tunishnevres pouvait l'insulter en n'employant pas son prénom, et seul l'un d'eux pouvait prétendre avoir eu de ses nouvelles par l'intermédiaire des Tunishnevres, alors que toute autre personne recevait ses renseignements de sources plus terrestres. Ses plaisantes rêveries s'évanouirent.

— Grand prêtre, dit-il en forçant un bref sourire sur son visage, les ancêtres n'ont pas seulement prédit ma venue, ils l'ont demandée.

Les lèvres du prêtre s'étirèrent en deux fines lignes de peau gercée et pelée. Il avait ce teint blafard de fantôme commun chez les membres de son ordre. Ses cheveux avaient la blondeur fade de la paille et étaient en partie épilés pour laisser voir la peau du crâne. Avec son visage tout en creux, il évoquait de manière frappante les restes humains des ancêtres qu'il servait.

— Certes, dit-il, mais Hanish a pris son temps pour t'envoyer. Neuf années. Un retard absurde...

— Il y avait maints problèmes à régler.

— Un *retard* absurde, répéta le prêtre en appuyant sur le mot comme si Haleeven n'avait pas bien compris son sens. Qui ne peut avoir aucune excuse. Hanish connaîtra mon déplaisir, crois-moi.

Il tourna son regard froid vers la multitude harassée qui approchait.

— Ce sont nos ouvriers ?

— Cinquante mille, dit Hanish. À quelques centaines près.

— Tu as amené des étrangers venus du Sud ? demanda le prêtre en plissant les yeux.

Haleeven s'était attendu à cette question

— Oui, mais seulement pour porter les bagages et les provisions. Et pour entretenir la route et accomplir la myriade de tâches à venir. Ils n'approcheront pas les ancêtres ni aucun objet sacré.

Le grand prêtre le dévisagea sans aménité. Manifestement, il n'était pas rasséréné par ces affirmations.

— J'espère que tu superviseras tous les arrangements en personne, ajouta Haleeven, afin de t'assurer que les étrangers ne profanent rien ni n'insultent les ancêtres en aucune manière. Mais il est approprié que les Acacians se brisent le dos pour les Tunishnevres, tu ne crois pas ?

Le prêtre n'exprima pas ce qu'il en pensait, mais il ne formula aucune autre objection.

Plus tard ce même soir, seul dans un couloir éclairé par des torches, Haleeven se dirigea vers la chambre souterraine où reposaient ses ancêtres. Il avait déjà rencontré les autres prêtres. Il avait fait des présents aux quelques nobles encore présents à Tahalian, et il s'était rendu au Calathrock. Là, il avait assisté à la démonstration assez peu convaincante d'un corps de jeunes soldats. L'immense chambre était toujours cette merveille architecturale en bois, mais elle était destinée à accueillir beaucoup plus de monde, des hommes puissants en armure, aux longs cheveux, et non des enfants aux épaules étroites qui pour l'heure n'avaient fait que rêver de batailles. Haleeven vit bien qu'ils le recevaient avec la volonté de lui démontrer leur résistance inébranlable et leur foi dans la tradition. Quelque chose dans la ferveur de leurs intentions l'attrista, comme son passage dans des couloirs presque déserts où l'assaillirent les souvenirs de personnes mortes ou éloignées de Tahalian. Il lui arrivait rarement de ne pas être d'accord avec Hanish. Pourtant il lui sembla que, peut-être, le jeune chef se montrait laxiste et négligent quant à l'entretien de leur forteresse.

Lorsqu'il atteignit les portes de la chambre sacrée, Haleeven marqua un temps d'arrêt pour se reprendre. Son cœur battait sur un rythme qui lui paraissait irrégulier. Ses jambes étaient raides et douloureuses, détail qu'il n'avait pas remarqué jusqu'à cet instant. Il prenait de l'âge, et son corps était las. Dans le même temps, la sensation d'un fourmillement d'énergie nerveuse avait investi tout son être. Il avait chevauché des centaines de lieues pour arriver là. Il s'était imaginé cet instant d'innombrables fois. Il s'appuya sur un battant et le repoussa. Il entra, s'agenouilla sur le seuil de la chambre et pressa son front sur les dalles glacées. Il resta ainsi jusqu'à ce que le froid se transforme en chaleur. Alors seulement, il se redressa et regarda devant lui.

À peine éclairée par une lueur bleutée sans source visible, la scène lui donna la chair de poule. Au-dessus de lui s'étendait un cylindre incrusté de protubérances empilées, rangée sur rangée, chacune saillant du mur en terre, le tout disposé de façon uniforme telle une énorme ruche composée de centaines de cavités. La zone qui le dominait s'élevait dans une perspective de peut-être cent couches, mais ce n'était qu'une alcôve. Devant lui s'en ouvrait une autre, et au-delà une autre, et encore une autre. Chacune des formes sombres était un corps conservé, une enveloppe desséchée qui avait jadis été un Mein, emmailloté dans de la gaze et préservé à la fois par le savoir-faire des prêtres et par le pouvoir de la malédiction qui liait ces âmes à ces coquilles vides dans la mort sans les laisser s'échapper, et les retenait sur le plan physique, mais sans la pulsation et la chaleur de la vie. Ils n'étaient pas différents d'Haleeven lui-même. C'étaient des hommes comme lui. Qu'ils aient vécu cinquante ou cinq cents ans plus tôt, ils avaient parlé sa langue et parcouru ces hauts plateaux. Et leur brève existence avait toujours été placée sous la menace d'un châtiment éternel. Comme la sienne.

Haleeven s'avança et entonna les paroles qu'Hanish lui avait dit de prononcer. Ils connaissaient déjà la raison de sa présence ici, mais il se plia à la formalité de s'annoncer. Il demanda le pardon pour venir ainsi les déranger et jura de les servir. Il leur promit que demain il rencontrerait les ingénieurs, les architectes, les conducteurs. Une entreprise monumentale les attendait. Il ne perdrait pas de temps à la mettre en branle. Ils étaient tout proches de la libération ultime et de la vengeance finale.

Si les Tunishnevres ne lui répondirent pas ouvertement, il y eut dans l'air un changement que ses sens aiguisés détectèrent. Ils parurent murmurer, dans une série de sons pareils à des grognements montant des profondeurs de la terre. Il sentit ces sons, mais il ne pouvait pas dire qu'il les avait entendus, dans le sens propre du terme. Chaque fois qu'il se figeait pour écouter, il n'y avait rien d'autre qu'un silence de mort. C'est seulement quand il formait assez de mots pour emplir sa tête que la chambre paraissait bruisser d'échos, comme autant de commentaires qui lui étaient destinés, bien qu'incompréhensibles. Et teintés de malveillance. Il se sentit menacé d'extinction, de disparition totale. Mais malgré tout cela, il ne put isoler dans toute la chambre un seul son réel, même aussi ténu qu'un souffle.

Leur pouvoir était très étrange. Haleeven ne prétendait évidemment pas le comprendre dans son intégralité. Il n'avait jamais eu le bonheur de posséder ce savoir. Ils étaient morts. Il se trouvait dans un tombeau immense, avec des corps empilés les uns sur les autres, aussi froids et sans vie que la terre autour d'eux, incapables de modifier quoi que ce soit dans le monde. En vérité, ils demeuraient un mystère pour lui. Si les circonstances avaient été différentes, il aurait pu lui-même communier avec les Tunishnevres. Dans sa jeunesse, il avait été à un seul pas de la charge de chef. Une seule danse. Mais c'était un pas énorme, qu'il n'avait pas réussi à accomplir. Personne ne pensait à accuser Haleeven de lâcheté, pourtant il n'aurait jamais pu se résoudre à enlever la vie à quelqu'un qu'il aimait. Et c'est pourquoi il n'avait jamais tenté de s'asseoir sur le trône mein.

En scrutant les ombres au-dessus de lui, il sut que les caprices de son parcours n'avaient pas d'importance. Il avait été fier de servir son frère, et aujourd'hui il était fier de suivre son neveu. Il estimait être le confident du jeune chef. Officiellement, ce poste revenait à Maeander, mais Haleeven sentait une friction jamais clairement assumée entre les deux frères. Hanish n'en était peut-être même pas conscient. Avec sa vivacité d'esprit, cela semblait peu probable, bien que nous soyons souvent aveugles à l'animosité chez ceux qui nous sont les plus proches. Il s'en voulait de ne pas avoir abordé ces sujets avec Hanish avant de partir pour le Nord, mais il se dit qu'il aurait le temps après son retour. Maeander ne tenterait rien contre son frère tant que les Tunishnevres ne seraient pas satisfaits. Quant à la princesse Akaran... quels que soient les sentiments d'Hanish pour elle, cela n'empêcherait pas sa lame de trancher son joli cou. Il avait consacré sa vie entière à complaire aux ancêtres. Haleeven avait confiance, Hanish n'échouerait pas aussi près du but.

Mais il ne devait pas penser à ces choses maintenant, dans cette chambre. Il murmura la formule d'éloignement temporaire. Il se redressa, pivota sur ses talons et se dirigea vers la porte. Rien ne l'arrêta. Bien sûr. Aussi puissants qu'ils fussent, sans lui ils étaient démunis.

Chapitre quarante-deux

Ils se déshabillèrent complètement. La chose fut assez malaisée, et chacun dut prendre appui sur un seul pied, puis sur l'autre, tandis que le navire tanguait dans la houle. Une fois débarrassés de leurs vêtements, ils restèrent un moment à s'observer entre eux sous la lumière des étoiles, s'habituant à leur nudité. Ils nageraient mieux ainsi. L'eau glisserait sur la peau et n'alourdirait pas leurs vêtements, ce qui constituerait un atout quand ils atteindraient leur cible. Ils entreprirent de harnacher leur torse d'armes, de gourdes d'eau, d'emballages étanches et de quelques autres pièces d'équipement. Ils mirent quelque temps à nouer des lanières à leurs poignets et leurs chevilles. Des hameçons en métal avaient été cousus dans le cuir de sorte qu'ils saillaient vers l'extérieur, telles des piques acérées longues de deux centimètres.

Spratling passa son arc en diagonale sur son torse, pendit son épée courte à sa hanche et ajusta une dague dans son étui à son mollet.

— Très bien, dit-il, que les festivités commencent. Faites attention à ne pas vous écorcher et à ne blesser personne. Et prends soin de ce « remède », Wren. Nous en aurons besoin pour traiter le géant.

Un peu plus tard, il plongea tête la première dans les eaux tièdes de la mer. Dix autres le suivirent, tous des pirates confirmés, huit hommes et deux femmes habitués à affronter la mort. Une des femmes – Wren, qui portait le « remède » accroché à son dos, un objet rond de la taille d'un œuf d'autruche – partageait sa couche depuis les mois d'hiver. Mais il n'y penserait pas pendant le déroulement de la mission. Si l'un d'entre eux n'en revenait pas, ils le pleureraient plus tard. Pour l'instant, seuls comptaient le présent et le futur immédiat. Il aimait le danger parce que la concentration qu'il requérait n'autorisait d'autres pensées que celles concernant le présent. Il en était presque venu à désirer le risque. Durant les périodes de calme, il ressassait les propos de Leeka Alain. Sa famille... ses responsabilités... un avenir qui l'attendait et qui n'offrait aucune ressemblance avec l'existence dans laquelle il s'était épanoui... Plus le temps passait et plus il sentait qu'il ne pourrait éviter ce destin, mais il n'en était pas mieux disposé à l'accepter.

À cette époque de l'année, le courant dominant remontait encore du sud, mais la fraîcheur dans l'air était celle du printemps naissant. Ils s'éloignèrent en nageant du sloop qui les avait amenés. En quelques instants, il ne fut plus qu'une ombre derrière eux, une tache plus sombre dans la nuit, bientôt absorbée par elle. Le navire n'était signalé par aucune lanterne. Il n'y aurait pas de feu de position avant qu'ils ne soient sur le chemin du retour. Alors, les marins restés à bord allumeraient un fanal pour les guider. La destination des nageurs, en revanche, était évidente pour tous, avec ses rangées successives de lumières scintillantes.

De nuit comme de jour, le vaisseau de guerre de la Ligue offrait un spectacle impressionnant. À mesure qu'ils s'en approchaient, il paraissait grossir. Grâce à son mouillage de haute mer, il était aussi massif et immobile qu'une île. C'était une monstruosité deux fois plus longue qu'une barge de commerce, avec ses ponts empilés les uns sur les autres comme ces grandes maisons d'habitation à étages multiples, à Bocoum. Chaque niveau était bordé de centaines de nacelles pour les arbalétriers et hachuré de fentes verticales pour les archers. L'énormité du bâtiment était conçue pour donner une impression de puissance écrasante, et l'effet était sans nul doute atteint.

Jusqu'alors, les quatre vaisseaux affrontés par les pirates les avaient taillés en pièces. Leur proue était renforcée de troncs d'arbres massifs enveloppés de métal, assez larges et solides pour défoncer les navires normaux. Les ponts étaient si hauts qu'un abordage était impossible. Contre des adversaires de ce gabarit, le « crochet » de Spratling était à peu près aussi efficace qu'une épingle piquant le flanc d'une baleine. Ces vaisseaux de guerre ne pouvaient être harponnés ou pris d'assaut, or c'étaient là les deux techniques perfectionnées par Spratling. Ces forteresses flottantes semaient la mort depuis les retranchements d'un bastion inexpugnable. Elles étaient nettement plus larges que les navires pirates, et suggéraient des visées agressives que la Ligue n'avait encore jamais affichées. Sans le moindre avertissement, l'une d'elles était arrivée dans les hauts-fonds de Palishdock et avait dégorgé de ses entrailles une armée entière. Les soldats avaient déferlé sur l'île et pris les pirates par surprise.

Les rescapés avaient fui Palishdock avec le peu de choses qu'ils pouvaient emporter. Depuis, ils vivaient traqués, toujours en mouvement. Par chance, ils ne gardaient jamais tous leurs biens dans un seul endroit, encore moins dans leurs avant-postes. C'était une précaution que Dovian avait enseignée à Spratling alors que celui-ci n'était encore qu'un jeune garçon. D'une île à l'autre, ils avaient récupéré les pièces d'or et les divers trésors enfouis dans le sol. Grâce à ces richesses, le jeune capitaine avait pu préparer des entreprises comme celle de ce soir. La guerre entre les pirates et la Ligue était déclarée. Spratling y voyait une forme de vendetta personnelle, en particulier depuis que Dovian s'était mis en retrait du commandement. Il passait le plus clair de son temps à discuter avec le vieux soldat acacian, sur un ton d'une gravité que le jeune chef s'évertuait à ignorer.

Tout en nageant vers un des vaisseaux de guerre, Spratling devait se répéter encore et encore qu'il existait une logique impitoyable dans la forme de son assaut. Il n'était pas là pour détruire cette montagne qui se dressait sur les eaux devant lui. Il existait plus d'une façon de frapper. Il lui paraissait évident de combattre une puissance aussi démesurée en recourant à l'inattendu. C'était même la seule solution.

Le vaisseau était ancré en quatre points, par quatre cordes aussi épaisses que des troncs de pins adultes, qui plongeaient dans les profondeurs océanes. Les pirates approchèrent l'une de celles situées à l'arrière. Ils se laissèrent porter par les vagues, en recrachant des jets d'eau entre deux respirations. Aussi impatient qu'il fût de saisir la corde, Spratling savait que l'action devait s'accomplir au bon moment. Chaque crête de vague qui passait les soulevait, puis ils redescendaient dans le creux suivant. Il lui fallut un peu de temps avant d'être correctement positionné. Il fut le troisième à se retrouver ventre plaqué par la vague contre la corde. Il enserra celle-ci de ses deux bras, referma ses chevilles dessus et sentit les hameçons s'y ficher. Il dut fournir un effort pour les décrocher un à un, mais, comme il se hissait plus haut, un membre après l'autre, il les accrocha de nouveau. Ainsi, il grimpa peu à peu au-dessus du niveau des vagues. Il trouva assez vite le rythme et des mouvements mieux coordonnés. Sa progression n'en restait pas moins lente et pénible. Le groupe de pirates ressemblait à une file indienne de fourmis gravissant le pied d'une table sur laquelle les attendait un festin.

Une heure plus tard, dégouttant sur le pont, haletant et exténué, bras et jambes en coton et rougies par le frottement, Spratling aida les autres à franchir le bastingage. Il leur rappela dans un chuchotement la nécessité absolue du silence et de la ruse. Une fois qu'ils furent tous à bord, ils défirent les bandages en cuir portant les hameçons à leurs poignets et leurs chevilles, et ils les jetèrent dans l'eau. Puis ils passèrent leurs mains à plat sur leur corps pour en ôter autant d'humidité que possible. La brise chaude qui balayait le pont aida à les sécher. Les archers parmi eux tendirent à leur arme les cordes protégées par le papier imperméable qu'ils avaient emportées. Le tout prit quelques minutes, mais par tous ses gestes Spratling leur indiquait qu'ils ne devaient pas céder à une hâte excessive. Chaque chose en son temps, chaque étape accomplie selon le plan prédéterminé.

Il ne leur fit pas signe quand il fut temps d'agir. Il s'avança simplement sur le pont, en marchant pieds écartés pour assurer son équilibre sur le bois glissant. Les autres le suivirent. Ils n'allèrent pas loin avant de devoir faire halte et se masser dans les ombres d'une cabine. Des gardes étaient assis dans des nacelles suspendues aux mâts, en trois paires. Les pirates ne pouvaient faire un pas de plus sans être repérés. Spartling se retourna vers ses compagnons. Tous étaient concentrés et épiaient son visage pour y lire ses directives. Il sourit, haussa les épaules et réussit avec son seul regard à leur signifier que c'était déjà un exploit d'être arrivés aussi loin. Ils étaient montés à bord d'un vaisseau de guerre sans que l'ennemi s'en aperçoive, ils étaient nus et ils se déplaçaient librement dans l'air nocturne. Le fait qu'il soit capable de transmettre tout cela sans prononcer un mot faisait partie de ses dons. Des sourires s'épanouirent sur les visages, et il sut que tous étaient prêts.

Ils s'avancèrent, arcs brandis et flèches encochées. Un des gardes les vit aussitôt, mais avant qu'il puisse crier un triangle d'acier et une fine hampe de bois traversèrent l'orbite de son œil et son crâne. Sous la force de l'impact, sa tête fut rejetée en arrière avec un bruit sec que Spratling n'oublierait pas de sitôt. Il fut le premier. Une volée de traits s'élevèrent, et chaque projectile trouva sa cible, poitrine ou tête. Une flèche étouffa l'exclamation d'un homme, tandis qu'une autre, la seule, se perdait dans la nuit.

Le groupe se scinda. Plusieurs pirates se précipitèrent en avant pour réduire au silence tout autre ennemi présent sur ce pont. Spratling et les autres contournèrent la structure de la cabine principale et firent irruption dans le poste de pilotage. Le chef navigant et ses aides étaient rassemblés devant une carte. Ils levèrent les yeux sans émotion visible tout d'abord, comme s'ils n'étaient pas étonnés d'assister à l'intrusion de ces agresseurs nus et armés. Mais leur attitude changea immédiatement. Le carnage perpétré par les pirates fut aussi rapide qu'efficace, tant il était vrai qu'ils n'étaient pas sans expérience de ce genre de situation. Un homme du nom de Clytus saisit le pilote et le projeta au sol face la première avec une telle vigueur que l'autre perdit deux dents sous le choc.

En quelques instants, les ennemis étaient tous morts ou à l'agonie. Spratling n'avait pas encore étanché la soif de sa lame, mais sa cible ne se trouvait pas ici. Au fond de cette pièce, il repéra une porte close dont l'encadrement était décoré de dorures en relief et le panneau central frappé du dauphin emblématique de la Ligue. Il percuta le bois à côté de la serrure d'un coup de talon bien ajusté, et la porte céda. À l'intérieur, il trouva la personne qu'il cherchait.

Le Ligueur était grand et chétif, avec des bras pareils à ceux d'un individu mourant de faim. Il venait de sortir de son lit bas et était encore désorienté. Ses côtes, entrevues avant qu'il n'enfile sa robe, tendaient la peau. Spratling ne le toucha pas non plus, mais l'homme et la femme qui foncèrent dans la pièce ne s'en privèrent pas.

De retour dans la cabine principale, on attacha les bras du Ligueur le long de son corps, et deux poignards vinrent se placer de chaque côté de son visage, juste sous ses oreilles. Le cône étiré de son crâne, avec sa chevelure clairsemée, donnait une impression de nudité bien plus frappante que celle des pirates. Malgré la situation, l'homme considérait avec hauteur les intrus et les victimes. Nulle part sur ses traits on ne pouvait déceler la trace de la peur. En fait, il semblait voir dans tout ce qui l'entourait un simple motif de mécontentement.

Spratling vint se camper devant son regard méprisant. Il devait faire vite, mais sans paraître pressé par le temps.

— Quel est ton nom ?

— Tu ne le sais donc pas ? rétorqua l'autre. Moi, en revanche, je connais le tien. Sauf erreur, tu es celui qu'on appelle Spratling. Et tu n'es qu'un petit poisson. Tu devrais dissimuler ton petit ver de terre.

— Ton nom ? répéta le jeune pirate.

Le Ligueur fit la moue, comme s'il réfléchissait à la question.

— Sire Fen, dit-il enfin, vice-amiral des opérations navales d'Ishtat. Moi, ajouta-t-il avec un rictus dédaigneux, je suis ce que tu pourrais appeler un gros poisson.

Pendant cet échange, le jeune homme avait observé du coin de l'œil Clytus et Wren. Ils interrogeaient le pilote ligoté et à la bouche ensanglantée, qui avait été épargné. Clytus le frappa à plusieurs reprises du revers de la main, et le menaça dans un murmure, pour ne pas gêner Spratling. Ce dernier ignorait s'ils faisaient ou non des progrès.

Un des hommes postés à l'extérieur passa la tête par la porte entrebâillée et annonça qu'ils étaient de nouveau tous réunis, mais que le temps leur était compté.

— Tu ne peux espérer te rendre maître de ce vaisseau, dit sire Fen. En vérité, tu n'as plus que quelques minutes à vivre, jeune brigand. C'est le problème avec les individus de ton acabit. Vous ne réfléchissez pas assez avant d'agir.

Il se tut un moment, inclina la tête de côté et demanda d'un ton de réelle curiosité :

— Quel résultat visais-tu ? Tu es venu avec quoi, dix voleurs pour prendre un vaisseau de guerre ?

— Nous n'essayons pas de prendre ce vaisseau, dit Spratling.

Il eut un mouvement de menton en direction de la porte, et deux de ses hommes s'en rapprochèrent, l'arc prêt. Ils décochèrent chacun une flèche à l'extérieur.

— Ah non ? fit sire Fen. Alors que projetais-tu ?

Spratling regarda Clytus, qui cherchait par son attitude à attirer son attention. Il se tenait devant ce qui ressemblait à une caisse ouverte, et à son regard et son hochement de tête Spratling sut qu'il avait trouvé. Wren tira sur la lanière entre ses seins. D'une main elle attrapa le « remède » alors que celui-ci tombait de son dos, et de l'autre elle ôta l'abat-jour d'une lampe à huile.

— Il existe plus d'une façon de frapper l'ennemi, en dehors de celles qui sont évidentes à tous, déclara Spratling.

— Oh ? fit le Ligueur, qui parut comprendre. Vous cherchez un prisonnier. Un otage ? Vous allez demander une rançon contre ma libération, c'est bien ça ? Idée audacieuse, je vous l'accorde, mais...

Spratling plongea son regard dans celui de sire Fen.

— Vous voulez nous anéantir, n'est-ce pas ?

L'autre plissa le nez comme s'il venait de remarquer une odeur particulièrement déplaisante.

— Chacun d'entre vous, jusqu'au dernier.

— Pour quelle raison ? Nous représentons donc une telle menace pour la Ligue ?

— Vous n'êtes pas du tout une menace. Vous êtes comparables aux rats dans une ville. Vous souillez les endroits où vous vous trouvez, vous volez et vous répandez la maladie. Oui, la Ligue a pour projet de vous éliminer tous.

Spratling secoua la tête, avec sur le visage une expression proche du dépit.

— C'est pourquoi tu ne comprends pas notre action de ce soir. Vous voulez tuer une multitude de gens. Cette nuit, je ne veux tuer qu'une seule personne.

Le visage du Ligueur afficha peu à peu une stupéfaction croissante. Tout d'abord à ces paroles. Puis, quand il baissa les yeux, il parut presque rougir de gêne. Spratling avait enfoncé son coutelas jusqu'à la garde dans sa poitrine. Le chef des pirates dégagea la lame d'une saccade et trancha la gorge de Fen si profondément que le souffle de celui-ci s'échappa en un bouillonnement écarlate par l'horrible plaie. Les deux hommes qui tenaient Fen immobile reculèrent, et il s'écroula sur le plancher.

— Tuez le pilote, ordonna Spratling. Et partons d'ici.

L'homme poussa un hurlement.

— Non ! Non ! Ne me tuez pas ! s'égosilla-t-il en pointant un index déformé vers la poitrine du jeune chef. Je peux vous dire ce qui pend à votre cou ! Je vous en prie, Seigneur, je peux vous dire ce que c'est !

Le pirate leva une main pour arrêter ses hommes.

— Quoi ?

Il fallut un moment au pilote pour reprendre son souffle. Il désigna la lanière de cuir entourant le cou de Spratling et l'objet en or qu'il avait pris sur le brick de la Ligue des mois plus tôt.

— À votre cou. Ce pendentif. Savez-vous ce que c'est ?

Spratling ne baissa pas les yeux sur le bijou, comme l'autre semblait s'y attendre.

— Parle.

— M'épargnerez-vous ?

— Pas si tu ne parles pas très vite.

Le pilote ne se fit pas prier, et ce qu'il révéla était fort intéressant. Assez pour que Spratling se surprenne à ordonner que l'autre soit gardé prisonnier.

— Toi et moi, nous aurons une longue conversation, dit-il, et, sans écouter les cris de protestation du captif, il ordonna : Wren, allume.

Il se dirigea vers la porte sans plus attendre. Un moment plus tard, le « remède » tomba dans le réseau de tuyaux servant à envoyer des messages dans les entrailles du vaisseau. Sa mèche courte crachotait dans sa chute.

Le pont s'animait. Des soldats surgissaient des diverses écoutilles et s'avançaient lentement, casqués et en armure derrière leurs boucliers. Les archers parmi les pirates décochèrent leurs dernières flèches, puis tous foncèrent vers la poupe. Arrivé au bastingage, Spratling se retourna vers les autres.

— N'oubliez pas de contracter les fessiers, si vous ne voulez pas subir un lavement jusqu'aux narines !

Il avait parlé d'un ton léger, mais son regard s'attarda sur Wren.

— Tu es sûre d'y arriver ?

Elle le repoussa d'une bourrade et bondit souplement sur le bastingage.

— Fais plutôt attention à toi.

Un instant plus tard elle avait sauté. Ses longs cheveux s'élevèrent à sa suite pendant qu'elle disparaissait dans le vide. Spratling espérait vraiment qu'elle survivrait, d'autant que quelque chose dans cette dernière image d'elle l'avait enflammé de désir charnel.

Il s'assura qu'on faisait basculer le pilote par-dessus bord avec eux, et se propulsa dans l'air enténébré. Alors qu'il tombait en chute libre, il sentit les déflagrations successives qui ébranlaient le vaisseau de l'intérieur, et il sut que leur « remède » avait détoné au plus profond du bâtiment. C'était un mélange explosif liquide qu'ils avaient payé au prix fort. Les dégâts causés ne détruiraient pas le navire, il ne se faisait pas d'illusion sur ce point. Même si les incendies se propageaient à cette poix que les Ligueurs utilisaient si vicieusement, il était peu probable que le vaisseau coule. Mais il souffrirait d'une belle indigestion. Spratling sourit à cette pensée. Puis il se prépara à l'impact avec les eaux.

Chapitre quarante-trois

La première nuit, Mena ne fit qu'écouter. Elle autorisa Melio, l'homme qui prétendait la connaître ainsi que sa famille, à entrer dans la cour intérieure de sa maison. Elle n'avait encore jamais agi de la sorte, avec aucun homme. C'était interdit à la prêtresse de Maeben, et un jour plus tôt une telle décision aurait semblé inenvisageable. Mais, en compagnie de ce nouveau venu, l'inattendu se produisait. Ils s'assirent sur le sol de terre battue. Troublés par une présence masculine, ses serviteurs traînaient dans l'ombre, prêts à intervenir sans ménagement à tout moment. Mena se contentait de dévisager le jeune homme, et lui, apparemment encouragé par ce silence attentif, se lança dans un récit tumultueux.

Il parlait acacian, et Mena sut que ses serviteurs ne saisiraient pas un mot de ce qu'il disait. Le plus surprenant, c'est qu'elle comprenait tout. Assise là, elle redécouvrit sa langue maternelle dans sa plénitude. Encore et encore, elle buta sur un mot prononcé par Melio. Alors elle le faisait rouler dans son esprit, en jaugeait les contours et la puissance. À certains moments, ses lèvres bougeaient comme si elle buvait ses paroles au lieu de respirer.

Il avait été soldat en Acacia, un jeune garde de Marah qui avait dû faire face à la première attaque massive sur l'empire depuis maintes générations. Ce dont il avait été témoin durant la guerre était trop horrible pour qu'il l'évoque autrement que dans les termes les plus généraux. Il avait perdu tout ce qu'un homme pouvait perdre, à part la vie. Il avait vu la plupart de ses proches tués ou réduits en esclavage, et certains même avaient trahi leur nation pour leur nouveau maître. Depuis toujours il croyait que la supériorité d'Acacia était une certitude incontournable, et il était encore ébahi de la facilité avec laquelle Hanish Mein avait démantelé la puissance militaire de son pays.

Lors d'une escarmouche après les Champs Aléciens, il avait été blessé. Et, alors qu'il battait piteusement en retraite avec tant d'autres, la fièvre les avait rattrapés. Quand il avait enfin échappé à son emprise, le monde autour de lui avait complètement changé. Il s'était senti tellement rabaissé par la défaite que si la volonté de mourir avait suffi à causer son trépas il ne serait pas devant elle à cette heure. Il serait même allé jusqu'à s'ôter la vie de sa propre main si un tel acte n'était inconcevable pour un soldat entraîné tel qu'il l'avait été. Pendant quelque temps il avait rejoint la résistance en Aushénie, dans l'espoir de trouver une fin honorable au combat. Là aussi, il avait échoué.

C'est finalement la force de la rumeur qui l'avait sauvé. Lors d'un soir de beuverie, un mercenaire teh lui affirma que les enfants Akaran avaient été emmenés en lieu sûr L'homme ne pouvait nommer aucune source crédible pour étayer ses dires, mais il les expliquait par une simple affaire de logique. Seule Corinn avait été capturée, n'est-ce pas ? Le fait qu'Hanish Mein l'exhibe à ses côtés soulignait seulement l'absence des autres. Si ceux-ci avaient été entre ses mains, il les aurait exposés avec tout autant d'ostentation et de plaisir, non ? Par ailleurs, quelqu'un pouvait-il apporter la preuve qu'ils avaient été tués ? Avait-on montré leur cadavre, ou au moins leur tête ? Qu'avait-on diffusé dans le public pour confirmer la fin des Akarans ? Les réponses à toutes ces questions étaient évidentes, et elles entraînaient de nouvelles possibilités. La plus simple d'entre elles, celle à laquelle Melio se raccrochait, se résumait à une hypothèse somme toute solide : la lignée des Akarans n'était pas éteinte, et un de ses représentants pouvait donc revenir au pouvoir un jour.

Melio décida alors de tout faire pour rester en vie, et d'attendre en espérant qu'il y eût une parcelle de vérité dans ces extrapolations. Pendant les trois dernières années, il avait travaillé dans la flotte marchande. Sa route suivait les courants saisonniers qui parcouraient la Mer Intérieure. À trois reprises il s'aventura jusqu'à l'Archipel de Vumu, avec lequel les négociants faisaient affaire. Ses séjours y étaient très brefs et il n'avait encore jamais vu la prêtresse de Maeben. Quelle chance il avait de l'avoir trouvée ! Elle était en vie ! Il y avait donc de bonnes raisons de penser que Dariel avait survécu, lui aussi. Et Aliver également, qui devait projeter de reconquérir le trône. Les rumeurs étaient vraies, et Melio remerciait le Grand Dispensateur de ne pas être mort avant de l'avoir découverte.

Elle le renvoya à l'approche de l'aube, sans rien promettre ni admettre, et sans rien trahir de l'effet qu'avait eu ce discours sur elle. Quand l'aube claire et brûlante se leva, elle était étendue sur sa couche. Son esprit était étonnamment vide. Il aurait dû être agité de peurs et de doutes, de souvenirs ravivés, d'interrogations. Mais elle était incapable de se fixer sur une pensée assez longtemps pour en saisir toute la portée. Elle resta allongée jusqu'à ce que le sommeil la prenne, et ne s'éveilla que lorsqu'un serviteur vint l'avertir de l'heure tardive. C'était l'après-midi, et elle se leva pour accomplir ses devoirs de prêtresse.

Elle rentra le soir venu, pour découvrir l'Acacian qui l'attendait de nouveau sur le chemin. Une fois encore elle le fit entrer dans sa maison et s'assit pour l'écouter. Quand elle prit congé de lui, des heures plus tard, elle n'avait toujours rien promis. Elle n'avait rien reconnu ni montré par quoi que ce soit dans son attitude qu'elle croyait à ses dires. Elle dormit d'un sommeil de plomb jusqu'à midi, quand la chaleur intense la réveilla, et elle resta un long moment à contempler le plafond au-dessus d'elle et à écouter le bruissement des lézards qui chassaient les insectes dans le chaume du toit. Melio avait un visage très quelconque, songea-t-elle. Très quelconque, et pourtant elle brûlait d'envie de le revoir.

Le soir suivant, il guettait son retour au portail de sa propriété. Il se leva de l'endroit où il était assis quand elle approcha, l'appela « Princesse » et lui emboîta le pas quand elle l'y autorisa d'un simple signe de tête. Lorsqu'ils furent assis l'un en face de l'autre, comme les soirs précédents, le jeune homme reprit son récit. Il était réellement stupéfiant qu'après deux nuits de discours il eût encore des choses à raconter. Il avait entendu dire que les agents du prince se préparaient dans tout le pays, et qu'ils œuvraient en secret pour unifier différentes factions de la résistance. Il y avait même eu une révolte dans les mines de Kidnaban, menée par un prophète qui jurait avoir vu en rêve le retour d'Aliver. Bientôt le prince appellerait son frère et ses sœurs pour unir leurs armées, avaient-ils dit. Nombreux étaient ceux qui ne demandaient qu'à le croire.

Mena entendit et enregistra tout ce qu'il lui dit. Elle prit même le temps de vérifier trait par trait qu'il avait un visage d'une grande banalité. Ses cheveux longs et emmêlés retombaient souvent sur ses yeux, qui étaient d'un marron très commun. Il avait les dents trop proéminentes quand il souriait, des joues rebondies d'enfant, mais seulement quand on les regardait sous un certain angle : un individu quelconque à tous points de vue. Pas déplaisant, certes, mais pas particulièrement noble, énergique ou transpirant une grande sagesse. Elle avait donc sa confirmation, et il lui parut étrange de s'être seulement interrogée sur son physique.

Cette question étant réglée, Mena décida qu'il était temps de l'interrompre :

— Tu prétends qu'un prophète des mines a rêvé d'Aliver ? Dis-moi, ce prophète a-t-il décrit son visage ? Savait-il à quoi mon frère ressemble, comment il s'exprime ? Connaissait-il des traits de son caractère ? Mon frère n'a jamais vu les mines de près, alors comment quelqu'un des mines pourrait en savoir autant sur son compte ?

Elle aurait eu du mal à dire si l'expression abasourdie de Melio était due à la teneur de ses propos ou au fait qu'elle avait débité autant de phrases d'une seule traite. Il la dévisagea fixement, alors que d'habitude son regard passait d'un objet à un autre quand il lui parlait.

— Je ne peux dire d'où un prophète tire son don, répondit-il enfin, mais j'y crois. Comme je crois que votre frère a en lui des forces dont il n'est pas encore conscient. Je l'ai toujours pensé, même quand nous n'étions que des gamins. Pour les gens en général, il est un symbole vivant. Peu de personnes dans le Monde Connu ont posé les yeux sur votre frère, mais tout le monde connaît son nom. Et chacun l'imagine sous l'apparence qui lui convient. Il représente l'espoir en des temps où les gens ont un immense besoin d'espérer. Peut-être que la résistance n'en est qu'une expression. Nous nous rencontrons en secret, nous ne communiquons que par le bouche à oreille, et nous cherchons à nous reconnaître par des allusions personnelles. Une fois, j'ai rencontré un groupe dans une maison, à Aos. Nous étions une quinzaine, mais, dès que les portes ont été fermées et que nous nous sommes sentis en sécurité avec les autres, nous nous sommes livrés et nous avons discuté ensemble comme le feraient de vieux amis. Nous avons parlé des épreuves endurées, des êtres chers disparus et de l'avenir dont nous rêvions. Ce fut une soirée merveilleuse, et son cœur était l'espoir incarné par les jeunes Akaran. Je ne suis pas étonné qu'ici vous ne sachiez rien de tout cela. Peu de membres de la résistance vivent aussi loin que sur cet archipel. Mais par chance je suis ici, et vous aussi.

Dans un geste qu'elle voulut aussi discret et naturel que possible, Mena se passa les mains dans les cheveux et les ramena en avant sur ses épaules, afin qu'ils recouvrent sa poitrine. Elle ne s'était encore jamais sentie gênée par sa semi-nudité, mais avec Melio elle prenait de plus en plus conscience de son corps.

— Tu dis que nous, les enfants Akaran, nous sommes destinés à réapparaître au grand jour et à prendre la tête d'une armée qui renversera l'empire d'Hanish Mein. Mais que racontes-tu là ? Regarde-moi. Je suis une Akaran. Nous le savons tous les deux. Mais où est mon armée ? Regarde autour de toi. Ai-je l'air de m'apprêter à entrer en guerre ?

— J'ai réfléchi à cette question, répondit Melio sans la quitter des yeux. Et je n'ai pas trouvé d'explication. Peut-être que dans votre cas les choses ne se sont pas passées comme prévu.

Pour son gardien mort, les choses ne s'étaient pas passées comme prévu, assurément. Mais Mena ne lui en dit rien. Elle lui demanda de partir. Elle l'autorisait cependant à revenir au matin, ajouta-t-elle. Ils pouvaient très bien parler durant la journée, après tout. Elle ne l'avait pas décidé avant de le dire, les mots étaient sortis d'eux-mêmes, et par la suite elle se demanda pourquoi. Puis elle comprit, et il lui parut très étrange qu'elle puisse agir d'une certaine façon et ne se rendre compte qu'ensuite de ce qui l'avait poussée à le faire.

Le lendemain matin, Melio attendait au portail. D'un signe, elle l'invita à entrer. Alors qu'il marchait vers elle, les yeux plissés à cause du soleil, elle déclara :

— Je n'ai jamais eu la fièvre.

— Tout le monde l'a eue, dit Melio. L'épidémie s'est propagée dans le monde entier.

— Oui, elle est arrivée sur l'archipel. Mais elle ne m'a pas atteinte.

Elle avait parlé d'un ton un peu sec pour le dissuader de poursuivre. D'ailleurs elle passa aussitôt à autre chose :

— Dans la culture vumu, les femmes ne sont pas autorisées à porter les armes. Il n'en était pas de même sur Acacia, n'est-ce pas ?

Melio aurait préféré revenir au sujet précédent, et il mit un temps avant de répondre.

— Dans notre pays, n'importe quelle fille qui montrait un

penchant pour l'art du combat pouvait suivre une formation guerrière. Tant qu'elle remplissait les conditions imposées aux hommes, elle n'était pas interdite de service dans l'armée.

— Et beaucoup remplissaient ces conditions ?

— La plupart de celles qui s'y essayaient réussissaient, je crois. La Septième Forme est celle de Gerta. Elle a affronté les jumeaux Talack et Tullus ainsi que leurs trois chiens-loups. Il lui a fallu deux cent seize mouvements pour les vaincre, mais elle y est parvenue. Les deux frères y ont perdu leur tête, et les chiens chacun une ou deux pattes. On peut donc dire qu'en certaines occasions les femmes n'ont pas seulement rempli les conditions, elles les ont fixées.

Le regard de Mena se perdit au loin pendant qu'elle réfléchissait. Elle savait pourquoi elle avait fait venir Melio à cette heure, et ce qu'elle allait lui demander. Elle avait recouvré assez d'assurance pour maîtriser la situation. Même ainsi, ses propres désirs la surprenaient et la déconcertaient. Ils n'avaient rien de commun avec le rôle qu'elle s'était si bien habituée à tenir. Elle était une prêtresse de Maeben depuis des années, et elle s'en satisfaisait. Mais elle ne put s'empêcher d'aborder le sujet qui l'intéressait :

— Tu connais toutes les Formes ?

— Je n'ai appris que les cinq premières de façon approfondie.

— Et les autres ?

— Je les connais, affirma Melio. J'ai appris les dernières Formes en hâte, et plus d'après les textes que par l'exercice. Le monde basculait déjà, à l'époque, et...

— Melio, je veux que tu m'enseignes l'art de manier l'épée.

Voilà. Elle l'avait dit. C'était une trahison envers tout ce qu'elle était devenue, une cassure, elle le savait, mais elle devait reconnaître qu'elle se sentait maintenant beaucoup plus calme qu'elle ne l'avait imaginé. Elle voulait vraiment apprendre. Elle le voulait depuis déjà très longtemps. Souvent elle avait nourri des pensées violentes alors que Vaminee lui faisait la leçon, et rêvé plus d'une fois qu'elle dansait avec son épée de Marah, pour se réveiller en se demandant si quelque chose n'allait pas chez elle.

— Vous êtes sérieuse ?

La question renforça encore sa certitude.

— Bien sûr, je suis sérieuse.

— Princesse, je ne suis pas maître d'armes. Je n'ai même plus d'épée. Je ne peux rien vous enseigner sans...

Il s'interrompit quand elle se leva d'un bond.

— Ce qui manque, la déesse nous le fournira. Viens.

Peu après, dans une réserve située à l'arrière de sa maison, avec la lumière filtrant à travers le chaume du toit et la poussière scintillant dans l'air, Mena se campa bras tendus devant elle. Ses paumes soutenaient l'étui de l'épée avec laquelle elle avait échoué sur le rivage de Vumu neuf années plus tôt. La rouille avait bruni la lame par endroits et le métal n'avait plus l'éclat qu'il méritait, mais la beauté de l'arme demeurait intacte.

— C'est la seule chose que j'ai apportée d'Acacia, dit-elle. Cette épée n'a pas voulu que nous soyons séparés. Les prêtres n'ont jamais osé me la prendre. Ils ont dû y voir une sorte de talisman. Tant que j'ai accepté de la garder ici, à l'abri des regards, ils me l'ont laissée et n'en ont jamais parlé. Connais-tu cette arme ? Ou ce type d'arme ?

Les yeux de Melio répondirent avant qu'il ne hoche la tête.

— C'est une épée de Marah. Elle est très semblable à celle que j'avais naguère.

Mena saisit la poignée et tira la lame du fourreau. Le son produit quand le métal glissa de l'étui fut absurdement fort dans le silence de l'endroit, une sorte de grincement qui se termina par une note soyeuse quand le tranchant fendit l'air.

Melio recula de deux pas.

— Je pensais qu'être Maeben était votre destinée.

— Pourquoi t'écartes-tu de moi ? C'est toi qui es venu me trouver, tu te souviens ?

— Bien sûr, mais...

— Tu ne m'as peut-être pas trouvée comme tu m'imaginais, et à présent ce que je te demande peut aussi te surprendre. Mais quoi ? La vie ne t'a-t-elle pas réservé quelques surprises avant aujourd'hui ?

Il ne savait trop comment réfuter ce genre d'argument.

— Les prêtres vont...

— Ils ne sont en rien concernés.

Le doute se lisait sur le visage de Melio. Avant qu'il ne puisse l'exprimer, Mena revint à la charge :

— Les prêtres, j'en fais mon affaire. Tu n'as pas à t'en soucier. As-tu d'autres excuses ?

Il semblait perplexe, incapable de reculer, mais hésitant quant à l'attitude à adopter. Il regarda derrière lui, en direction de la porte par laquelle ils étaient entrés, comme s'il pensait possible de rebrousser chemin et de retrouver le terrain plus solide sur lequel ils se trouvaient quelques instants auparavant. Impatiente, Mena lui demanda quelle était la Première Forme. Édifus à Carni, répondit-il. Était-ce une Forme de l'Épée ? Oui, bien sûr. La majorité des Formes étaient des Formes de l'Épée.

— Alors montre-moi, ordonna-t-elle, et elle lui lança le fourreau sans prévenir.

Il s'en saisit adroitement, malgré la soudaineté du geste. Elle alla se placer au centre de la réserve et repoussa du pied plusieurs caisses, pour dégager un espace suffisant. Venir là et sortir l'épée du fourreau pour la manier dans le vide, elle l'avait fait à maintes reprises au cours de ces neuf années. Elle avait pensé qu'elle voulait simplement tester sa force musculaire, rien de plus. À présent, il lui semblait qu'une part d'elle-même avait besoin d'un contact avec cette arme, afin de ne pas totalement l'oublier. Et elle l'avait si souvent brandie qu'elle était accoutumée à son poids et à sa longueur. Pourtant, elle choisit de la tenir de façon singulière, avec un doigt replié sur la garde et le poignet plié sur elle comme si l'épée était trop lourde. Sa pointe traça une courte ligne tremblée dans la poussière du sol.

Pour un escrimeur, ce n'était pas un tableau très agréable. Melio ne put s'empêcher de corriger sa prise sur la poignée, comme elle l'avait escompté. Ce n'était qu'un début, bien sûr. Il lui apprit comment placer ses pieds pour avoir de bonnes assises et lui montra la posture appropriée. Il nomma les différentes parties de l'arme et expliqua la fonction de chacune. En quelques minutes, il avait perdu une bonne part de ses réticences.

Il lui raconta qu'Édifus avait combattu le champion des Gaqua, une tribu qui contrôlait la Trouée de Gradthic, la route de montagne reliant l'Aushénie aux Hautes-Terres du Mein. Comment ce duel avait été arrangé, l'histoire ne le révélait pas, mais l'affrontement lui-même était connu dans ses moindres détails. Melio n'avait jamais enseigné ces enchaînements à quelqu'un d'aussi peu versé dans cet art, mais en quelques parades et attaques il réussit à se mettre dans la peau du Gaquan. Il brandit l'étui comme si c'était une épée, et enchaîna les mouvements au quart de leur vitesse réelle. Mena ne tarda pas à anticiper ses gestes et le lui démontra.

Malgré lui, le jeune homme se prenait au jeu. Il semblait oublier peu à peu ses réticences et la petite stature de son élève, de même que ce lieu étrange pour s'entraîner. Les mots venaient à ses lèvres et son esprit paraissait les accueillir avec joie. Il fredonnait en accompagnant le retour de talents trop longtemps négligés. Quand il s'interrompait ou donnait l'impression d'hésiter, Mena posait sur lui un regard impérieux jusqu'à ce qu'il reprenne. Et, s'il était embarrassé par la poitrine dénudée de la jeune femme, il le cachait fort bien. Vers la fin de la matinée, Mena avait travaillé l'intégralité de la séquence et elle en connaissait déjà par cœur les premiers enchaînements.

Ils mirent fin à la séance d'un accord tacite. Tous deux transpiraient. Ils restèrent face à face un long moment, à reprendre leur souffle. De la paume de sa main Melio essuya la sueur à son front. À présent que le rythme était brisé, une expression déroutée envahissait ses traits. Il baissa un regard presque étonné sur le fourreau qu'il serrait dans son poing.

— Comment mon frère fera-t-il pour nous appeler ? demanda Mena.

— Je pensais que vous ne croyiez pas cela possible.

— Je ne le crois pas, mais combien de temps avant qu'arrive l'appel auquel tu crois, toi ?

— S'il se produit, d'après ce qu'on m'a dit, votre frère commencera à vous rechercher ce printemps. Et à l'été il réunira les armées. Beaucoup d'entre nous en parlent. Quand il lancera son appel, je l'entendrai par l'intermédiaire des marchands itinérants que je connais.

— Dans quelques mois, donc, résuma Mena. Ce qui laisse peu de temps. Quel niveau d'escrime puis-je atteindre en quelques mois, à ton avis ?

Melio ne put dissimuler sa stupéfaction. Il n'essaya même pas – pas plus qu'il ne tenta de répondre à cette question.

— Nous devrions huiler cette lame. La rouille est un crime. Quoique, bien sûr, il nous faudra des épées d'entraînement. Il y a certainement dans ces collines des variétés de bois qui conviendront...

Chapitre quarante-quatre

Depuis sa plus tendre enfance, Maeander savait que ses talents étaient différents de ceux de son frère. Hanish possédait un esprit aiguisé, une mémoire phénoménale, la capacité de diriger des opérations d'envergure et d'en régler les moindres détails simultanément, et une compréhension très fine de l'utilisation des mythes en sa faveur. Certes, mais Maeander, lui, était habité par la fureur martiale de leur peuple. Son comportement mesuré, son sourire, son regard : tout dissimulait le brasier de violence qui le consumait à chaque seconde.

Il ne se retrouvait jamais face à un homme sans évaluer aussitôt comment le tuer en quelques secondes, avec ou sans arme. Alors que d'autres souriaient, bavardaient et commentaient sa mise ou le temps qu'il faisait, Maeander imaginait quelle force serait nécessaire pour plonger ses doigts raidis dans le cou d'une personne afin d'arracher l'artère qui envoyait le sang au cerveau. Il avait toujours raisonné ainsi, et il ne se lassait pas du malaise que son regard fixe pouvait générer chez ses interlocuteurs.

Il savait que c'était lui et non son frère qui incarnait le plus parfaitement le courroux des Tunishnevres. Les ancêtres le lui avaient dit. Et ils lui avaient révélé que la situation tournait en sa faveur. Il devait seulement s'armer de patience, rester tel qu'il était et se tenir prêt. C'était aussi pour cette raison qu'il avait formé Larken pendant toutes ces années. L'Acacian était un tueur aussi doué qu'un Mein et il ferait un allié idéal, le moment venu.

En l'envoyant à la recherche des Akaran, Hanish lui avait confié une mission de moindre importance que celle réservée à Haleeven. Mais en fin de compte, Maeander pensait que ce serait la plus déterminante. Les Tunishnevres avaient besoin du sang des Akarans. Rien ne comblerait aussi bien leurs besoins que le liquide pris aux veines des enfants de Leodan Akaran, les descendants directs de Tinhadin en personne. En dernier recours, celui de Corinn suffirait peut-être. Mais, si les autres avaient survécu, les Tunishnevres exigeraient aussi leur sang. Et de quelle façon la main qui leur apporterait cette ambroisie serait récompensée ! Quand ils auraient été libérés de la malédiction, les ancêtres ne refuseraient rien à ceux qui avaient rendu cela possible. Pourquoi ne serait-il pas le premier à en profiter ? Pourquoi leur fureur ne continuerait-elle pas à vivre en lui, dans une présence physique, tangible, qui serait en mesure de remodeler le monde bien plus profondément qu'Hanish ne le rêvait ?

Maeander se lança dans la traque des enfants Akaran avec la même détermination que celle qu'il avait montrée durant la guerre. Il rassembla autour de lui une meute de ses meilleurs tueurs, des vétérans endurcis et de jeunes loups, habitués à se dépasser et à ne pas s'émouvoir de la douleur d'autrui. Il les mena sur une piste vieille de neuf années. Ils remontèrent en bateau le fleuve Ask, débarquèrent sous les Dolines et partirent vers l'est à travers les forêts qui s'étendaient jusqu'à la Bordure Méthalienne. Aucun indice particulier ne le poussait dans cette direction, mais la population éparse de cette région était restée en majorité fidèle au défunt roi Leodan. Maeander fit questionner ces gens et laissa derrière lui des villages en flammes et des jeunes gens trop arrogants crucifiés aux arbres et lardés de flèches. Quelques langues déliées par la terreur racontèrent des fadaises pour lui plaire, mais il ne se laissa pas tromper et pour tout ce temps perdu il punit ces beaux parleurs d'une manière qu'aucun des rescapés n'oublierait jamais.

Quand ils contournèrent la barrière montagneuse séparant l'Aushénie des Hautes-Terres du Mein, il n'avait toujours pas progressé dans ses recherches. Néanmoins, il commençait à trouver cette mission non dépourvue d'attraits. Depuis longtemps, il avait l'intime conviction que la terreur et la douleur instillées à une victime étaient directement proportionnelles au plaisir goûté par le tortionnaire. Et il avait causé beaucoup de terreur et de douleur. Ce n'était pas exactement ce qu'Hanish lui avait demandé, mais il estimait avoir le droit de mener cette mission comme il le souhaitait.

L'Aushénie offrait de vastes étendues de champs et de bois, des villages et des cités où il put affiner cette théorie. Officiellement, la province était toujours une possession numrek, mais un si grand nombre d'étrangers l'avaient quittée pour s'installer sur la côte talayenne que dans les faits ce territoire était revenu à une semi-autonomie. De l'avis de Maeander, les Numreks créaient plus de problèmes qu'ils n'avaient rendu de services. Il n'y a rien de plus difficile à comprendre que la personnalité de ses propres « amis ». Étrange aussi qu'un pays vaincu quelques années plus tôt refusât de se résigner au nouvel ordre des choses. La mauvaise volonté des Aushéniens prospérait comme les herbes dans chaque fissure de l'endroit. Depuis toujours, on disait que les forêts du Nord abritaient des bandes d'exilés, des gens devenus nomades qui allaient d'un endroit à l'autre et refusaient la réalité. Ses hommes sillonnaient l'Aushénie tels des loups au milieu de moutons innombrables, et recherchaient les signes de l'or acacian parmi ces troupeaux.

Sa stratégie ne se résumait pas à la brutalité, cependant. Il brandissait des récompenses pour les gens qui se comportaient bien, afin de les tenter, de s'attacher leur loyauté, de prouver – autant à eux qu'à lui-même – qu'il existait un prix pour tout. Rien n'était moins cher à acheter que l'honneur. Il fit savoir qu'il paierait largement pour toute information exploitable.

— Celui qui me livrera un Akaran deviendra riche au-delà de ce qu'il peut imaginer, dit-il, et il aura gagné la loyauté éternelle du Mein. Il recevra mille pièces d'or, une île, ou une cité, ou un palais, cent courtisanes ou tout ce qu'il voudra d'autre. Réfléchissez-y, et comportez-vous avec sagesse.

Ce message fut dûment propagé, et pendant quinze jours Maeander explora les pistes les plus crédibles. Il envoya des hommes dans tous les recoins du pays, qui arrêtèrent les chefs des villes suspectes, interrogèrent, menacèrent ou cajolèrent, selon le cas. Il organisa une embuscade sur la route principale entre Aushenguk et le Nord parce que – lui avait-on dit – un parti de rebelles acacians l'emprunterait pour fuir avec une cargaison d'armes et une grosse somme destinées à alimenter une insurrection en projet. On ne découvrit ni ces hommes ni ce chargement. Il fit cerner un village par ses troupes, lesquelles brûlèrent les maisons une à une sur la foi d'un témoignage affirmant qu'un membre de la famille royale acaciane y était hébergé. On ne trouva pas cette personne. Et, un soir, il ordonna à ses hommes d'investir des habitations souterraines où Aliver Akaran lui-même se serait réfugié. Ils découvrirent un antre de débauche numrek assez abominable pour le hanter jusque dans ses rêves.

Après un mois en Aushénie, il s'en voulut de sa propre stratégie. Il avait commis une erreur en acceptant tous les témoignages de ces paysans. Certains de ceux qui venaient le voir fournissaient de faux renseignements, d'autres, motivés par la cupidité, s'étaient convaincus de théories extravagantes sans rapport avec la réalité. Beaucoup fondaient leurs déclarations sur des rumeurs à la validité invérifiable. Quelques-uns étaient des menteurs patentés. Dans les yeux de certains, il crut même discerner une joie dissimulée, ce qui l'irrita plus que tout le reste. Ces bouseux pensaient pouvoir le tourner en ridicule !

Quand un renseignement sérieux atteignit enfin Maeander, pourtant, ce ne fut pas la sorte d'indice à laquelle il s'attendait. La jeune servante d'un ancien garde de Marah vint jurer que son maître savait quelque chose concernant la fille Akaran disparue, Mena. Maeander promit à la fille que si elle mentait il enfoncerait lui-même la pointe rougie au feu d'une lance dans son nombril, et qu'elle cuirait de l'intérieur. La fille était livide et elle tremblait comme une feuille, mais elle confirma son histoire.

Ce prétendu Marah n'était plus soldat. Pour une raison inconnue, il avait décidé de s'installer dans une petite ferme coincée entre deux crêtes rocheuses. Maeander arriva avec ses hommes dans le martèlement des sabots et le fracas des armes. Ils trouvèrent l'homme dans son champ, debout à côté d'un unique cheval, qui les observait comme un vieillard attendant l'apparition de la mort. Il écouta la raison de leur venue en silence, sans regarder la fille ni exprimer beaucoup d'émotion. Puis il désigna sa cabane.

À l'intérieur, Maeander préféra rester debout et marcher de long en large, alors que l'homme s'asseyait. Il avait bien le corps d'un guerrier, en effet, même si les travaux de la ferme l'avaient voûté et déformé. Il posa ses mains aux doigts fins sur ses genoux et contempla son visiteur de ses yeux rougis par la consommation de brume. Il demanda la permission d'en allumer une pipe, et Maeander acquiesça.

Il parla sans hâte, mais sans réticence apparente. Il semblait avoir gardé pour lui cette information depuis si longtemps qu'elle faisait maintenant partie de sa personne et qu'il n'était pas mécontent de se décharger de ce secret. Il répondit lentement et sans détour à chaque question. Il avait été un des gardes qui avaient escorté les Akaran à Kidnaban, après le meurtre de leur père. Il n'avait jamais été particulièrement proche des membres de la famille royale, qu'il observait de loin tandis que leur destin s'accomplissait. Son véritable centre d'intérêt était un autre Marah, un officier qu'il haïssait depuis longtemps et dont il souhaitait plus que tout se venger. C'est en le suivant qu'il avait découvert que les enfants étaient envoyés en lieu sûr. Cet homme, son ennemi, devint le gardien personnel de Mena Akaran. Il les suivit secrètement, et pour cela déserta. Il les vit partir de l'île à bord d'un sloop et les poursuivit jusqu'à un port sur la côte talayenne. Ils embarquèrent à bord d'un autre bateau contenant des provisions en abondance. Il les suivit. Il ne les rattrapa que lorsqu'ils atteignirent la haute mer, hors de la protection de la Mer Intérieure. Alors il tua l'homme.

— Pourquoi as-tu tué ce gardien ?

L'autre souffla un nuage de brume du coin de la bouche avant de répondre.

— Seigneur, il avait ridiculisé mon père.

— Il avait ridiculisé ton père ?

L'homme hocha la tête.

— D'accord, il l'avait ridiculisé, dit Maeander qui commençait à s'impatienter. Comment ?

— Mon père venait d'un village situé au pied des montagnes, dans le nord du Senival. Il parlait avec un accent que ce Marah, originaire de Talay, jugeait risible. Et il le lui a dit.

Maeander eut une moue étonnée qui rendit son visage presque comique, ce qui était très rare chez lui.

— C'est tout ? Il s'est moqué de l'accent de ton père, et tu l'as tué pour ça ?

— Il a fait autre chose, aussi. J'avais une sœur...

— Ah ! La sœur... Nous entrons enfin dans le vif du sujet !

L'ancien soldat regarda fixement Maeander.

— Ce n'est pas ce que vous pensez, Seigneur. Ce n'était qu'une fille, ma sœur. Elle était trop grosse. Elle l'avait toujours été, même bébé. Un jour, alors que nous passions dans la rue, elle et moi, ce Marah l'a appelée. Il a imité les grognements du cochon et fait des gestes obscènes. Elle n'avait pas à entendre ces bruits ni à voir ces gestes. C'était quelque chose que je ne pouvais pas pardonner. À l'époque, je n'étais qu'un jeune garçon, et j'ai vécu avec ce souvenir des années durant sans le toucher. En vérité, je le croyais intouchable, mais peu à peu le courage m'est venu. Ma haine pour lui a fait de moi un guerrier. Quand la guerre est arrivée et a tout bouleversé, elle a aussi rendu certaines choses possibles. J'avais souhaité sa mort, je la lui ai donnée.

Maeander croisa le regard de plusieurs de ses hommes et vit l'hilarité contenue qui faisait briller leurs prunelles, prête à éclater s'il le permettait. Il préféra n'en rien faire et s'efforça d'imaginer ce vieil homme quand il n'était qu'un enfant, mince d'épaules et tremblant d'une rage qu'il n'avait pas le cœur de déchaîner. Il avait du mal à visualiser la scène. Mais il avait découvert depuis déjà longtemps que les autres hommes agissaient rarement d'une manière cohérente pour lui. À n'en pas douter, des guerres avaient été déclenchées à la suite d'affronts moins graves…

— Bon, tu avais tes raisons pour tuer cet homme. Et la princesse ?

— Je ne l'ai pas maltraitée ni aidée.

— Tu l'as laissée en vie, donc ?

L'autre acquiesça, dans un mouvement rendu plus mou par la drogue.

Maeander fit un signe et un de ses hommes prit la pipe à l'ancien soldat.

— Tu veux me faire croire que le destin de la princesse Mena Akaran a été déterminé par une insulte qu'a lancée un jeune idiot à une fillette trop grosse, et que tu es le seul à te remémorer ?

— Croyez ce que vous voudrez, Seigneur. La vérité reste la vérité.

Maeander approcha un tabouret de l'ancien Marah et lui sourit comme s'il était un de ses amis venu partager un verre.

— Dis-m'en plus, alors, fit-il en s'asseyant. Quand as-tu vu la princesse pour la toute dernière fois ?

CHAPITRE QUARANTE-CINQ

PLUS ALIVER DEMEURAIT AVEC LE SANTOTH et plus il avait le sentiment que sa place était parmi les sorciers. Ils conservaient leurs manies singulières. Ils continuaient de glisser tels des spectres, en laissant des traces derrière eux. Il était toujours surpris lorsqu'ils se déplaçaient d'un coup, si subitement qu'il ne pouvait voir comment ils étaient allés d'un endroit à l'autre. Pas plus qu'il ne parvenait à s'habituer au changement instantané de leur expression faciale. Mais par bien d'autres aspects ils l'enveloppaient dans une étreinte accueillante. Ils étaient comme des parents rencontrés pour la première fois et qu'il reconnaissait à un niveau plus fondamental que celui de son esprit conscient.

Il en vint à trouver familiers leurs traits érodés. Parfois, quand il scrutait les contours vaporeux d'un de ces visages, il croyait contempler une image identique à la sienne, comme si l'être devant lui était en fait un miroir vivant, un reflet de lui-même à la fois solide et immatériel, semblable à lui et pourtant différent d'une manière qui demandait à être étudiée. Il n'avait plus ouvert la bouche pour prononcer un mot depuis cette première fois, quand il avait entendu la monstruosité de sa propre voix, pas plus qu'il ne pensait maintenant à écouter avec ses oreilles. Leurs conversations n'éveillaient aucune résonance auditive, mais elles n'en étaient que plus intimes. Elles s'accordaient au rythme de pensées logées dans un endroit silencieux de son esprit. Il en arriva à éprouver dans sa communication avec eux une aisance plus grande que celle que lui avait procurée la parole.

Il sentait que, dans ces échanges tourbillonnants entre eux, les Hérauts du Santoth attiraient des portions de sa conscience. Ils cherchaient des parcelles de souvenirs et de renseignements, des détails enfouis dans les recoins de son esprit et oubliés depuis longtemps. Et quand il libérait ces informations, il les revivait jusqu'à un certain degré. Il parcourait de nouveau certains instants de son enfance. Il revoyait des images dont il n'avait plus rêvé depuis des années, il entendait les histoires narrées par son père, écoutait sa mère fredonner pour l'endormir. Il éprouvait cette quiétude totale des moments où il se blotissait contre sa poitrine, alors qu'elle l'entourait de ses bras et que son souffle doux lui caressait la joue. Mais il se rappelait aussi des moments beaucoup moins agréables.

Les Hérauts du Santoth montraient une curiosité croissante et insatiable concernant tout ce qu'il avait vu et connu, sur l'histoire telle qu'il la comprenait, des événements qui pour eux appartenaient à un passé très récent. Il sentit leur émoi en apprenant que Tinhadin avait accepté de mourir à un âge comparable à celui d'un homme ordinaire. Ce n'était pas le sorcier qu'ils avaient connu, cet homme dévoré par l'ambition qui ouvrait les bras avec l'espoir d'étreindre le monde entier. Il leur fut également difficile d'accepter le fait que les descendants directs du sorcier ne savaient rien du parler du Dispensateur. Comment pouvaient-ils tout ignorer du *Chant d'Élenet* ? Comment de telles connaissances s'étaient-elles perdues ? Aliver décelait la peur derrière ces questions, et il savait qu'ils ne le croyaient pas complètement. Bien qu'âgés et sages, ils étaient liés à la vie comme toute autre créature. Ils ignoraient ce que l'avenir pouvait leur réserver, et ils nourrissaient les mêmes craintes que n'importe quelle personne confrontée à l'incertitude.

Néanmoins, ils lui offrirent plus qu'ils ne lui prirent. S'ils ne savaient rien des événements qui avaient marqué le monde durant ces derniers siècles, ils conservaient un savoir encyclopédique des temps anciens qui les avaient façonnés et de tout ce qui avait précédé cette époque. Ils le rassasièrent d'histoire et de savoir. Ils lui détaillèrent la Répartition d'une manière qui réécrivait entièrement la fondation de sa dynastie. Ils parlèrent d'Édifus, de Tinhadin et d'Hauchmeinish comme s'ils les avaient quittés la veille. Ils narrèrent des batailles et des duels dont les Formes n'avaient pas gardé trace.

Très peu de ce qu'il apprit sur les actes des gens commençait ou se terminait avec les nobles idéaux ou la méchanceté démoniaque qui sous-tendaient les grands combats, d'après ce qu'on lui avait toujours dit. Il y trouva un certain réconfort. Pour une fois, la nature du monde et les crimes des hommes qui le modelaient prenaient un sens véritable pour lui. Il se rendit compte qu'une vérité autre existait. Les choses s'étaient produites d'une certaine façon. Il était possible de comprendre les événements, mais il fallait s'affranchir de tout jugement, et aborder ces événements sans chercher à les interpréter pour créer certaines significations, pour les expliquer, prouver leur justesse. Les Hérauts du Santoth n'essayaient rien de tout cela. Ils l'informaient simplement et semblaient n'avoir aucune opinion sur le catalogue de crimes et de souffrances qu'ils relataient.

Le plus souvent, il échangeait avec une conscience collective, dans laquelle chaque voix individuelle coulait suivant son propre débit. De temps à autre, il se retrouvait assis à côté du sorcier qui le premier s'était adressé à lui. Il s'était présenté sous le nom de Nualo, bien que dans son existence ici il fût inutile de le personnaliser par un nom. Si une pensée lui était destinée, il le savait. De même, si une pensée émanait de Nualo, Aliver en reconnaissait l'origine par sa cadence et l'impression qu'elle lui laissait.

À un certain stade – que ce fût le jour ou la nuit, une semaine ou un an après son arrivée dans ce Sud lointain, Aliver aurait été bien incapable de le dire –, Nualo déclara qu'il venait de comprendre quelque chose, une faille qu'avait le jeune homme dans sa conception du monde. Il se rapportait à la légende de Bashar et Cashen.

L'histoire, comme tout enfant acacian le savait, était celle de deux frères et rois qui, parce qu'ils n'avaient pas su se partager équitablement le pouvoir, devinrent ennemis jurés. Ils s'affrontèrent dans les montagnes et parfois, durant les grandes tempêtes, leur colère s'éveillait de nouveau et l'on pouvait entendre l'écho de leur éternelle rivalité. Cette légende, dit Nualo, cachait une vérité qu'Aliver devait connaître.

Il n'y a pas de Bashar et il n'y a pas de Cashen.

Il y avait toutefois deux peuples, l'un appelé Basharu, l'autre Cularashen. Dans un passé si lointain qu'on perdait le compte des siècles, ils constituaient deux nations de la race talayenne. Ils avaient des ancêtres communs, mais ils se développèrent séparément et finirent par croire qu'ils étaient totalement différents. Les deux nations prospérèrent en nombre comme en richesse, et elles apprirent à être fières de leur passé et de leur supposée identité. Les Basharus se croyaient les bien-aimés du Dispensateur. Pour les Cularashens, c'était là une hérésie, puisque c'étaient eux les préférés du dieu. Les deux peuples trouvèrent toutes sortes de preuves pour étayer leurs prétentions : dans la bonté que le Dispensateur leur montrait par leurs récoltes abondantes, dans les maladies qu'il infligeait à l'autre nation, dans le soleil qui favorisait les cultures des uns, dans les inondations qui détruisaient celles des autres. Chaque année – et même chaque mois, chaque jour et chaque heure – confirmait leurs affirmations.

Finalement, les deux peuples convinrent d'en appeler à l'arbitrage du Dispensateur. Par des prières et des sacrifices, des offrandes et des cérémonies, ils lui demandèrent de leur faire connaître sa préférence. Ils voulaient qu'il choisisse entre les deux peuples afin que tous voient et comprennent qui il bénissait. Mais le dieu ne leur répondit pas, du moins pas par un signe que les deux camps auraient pu interpréter pareillement. Ils décidèrent donc de régler le problème par eux-mêmes.

Ce fut la première guerre entre deux peuples, pendant laquelle ils firent l'apprentissage de tous les avilissements que les humains emploieraient dans les conflits ultérieurs. Les Basharus l'emportèrent, et les Cularashens furent contraints de fuir le Talay. Ils s'établirent sur une île située au centre de ce qui pour eux était une mer immense. Ils emportèrent maintes choses, dont des graines d'acacia. Ils plantèrent celles-ci sur toute l'île pour se sentir chez eux. Ils vivaient toujours sur cette île.

Ce nom, Cularashen, a été oublié, dit Nualo. *Comme celui de Basharu. Mais le peuple vaincu des Cularashens est celui que tu appelles Acacians. Prince, tu es l'un d'entre eux.*

Comment serait-ce possible ? demanda Aliver. *Nous sommes tellement différents des Talayens. Par tant de côtés…*

Il pensait aux caractéristiques raciales, à la couleur de la peau, aux traits et à la forme du visage. Mais il hésita à projeter cette pensée. Quelque chose en elle le gênait.

Nualo le comprenait fort bien. Il dit que le Dispensateur avait été furieux de la folie de ces gens. Il détestait la guerre et cette ignominie qui jaillissait de sa propre création. Si les humains se croyaient tellement différents les uns des autres, alors il ferait en sorte qu'ils le soient encore plus. Il tordit la langue des gens qui se mirent à parler différemment, de sorte que les dires d'un peuple étaient incompréhensibles pour un autre. Il en fit rôtir certains au soleil et en laissa d'autres se flétrir et pâlir dans le froid. Il étira les nez ou les écrasa, rendit certaines personnes grandes, d'autres petites, incrusta les yeux sous les arcades sourcilières ou les fit obliques, saillants, enroula les cheveux en boucles ou les rendit raides. Le Dispensateur fit tout cela en manière d'épreuve, pour qu'ils comprennent. Mais ils ne comprirent pas. Avant longtemps, les humains avaient accepté d'être différents les uns des autres, et très vite la discorde entre eux devint la norme. Et ce comportement, en plus de la trahison d'Élenet, poussa le Dispensateur à se détourner de ce monde qui le dégoûtait. Depuis, il n'avait plus eu aucun rapport avec lui.

Toutes les races ne font qu'une ? demanda Aliver.

Toutes les races du Monde Connu ne font qu'une, oui, répondit Nualo. *L'oubli de cette vérité a été le deuxième crime perpétré par les humains. Nous en souffrons encore.*

Aliver devrait vivre avec cette nouvelle version du monde pendant quelque temps avant qu'elle ne devienne réelle pour lui. L'ancienne fierté toujours présente en lui raillait l'idée que les Acacians ne soient rien de plus qu'une tribu de Talay vaincue et exilée. Durant toute son existence, la suprématie d'Acacia avait été une certitude. Certes il avait dû lutter pour surclasser ses pairs talayens lors de rencontres durant ces neuf dernières années, mais il en avait attribué la difficulté à ses propres imperfections. Il n'était pas à la hauteur de ce qu'il incarnait pour son peuple. C'était ce qui le poussait à se dépasser continuellement, à toujours travailler plus dur, s'entraîner, se battre comme un guerrier et tuer un laryx.

Il était tellement certain de ses propres défauts qu'il avait cherché à les dissimuler chaque jour de sa vie. Mais rien de tout cela n'avait ébranlé sa conviction que les différences observables dans l'apparence des gens constituaient la preuve indiscutable de différences internes. Nualo et les Hérauts du Santoth sapaient ces certitudes et le laissaient à la dérive sur une mer de possibilités inconnues. Pour des raisons qu'il se refusait à reconnaître pleinement, ce constat le troublait beaucoup plus que toutes les autres révélations faites par les sorciers.

Il lui sembla vivre une éternité avant qu'ils ne le remettent sur la voie de son but. Ils le firent de façon massive. Ils se rassemblèrent autour de lui, cercle après cercle, visage de pierre après visage de pierre, comme l'auditoire qu'il avait connu à son arrivée. Aliver ne se rendit compte que graduellement qu'ils avaient un objectif très précis. Ils l'avaient accepté. Ils avaient attendu. Ils avaient appris et partagé avec lui. À présent, ils avaient une exigence à exprimer.

Ramène-nous dans le monde, dirent-ils de cette voix unique qui était celle de tous. *Libère-nous.*

Ils lui affirmèrent qu'il était le seul capable d'y parvenir. Lui seul dans sa génération – c'est-à-dire le fils premier-né de la lignée paternelle de Tinhadin – pouvait lever la malédiction qui les maintenait dans cet état d'isolement par rapport au reste du monde. C'était ainsi que Tinhadin avait tressé les liens magiques. C'était une malédiction très puissante, mais Élenet lui-même avait décrété qu'il devait exister une manière de briser n'importe quel sort. Il savait que les hommes s'égaraient toujours, d'une façon ou d'une autre, quand ils parlaient la langue du Dispensateur. L'erreur pouvait ne pas paraître évidente immédiatement, ses ramifications pouvaient demeurer cachées pendant des siècles, mais la faute finissait toujours par se révéler. Tinhadin n'avait eu d'autre choix que de se conformer à cette règle, même quand il avait puni tous les autres membres de son ordre.

Il n'existe pas de malédiction qui ne puisse être levée, dirent les Hérauts. *Il y a toujours une issue qui jamais ne se referme. Tu es cette issue et il te suffit de prononcer les mots.*

Quels mots ? demanda Aliver.

Ils ne pouvaient lui apporter la réponse à cette question. Aliver seul était en mesure de la deviner. Les Hérauts ne pouvaient même pas l'instruire, car leur parler divin s'était tellement corrompu avec le temps que rien de ce qu'ils murmuraient ne sonnait comme ils le désiraient.

Je ne sais rien de la langue du Dispensateur, dit-il, et ce n'était pas la première fois qu'il exprimait ainsi son ignorance. *Je n'avais jamais entendu parler du* Chant d'Élenet *avant que vous ne le mentionniez. Je n'ai jamais appris le moindre mot du langage de la Création. Je suis désolé, mais je suis impuissant à vous aider.*

Ils ne dissimulèrent pas leur déception. *Alors pourquoi nous avoir cherchés* ? *Pourquoi nous avoir tirés de notre sommeil* ?

Pourquoi, en effet ? Il avait presque oublié toutes ces longues années qui l'avaient mené à l'instant présent. Il lui fallut fournir un effort réel pour se concentrer sur le but qui avait été le sien. Mais, dès qu'il s'y essaya, tout lui revint. Il était parti à leur recherche avec la certitude de l'importance de sa mission. Il y avait tout un monde de gens – dont beaucoup étaient chers à son cœur – qui étaient engagés dans un combat titanesque. Il était ici pour trouver de l'aide et non pas un refuge, un foyer parmi les bannis ou l'oubli du reste du monde. Il était venu demander aux Hérauts du Santoth ce qu'ils pouvaient faire pour sauver une famille – et un monde – qui les avait chassés.

Il laissa tout cela s'écouler librement de sa personne et toucher les sorciers. Ce flot tournoya dans l'air entre eux, et les pénétra dans cet échange muet qui semblait maintenant si naturel.

Tu nous demandes des choses que nous ne pouvons pas faire, dirent-ils. *Nous pourrions t'aider d'ici, mais il y aurait des limitations.*

Avec vos pouvoirs vous pourriez beaucoup. J'en suis certain. Je... Je vous donne la permission de quitter ces lieux et de revenir dans le monde.

Ils prirent le temps de considérer l'offre. Il serait agréable de s'aventurer dans le Nord, finirent-ils par reconnaître. Mais, s'ils n'étaient pas libérés comme il convenait de la malédiction de Tinhadin, jamais ils ne pourraient se comporter comme des gens ordinaires dans le monde. Ils ne seraient que des fantômes ambulants qui hanteraient un monde auquel ils n'appartenaient pas totalement. Qui plus est, ils ne pourraient pas l'aider comme il le désirait.

Tu veux faire la guerre.

À son tour, Aliver hésita. Ils disaient les choses si crûment... Pourtant c'était vrai, au moins en grande partie. Il ne le souhaitait pas, mais la bataille approchait. Maintenant que les souvenirs lui revenaient, il était clair que toute sa vie avait mené vers la guerre. Une guerre horrible. Un conflit qui signerait sa libération ou son anéantissement. Il n'avait d'autre choix que d'assumer pleinement son rôle dans tout cela. Bientôt, il devrait retourner dans le monde, et... *Oui, je ferai la guerre à mes ennemis*. Il faillit ajouter « noblement », ou « justement », car c'était ainsi qu'il se voyait combattre. Il joua avec ces mots en esprit mais ne les communiqua pas. Il savait ce que les Hérauts penseraient de telles notions.

Tu peux nous inviter à revenir dans le monde, dirent-ils, *mais nous serons des formes sans substance.*

Mais si vous étiez libérés ? s'enquit Aliver. *Si je trouvais* Le Chant d'Élenet... *si j'apprenais comment vous libérer... vous pourriez alors vous battre pour moi* ?

Après avoir posé la question, il resta assis, immobile, conscient des battements de son cœur, des visages flous autour de lui et de la gravité avec laquelle ils pesaient leur réponse. C'était la première sensation de temps qu'il éprouvait depuis son arrivée ici. Quelque chose avait changé. Le monde s'était mis à le réclamer de nouveau, et soudain il lui parut urgent d'obtenir la réponse à cette interrogation. *Vous battriez-vous pour moi* ?

Si tu nous libères, nous combattrons pour toi, déclarèrent les Hérauts du Santoth d'une façon précipitée trahissant les émotions qu'ils avaient jusque-là tenté de maîtriser. *Refais de nous de véritables sorciers, Seigneur Prince, et nous balaierons et nettoierons ce monde pour que tu le rebâtisses selon tes désirs.*

Chapitre quarante-six

Spratling s'éveilla. Il avait les yeux ouverts : il s'était libéré du rêve. Ce n'était pas réel. Il s'efforça de réprimer la peur qui l'avait tiré si brutalement du sommeil, mais ce n'était pas facile. La lumière de la lampe accrochée près de la porte délabrée de sa cabane n'aidait en rien à dissiper la menace qu'il sentait battre entre ces quatre murs, dans le tabouret à trois pieds et dans la bouteille de vin à demi pleine sur l'étagère. De l'extérieur parvenait la respiration basse de l'océan. Il savait qu'il n'y avait rien à craindre de ces objets très ordinaires et de ces sons naturels. D'une certaine façon d'ailleurs, il n'y avait rien eu à craindre de son rêve. Rien de comparable aux dangers qu'il affrontait volontairement chaque jour. Mais le simple fait de savoir cela ne lui était d'aucun secours dans ces instants entre le rêve et le retour au monde conscient.

Le cauchemar qu'il avait fui était une autre variation des visions qui hantaient ses nuits depuis l'arrivée de Leeka Alain sur les Îles du Lointain. L'ancien soldat insistait pour l'appeler par ce nom qu'il avait presque oublié. Chaque rêve commençait avec la sensation aiguë de sa petitesse. Il n'était qu'un enfant aux membres grêles, et il voyait le monde d'en bas. Il savait qu'il était la cible d'un ennemi sans nom ni forme. Si cette chose l'atteignait, quelque chose de terrible se produirait. Il ignorait quoi, mais il ne pouvait pas rester sans bouger et attendre de le découvrir. Alors il errait dans des couloirs souterrains, au cœur d'un labyrinthe sombre et absurdement complexe. Le monde n'avait d'existence que devant lui, et lui-même n'existait qu'en y avançant. Derrière lui tout disparaissait. Il traversait les croisements de tunnels en courant, par crainte de ce sur quoi ils pouvaient ouvrir. Depuis les parois en pierre, des créatures étranges tendaient leurs serres, leur bec et leurs têtes cornues, et chacune était figée dans une expression rageuse. Comme il serait facile pour n'importe laquelle de le déchiqueter, et comme cette immobilité qu'elles simulaient pour paraître appartenir à la pierre était horrible ! S'il tendait l'oreille, il percevait leur respiration assourdie.

Bien que les couloirs et son parcours ne soient jamais les mêmes, il arrivait toujours au même endroit. Il débouchait dans une vaste chambre brillamment éclairée, pleine de gens, de rires et de musique, du tintement continu des verres pareil au chant de l'eau cascadante. Cent visages se tournaient vers lui en souriant. Tous étaient là en son honneur, car c'était son anniversaire. C'est ce qu'il avait cherché tout ce temps ! La fête pour son dixième anniversaire. Les gens l'entouraient, et tous l'appelaient par ce prénom que Leeka employait. C'était d'ailleurs le seul mot qu'ils prononçaient, sur tous les tons, en le répétant comme pour former des phrases, des interrogations, des accusations. Ils parlaient une langue composée d'un mot unique : son prénom.

Parmi eux, la fille la plus jeune tendait la main vers lui, sa paume blanche ouverte, ses doigts recourbés pour l'attirer. Ce geste déclenchait en lui un spasme de terreur. Elle s'avançait en lui murmurant de ne pas avoir peur, et plus elle le disait, plus il croyait que c'était là un mensonge. Elle avait d'immenses yeux bruns, trop grands pour son visage. Il se rendait soudain compte qu'elle n'était pas celle qu'il avait cru, alors même qu'il n'avait aucune idée de son identité. Et c'était cette révélation paradoxale qui l'arrachait au sommeil.

Comme à chaque fois, l'expérience le laissait bouleversé. Qui avait-il reconnu dans cette fille ? Qui s'était-il rendu compte qu'elle était *réellement* ? Parfois il passait une grande partie de la journée tourmenté par son image, et hanté par son regard. Il savait que le secret de son identité résidait quelque part en lui. C'était comme s'il avait un dé à cent faces avec la vérité inscrite sur une seule. Il le lançait encore et encore, mais n'obtenait jamais la réponse.

À côté de lui, Wren s'étira sur la paillasse. Elle roula du dos sur le flanc, visage détourné. Il eut l'impression qu'il pouvait entendre ses paupières s'ouvrir. Ses yeux n'étaient pas du tout comme ceux de la fille dans le rêve. Wren était issue d'un peuple côtier du Nord, au-dessus de la Candovie. Elle avait une chevelure raide et argentée comme celle d'une femme meine, mais ses yeux étaient étroits et à fleur de visage. Ils lui donnaient un air vaguement rêveur que démentait l'acuité de son esprit de prédateur.

— Les rêves n'ont aucun pouvoir au-delà de leur royaume, lui avait-elle dit un jour. Seuls les actes comptent.

Spratling était certain qu'elle avait raison, mais il ne savait s'il devait voir dans cette affirmation un réconfort ou un défi.

Plus tard, quand il rejoignit les autres pirates qui prenaient leur repas du matin, il alla parmi eux d'un pas assuré, en souriant et en plaisantant, faisant montre de cette aisance qu'il affichait toujours avec ses hommes. Ils étaient assis sur des bancs disposés autour d'une cuisinière qui avait été rapportée du réfectoire de Palishdock. C'était une énorme chose en fonte. Spratling lui-même avait pris la tête d'un petit groupe afin de retourner à leur campement et de la sauver des cendres et de la destruction que le vaisseau de la Ligue avait provoquées. Sa réapparition ici, dans cette île plus au sud qui était leur troisième cachette en autant de mois, avait quelque peu remonté le moral des troupes.

Spratling fit halte et emplit ses poumons de l'odeur du lard qui grillait sur l'épaisse plaque métallique. Quand il se pencha en avant pour prendre une tranche cuite à point entre ses deux doigts, il ne remarqua pas l'arrivée du général jusqu'à ce que celui-ci prenne la parole. Leeka se tenait à quelques pas de distance, de l'autre côté de la cuisinière. Il parla assez fort pour que tout le monde l'entende :

— Pourquoi n'avoir rien dit aux autres sur la clef ? demanda-t-il. Pourquoi ne leur as-tu pas rapporté ce que le prisonnier t'a révélé ?

L'appétit et la bonne humeur de Spratling s'évanouirent aussitôt. Il avait su que cet instant arriverait, bien sûr. Huit jours s'étaient écoulés depuis l'attaque du vaisseau de guerre. Il avait fait jurer le silence aux quelques pirates qui avaient entendu à quoi la clef était destinée, mais les secrets entre pillards ne tenaient pas longtemps, surtout avec un pilote de la Ligue retenu prisonnier parmi eux. Spratling se maudit de l'avoir ramené. Il aurait dû le tuer cette nuit-là, mais il n'avait pas pu résister à la tentation d'emmener un otage d'une telle valeur, sans parler de son désir d'apprendre tout ce que l'autre pouvait lui révéler. Il s'était arrangé pour que seuls les hommes présents dans le poste de pilotage lui apportent eau et nourriture, et seuls Spratling et Dovian l'avaient interrogé. Mais depuis leur retour tout le monde pensait à sa présence.

— C'est moi qui prends les décisions ici, pas toi. Quand je fais quelque chose, c'est pour de bonnes raisons.

— Je croyais que c'était Dovian qui dirigeait le groupe, rétorqua Leeka. Tu n'es qu'un de ses pirates, non ? Tu l'as dit toi-même. Spratling le pillard. Un parmi tant d'autres...

Le jeune homme pivota pour lui faire face à travers le rideau ondoyant d'air surchauffé.

— Dans les deux cas, ce n'est pas *toi* qui prends les décisions pour nous.

Il avait parlé d'une voix tendue, presque menaçante. Il n'avait pas eu l'intention de laisser transparaître ainsi sa colère, mais cet homme avait l'art de le faire sortir de ses gonds. Il n'avait pas gardé le secret sur la clef par timidité, bon sang ! Il lui fallait simplement le temps de réfléchir à sa signification et de décider comment l'utiliser au mieux. Leeka n'avait pas à l'interroger sur ce sujet.

— Dovian est d'accord avec moi, dit le soldat.

Comme sur un signal, le vieux pirate se leva de l'endroit où il était assis, à la limite du groupe. Il s'approcha de son pas pesant. Quelles que soient les souffrances qu'il endurait en se déplaçant, il les réprimait derrière ses dents serrées. Il semblait aller mieux depuis quelque temps. On le voyait plus souvent debout, mais peut-être s'ingéniait-il seulement à dissimuler les ravages de sa maladie.

— Tu détiens une arme qui pourrait créer de gros dommages à la Ligue, reprit Leeka. Tu devrais le faire savoir, et ensemble nous dresserions un plan pour nous en servir.

Le regard de Spratling passa de l'Acacian au Candovien, et il exprima son irritation par la seule intensité dans ses prunelles. Dovian conserva un air attristé, presque contrit, avec une pointe de déception.

— Nous en parlerons plus tard...

— Non, dit Leeka. Parlons-en tout de suite. Est-ce que vous tous ne voulez pas savoir, et maintenant ? Notre jeune capitaine porte pendue à son cou une clef dont il doit vous parler. Vous voulez tous savoir de quoi il retourne, n'est-ce pas ?

Personne ne répondit. Ce n'était pas nécessaire. Il y avait dans ce silence un message évident. Bien sûr, tous voulaient savoir, et Spratling ne pouvait leur nier ce droit. Il laissa tomber la tranche de lard à ses pieds. Il n'avait plus d'appétit.

Cet après-midi-là, ils eurent la réunion que Leeka souhaitait. Ils s'assirent sur le sable de la plage, à l'ombre sous les palmes des cocotiers. Pas un nuage ne venait troubler le bleu du ciel où régnait en maître un soleil éclatant. Spratling ne chercha pas à diriger la discussion. Wren et Clytus, Geena et tous ceux qui avaient participé à l'assaut contre le vaisseau de guerre de la Ligue furent heureux de briser le silence qu'ils s'étaient imposé.

— Rappelez-vous, il y a quelques mois, dit Geena, l'arraisonnement de ce brick avec le « crochet » de Spratling. Nous en avons tiré un butin très convenable, n'est-ce pas ? Mais il y avait un objet d'une valeur bien plus grande que les autres.

— Vous voyez ce qui pend au cou de Spratling ? enchaîna Wren. C'est de cela que nous parlons. Vous l'avez tous vu, mais nous ignorions sa valeur jusqu'à ce que le pilote du vaisseau de guerre nous la dévoile. C'est une des quelques clefs qui déverrouillent les plates-formes de la Ligue.

— Il n'en existe que vingt, dit Nineas. Vingt seulement. Et nous en détenons une.

— Et nous avons ramené le pilote avec nous, fit Clytus. Spratling a appris un tas de choses de sa bouche, je parie. Alors il faut nous demander comment nous servir de cette clef et des révélations de notre nouvel informateur.

Pendant les heures qui suivirent, les pirates étudièrent la question sous tous ses angles. Ils imaginèrent les hypothèses les plus diverses, car ils étaient impatients de se venger et voyaient la possibilité d'un butin comme ils n'en avaient jamais connu. Les Ligueurs étaient immensément riches, et ils aimaient satisfaire leurs goûts les plus extravagants. Que pouvaient receler ces plates-formes ? Des esclaves par milliers ? Des entrepôts débordant de brume ? Peut-être des courtisanes à la beauté affriolante ? De l'or et de l'argent en quantité, très certainement. Des palais flottants décorés de fleurs et de plantes rares, dallés de marbre. Ils pourraient se draper dans la soie, boire du vin dans des coupes incrustées de turquoises, et manger, manger comme jamais encore ils n'avaient mangé. Ils passeraient le restant de leur vie à profiter de mille et un plaisirs. Ils auraient tout loisir de se noyer dans les excès, ce qui était le rêve de tout pirate. Ils pourraient même reprendre le négoce de la brume à leur compte ! Alors ils auraient un moyen de pression énorme sur Hanish Mein, et leur fortune ne connaîtrait pas de limites.

Avec l'assentiment de Dovian, ils firent venir le prisonnier. Il avait les mains liées et ses vêtements étaient en loques. Il resta là, crasseux et timide, au milieu de leur cercle. Il fallut parfois le menacer ou le bousculer un peu, mais il répondit à toutes les questions qu'on lui posait. Et ce qu'il dit ne fit qu'alimenter l'enthousiasme des pirates.

Spratling les laissa parler. Il s'étonnait de la facilité avec laquelle ils perdaient tout sens des réalités. Des obstacles monumentaux se dressaient devant eux, et personne n'y faisait allusion. Leeka intervint très peu. Dovian lui-même semblait croire à leurs élucubrations. C'est seulement quand ces conversations débridées se calmèrent un peu que le vieux chef prit la parole. Il se leva et vint décrire un lent cercle face aux pirates. En dépit de son âge et de sa santé défaillante, l'homme en imposait toujours.

— C'est agréable d'imaginer, n'est-ce pas ? Oui, je sais, c'est très agréable. Et vous savez tous que j'ai vu ces plates-formes quand j'étais jeune. Nous sommes passés en bateau près d'elles, comme par défi. Nous avions une flotte entière aux trousses, et on nous a poursuivis si loin dans le Nord que nous avons vu des montagnes de glace flottante. J'ai bien failli laisser ma peau lors de cette petite escapade. Mais je les ai vues. Et elles sont telles que vous les imaginez, et plus incroyables encore.

Il cessa de marcher en rond. Il regarda machinalement autour de lui pour chercher la canne dont il s'était débarrassé depuis peu. Puis il se reprit et dévisagea les hommes un à un.

— Mais nous ne pouvons pas avoir leurs trésors. Nous ne sommes pas ici pour ça. Une armée entière ne suffirait pas à faire le siège de ces plates-formes, et de toute façon nous ne disposons pas d'une armée. Et leurs richesses... À la vérité, je n'en veux pas. Vous parlez d'esclaves ? De courtisanes ? Allons donc ! Je n'ai jamais été contre un peu de butin, et ça ne m'a jamais gêné de prendre ce que je désirais. Le pillage est un métier honnête, non ? Nous le pratiquons avec nos mains, et avec nos tripes. Mais ce que la Ligue trafique appartient à un niveau complètement différent de misère. Et croyez-moi, mes amis, vous n'avez pas envie de ça. Néanmoins, vous pourriez avoir envie d'effacer les Ligueurs de la surface de la terre. Vous voulez des récompenses ? Que pensez-vous de l'amour de tous les enfants qui ne seront plus vendus et envoyés de l'autre côté de l'océan ? De la gratitude de leurs parents ? Du simple fait de savoir que vous avez rendu ce monde un peu meilleur ?

Dovian se tut un moment et scruta les visages tournés vers lui. Ses yeux passèrent sur Spratling sans lui accorder plus d'intérêt qu'aux autres.

— Ce que je dis, c'est qu'il n'y a qu'une seule chose à faire avec cette clef. Et c'est cette chose que nous devrions faire.

Aucun des pillards qui quelques instants plus tôt s'excitaient à l'idée du pillage n'éleva la moindre récrimination. Telle était l'influence de Dovian sur eux. L'élaboration du projet fut rapidement menée, car l'entreprise demanderait avant tout du courage. Telle que Dovian l'exposa, la mission était d'une grande simplicité. Ils n'avaient que trois obstacles à surmonter : arriver aux plates-formes sans avoir été repérés, utiliser les connaissances du pilote pour déverrouiller la bonne porte, en espérant que les serrures n'avaient pas été changées, et trouver un entrepôt bien précis. Il pensait que chacune de ces étapes était réalisable.

Par exemple, lors de leur approche, ils devraient surtout éviter d'attirer l'attention. Aussi stables et massives que soient les plates-formes, la Ligue ne s'attendait certainement pas qu'une d'entre elles soit attaquée. Elle n'avait plus d'ennemi depuis des centaines d'années et elle ne se méfierait sans doute pas d'un unique petit navire.

— Ils ne prêteront peut-être pas attention à un bateau ordinaire, c'est vrai. Mais on ne sait jamais. Ce qui est sûr, c'est qu'ils ne le guetteront pas. Aucune marine au monde n'est de taille à seulement représenter une menace pour eux, et ils n'imagineront pas que nous puissions mettre ce plan à exécution.

Mais la prudence restait de mise. Il existait un atoll à moins d'un jour de mer des plates-formes. S'ils le prenaient comme base pour lancer leur assaut, au bon moment et dans des conditions de navigation correctes, ils seraient en mesure d'atteindre leur cible dissimulée par l'obscurité.

La question de savoir si la clef serait toujours utilisable constituait un autre écueil.

— Et s'ils ont changé les serrures ? demandèrent plusieurs voix. Ou placé des gardes aux points d'accès ?

Dovian ne pensait pas que quelques mois leur auraient suffi, même s'ils avaient voulu changer les serrures. La fabrication de la clef était telle qu'elle ne pouvait être facilement remplacée ni modifiée. De plus, seule une poignée de Ligueurs détenaient une clef semblable, et chacun avait juré de garder la sienne au péril de sa vie.

— Celui qui devait protéger celle-là ne l'a pas fait, dit Leeka. Il ne l'a pas accompagnée, et il l'a envoyée à bord d'un vaisseau sans escorte. S'il a été assez inconscient pour laisser sa clef sur ce navire, je parie qu'il n'a pas signalé sa perte. Le faire aurait signifié sa mort. Et les Ligueurs eux-mêmes sont attachés à la vie, non ?

Il avait posé la question au prisonnier qui répondit, d'un ton abattu :

— Plus que n'importe qui, moi mis à part...

— Ce Ligueur espère que nous ne savons pas ce que c'est, dit Dovian. Et nous ne le savions pas, n'est-ce pas ? Spratling la portait à son cou comme un souvenir. Il aurait tout aussi bien pu la fondre ou la jeter par-dessus son épaule sans plus y penser. Si vous étiez le Ligueur, renonceriez-vous à l'existence pour la vague probabilité que quelqu'un ait reconnu cette clef pour ce qu'elle est, et que cette même personne ait imaginé un moyen de s'en servir ?

Restait enfin à décider de ce qu'ils feraient une fois à bord des plates-formes. Sur ce point, Dovian paraissait beaucoup plus assuré. L'un des quadrants des plates-formes flottantes était situé à l'écart des autres, séparé d'eux par un long ponton.

— Les entrepôts de poix, dit-il. L'endroit où ils la fabriquent et où ils la mettent en réserve. Il n'existe pas de substance plus combustible sur terre. Nous avons tous vu ses effets. Elle s'enflamme à la moindre étincelle et brûle comme l'enfer, même sous l'eau. Tout ce que nous avons à faire, c'est nous approcher assez pour l'allumer. Le brasier réduira tout en cendres. Il projettera des masses de poix assez haut et assez loin pour qu'elles atteignent les autres plates-formes. L'ensemble sera dévasté, vous pouvez me croire.

Bien que mis de côté dans la discussion, Spratling s'échauffait devant cette possibilité. C'était une idée incroyable, et un plan assez audacieux pour mériter d'être tenté. Mais il comportait un défaut.

— Quelqu'un devra allumer cette étincelle, remarqua-t-il. Et ce quelqu'un ne quittera pas la plate-forme vivant.

Dovian parut agacé qu'il ait soulevé ce point, mais les autres le prirent en considération. Geena suggéra une mèche pour retarder l'explosion. Ils pouvaient aussi décocher une flèche enflammée, ou catapulter un autre « remède » par-dessus les remparts qui protégeaient la plate-forme. Mais toutes ces propositions n'étaient pas assez solides pour qu'on les retienne. Les mèches trop longues n'étaient pas assez fiables. Elles risquaient d'être découvertes pendant qu'elles se consumaient, et un seul garde réduirait alors leur attaque à néant avec la semelle de sa botte. Une flèche ou un « remède » lancé par catapulte – en admettant qu'ils établissent un plan convenable pour ce genre de manœuvre – entraînerait quand même une explosion immédiate qui risquait d'être fatale à tous. Non, pour survivre, ils devraient se trouver loin des plates-formes. L'un d'entre eux devrait enflammer la poix de près, afin de s'assurer que le brasier prenne bien. Tout autre plan était trop compliqué, trop susceptible d'échouer.

— Alors j'ai une idée, déclara Dovian. Quand nous arriverons à la plate-forme, nous tirerons au sort pour savoir qui allume la poix. Chacun d'entre nous présent à bord du *Ballan* se soumettra au tirage au sort. Si vous ne voulez pas être désigné, alors ne venez pas. Dites-le dès maintenant. Chacun de ceux qui navigueront participera, et celui qui sera désigné accomplira la mission. On peut trouver étrange de laisser le hasard décider à notre place, mais le but est de ne perdre qu'une seule personne. Et celui qui n'en réchappera pas emportera dans la mort nombre de Ligueurs.

Une semaine plus tard, le *Ballan* fit voile vers le nord, avec un équipage restreint. Ils contournèrent la grande île de Thrain et poussèrent entre les buttes volcaniques surnommées les Mille. Ils patientèrent deux jours dans une crique discrète à la limite ouest des îles, et dès le matin du troisième cinglèrent en pleine mer. Les vents n'étaient pas orientés au mieux, mais les courants les avantageaient. Ils remontèrent loin au nord avant de virer à l'ouest. Pendant une bonne partie d'une matinée, une colonie de dauphins les escortèrent. Ils étaient des centaines à les encadrer, et leurs corps fuselés jaillissaient de l'eau pour y disparaître un moment, avant un nouveau bond. Nineas affirma que c'était un bon signe : les dauphins étaient des fripouilles espiègles et ils avaient senti que les pirates s'apprêtaient à commettre un acte majeur de pure malveillance.

Il fut difficile de retrouver l'atoll dont Dovian avait gardé le souvenir. Deux jours durant ils le cherchèrent en vain, et ils allaient abandonner quand, à l'aube du troisième, ils aperçurent un petit bouquet de palmiers à l'horizon. Ils le rejoignirent et passèrent l'après-midi sur la plage, à tout revoir une dernière fois, tout en buvant du lait de coco mélangé à du sucre, un peu d'eau et d'alcool. Ils évitèrent toutefois les excès, de sorte qu'en fin de journée les effets de l'alcool s'étaient estompés et les pirates étaient en pleine possession de leurs moyens physiques.

Ils ôtèrent toutes les voiles et les remplacèrent par d'autres bleu foncé. Ils peignirent les flancs du *Ballan* d'une couleur imitant la crasse, masquèrent le brillant de l'accastillage et tendirent des linges sur les quelques hublots en verre. Alors seulement ils appareillèrent en direction du soleil qui sombrait à l'horizon, puis dans la nuit noire. La voix de Dovian s'élevait dans le silence pour les encourager. Il n'employa pas de termes grandiloquents, pas plus qu'il ne donna des instructions trop complexes. Il n'aborda que des sujets ordinaires, narra d'anciennes aventures, fit quelques commentaires sur l'un ou l'autre des membres d'équipage. Les heures passèrent ainsi.

— Lumières droit devant ! lança le marin perché dans le nid-de-pie.

Un moment plus tard Spratling l'y rejoignait, après avoir escaladé le mât à toute vitesse. Il s'agrippa juste à côté du jeune pirate.

— Si je n'étais pas averti, je croirais aux lumières d'une ville, dit la vigie. Une grande ville, comme Bocoum... Non, plus grande encore · Alécia.

Et c'était peu dire. Pas seulement à cause du nombre de lumières, songea Spratling. C'était la façon dont elles ponctuaient l'horizon sur ce qui semblait être des lieues. Il était difficile de se faire une idée de la taille réelle de la plate-forme, mais il avait du mal à ne pas penser qu'il observait une côte très peuplée. Il resta dans la mâture tandis que Dovian ordonnait d'affaler une voile, puis une autre. Quand on sortit les rames, néanmoins, il descendit de son perchoir et alla parler aux hommes dans un murmure. Il les aida à installer les rames dans les dames de nage prévues à cet effet. Il en mania une pendant un temps, en réglant les mouvements sur la cadence lente chuchotée par Nineas, pareille aux battements de cœur du navire.

Plus tard, il se tint auprès de Dovian et contempla la monstruosité qui glissait sur le côté du *Ballan*. Il tenta d'en saisir l'énormité et de quantifier ses dimensions. Rien n'indiquait que la structure flottait sur la mer. Elle paraissait aussi solide que si elle avait été taillée dans la roche, comme si ses fondations plongeaient dans les eaux et l'ancraient dans le fond sous-marin. Ses murs lisses s'élevaient à au moins cent pieds au-dessus de la houle, et se terminaient par des balcons et des terrasses, des tours et des fenêtres illuminées. L'ensemble pouvait abriter... combien de personnes ? Un demi-million d'âmes ? Un million ? Ou plus ? Il semblait que mille paires d'yeux étaient en train de les épier. Ils ramaient le long d'un monstre, réduits au silence par la crainte autant que par la prudence.

Ils arrivèrent à l'extrémité sud des plates-formes. Au loin, on distinguait un vaste complexe rectangulaire. C'était une masse plus sombre sur le voile de la nuit, dont la géométrie évoquait l'obsidienne, éclairée uniquement par des phares discrets à chaque angle. Un ponton flottant d'un quart de lieue de longueur le reliait à la structure principale. Il était aussi large que la plus spacieuse des routes de l'empire, et ondulait doucement selon un mouvement qui, un instant, évoqua l'image des léviathans peuplant les profondeurs.

— Que l'équipage tienne la chaloupe prête, dit Dovian. Quand nous serons assez près, mettez-la à l'eau. Confie la clef à Clytus et Wren. Ils vérifieront la serrure.

— Clytus et Wren ?

— Et six autres pour ramer avec eux, tous bien armés. Ils peuvent s'acquitter de la mission, tu le sais. Une fois que tu les auras envoyés, reviens auprès de moi. Je veux que tu sois à mon côté pour entendre ce que j'aurai à dire.

— Il faudra que nous tirions au sort, lui rappela Spratling.

— Fais comme je l'ai dit. Et ensuite retrouve-moi ici.

Le jeune homme s'exécuta. Quelques minutes plus tard il était de retour, le sac empli de copeaux de bois marqués dans une main. Il regarda en direction des entrepôts et vit la silhouette de la chaloupe qui approchait du ponton, puis disparaissait dans l'obscurité. Quelques secondes s'écoulèrent avant qu'il n'aperçoive des silhouettes sur le ponton, mais elles se fondirent dans la nuit en un instant. Ensuite l'attente s'étira, tendue et éprouvante.

Depuis le *Ballan* ils pouvaient seulement deviner ce que Clytus et Wren faisaient, d'après ce que le pilote leur avait dit.

— Il y aura quelques gardes à la porte, avait affirmé l'homme, mais si vous êtes rapides et discrets vous les aurez par surprise.

Selon lui, les plates-formes n'avaient jamais subi d'attaques sérieuses depuis qu'elles existaient. La Ligue estimait que leur éloignement constituait une protection suffisante en elle-même. De plus, il y avait l'obstacle de ces murs énormes et la réputation de vengeance implacable que l'Inspectorat d'Ishtat s'était taillée. Sans parler du modèle très particulier des clefs et du fait qu'elles étaient confiées aux hommes les plus loyaux. Tous ces éléments rendaient les Ligueurs presque certains d'être à l'abri de toute mauvaise surprise. Les gardes n'étaient pas vraiment utiles, et eux-mêmes le savaient.

— Avec un peu de chance, vous les trouverez endormis.

Spratling s'était méfié du pilote. Il pouvait les mener droit dans la gueule du loup. Mais, une fois que le prisonnier se fut accoutumé à son rôle de traître, il se montra incroyablement bavard. Il fit preuve d'un tel désir de coopérer que Nineas en vint à le soupçonner de se prendre pour un pirate. Et en effet il semblait anticiper toutes les questions, et il y répondait souvent avant qu'elles ne fussent posées.

Ils devaient éviter l'accès principal, dit-il. Il était situé à l'endroit où le ponton arrivait à l'entrepôt de poix. Mieux valait qu'ils longent le mur vers le sud, jusqu'à une issue latérale que les Ligueurs empruntaient pour entrer dans l'entrepôt et en sortir quand ils venaient directement de l'océan. C'était une porte haute et étroite, avec une unique serrure en son centre. Ils devraient y insérer complètement la clef, comme un de ces blocs de bois géométriques que les enfants placent dans le bon compartiment d'un puzzle. Et c'était tout. Rien à tourner. C'était pourquoi la clef ne ressemblait pas du tout à ce qu'elle était. Une fois qu'elle serait en place dans son logement, la porte s'ouvrirait sous la plus légère pression. À l'intérieur, ils trouveraient tout un ensemble de magasins et des machineries qu'il était impossible de décrire. Mais ce n'était pas nécessaire, précisa le pilote, car ils seraient avant tout en présence de la plus grande réserve de substance explosive de tout le Monde Connu. À eux de voir ce qu'ils voudraient en faire.

Pendant cette attente interminable, Spratling eut tout le temps de regretter de ne pas être avec les autres. C'est lui qui aurait dû courir ces risques. Il les avait menés ici, qu'il veuille bien le reconnaître ou non. Pourquoi n'était-il pas parti avec eux ? Dovian donnait les ordres, et il avait obéi. Pourquoi n'avait-il pas remis en question...

Avant que le jeune pirate ne comprenne ce qui se passait, Dovian lui arracha le sac de la main et le lança par-dessus bord.

— C'est moi qui irai, dit-il. Et pas de discussion. Jusqu'à ce que je sois parti, je commande. Je voulais simplement que tu le saches le premier. Nous l'annoncerons ensemble aux autres. Viens.

— Non ! s'exclama Spratling qui stoppa Dovian en plaquant sa main contre le large poitrail du vieux chef. Nous devions tirer au sort. Nous étions tous d'accord ! Tu ne peux pas...

La main de Dovian recouvrit celle du jeune homme. Il avait la paume moite et brûlante.

— Ne rends pas les choses plus difficiles qu'elles ne le sont déjà. Je suis malade, et ça ne s'arrange pas. La vérité, c'est que je suis en train de mourir lentement. Je dépéris depuis un certain temps déjà. J'espérais trouver la meilleure façon de faire mes adieux à ce monde. À présent, c'est fait.

— Tu ne peux pas mourir, dit Spratling, incapable de réprimer cette réaction enfantine. Tu n'as pas le droit de me laisser...

— C'est là que tu te trompes. Je t'ai donné tout ce que je pouvais te donner. J'ai vécu les meilleures années de ma vie avec toi. Je t'ai transmis toute la sagesse qui est la mienne, même si ce n'est pas beaucoup, je le sais. Mais je t'ai enseigné tout ce qu'un père doit enseigner, non ? Dans un monde juste, les pères devraient vivre assez longtemps pour voir leurs fils devenir des hommes. C'est seulement alors qu'ils pourraient les quitter. Eh bien, c'est ce qui se produit aujourd'hui.

Spratling vit de nouveau du mouvement sur le ponton. Il scruta la nuit en retenant son souffle, jusqu'à ce que la chaloupe émerge des ombres et revienne à la rame vers le *Ballan*. Il voulait qu'ils stoppent. Il avait besoin de plus de temps.

— Nous avons conclu un accord, dit-il à Dovian. Ce n'est pas ta place..

Le vieux pirate soupira.

— Un jour tu occuperas le trône d'Acacia. Ce jour arrivera, même si tu ne le sais pas encore. Si je pouvais choisir je serais là, à ton côté, aussi fier qu'il est possible de l'être. Mais je ne peux pas t'aider comme j'aimerais le faire. En revanche, je peux me charger de cette mission.

Il posa la main sur l'épaule du jeune homme.

— Laisse-moi te montrer une dernière chose : comment mourir glorieusement.

Ils n'entendirent pas réellement les paroles du groupe de la chaloupe, mais le message leur parvint dans un murmure excité. La clef fonctionnait ! L'entrepôt était déverrouillé. Ils avaient tué deux gardes près de l'issue principale, mais n'en avaient pas aperçu d'autres.

— Je partirai dans un grand flamboiement, cela, je te le promets. Allons, Dariel. Je ne te demande que cette chose... Non, j'ai une autre requête, que tu ne me refuseras pas. Je le sais, parce que je t'ai élevé.

Moins d'une heure plus tard, Spartling déploya la voile noire tandis que les autres pesaient sur les rames. Le vent avait changé. Il les poussait sur l'océan à une allure constante. La tache orangée qui annonçait l'arrivée de l'aube illumina l'horizon à l'est. Derrière eux, il n'y avait que silence et ténèbres. Comme dans son rêve, se dit-il. Le néant dans son dos. La peur sans nom qu'il devait sans cesse fuir.

Ils naviguèrent encore une heure. Quelques-uns murmurèrent leur crainte que Dovian ait été capturé. Aucun d'entre eux ne savait ce qu'il aurait à affronter une fois franchi le seuil de l'entrepôt. La mission avait peut-être échoué. Spratling s'écarta des autres et alla se camper à la proue du *Ballan*. Quoi qu'il arrive, Dovian était parti à jamais. Rien de tout cela ne semblait réel. Ni possible. Il voulait arrêter le déplacement du navire sur la mer et le passage du temps et...

Ces idées s'éteignirent de la plus décisive des manières. Spratling sut à quel moment exact Dovian envoya son âme à la recherche du Dispensateur. L'éclair de lumière qui le proclama au monde transforma la nuit en jour et la mer en un miroir noir sur lequel les contours des cieux ondoyaient et dansaient. Il ne regarda pas en arrière. Il avait trop peur de le faire À cet instant, il fut certain qu'un incendie monstrueux s'élevait dans le ciel, l'âme de Dovian à son apex, qui rugissait vers l'éternité. Il eut la conviction que le brasier allait s'étendre et consumer le monde s'il se retournait pour l'affronter. Ces pensées n'étaient pas plus fondées que celles qui président à la logique des rêves, qui elle-même n'a rien de logique. Il sut tout cela, mais il garda les yeux braqués sur l'horizon oriental et l'incendie du soleil, pour fuir celui qui s'était allumé derrière lui, par une course éperdue vers le jour naissant.

CHAPITRE QUARANTE-SEPT

BIEN QUE MENA PRÎT SOIN DE NE JAMAIS NÉGLIGER SES DEVOIRS en tant qu'incarnation de Maeben, elle consacrait maintenant la majeure partie de son attention à ses leçons avec Melio. Chaque jour il la retrouvait dans ses quartiers jouxtant le temple, après qu'elle se fut acquittée de ses devoirs de déesse. Au lieu de parler comme ils l'avaient fait lors de leurs premières rencontres, il lui enseignait uniquement l'escrime. Il avait affirmé manquer de pratique et n'avoir aucune des qualités qui font un bon professeur, mais il s'était très vite adapté à son nouveau rôle, comme s'il n'était né que pour cela.

Après quelques jours et voyant que l'intérêt de Mena ne faiblissait pas, il se rendit dans les collines à l'intérieur de l'île pour y chercher un bois qui convienne à des épées d'entraînement. Bien que différent du frêne utilisé sur Acacia, il trouva une essence rougeâtre à grain serré qui fit parfaitement l'affaire. À la fin de la première semaine, ils s'affrontaient avec des épées d'entraînement. Elles étaient plus légères qu'il n'aurait été souhaitable, mais Melio se déclara satisfait. Ses doigts caressaient les courbes douces des lames comme s'ils voulaient en mémoriser chaque centimètre. Chaque jour il apportait une petite amélioration aux armes. Il les polit, les grava, les huila et les aiguisa pour les rendre à la fois fonctionnelles et esthétiques.

Mena n'avait aucun problème pour apprendre les postures, la façon de tenir son épée, la position de ses pieds. Toute erreur corrigée par Melio était définitivement bannie. Elle n'avait jamais besoin qu'il lui explique deux fois la même chose. Tout d'abord, la facilité avec laquelle elle apprenait avait surpris son professeur, mais au fil des jours il y avait vu une aptitude naturelle chez la jeune femme. Ils progressaient de leçon en leçon. Ils travaillaient les différents coups, et la manière de canaliser au maximum la puissance des jambes et du torse pour la transmettre dans la lame. Ses séances de nage dans le port et de pêche aux huîtres avaient maintenu Mena en bonne forme physique, mais Melio l'incita à se servir de muscles qu'elle utilisait peu.

La Première Forme, celle d'Édifus à Carni, Mena la mémorisa dans son intégralité en trois jours. Le combat entre Aliss et le Fou de Careven lui prit deux jours. Melio proposa de sauter la Troisième Forme, celle où le chevalier Bethenri allait à la bataille avec les fourches du démon, mais Mena ne voulut rien entendre. Elle l'aida à fabriquer des versions des armes à lame courte pareilles à des dagues. Pendant tout un long après-midi, ils ne cessèrent de tournoyer et de frapper, de parer et de battre en retraite. Ils soulevèrent des nuages de poussière et attirèrent l'attention des serviteurs qui eurent le bon sens de se tenir à distance respectueuse, complètement subjugués par la vision de leur maîtresse tourbillonnant dans les mouvements redoutables de l'art de la guerre. Elle fit de son mieux pour accomplir tous ces exercices en conservant le calme de façade de la déesse. Elle n'exprimait aucune fatigue. Jamais elle ne protesta. Elle essuyait la sueur inondant son visage et se tenait toujours droite et fière, même quand elle était à bout de forces.

La nuit venue, dans la solitude de ses appartements, elle se recroquevillait sur le flanc, genoux remontés contre la poitrine, et pleurait à cause des douleurs physiques qui la taraudaient. Elle ne reconnaissait plus ses propres bras. Ils étaient plus minces à certains endroits, plus épais, anguleux à d'autres, avec le dessin des muscles plus marqué. Par chance, elle pouvait toujours se retrouver dans ce corps qui se sculptait chaque jour un peu plus. Les contours remodelés de ses avant-bras, le tracé des veines sur le dos de ses mains, les tendons saillants à la base de son cou, tout cela faisait toujours partie d'elle, Mena. Elle se métamorphosait moins en une autre personne qu'elle n'émergeait d'un déguisement trop longtemps porté. Dans l'intimité de sa chambre, quand elle se tenait nue devant la glace, elle admirait ces changements corporels. En public, bien sûr, elle faisait tout pour les dissimuler.

Si les prêtres étaient au courant de ses nouvelles occupations quotidiennes, ce qui était très probable, ils n'en parlaient pas. Mena ne leur fournissait aucune occasion de la prendre en faute.

Elle était plus prompte qu'auparavant à accomplir ses devoirs, toujours présente à son poste pour les cérémonies du soir, ou pour les apparitions spéciales lors de la visite de dignitaires, et on la trouvait plus facilement dans ses quartiers que par le passé, quand elle passait tous ses moments libres à explorer en solitaire les profondeurs des eaux du port. Elle restait assise lors des réunions, dans ses atours de Maeben, sans jamais montrer la moindre faille dans sa détermination. En l'espace de deux semaines, elle dut rencontrer à deux reprises des parents endeuillés, dont les enfants avaient été enlevés par la déesse. Elle parla par la voix de Maeben d'une façon qui enchanta les prêtres. Elle n'avait encore jamais agi ainsi, et elle préférait ne pas se remémorer certains des propos qu'elle tint alors devant des parents en larmes.

— Ne regardez pas le ciel, dit-elle un jour, si vous souhaitez que Maeben voie votre vénération.

Quelle injustice que de répéter aux gens de redouter quelque chose qui était aussi omniprésent que le ciel au-dessus de leurs têtes, se dit-elle. Elle-même cherchait souvent à apercevoir la silhouette du rapace survolant les collines, à l'intérieur de l'île. Pourquoi avait-elle interdit aux gens de faire la même chose ? Ses paroles se répandaient rapidement, et bientôt tout le village, puis l'archipel entier était au courant de la nouvelle déclaration de Maeben sur terre. Alors tous vaquaient à leurs occupations quotidiennes en courbant la tête. Le grand prêtre Vaminee devait être très satisfait de ses prestations, bien qu'il ne lui en ait jamais rien dit.

Melio, quant à lui, ne se gênait pas pour exprimer sa désapprobation quant à sa façon de servir la déesse. Ils se voyaient toujours le soir pour discuter des techniques qu'ils avaient pratiquées dans la journée, ou pour envisager l'avenir. Tous deux étaient des Acacians, lui rappela-t-il. Ces déités des îles ne représentaient rien pour eux. C'étaient des puissances mesquines, en admettant même qu'il y eût quelque pouvoir chez elles. Leur vénération ne faisait rien pour combler le gouffre qui existait entre le genre humain et le Grand Dispensateur. C'était là ce qui importait, ce qui peut-être aiderait à remettre de l'ordre dans ce monde. Si Mena voulait prier, qu'elle le fasse en acacian, et qu'elle s'adresse au Dispensateur. Aliver ferait appel à elle un jour prochain, et elle devait être prête de toutes les manières possibles.

— Et au lieu de ça vous vénérez un aigle des mers ?

Mena était assise face à lui, dans la lumière douce d'une poignée de bougies. Leurs flammes étaient droites tant l'air était calme autour d'eux.

— Et ces enfants ? Votre Maeben arrache des enfants à leurs parents et les emporte pour les...

— Non ! l'interrompit Mena.

Le mot avait jailli de ses lèvres avec la soudaineté d'une attaque à l'épée. Elle ne pouvait souffrir de l'entendre parler des enfants enlevés avec une telle désinvolture.

— Je n'ai pas le choix. Je suis Maeben. Elle est venue à moi. Elle est venue *en* moi et je suis devenue elle. Je n'étais personne quand...

— Vous étiez une princesse d'Acacia.

— ... je suis arrivée ici. Je ne savais rien. Je n'avais rien. Je n'étais qu'une orpheline ! Je ne parlais même pas leur langue, et je ne connaissais personne. J'étais seule ! Peux-tu seulement comprendre ?

— Alors la déesse vous a enlevée dans les airs, vous aussi. Et vous lui en êtes reconnaissante ?

Comme Mena ne répondait pas, Melio eut une moue de dépit, détourna les yeux et observa le ciel nocturne.

— Non, je ne comprends rien de tout ça. Vous êtes une jeune femme, Mena. Cette enfant dont vous parlez n'est plus. Vous n'êtes pas une déesse, et vous le savez. Les prêtres le savent. Ces pauvres fous qui vous vénèrent le savent. Vous participez tous à une illusion partagée. Maeben prendrait des enfants pour qu'ils la servent dans son palais ? Quelle absurdité ! Votre déesse n'est rien d'autre qu'un oiseau de proie. Il vit sur l'île voisine, au nord, et non dans un palais. Au lieu de lui vouer un culte, quelqu'un devrait l'abattre. Je l'ai vu voler de mes propres yeux. Si j'avais eu un arc je n'aurais pas hésité à l'utiliser.

Mena resta silencieuse un long moment.

— Tu as raison, dit-elle enfin. Tu ne comprends pas.

Quelles que fussent leurs divergences durant la soirée, elles étaient oubliées quand ils s'entraînaient dans la journée. Mena apprit la Quatrième Forme – celle de Gethack l'Odieux – sans aucun problème. Mais à la Cinquième, elle rencontra de sérieuses difficultés. Non que ses aptitudes fussent soudain moindres : c'était même tout le contraire. Elle découvrit que son adresse était de plus en plus entravée par la Forme. Quelle importance avait la manière dont le prêtre d'Adaval avait attaqué les vingt gardes à tête de loup du culte rebelle d'Andar ? L'apprentissage de la Sixième Forme renforça encore ses doutes. Elle en vint à avoir l'impression qu'il existait une différence cruciale entre les coups qu'elle portait pendant l'entraînement et la façon dont elle devrait attaquer si son but était de réellement tuer la personne en face d'elle. Et, dès qu'elle eut défini cette différence, elle se demanda pourquoi elle devait perdre son temps à attaquer d'une manière à laquelle son adversaire s'attendait. Certes, la répétition des enchaînements codifiés de la Forme endurcissait le corps et affinait les réflexes, mais un tel entraînement semblait n'avoir aucun rapport avec le but visé, qui était de l'emporter sur son adversaire.

Un après-midi, son exaspération devint tellement insupportable qu'elle s'interrompit en plein milieu de la Sixième Forme.

— C'est de la danse ! Pas étonnant que notre armée ait été si aisément battue.

Melio voulut protester, mais d'un geste elle lui signifia qu'elle ne cherchait pas à le vexer. Du revers de la main elle essuya la sueur à son front et réfléchit un moment à la meilleure manière d'exprimer ce qu'elle pensait.

— Pourquoi devrions-nous apprendre les pas d'un mythe ? Le Premier repoussant les dieux d'Ithem ? Quel rapport avec un ennemi d'aujourd'hui ? Nous ne combattrons pas les dieux d'Ithem. Pourquoi prétendre le contraire ?

Melio avait une réponse toute prête à cette question, mais Mena ne lui laissa pas le temps de la formuler.

— Tout ce que tu m'apprends est très bien, mais il me semble que ça finit par gêner ma maîtrise de l'épée, au lieu de la libérer. Tu m'as bien dit que les Formes sont la base de notre système militaire ?

Il acquiesça.

— Alors tu vois où se situe le problème.

Melio n'en était pas si sûr.

— Je sais que je tiens dans ma main une épée de bois. Mais je suis censée penser que c'est une vraie lame, qui a été conçue, martelée, forgée et aiguisée pour un but bien précis, n'est-ce pas ? Quel est ce but ?

La réponse de son professeur avait les accents des maximes apprises par cœur.

— C'est le lien entre l'épéiste et son adversaire, dit-il. Convenablement utilisée, la lame est une extension du corps, de l'esprit. Une lame aiguisée est l'outil d'un esprit aiguisé...

— Non ! s'exclama Mena, impatiente. Elle est faite pour couper et taillader ! Voilà sa raison d'être. Je ne sais rien d'une « extension de l'esprit ». Dès qu'elle est sortie de son fourreau, l'intention de l'épée devrait être de couper et de taillader. Pas de parer, ni de danser ou de porter un coup que l'adversaire attend déjà. Une épée est une arme. Et je veux apprendre à m'en servir comme d'une arme.

— Le véritable maniement de l'épée n'est pas comme l'entraînement que nous suivons ici, répondit Melio, en particulier contre des adversaires qui ignorent tout des Formes. Mais le contrôle d'un ensemble de réactions donne la suprématie quand la rapidité est déterminante.

Mena inclina légèrement la tête et observa le jeune homme par en dessous pendant qu'il parlait d'une voix alourdie par l'autorité du professeur. Puis elle dirigea son regard vers le sol et serra les lèvres comme si elle voulait empêcher les paroles de les franchir.

Finalement elle n'y tint plus.

— En garde. Essaie de me toucher. Si tu y parviens avant moi.

— Un combat jusqu'à la première blessure, alors ?

— Oui, on peut dire ça, rétorqua-t-elle.

Tous deux se mirent en position. Mena hocha la tête, et Melio fit de même. Un moment s'écoula après lequel, ils le savaient l'un comme l'autre, le duel pourrait commencer. L'un des deux était mieux préparé que l'autre. Le coup de Mena fut simple, direct et exécuté sans hésitation. Elle se baissa et frappa d'un coup large juste sous le genou gauche de son adversaire. Il n'eut pas le temps de parer, et quand sa jambe se déroba sous lui il se tordit de douleur et s'écroula. Mena se tenait déjà devant lui et braquait la pointe de son arme sur son ventre.

— Désolée, mais c'est ce que je voulais te faire comprendre : pourquoi enchaîner cinquante mouvements en dansant quand un seul suffit ?

Melio la considéra avec une certaine inquiétude. Elle tendit sa main libre et l'aida à se remettre debout, en souriant comme si elle venait simplement de lui jouer un bon tour.

De ce moment, leurs entraînements ne furent plus les mêmes. Mena apprit les Formes restantes, dont elle mémorisa et maîtrisa rapidement les mouvements. Elle le fit de façon machinale, à croire qu'elle voulait seulement le contenter. Elle concentrait toute son attention sur l'escrime proprement dite, et elle le convainquit de combattre encore et encore « jusqu'à la première blessure ». Dans un premier temps, elle marqua plus de points. Melio semblait rechigner à appliquer les règles établies entre eux, selon lesquelles dès le début de l'engagement chacun essayait de toucher l'autre. Mais, piqué au vif, il ne tarda pas à accélérer ses coups pour endiguer les siens. Bientôt leurs brefs échanges de trois ou quatre mouvements s'étirèrent à sept ou huit. Avant longtemps ils dépassaient la dizaine.

La nuit, Mena était agitée et avait du mal à trouver le sommeil. Son corps était comme une mauvaise herbe qui pousse trop vite. Elle était couverte d'ecchymoses et de bleus, mais elle savait qu'elle progressait. Elle se mit à imaginer des techniques que Melio ne lui avait pas enseignées, par exemple en se collant à lui de sorte que pendant un moment aucun des deux ne pouvait porter de coup efficace. Ou quand elle le bousculait brutalement d'un coup d'épaule, avant de reculer avec une agilité qui le prenait au dépourvu. Elle apprit comment frapper la lame de Melio d'une certaine manière, pour la lui faire tomber de la main, et comment la plaquer contre la sienne au lieu de la repousser. À certains moments, elle ralentissait soudain la fréquence de ses mouvements, et elle sentait alors que le tempo de son corps se concentrait dans son ventre. Avec une contraction interne profonde elle pouvait modifier la vitesse de ses gestes si totalement que Melio se trouvait pris de court.

Elle ne pouvait avoir aucune certitude sur les talents de son professeur, mais un matin, vers la fin du printemps, ils arrivèrent au terme de leur entraînement. Elle l'éberlua en le touchant à différents points du corps en un assaut unique. Malgré ses parades, Melio ne chercha pas à cacher son étonnement. Il se rendit compte tout comme elle que d'une seule attaque portée de bas en haut elle lui aurait presque pu lui trancher le cou, entailler son flanc et l'intérieur de son genou, le tout sans perdre de vitesse dans l'enchaînement.

Melio recula et resta immobile un instant, pour reprendre son souffle tout en l'observant derrière les boucles sombres que la sueur collait à son front.

— Qui aurait pensé que la princesse Mena Akaran serait la première à me défier avec l'usage véritable de l'épée ?

— N'en sois pas aussi surpris, répondit-elle. Tout ce que je viens de prouver, c'est que nous sommes à égalité.

— Facile à dire, mais peut-être ne savez-vous pas ce que cela signifie.

— Bien sûr que si. Je vais devoir trouver un autre adversaire. Tu as entendu parler des manieurs de bâton ?

Melio répéta sans fin son opposition à cette idée. Il lui expliqua certaines choses qu'elle savait déjà, mais qu'il ne put s'empêcher de dire, parce qu'elles lui semblaient trop importantes pour qu'elle continuât à ne pas en tenir compte. Elle n'avait pas été formée à l'art du bâton, qui était très différent de celui de l'épée. Si le bâton n'était pas tranchant, ce n'en était pas moins une arme dangereuse, voire mortelle. Les champions dans cette discipline venaient des villages situés dans les collines. C'étaient les plus pauvres parmi les pauvres. Ils prétendaient descendre de guerriers valeureux, mais ne pouvaient rien faire pour le prouver sinon s'affronter entre eux, en espérant une récompense rapide grâce aux paris. Ils dansaient comme des comédiens, se pavanaient et faisaient des cabrioles devant leur public, mais quand ils passaient à l'attaque c'était de toutes leurs forces. Ils disloquaient les épaules, brisaient les avant-bras et provoquaient des hémorragies internes. Melio avait vu un homme se faire fracasser le crâne, un autre perdre un œil, et un autre encore finir avec une clavicule réduite en miettes. Enfin il y avait eu ce combattant, un maître du bâton, qui avait assené un tel coup dans les reins de son adversaire que celui-ci n'avait plus jamais marché.

— Et c'est à ces hommes que vous voulez vous mesurer ?

Si elle entrait dans le cercle avec l'un d'entre eux, elle risquait cent blessures et elle n'en tirerait rien. Pourquoi agir ainsi ? C'était tout simplement incompréhensible. Et insensé. Elle était vaniteuse au-delà de l'imaginable si elle croyait qu'un mois d'entraînement à l'épée l'avait préparée à ce genre d'affrontement. Par ailleurs, la colère des prêtres s'abattrait sur elle s'ils avaient vent de cette folie, ce qui mettrait tous ses projets en grand danger.

C'est ce que lui exposa Melio, avec beaucoup de verve, mais sans aucun résultat. Il arrêta le jour où elle décréta qu'elle entrerait dans le cercle des manieurs de bâton. Elle enduisit sa peau avec du jus de mûre qui lui donna un teint singulier, mais pouvait passer pour naturel. Elle s'enveloppa le torse dans une longueur d'étoffe serrée qui aplatit sa poitrine, puis elle passa les haillons d'un ouvrier et attacha ses cheveux comme le faisaient les Vumuans. Afin de parfaire son déguisement, elle resta penchée sur un feu fumant assez longtemps pour avoir les yeux rougis et semblables à ceux des fumeurs de brume. Sans aucun doute elle avait une allure étrange, mais personne en la voyant ne devinerait qu'elle était la prêtresse de Maeben.

Avec pour guide un Melio très réticent, elle trouva le rassemblement des manieurs de bâton à l'extrémité de Ruinat. Le découvrir fut le plus facile. Elle craignait qu'il soit plus difficile de se faire accepter à l'intérieur du cercle. Elle se fraya un chemin dans la foule d'hommes. Ils étaient jeunes ou vieux, ouvriers ou manœuvres sur le port, fermiers ou jeunes désœuvrés de la ville. L'air empestait l'odeur de la sueur mêlée au parfum entêtant de la brume. Elle connaissait ces gens. Elle avait vu nombre de ces visages lors des cérémonies au temple. Mais elle n'était pas Maeben, à présent. Plus rien ne les séparait. Elle ne portait pas le déguisement d'une déesse.

L'organisateur du cercle s'approcha d'elle et la détailla du regard, de la tête aux pieds, avec un sourire entendu. Elle crut qu'il allait lui demander de s'expliquer, et de justifier sa venue, mais il ne s'intéressait nullement à son identité. Il n'était motivé que par le profit. Il l'informa que tout nouveau combattant devait gagner son droit à concourir dans le cercle. Et la première rencontre opposait toujours l'arrivant au champion en titre. Mena devrait également régler les droits de participation. La somme était bien entendu perdue d'avance, mais ensuite elle pourrait affronter des adversaires moins forts.

— Si je gagne, dit-elle d'une voix basse et sèche, je deviens la championne en titre ?

L'homme éclata de rire.

— Si tu gagnes, tu auras gagné une place au bas de l'échelle, rien de plus. Alors, tu veux toujours tenter ta chance ?

— Bien sûr.

— Alors tu rencontreras Teto.

Le champion accepta avec plaisir le défi. Il repoussa les corps huilés de transpiration des spectateurs et s'avança dans le cercle de sable nu où Mena l'attendait. Son bâton, qu'il tenait du côté de l'extrémité et appuyé contre le revers de son bras, glissa vers le sol quand il desserra les doigts, jusqu'à ce qu'il referme le poing sur sa garde enveloppée de cuir. Il se mouvait d'une façon différente de Melio. Ses pieds nus effectuaient des pas précis mais sautillants. Il était léger sur ses appuis, ses jambes pareilles à d'épaisses tresses de muscles, et son torse large. La tête semblait être la partie la plus pesante de son corps, et ses yeux profondément enfoncés sous les arcades sourcilières ne la quittaient pas.

Mena n'eut pas le temps de beaucoup réfléchir. Teto ouvrit le duel. Elle riposta. Au bout de quelques secondes elle décida de le combattre avec la défense amortie. Ce n'était pas une pratique qu'elle avait exercée auparavant ni nommée à l'avance. Mais dès les premiers instants elle comprit que la force de son adversaire était son principal atout et sa fierté, et donc probablement son plus grand défaut. Au lieu d'opposer la force à la force, elle fléchit dans ses parades. Elle arrêtait ses coups, mais sans les impacts auxquels il était habitué. Il se mit à frapper de plus en plus violemment, et la colère transparut sur son visage grimaçant et dans l'accélération de ses mouvements. Mais, chaque fois qu'il touchait le bâton de Mena, celui-ci cédait avec une mollesse déconcertante, comme s'il heurtait une corde lourde et épaisse qui aurait dispersé la puissance de l'attaque.

La fin de la rencontre arriva si soudainement que les spectateurs en restèrent ébahis pendant un bon moment. Teto fonça sur elle, son arme braquée à l'horizontale dans l'intention manifeste de l'embrocher ou de la renverser dans son élan. Mena dévia légèrement le bâton qu'elle recouvrit avec le sien, tout en s'effaçant, et dans le même mouvement elle leva son arme et mit toutes ses forces dans le coup qu'elle assena à la gorge exposée de son adversaire. Et ce fut tout.

Teto s'écroula dans le sable, mains crispées sur le cou, et se tordit de douleur. Ses cris rageurs étaient le seul son audible dans l'arène formée par les corps. Pendant plusieurs secondes, les spectateurs regardèrent les combattants l'un après l'autre, sans comprendre. Certains clignaient des yeux comme si cela pouvait remettre le monde à l'endroit et inverser le résultat de l'affrontement. Mena les laissa à leur hébétude, tourna les talons et sortit du cercle d'un pas décidé.

— Où était votre peur ? dit Melio qui devait presque trotter pour rester à sa hauteur tandis qu'ils remontaient le chemin menant au temple.

— Je ne sais pas.

Et c'était la vérité. Elle avait oublié jusqu'à l'existence de la peur. Elle n'avait éprouvé qu'exaltation et détermination quand elle s'était trouvée face à Teto. À présent elle marchait d'un pas rapide, possédée qu'elle était par un afflux grisant d'énergie.

— J'ai seulement su que je pouvais le battre, ajouta-t-elle. Je devais me montrer prudente, oui. Mais je n'ai pas ressenti la peur.

— Il aurait adoré vous rosser.

— Je n'en doute pas.

Ils continuèrent de marcher à la même allure en silence. Quand ils arrivèrent près des buissons et du muret, Melio demanda :

— Parviendrai-je à vous dissuader de recommencer ?

Mena s'arrêta net et se tourna vers lui. En voyant ses yeux marron, ses lèvres sinueuses et sa chevelure en broussaille, elle se rendit compte qu'elle n'éprouvait plus du tout la même chose que lorsqu'elle l'avait rencontré. Elle se sentait plus en paix avec elle-même, particulièrement en sa présence. Étrange que toutes ces heures d'entraînement les aient ainsi rapprochés. Tout ce temps passé à presser leurs corps l'un contre l'autre dans l'affrontement physique, leur peau moite de sueur, chacun s'efforçant de dépasser l'autre, avec la douleur et l'humiliation toujours en embuscade à la moindre erreur... Une partie d'elle avait envie de reconnaître qu'il y avait quelque chose de très spécial dans ce qu'ils étaient devenus l'un pour l'autre. Mais elle se demandait quoi dire, et comment.

Elle résolut de parler avec simplicité.

— Merci pour tout ce que tu m'as appris.

— Bah, je ne suis même pas sûr de vous avoir appris quoi que ce soit, Mena. J'ai plutôt l'impression de vous avoir simplement rappelé ce que vous saviez déjà. Il se peut que vous soyez née pour tenir une épée. Ne riez pas. Je ne plaisante pas...

Il hésita une seconde. Les rides à son front suggéraient qu'il avait quelque chose d'autre à dire. Oui, il avait bien autre chose à exprimer ! Les mêmes pensées qu'avait Mena. Elle le lut sur son visage en un éclair, et, bien que cette constatation envoyât un frisson d'excitation dans tout son corps, elle se remit en mouvement avant qu'il puisse parler. Avec une petite tape amicale sur son bras, elle fit volte-face et parcourut d'une foulée rapide les derniers mètres jusqu'au portail de sa maison.

Vandi l'attendait là. La convocation qu'il avait pour elle était celle qu'elle redoutait le plus. Elle devait apparaître dans l'antichambre du temple dans un peu plus de deux heures, et il n'y avait à cela qu'une raison possible : Maeben avait enlevé un autre enfant. Le quatrième en moins de deux mois.

Elle quitta Melio sans un mot. À l'intérieur, le grand prêtre attendit dans un coin qu'elle se dévête et se glisse dans le bain où elle se frictionna furieusement pour se débarrasser de la teinture au jus de mûre. Lèvres pincées, il l'observa de ses petits yeux verdâtres. Il ne fit aucun commentaire, ne posa aucune question, alors qu'il avait certainement remarqué tous les détails de son déguisement. Il l'avait même vue tendre son bâton à Melio.

Mena s'arracha presque la peau du visage sans réussir à le nettoyer complètement. Quand elle vit qu'elle n'arriverait pas à un meilleur résultat, elle cessa ses efforts. Vandi et elle se rendirent d'un pas rapide au temple où il lui fit revêtir les atours de la déesse. On la barbouilla généreusement de maquillage. Quand ils ajustèrent sa coiffe, elle était déjà bien dans son rôle. Alors seulement elle se souvint qu'elle devait ralentir le rythme de sa respiration, se détendre et éviter ces perles de transpiration qui risquaient de ruiner son masque. Elle repensa à ce qu'elle avait prétendu : elle avait combattu Teto sans connaître la peur. Sur le moment, c'était vrai, elle en avait la certitude. Elle tenta de rassembler de nouveau la même force de caractère. Mais affronter les visages défaits de parents endeuillés n'était pas une situation à laquelle elle pourrait s'habituer.

Elle prit place dans le large siège qui trônait au centre de l'antichambre du temple. Comme à l'accoutumée, Vaminee se tenait debout à côté d'elle. Il tirailla les plis de ses vêtements et offrit le profil de son menton à Mena, ce qui n'avait rien d'inhabituel. Tanin, l'assistant du grand prêtre, se positionna à la gauche de la jeune femme. D'habitude il ne participait pas à ces entrevues. Il posa sur elle un regard préoccupé qui donna à Mena un début de chair de poule.

— Prêtresse, vous serez certainement intéressée d'apprendre qu'une délégation de guerriers étrangers est arrivée à Galat hier.

Mena éprouva un besoin subit de rectifier sa position, alors qu'elle se savait déjà correctement installée sur le trône. Prenant soin de parler d'un ton neutre, elle demanda :

— Que veulent-ils ?

— Nous avons pensé que vous auriez peut-être une opinion sur ce sujet.

— Comment pourrais-je savoir quoi que ce soit les concernant ?

Aucun prêtre ne répondit.

— J'ai... j'ai entendu parler d'une guerre qui pourrait s'étendre aux îles. Si c'est vrai, peut-être que ces soldats sollicitent notre aide.

— C'est peut-être vrai, dit Vaminee, et ça ne l'est peut-être pas. Ils affirment rechercher une enfant disparue qui, selon eux, pourrait vivre maintenant sur Vumu. Quoi qu'il en soit, cela ne nous concerne pas. Pour l'instant, je n'ai rien dit à ces étrangers. La déesse est mécontente des îliens. C'est cela seul qui doit nous préoccuper. Nous devons avant tout apaiser le courroux de Maeben. Ensuite et ensuite seulement, nous déciderons de la façon adéquate de nous comporter avec cette délégation.

Cette déclaration était visiblement censée mettre un terme à la conversation, mais Mena voulait en savoir un peu plus.

— Ces étrangers... de quelle nation sont-ils issus ?

— Comment le saurais-je ? répondit Vaminee.

— Ils ont le teint pâle, dit Tanin. Leur peau est comme celle des cochons.

Une description peu flatteuse, mais venant de Tanin il était difficile de juger de sa justesse.

— Je devrais les rencontrer, déclara Mena. Sous la forme de Maeben, je veux dire... Peut-être la déesse veut-elle que Vumu joue un rôle dans le déroulement des événements qui façonnent ce monde. Si je les vois sous la parure divine, il est possible que je comprenne ce que souhaite Maeben.

— Tu as lamentablement échoué dans ce domaine, ces derniers temps. Le quatrième enfant pris depuis....

— Je n'y suis pour rien ! Je déteste le fait que la déesse enlève des enfants à leurs parents. Je ferais tout pour qu'elle cesse d'agir ainsi.

Vaminee ferma les yeux, pencha légèrement la tête de côté, et la colère tétanisa les muscles de ses mâchoires.

— Tu t'oublies complètement, jeune fille. Je ne voulais pas le croire, mais on murmure que tu t'es amusée avec des épées en bois. Est-ce vrai ?

— À l'intérieur de ma maison je suis libre de faire...

— C'est donc vrai, trancha Vaminee, en lançant à l'autre prêtre un regard chargé de sous-entendus. Tu dois cesser cela immédiatement. Les gens jasent, Prêtresse. Tu peux faire comme il te plaît dans tes appartements, mais jusqu'à un certain point. En aucun cas tu ne dois déshonorer Maeben.

Le rideau au bout de la salle s'ouvrit, signe que les parents éplorés allaient entrer.

Vaminee le vit mais continua :

— Tu cesseras ces activités sur-le-champ. Quant à ton ami – oui, je suis au courant –, il partira la semaine prochaine, avec les marchands. S'il reste, il en souffrira. Et tu en souffriras aussi.

La procession franchit le seuil du temple. Les deux parents, flanqués de prêtres du culte, s'avancèrent à pas lents, avec tous les signes d'un chagrin mêlé de vénération pour la déesse. Dès l'instant où elle les aperçut, Mena sentit les battements de son cœur s'accélérer. Il lui fallut un moment pour en saisir la raison profonde. Ils marchaient comme au ralenti, visage baissé vers les dalles du sol, mains ouvertes devant eux en signe de supplication muette. Et ils lui semblaient si proches, dans leurs moindres mouvements... elle les avait vus trop souvent déjà ! C'était ce même couple qu'elle avait reçu des semaines auparavant, quand il avait perdu sa petite fille. Si elle ne se trompait pas... si c'étaient bien eux...

— Non, dit Mena. Pas eux.... Je leur ai promis que la déesse ne prendrait pas leur dernier enfant.

Vaminee tourna vivement la tête vers elle.

— Pauvre sotte ! Ce n'était pas à toi de faire une telle promesse. Regarde-les en face et vois le résultat désastreux de ton orgueil.

CHAPITRE QUARANTE-HUIT

LES RÉSIDENCES À FLANC DE FALAISE DE MANIL offraient un spectacle étonnant. Aussi noires que le ciel nocturne, les parois de basalte s'élevaient à plus de deux mille pieds au-dessus du ressac, dans un à-pic vertigineux. Ces demeures d'un genre particulier avaient été calées dans des fissures de la pierre. Certaines étaient suspendues à des saillies et maintenues en place grâce à des trésors d'inventivité architecturale desquels Corinn ne pouvait que s'émerveiller. Elles étaient peintes en bleu pâle et en violet, et décorées de bannières qui dansaient dans les courants d'air tumultueux.

Dans ces foyers, les riches négociants se mêlaient aux nobles, et c'est pourquoi les Akarans n'avaient jamais daigné acheter un lieu de séjour là, mais d'autres membres de la vaste famille royale ne s'étaient pas gênés pour le faire. Une amie adolescente dont la famille possédait une de ces résidences s'était vantée qu'à l'étage inférieur le sol était fait d'épaisses dalles de verre qui offraient une vue incroyable des vagues, des centaines de pieds plus bas. Elle affirmait qu'elle pouvait sortir de son lit et traverser sa chambre sans cesser d'observer les évolutions des mouettes sous elle. Corinn n'avait jamais visité ce genre d'endroit, et elle avait douté des dires de son amie, mais le souvenir lui était resté, assez en tout cas pour qu'il s'impose à son esprit quand elle posa les yeux sur Manil.

Pour atteindre ces propriétés depuis la mer, il fallait accoster dans un port privé entouré d'énormes blocs disposés là pour faire office de digue. Par un matin de printemps, Corinn débarqua d'un bateau de plaisance et posa le pied sur le quai, Hanish Mein à son côté. Tous deux s'installèrent dans un attelage découvert et entamèrent l'ascension en lacets d'une série de rampes. Malgré tous ses efforts, la jeune femme éprouvait de plus en plus de difficultés à conserver une attitude distante. Hanish se montrait très prévenant, surtout ces derniers temps. Dans les semaines après leur séjour à Calfa Ven, il avait sollicité sa compagnie pour chacun de ses déplacements. Et ceux-ci avaient été nombreux. Il avait réussi à la transformer en guide pour la haute société de Bocoum. Par des questions habilement posées – durant ce qui devait être des moments d'intimité organisés avec soin –, le Mein l'avait poussée à lui parler de plus en plus aimablement. Elle ne manquait pas de lui décocher une pique dès que l'occasion se présentait, mais il faisait preuve d'une courtoisie plus inébranlable encore que le dédain de la jeune femme.

La maison où ils devaient séjourner étalait ce luxe que seules osent les résidences secondaires, dans le dessein affiché de témoigner de la richesse du propriétaire, et avec tous les aménagements pour ravir les invités durant quelques jours. Elle avait sans doute été la propriété d'une famille acaciane, qu'elle avait peut-être connue. Elle ne posa pas la question. De tels détails ne parvenaient plus à la troubler autant que jadis. Il semblait que tout avait appartenu à des Acacians. À présent, c'était aux Meins. Elle aurait pu voir dans cette invitation une forme d'affront personnel, mais l'indignation la saisissait de plus en plus rarement à mesure que les années s'écoulaient. Elle parlait couramment la langue meine depuis quelque temps déjà. Des aspects de cette culture qui lui avaient de prime abord semblé étrangers se mariaient maintenant aux usages acacians de façon si intime – dans les cercles privilégiés, du moins – qu'il lui était parfois impossible de distinguer les uns des autres.

La villa était accrochée à la plaine qui venait buter au sommet des falaises. Elle débordait de la partie supérieure de la paroi rocheuse et s'étendait sur plusieurs niveaux en dessous. Une pièce ouvrait sur une autre selon une configuration qui donnait l'impression que l'ensemble s'agençait devant vous. Corinn trouva cette sensation assez déroutante, mais aussi très plaisante. Tous les murs face à la mer tiraient le maximum de la vue exceptionnelle, avec de vastes terrasses et des fenêtres descendant très bas qui révélaient la mer. Les mosaïques décorant le sol représentaient les vagues couronnées d'écume, des dauphins bondissant hors de l'eau, des pêcheurs cramponnés à leur frêle esquif inclinés selon des angles impossibles qui les auraient fait chavirer dans la réalité. Seule dans sa chambre, Corinn passa une partie de l'après-midi à genoux, à étudier tous ces détails. L'ensemble était magnifique de finition. Elle aimait la façon dont les pêcheurs paraissaient toujours à la limite de la catastrophe, et leurs visages souriants qui donnaient l'impression que pour eux tout cela n'était qu'un jeu.

Le premier soir, Hanish et elle se rendirent à un banquet organisé par une famille meine récemment enrichie. Par le passé, Hanish aurait distrait l'assistance à ses dépens, en trouvant quelque sujet de moquerie à son encontre. Mais la suite habituelle du chef n'était pas de ce voyage, et il fit assaut d'amabilité avec leurs hôtes, sans jamais se mettre en avant malgré leurs demandes répétées en ce sens. Il semblait tout simplement détaché de ces mondanités, de ses interlocuteurs comme de la musique, des vins et de la nourriture. Tous les gens s'empressaient de complimenter celui qu'ils nommaient volontiers leur héros, le seul Mein à avoir jamais accédé à un trône impérial, l'homme qui parviendrait peut-être à effacer l'ancienne malédiction. Il était le plus grand chef de l'histoire de ce peuple, et les convives ne laissaient pas de l'en féliciter.

Au lieu de se prêter à leur jeu, il s'arrangea pour se retrouver seul avec Corinn. Elle ne pouvait se cacher plus longtemps qu'elle aimait lui parler, tant il était d'une écoute attentive. Elle appréciait de répondre à ses interrogations, comme elle n'était pas insensible à ces yeux gris posés sur elle, et au fait que les autres invités les observaient à distance respectueuse. L'assurance qu'elle avait d'abord prise pour de l'arrogance lui semblait avoir un certain attrait, à présent.

Et Hanish se détendait quand il était avec elle, malgré les affaires complexes de sa charge qui occupaient son esprit. Il lui parla de la campagne menée par la Ligue des Vaisseaux contre les pirates des Îles du Lointain. L'opération de conquête ne s'était pas déroulée aussi aisément que prévu. Au contraire. Un capitaine de ces pillards, du nom de Spratling, leur avait donné du fil à retordre. Après avoir sérieusement endommagé un vaisseau de guerre et tué froidement un Ligueur, il avait réussi à démolir une partie des plates-formes de la Ligue. L'explosion initiale avait eu lieu dans les entrepôts, avec pour conséquence de projeter dans toutes les directions de la poix qui avait enflammé toutes les structures. Même quand elle retombait dans l'eau, cette substance continuait de se consumer. Elle flottait à la surface et, portée par les vagues, elle avait atteint les autres plates-formes. D'après ce qu'il en savait, les incendies avaient fait rage une semaine durant avant d'être éteints ou maîtrisés. Les dommages infligés par les pirates étaient d'une telle ampleur que la Ligue avait dû retarder la livraison de brume fixée au printemps. Il faudrait des mois de travail pour tout réparer.

— Tout ça à cause de ce Spratling, conclut Hanish. Mais ce n'est qu'un revers temporaire. La Ligue dispose d'un millier d'armes. C'est ce qu'ils prétendent, et j'aimerais les croire. Quand ils sont touchés, nous le sommes aussi.

— Avez-vous envisagé de vous débarrasser d'eux ?

— Des Ligueurs ? fit Hanish.

Corinn n'hésita qu'une seconde.

— Je sais que la Ligue est présente depuis une éternité, mais si elle est incapable de se défendre contre une bande de pirates, pourquoi ne pas assurer le commerce directement ?

— Aucune chance. Tu n'imagines pas l'inflexibilité de la Ligue. Elle a une emprise formidable sur tous les aspects des affaires de ce monde. Et elle est efficace dans ce qu'elle fait. Pour être plus précis, elle a rendu maintes personnes influentes plus riches qu'elles ne pouvaient le rêver. C'était vrai sous le règne de ton père. C'est vrai sous le nôtre.

— Vous ne ratez jamais une occasion de rappeler que mon peuple a initié les injustices que connaît toujours ce monde, dit Corinn en sentant sa vieille colère monter de nouveau en elle. Nous sommes ceux qui ont créé le Quota, introduit la brume dans le Monde Connu et recouru à l'esclavage forcé pour le travail dans les mines. Vous tenez à ce que je n'oublie jamais que cette infamie est en moi depuis toujours. Vous vous conduisez comme si vous aviez la tâche légitime de changer cela, mais qu'avez-vous fait pour rendre ce monde meilleur ? Vous avez assassiné le maître, mais au lieu de libérer ses esclaves vous avez pris sa place...

Hanish l'interrompit d'un ton désinvolte qui niait le poids de ces arguments :

— Tu veux bien danser avec moi ?

Corinn montra son irritation par un regard glacial.

— La musique meine n'est pas faite pour danser.

Ce n'était pas seulement une pique. Leurs mélodies demeuraient étranges pour ses oreilles. Comparées aux vagues sonores majestueuses des orchestres acacians, les discordances tirées des instruments meins paraissaient pauvres et imprévisibles. Elle n'imaginait pas comment danser sur ce genre de musique. D'ailleurs aucun des invités ne le faisait.

— Alors tu danserais, si la musique te convenait ?

Comme elle ne répondait pas immédiatement, Hanish lui saisit le poignet entre le pouce et l'index et l'entraîna vers le centre de la salle.

— Durant tous ces siècles où a existé la musique meine, je suis sûr que quelqu'un a dansé sur elle. Quelqu'un a senti dans les notes un rythme approprié aux mouvements de deux corps. C'est ce que j'aime à penser. Il suffit de détecter le rythme que les autres oreilles n'entendent pas.

Il referma la main sur la sienne, tandis qu'il glissait l'autre dans le creux de ses reins. Il l'attira à lui. D'une saccade elle libéra son bras et recula d'un pas, mais au lieu de la laisser s'écarter Hanish suivit le mouvement dans ce qui devint soudain une ébauche de chorégraphie. Le pas qu'elle avait fait en arrière était si bien coordonné à l'avancée du Mein qu'elle crut presque avoir provoqué l'intimité de leur évolution. Malgré ses efforts, elle ne put endiguer la suite de leurs pas, et bientôt elle cessa de s'y opposer. Elle était stupéfaite de la grâce avec laquelle il se déplaçait et du plaisir qu'elle éprouvait à tournoyer dans la salle.

— Corinn, dit Hanish, je ne peux prétendre avoir une réponse satisfaisante à ta question. Je n'ai pas rendu le monde meilleur. J'en suis conscient. Mais je l'ai rendu meilleur pour les miens. Et crois-moi, nous le méritons. Aucun autre peuple n'a souffert autant que le mien.

— Je suppose que c'est aussi ma faute…

Hanish laissa passer quelques secondes, tout à la danse, son regard soudain fuyant comme jamais elle ne l'avait vu.

— Pas la tienne, mais celle de ton peuple, oui. Ton peuple a donné naissance aux Tunishnevres. Il les a créés. Quand il est monté sur le trône après toutes sortes de manœuvres – et si tu penses que je suis perfide, tu devrais t'intéresser à l'histoire de ta propre lignée –, Tinhadin s'est retourné contre mes ancêtres, qu'il a maudits. C'était un sorcier. Il lui a suffi d'une formule.

— Le Santoth, dit Corinn. Vous parlez des Hérauts du Santoth.

Il acquiesça.

— Tinhadin avait un don que tu as peut-être, toi aussi, mais que tu ne sais pas utiliser. Il a maudit la descendance des Meins en la condamnant à un purgatoire perpétuel. Aucun homme de ma famille n'a trouvé la paix dans la mort depuis vingt générations.

Nos cadavres ne pourrissent pas. Nos chairs mortes ne se décomposent pas. Nos âmes restent prisonnières à l'intérieur de cette enveloppe physique. Nous ne sommes plus vivants, mais nous subsistons. Nous subsistons.

Plusieurs autres couples les avaient rejoints dans la danse. Ils tournoyaient en imitant les évolutions d'Hanish, et leurs visages étaient avides de l'attention qu'il leur refusait. Corinn pensa qu'il allait peut-être changer de sujet, de crainte d'être entendu, mais il continua sans même baisser la voix.

— Il n'est pire malédiction que de se retrouver suspendu à jamais entre la vie et la mort, sans pouvoir profiter de l'une ni de l'autre. Peux-tu imaginer un esprit piégé dans un cadavre année après année, sans fin prévisible de ce cauchemar ? La mort touche toute chose. Toute chose : humains et animaux, arbres et poissons. Toute chose est promise à la libération finale, à l'exception de mes ancêtres. De moi. Voilà ce que sont les Tunishnevres. Voilà pourquoi ils sont plus nombreux chaque année. Voilà pourquoi dans ton peuple on fait en sorte que les cadavres soient réduits en cendres qu'on disperse ensuite dans le vent. Vos coutumes gardent le souvenir de la malédiction et elles la redoutent, même si vous ne la redoutez pas. J'ai découvert qu'il en est souvent ainsi. La mémoire collective recèle une sagesse que la sagesse des individus ne peut égaler. J'aimerais trouver un moyen de les libérer, afin qu'ils puissent vraiment trouver la paix et le repos dans la mort. Peut-être, si tu interroges ton cœur, pourras-tu m'aider à y parvenir.

— Moi ?

Hanish hocha la tête.

— Tu as peut-être une importance que tu n'imagines pas encore.

— Est-il vrai que vous conversez avec eux ?

— D'une certaine façon, oui.

— Que vous disent-ils ?

Ils bousculèrent un couple qui s'était un peu trop approché. Hanish cessa de danser, baissa les bras et parla sur un ton calme qui rendait ses propos presque intimes.

— Ils me disent beaucoup de choses, Corinn. Pour l'instant ils me disent que cette salle devient un peu trop encombrée, Princesse. Ils suggèrent que nous nous retirions.

Ils passèrent toute la journée suivante ensemble. Hanish paraissait ne rien avoir de mieux à faire que distraire sa compagne. À cheval, ils suivirent la route côtière en direction du nord, avec la mer d'un côté et de l'autre les champs bien entretenus qui s'étendaient à l'ouest. L'escorte de Punisari suivait à quelque distance, assez en retrait pour ne rien saisir de leurs propos. Pour la première fois ils parlèrent sans crainte d'être entendus. Ils ne profitèrent cependant pas de cette occasion pour aborder des sujets importants.

À un endroit réputé pour le panorama qu'il offrait, ils se tinrent au-dessus d'une entaille dans la falaise qui canalisait la houle en des éruptions mousseuses d'écume. Elles se produisaient rythmiquement, comme des tirs lancés des profondeurs. Après le déjeuner, ils abattirent des cailles qu'on lâchait une à une à leur commande. Les oiseaux volaient avec frénésie, et le battement de leurs ailes était audible même à distance. Ce n'étaient en aucun cas des cibles faciles pour les flèches. Hanish n'en effleura qu'un seul. Corinn en transperça cinq. Elle savourait une certaine satisfaction à chaque tir réussi : la façon dont les ailes de l'oiseau se figeaient instantanément, l'altération de la trajectoire puis la chute du volatile du haut du ciel, poids mort qui tournait sur lui-même avec l'appendice bizarre de la flèche. Une fois, son trait passa à travers la cible et retomba au loin, longtemps après que la caille se fut abîmée au sol. Hanish applaudit la performance, et elle trouva des occasions de le railler sans méchanceté, ce qui visiblement fit plaisir au Mein.

Quand il proposa de refuser l'invitation à dîner, Corinn n'y vit pas d'objection. Ils mangèrent ensemble, chacun assis à une extrémité d'une table beaucoup trop longue. Le plat principal était composé de coquilles Saint-Jacques ayant mijoté dans une sauce relevée à point et parfumées d'herbes odorantes. Le goût était délicieux, entre la douceur du mets lui-même et la violence du nappage, et il donna chaud à Corinn. Ils burent un vin blanc sec qu'elle fit distraitement rouler contre ses joues. Hanish l'imita. Elle l'accusa d'avoir choisi le menu à seule fin de la ridiculiser. Il ne le nia pas.

Plus tard, ils partagèrent une liqueur sur la terrasse principale de la villa. Sous eux la mer s'assombrissait tandis que le soleil disparaissait peu à peu. Bientôt la lune se leva et brilla derrière la dentelle de fins nuages. La brise était un peu fraîche, mais pas désagréable. Juste assez pour donner la chair de poule. Corinn se tenait assez près d'Hanish pour sentir les huiles parfumées dont il avait oint sa peau. Elle lui toucha l'épaule de la sienne par inadvertance, et en une occasion elle fut parcourue d'un frisson subit quand du sein elle effleura son bras. Désirait-elle de tels moments ? Les provoquait-elle, ou étaient-ce le vin et la liqueur qui, ayant plaisamment adouci la forme des choses, rendaient son corps aussi maladroit ?

Il proposa de la resservir et elle tendit son verre.

— Et ensuite ? dit-elle. M'offrirez-vous de tirer sur une pipe de brume ?

Elle avait posé la question d'un ton badin, mais Hanish frotta le grain usé de la balustrade avec nervosité, et un instant il eut l'air d'un enfant qui tente de laisser une marque dans la pierre par la seule pression de ses doigts.

— Jamais, lâcha-t-il.

— M'avez-vous fait venir ici pour me séduire ? Est-ce le but de toute cette soirée ?

Le sang monta au visage d'Hanish, jusqu'à son front. Elle n'avait jamais vu une telle réaction chez lui.

— Je t'ai amenée ici pour t'offrir un cadeau. Mais j'ai peur que tu ne me le lances au visage.

— Ainsi, je suis capable de faire naître la peur en vous ?

— Tu m'emplis d'une certaine forme d'agitation, Corinn, comme jamais personne avant toi.

Elle le regarda fixement, sans rien trahir dans son expression. Elle attendait. Il lui désigna un banc proche, d'où ils pourraient se pencher et contempler le paysage par-dessus la balustrade. Ils s'assirent côte à côte, assez près pour que leurs jambes se frôlent au niveau du genou.

— Et si je te disais que tout cela est à toi ? demanda Hanish. Cette villa, je veux dire. Il n'y a aucune raison pour que tu n'aies pas le meilleur de chaque chose. Tu étais une princesse. Tu l'es toujours. Je reste confondu de constater que tu ne me crois pas sur parole à ce sujet. J'imagine le jour où toi, ta sœur et tes frères serez réunis ici et profiterez de...

— Il n'est pas nécessaire de m'acheter, mon Seigneur. Je suis votre esclave, de toute façon.

— Corinn, je t'en prie... Cette demeure appartenait à une famille du nom d'Anthalar. Tu les connaissais, n'est-ce pas ?

— Oui.

Hanish avoua que lui-même avait rencontré un de ses membres. C'était pendant la guerre, avant une bataille. Il avait donné la mort à ce jeune homme. Depuis, il avait toujours regretté son geste. Il avait vu de la force et de la fierté en sa victime, qui lui avait rappelé son frère Thasren. Il était possédé par cette détermination à faire ce qui était juste et bon pour son peuple. Mais Hanish n'avait pu agir autrement. Parce qu'il se trouvait en cet endroit ce jour-là, le jeune homme devait mourir. Une existence vécue sans faux-semblants créait de tels remords. Ils étaient incontournables. Et il regrettait aussi ce qu'il avait pu infliger à Corinn.

— Je sais bien que tu ne peux pas être achetée, dit-il encore, mais, s'il existe en toi la moindre parcelle de bonté, tu comprendras que ce cadeau est celui que je dois essayer de t'offrir. Si je t'ai gardée cloîtrée dans ce palais trop longtemps, j'en suis désolé. J'en suis arrivé à craindre de ne pas te voir.

— Pourquoi ?

Il secoua à peine la tête, juste assez pour signifier qu'il ne répondrait pas à cette question maintenant.

— Mais tu n'es pas une esclave. Tu sais cela, n'est-ce pas ?

— En vérité, oui, je le sais.

Elle serra les genoux, rompant ainsi tout contact entre eux. Elle ne se sentait plus grisée par l'alcool.

— J'ai vu de vrais esclaves, une fois. Je séjournais chez une famille noble, dans un village proche de Bocoum. Je savais que c'était mal, mais moi et une amie avons grimpé sur le toit, une nuit. Nous le faisions parfois, à l'époque, pour admirer les étoiles et nous raconter des histoires. Mais cette nuit-là nous avons trouvé un endroit d'où nous pouvions surveiller la rue en contrebas et nous avons vu une chose étrange... Tout d'abord j'ai cru qu'il s'agissait d'un défilé. Mais qui organiserait un défilé en pleine nuit ? Et dans un silence total ? Et dans quel défilé tous les participants sont-ils reliés entre eux par des chaînes ? Ils avaient le même âge que moi alors. Dix, onze ans, au seuil des bouleversements de l'adolescence. On les avait enchaînés par le cou, l'un à l'autre, et ils étaient des centaines. Des hommes les encadraient, l'épée au clair. À part le frottement de leurs pieds sur le sol et le cliquetis des chaînes, ils ne faisaient aucun bruit, et... jamais je n'oublierai ce silence. Il était... assourdissant. Terrible et assourdissant.

— J'ai l'impression que tu me racontes un de tes rêves, tenta Hanish.

— Non, répondit Corinn, ce n'était pas un rêve. Au fond de moi j'ai compris, même à cet âge. Je ne connaissais pas les détails, mais j'ai su tout de suite qu'il ne faudrait questionner aucun adulte sur la nature de cette procession. C'était le Quota, bien sûr. Ce Quota dont tout dépend.

Elle dévisagea Hanish un long moment. La petite cicatrice pâle qui barrait une narine du Mein était plus visible que d'habitude, peut-être à cause de la chaleur causée par l'alcool.

— Pourquoi des étrangers ont-ils un tel besoin de nos enfants ? Que font-ils d'eux ?

— Parfois il vaut mieux ne pas connaître la réponse à certaines questions. Mais écoute, tu t'es ouverte à moi. Laisse-moi faire de même. Je tiens à ce que tu nous comprennes, mon peuple et moi. Nous avons terriblement souffert pendant la Répartition. Comprends-tu à quel niveau se situe cette souffrance ? Vingt-deux générations – autant dans ma lignée que dans la tienne. Mais tes ancêtres ont régné sur le monde, alors que les miens ont lutté pour leur survie. Et nous avons fini par rêver que de vieilles injustices pouvaient être réparées. Toutes ces perturbations que nous avons engendrées au cours des années – les querelles mesquines et les vols, les razzias en Aushénie –, rien de tout cela ne correspondait à notre personnalité. Juste du bruit que nous produisions avec nos tambours et nos bugles, et derrière lequel nous dissimulions nos véritables visées. Nous voulions que les Acacians croient nous connaître. Je sais que notre réussite ne te procure aucune joie. J'essaie simplement de m'expliquer. Tu as le droit de nous juger, mais j'ai celui de vouloir que tu nous juges avec justesse.

— Et donc vous avez tué mon père, dit Corinn.

Elle avait voulu mettre de la colère et de la dureté dans sa voix, mais elle y perçut des accents pitoyables, et le désir d'être réconfortée.

— Chaque jour je regrette qu'il n'y ait pas eu d'alternative. Tu ne sais pas combien j'aurais aimé apprendre à te connaître dans d'autres circonstances. Mais ce que j'ai fait contre la bête qu'était l'empire acacian n'était pas dirigé contre toi. Je ne suis pas un monstre. Il m'arrive de souhaiter que le monde me voie ainsi, mais à dire vrai ma seule déformation vient du fait que je ressens en moi la peine de tout un peuple. Je dois penser aux miens d'abord, tu comprends ? Je n'aime pas envoyer des milliers d'enfants en esclavage. Cette idée me révulse. Mais mon peuple doit passer en premier. Comprends cela, et tu m'auras compris.

Ce n'était pas que Corinn fût insensible à ce qu'il disait. Ce n'était pas qu'elle ne le croyait pas ou qu'elle ne se réjouissait pas de découvrir une forme de tendresse en lui. Elle éprouvait tout cela, mais l'habitude avait tant aiguisé sa langue qu'elle répondit par une pensée plus dure, pour se défendre, même en cet instant :

— C'est une bien étrange méthode de séduction...

Hanish redressa la tête, et ses yeux brillaient. Le poids des larmes les libéra dans ce simple mouvement et elles coulèrent librement sur ses joues. La transformation était si douloureusement pathétique que Corinn tendit la main vers lui. Elle lui toucha l'omoplate, et ses doigts suivirent l'os à travers le tissu de la chemise, pour atteindre la peau nue de son cou. Elle désirait le caresser ainsi depuis trop longtemps. Sa chair était tiède, douce comme peu d'endroits de son corps, se disait-elle. Elle crut pouvoir sentir son pouls à travers la peau, mais c'était peut-être l'élancement dans le bout de ses propres doigts.

Il était épuisant de demeurer fidèle à son père, songea-t-elle, harassant d'espérer que sa sœur et ses frères réapparaîtraient et auraient quelque influence sur le cours de son existence. Son ventre était noué par le ressentiment qu'elle entretenait chaque jour. Pourquoi ne pas se donner à Hanish ? À qui d'autre que lui ? Oui, elle souhaitait qu'il ait réellement le pouvoir de faire d'elle ce qu'il désirait qu'elle soit. Elle souhaitait avoir assez de tempérament pour accepter le rôle qu'il lui destinerait, quel qu'il soit. Il avait une aptitude pour la cruauté, c'était indéniable. Elle perdurerait, malgré cet étalage de vulnérabilité. Au matin il serait de nouveau Hanish Mein, et le monde ne saurait jamais rien des fêlures derrière son masque. Mais, pour une raison qui lui restait inconnue – et en dépit de tout ce qu'elle savait être véridique et juste –, elle désirait apprendre ce trait de caractère de lui. Elle voulait le dévorer morceau par morceau, de ses lèvres, le prendre en elle et en être investie.

Elle ne recula pas quand il la regarda au fond des yeux. En fait, elle affichait une expression où se lisait comme l'ombre d'un défi.

— Comment saviez-vous, pour m'amener dans *cette villa* plutôt que dans une autre ?

— Je me suis fait une obligation de savoir. Dis-moi que cela te fait plaisir et j'en serai heureux.

— Y a-t-il des pièces avec le sol en verre, ici ? demanda-t-elle, alors qu'elle connaissait déjà la réponse.

— Oui. Les chambres des enfants. Juste en dessous de nous.

— Montrez-les moi, dit Corinn, dans ce qui n'était qu'un murmure.

CHAPITRE QUARANTE-NEUF

ALIVER REVINT DANS LE MONDE DES VIVANTS. Il quitta les Hérauts du Santoth après que des promesses eurent été faites des deux côtés, et il reprit graduellement conscience de son corps physique. Dans un premier temps, il marcha en balançant ses membres gourds en avant, et il eut l'impression qu'il était autant freiné dans sa progression que s'il avait fendu un flot de métal liquide. Soulever ses pieds était une torture. Chaque fois qu'il en reposait un, il se sentait coupable de transmettre le fardeau de sa personne à la terre. Pourquoi n'avait-il jamais remarqué ce phénomène auparavant ? Le passage du temps, la course du soleil, la chaleur brutale durant la journée et le froid incisif pendant la nuit : tant de choses à se rappeler. Il semblait que le monde était déréglé. Ce qui aurait dû être le plus ténu des sons – le vent qui balayait les grains de sable, le grondement du tonnerre au loin, le soupir de ses poumons après qu'il eut toussé – l'ébranlait jusqu'au tréfonds de son être. Encore et encore, il dut faire halte, se tenir la tête, inspirer en douceur et superficiellement. À chaque pas il envisageait de rebrousser chemin. Mais ce ne fut jamais vraiment une possibilité, plutôt une réaction comparable au besoin que le fumeur de brume éprouve pour la fumée verdâtre. Il n'avait aucune intention de céder. En fait, il ne s'était jamais senti aussi déterminé à affronter son destin dans le Monde Connu.

Il retrouva Kelis comme et où celui-ci l'avait promis. Être avec une autre personne brisa les dernières barrières entre Aliver et le reste du monde. Il entendit une autre voix humaine pour la première fois depuis ce qui paraissait une éternité. Il ouvrit la bouche pour répondre et fut soulagé de constater que ses paroles n'étaient plus ce vacarme discordant qu'il avait connu. Quand ils atteignirent Umae, Kelis et lui couraient de nouveau, tout comme des semaines auparavant.

Umae, en revanche, n'était plus tel qu'il l'avait quitté. Le village avait doublé en taille et débordait maintenant du creux de terrain pour s'étendre dans toutes les directions. Des tentes improvisées se massaient alentour et formaient des campements qui semblaient devoir durer. Alors que Kelis et lui approchaient, des cris annoncèrent leur arrivée. Les gens envahirent les chemins entre les champs, se perchèrent dans les acacias ou s'accroupirent en terrain découvert. En traversant cette masse humaine, Aliver distingua des accents qui trahissaient les dialectes de tribus voisines. Il vit des coiffures balbaras faites de plumes d'autruche, des colliers de coquillages venus des rivages de l'Est et des pantalons de cuir portés par les habitants des collines du Teh. Un groupe de guerriers aux pommettes hautes le salua par un cri poussé à l'unisson. Il n'avait aucune idée de leur origine. Il répondit d'un hochement de tête un peu nerveux qui d'après leurs sourires les contenta.

Thaddeus et Sangae les attendaient au centre du village. Tous deux arboraient la même expression de soulagement paternel, de fierté et de révérence. Isolé dans la demeure du chef, Aliver fit de son mieux pour répondre au déluge de leurs questions. Ils n'en furent sans doute pas vraiment satisfaits, car il resta vague. Il s'en rendit compte. Ses phrases s'éteignaient avant d'être terminées. Il marquait de longs silences parce qu'il était souvent incapable d'expliquer ce dont il avait fait l'expérience en compagnie des Hérauts du Santoth. Il avait vécu toute cette période sans avoir recours à la parole. Et, maintenant qu'il était complètement de retour dans le tumulte de l'humanité, certains de ces épisodes lui paraissaient aussi flous que le monde des rêves.

Les deux anciens étaient ravis qu'il soit entré en contact avec les Hérauts, enchantés que ceux-ci aient compris qui il était, et comblés qu'il soit revenu sans encombre. Ils lui expliquèrent que depuis le jour de son départ la rumeur de sa mission s'était propagée dans les plaines. Aliver Akaran était parmi eux ! Et cet homme avait tué un laryx ! Le prince s'en était allé à la recherche des sorciers bannis ! Pas plus Thaddeus que Sangae n'avait prévu que la nouvelle franchirait les limites du village. La chose s'était produite spontanément. Les gens qui avaient gardé secrète son identité neuf années durant n'y avaient plus tenu. Le monde semblait-il, l'attendait avec impatience. Et très vite les pèlerins avaient commencé à affluer.

— Ceux qui sont rassemblés ici ne sont que les premiers qui nous ont rejoints, dit Thaddeus. Nous pouvons partir vers le nord à tout moment, et nous rassemblerons notre armée en chemin. Nous en constituerons une comme le monde n'en a jamais connu, immense, composée de maintes nations, et Hanish Mein devra nous affronter.

L'ancien chancelier se tut un instant, comme s'il se rendait compte qu'il allait un peu vite en besogne.

— Prince, ce plan vous plaît-il ?

— Nous ne pouvons nous contenter du nombre, s'entendit répondre Aliver. Nous devons aussi former tous ces gens. Sans discipline et coordination, notre armée ne sera qu'un troupeau que les Meins et les Numreks massacreront.

Thaddeus se tourna vers Sangae. Il lui envoya un message par un simple mouvement de sourcils, comme s'il soulignait qu'il avait marqué un point, puis il reporta son attention sur le jeune homme. Il était heureux d'entendre le prince réfléchir à une telle échelle et discerner aussitôt les points faibles de ce projet. Il expliqua alors qu'il était resté en contact avec nombre d'anciens généraux de l'armée acaciane. Tous avaient entretenu la flamme de leur loyauté envers les Akarans au sein de petits groupes discrets. Ils avaient juré le secret et n'attendaient qu'un signe pour prendre les armes. L'un d'entre eux, Leeka Alain, qui avait jadis appartenu à la Garde du Nord, avait retrouvé le jeune frère d'Aliver.

Celui-ci l'interrompit aussitôt :

— Il a retrouvé Dariel ?

— En effet, dit Thaddeus. Je l'ai appris par un message alors que vous étiez absent. Ils devraient bientôt se mettre en chemin pour nous rejoindre. Et ils ne sont pas les seuls. Dans chaque coin de l'empire, des gens sont restés fidèles aux Akarans.

Son frère était vivant ! Cette nouvelle emplit Aliver de soulagement, puis d'inquiétude. Le petit Dariel ! Comment survivrait-il au chaos imminent ? Il faillit déclarer que son frère devait rester caché, mais il se retint au dernier moment. Il se le représentait tel qu'il l'avait connu, et cet enfant n'était plus. Les années l'avaient métamorphosé autant qu'Aliver. Plus encore, car Dariel était très jeune quand son exil avait commencé. Il voulait saisir le vieux chancelier par les épaules et le bombarder de questions. Où était son frère ? Quelle sorte de vie avait-il eue ? Qu'était-il devenu ?

Il décida qu'il l'interrogerait plus tard. Avant tout, il devait se renseigner sur un autre sujet.

— Tu dis que partout dans l'empire les gens sont restés loyaux à ma famille. En es-tu bien certain ? Nous avons fait si peu pour eux...

— Parce qu'ils se rappellent la noblesse de ta famille, répondit Sangae d'un ton solennel.

Il le croyait absolument, c'était une évidence, sans doute parce qu'il s'estimait en partie propriétaire de cette noblesse.

— Ils croient en vous, Aliver, dit Thaddeus, tout comme ils aimaient votre père. Et il est vraisemblable qu'ils l'aiment plus depuis sa mort que de son vivant.

Aucune de ces deux réponses ne surprit Aliver, mais aucune ne lui parut satisfaisante. Il se tourna vers Kelis.

— Comment vois-tu les choses ?

Le Talayen répondit avec la franchise totale qu'avait espérée le prince :

— Le monde entier a souffert de la guerre déclenchée par Hanish. La vie est beaucoup plus dure aujourd'hui, sous la tyrannie du Mein. Mais toi... tu symbolises un mal bien moindre. C'est à peu près tout ce que les gens peuvent croire et espérer. Alors tu leur parais être une bonne solution à leurs problèmes.

— Mais c'est loin d'être suffisant, répliqua sèchement Aliver.

Il mesura soudain tout le poids qu'avaient pour lui ces paroles. Non, il ne se contenterait pas d'être un moindre mal. S'il se lançait dans cette aventure, il devait viser plus haut.

— Je ne veux pas qu'ils combattent simplement pour retrouver leur ancienne situation de servitude. Si je sors vainqueur de cette guerre, Thaddeus, ce ne peut être qu'avec la promesse de tout changer en mieux. Dis à tous que s'ils se battent pour moi ils se battent pour eux-mêmes, afin que leurs enfants puissent être libres à jamais. C'est une promesse que je leur fais.

Le visage impénétrable, Thaddeus le considéra un long moment avec attention. Finalement il demanda :

— En êtes-vous certain ?

— Oui, répondit Aliver.

— Vous parlez d'un idéal qui risque d'être difficile à concrétiser. Le monde est corrompu à tous les niveaux. Peut-être plus encore que vous ne l'imaginez.

Le prince posa sur lui un regard intense.

— J'en suis certain plus que de toute autre chose. Cette guerre doit être un combat pour un monde meilleur Tout objectif moins élevé conduirait à l'échec.

— Je comprends, dit Thaddeus. Je ferai en sorte que ce message soit diffusé très largement. Votre père serait fier de vous entendre parler de la sorte.

Aliver se leva et alla à une des fenêtres. Il souleva le volet et plissa les yeux contre l'éclat du soleil pour étudier la scène à l'extérieur.

— Tous ces gens sont-ils venus d'eux-mêmes ? Leur a-t-on dit la vérité, et rien de plus ?

— Oui, dit Sangae. Nous avons eu des nouvelles de toutes les tribus du Sud. Elles sont au courant de ta mission. La majorité d'entre elles veulent t'aider. C'est pourquoi elles ont dépêché des émissaires ici, afin qu'ils attestent leur foi en ta personne. Il se peut qu'ils inventent leurs propres légendes concernant ta grandeur, sur la manière dont tu as trouvé les Hérauts du Santoth. Ils risquent même de propager des histoires narrant les hauts faits que tu as accomplis dans ton enfance. Le genre d'exploits prodigieux qui t'étonneront, Aliver, si tu les entends un jour. Mais Thaddeus et moi, nous avons simplement admis que tu étais en vie et prêt à reconquérir le trône d'Acacia. Il ne leur en a pas fallu plus pour qu'ils convergent ici.

— Tu dis qu'une majorité de tribus désirent m'aider. Pas toutes, donc ?

Sangae secoua la tête avec une moue de regret. Les Halalys, expliqua-t-il, formaient la tribu la plus puissante à ne pas avoir adhéré au projet. Ils n'avaient pas envoyé un seul soldat, pèlerin ou représentant porteur de présents ou de louanges. Un simple messager était venu annoncer qu'ils étaient au courant des affirmations faites au nom des Akarans et qu'ils tiendraient conseil pour en discuter entre eux. De par la nature hautaine qui leur est propre, il semble peu probable qu'ils se décideront à agir sans y être poussés, d'une façon ou d'une autre. Ils ne sont qu'une tribu parmi beaucoup d'autres, mais après les Talayens ce sont les plus nombreux.

— Nous aurions tout intérêt à les gagner à notre cause, dit Kelis. Ce sont de bons combattants. Pas aussi bons qu'ils le croient, mais...

— Très bien, trancha Aliver, qui une fois encore s'étonna de sa rapidité à décider. J'irai les voir.

Le royaume halaly était bordé sur trois côtés par des collines. En son centre s'étendait un vaste lac d'où naissait un fleuve. L'étendue d'eau était peu profonde, mais poissons et autres formes de vie aquatique y pullulaient. C'est pourquoi les Halalys ne souffraient jamais de la faim, même durant les longues périodes de sécheresse. Et c'était là ce qui avait fait d'eux une nation puissante. Ils dépendaient d'une variété de petit poisson argenté très présente dans le lac, une source de protéines qu'on préparait en friture ou en soupe, qu'on pouvait sécher, conserver dans la saumure ou broyer pour obtenir une pâte laissée à fermenter dans des jarres et que l'on enterrait. Pour totem, ils avaient néanmoins préféré aux poissons un animal plus en adéquation avec ce qu'ils croyaient être leur nature profonde. Ce choix n'avait rien de très original.

— Est-ce que chaque homme dans ce pays croit qu'il a été engendré par un lion ? demanda Aliver quand lui-même et Kelis approchèrent des murs en pisé d'Halaly.

Le rempart de la forteresse s'élevait à trois fois la hauteur d'un homme et était couronné de crochets de fer. Ce mur servait surtout à impressionner les visiteurs et à protéger les habitants des créatures sauvages qui chassaient la nuit. On y avait accroché des peaux de lion.

— Pas uniquement, dit Kelis qui étudiait ces trophées de chasse. Il y a aussi quelques léopards.

Ils avaient quitté Umae dans la plus grande discrétion, et sans escorte. Aliver voulait surprendre Oubadal, l'honorer de sa visite impromptue et écouter en privé ce que le chef avait à lui dire. On l'avait prévenu que le premier des Halalys apprécierait certainement de recevoir un cadeau en échange de son soutien. La nature du présent n'était pas précisée.

Parce que peu de choses prenaient de court le chef des Halalys, il attendait Aliver sous un large abri, une structure conique en chaume posée sur un entrelacs de troncs noueux et tordus, ouverte sur les côtés. Oubadal était au centre, avec quelques gens de sa suite autour de lui. Un groupe de vieillards étaient assis à la limite de l'abri, presque sur la ligne tracée par l'ombre. Ils suivirent l'arrivée d'Aliver de leurs yeux jaunis. Leur attitude belliqueuse jurait avec leur corps déformé par l'âge, comme si chacun était capable de bondir sur ses pieds et d'étrangler les nouveaux venus s'ils représentaient la moindre menace ou insultaient leur monarque.

Oubadal affichait son statut royal avec une prestance inspirée de son totem. Il avait la poitrine volumineuse et le cou épais, des gestes lents, les paupières lourdes et le regard alangui, des traits arrondis et proéminents. Il portait un anneau d'or à une narine, qui brillait encore plus sur la noirceur de sa peau. Il observa Aliver avec un intérêt non dissimulé. Il était intrigué par le nez droit et fin de l'Acacian, ses lèvres minces et la pâleur de son teint.

— Je me demandais quand tu viendrais me voir, déclara-t-il. J'ai entendu parler de ta victoire sur le laryx. Félicitations. Tu peux en être fier. Je l'ai été, en mon temps. À présent, je suis trop riche pour chasser les animaux. D'autres s'en chargent pour moi. Et je n'ai jamais parlé aux légendaires Hérauts du Santoth. Tu es un prodige, Prince Aliver.

Il découvrit une denture de taille impressionnante, dans ce qui n'était pas tout à fait un sourire. Plutôt l'expression d'une certaine malice.

— Je constate qu'il est peu de choses qu'Oubadal ignore, dit Aliver. Tu sais donc également pourquoi je suis venu tenir conseil avec toi ?

Le chef tapota sa cuisse de ses doigts à plusieurs reprises, signe que l'Acacian venait de se montrer trop pressé. Il dirigea la conversation vers des sujets superficiels, puis il s'enquit de la situation du Talay, pour tester les connaissances de son visiteur sur les familles aristocratiques de cette nation. Aliver répondit de son mieux, tout en se maudissant pour avoir abordé la raison de sa venue sans autre forme de préambule. Aussi à l'aise qu'il soit dans ces contrées, il oubliait parfois les formalités traditionnelles dans sa hâte d'atteindre le but fixé.

Quand Oubadal fit silence une demi-heure plus tard, les deux hommes passèrent un long moment à écouter le bourdonnement des insectes et les cris des enfants au loin. Ils sirotèrent un breuvage à base de jus de palme qui était très rafraîchissant et bienvenu par cette chaleur écrasante. Aliver regarda Kelis à la dérobée, et son ami lui confirma d'un petit signe que le moment était venu.

— Noble Oubadal, commença le prince, tu sais peut-être déjà de quoi je souhaite t'entretenir. Bientôt le monde sera plongé dans un nouveau conflit, une lutte qui effacera le mal survenu quand Hanish Mein a mené son peuple et une armée étrangère contre Acacia. On pourrait penser que le Mein l'a emporté, mais à la vérité ma nation a été attaquée par surprise, et sa défaite n'est que temporaire. Mon père avait déjà élaboré un plan pour unir les grandes puissances du monde contre le Mein. Je suis ici devant toi pour demander ton soutien dans ce combat. En retour de ta sagesse et des bras vigoureux de tes guerriers, Acacia te récompensera très généreusement.

Le chef des Halalys tenait dans la main gauche un bâton-fétiche, à l'extrémité en forme de croix trempée dans l'or, gainé de bandes de cuir entrecroisées et décoré de plumes d'oiseau. Avant de répondre il s'en servit pour se gratter le cou.

— Pourquoi mon peuple verserait-il son sang pour toi ? Tu es un prince sans nation, alors qu'Hanish Mein tient dans chaque poing une épée avec laquelle il est capable d'engendrer le chaos.

— Je ne suis pas sans armée, dit Aliver. N'as-tu pas entendu comment les soldats viennent en masse me rejoindre ? Et ce combat n'est pas pour mon bénéfice unique. Hanish Mein n'étend-il pas la main jusqu'ici pour s'emparer d'une partie de tes richesses, à sa guise ? Les Meins volent les propres enfants de ton pays et les vendent à quelque maître inconnu vivant de l'autre côté du monde. Pour moi, cela ressemble à l'œuvre d'un ennemi. Tu ne les appelles quand même pas tes amis, n'est-ce pas ?

Le chef regarda autour de lui comme s'il allait cracher à cette seule idée.

— Bien sûr que non. Mais pourquoi devrais-je me préoccuper de quelle race d'hommes pâles nous vole ? Ces Meins n'ont rien à envier aux Acacians qui venaient avant eux. Ne prends pas cet air insulté, Prince ! On ne peut être offensé par la vérité. Les Meins ont doublé le quota d'esclaves, c'est vrai, mais ils ne demandent pas où nous nous procurons ces esclaves, vois-tu. Par cette différence nos ennemis se trouvent rançonnés bien plus que nous. Tu me comprends ?

Aliver laissa passer l'insulte sans faire de commentaire.

— Mon père ne souhaitait rançonner personne, et moi non plus.

— En son nom, bien des hommes se sont glissés sur nos terres et nous ont volés. Tu es soit un trompeur de grand talent, soit un ignorant des rouages de ce monde. Tu as vécu dans un beau palais, je me trompe ? Sur une île entière que tu dis tienne. Tu avais des chevaux, des bijoux et de la nourriture raffinée, ainsi que des serviteurs. Comment penses-tu que tout ce luxe était payé ? Je vais te dire quelque chose. Approche.

Oubadal l'y invita d'un mouvement de son bâton-fétiche. Aliver se pencha en avant et se soutint tant bien que mal de ses mains appuyées sur ses genoux. Le chef s'inclina vers lui. Il sentait le bois de santal et la sueur.

— Des hommes tels que toi et moi ne sont pas bénis du Grand Dispensateur. Nous prétendons le contraire, et c'est un mensonge que les gens gobent. En vérité, nous régnons parce que nous savons mieux que nos sujets ce que le Dispensateur nous a laissé. Il n'y a pas d'autre monde en dehors de celui que nous façonnons, et le monde de ton père a rendu quelques personnes très riches et laissé dans la misère la multitude.

Quelques-uns des vieillards assis à l'écart approuvèrent dans des murmures. L'un fit claquer sa langue.

— Ton peuple ne nous a pas seulement pris de l'or et des esclaves, poursuivit le chef. Ton peuple s'est saisi de *mon* plus jeune frère, de *ma* sœur, de la deuxième femme de *mon* père, et les a maintenus en captivité. *Les miens*, tu comprends ? De mon propre sang. Leodan les a enfermés d'une main et a broyé le cœur de mon père avec l'autre en lui faisant savoir que, si jamais les Halalys le rejetaient, ses enfants en souffriraient. Je ne les ai jamais plus revus. Aujourd'hui encore, j'ignore s'ils sont vivants. Peux-tu me rendre mes proches ? Peux-tu me faire cette promesse ?

Avant de parler, Aliver ferma les yeux un long moment, puis il les rouvrit lentement.

— Je ne sais pas. Une telle chose a pu être décidée à Alécia. Mon père ignorait peut-être...

— Quel roi peut prétendre l'ignorance ?

— Un roi plus sage que celui qui prétend tout savoir, rétorqua le prince. Acacia était une nation immense. Son fonctionnement était en grande partie assuré par les gouverneurs. Si tu avais connu mon père, tu saurais que la famille lui importait plus que tout. Il n'aurait pas permis que la tienne soit ainsi maltraitée s'il avait été au courant.

L'air mécontent, Oubadal secoua la tête.

— Avec le pouvoir total vient la responsabilité totale. Notre peuple nous fait un présent quand il nous reconnaît comme son chef. Le prix à payer est que notre âme porte les blessures de leurs péchés. Si tu ne peux l'accepter, tu n'es pas digne de la couronne que tu désires. Redeviens un enfant, et pars en rampant retrouver ta mère pour qu'elle te donne le sein.

Un moineau voleta sous le toit conique et alla se percher sur une poutre, puis une autre. Aliver leva les yeux et l'observa. Rien ne se déroulait comme il l'aurait souhaité. Il se sentait ridicule, démuni comme l'enfant auquel le chef venait de faire allusion.

— Bon, assez de tout cela, dit Oubadal après un moment, d'un ton nettement moins véhément. Aucun homme ne peut retourner téter sa mère. Allons donc de l'avant. Il existe un moyen pour toi d'obtenir ce que tu veux. Tu connais nos ennemis, les Balbaras ? Ils harcèlent mon peuple depuis les premiers jours de cette terre. Les Halalys sont leurs maîtres depuis quelque temps déjà, mais ces dernières années ils se sont enhardis. Ils se moquent de nous et empiètent sur nos terres. Parfois même ils osent effectuer une razzia sur nos villages frontaliers. J'en ai plus qu'assez. Je veux les anéantir.

— Les *anéantir* ?

— Oui. Je tuerai tous leurs guerriers, j'émasculerai leurs enfants mâles et je vendrai leurs femmes comme courtisanes qui porteront des enfants halalys. Si tu nous aides à les effacer de la surface de cette terre, si tu reconnais mon peuple comme étant l'égal de celui du Talay et que tu promets de nous accorder le droit de prélever un tribut en ton nom...

— Je ne veux pas de tribut.

— Ah ! Lorsque les tiens étaient au pouvoir, Acacia se gorgeait de tributs comme un ivrogne de vin. Ce sera la même chose de nouveau, j'en suis certain. Quand nous aurons été reconnus égaux aux Talayens, tu donneras ton accord pour que nos terres retrouvent le nom d'Halaly : pas seulement sur nos cartes, mais aussi sur les vôtres. Pourquoi un pays qui s'étend d'un horizon à l'autre devrait-il s'appeler le Talay ? Et, s'ils vivent toujours, tu feras revenir les membres de ma famille auprès de moi et tu ne prendras plus de captifs dans notre peuple. Accorde-moi ce que je te demande, et les Halalys t'aideront dans ta guerre. Tu ne trouveras pas de combattants plus forts que les miens. Je peux en amener dix mille dans ton camp en une semaine. Tu n'as jamais vu de guerriers comme les miens, Prince. Je ne sais pas grand-chose de cette peuplade qui combat pour les Meins – les Noumriks ? –, mais nous les ferons déguerpir devant nous comme des chiens, la queue basse.

De nouveau, il eut ce sourire qui n'en était pas un.

— Je peux te garantir que les Bethunis te resteront loyaux eux aussi. Si tu préfères, nous pouvons échanger la boisson de sang pour nous lier, et ainsi l'accord ne pourra être rompu, même si l'un de nous périt.

Aliver regarda fixement Oubadal. Il ne se sentait plus effrayé par le regard impavide de l'homme et cet air tranquille de supériorité, ni humilié par sa propre ignorance, lorsque la vision que le chef avait du rôle de dirigeant était aussi détestable.

— Je ne t'aiderai pas à *anéantir* une nation entière. Et puisque tu es aussi redoutable, pourquoi ne le fais-tu pas toi-même ? Pourquoi ne te fais-tu pas aider par les Bethunis, si tu les contrôles également ?

— Les Bethunis sont tenus par des serments de loyauté plus anciens, répondit Oubadal. Ils ont un pacte de sang avec les Balbaras. Ils ne peuvent pas les combattre, mais ils ne les aiment pas pour autant. Je ne te parlerai pas à demi-mot, Prince. Sans ton aide, l'issue d'une guerre entre les Balbaras et nous serait incertaine. Ils ne manquent pas de bravoure.

— Peut-être devrais-je m'adresser aux Balbaras, en ce cas. Je suis venu parler à la mauvaise nation.

La remarque parut amuser Oubadal.

— Si tu devenais l'ami de nos ennemis et que tu te retournais contre nous, Prince, tu te trouverais maudit de bien des manières. Qui composerait ton armée ? Les Balbaras et les Talayens ? Nous les combattrions. Et, pendant ce temps, les Bethunis attaqueraient le Talay. Les tribus de la côte ne s'opposeraient pas à nous, puisqu'elles nous sont liées par le sang. Si au lieu de nous attaquer les Balbaras partaient avec toi, nous irions rendre visite à leurs femmes, leurs enfants et leurs anciens. Et parce qu'ils le savent, ils ne le feront jamais. Tu n'y gagneras donc rien, sinon la défaite de ta cause avant d'avoir commencé les hostilités.

— Quand je serai roi d'Acacia, tu ne parleras plus ainsi, dit Aliver. Tu te souviendras de ce qu'est le respect.

— Si tu étais roi d'Acacia, Prince, je me jetterais à plat ventre devant toi et je te sucerais le gros orteil.

Oubadal regarda ses compagnons qui s'esclaffèrent, en particulier les vieillards.

— Mais, pour l'heure, tu n'es roi de rien du tout. N'est-ce pas la vérité ?

Aliver réussit à grand-peine à endurer le rituel de courtoisie pour prendre congé tant il était impatient de se précipiter à l'air libre, loin de l'odeur de bois de santal et de ce regard faussement placide.

Kelis l'arrêta à quelque distance des portes du village fortifié. Il le saisit par le coude et l'obligea à ralentir jusqu'à faire halte.

— Oubadal nous fournira dix mille combattants. Tu ne peux pas partir.

— Je ne massacrerai pas un peuple innocent, dit Aliver. Ce n'était pas l'intention de mon père.

— C'est ainsi que sont les choses depuis le commencement, chez toutes les races d'hommes, répondit Kelis. Veux-tu oui ou non atteindre ton but ? Je sais ce que tu crois. Tes propres intentions sont nobles, mais il est rare que des individus nobles impriment leur marque sur le monde. Ils en parlent, tandis que des gens comme Oubadal agissent. Ne pars pas d'ici sans avoir fait de cet instant le tien. Il n'est pas encore le tien, Aliver. Alors ne pars pas.

Le prince s'assit sur la terre grise et desséchée, et se prit la tête entre les mains. Thaddeus avait dit que le monde était corrompu à tous les niveaux. Il en avait la première preuve. Il s'efforça de calmer son esprit et de trouver quelque chose de positif dans cet entretien, mais en vain. S'il voulait conserver un peu d'humanité, il ne pouvait déclencher cette guerre d'une manière aussi ignoble. Il tenta de définir quels autres termes le chef pourrait accepter, mais les méandres des alliances tribales étaient tellement inextricables qu'il donna un coup de pied rageur dans la poussière. C'était stupide ! Mesquin ! Trop grossier et petit. Et c'était là un simple exemple de toutes ces pratiques dont il voulait débarrasser le monde. La constatation lui donna une idée.

— Si je disais à Oubadal que j'exige son aide, et non que je la sollicite ? fit-il. Si je disais qu'aujourd'hui je suis le prince Aliver Akaran, mais qu'à l'automne je serai le roi Aliver Akaran ? Si je lui rappelais que je suis un lion, et que je ne peux m'intéresser aux querelles des lionceaux à mes pieds ? Si je l'avertissais qu'à présent les sorciers du Santoth me répondent et qu'avec eux j'effacerai toute trace de mes ennemis ? Il peut se joindre à moi et m'être utile – selon mes conditions – ou il peut souffrir la colère de pouvoirs qu'il n'imagine même pas.

— Tu peux essayer cela, je suppose, dit Kelis. Mais il faudra que tu le regardes dans les yeux quand tu parleras, pour t'assurer qu'il ne te mord pas la lèvre. Si tu le traites de lionceau, tu l'insulteras... À moins, bien sûr, que tu ne sois réellement un lion. Il n'y a pas d'offense dans la vérité.

Aliver se remit debout et regarda son ami en face.

— J'hésite encore, c'est ça ? Et tu penses que je ne devrais pas.

— Je crois que, si tu parles avec ton cœur chaque fois que tu ouvres la bouche, tu ne peux pas te tromper.

Aliver se détourna et contempla la forteresse. À cette distance les peaux clouées sur la muraille semblaient très petites. Comme celle de chats errants.

— Dis-moi une chose, Kelis. Tous ces gens qui prétendent descendre de lions, quelle preuve en donnent-ils ?

Kelis sourit.

— Il n'y a pas de preuve. Ils l'affirment, tout simplement, et ils essaient de paraître convaincants.

Chapitre cinquante

Mena n'en parla à personne, pas même à Melio, qui l'avait pourtant aidée involontairement à concevoir son plan. Elle ne prit que l'épée de Marah et quelques affaires qu'elle pourrait emporter dans un sac léger passé en bandoulière. Elle sortit discrètement de sa maison et s'engagea dans les rues désertes grisées par l'approche de l'aube. Paradoxalement, elle craignait d'être découverte, mais elle marchait avec une calme assurance. Elle pouvait se déplacer en silence si elle le désirait. Des années plus tôt, alors qu'elle n'était encore qu'une enfant, elle avait réussi à contourner les gardes de Marah pour aller découvrir les horreurs des mines de Kidnaban. Si elle avait pu accomplir cette prouesse, aucun villageois de Ruinat, aucun prêtre somnolent ne se réveillerait pour l'interroger maintenant. Bien sûr, c'étaient les étrangers qui avaient tout précipité et donné un caractère d'urgence à l'entreprise. Il s'agissait de Meins, avait dit Melio avec du dépit dans la voix. Ce n'était plus qu'une affaire de jours avant qu'ils quittent Galat et débarquent ici. Il faut faire quelque chose, avait ajouté le jeune homme. C'est pourquoi elle passait à l'action. Ce n'était pas ce que Melio avait proposé, mais c'était mieux que rien.

Elle choisit une yole parmi celles tirées au sec sur la plage, y jeta son sac et la poussa dans l'eau. Une heure plus tard, elle contournait la pointe de Vumair et arrivait en vue d'Uvumal. L'île dressait sa silhouette verte et déchiquetée hors de la mer comme des tessons de verre mal dissimulés sous une couverture de feuilles. Le trajet à la voile était court, mais elle ne l'avait encore jamais effectué. Personne ne le faisait. L'île était considérée comme sacrée et dédiée à la déesse. C'était son foyer et son sanctuaire.

Depuis l'avènement du culte de Maeben, elle avait été abandonnée à la vie sauvage. On n'y avait plus chassé ni abattu d'arbres pour labourer des parcelles sur le flanc de ses collines. Il y régnait une densité végétale presque inquiétante. Les sous-bois paraissaient impénétrables. Ici et là, des troncs massifs jaillissaient de la canopée. C'étaient des géants qui avaient poussé de guingois, avec de longs fûts qui explosaient soudain en un fouillis de branches. La vieillesse les avait tordus, les intempéries les avaient couturés de cicatrices, et chacun d'entre eux était un totem appartenant à une ère ancienne de sauvagerie. Telle était la destination de Mena.

La plage sur laquelle elle traîna la yole était une large bande de sable blanc que nul pied humain n'avait foulée depuis très longtemps. Des palmiers accrochés à la limite du rivage penchaient leurs frondaisons vers l'eau. Des débris naturels jonchaient l'endroit, bois flottants, noix de coco et leurs écales. Des crabes trottinèrent en biais entre les branches tombées et... quelque chose attira son regard, un objet dont la présence ici était assez surprenante pour qu'il retienne toute son attention. Elle mit un moment avant de comprendre de quoi il s'agissait exactement. La tête burinée, le bras levé et la partie supérieure du torse d'une poupée d'enfant saillaient du sable. Une présence irréelle, sans yeux, au bras figé dans ce qui ressemblait à un geste frénétique de bienvenue.

Et ce n'était pas le seul objet issu de la main de l'homme. Une longueur de corde et un flotteur de pêche gisaient à quelque distance de là. Plus loin, un morceau de tissu drapait un rocher, comme un linge étendu à sécher. Mena scruta fiévreusement les alentours pendant quelques secondes, jusqu'à ce qu'elle ait la certitude qu'elle était bien seule. Étrange... Les gens n'étaient sans doute pas venus jusqu'ici, mais leurs détritus y étaient arrivés. Elle s'avança de quelques pas vers les rebuts rejetés par la mer, et elle craignit que la déesse ne les repère avant qu'elle ait le temps de les ramasser. Si les prêtres avaient appris la nouvelle, ils auraient interdit l'habitude qu'avaient les gens de déverser leurs ordures dans le courant, à la pointe sud du port. Elle imagina comment elle raconterait l'anecdote à Vaminee. Il existe mille façons de profaner la déesse, dirait-elle pour commencer. Chacun doit se rappeler qu'une chose donnée à la mer en un endroit ne disparaît pas toujours...

Elle se ressaisit et jura sourdement. Il était si facile de retomber dans son rôle. Elle ne venait pas en tant que servante de la déesse ! Elle n'était pas ici parce qu'elle représentait ses yeux et sa bouche. Elle n'avait pas l'intention de rapporter un quelconque message aux prêtres.

Elle passa le restant de la matinée à s'enfoncer dans la forêt. Elle s'était imaginé que l'intérieur de l'île serait silencieux et inquiétant, un endroit où elle devrait se glisser sans bruit, en redoutant qu'une brindille ne craque sous son pied. Au lieu de quoi l'air encombré de feuilles vibrait de la cacophonie des chants d'oiseaux. Les cris des singes parcouraient les arbres en vagues successives. Partout les insectes stridulaient, bourdonnaient et bruissaient. Elle marcha sur les mailles tressées des racines de palétuviers, et pataugea dans la boue épaisse qui empestait l'œuf pourri. L'épée fixée dans son dos s'accrocha encore et encore à cent obstacles. Elle devait tellement se contorsionner dans le sous-bois qu'à certains moments elle s'immobilisait simplement et restait ainsi un temps, pour se reposer. Puis elle repartait.

Elle prit un petit déjeuner tardif, assise sur une coulée de galets près d'un petit ruisseau. Elle repensa à la poupée sur la plage. À qui avait-elle appartenu ? Il y avait mille façons d'expliquer comment ce jouet avait pu être perdu. Peut-être était-il vieux, et un enfant qui n'en voulait plus s'en était débarrassé, par exemple en le donnant à un chien qui s'était amusé avec lui. Ou était-ce un trésor égaré, porté jusqu'au rivage par la marée, et que des larmes juvéniles pleuraient ? Avait-il été jeté à la mer par des parents endeuillés ? Était-il tombé du ciel ? Elle regrettait de l'avoir laissé. Elle aurait dû au moins l'extraire du sable et le mettre dans la yole. Elle se promit de le faire au retour.

Vers midi elle gravit, souvent à quatre pattes, le versant d'une colline. Malgré les difficultés du terrain, il lui fallut relativement peu de temps pour trouver ce qu'elle cherchait. En se hissant sur un tronc abattu et en regardant par la tranchée que sa chute avait créée dans le mur de la végétation, Mena aperçut l'aire. Elle était perchée au sommet d'une colline, à trois crêtes de distance. L'arbre qui la couronnait saillait de la canopée et culminait à une grande hauteur. C'était un arbre géant à la flèche irrégulière, qui semblait partiellement mort. Il était d'une blancheur d'os là où des lambeaux d'écorce s'étaient décollés. Nombre de ses branches étaient brisées ou arrachées à leur base. À cette distance, le nid n'était qu'une profusion de débris divers entremêlés, comme des morceaux de bois flottants massés là par quelque caprice incompréhensible de la nature. Elle ne détecta aucun mouvement.

Dès l'instant où elle se dirigea vers lui, elle le perdit de vue à cause de la densité extrême de la végétation. Elle descendit une crête et gravit la pente opposée, pour recommencer ensuite. À chaque sommet elle obliquait intentionnellement vers la droite. Au troisième, elle bifurqua vers la gauche et suivit la ligne de crête en espérant que cela la mènerait à son but. La manœuvre dura deux heures, pendant lesquelles elle ne vit jamais à plus de cent pas. Elle craignait de passer à une distance d'un jet de pierre de son but sans s'en apercevoir.

En fin de compte, ce fut par l'odorat qu'elle le repéra. Il en émanait la puanteur de la pourriture, de la décomposition. Elle aurait beaucoup aimé s'épargner cette épreuve. L'odeur était repoussante, et c'est pour cette raison qu'elle avança droit vers sa source. En quelques minutes elle arriva à la base d'un fût énorme.

Il était plus large que n'importe quel autre tronc à proximité, et il aurait fallu cinq fois la longueur de ses bras pour l'encercler totalement. L'odeur venait d'un mélange putride de déjections d'oiseau, des chairs et des os qui jonchaient le sol : cages thoraciques, fémurs éclatés, morceaux d'organes desséchés, un crâne de rongeur, une sandale en cuir, un avant-bras fripé... l'avant-bras et la main d'un enfant.

Mena vomit. Ce fut une réaction instantanée, qui prit fin presque immédiatement. Elle essuya sa bouche et contempla fixement le membre. Le temps de plusieurs respirations, aucune pensée ne traversa son esprit. Puis tout devint clair. C'était pour cela qu'elle était venue ici. Elle l'avait su au plus profond de son être depuis tout ce temps. Elle avait attaché l'épée dans son dos pour une raison précise, mais elle avait aussi effectué ce voyage avec un espoir proche de l'entêtement. Peut-être découvrirait-elle que Maeben vivait effectivement dans un palais accroché au faîte des arbres. Peut-être la déesse enlevait-elle les enfants pour en faire ses serviteurs. Peut-être découvrirait-elle les preuves de tout ce qu'on lui avait dit de croire, tout ce qu'elle avait passé des années à représenter aux yeux des habitants de Vumu.

Mais tout ce qu'elle avait voulu croire, ce bras le réfutait. Elle avait voué son existence à un mensonge. Elle s'était dressée en juge de gens innocents. Elle les avait tancés et sermonnés pour... Pour quoi ? Pour avoir aimé leurs enfants de tout leur cœur ? Pour avoir désiré vivre dans le bonheur ? Et tout ce temps, sa déesse n'avait été qu'une bête carnassière.

Elle s'approcha du membre. Il y avait quelque chose dans les doigts desséchés. S'accroupissant, elle décela le reflet bref du métal dans la lumière. Elle tendit la main, pinça l'objet entre le pouce et l'index, et le libéra.

C'était un pendentif en argent, en forme d'anguille. Elle avait déjà vu ce dessin... dans les eaux près de la jetée, des mois auparavant. La forme l'avait séduite dans l'ondoiement clair de la mer. Le bijou était toujours aussi beau. Un trou perçait le bulbe rond de la tête. Un morceau de la lanière qui l'avait retenu à un cou humain en tomba. Elle imagina sa propriétaire qui la portait. C'était peut-être la première chose qu'elle avait serrée dans sa main quand la mort avait fondu du ciel et planté ses serres dans son corps. Mena sentit la nausée revenir, cette fois en se souvenant qu'elle avait conseillé aux villageois de ne pas scruter les cieux.

Elle se releva, accrocha le pendentif à son propre collier et leva les yeux vers l'arbre. Son ascension ne s'annonçait pas aisée. L'écorce était assez rugueuse et fendillée de crevasses pour offrir des prises à ses mains et ses pieds, mais elle était aussi fragilisée par endroits, à cause des termites et des intempéries. Elle en détacha des morceaux d'une simple pression des doigts. Que cet arbre soit encore debout tenait du miracle. Elle réussit à accrocher sa main et à caler son pied, quitta l'appui du sol et se mit lentement à grimper.

Une heure plus tard, elle émergea de la couche des feuillages supérieurs, après être passée dans des endroits peuplés d'animaux et d'insectes comme jamais elle ne l'aurait imaginé. Elle cligna des yeux sous l'assaut de la lumière et sentit l'air caresser sa peau. Elle remarqua aussi que l'arbre oscillait doucement. Malgré une brise qui forcissait, la puanteur allait crescendo. Les branches étaient de plus en plus chargées de fientes. Elles collaient à ses paumes et rendaient ses prises moins sûres. Elle fut obligée de planter ses ongles dans la couche de déjections. Quand elle atteignit la portion dénudée située juste sous l'aire, elle se mit à califourchon sur une branche, s'adossa contre le tronc et reprit son souffle.

Une volée de perroquets jaunes rasa la cime des arbres au nord, battements d'ailes rapides puis glissades, battements d'ailes et glissades. Sous elle, des perruches jaillissaient et disparaissaient, sans jamais trop s'éloigner des feuillages. Aucun oiseau plus imposant ne flottait dans les airs, aucun grand rapace, rien d'origine divine. Elle remarqua les nuées qui s'amoncelaient à l'est : la formation d'une tempête, peut-être la première de la saison.

Apparemment, le nid au-dessus d'elle était désert. Le silence y régnait, si l'on exceptait le frottement occasionnel des différents éléments qui le composaient. Elle pouvait se mettre debout sur la branche et regarder à l'intérieur, pour décider de ce qu'elle allait faire. Elle espérait que ce qu'elle verrait lui donnerait une idée, car elle n'en avait aucune pour l'instant.

Elle ouvrit son sac et en tira un rouleau de corde. C'était un filin de fibres végétales tressées et poisseuses au toucher. Elle défit les nœuds et laissa une extrémité tomber, en s'efforçant de ne pas penser au vide vertigineux sous elle. À l'autre bout du filin était attaché un grappin à trois branches qu'elle avait confectionné avec un leurre pour les poissons des grandes profondeurs. Elle lança dans le nid le crochet qui se coinça dès la première tentative. Elle tira sur la corde à plusieurs reprises, et l'ensemble céda un peu de terrain avant de s'immobiliser. La prise était solide.

Alors elle agrippa le filin et abandonna l'appui de la branche. Un instant elle oscilla dans le vide. Elle se surprit à invoquer la protection de Maeben et serra les lèvres pour ravaler la suite de la prière. Quand le mouvement de balancier cessa, elle se mit à grimper méthodiquement, une main après l'autre. Curieusement, ses pensées s'orientèrent vers Melio, peut-être parce qu'elle devait son excellente condition physique à ses entraînements. Puis elle atteignit l'enchevêtrement de branchages du nid et ne songea plus qu'à la manière de franchir la courbe de ce dernier obstacle.

Elle était accrochée là, haletante, à chercher les meilleures prises pour ses mains, quand une tête de volatile se dressa dans l'aire. Elle n'était pas distante de plus de la longueur d'un bras, et c'était une face grotesque, au bec trop gros qui s'ouvrit pour pousser un piaillement strident. Quelque chose n'allait pas, Mena le sut immédiatement, mais elle n'avait pas le temps d'y réfléchir. Elle s'attendait que le volatile prenne son envol, et par crainte que cela ne se produise, elle recula autant qu'elle le pouvait et précipitamment. Le nid tangua avec le déplacement subit de son poids. Branches et brindilles se brisèrent. Il lui fallut un laps de temps ridiculement long pour retrouver une position sûre et être en mesure de libérer sa main droite, qui dégaina l'épée. Une fois l'arme au poing, elle sut exactement ce qu'elle devait faire. Elle porta un coup plongeant avec toute la force dont elle était capable. La lame toucha l'oiseau au cou, mais trancha peu profond. Elle la dégagea d'une saccade – toujours étonnée d'avoir le temps d'agir – et frappa de nouveau. Cette fois, elle eut la puissance et la précision nécessaires.

La tête de la créature fut séparée du corps et retomba près de lui avec un bruit mou.

Quelques instants plus tard, dans l'aire, la jeune femme regarda le corps de l'animal se convulser et elle comprit ce qu'elle avait trouvé étrange. L'oiseau n'avait pas un plumage homogène, il était difforme et pathétique, à peine plus gros qu'un vautour. Les aigles des mers adultes étaient deux ou trois fois plus imposants. Ce n'était pas du tout Maeben, mais seulement un petit de son espèce. Mena faillit lâcher un commentaire acide sur les créatures que seule leur mère pouvait aimer, mais elle se retint.

Elle s'assit en face de l'animal et songea à l'étrangeté de cette situation. Elle était déconcertée de se trouver là maintenant, dans l'aire d'un aigle perchée au-dessus des forêts d'Uvumal, devant un cadavre, une épée nue au poing, oscillant au gré du vent qui chahutait le vieil arbre d'un côté et de l'autre. Qui était-elle ? Quand était-elle devenue cette personne ? Peut-être n'était-ce là que folie, se dit-elle. Elle voyait à présent deux voies qui s'ouvraient à elle pour le futur : l'une d'elles n'allait pas plus loin que cette aire, l'autre représentait un tel saut dans l'inconnu qu'elle avait du mal à s'en croire la conceptrice. Et pourtant, d'une façon étrange, les deux lui paraissaient acceptables.

Elle se rendit compte qu'elle pouvait simplement descendre de l'arbre. Elle avait pris son enfant à une déesse. Que celle-ci voie ce que cela faisait. Mena pouvait saisir le filin et abandonner ces hauteurs avant que la tempête qui se rapprochait ne déverse ses torrents de pluie sur la forêt. Elle rentrerait avec le sentiment d'avoir accompli quelque chose, un acte de vengeance scellé dans le sang.

Elle pouvait faire cela, songea-t-elle, mais non, elle ne le ferait pas. Elle n'en avait pas encore fini.

Quand elle distingua le battement des ailes au milieu des sifflements du vent qui se renforçait toujours, elle s'était repositionnée. Elle était étendue sur le dos dans le nid, le jeune oiseau mort serré contre elle. Il était décapité, bien sûr, mais d'une main elle maintenait la tête dans le prolongement du cou. Elle guetta le retour de la mère, en espérant que son stratagème lui permettrait de s'approcher suffisamment de l'aigle pour pouvoir l'atteindre.

Le rapace apparut en silhouette sur l'écran sombre que formaient les nuages. Ses ailes se déployèrent complètement juste avant qu'il ne se pose, majestueux, comme s'il voulait masquer le ciel entier de son envergure. Le nid bougea quand le poids de l'oiseau s'appuya sur lui, et les serres se refermèrent sur les branchages au risque de les briser. La femelle était énorme. Elle devait être aussi grande que Mena. Maeben. C'était elle, sans aucun doute. Son bec aurait pu engloutir la tête de la jeune femme, ses serres l'éviscérer d'un seul mouvement. Mena en avait la certitude, et pourtant elle était heureuse. Heureuse d'enfin la voir en face. Elle était embrasée par une émotion, mais ce n'était pas la peur. Jamais elle n'avait haï avec autant d'intensité qu'en cet instant. Être un enfant enlevé par ce monstre... juste un enfant...

Attends, pensa-t-elle. Attends qu'elle se rapproche.

Il y eut un bref moment où tout se figea, puis l'aigle poussa un cri. L'appel était aigu, aussi perçant que l'avait été celui de son petit. Maeben poussa de la tête le cadavre, se recula puis s'avança de nouveau. Elle avait compris qu'il y avait quelque chose d'anormal.

Mena lança l'oiseau mort loin d'elle et décocha un coup en direction de la tête du rapace. Tout aurait pu se terminer alors, mais la lame accrocha une branche, fut déviée et effleura à peine le bec du monstre.

Maeben s'éleva dans les airs avec un cri horrible qui traduisait toute son indignation et sa fureur. Mena ferma les yeux devant cette agression sonore insupportable. Elle eut la sensation fugitive d'avoir eu la peau du visage arrachée par les serres du monstre. Puis elle rouvrit les yeux.

Le rapace plongea vers elle avec toute sa puissance et son poids. Mena se redressa à demi et recula maladroitement. Son talon accrocha quelque chose et elle lâcha l'épée. Alors qu'elle basculait en arrière hors du nid, ses doigts se tendirent pour saisir le filin. Les fibres tressées lui brûlèrent les paumes. Elle effectua une sorte de culbute et son autre main se referma sur la corde. L'arrêt de sa chute fut brutal. Mais ce qui retenait le grappin céda. Mena se sentit tomber dans le vide pendant quelques secondes de panique totale. Elle heurta une branche, qui cassa net mais la ralentit assez pour qu'elle puisse saisir la suivante. Elle la prit en pleine poitrine, s'enroula autour et plongea à l'horizontale vers les branches entrecroisées juste en dessous. Cet obstacle la ralentit notablement. La corde fila en boucles rapides vers le sol, et une des pointes acérées du grappin vint se ficher dans sa jambe.

Elle aurait bien hurlé de douleur, mais les événements se succédaient si rapidement qu'elle n'eut même pas le temps d'ouvrir la bouche. Frappé par une ondée puissante et par les bourrasques, l'arbre pencha un peu plus encore. Des frémissements titanesques parcoururent le tronc pourri. D'instinct elle sut qu'il se brisait quelque part sous la canopée environnante. Il allait s'effondrer.

Maeben fouettait l'air de ses ailes et cherchait à atteindre Mena avec son bec et ses serres. La jeune femme arracha la pointe en acier de sa jambe et lança le grappin vers la tête de l'aigle. Elle rata sa cible. Le grappin s'éleva au-dessus du rapace et parut suspendu un moment dans l'air, en bout de trajectoire. Le grand oiseau continuait de battre des ailes, en vol stationnaire. Concentré uniquement sur sa proie, il calculait le moment de son attaque sans se soucier du lent mouvement de balancier de l'arbre. Le temps sembla s'arrêter.

Puis l'oscillation de l'arbre s'accentua de façon spectaculaire. Mena se sentit happée loin du rapace. Elle chutait avec l'arbre, mais elle ne quitta pas l'aigle des yeux. Elle vit le filin se tendre, son extrémité qui retombait de l'autre côté de l'oiseau être tirée violemment vers le sol par la masse du tronc en chute. La corde parut se rigidifier. Elle trancha dans l'aile et glissa sur les plumes et les os jusqu'à ce que les crochets du grappin mordent les chairs du rapace au niveau de l'articulation. Le filin, dont l'autre extrémité s'était emmêlée avec le corps basculant du géant des forêts, précipita Maeben vers le sol avec une violence que l'oiseau ne comprit visiblement pas. Son bec s'ouvrit sur un cri d'incrédulité, tandis que ses ailes étaient plaquées contre son corps et que ses prunelles étincelaient de terreur, peut-être pour la première fois de sa vie.

Mena en avait assez vu. Elle se propulsa loin de l'arbre qui s'écrasait, tournoya dans l'air et, les bras étendus comme si elle pouvait voler, elle fit face à la canopée qui se ruait vers elle.

TROISIÈME PARTIE

LÉGENDE VIVANTE

CHAPITRE CINQUANTE ET UN

HANISH RESTA LONGTEMPS ALLONGÉ SANS BOUGER, avec à chaque seconde la conscience aiguë du corps collé contre le sien. Il ne voulait pas la réveiller et devoir lui parler et sourire, et commencer la journée en récitant les platitudes communes à tout amant. C'est du moins ainsi qu'il s'expliquait sa passivité. Il était préférable de minimiser le plaisir qu'il avait eu à sentir les formes de la jeune femme le toucher sur tout le corps. Mieux valait ne pas admettre la douceur des longues boucles emmêlées dans ses doigts. Il savait que des traces d'elle le marqueraient, dans bien des sens. La chose lui était agréable, mais il préférait ne pas reconnaître que, s'il restait immobile, c'était aussi pour absorber le plus d'elle dans sa peau. Toute la journée il aurait son goût sur la langue, aux coins de la bouche, dans le parfum intime émanant de son propre corps qu'il décèlerait dans l'air quand il tournerait la tête. Il aurait aimé ne pas songer à tout cela, mais il ne pouvait penser à rien d'autre.

Avant Corinn Akaran, aucune femme ne s'était imposée avec autant de force dans chaque moment de son existence. Depuis cette nuit mémorable à Manil, elle ne quittait jamais vraiment son esprit. Il refusait de nommer l'émotion qu'il éprouvait pour elle, mais cela ne signifiait pas qu'il ne ressentait pas ce que ce mot représentait, aussi vague et sentimental qu'il fût, planant dans l'air entre eux. Cette première nuit, elle s'était montrée réservée, sans assurance, timide avec son corps, et elle n'en avait été que plus attirante. Ces barrières étaient rapidement tombées. Il semblait que, si elle désirait se donner, elle voulait le faire totalement. Quand elle l'embrassait, sa bouche était possédée d'une avidité qui le laissait pantois, comme si ses lèvres, sa langue et ses dents cherchaient à le dévorer au plus vite. C'était presque comme si elle l'avait conquis, et non le contraire. Cette vision des choses le troublait beaucoup.

La seule présence de Corinn à ses côtés le rendait euphorique. Quand elle n'était pas là, il pensait beaucoup à elle ou s'attelait à ses tâches avec une impression diffuse de mal-être. Il négligeait ses compagnons d'armes, qui se sentaient blessés, il le savait. Connaissant les failles de leur ego, il aurait dû trouver sans retard une occasion de les flatter et de reconnaître leur valeur, mais l'idée elle-même lui paraissait ennuyeuse. Personne ne semblait aussi intéressant que Corinn. Aucun autre visage qu'il pouvait regarder ne lui apportait un tel réconfort. Personne ne l'écoutait comme elle le faisait. Avec personne d'autre des passe-temps aussi ordinaires que le tir à l'arc, auquel ils s'adonnaient des heures durant, ne devenaient un plaisir assuré. Dans cette discipline, elle était nettement supérieure à lui. Sans raison précise cette réalité l'amusait, comme une plaisanterie qu'il aurait lui-même conçue.

À quoi pensait-il quand il s'était engagé dans cette relation ? Il avait dit qu'il garderait la princesse auprès de lui pour la surveiller et avoir la certitude qu'elle serait là quand les Tunishnevres auraient besoin d'elle. Alors quand cet effort s'était-il transformé en ce tourbillon d'émotions ? La situation était dangereuse, il ne l'ignorait pas. Ses pensées n'étaient plus claires et précises comme elles l'avaient toujours été. La veille, il avait été stupéfait de se rendre compte qu'on lui avait posé une question qu'il n'avait pas du tout entendue. Un cercle de visages étonnés s'était tourné vers lui, et on y lisait l'inquiétude et l'incompréhension. Il n'était plus complètement lui-même : pour preuve, il ne pouvait ni ne voulait mettre un terme à ce qui l'affaiblissait autant. Il aurait dû lui interdire toute marque d'affection entre eux quand ils se trouvaient en public. Après tout, Corinn s'estimait facilement insultée, et elle était prompte à s'irriter. Quelques commentaires acerbes formulés au bon moment suffiraient à la faire sortir de ses gonds, ce qui entraînerait la fin de la position scabreuse dans laquelle il se trouvait actuellement.

Mais il en était incapable. Pourquoi aurait-il dû se comporter de la sorte ? Il revoyait tout ce qu'il avait accompli dans sa vie, tout ce qu'il avait gagné pour son peuple. Il avait conquis le Monde Connu ! En ce moment même, les Tunishnevres descendaient la Bordure Méthalienne et n'étaient plus qu'à quelques semaines de leur délivrance. C'étaient ses succès qui avaient permis que Maeander pousse ses recherches de l'autre fille Akaran jusqu'à Vumu. S'il la capturait, ils détiendraient une seconde source du sang nécessaire. Corinn ne serait pas obligée d'être saignée, ni de mourir. Si l'on considérait tous ces paramètres, pourquoi aurait-il dû s'interdire d'aimer ?

Oh ! ce mot ! Le seul fait de l'avoir pensé le poussa à se lever. Il s'écarta en douceur de la princesse, car il ne voulait pas la réveiller maintenant et avoir à lui parler. Il prit un temps infini pour retirer son bras de sous la tête de la jeune femme.

Un peu plus tard, droit dans son thalba et l'air parfaitement à l'aise derrière son masque de froideur, Hanish lut les missives que ses secrétaires lui avaient apportées dans son bureau. La première était un extrait du journal qu'Haleeven tenait. Son oncle faisait preuve d'une grande méticulosité dans ses écrits, lesquels étaient rigoureux, détaillés mais sans fioriture. Parce qu'il recevait de ses nouvelles au moins deux fois par semaine, Hanish avait suivi pas à pas la progression des Tunishnevres. Aucune de leurs étapes n'avait été aisée. L'extraction des corps de la chambre funéraire avait engendré maints problèmes, car l'endroit avait été conçu pour les y abriter indéfiniment. Les architectes n'avaient pas imaginé l'éventualité que les ancêtres soient un jour déplacés. Ils étaient empilés et serrés au maximum dans leurs alvéoles.

Haleeven avait supervisé l'utilisation de rampes et de palans. Leur mise en place en un lieu aussi exigu avait été difficile. Dans les meilleures circonstances, il aurait été ardu d'obtenir des ouvriers le niveau indispensable de précision et d'attention, et ce le fut encore plus avec ces hommes rendus nerveux par cette présence incorporelle autour d'eux. Une nuit, une cinquantaine de ces manœuvres s'enfuirent de leur campement installé hors des murailles de Tahalian. Il fallut les traquer un à un. Ensuite on les châtia de façon très dissuasive en guise d'avertissement pour tous ceux qui envisageaient ce genre de projet.

Surveiller la main-d'œuvre, extraire, envelopper et transporter les ancêtres, flatter les princes, entretenir les routes transformées en bourbier par le printemps, avancer à travers des nuées d'insectes voraces, négocier la descente abrupte de la Bordure Méthalienne jusqu'aux Forêts Eilavanes : chaque tâche était un défi aux aptitudes d'Haleeven. À présent, ils traversaient enfin les terres boisées et les champs qui les séparaient encore de la côte. La partie la plus difficile du voyage était derrière eux, même si Haleeven rappelait qu'ils ne pouvaient qu'aller lentement. Ils empruntaient des routes pavées, mais il leur était impossible de forcer l'allure, de crainte que les trépidations répétées ne produisent des effets indésirables sur les ancêtres. Leur fragilité exigeait constamment un grand luxe de précautions.

Il avait reçu de nombreux autres courriers. L'un provenait du gouverneur qui gérait les terres de l'île en dehors du palais et de la ville basse. Il affirmait que les acacias qu'il avait méthodiquement fait couper à la base renaissaient. Ces arbres étaient plus résistants qu'ils ne l'avaient pensé. Ils ne mouraient jamais complètement, et il devrait demeurer vigilant afin de les empêcher de se développer de nouveau.

Une autre missive portait le sceau de sire Dagon. Il demandait audience. Le terme employé était bien « demander », et pourtant le reste du texte, dans lequel figurait l'heure souhaitée par le Ligueur, avait une tonalité assez autoritaire pour donner l'impression d'une exigence. Très bien, songea Hanish. Il était grand temps que la Ligue des Vaisseaux vienne lui faire son rapport. Que ce soit ou non le sujet prévu par sire Dagon pour l'entretien, le Mein décida qu'il en serait ainsi.

Hanish était toujours étonné par l'apparence physique des Ligueurs. Leur maigreur et la faiblesse de leur constitution s'accordaient mal avec une attitude qui disait un calme total et une maîtrise irrécusable de la situation. Sire Dagon portait une coiffe frangée de courts rubans dorés. Si ses traits émaciés étaient toujours aussi livides, son cou paraissait plus long que lors de leur dernière rencontre, mais Hanish mit cette impression sur le compte de son imagination.

Ils se saluèrent mutuellement d'une simple inclinaison du buste, et sire Dagon prit un siège. Il laissa son corps s'y affaler et poussa un soupir las. Sa main disparut dans les plis de ses vêtements et en ressortit une pipe à brume en verre bleuté, avec un fourneau étroit et un embout très fin. D'un de ses longs ongles, il souleva le couvercle et vérifia son contenu, qui brasilla aussitôt, comme s'il était déjà allumé ou s'était embrasé au contact de l'air.

— Je vous offrirais bien une bouffée, mais je doute que vous soyez capable de résister à sa pureté, déclara-t-il.

Les lèvres d'Hanish s'ourlèrent juste assez pour traduire le dédain retenu qu'il avait pour la drogue.

— J'en sais trop peu sur la façon dont la Ligue répond à l'attaque des plates-formes. Vous devez m'en dire plus.

Le Ligueur attendit assez longtemps avant de répondre pour démontrer au Mein qu'il le faisait selon son bon vouloir, et non sur ordre. Il commença par redire en termes vagues que les pertes subies sur les plates-formes étaient nombreuses et variées, qu'elles posaient des problèmes immédiats et en généreraient d'autres dans le futur. Quant à ces derniers, la Ligue s'en occuperait le moment venu. Pour le présent, il y avait la question du retard dans la livraison d'un chargement du Quota au Lothan Aklun. Le temps n'était pas le seul problème, d'ailleurs. Les explosions et les incendies avaient détruit les entrepôts où le Quota était parqué en attendant son transfert. Il s'agissait d'un vaste ensemble de bâtiments qui formaient une sorte de métropole en miniature. Pendant le chaos qui avait suivi l'attaque, les produits – comme il appelait les enfants esclaves – s'étaient révoltés. Ils s'étaient répandus dans d'autres parties des plates-formes et avaient entrepris de propager le feu à l'aide de torches trempées dans la poix. L'Inspectorat d'Ishtat avait mis fin à la rébellion, mais pas avant que toute la plate-forme ne soit détruite. En fin de compte, ils avaient dû se séparer de l'unité contenant les entrepôts et la remorquer au large des autres plates-formes, où elle avait fini de se consumer. Tous les produits avaient été détruits. Une cargaison entière.

— Vous auriez dû me le dire plus tôt, fit Hanish.

Sire Dagon tira sur sa pipe. Il souffla un nuage de fumée bleue et lâcha, d'un ton détaché :

— Nous ne considérons pas que les affaires de la Ligue vous concernent.

— Elles me concernent pleinement. Depuis quand nos intérêts sont-ils dissociés ?

Le Ligueur posa sur Hanish un regard où il y avait peut-être de la colère, mais il était difficile de décrypter la moindre émotion sur ses traits ascétiques.

— La Ligue est une entreprise commerciale. Pour nous, toute personne est un adversaire potentiel, surtout nos clients les plus riches. Je suis étonné que vous ne l'ayez pas encore compris.

Le Mein l'avait compris depuis déjà longtemps. La Ligue des Vaisseaux avait échappé à la guerre en restant en eaux calmes, et elle avait émergé du conflit dans une position bien meilleure qu'auparavant, sans porter grand intérêt au sort des Akarans avec lesquels elle commerçait depuis vingt-deux générations. Du point de vue d'Hanish, cette position avait alors semblé être une aubaine pour ses propres visées. À présent, la déloyauté des Ligueurs le déstabilisait. Mais mieux valait n'en rien montrer.

— Je ne pense pas que les pirates aient voulu un tel résultat, remarqua-t-il avec nonchalance. D'après ce que l'on raconte, ils combattent contre la tyrannie organisée. Ils souhaitent la libération des esclaves, pas leur incinération.

— Telles sont les conséquences irréfléchies de toute action violente sous couvert d'idéologie. Les innocents en font les frais. Il en a toujours été ainsi, et il en sera toujours ainsi.

Sire Dagon eut une moue d'ennui pour exprimer la nuisance que représentait une telle situation.

— Nous réglerons la question posée par ces pirates très prochainement. Aucune force n'est plus à même de le faire que l'Inspectorat d'Ishtat. Quand nous les aurons trouvés, nous les écraserons une bonne fois pour toutes.

Hanish agita un doigt comme s'il désirait poser une question.

— *Quand* vous les aurez trouvés ? Je croyais que vous aviez des espions sur chaque rocher émergé des Flots Gris.

— C'est le cas, mais depuis son attaque le groupe mené par Spratling a disparu.

— Tiens donc...

Sire Dagon jeta un regard perçant au Mein, pour comparer le ton de sa remarque à l'expression de son visage. Il replaça l'embout de sa pipe entre ses lèvres fines, aspira et retint un moment les vapeurs dans ses poumons.

— Ce dont la Ligue a besoin maintenant, c'est de se réapprovisionner immédiatement. À cette fin, nous avons arrêté un plan consistant à prendre les produits nécessaires dans la cité côtière de Luana, au nord de la Candovie. Ainsi, nous comblerons nos pertes en une seule opération.

— C'est-à-dire ?

— Nous arriverons de nuit à Luana, et à la faveur de l'obscurité nous soumettrons la ville. Ensuite nous repartirons avec la quantité de produits dont nous avons besoin.

— Les enfants dont vous avez besoin, précisa Hanish. Combien vous en faut-il ?

— Deux mille, répondit platement le Ligueur.

Avant que le Mein puisse émettre un commentaire, sire Dagon poursuivit en expliquant qu'une grande fête régionale attirait actuellement beaucoup de monde dans la cité, en particulier les enfants qui se rassembleraient pour célébrer le retour du printemps. Ils venaient de tous les villages alentour. L'opération ne pouvait être parfaite, bien sûr. Il leur serait difficile de trouver assez d'enfants répondant à leurs critères habituels de sélection. Ils devraient peut-être en accepter un certain nombre ayant plus que l'âge limite. Mais ils estimaient que c'était la meilleure solution à leur problème actuel.

Quand il eut terminé, Hanish le couvait d'un regard sombre. Deux mille ? Pour atteindre ce nombre, il leur faudrait rafler quasiment tous les enfants de la région. Il résista à l'envie de réduire l'espace entre eux pour gifler le visage osseux de sire Dagon. Deux mille ? Cela allait à l'encontre de tout ce que garantissait le système établi pour le Quota. Une telle action dévoilerait la barbarie du système d'une façon si crue qu'ils ne s'en remettraient peut-être pas.

Hanish se massa lentement les tempes. Il pensa à Corinn. Il lui parlerait de tout cela, plus tard. Il la regarderait au fond des yeux et guetterait sa réaction qui lui servirait d'aune pour juger de la sienne. Ce serait une bonne chose. Il lui devenait de plus en plus difficile d'estimer avec justesse les effets que ses décisions avaient sur le monde. Elle l'y aiderait.

— Vous savez, dit-il, certains soutiennent que la Ligue n'a plus de raison d'être. Ici et là, on pense que vous prenez trop et ne donnez pas assez.

Sire Dagon eut un sourire méprisant.

— Quel conseiller avisé vous a murmuré ces propos à l'oreille ?

Le Mein ignora la question.

— Vous attendez de moi que je vous autorise à enlever une génération entière à ces gens ? Je ne le peux pas. Je ne le ferai pas. La tension dans les provinces est déjà trop grande. Quelle nation du Monde Connu ne verrait dans cette action une menace envers elle ? Toutes seront ulcérées. Ce pourrait être l'étincelle qui déclencherait toutes sortes de troubles. Non, vous devez trouver un autre moyen. Le monde a toujours besoin d'être repeuplé, on ne peut le moissonner de la sorte.

Sire Dagon referma le couvercle de sa pipe d'un geste sec et la rangea. Après avoir toisé le chef mein un moment, il déclara :

— Je n'ai pas été assez clair sur un point, Hanish. Les ordres ont déjà été donnés. Selon toute probabilité, le raid a eu lieu hier. Je suis ici par pure courtoisie, afin que vous ne soyez pas surpris quand la nouvelle vous parviendra. Regardez-moi de cet œil noir autant qu'il vous plaira. Menacez-moi. Tempêtez contre moi. Tendez les bras et étranglez-moi si vous le voulez ; frappez-moi de ce poignard à votre ceinture. Je suis entièrement à votre merci. Mais sachez que si vous le faites vous serez comme la fourmi qui mord le petit orteil d'un homme. Vous mordez, et la seconde suivante vous êtes écrasé. Vous régnez sur le Monde Connu parce que tel est le bon plaisir de la Ligue des Vaisseaux. Vous ne l'avez pas encore compris ? Et la révolte que vous redoutez a déjà commencé. Elle n'a pas eu besoin de nous pour se déclencher. Scrutez les provinces, Hanish. Regardez en direction du Talay, plaquez votre oreille contre le sol et entendez le nom que ces gens murmurent avec de plus en plus d'exaltation. Vous verrez que vous avez assez de problèmes à régler. Laissez-nous nous occuper de nos affaires. Et n'oubliez pas que, quelle que soit son ampleur, le soulèvement qui s'annonce n'est rien comparé au risque qu'il y aurait à mettre en colère les Autres Contrées.

— Ainsi donc vous craignez quelqu'un, dit Hanish. Vous m'insultez, vous me remettez à la place que vous estimez être la mienne, mais vous avez peur du Lothan Aklun...

Sire Dagon s'était levé, prêt à partir, mais quelque chose dans ce que venait de dire Hanish parut le radoucir. Le regard qu'il eut alors pour lui était presque compatissant.

— Vous comprenez si peu de choses sur la manière dont va ce monde... Ce n'est pas le Lothan Aklun que nous craignons. Il n'est pas très différent de la Ligue, sinon par sa richesse qui surpasse la nôtre. Ceux que nous avons de bonnes raisons de craindre vivent au-delà du Lothan Aklun. C'est avec eux que commercent les Lothans, tout comme nous commerçons avec les Lothans.

Ces dernières secondes étaient chargées de tant de révélations qu'Hanish avait du mal à tout saisir. Il n'était pas certain du sujet qu'il devait aborder en premier, et il éprouvait un besoin presque puéril de ne rien montrer de son étonnement. Il adopta un ton désintéressé, comme si la question n'était pas particulièrement importante pour lui :

— Comment s'appellent ces gens ?

— Les Auldeks, dit sire Dagon après une courte hésitation. Vous n'avez jamais posé le regard sur l'un d'entre eux, et vous n'aurez jamais à le faire. En savoir trop sur leur compte vous donnerait seulement des insomnies. Oui, même à vous. Mais croyez-moi, Hanish, si un jour ils décident que cela vaut la peine de s'intéresser à nous – de châtier, de choisir eux-mêmes les produits, même si c'est par simple curiosité –, ce jour-là le monde que vous aimez connaîtra sa fin. Seule la Ligue des Vaisseaux assure l'équilibre de ce monde.

Hanish empêcha le Ligueur de prendre congé immédiatement.

— Ne partez pas, dit-il, ravalant son orgueil. Je... vous remercie de m'avoir parlé de Luana. Je comprends que la Ligue doit mener des actions décisives par ces temps tumultueux. Je ne vous critiquerai pas pour cette opération. Mais tout serait plus simple si vous acceptiez de vous rasseoir et de m'en dire plus sur ce que j'ignore encore. Si vous partagez vos informations avec moi, cela évitera que, par ignorance, j'entrave vos projets. Vous n'êtes pas d'accord ?

Sire Dagon réfléchit une seconde. Il ne répondit pas, mais il se laissa retomber dans son siège et tapota son vêtement pour localiser sa pipe.

Chapitre cinquante-deux

Les eaux sous la côte sud du Talay étaient plus noires et agitées que toutes celles connues par les pirates des Îles du Lointain. Les courants convergeaient depuis les deux côtés du continent et se mêlaient aux eaux glacées à l'ombre de la courbe terrestre. Pendant cinq jours consécutifs, des vagues gigantesques soulevèrent le *Ballan* et le précipitèrent dans des creux vertigineux. Le bateau gîtait à chaque ascension, semblait se figer sur la crête tel un oiseau prêt à l'envol, puis retombait brutalement de l'autre côté. Des marins qui n'avaient jamais été malades de leur vie devinrent livides. Leurs jambes flageolèrent, ils abandonnèrent tout faux-semblant et cédèrent à la nausée. Ils rendirent tout ce qu'ils avaient mangé. Ensuite, ils vomirent des choses qu'ils ne pouvaient identifier, et plus tard encore ils essayèrent de se délester de leurs organes internes.

Loin au nord, la côte du Talay étendait sa désolation uniforme. Ce n'était qu'une tache étirée sur l'horizon, faite de dunes, sans arbres ni montagnes ou installations humaines pour briser la monotonie du paysage. Aussi désertes qu'elles fussent, Spratling était très désireux de débarquer sur ces plages, de s'asseoir sur le sable, trempé jusqu'aux os, et de saluer de la main le *Ballan* qui repartait. À défaut d'autre chose, ces rêveries improbables aidaient à passer le temps.

Ils furent témoins de phénomènes dont ils n'avaient entendu parler que dans les légendes. La nuit, des lumières ondulaient dans les cieux, tels des rubans aux teintes multiples battant au vent. Spratling essaya d'entendre le bruit qu'elles faisaient, car il était certain que ces contorsions géantes déchiraient l'air comme le tonnerre. Le silence qui les accompagnait ne lui parut jamais correspondre au spectacle qu'elles offraient. Une famille de baleines les gratifia d'un ballet nautique sur tribord : les monstres marins bondissaient hors de l'eau l'un après l'autre, se tordaient et retombaient sur le flanc dans des geysers d'embruns. Une autre fois, ils passèrent à côté d'une montagne de glace flottante. La vigie qui la repéra poussa un cri d'alarme d'une voix aiguë d'adolescent apeuré. Plus tard, il avoua qu'il avait craint leur entrée dans un pays fantôme, un endroit que les gens du Monde Connu ne devaient surtout pas voir, et une transgression pour laquelle ils seraient sévèrement punis. Spratling avait ébouriffé la tignasse du jeune marin, mais en son for intérieur il s'interrogeait lui aussi. Dans quelle entreprise ils s'étaient lancés ! Il avait du mal à croire ce qui se produisait, et il était toujours incrédule quand il repensait à la manière dont l'équipage avait rendu la chose acceptable pour lui.

C'était arrivé deux jours après l'attaque des plates-formes, alors qu'ils étaient rassemblés sur le pont au coucher du soleil. Il leva le nez de son thé et déclara :

— J'ai des choses à vous dire. Vous jugerez peut-être que certaines sont insensées, mais tant pis.

Il commença en jurant qu'il avait aimé chaque instant passé en leur compagnie. Il avait connu des jours merveilleux quand ils allaient d'un endroit à un autre dans les Îles du Lointain, pour mener une vie de dangers mais aussi de liberté, avec pour seules règles celles qu'ils s'appliquaient. Il considérait chaque pirate comme son frère ou sa sœur, son oncle ou sa tante. Il les cita par leur nom. Il rappela les moments d'exception passés ensemble. Ils avaient constitué une nation à eux seuls, n'est-ce pas ? Ils avaient trouvé leur véritable ennemi dans la Ligue des Vaisseaux, et ils l'avaient emporté sur elle en maintes occasions. De cela, il était fier.

Le problème, expliqua-t-il, était qu'il lui serait impossible de continuer ainsi éternellement. Il venait de la Mer Intérieure, du cœur des rouages du Monde Connu. Il avait fui de graves troubles, qu'il s'était efforcé d'oublier. Il avait tout fait pour se convaincre qu'il n'y avait aucune part, et il y était presque parvenu. Mais pas tout à fait. Il n'avait jamais vraiment oublié. Il lui fallait répondre à l'appel de son pays d'origine, de son sang, de sa destinée. Le temps était venu pour lui d'accepter cette dernière, après l'avoir niée des années durant. Il leur expliqua alors ses projets.

Presque sur un ton d'excuse, il fit remarquer qu'avec la disparition de Dovian le *Ballan* lui revenait. Il ne commanderait personne qui ne voudrait pas se joindre à lui, mais il comptait mener le navire au large du Talay et longer ce pays jusqu'à sa pointe sud pour ensuite remonter sa côte est et entrer dans la Mer Intérieure. Si Leeka Alain ne se trompait pas, une guerre se préparait. Il avait toutes les raisons de haïr Hanish Mein, et si c'était en son pouvoir il aiderait à mettre un terme à son règne. Mais chacun d'entre eux devait prendre librement sa décision. L'expédition serait dangereuse, les chances de victoire bien minces et les récompenses finales incertaines...

— Eh bien, c'est à peu près tout ce que j'avais à vous dire.

Il resta assis un moment en silence. À la vérité, il lui restait certain sujet à aborder. Et à la vérité, c'était la partie la plus difficile à énoncer. Dovian l'avait poussé à le faire, jusqu'à ce que le jeune homme le lui promette, et Spratling avait fini par le croire lui-même. Il devait le révéler. Il avait besoin d'affirmer son identité.

— Avant que vous ne preniez votre décision, il y a autre chose...

De nouveau, il hésita. Un homme ne peut redevenir le gamin qu'il était, et pourtant tout cela y ressemblait fort. C'était comme réintégrer l'existence tissée de peurs d'un enfant, dans un acte de foi envers un monde qui offrait peu de preuves que cette foi était méritée. S'il se lançait, il devrait admettre avoir été cet enfant abandonné, impuissant, tremblant et en larmes dans une cabane délabrée des montagnes. Celui qui, de cet abri misérable, avait scruté un monde immense qui l'ignorait. Et qui le sauverait, cette fois ?

— Spratling, nous ne sommes pas dans ta tête, mon vieux, dit Nineas, grincheux comme à son habitude. Quoi que tu aies à dire, crache-le, qu'on puisse l'entendre.

— Ce que je vous demande, c'est de ne plus m'appeler Spratling.

Il avait fait le premier pas. Ce n'était pas si dur, finalement. Sur les visages attentifs de ses compagnons d'armes, il ne vit ni surprise, ni critique, ni mépris. Aucune hilarité ne faisait briller leurs prunelles.

— C'était un nom pour un garçon qui se cachait. Je suis fier de l'avoir porté, mais je ne me cache plus. À partir de maintenant, appelez-moi Dariel. Dariel Akaran. C'est ma véritable identité.

Il détesta les secondes de silence qui accueillirent cet aveu. Où était passé son aplomb ? Où était l'assurance qu'il ressentait quand il dirigeait la manœuvre dans la bataille ? Quelque chose dans le simple fait de demander à être désormais appelé par son vrai nom l'humiliait si profondément qu'il aurait voulu rentrer en lui-même, comme un bernard-l'ermite apeuré se recroqueville dans sa coquille. Mais il ne le regrettait pas. Son commandement de ces combattants, hommes et femmes, n'aurait aucune signification s'ils n'acceptaient pas son identité réelle. La lutte contre Hanish Mein ne serait pas la leur s'ils ne le voulaient pas, et il leur devait au moins la vérité.

— Si tu es prince, alors nous sommes tous membres de ta cour, fit une voix. Pas vrai ?

— J'ai toujours su que tu avais du sang noble, dit Geena en plissant les yeux dans une grimace malicieuse.

Clytus se leva. Le sourire aux lèvres, il s'avança vers Dariel.

— N'aie donc pas l'air aussi étonné, Prince Dariel Akaran. Personne ici ne mettra en doute ce que tu viens de dire. La plupart d'entre nous ont toujours su qui tu étais. Et nous l'avons toujours cru. Dovian y a veillé.

À la mention du vieux pirate disparu – non plus Dovian, mais Val, puisque Spratling était redevenu Dariel –, le jeune homme sentit les larmes lui monter aux yeux. Il masqua son trouble en prenant un air bravache. Il leur demanda qui parmi eux aurait le courage de partir en guerre contre Hanish Mein. Wren fut la première à répondre, très vite imitée par de nombreux autres pirates.

C'est ainsi que ce voyage débuta, dans la camaraderie renouvelée et un enthousiasme désinvolte. Dariel chérissait ce souvenir. Pas un instant il ne considéra que la loyauté de son équipage allait de soi. Pas plus qu'il ne mit de distance avec ses amis. Il était leur capitaine de droit, tous en convenaient. Mais cette histoire de « prince » ne changea rien dans leurs rapports. Il ne prit pas de grands airs, et eux ne lui montrèrent pas plus de déférence qu'auparavant. C'était précisément ce qu'il avait souhaité.

Après avoir contourné l'extrémité sud du Talay et alors qu'il cinglait de nouveau plein nord, le *Ballan* croisa un navire marchand de la Ligue qui faisait voile vers le sud. Ses arbalétriers garnirent les nacelles et le bâtiment donna tous les signes qu'il accepterait volontiers le combat. Mais les pirates allaient par vent arrière et filèrent sans même saluer leur ennemi. Dariel fit hisser le pavillon de leur vaisseau. Qu'ils sachent qui nous sommes et s'interrogent sur ce que nous préparons, songea-t-il.

Ils remontèrent vers le nord pendant une semaine, sur une mer aux eaux de plus en plus chaudes. Durant quelques jours encore ils furetèrent au large du Teh, en se demandant où accoster. Sur les conseils de Leeka, Dariel ne contourna par le cap. Le Teh lui-même était peuplé de hordes de Numreks qui se doraient au soleil. Et au-delà, trop de bateaux de toutes origines sillonnaient la Mer Intérieure. Aussi le *Ballan* mit-il à quai dans une ville marchande appelée Falik, un port balbara qui servait d'intermédiaire entre le Talay oriental et l'intérieur des terres.

Dès l'instant où il posa le pied sur la jetée et entreprit de négocier les droits d'amarrage, il ne put douter qu'il se trouvait en contact avec une culture importante et très différente. Il avait connu beaucoup de cultures autres que l'acaciane. Des représentants de diverses ethnies composaient son équipage, avec des origines et des coutumes auxquelles ils tenaient, par une sorte de fierté propre aux immigrés. Mais il n'avait connu la diversité que sur une échelle réduite, avec une poignée de gens liés par des penchants communs. À Falik, où qu'il portât le regard, il voyait un mur mouvant de visages sombres. Les fumets qui se dégageaient de plats inconnus se mélangeaient et il ne parvenait pas à les distinguer. Il ne savait si les conversations qui assaillaient ses oreilles étaient tenues dans une langue unique ou dans de multiples idiomes. En tout cas, il n'avait jamais entendu un tel brouhaha émanant de bouches humaines.

Même s'il écarquillait les yeux et s'étonnait de tout, les Balbaras s'intéressaient peu à sa personne. Ils vaquaient à leurs affaires comme s'il n'était qu'une ombre d'homme qui ne méritait pas plus que l'attention indispensable à leurs brefs échanges. Il se sentait tristement pâlichon en comparaison, comme un verre de thé fade perdu dans un océan de café fort. La population de la ville n'était pas entièrement balbara, ni même talayenne. Il y avait maintes autres races dans la foule. Quatre personnes sur dix peut-être trahissaient des origines lointaines. Mais la présence des Balbaras était tellement dominante, avec leur couleur de peau, leurs traits épatés et leurs corps musculeux, qu'ils semblaient toujours plus nombreux qu'ils ne l'étaient en réalité.

Dariel laissa une grande partie de l'équipage à bord du *Ballan*. Avec un petit groupe incluant Leeka, Wren et Clytus, il se dirigea vers le village où son frère aurait vécu toutes ces années. Le jour de son arrivée à Palishdock, Leeka avait cité Umae comme étant l'endroit où Aliver se cachait. D'après le vieux soldat, Thaddeus avait toujours su où se trouvait Aliver. Il avait confié à Leeka la mission de mener Dariel à son frère quand le jeune homme serait prêt. À présent, Dariel était prêt, même si lui n'avait pas totalement cette impression.

Ils quittèrent Falik et suivirent les caravanes qui cheminaient vers l'intérieur. Ces voyageurs allaient eux aussi à pied, en tirant derrière eux chameaux, chevaux ou mulets chargés de toutes sortes de marchandises. Du point de vue de l'anonymat, on ne pouvait rêver meilleure solution que se fondre dans la masse de ces gens qui foulaient la route traversant un paysage cuivré où poussaient ici et là des arbrisseaux et des acacias. Dariel pensait que leur nombre irait en diminuant à mesure qu'ils s'éloigneraient du port, certains bifurquant à un moment ou un autre vers des destinations divergentes. Trois, quatre jours s'écoulèrent et il ne constatait rien de tel. Il n'avait aucun moyen de juger du flot habituel de marchands et de pèlerins empruntant cet itinéraire, mais il se rendit vite compte que cette migration massive dans laquelle il était noyé n'avait rien de normal. Leur nombre s'accroissait ! Chaque matin, au réveil, il voyait de nouvelles tentes montées autour de lui durant la nuit. Il finit par comprendre que ces gens discutaient de révolte, de changement et de guerre. Ils se dirigeaient vers le même incendie que Dariel.

Leeka marchait à son côté avec une décontraction plus nette qu'auparavant. Maintenant qu'ils étaient en mouvement, l'homme semblait détendu. Son long travail pour convaincre Dariel d'affronter sa destinée n'était plus qu'un souvenir. Ce voyage était pour lui une agréable balade. Ses traits sévères s'étaient adoucis. Pour la première fois, Dariel se demanda si cet homme avait été père. S'était-il marié ? Il était peut-être grand-père, à présent, et à le voir ainsi, il aurait fait un aïeul plutôt agréable.

— Tu sembles assez content de toi, lui dit Dariel un jour.

— Je suis content du monde, répondit Leeka.

À la fin du cinquième jour, le jeune homme demanda au vieux soldat s'ils approchaient d'une grande cité ou d'un comptoir commercial. Il pensait qu'il ne restait que quelques villages avant Umae. Leeka répondit que cette route reliait les villages les uns aux autres, et que non, il n'y avait pas de grande cité à l'horizon.

Dariel scruta le lointain comme s'il doutait de cette affirmation et qu'en regardant assez longtemps et avec suffisamment de concentration il apercevrait des bâtiments entre les couronnes espacées des acacias.

— Peut-être que nous devrions abandonner la grand-route et voyager seuls, dit-il subitement.

Il ne s'expliqua pas sur ses raisons. Il n'était pas sûr d'en avoir. Il se sentait en sécurité au cœur de cette multitude. Mais, durant toute sa vie de pillard, il s'était toujours trouvé entouré d'un groupe restreint de personnes. Ils avaient vécu éparpillés dans les îles. Une présence aussi nombreuse commençait à le mettre mal à l'aise, d'autant qu'ils étaient censés traverser les étendues presque désertes de la brousse talayenne.

— Nous ne pouvons pas nous écarter d'eux et atteindre quand même notre destination, fit valoir Leeka avec une lueur d'humour dans les yeux. Et si nous le faisions, nous trouverions d'autres caravanes un peu plus loin, qui convergent toutes dans la même direction.

Ce soir-là, leur petit groupe alluma un feu. Wren alla acheter de la viande et revint assaillie par une nuée d'adolescents balbaras. Ils étaient manifestement charmés par la pirate, et chacun se vantait de pouvoir lui être plus utile que les autres. Dariel ne leur proposa pas de rester, ce qui ne les empêcha pas de s'installer, et les autres pillards parurent heureux de plaisanter avec eux. Ces garçons parlaient fort bien l'acacian et ne revenaient à leur langue natale que pour rire aux dépens des étrangers. Avant longtemps, un joueur de flûte se présenta et proposa de la musique en échange d'un peu de nourriture. À la nuit tombée, ils étaient au centre d'une assemblée joyeuse que les gens rejoignaient ou quittaient selon leur humeur.

Dariel s'était assis un peu en retrait. Il se sentait étrangement abattu, sans savoir pour quel motif. Personne d'autre ne semblait éprouver cet accès de mélancolie. Clytus, quelque peu aviné, entraîna les garçons dans une chanson paillarde. Les paroles narraient les déboires d'un paysan possédé par un amour déraisonnable pour ses poules. Leeka discutait paisiblement avec un homme à la peau dorée dont Dariel ne pouvait définir les origines. Wren elle-même paraissait très à l'aise avec ces gens. Elle riait beaucoup. Elle le regardait souvent et lui souriait, mais elle ne remarquait pas sa mine sombre. Et cela faisait partie du problème. Personne ne prêtait attention à lui. Personne ne le dévisageait ni ne lisait son identité sur ses traits. Il avait voulu rester anonyme jusqu'à ses retrouvailles avec son frère, mais maintenant que cet anonymat était assuré, il commençait à douter de toute cette entreprise. Comment pourrait-il assumer un rôle central dans la marche du monde si personne ne savait qui il était ?

Néanmoins, il saisit quelques informations intéressantes dans les conversations croisées des convives. Plusieurs personnes affirmèrent s'être récemment libérées des chaînes de la brume. Ces gens ignoraient comment cela leur était arrivé. Ils ne l'avaient pas projeté, et chacun d'entre eux reconnaissait qu'auparavant il sacrifiait sa vie à la drogue. Mais quelque chose avait changé. Chacun avait une histoire différente à raconter, mais toutes revenaient à la même chose : au lieu de leur procurer un bonheur même factice, la brume était devenue un cauchemar. Et, loin de s'égarer dans leurs fantasmes préférés, ils étaient confrontés à leurs pires terreurs. Cela arrivait nuit après nuit, de façon croissante. Au bout d'une semaine, les cauchemars étaient tellement atroces qu'ils préféraient arrêter la drogue et endurer l'expérience ô combien douloureuse du sevrage. C'était une épreuve que jamais ils n'oublieraient, mais ils n'en étaient pas morts. Et maintenant, les idées claires et l'esprit libéré de ce besoin dévorant, ils avaient redécouvert les joies de l'existence. C'était un miracle qui semblait se répandre dans le monde comme une contagion.

Puis un Acacian s'approcha du groupe. Contre quelques fines tranches de viande de chèvre, il proposa de raconter l'histoire du Roi des Neiges. Entre les pauses pendant lesquelles il mastiquait et se désaltérait, il leur expliqua comment le Roi des Neiges avait décidé que seuls les anciens magiciens bannis pouvaient restaurer l'équilibre du monde. Il partit à leur recherche, parcourut le Talay en tous sens, combattit des meutes de laryx, marcha des jours entiers sans boire ni manger, dans des régions où la plupart des hommes seraient morts d'inanition. Enfin il les trouva, ces géants qui semblaient sculptés dans le roc, et il dut recourir à son intelligence et sa ruse pour les convaincre de se joindre à lui dans une guerre imminente.

Dariel était fasciné par ce qui paraissait être une légende venue de très loin, et qu'il n'avait encore jamais entendue. Il ne se remémorait aucune mention de ce Roi des Neiges, ce qui l'étonna. Les récits épiques qu'il avait appris dans son enfance étaient plus évidents pour lui que la plupart des choses de cette époque. Par ailleurs, le titre que le narrateur avait donné à ce souverain n'avait aucun sens. Dans ces contrées asséchées et pilonnées par le soleil, il n'y avait rien qui eût le moindre rapport avec la neige. Pourquoi un tel pays aurait-il vu naître un héros portant ce nom ?

Profitant d'une interruption, il posa la question.

— Le Roi des Neiges ? De qui parles-tu donc ?

L'Acacian se tourna vers Dariel. Son visage afficha le dédain qu'il éprouvait pour ce qu'il voyait : la chemise ample d'un brigand des mers, ouverte jusqu'au nombril, les longs cheveux réunis en une queue de cheval. Mais il se régalait de leur nourriture et se devait de n'offenser personne.

Le Roi des Neiges, expliqua-t-il, n'était autre qu'Aliver Akaran en personne, l'héritier du trône d'Acacia. Il avait inventé ce surnom la nuit où son père avait été poignardé.

— Cette nuit-là, il a neigé sur Acacia. Neigé, tu comprends ? Quand des flocons blancs et glacés tombent du ciel. Ce n'était pas arrivé depuis cent ans, mais les enfants du roi étaient tellement intrépides et sans peur qu'ils ont voulu jouer dans la neige, pour s'en asperger et se mesurer ainsi. Bref, Aliver, qui était l'aîné, a dit qu'à la fin de cette nuit il serait couronné Roi des Neiges. C'était une prophétie, tu vois ? Une prophétie parce que son père a été mortellement blessé cette même nuit. C'est pourquoi nous l'appelons le Roi des Neiges. C'est le nom qu'il s'est donné. Je suis surpris que tu ne l'aies pas déjà entendu. Dans leur majorité, les gens présents ici sont en route pour se joindre au Roi des Neiges. Il a juré que, si nous combattons pour lui, nous pourrons faire de ce monde un endroit plus juste. Je le crois.

— Nous le croyons tous ! dit un des adolescents, et nombre d'autres voix s'élevèrent en écho.

— Il dit qu'il importe peu que nous soyons faibles séparément, comparés à la puissance du Mein. Il nous rappelle de penser aux fourmis qui vivent dans les acacias. Elles creusent des trous dans les épines et vivent à l'intérieur, et elles défendent les arbres contre quiconque leur veut du mal. Pour elles, l'arbre est la vie. C'est leur monde. Elles passent toute leur existence dans ses branches. Le Roi des Neiges dit de penser aux fourmis et à la puissance qu'elles ont quand elles se souviennent toutes de leur but et qu'elles répondent à l'appel. C'est ce que nous faisons. C'est pourquoi nous sommes ici : pour défendre l'arbre qui donne la vie à tous.

Cette nuit-là, Dariel ne ferma pas l'œil. Le lendemain, il chemina d'un pas de somnambule, avec une prise incertaine sur la réalité. Il n'était pas troublé par des pensées ou des souvenirs, pas plus qu'il n'était exalté ou impatient. Il ressentait seulement un vide curieux en lui. Il se rendait compte que cet espace s'était trouvé là pendant des années. Il s'était installé en son sein alors qu'il gisait, frissonnant, dans cette cabane perdue dans la montagne, et depuis ce jour il avait vécu avec lui. Dariel savait qu'il approchait du lieu et du moment où ce vide serait comblé, d'une façon ou d'une autre. Et cette proximité l'impressionnait terriblement. Quoi qu'il arrive, il l'accepterait. C'était peut-être la raison pour laquelle il avait cessé d'imaginer, d'espérer ou de craindre ce qui allait se produire.

Leeka affirma qu'ils étaient tout près du but, et ils marchèrent encore au crépuscule et pendant une heure environ après la tombée de la nuit. Le paysage devint moins monotone et déroula des ondulations paresseuses. Ils avaient dû atteindre une certaine altitude, car l'air nocturne était frais et balayé par une brise agréable. Vint le moment où, avec Leeka à son côté, Dariel gagna le sommet d'une élévation et put contempler Umae. Le spectacle qui s'offrit à ses yeux le fit s'arrêter net. La contrée était parsemée de myriades de points lumineux, autant qu'il y avait d'étoiles dans le ciel. Des centaines et des centaines, à perte de vue.

— Des feux de camp et des lanternes, crut bon d'expliquer Leeka.

— Mais en si grand nombre ! On dirait une ville.

— Non, pas une ville. Umae n'est qu'un village, mais autour de lui s'est installé l'embryon de l'armée de ton frère. Qui est aussi la tienne.

Ensemble, ils descendirent la pente vers cette mer de lumières. Pour le jeune homme, leur entrée dans le campement et leur progression vers Umae se déroulèrent dans une sorte de brouillard. Il n'aurait pu dire combien de temps ils marchèrent, mais ils finirent par approcher d'une certaine tente, et Leeka lui murmura que c'était là l'endroit qu'ils cherchaient.

Un Talayen était accroupi sur ses talons non loin de l'entrée. Il ne bougea pas d'un pouce, et seuls ses yeux suivirent l'approche de Dariel. L'expression de l'homme ne changea pas radicalement, mais quelque chose s'altéra dans sa façon d'observer le nouveau venu. Quand Dariel fit halte devant lui, il eut la certitude de voir un éclat amusé derrière la façade altière de ce visage à la peau basanée. Le pirate ouvrit la bouche pour parler, mais l'autre le prit de vitesse.

Le Talayen dit quelque chose dans la langue du pays. Dariel voulut lui répondre qu'il ne l'avait pas compris, mais l'homme sourit et lui fit signe d'entrer.

— Bienvenue, Prince, déclara-t-il dans un acacian mâtiné d'un lourd accent. À l'intérieur, s'il te plaît. Va à l'intérieur.

La tente était très grande, et ici et là des poutres tordues soutenaient la toile. Éclairée par des lampes à huile, elle était encombrée de tabourets et de banquettes, de tables et de cartes qui rendaient tout déplacement pareil à un parcours d'obstacles. Dariel s'arrêta et regarda autour de lui.

Au moment où il aperçut la silhouette humaine penchée sur un petit bureau, l'homme redressa la tête et le vit également. Il avait les cheveux coupés court à la mode talayenne, mais son teint était plus clair, comme bronzé. Son visage respirait l'intelligence, et un instant Dariel imagina que c'était un conseiller quelconque, peut-être un érudit spécialisé dans des domaines utiles pour préparer une guerre.

Puis l'homme vint vers lui. Ses mouvements avaient la fluidité et la puissance d'un coureur talayen. Un guerrier, donc. Une épée battait à son côté, avec une lame légèrement courbe comme Dariel n'en avait jamais vu dans le Talay. Mais il n'y avait aucune agressivité dans l'attitude de l'homme. Il s'avançait avec la poitrine exposée, les bras ballants. Ses mains étaient vides et il louvoyait avec une vivacité assurée entre les tabourets qui parsemaient l'espace entre eux. C'était presque comme s'il se hâtait pour étreindre son visiteur. Cette éventualité paraissait tellement improbable que Dariel resta immobile, regard fixé sur ce visage qui approchait. Son expression était souriante et peinée à la fois, et terriblement, terriblement familière.

Alors Dariel comprit.

Chapitre cinquante-trois

Corinn commençait à penser qu'elle pouvait retrouver le bonheur. Ce n'était pas facile à admettre. Toujours il y aurait ces souvenirs pour l'accabler durant les moments de solitude. Toujours le spectre de la mort hanterait les recoins sombres de son esprit, même si la douleur de la perte s'atténuait avec les années. Les chagrins anciens perdaient peu à peu de leur acuité, surtout lorsqu'ils étaient voilés par une nouvelle affection qui pouvait se révéler aussi délectable. Il était possible de vivre avec une certaine dose de bonheur, et d'oublier tout le reste pendant de courtes périodes de temps. Son père avait toujours voulu qu'elle soit heureuse. Il aurait été ravi de son actuelle satisfaction, quelle qu'en soit la cause.

Hanish Mein, bien sûr, était responsable de ces pensées. La soumission de Corinn au Mein n'était pas avant tout et uniquement question de sexualité. Ce n'était pas à cause de leurs ébats ce soir-là, à Manil, ou des moments d'intimité qu'ils avaient goûtés ensemble depuis. C'était en fait quelque chose de plus effrayant. C'était l'acceptation de son désir de le revoir, de son souhait qu'il la connaisse mieux, qu'il la comprenne et prenne soin d'elle. Elle s'était si longtemps retranchée derrière ses propres défenses pour se protéger du monde qu'abaisser ces barrières était le plus grand acte de foi en quelqu'un auquel elle ait consenti depuis l'enfance. Elle devait se souvenir des nombreux secrets qu'Hanish lui avait confessés. Tous deux donnaient et faisaient confiance à l'autre. Tous deux devenaient ainsi vulnérables. Elle n'aurait pas renoncé à se protéger sans cette condition.

Mais elle était heureuse de l'avoir osé. Neuf années après les tragédies de la guerre, elle avait trouvé un nouvel ordre dans sa vie, une position qui avait un sens, et un partenaire avec qui les partager. Leur liaison était récente, mais elle faisait déjà tellement partie d'elle-même que la jeune femme n'imaginait pas d'autre manière d'être. Ils étaient ensemble autant que le permettaient les circonstances et les obligations d'Hanish. Chaque nuit les réunissait sur la même couche. Elle était avide de lui, résolument insatiable.

Un soir, elle lui demanda de l'attendre dans le lit. Quand elle entra dans la chambre, ce fut du côté opposé. Elle avait revêtu une combinaison diaphane, aussi courte qu'une chemise. Quand elle s'avança, elle sentit son regard posé sur elle. Elle savait que la lumière des candélabres mettait en valeur les courbes de ses hanches, de son ventre et de ses seins, et elle vibra littéralement d'excitation nerveuse. C'était une impression des plus étranges. Elle se sentait vulgaire et blasée, avec ses lèvres humectées d'huile, ses yeux sombrement fardés telle une courtisane. Mais elle était également possédée par l'innocence, comme si elle était redevenue une enfant, une très jeune fille marchant sous un regard approbateur qui paraissait en quelque sorte paternel. Très étrange, songea-t-elle, mais aussi résolument à son goût.

Elle continuait d'accompagner Hanish lors de ses voyages officiels, et en l'espace de quelques semaines seulement elle s'était rendue indispensable dans ce domaine très mondain. Elle se tenait à son côté lorsque Hanish rencontra les chefs tribaux candoviens au sommet qui se tint près d'Elos. À Alyth, elle s'improvisa professeur de tir à l'arc pour le taciturne sire Dagon. À la fin de la journée, le Ligueur la complimenta pour son habileté à l'arc autant que pour sa personnalité fascinante. Elle joua à l'hôtesse à bord d'un navire de plaisance qui leva l'ancre à Alécia et décrivit une large boucle en mer avant de rejoindre le port quelques heures plus tard. Elle semblait parfaite comme intermédiaire entre les riches négociants – dont beaucoup étaient acacians – et l'aristocratie meine au pouvoir.

Tout cela chagrinait fort les parasites ambitieux qui constituaient la cour du chef. Ils s'étaient accommodés sans peine de sa présence quand Corinn n'était là que pour endurer les sarcasmes d'Hanish, mais depuis qu'elle était devenue son amante ils avaient changé d'avis. Jamais elle n'entendait l'un d'eux médire sur son compte, mais elle imaginait très bien ce qu'ils pensaient. Ils la haïssaient. Elle le sentait, et parfois même elle avait l'impression de voir la manifestation de leur détestation dans les crispations involontaires qui agitaient leurs visages. Après tout elle n'était qu'une humble Acaciane, fille d'une race conquise. Sa beauté typique n'était pas supposée subjuguer les hommes du Mein. Dans leur esprit, elle n'aurait jamais dû être plus qu'une mascotte divertissante. Même Rhrenna, qui avait semblé l'amie la plus sincère qu'il fût possible, ne lui parlait plus à présent que si les circonstances l'y contraignaient, et c'était alors sans chaleur particulière.

Leur relation connaissait aussi certains moments sombres, comme lorsque Hanish et elle s'étaient tenus ensemble au sommet d'une des tours de guet entourant les mines de Kidnaban. Ils contemplaient un cratère s'ouvrant sous eux et dont les dimensions défiaient l'imagination. Hanish fit remarquer que la bannière des Akarans flottait toujours sur les lieux.

— Ils ont créé ceci, dit-il. Comment les tiens ont-ils pu concevoir une telle chose, imaginer qu'ils pouvaient exploiter ainsi le labeur de millions d'êtres ?

Elle se sentit assez insultée par ces remarques pour envisager une ou deux réponses cinglantes, mais finalement elle ne dit rien. Elle n'aurait pas été crédible. Il avait raison. L'ampleur de l'injustice était incroyable. Il était peut-être celui qui perpétuait cette horreur aujourd'hui, mais il n'en avait pas été l'instigateur. Elle se demanda comment elle avait pu vivre tant d'années au cœur d'un empire sans savoir à quel labeur inhumain elle devait son opulence.

Après cette visite aux mines, elle décida de ne plus demeurer aussi ignorante. C'était une idée simple, sinon simpliste, mais qui changea quelque chose en elle. De ce jour, elle eut le sentiment qu'elle mémorisait plus aisément des détails spécifiques. Elle semblait apprendre chaque jour sur l'histoire, les traditions, les luttes politiques, la dispersion du pouvoir et les fils invisibles qui commandaient le fonctionnement du monde. Elle se sentit même une aptitude croissante pour emmagasiner des données dans les recoins de sa conscience. Elle en arriva, paradoxalement, à se remémorer des choses qu'elle n'avait pas souvenir d'avoir apprises. Les rouages de sa compréhension s'agencèrent, et elle perçut que le mouvement du monde se mettait en place. Cela aussi la renforça et nourrit son sentiment de bien-être.

C'est pourquoi elle détesta tant les premières fausses notes. Elle fut réellement irritée quand elle apprit qu'Hanish avait reçu une proposition de mariage très sérieuse. La prétendante était une de ses cousines au troisième degré, issue d'une lignée qui affirmait être propriétaire en titre des reliques d'Hauchmeinish. Un sac plein d'os et de haillons, sans aucun doute, se dit Corinn avec aigreur. Mais cette femme – à peine une adolescente, en vérité – présentait le style d'ascendance qui avait les faveurs des Meins. On disait qu'elle était l'idéal de la beauté meine, en raison de sa minceur et de la pâleur de son teint, de ses cheveux argentés et de ses traits comme taillés dans le cristal. Elle n'était jamais sortie des Hautes-Terres et sa peau ne connaissait donc pas la caresse brûlante d'un soleil puissant. Corinn n'avait jamais vu à quoi elle ressemblait, sinon dans son imagination où la fille vivait, respirait, et la menaçait.

Alors que les chaleurs estivales s'installaient, elle sentit une tension croître dans le palais. On murmurait sur un sujet sans que jamais elle puisse entendre de quoi il s'agissait. Elle voulut croire que c'était uniquement l'excitation engendrée par l'arrivée prochaine des Tunishnevres, mais elle ne pouvait s'empêcher de se demander si elle n'était pas au centre des conversations, d'une certaine façon. Et si Hanish décidait d'épouser une autre femme ? Si tout avait été planifié dans son dos ? Si on la rabaissait de nouveau au rôle de mascotte ? C'était ce que l'aristocratie meine espérait. Son seul réconfort était qu'Hanish en personne lui avait parlé de l'offre d'union. Et il en avait ri. Il n'avait pas besoin d'épouse tant qu'il l'avait auprès de lui, avait-il ajouté. Il ne prenait pas au sérieux ce genre de propositions, et ce n'était pas la première. Pourquoi Corinn devrait-elle réagir différemment de lui ? S'il fut conscient de l'insulte implicite de sa déclaration, il n'en montra rien. Elle faillit lui demander s'il n'avait jamais envisagé de l'épouser, elle. Mais elle n'aurait pas supporté sa réponse.

Un matin, elle quitta le lit plus tard qu'à l'accoutumée. C'était la deuxième fois qu'elle se réveillait. La première fois, à l'aube, Hanish s'était glissé auprès d'elle et avait chuchoté à son oreille. En soufflant, il avait chassé les cheveux de son visage, et mordillé sa joue. Elle avait senti la fermeté de son corps. Elle adorait ce corps souple et doux. Il n'avait pas mis longtemps à la convaincre de faire l'amour.

Ensuite, elle s'était assoupie dans ses bras. Quand elle avait rouvert les yeux, il n'était plus là. Le soleil projetait des motifs géométriques dorés à travers les fenêtres. Elle n'aimait pas se lever tard, et elle détestait l'idée que ses servantes puissent la croire paresseuse. Elle leur parla avec une sécheresse qui laissait supposer qu'elles étaient responsables de ce lever tardif, même si nul ne savait comment. Elle ne put s'en empêcher. Elle sentait un malaise curieux l'habiter, et se sentait vacillante et nauséeuse, comme si elle se trouvait sur un petit bateau en pleine mer.

Elle se leva et s'habilla. Puis elle hésita. Elle n'avait rien prévu de particulier. Elle marcha au hasard dans le palais. Il y régnait un calme singulier. Les couloirs et les cours intérieures étaient déserts, les portes des pièces occupées fermées, alors que celles entrebâillées donnaient sur des espaces vides de toute présence. Elle trouva cette atmosphère très perturbante, à la fois parce qu'une telle tranquillité était inhabituelle et parce qu'elle était certaine qu'on s'affairait quelque part hors de sa vue. Quelque chose se passait, mais, de toute évidence cela se produisait là où Corinn ne se trouvait pas.

Sans y prendre garde, elle finit par arriver devant la porte de la salle du conseil d'Hanish. Un serviteur y avait apporté un plateau chargé de carafes d'eau citronnée et n'avait pas refermé la porte derrière lui. Il remplissait diligemment les verres autour de la grande table. Corinn s'avança lentement, les yeux fixés sur Hanish qui parlait aux autres hommes présents. Elle ne voyait pas toute la pièce mais elle reconnut plusieurs généraux de profil ou de dos. Cette réunion incluait un nombre exceptionnel d'officiers de haut rang.

Un garde se tenait de faction dans le couloir, à côté de la porte. C'était un Mein trapu, enveloppé de bandes de cuir tachées, avec le manche de sa hache d'armes appuyé sur le sol et ses deux mains posées sur les lames courbes. Ses yeux étaient fixés sur un point situé droit devant lui, mais il laissa son regard glisser vers Corinn juste assez longtemps pour lui exprimer tout son mépris. Elle n'aurait pas dû être là, semblait-il vouloir dire, même s'il n'avait pas le droit de proférer un tel avis. Corinn préféra l'ignorer.

Elle ne franchit pas le seuil de la salle, mais elle s'arrêta là où elle pouvait apercevoir Hanish. Elle ne savait trop ce qu'elle voulait, mais si leurs regards se croisaient elle lui adresserait un signe, dans l'espoir qu'il sourirait, rougirait ou se détournerait pour dissimuler à son auditoire le souvenir de leurs récents ébats Alors qu'elle l'observait, elle commença à percevoir ce qu'il disait.

— ... et il ne doit pas aller plus loin. Si nous l'affrontons, il faut que ce soit loin d'ici.

Il s'inclina sur la carte déployée devant lui et planta son index sur un point précis.

— Nous devons contenir cela au Talay. Vos généraux peuvent travailler au redéploiement des troupes. Veillez à ce qu'ils s'en occupent jusqu'à l'arrivée de Maeander. Quand il sera là...

Il se tut, releva la tête et vit Corinn. Il parut réfléchir une seconde, puis se mit à contourner la table en direction de la porte. Tout en se déplaçant lentement, il reprit :

— Quand Maeander sera là, il supervisera toute l'opération. Vous et vos subordonnés pourrez lui faire directement vos rapports.

— Nous rejoindrez-vous ensuite ? demanda l'un des hommes.

Hanish avait dépassé la table et s'en éloignait. Plusieurs généraux tournèrent la tête pour le suivre du regard.

— Je ne le prévois pas. Maeander peut tout régler. Et je dois installer les Tunishnevres.

Il atteignit la porte. Quand il posa la main sur la poignée, Corinn avança d'un pas dans le couloir. Elle lui sourit en penchant la tête de côté pour s'excuser de le déranger dans de tels moments. Il la regarda au fond des yeux, sans un mot, et lui claqua la porte au visage.

Abasourdie, elle l'entendit qui reprenait son discours dans la salle. Elle ne pouvait plus distinguer le sens de ce qu'il disait, mais il poursuivait d'une voix forte. Au prix d'un effort considérable, elle tourna les talons sous le nez du garde et s'éloigna d'un pas digne.

Une heure plus tard, elle intercepta Rhrenna alors que celle-ci traversait une des cours intérieures du palais. La femme meine vint vers elle sans la voir, car elle portait un chapeau à large bord pour se protéger du soleil. Elle tenait à conserver la pâleur de son teint. Corinn ne pensait pas que cela la mettait en valeur. Ses traits imparfaits et sa chevelure blonde auraient été plus attirants si sa peau avait eu un léger hâle, mais ce n'était pas ainsi que les Meines voyaient la perfection féminine. Corinn en était arrivée à soupçonner que peu d'entre elles préféraient sincèrement leur idéal à la beauté prisée chez d'autres races, mais ce n'était pas le sujet qu'elle souhaitait aborder avec Rhrenna.

La jeune femme refusa d'abord de faire halte pour bavarder, puis Corinn réussit à la convaincre de s'asseoir sur un banc proche. Elles se trouvaient à l'air libre et étaient visibles de toute personne un peu curieuse, mais personne ne pouvait entendre leurs propos. Le banc était placé près d'une balustrade dominant un à-pic d'une centaine de pieds avant la terrasse inférieure. Rhrenna tourna le dos au panorama, pour mieux surveiller la cour. Manifestement, elle craignait d'être surprise en compagnie de la princesse.

Corinn en vint directement à ce qui l'intéressait.

— Que se passe-t-il ? demanda-t-elle. Il y a quelque chose d'étrange dans l'atmosphère, aujourd'hui. Sais-tu pourquoi ?

Les yeux bleus de Rhrenna évitaient de croiser le regard de l'Acaciane.

— Tu ne sais donc pas ?

— Non.

— Hanish ne t'a rien dit ?

— Non.

La Meine prit le temps de la réflexion, mais quand elle parla sa voix ne s'était pas adoucie :

— Pourquoi devrais-je t'en parler, alors ?

— Parce que je te le demande.

Devant le mutisme que rencontra sa requête, Corinn insista.

— Hanish ne me dit pas tout. Il y a beaucoup de secrets qu'il ne me dévoile pas.

Elle n'aimait pas dire cela. Elle n'était même pas sûre que c'était vrai, mais elle supposait qu'une telle déclaration pouvait attendrir Rhrenna. C'était précisément ce qu'ils souhaitaient tous entendre, non ? Que Corinn n'avait pas réellement gagné la confiance de leur chef bien-aimé. Qu'elle n'était qu'un amusement pour lui, rien de plus. Elle eut presque envie de gifler Rhrenna, de lui cracher au visage et de lui hurler à pleins poumons qu'Hanish l'aimait plus que tout, et certainement plus qu'il n'avait jamais aimé une fille meine à la peau fragile et à la face de bouc. Mais agir de la sorte ne l'aurait menée nulle part.

— Je sais ce que toute la cour pense de moi, dit-elle d'un ton apparemment offensé. Je sais que vous me détestez tous parce que vous pensez qu'Hanish a trop d'attentions pour moi. Mais vous ne savez pas ce qu'il en est. Il n'éprouve pas à mon endroit ce que vous croyez. Je t'en prie, Rhrenna, dis-moi ce que tu sais. Nous étions amies, auparavant, non ?

Quelque chose céda chez la Meine. Corinn le vit à un changement infime dans son expression.

— Mais si Hanish ne veut pas t'en parler...

— Rhrenna, tu sais quelque chose que j'ignore. Peut-être que tout le monde est au courant. Je pourrais trouver la réponse à ma question de mille façons, mais c'est à toi que je m'adresse. Quoi que tu me dises, personne n'apprendra que je l'ai appris de toi... Je serai ta débitrice.

Rhrenna parut s'interroger sur ce qui restait d'influence à Corinn pour rembourser ce genre de dette.

— Quand tu dis que tu pourrais découvrir la réponse de mille façons, ce n'est pas vrai. Ce qui se passe n'est pas encore connu de tous. Je suppose que la nouvelle se répandra bientôt, mais je ne suis au courant que parce que mon père fait partie du conseil d'Hanish et qu'il en a parlé à mon frère. Et mon frère ne me cache jamais rien.

Une ombre d'irritation passa sur son visage, sans qu'il soit possible d'en définir la cause.

— C'est le tien.

— Pardon ?

— T*on* frère, Aliver. Ils disent qu'il vit dans le Talay. Il vient de sortir de la clandestinité et il assemble une armée pour nous attaquer. Il n'a aucune chance d'être victorieux, mais...

Elle s'interrompit en voyant l'expression qu'arborait maintenant Corinn, puis elle lâcha :

— Il va déclencher une guerre.

Corinn était restée debout depuis le début de la conversation. Elle s'assit alors. Son genou toucha celui de la Meine, qui lui saisit les mains. Parmi tout ce que Rhrenna aurait pu dire, jamais elle n'aurait imaginé que son frère puisse être concerné. La révélation la frappa comme un coup physique dans la région du cœur. Elle sentit le déferlement imminent de pensées contradictoires, mais elle eut la présence d'esprit de l'endiguer. Elle n'était pas prête à l'affronter.

Pendant les heures précédant le dîner, pendant le repas et durant le début de soirée, le poids de ces nouvelles resta en équilibre au-dessus de sa tête telle une pyramide inversée, la pointe touchant son crâne, la base s'évasant vers l'infini des cieux. Son frère était vivant ! Cela, elle ne cessait de se le répéter. Il tentait de déclencher une autre guerre. Elle le comprenait aussi, mais les implications qui en découlaient demeuraient hors de sa portée pour l'instant. Pendant la soirée, elle adopta effectivement la posture raide et précautionneuse d'une personne qui a sur le sommet du crâne un objet en équilibre. Hanish se comporta normalement, sans parler de l'incident de la matinée ni mentionner qu'il avait tenu une séance du conseil.

Plus tard encore, elle se prépara pour se rendre avec Hanish dans leur salle d'eau privée. Les bains de vapeur n'avaient jamais été une coutume acaciane, mais les Meins s'étaient arrangés pour acheminer à cet effet et jusque dans les étages du palais la chaleur fournie par les fours des sous-sols. Corinn avait mis un certain temps à apprécier ces séances de délassement où elle était nue, à transpirer et chercher sa respiration, mais elle avait fini par les accepter comme faisant partie du quotidien. Par ailleurs, c'était l'occasion d'être avec Hanish d'une façon que nulle autre femme ne connaissait.

Dans la chambre, ils ôtèrent tous deux leurs vêtements et enfilèrent un peignoir. C'est alors que Corinn posa la question :

— Pourquoi t'être montré aussi grossier avec moi ?

Elle n'avait pas prévu de lui en reparler. C'était venu naturellement, sans crier gare, peut-être parce qu'elle avait en tête bien d'autres sujets qu'elle ne voulait surtout pas aborder avec lui. En comparaison, celui-ci paraissait anodin.

Hanish se tourna brusquement vers elle.

— Comment ? fit-il, incrédule. Quand ai-je été grossier envers toi ?

— Aujourd'hui, quand tu m'as claqué une porte au nez. Et ne prétends pas que tu ne t'en souviens pas.

— Ah...

Il hocha la tête à plusieurs reprises, avec l'air de se remémorer l'incident, mais aussi de juger fausse l'interprétation qu'elle s'en faisait. Il s'approcha d'elle et prit ses mains dans les siennes.

— Je ne voulais pas te blesser. Absolument pas. Mais ce qui se passe entre mes généraux et moi doit rester entre eux et moi. Je partage tout avec toi, ce qui n'implique pas que mes officiers en profitent aussi. Il faut qu'ils m'écoutent sans être distraits, et parlent sans censurer leurs propos. Devant toi, ils ne l'auraient pas fait. Les hommes du Mein...

— Ils n'avaient même pas remarqué ma présence.

— Qui peut dire ce qu'un autre voit ? répliqua-t-il avant de continuer. Les hommes du Mein ne discutent pas de sujets aussi sérieux devant une femme. Nous sommes ainsi, c'est tout. Et puis, la personnalité de la femme entre aussi en ligne de compte...

Il pensait lui arracher un sourire. Elle resta de marbre.

— Vois les choses sous cet angle : tu m'as fait un honneur insigne. Je t'en suis extrêmement reconnaissant. Tu sais, bien sûr, que beaucoup me jugent trop proche de toi. Et nombreux sont ceux qui préféreraient que nous ne soyons pas amoureux l'un de l'autre. Par ce petit geste, en montrant où je fixais les limites, je me suis assuré la confiance de mes généraux. Et ils ne seront que trop heureux d'en parler autour d'eux. Ils diront : *C'est sans doute vrai, Hanish s'est entiché de la princesse, mais il sait la remettre à sa place quand il le faut*... Laissons-les penser cela, Corinn, et toi et moi profiterons d'autant plus l'un de l'autre.

— À propos, de quoi discutiez-vous ? Quelque chose en rapport avec Maeander...

Il balaya la question d'un revers de main.

— Ne te soucie pas de cela. Un peu d'agitation dans le Talay. Rien de grave. Des rumeurs, des bruits qui courent. Honnêtement, Corinn, si la chose prenait de l'importance, je t'en parlerais. Mais, pour le moment...

Il se rapprocha, passa le bras autour des reins de la jeune femme et l'attira à lui.

— Allons aux bains, d'accord ? fit-il sur un ton beaucoup plus intime. Ensuite nous nous étendrons côte à côte et les masseurs feront leur office, avec de l'huile tiède et tout le reste. Et quand ils auront terminé... nous les renverrons et nous profiterons d'être seuls tous les deux dans les vapeurs...

Alors qu'il s'éloignait, Corinn eut la très désagréable sensation qu'il venait de lui claquer une deuxième porte au nez. À l'autre bout de la pièce, Hanish laissa le peignoir glisser de ses épaules et former un petit tas sur le sol. Nu comme un ver, il plongea ses mains dans la cuvette emplie d'eau, d'huiles parfumées et d'herbes, et il se massa les épaules et le cou. La lampe accrochée à côté de lui soulignait le dessin de son corps. Les muscles de son dos évoquaient pour Corinn une paire d'ailes souples repliées et cachées sous la peau.

Il franchit le portail et disparut à sa vue. Crispée et agitée à l'intérieur, impassible à l'extérieur, Corinn le suivit et, tout en marchant, défit le nœud qui maintenait fermés les pans de son peignoir.

Ainsi, malgré ce que son amant lui taisait, elle aurait pu décider de se déterminer plus d'après ses désirs que d'après les liens du sang. Elle ne voyait pas les choses aussi précisément. Elle ne se dit pas : « Quoi qu'il arrive, je choisis Hanish. Il est celui que j'aime, dont j'ai besoin, que je désire le plus au monde. Il est celui en qui je peux croire parce qu'il est à mes côtés maintenant. J'ai faim de lui. Il me nourrit. Rien d'autre n'a de réalité. »

Mais, si elle avait été obligée de tenir ces propos, elle les aurait énoncés. Et même si elle n'y avait pas été obligée, elle aurait pu vivre selon ce credo sans jamais l'avoir murmuré.

Elle l'aurait pu jusqu'au milieu de cette nuit, quand elle fut tirée d'un sommeil sans rêve. Elle attendit un moment dans le calme ambiant, avec la certitude qu'on avait prononcé son prénom. Elle tourna la tête juste assez pour voir Hanish. Il était étendu sur le dos, à côté d'elle. Il était éveillé. Elle faillit se redresser sur un coude et lui demander si quelque chose le troublait. Il avait les yeux ouverts. Ils étaient fixés au plafond, mais l'expression de son visage était absente, ses joues amollies, sa bouche entrouverte. Il aurait pu dormir, n'étaient ses yeux gris ouverts, qui clignaient à intervalles espacés. C'est alors qu'elle l'entendit dire : *Bien sûr. Je n'ai pas oublié.*

Avait-il réellement prononcé ces mots ? Non, elle n'avait perçu aucun son. Il n'avait pas vraiment parlé. Ses lèvres n'avaient pas remué. Un calme de mort régnait dans la pièce, que rien d'autre de plus bruyant que leur respiration n'était venu perturber. Mais d'une façon mystérieuse il avait eu cette pensée et l'avait exprimée. Et elle l'avait saisie.

De nouveau elle eut la tentation de se redresser et de lui parler, mais elle en fut empêchée par quelque chose qui venait d'une autre source qu'elle-même. C'était une force qu'elle sentait dans l'air, et qu'elle aurait située au-delà de l'extrémité de leurs couchettes. Ce n'était pas une seule personne, mais un chœur d'entités distinctes et pourtant liées. Elle ne parvenait pas à comprendre ce qu'elles disaient. Ce n'étaient pas des mots. Elle sut, sans pouvoir s'expliquer comment, que ces entités ne se trouvaient pas dans la pièce. Elle comprenait simplement le sens de leur message. Elles taxaient Hanish de faiblesse. Elles mettaient son dévouement à l'épreuve, l'aiguillonnaient en l'accusant de trahison envers elles.

Ancêtres vénérés, répondit-il, *vous êtes pour moi tout ce qui importe.*

Corinn restait allongée, parfaitement inerte. Glacée d'effroi et presque incapable de respirer, elle regardait fixement les yeux ouverts d'Hanish et écoutait tout ce qui passait entre lui et les entités, accusations et dénégations. Au début, tout cela lui sembla n'être qu'un phénomène bizarre, une curiosité incroyable. Ce qui se passait la déconcertait à tel point qu'elle mit un temps avant de réaliser que ces échanges tournaient autour d'un seul et unique sujet : elle. Quand les entités l'abordèrent enfin directement, elle sentit sa gorge se nouer. Elles demandèrent à Hanish s'il la tuerait. Si la chose devenait nécessaire, verserait-il le sang de la catin Akaran ?

Hanish n'hésita pas dans sa réponse.

Elle n'est rien pour moi, affirma-t-il. *Je la garde à mon côté uniquement pour m'assurer qu'elle est à votre disposition ici.*

Elles ne le croyaient pas. Elles reposèrent la question. Cette fois il répondit directement, et si clairement que Corinn n'eut aucune difficulté à le comprendre. Assez clairement pour que, par la suite, ses paroles se répercutent sans cesse dans l'esprit de la jeune femme.

Ancêtres vénérés, disait Hanish, *je la tuerai sans aucun remords à l'instant même où vous souhaiterez sa mort...*

CHAPITRE CINQUANTE-QUATRE

LE MOT AVAIT ÉTÉ POSÉ SUR LA PAILLASSE, JUSTE À CÔTÉ DE LUI. Le coin de la feuille était encore tiédi par son bras qui s'était trouvé posé dessus. Pour Melio, il était impossible de croire que quelqu'un ait pu placer le papier là. Il avait le sommeil très léger, et pouvait se réveiller au simple son d'une respiration autre que la sienne. Durant son entraînement de garde de Marah, il avait appris comment rester aux aguets même quand il voyageait dans le monde des rêves. Et pourtant, ce papier n'avait pu être déposé que par la main furtive de quelqu'un. Il redoutait que ce ne soit le présage de nouvelles qu'il ne pouvait affronter. Quand il remarqua l'épée de Mena contre le mur, ses inquiétudes montèrent encore d'un cran.

Il resta redressé sur un coude pendant un moment, à considérer la lettre, l'arme, tout en entendant les sons du monde qui s'éveillait à l'extérieur et le ruissellement dû aux lourdes pluies de la nuit. Depuis la disparition de Mena une semaine plus tôt, il était resté dans la maison de la prêtresse. Les serviteurs, aussi craintifs que superstitieux, avaient accepté sa présence. Ils en tiraient même un certain réconfort. Ils étaient devenus plus dépendants de lui qu'aucun d'entre eux n'aurait pu le prévoir. Ils obéissaient à Mena depuis si longtemps qu'ils étaient perdus sans quelqu'un pour les diriger. Ils avaient besoin de ses directives quand il coordonna les recherches. Même allongé là, Melio savait qu'il lui suffisait d'un mot pour qu'ils accourent. Il faillit les appeler pour demander comment la lettre était arrivée là et pour la lire en leur présence.

Finalement il déplia le papier. Dès qu'il eut pris connaissance du message, il bondit de la paillasse. Il courut de pièce en pièce en criant le nom de Mena. Les serviteurs le suivirent. Ils firent tout le tour de la maison.

Après quelques minutes il fut évident que la jeune femme n'était pas là. Aucun des serviteurs ne l'avait vue ou entendue, et ils étaient désorientés par le fait que Melio détenait une preuve de son passage. Il ne leur révéla pas le contenu du message. Il froissa la feuille en une boule qu'il serra dans son poing en s'asseyant sur le sol mouillé de la cour, et devant les serviteurs horrifiés il fondit en larmes. Il savait qu'il était injuste de leur cacher ce qui le faisait pleurer, et qu'ils ne pouvaient interpréter cet accès d'émotion que de la plus effrayante des manières. Mais il ne put se contenir.

Son abattement fut de courte durée. L'homme qui allait régulièrement au marché de bon matin en revint. Il était bouleversé par quelque chose qu'il avait vu en dehors du temple. En voyant son visage livide, Melio sut ce qu'il devait faire.

Quand il arriva devant l'entrée principale du temple de Maeben avec des serviteurs, une petite foule s'y était massée et grossissait de minute en minute. Les portes étaient closes. De toute façon, personne ne voulait pénétrer dans le lieu sacré. Silencieux, les épaules voûtées, tous regardaient fixement le grand aigle des mers. Certains étaient agenouillés.

La corde attachée au cadavre avait été passée par-dessus la tête massive d'une des statues de Maeben. L'oiseau y était pendu et s'appuyait dans une pose curieuse contre le pilier en bois, la tête penchée selon un angle sinistre. L'animal était trempé à cause des averses nocturnes, son plumage taché de sang et de boue. Ses yeux étaient ouverts, fixes. Vivant, il avait été un prédateur redoutable, d'une taille exceptionnelle, mais Melio savait ce qui provoquait la stupéfaction de ces gens.

— Regardez votre déesse, murmura-t-il.

La femme à côté de lui se retourna. Elle l'avait entendu. Ses yeux verts étaient presque dissimulés sous une lourde frange de cheveux noirs, mais son regard était intense, scrutateur. Il ne put s'empêcher de répondre à la question muette qu'ils posaient.

— C'est ce que vous craigniez tous, n'est-ce pas ? Que cet oiseau soit celle que vous appelez Maeben. Je pense que vous avez raison, c'est elle.

Il considéra de nouveau le cadavre, et le sens du message lui apparut enfin clairement.

— Votre Maeben est morte, et vous savez qui l'a tuée.

Les villageois avaient commencé à s'écarter de lui, comme s'il était un animal dangereux qui se serait soudain matérialisé parmi eux. Leurs regards allaient de l'aigle à lui, et ils hésitaient à décider lequel des deux représentait la plus grande menace.

Melio s'efforça de parler d'un ton posé. Il voulait qu'ils comprennent, non qu'ils aient peur. Il avait besoin de leur confiance, même s'il n'était pas encore sûr de ce qu'il en ferait.

— Mena, la prêtresse que vous appeliez Maeben, c'est elle qui a tué l'aigle...

— Silence ! tonna une voix.

Vaminee, le grand prêtre, apparut dans la tenue de sa fonction. Les gens reculèrent devant lui en s'inclinant avec déférence. Tanin se tenait juste derrière lui. Melio ne les avait jamais vus, mais il comprit instantanément qui ils étaient. Dans ses moments de vulnérabilité, Mena les avait décrits en des termes qui collaient parfaitement aux deux personnes qu'il avait maintenant face à lui. Des gardes du temple les encadraient. La lame de leur épée n'était pas en métal mais en bois, et aussi aiguisée que le permettait ce matériau. Ils s'en servaient avec une habileté qui relevait d'un style proche de celui des manieurs de bâton.

— Mais c'est la vérité, dit Melio en conservant un ton calme et ferme. C'est son œuvre. Voilà un message pour...

— Tu n'es pas un prophète de Maeben ! s'exclama Tanin. Tu n'as aucun droit de parler à la place de la prêtresse. De la déesse. Grand prêtre, j'accuse cet homme de vouloir salir Maeben par quelque supercherie. Il a tué... un des guerriers de Maeben.

L'expression sur le visage de Vaminee ne varia pas. Ses traits étaient rigides, sa colère comme figée dans la pierre.

— Trouvez la prêtresse, ordonna-t-il. Amenez-la moi. Et vous autres, rampez hors d'ici sur vos genoux. Priez pour être pardonnés d'avoir été témoins de cette infamie.

Les villageois s'agenouillèrent dans la boue. Vaminee se retourna et regarda un des gardes au fond des yeux.

Melio comprit très bien ce qui passait entre eux. Il serait arrêté et ligoté dans quelques secondes, peut-être roué de coups ou tué selon quelque rituel dont il ignorait tout. Il savait que les villageois jugeraient son attitude criminelle, mais il ne pouvait pas se laisser capturer. Ces prêtres déformeraient la vérité. Mena elle-même ne serait pas en mesure de les contrer.

Sur sa gauche se tenait un autre garde, un jeune homme qui avait oublié la sévérité inhérente à son rôle en voyant le rapace pendu à la statue. Il se tourna vers lui avec une expression amicale, comme s'il allait prononcer quelques mots d'excuses ou d'explication. Il abattit le plat de sa main gauche ouverte sur le nez de l'autre, avec assez de force pour l'écraser, et de la droite saisit la poignée de l'arme à sa ceinture. Le garde s'écroula avec un hurlement de douleur, le visage en sang.

— Tuez-le ! lança Tanin.

Sa voix possédait assez d'autorité pour que les autres gardes obéissent aussitôt. Ils dégainèrent leur épée et encerclèrent Melio, puis s'avancèrent lentement vers lui. Leurs armes étaient conçues pour infliger des punitions et exiger l'obéissance, mais ils avaient également été entraînés à les utiliser pour tuer. Melio essaya de se remémorer les leçons de combat contre des assaillants multiples, mais aucun souvenir ne concernait une tactique contre un cercle de quatorze ennemis.

— Vous commettez une erreur ! s'écria-t-il, autant pour les gardes que pour les prêtres et la foule. Malmenez-moi et la prêtresse déversera sa fureur sur vous. Ne voyez-vous pas ce qui se passe ici ?

Les gardes hésitèrent, ralentirent encore leur approche.

— J'ai dit : tuez-le, répéta Tanin.

Melio désigna le cadavre de l'aigle.

— Cette Maeben n'est plus. Cette Maeben n'enlèvera plus jamais vos enfants. La prêtresse s'en est assurée pour vous.

— Tuez-le à l'instant !

Un des gardes bondit en avant et porta un coup plongeant à Melio. Celui-ci esquiva en tournant le buste. Il frappa sèchement, violemment, du plat de sa lame qui percuta la joue de l'autre. La puissance de la riposte arracha l'homme de terre avant qu'il n'y retombe lourdement, assommé.

Les autres n'avaient pas bougé.

— Je ne veux pas me battre contre vous, leur dit Melio. Je ne veux même pas combattre les prêtres. Si Maeben était une déesse, alors la prêtresse est une tueuse de déesse. C'est la vérité. La prêtresse vous le dira elle-même.

Tanin en avait assez. Il fendit la foule jusqu'à l'espace dégagé autour de Melio, ramassa l'arme du garde qu'il brandit d'une façon suggérant son habileté à s'en servir. Sa présence eut l'effet qu'il espérait sur les gardes, qui refermèrent un peu plus leur cercle.

Il n'était plus temps de parlementer. Melio choisit une lame au hasard et la frappa avec une telle force qu'il l'arracha presque de la main qui la tenait. Il sentit une autre attaque venir dans son dos et fit volte-face. Il toucha son agresseur au genou puis en repoussa un autre d'un coup qui lui brisa la clavicule. Tanin se mit à réclamer sa mort à grands cris. Melio chercha à le repérer dans la foule mouvante de gardes et de lames, mais tout était trop confus. Il laissa son corps tournoyer et sauter, se baisser et frapper et parer. Ses mouvements étaient directement issus de la partie instinctive de son cerveau, beaucoup plus rapide que sa conscience. Il entendait le craquement du bois contre le bois, et souvent il touchait la chair, frappait l'os, mais ses assaillants revenaient toujours à l'attaque, et il ne voyait pas de fin à ce combat.

L'affrontement dura peut-être plusieurs minutes, ou seulement quelques secondes. Il perdit toute notion de temps jusqu'à ce que le barrage d'épées se délite peu à peu. Bientôt il virevolta en tailladant l'air sans affronter aucun opposant.

Il s'immobilisa. Le souffle court, inondé de sueur, il tenait son épée prête. Sa vue s'éclaircit. Les gardes avaient reculé hors de sa portée. La plupart d'entre eux ne le regardaient même plus. Leur attention était fixée sur un point situé derrière lui. Seul Tanin ne le quittait pas des yeux. Son visage était tordu sur une grimace de rage et d'incrédulité mêlées, et sa bouche formait un ovale étonné. Melio comprit pourquoi. Ils ne l'avaient pas touché. Aucun d'entre eux n'avait réussi à seulement percer sa défense. Des hommes jonchaient le sol tout autour de lui alors qu'il n'avait pas subi la moindre blessure. Ce spectacle laissait Tanin abasourdi. Mais ce n'était pas pour cette raison que les gardes avaient suspendu leur assaut.

Une Vumuane jouait des coudes pour traverser la foule, précédée par des murmures d'indignation. Des gens s'exclamaient sur son passage, tentaient de l'agripper, la questionnaient. Elle fulminait en se frayant un chemin parmi eux. Ce qu'elle disait démultipliait l'agitation autour d'elle, mais elle ne s'arrêta qu'en arrivant devant Vaminee.

Elle s'agenouilla face au prêtre et se lança dans un discours fiévreux. Melio dut se concentrer pour comprendre ce qu'elle racontait. D'autres venaient à sa suite, de la même direction, sans doute avec les mêmes nouvelles.

Une heure plus tôt seulement, expliqua la femme, Maeben sur terre était arrivée au domicile du juge local. Elle s'était présentée dans sa tenue d'apparat. Elle était passée devant les gardes stupéfaits à la porte et avait exigé de voir les étrangers qui séjournaient dans la maison en qualité d'invités de marque. Ils avaient parlé avec elle dans leur langue étrange pendant quelques minutes, puis ils s'étaient emparés d'elle. L'un d'entre eux, un homme de grande taille aux cheveux dorés, avait même porté la main sur sa divine personne. Ils étaient partis immédiatement vers leur vaisseau et ils faisaient déjà voile en profitant de la marée descendante.

Melio entendit tout ce récit sans respirer, et il ne comprit réellement que lorsque la femme eut terminé. Alors le sens de ses paroles le frappa en pleine poitrine, le premier coup à l'atteindre ce matin.

— Ils détiennent la prêtresse ? demanda Tanin d'une voix lugubre.

— Oui, dit un des hommes qui venaient d'arriver derrière la femme. Elle a voulu parler. Je l'ai entendue. J'étais plus près de la prêtresse qu'elle, précisa-t-il avec un geste dédaigneux vers la femme, avant de se souvenir du protocole et de s'agenouiller en hâte. Honorable Prêtre, elle a tourné son regard vers moi et elle a dit : *Habitants de Vumu*...

Il ne termina pas sa phrase.

— « Habitants de Vumu » ? répéta le grand prêtre. Qu'a-t-elle dit d'autre ?

— C'est tout. Ils l'ont emmenée. Ils ne l'ont pas laissée parler davantage.

Melio ne prêta qu'une oreille distraite à la discussion chaotique qui s'ensuivit, mais il en saisit le principal : ils élaboraient une version des événements plus dramatique de minute en minute. Les étrangers s'étaient emparés de la prêtresse, ils l'avaient enlevée pour l'emmener dans leur lointain pays. Quelqu'un se mit à gémir, et fut bientôt imité par d'autres. Un homme cria que les étrangers avaient tué Maeben. La déesse était morte pour eux et sa prêtresse était la prisonnière de scélérats.

Melio sentit alors se dessiner une opportunité. Il pouvait se servir de ces événements, peut-être d'une façon que Mena avait à moitié entrevue quand elle avait décidé d'agir. Il refoula la tristesse qui commençait à s'appesantir sur lui. Il pourrait y céder, mais plus tard. Pour l'instant, il devait profiter de la situation.

Il passa entre deux gardes qui un moment plus tôt avaient essayé de le tuer sans déclencher de réaction chez eux et se rapprocha du cadavre de l'aigle. Il le frappa du plat de la main puis arracha une poignée de plumes, qu'il lança au-dessus de la foule. Les regards convergèrent sur lui, et les conversations cessèrent. Les deux prêtres eux-mêmes attendaient qu'il parle. Il n'était pas certain de ce qu'il allait dire, mais il se lança quand même :

— La déesse vit en celle qui s'appelle Mena. Vous m'entendez ? La déesse vit en Mena ! Elle est allée combattre les étrangers et elle défie les habitants de Vumu pour qu'ils fassent leurs preuves.

Il s'interrompit une seconde, car il venait seulement de comprendre où le menait ce préambule.

— Habitants de Vumu, la prêtresse est en danger. Elle est aux mains de l'ennemi. Habitants de Vumu... qu'allez-vous faire pour la sauver ?

Chapitre cinquante-cinq

Mena savait quand ils descendaient la voir. Elle entendait le bruit de leurs lourdes bottes sur le bois des marches étroites. Maeander entrait toujours en premier, suivi comme son ombre par Larken, le traître acacian. Ils se plaçaient toujours à l'autre bout de la pièce, vacillant avec les mouvements du bateau, et l'observaient d'un air perplexe. Ils n'arrivaient pas à comprendre pourquoi elle s'était présentée au domicile du juge ce matin-là. Chaque fois, elle leur donnait la même réponse laconique : elle avait appris qu'ils la cherchaient. Cette simple déclaration ne manquait jamais d'arracher un sourire à Maeander qui regardait alors son compagnon.

Il y avait beaucoup plus que cela, bien sûr, mais elle n'estimait pas nécessaire de tout leur expliquer. Ils la ramenaient vers le centre du monde, vers Acacia. C'était précisément ce qu'elle voulait. Malgré eux, ils exécutaient sa volonté, et non le contraire. Mieux valait n'en rien dire, toutefois, et elle ne leur dévoila rien des événements qui avaient précédé son apparition à la porte du juge. S'ils n'avaient pas levé l'ancre aussi rapidement, ils auraient pu en apprendre beaucoup plus sur elle, mais ce départ allait également dans le sens de ce que désirait Mena. Ils avaient devant eux une jeune femme de taille moyenne. Elle était assise dans une pose modeste, très droite, vêtue comme un oiseau, avec des plumes et des parures, telle une prêtresse qui avait vécu cloîtrée. Nul doute qu'ils la savaient encore vierge, et ils s'amusaient à en discuter.

Jamais ils n'auraient imaginé qu'elle était revenue nuitamment d'Uvumal. Elle était remontée de la plage et avait emprunté un chemin qui serpentait dans les bois. Elle claudiquait de sa jambe droite si meurtrie que toute la cuisse était bleue, pourpre et noire. Sa respiration sifflante était due à une blessure à la poitrine, peut-être récoltée lors de sa chute à travers les feuillages, quand elle avait heurté des branches les unes après les autres avant d'être stoppée par une fourche. À moins que cela ne provienne d'un coup de froid attrapé quand elle rebroussait lentement chemin à travers la forêt en traînant derrière elle son lourd fardeau, pour ensuite naviguer sous la pluie jusqu'à Vumair. Elle ne le saurait jamais.

Ruinat était silencieux et détrempé, sous une épaisse couverture de nuages. L'eau envahissait les empreintes de pas, les ornières laissées par les chariots et tous les creux dans le sol. Elle marcha sans se soucier des flaques et pataugea dans la boue. Son épée était attachée dans son dos. La corde cernait plusieurs fois sa taille, puis elle l'avait fait passer sur une de ses épaules et avec l'autre extrémité avait ligoté le rapace mort de sorte que les ailes soient collées au corps. Elle le ramenait chez lui, en guise d'offrande aux Vumuans. À eux de décider ce qu'ils en feraient.

L'ascension des marches du temple lui prit un temps considérable. Le cadavre se coinçait à chaque degré. Quand elle eut atteint le dernier, elle défit la longueur de corde qui enserrait sa taille et la lança sur la statue en pierre représentant Maeben. Elle tira de tout son poids et ne réussit à élever le cadavre de l'aigle qu'à mi-hauteur. Elle le laissa ainsi et tourna les talons sans plus y penser.

Dans ses quartiers, elle se déplaça avec nettement plus d'aisance. Elle savait où chaque serviteur couchait et avait la certitude qu'aucun n'avait dérogé à ses habitudes durant son absence. C'est pourquoi elle remarqua aussitôt qu'une personne supplémentaire dormait dans une des pièces. Melio. Il lui suffit d'écouter sa respiration et de détecter son odeur corporelle dans l'air nocturne pour l'identifier. Elle ne s'était pas attendue à cela. Elle n'en avait même pas envisagé la possibilité dans sa planification des événements de la nuit. Mais elle savait qu'il lui fallait trouver un moyen de communiquer avec lui. Elle n'eut pas à chercher très longtemps. Melio serait furieux, bien sûr. Mais elle se devait de lui donner quelque chose en retour de tout ce qu'il avait fait pour elle.

Elle griffonna un message à son attention. Elle le tenait contre sa poitrine quand elle entra dans la pièce. Elle respira sans bruit et se déplaça avec cette aisance silencieuse qui avait toujours été sienne quand les circonstances l'exigeaient. Elle appuya son épée contre le mur, pour qu'il la voie dès qu'il ouvrirait les yeux, puis elle s'approcha de sa forme endormie. Certaine de ne pas le réveiller, elle glissa la feuille pliée près de son visage, dans le creux que décrivait son bras nu. Elle prit le risque de rester encore quelques secondes à le regarder, et pour la première fois elle ne se demanda pas pourquoi elle s'attardait si souvent dans la contemplation de ses traits. Ils étaient parfaits dans leur imperfection. Elle n'avait jamais vu un visage qui lui plût autant. Du moins pas depuis l'époque où elle observait son père quand il lui racontait les légendes de l'ancien temps.

Même si ce qu'elle éprouvait pour Melio était différent des sentiments qu'elle avait eus pour Leodan, elle savait qu'on appelait cette émotion l'amour. Elle avait su ce que c'était avant même de pénétrer dans cette chambre. Elle l'aimait tant qu'elle ne mettrait pas son plan à exécution si elle réveillait le jeune homme. C'est pourquoi elle le laissa dormir et écrivit, en caractères acacians :

M,

Tu avais raison pour tout, bien sûr.

J'ai été lente à apprendre, mais maintenant je sais,

M.

Sous ces lignes, non pas une pensée après coup mais un post-scriptum très court, qu'elle mit pourtant quelques minutes à formuler :

Je t'aime.

Si ce monde le permet, je te le prouverai.

Il lui fallut plusieurs heures de préparation dans le plus grand silence pour l'étape suivante de son plan. Une dernière tromperie était nécessaire pour s'ouvrir un chemin jusqu'au cœur des choses. Elle se rendit dans son vestiaire, se mit nue et se lava à la cuvette d'eau parfumée par des fleurs. Ensuite elle revêtit la tenue de la déesse. Elle se maquilla de son mieux, et quand elle eut terminé l'aube était proche. Elle sortit et se rendit au domicile du juge où logeaient les Meins.

Le reste se déroula en peu de temps. Maeander ne lui posa que quelques questions avant d'être convaincu de son identité. Moins d'une demi-heure plus tard elle était à bord de leur navire qui appareilla sur-le-champ. Elle sut quand ils quittèrent les eaux peu profondes du port et commencèrent à chevaucher les rouleaux imposants qui allaient du sud vers le nord à cette période de l'année. Maeander paraissait beaucoup apprécier de l'interroger, même si c'était en pure perte. Sur ses sœurs et son frère, sa seule source d'information avait été Melio, et le jeune homme ne savait pas grand-chose. De fait, Maeander lui en apprit plus qu'elle ne put lui en dire. Ainsi, elle découvrit qu'Aliver était vivant et se trouvait dans le Talay. Il rassemblait une armée au centre de ce pays, laquelle remontait peu à peu vers le nord à mesure que sa taille croissait.

— On dit qu'il est devenu très bon orateur, fit Maeander. Il a été touché par la main d'un sorcier et à présent il galvanise les masses par ses discours. Il parle de libérer le Monde Connu de la répression, du travail forcé, des impôts écrasants et même du Quota. Étrange qu'il semble avoir oublié qui a tout mis en place.

D'après une rumeur non confirmée mais crédible, Dariel l'aurait rejoint. Jusqu'à récemment, le plus jeune des Akaran n'avait été qu'un pirate des Flots Gris. Quant à Corinn, Maeander affirma qu'elle avait été convertie à la cause meine par les plaisirs qu'elle trouvait sur la couche de son frère Hanish.

— Dans son dos, beaucoup la surnomment la catin du chef. Je ne ferai rien de tel, bien entendu.

— Non, ajouta Larken. Si tu devais lui donner un surnom, tu le ferais face à elle.

Mena réussit à maîtriser l'émotion que toutes ces révélations firent naître en elle. À sa manière, elle s'y était préparée. Quand elle traînait le cadavre de Maeben dans la forêt, elle avait été assaillie par les souvenirs venus de son enfance. Ils la harcelèrent autant que les insectes, les branches et les racines tordues. Elle alla même jusqu'à s'adresser à ses frères et sa sœur. Elle essaya de se justifier, demanda s'ils pouvaient se réunir et redevenir tels qu'ils étaient auparavant. Non, bien sûr Rien ne serait plus pareil. Personne n'aurait pu imaginer qu'elle deviendrait qui elle était aujourd'hui. Mais elle décida qu'il n'y avait pour elle aucun doute : elle les aimait, quoi qu'il advienne. Et rien de ce que lui apprit Maeander ne la fit changer d'opinion.

Le Mein débarqua à Aos. Il avait à faire là, mais il affirma qu'il arriverait probablement en Acacia en même temps qu'eux. Il laissa la prisonnière à la garde de Larken. Dès qu'il n'était plus dans l'ombre de son mentor, l'Acacian était un autre homme. Certes il se pavanait de la même manière, souriait avec la même arrogance, montrait la même adoration de sa personne, mais ces caractéristiques étaient inhérentes au personnage. Ce qui changeait, c'était qu'il se comportait en homme libre, et non en courtisan. Il s'exprimait avec une désinvolture qui suggérait presque du dédain pour l'autorité de Maeander, même si Mena n'aurait pu définir la source de cette impression. Ce n'étaient pas ses propos, simplement quelque chose dans son attitude.

Le soir après leur départ d'Aos, Larken entra dans la pièce où elle était détenue avec plusieurs serviteurs derrière lui. Mena avait remarqué que la majorité de ceux-ci étaient des Acacians, tout comme l'équipage était en grande partie composé de Talayens. Seuls le capitaine, son second et les gardes Punisari étaient meins. Les serviteurs déposèrent les assiettes de fromages et d'olives, de petits poissons grillés et une carafe de vin au citron. Il avait pensé partager son dernier repas avec elle, expliqua-t-il. Le lendemain ils accosteraient en Acacia et elle ne serait plus à sa garde exclusive.

Mena ne trouva aucune raison de refuser. Non pas qu'elle appréciât Larken ou qu'elle souhaitât sa compagnie. Il estimait que le sort de la jeune femme était entre ses mains et passerait bientôt dans celles d'Hanish. Mena elle-même n'avait pas son mot à dire sur la situation. Mais, parce qu'il partait de cette supposition, Larken se montra quelque peu irréfléchi dans ses propos.

— Est-ce vrai ? demanda Mena. Je veux dire, ce qu'on raconte sur ma sœur et mes frères ?

Larken était assis sur un tabouret, assez près pour toucher la jeune femme s'il se penchait en avant et étendait la main.

— Oh ! pour ça, oui, répondit-il en passant ses doigts sur sa pommette et jusque sous ses lèvres, un geste qu'il faisait souvent quand il parlait. Maeander ne ment jamais. Ce qu'il dit est toujours vrai. C'est quand il reste silencieux qu'on a de bonnes raisons de craindre que quelque chose ne va pas.

Mena leva un verre de vin et en huma le bouquet. Il lui était familier, mais elle n'aurait pu dire pourquoi, car elle n'avait encore jamais bu de vin.

— Je suis impatiente de revoir ma sœur. Je la verrai, n'est-ce pas ? J'ose espérer qu'Hanish ne l'interdira pas.

Larken réfléchit à la question. Il semblait moins soupeser la réponse elle-même que chercher à déterminer jusqu'où il pouvait aller dans les révélations.

— Disons simplement qu'Hanish a des projets pour vous, et qu'il a des projets pour Corinn. Mais ils sont différents, comme sont différents vos destins.

Mena reposa le verre sans avoir bu. Elle venait de se rendre compte de la raison pour laquelle l'odeur du vin lui était familière. Elle avait souvent été présente dans l'haleine de son père le soir, quand il leur racontait des histoires, et Dariel et à elle. Il avait toujours un verre de vin à portée de main. Il en avalait une petite gorgée puis parlait, en avalait une autre gorgée et continuait son récit. Et quand il l'embrassait au coucher, elle sentait ce parfum dans son souffle.

— Qu'est-ce qui vous permet de penser que mon frère n'aura pas effacé Hanish Mein de la surface du Monde Connu avant que nous n'allions trop loin dans ces destinées séparées ?

— Oh ! tout cela ne prendra pas longtemps, fit Larken avec le sourire de celui qui ne révèle pas tout ce qu'il sait et se délecte de ces cachotteries. Par ailleurs, c'est une simple question de logique. Je déteste devoir vous le dire, Mena, mais nous sommes prêts à l'affronter. Nous sommes même impatients. Les Meins sont des combattants, et ils ne sont pas très heureux quand la paix dure trop longtemps. Ils ne cessent jamais de s'entraîner, de se préparer pour la prochaine bataille. Les garçons qui étaient trop jeunes pour combattre la dernière fois sont devenus des hommes. Et ils brûlent d'envie de faire leurs preuves ! Nous avons toujours les Numreks. J'ai été surpris de la facilité avec laquelle ils ont adopté une vie d'oisiveté, mais ils seront heureux de reprendre leurs lances et leurs haches. Et nous disposons d'autres armes, différentes de celles qu'Hanish a déjà utilisées. On ne peut recourir à de telles choses qu'une seule fois. Et ces autres armes, vous pouvez me croire, sont du genre à vous faire vous réveiller en sursaut au cœur de la nuit en hurlant. Et ce ne sont pas des cauchemars. Quand Hanish les lâchera, elles courront le monde en plein jour. Il est prêt à affronter Aliver Akaran et une horde disparate et non entraînée, si nombreuse et fanatisée par votre frère soit-elle.

Mena le dévisagea un long moment tout en jouant avec son pendentif en forme d'anguille.

— Dites-moi, Larken... Vous êtes un Acacian. Vous le serez toujours. Vous ne souhaitez pas vous racheter ? Vous n'éprouvez pas ce besoin ? Vous pourriez le faire, même maintenant. Il vous suffirait de vous joindre à moi et mon frère, et de nous aider à reconquérir tout ce que vous avez trahi. Avec vos connaissances, vous seriez d'une aide incomparable pour Aliver. Ce serait un moyen d'annuler vos crimes passés.

— Difficilement, dit-il. Mais je vous entends. Je ne serais pas le premier à changer d'avis de cette manière... Mais ce n'est pas... une façon d'être qui me convient. Je me suis rangé du côté des Meins, et je suis très satisfait de mon choix. Vous devriez voir ma maison à Manil. J'ai des serviteurs pour tout, Mena. Pour tout. Je mène une vie que je n'aurais jamais connue en tant que garde de Marah. Quand Hanish ou Maeander me font mander, je viens et je les sers, mais la plupart du temps je ne suis pas différent des nobles les plus riches.

— Vous ne vous souciez que de vous, alors ?

— De qui d'autre devrais-je me soucier ? Je ne suis que moi-même...

— Alors, devenez quelqu'un de meilleur ! Vous n'avez qu'à le décider, et cela se produira. C'est quelque chose que j'ai découvert moi-même.

Au lieu de répondre directement, Larken lui demanda si elle avait jamais entendu la légende meine de Thallach, l'ours géant. Ce Thallach était un énorme ours contre lequel les premiers Meins mettaient à l'épreuve leur valeur. L'un après l'autre, ils pénétraient dans sa tanière et l'affrontaient en combat singulier. Et un à un ils mouraient, et ainsi ils offraient un festin si régulièrement renouvelé que Thallach n'avait jamais besoin de quitter son repaire. Il en fut ainsi des années durant. Maints guerriers moururent. Un jour, un saint homme convainquit les Meins d'agir autrement. Pourquoi envoyer leurs proches bien-aimés à la mort ? Pourquoi ne pas faire la paix avec l'ours ? Les gens étaient désemparés et apeurés, et ils crurent qu'il y avait de la sagesse dans cette proposition. Le saint homme prit la tête de leur délégation et offrit à Thallach de faire la paix. Il lui promit qu'ils le nourriraient et prendraient soin de lui, et qu'ils le vénéreraient comme un dieu dès le lendemain.

— Savez-vous ce que Thallach a répondu ?

Larken avait rapproché son tabouret du banc de Mena. Il laissa la question en suspens quelques secondes, bien qu'à son expression il n'attendît visiblement pas de réponse de la jeune femme.

— Thallach a dit...

Il se pencha vers elle, découvrit ses dents et gronda. C'était un son bas et vibrant qui projeta la chaleur de son souffle sur l'oreille de la prisonnière.

— Ensuite il les a dévorés, un à un, tout comme il l'avait fait avec les autres avant eux. Car que pouvait-on espérer qu'un ours fasse ou dise d'autre ? Thallach ne pouvait être rien ni personne d'autre que ce qu'il était. Je suis pareil. Et je ne souhaite pas changer. Alors n'essayez pas de faire de moi ce que je ne suis pas. Je vais vous dire quelque chose que vous ignorez à mon sujet. Je vous demanderai ensuite si vous pensez toujours que je peux me racheter.

Il lui expliqua le rôle qu'il avait joué pour livrer Corinn à Hanish. Il voulait qu'elle comprenne bien qu'il n'avait pas changé de camp du seul point de vue d'un soldat vaincu. Il n'avait pas seulement prêté allégeance à un nouveau maître. Toute sa vie il s'était préparé à une telle trahison. Il s'était comporté de façon à gagner la confiance au sein de la hiérarchie des Marahs. Il avait eu la conduite d'un soldat exemplaire, et une carrière sans tache. Il avait perfectionné ses propres talents avec un enthousiasme que ses professeurs admiraient, enduré toutes les difficultés de l'entraînement sans jamais se plaindre ou protester, et il s'était porté volontaire pour des missions périlleuses. Mais il avait consenti à tous ces sacrifices dans un seul dessein : si l'occasion de quelque chose de plus éminent se présentait, il la saisirait.

Il avait vu Hanish Mein dévaster le monde, et compris que le combattre ne mènerait qu'à la défaite. Alors il avait enlevé Corinn. Elle avait été si facile à berner ! Quand il l'avait livrée aux Meins, il n'avait pas éprouvé l'ombre d'un remords. Il aurait agi de même avec n'importe quel autre membre de sa famille, y compris Mena si elle avait eu la malchance de tomber entre ses mains.

— J'ai eu cette malchance, lui fit-elle remarquer non sans humour.

Elle passa la nuit à réfléchir à une hypothèse qu'elle n'avait encore jamais envisagée. Et si Larken l'avait capturée toutes ces années plus tôt ? Si c'était elle qui avait grandi dans le palais, et non Corinn ? Serait-elle la même personne aujourd'hui ? Impossible. Aurait-il été préférable de devenir quelqu'un d'autre ? Non, bien sûr. Elle ne pouvait l'imaginer, comme elle ne pouvait concevoir de ne pas avoir atteint l'âge adulte sur Vumu, avec les villageois autour d'elle, ou de ne pas être devenue Maeben sur terre. Tous ces éléments avaient façonné sa personnalité. Même si elle avait dû rompre avec la déesse, même si elle l'avait démasquée et précipitée vers la mort, elle ne désirait être que celle qu'elle était aujourd'hui : la Mena qui émergeait de l'ombre de Maeben.

L'avenir que leur père avait prévu pour Corinn avait été plus bouleversé encore que celui de Mena. Larken lui avait volé ses chances d'être elle-même dans un monde loin d'Acacia. C'était le présent que leur père leur avait légué, mais c'était seulement maintenant qu'elle commençait à voir ce présent pour ce qu'il était. À cause de Larken, Corinn n'avait pu en profiter. Mena, qui n'avait ressenti aucune émotion identifiable pour cet homme durant toute cette conversation, sut soudain ce qu'elle éprouvait à son endroit. Elle le haïssait. Elle passa la nuit à décider de ce qu'elle allait faire.

Le lendemain matin, quatre gardes Punisari vinrent l'encadrer. Larken l'attendait près de la proue. Il était en tenue militaire, son torse enveloppé dans un thalba, deux épées de tailles différentes accrochées à sa ceinture, une petite dague dans son fourreau horizontal sanglé sur son ventre plat. Elle nota tous ces détails d'un regard rapide.

— Bien. Vous avez eu la nuit pour réfléchir, dit-il. Pensez-vous toujours que je puisse me racheter ?

— Oui, dit Mena en continuant d'avancer vers lui. D'une certaine façon, c'est possible.

— Et de quelle façon ?

Elle gardait un pas assuré et tranquille. Elle s'obligeait à aimanter son regard au sien dans la clarté du matin, et à faire abstraction des sons et du roulis d'un navire en pleine mer.

— Il ne servirait à rien de vous l'expliquer maintenant, dit-elle. Vous comprendrez peut-être quand cela arrivera, et peut-être pas. C'est sans réelle importance.

— Vous vous êtes résignée, donc. C'est presque triste, Princesse. Presque triste...

Mena arriva devant lui. Elle s'arrêta si près qu'on aurait pu la croire sur le point de l'embrasser. Mais elle tendit la main et la referma sur la garde de son épée longue. Il ne chercha pas à l'ôter. Même cette menace l'amusait.

— C'est un contact très intime, Mena. Vous devriez prendre garde à ce que vous saisissez.

Un seul mouvement coulé et l'épée quitta son fourreau.

Larken leva les deux mains et feignit la peur.

— Très impressionnant, railla-t-il. Savez-vous que dégainer l'épée d'un autre homme n'est pas chose facile ? On rate souvent ce genre de tour. Si l'angle est mauvais, le geste saccadé ou trop hâtif – vous savez, ce genre de choses...

Mena recula de plusieurs pas tout en soupesant l'arme. Elle savait que les gardes bloquaient le pont derrière elle, mais d'un petit signe négatif Larken leur avait interdit toute intervention. C'était bien ce qu'elle avait espéré. Elle sentait qu'ils l'épiaient, tout comme les serviteurs talayens et les membres d'équipage acacians.

— Et maintenant ? dit Larken. Qu'avez-vous l'intention de faire avec cette arme ?

— Vous tuer.

— Je suis gêné de devoir vous l'apprendre, mais c'est fort peu probable. Vous ne manquez pas de cran, Mena, je ne dirai jamais le contraire. Votre problème c'est qu'à l'épée bien peu d'hommes me surpassent. Je ne pense pas qu'une fille élevée comme une prêtresse sur Vumu ait la moindre chance de réaliser un tel exploit. Je veux simplement être honnête avec vous. J'aurais pu immobiliser votre main avant même que vous ne tiriez cette épée de son fourreau. Vous le savez, n'est-ce pas ? Et, comme vous pouvez le constater, vous êtes cernée par mes gardes et tout l'équipage du navire.

— Je m'occuperai d'eux après, répondit-elle.

Il ne put réprimer un sourire.

— Je me demande si vos frères ont autant d'audace.

Il toucha sa seconde épée.

— J'ai une autre arme.

Mena adopta la position de départ de la Première Forme.

— C'est bien pourquoi je n'ai pris que celle-là.

Il tira sa lame alors que Mena avançait sur lui. Le poignet souple, il donna un coup large de droite à gauche pour contrer l'attaque d'ouverture inhabituellement basse d'Édifus. C'était un geste plein de nonchalance, et ce fut le dernier dont il eut la maîtrise entière.

L'assaut de Mena ne ressemblait en rien à celui de la Forme. Elle fouetta l'air de son épée, dans un demi-cercle très rapide qui surprit Larken. Le tranchant entailla le poignet de l'homme sur une bonne longueur. Sa main devint aussitôt inerte et il lâcha son arme.

Malgré le choc et la douleur, il tendit sa main valide vers la poignée de l'épée. Il l'aurait saisie si Mena n'avait lancé sa lame dans une courbe descendante qui trancha net quatre doigts. Des jets de sang jaillirent des blessures. Jamais la jeune femme n'oublierait l'expression sur le visage de Larken, ni celle qui suivit quand elle lui transperça la poitrine.

Avant que son adversaire vaincu n'ait eu le temps de s'écrouler sur le pont, elle coupa le bras tenant l'épée du Punisari le plus proche, et enchaîna par un coup à la jugulaire d'un autre. Il restait deux gardes, mais elle n'avait encore jamais maîtrisé aussi totalement sa destinée. Elle s'écarta d'eux, bondit sur le bastingage qu'elle parcourut sur la pointe des pieds avec agilité, avant de sauter de nouveau sur le pont, de l'autre côté d'un amas de caisses. Cette manœuvre lui laissa le temps d'adresser quelques mots aux marins et aux serviteurs qui tous l'observaient avec le même ébahissement craintif. Elle leur révéla son identité et exigea qu'au nom de son père et pour la cause de son frère qui allait devenir roi ils se soulèvent sur-le-champ et l'aident à prendre le navire.

Quand un homme à la peau tannée du Teh cria joyeusement son nom depuis le nid-de-pie d'où il assistait à la scène, Mena sut que ce vaisseau serait bientôt à elle.

CHAPITRE CINQUANTE-SIX

LE SECRÉTAIRE D'HANISH REVINT DANS LES BUREAUX du chef à la hâte, avec une liasse de documents pressés contre sa poitrine, le sceau royal et les bâtons de cire dans sa main libre. Il feignit de ne pas remarquer l'homme qui l'attendait jusqu'à ce que ce dernier se racle bruyamment la gorge. Le secrétaire fit halte, posa les papiers et soupira, comme si Rialus Neptos mettait sa patience à rude épreuve rien qu'en se signalant à son attention.

— Il ne peut pas vous recevoir maintenant. Vous êtes arrivé un jour trop tard, Neptos. Mais il a laissé un message. Il part aujourd'hui même pour les Grandes Terres afin de régler des affaires qui ne peuvent attendre. À son retour il sera heureux de vous rencontrer, ou même Calrach en personne. D'ici à une semaine, peut-être deux. Dans l'intervalle, il compte sur le soutien des Numreks pour le conflit qui s'annonce. Ils sont sa force de frappe la plus redoutable, et il ne manquera pas de les récompenser comme ils le méritent dès qu'Aliver aura été écrasé. Calrach devra obéir à Maeander qui dirigera les forces meines. Maeander vous donnera tous les détails complémentaires en temps utile. Tel est le message d'Hanish.

L'ambassadeur savait qu'il regretterait tout ce qu'il pourrait dire après cette tirade, mais il ne put se taire plus longtemps.

— Mais Calrach lui-même m'a demandé de lui transmettre une proposition...

Le jeune Mein agita ses doigts dans l'air devant lui, comme s'il déployait un éventail entre eux.

— Je vous ai répété tout ce qu'Hanish m'avait demandé de vous dire. Vous pouvez disposer, maintenant.

Espèce de crétin arrogant, songea Rialus. Imbécile ! Ne me jette pas à la porte de la sorte. Ne pose pas la main sur moi et ne me mets pas dehors avant que j'aie accepté de partir ! Il ne dit rien de tout cela, et l'autre lui saisit le coude et l'escorta hors de la pièce avant de refermer la porte.

Il se retrouva dans le couloir, avec pour seule compagnie celle d'un garde aux allures de brute qui le toisa sous la broussaille dorée de ses sourcils. L'homme le mit quelque peu mal à l'aise, mais Rialus ne s'éloigna pas. Il n'y avait personne d'autre dans le couloir, seulement plusieurs statues à taille humaine qui rendaient les lieux encore plus désolés. Comme il ne savait pas quoi faire d'autre, l'ambassadeur resta planté là.

C'était un échec complet, qu'assurément il regretterait. Calrach ne l'avait pas dépêché ici pour qu'il présente ses salutations au chef mein ou clarifie les détails de l'engagement prochain des Numreks. Il avait chargé Rialus d'aborder avec Hanish le sujet des paiements en Quota que les Numreks voulaient recevoir. Pour Neptos, cette demande était ridicule. Les Numreks vivaient aussi librement qu'ils le souhaitaient. Ils traquaient régulièrement les gens qui habitaient les montagnes du Teh. Ils capturaient des paysans pour le même usage qu'ils auraient fait d'esclaves du Quota. Alors quel intérêt d'exiger encore plus d'Hanish, qui s'était déjà montré généreux avec eux ?

Or on ne pouvait pas raisonner Calrach. Il s'était mis cette idée en tête et aucune des tentatives plus ou moins subtiles de Rialus pour l'en dissuader n'avait porté ses fruits. Mais à présent le soulagement qu'il aurait pu avoir de ne pas être obligé d'en parler à Hanish se transformait en peur. Il devrait retourner auprès du Numrek les mains vides. Peut-être pourrait-il prétendre s'être entretenu avec le chef mein. Hanish réfléchissait à la question et donnerait sa réponse à son retour des Grandes Terres, dirait-il, ou quelque chose d'approchant. Mais c'était un mensonge dangereux. Hanish pouvait convoquer Calrach directement, sans passer par Rialus. Il l'avait déjà fait par le passé. Ils se rencontreraient et dès les premières secondes le Numrek saurait que l'ambassadeur lui avait menti. Si cela arrivait, Rialus ne donnait pas cher de sa peau. Pourquoi fallait-il que chaque situation repose sur une convergence de dilemmes ?

Il resta devant la porte quelques minutes encore, avant de se rendre compte qu'on l'observait. Une des silhouettes dans le couloir n'était pas une statue, comme il l'avait cru, mais une femme en chair et en os. Quand elle s'écarta du mur et lui fit signe, il la reconnut.

— Princesse Corinn ? dit-il en la rejoignant.

Elle ne répondit pas, mais tourna les talons et l'entraîna dans un couloir latéral. Elle poussa une porte et la franchit, Rialus derrière elle. Tout était arrivé très vite et il mit un temps avant de reconnaître la grande salle encombrée : la bibliothèque, avec ses rayonnages du sol au plafond et ce parfum de vieux livres. À en juger par le silence qui y régnait, l'endroit était désert.

Corinn le mena jusqu'à une des fenêtres et ne se retourna qu'alors.

— À cette heure de la journée, personne ne vient ici. Les autres portes sont verrouillées, de sorte que nous sommes en sécurité. Si quelqu'un entre, nous l'entendrons et nous pourrons nous éclipser.

Elle dit tout cela avec une calme assurance, mais quand il voulut la questionner elle le devança.

— Rialus, dit-elle, me parlerez-vous avec honnêteté ?

Il huma son haleine et identifia un parfum léger d'agrumes. Il n'avait jamais passé beaucoup de temps en sa présence. Il n'aurait même pas pu dire si elle connaissait son nom. Le fait que ce soit le cas et la perfection de son visage si proche l'émurent plus qu'il ne l'aurait voulu. Il bafouilla que, bien sûr, il serait d'une totale honnêteté avec elle.

— Alors dites-moi, vous arrive-t-il de regarder en arrière avec envie ?

— Avec... envie, Princesse ?

Elle l'étudia un moment. Il eut l'impression qu'elle le jaugeait, pour décider si oui ou non elle pouvait lui confier ce qui la tracassait. Malgré lui, il espéra être suffisamment à son goût.

— Regrettez-vous l'ancien empire acacian ? Vous vous êtes retourné contre votre propre peuple, Rialus.

— J'avais de très bonnes raisons pour cela, dit-il, aussitôt sur la défensive. Vous n'avez pas idée de ce que...

Corinn le fit taire en lui effleurant les lèvres du bout des doigts.

— Ne soyez pas sévère avec moi. Je sais, Rialus, vous vous êtes senti blessé. Je sais que vous aspiriez à des charges plus nobles et ne projetiez pas de vivre dans ces contrées désertiques du Mein. Mais je crois que vous en voulez à mon père bien à tort. Savez-vous qu'il m'a parlé de vous un jour ? Il avait été attristé par un de vos courriers. Il a dit que vous étiez un homme de qualité, que c'était le Conseil qui vous avait relégué à Cathgergen, et non lui. Il a ajouté qu'il devrait donc obliger le Conseil à vous relever de votre poste et à vous faire revenir à Alécia, où il s'arrangerait pour que vous ayez une charge plus en accord avec vos talents. Il l'aurait fait, Ambassadeur, mais vous ne lui en avez pas laissé le temps.

Rialus réussit tout juste à secouer la tête d'un air atterré. Il ne comprenait pas où elle voulait en venir, mais ce qu'elle affirmait ne pouvait être vrai. Non, impossible…

— Vous ne me croyez pas ? dit-elle encore. Comment serais-je au courant des lettres que vous avez envoyées ? Comment aurais-je su que vous étiez malheureux dans le Nord ? J'étais très proche de mon père, Rialus. Je l'aimais beaucoup, et il me le rendait bien. Il me parlait souvent des sujets qui le troublaient, et il m'a parlé de vous. Et je vous dirai ceci : il existe une bonne raison pour que je me souvienne de votre nom. C'est parce que quelques semaines plus tard on vous a accusé de trahison. *Non, ce n'est pas possible*, ai-je pensé. *Ce ne peut-être le Rialus que mon père tenait en si haute estime.* Mais c'était bien vous. Vous l'avez effectivement trahi, et vous vous trouvez ici maintenant à cause de cette trahison. Ce que j'aimerais comprendre, c'est si vous pensez avoir fait le bon choix. Votre vie est-elle aujourd'hui telle que vous la rêviez alors ?

Rialus ne savait comment répondre. Elle avait tenu des propos infamants à son endroit. Il aurait dû la gifler pour cela. Et il aurait eu certes beaucoup à dire sur la manière dont on lui avait manqué d'égards. Mais il ne décelait nulle condamnation dans sa voix, son attitude ou sur son visage, seulement de la franchise et de la curiosité. Il s'était attendu à sa rancœur, et il n'en percevait aucune. Ce qu'il sentait était… eh bien, c'était quelque chose qu'il n'avait pas senti chez une autre personne depuis très longtemps. Il n'était même pas certain du terme qui convenait. Du moins pas jusqu'à ce que Corinn le lui remémore.

— Je ne vous pose pas cette question parce que je veux vous juger. En toute honnêteté, j'éprouve de l'empathie pour vous. J'ai moi aussi trahi des êtres que pourtant j'aime. Je comprends ce que c'est que de commettre des erreurs sincères, de celles que vous regrettez ensuite et que vous aimeriez réparer. J'ai pensé que c'était peut-être aussi votre cas, Rialus.

Empathie. C'était le mot. Elle avait de l'empathie pour lui. Le concept était trop énorme pour qu'il l'appréhende totalement – de même que l'émotion et les possibilités qu'il suggérait. Par un vieux réflexe de défense, il revint à un refrain usé :

— Nous ne sommes vraiment pas semblables, Princesse. Je suis ambassadeur. Dans une position d'autorité et d'importance...

— Fort bien, interrompit Corinn pour montrer qu'elle en avait assez entendu. Votre vie est donc exactement telle que vous la souhaitiez. Je ne le crois pas, bien sûr, mais je ne discuterai pas plus avant de ce point avec vous. Dites-moi, alors : que pensez-vous du retour de mon frère ?

Lui parler d'Aliver ? Il faillit lui demander pourquoi elle voulait connaître son opinion. La réponse était évidente, même si elle paraissait également contradictoire. C'est mon frère et je l'aime, pourrait-elle dire. Ce n'était pas ce qu'il désirait entendre, pour toute une série de raisons diverses. Il constitue une menace pour Hanish, pouvait-elle aussi dire. Mais, en dépit de son allégeance actuelle, il n'avait pas non plus envie d'entendre cela. Il s'efforça donc de rester neutre.

— Il demeure un mystère pour moi, Princesse. Je ne puis...

— Ne me mentez pas. Vous n'avez pas à le faire, et pour ma part je ne vous mentirai pas. La vérité, Rialus, c'est que je n'ai pas un seul ami dans ce palais. Pas une seule personne ne se soucie de ce qu'il peut advenir de moi. Hanish n'est pas mon ami, vous comprenez ? Il ne saura jamais que nous nous sommes parlé, et il ne connaîtra jamais un seul mot de ce que nous nous disons. Jurez-moi que vous comprenez cela.

Il acquiesça, quoique de façon hésitante, afin de signifier qu'il n'acceptait pas l'intégralité d'une éventuelle duperie que peut-être elle proposait.

Si Corinn remarqua l'avertissement, elle s'interdit toute réaction.

— Rialus, dit-elle, j'ai grand besoin d'un ami – un ami puissant. C'est pourquoi je vous parle maintenant. Et vous, Rialus, voulez-vous aussi avoir une amie ?

Il répondit avant d'avoir pu s'autocensurer :

— Oui.

— Alors je serai cette amie. Nous échangerons, comme le font les amis. Tout d'abord, parlez-moi de mon frère. Hanish s'ingénie à me maintenir dans l'ignorance de tout ce qui le concerne, par pure cruauté. Que vous me disiez ce que tout le monde sauf moi sait déjà ne peut vous porter préjudice. Aidez-moi seulement à comprendre ce qui se passe dans le monde.

Il pouvait faire cela, estima-t-il. Elle avait besoin de lui. Elle l'avait dit elle-même. Quel mal y aurait-il à lui révéler ce que tout le monde savait, de toute façon ? Il n'était pas prêt à accepter son empathie, mais il pouvait la renseigner un peu sur son frère.

Il passa la demi-heure suivante à lui relater tout ce qu'il savait. Il trouva sa voix étonnamment vive quand il détailla ce que faisait Aliver, la constitution et la puissance de ses troupes. Il lui rapporta les légendes qui croissaient autour de lui, les rumeurs de sorcellerie et tout le reste, qui d'ailleurs n'impressionnaient guère Hanish. Le chef mein était surtout irrité par le moment qu'Aliver avait choisi pour réapparaître. Il aurait préféré que le transfert des Tunishnevres ait été terminé. Hanish avait prélevé toutes les troupes disponibles dans les diverses provinces pour les concentrer autour de Bocoum. Les Numreks ne les avaient pas encore rejoints, mais ils étaient prêts à se mettre en marche et prévoyaient de le faire dès son retour. La guerre n'était qu'à quelques jours d'éclater.

Il fut surpris par la manière dont Corinn l'interrogea. Encore et encore elle exigea des détails et des explications. Il fit de son mieux pour la contenter. Quand elle lui demanda quelle était la plus grande menace pour l'armée d'Aliver, il répondit :

— Mais les Numreks, bien sûr. Ceux-là mêmes dont je suis l'ambassadeur.

— Ah ! oui, les invincibles Numreks... Sont-ils réellement aussi féroces qu'on le dit ?

Rialus consacra quelques minutes à chanter leurs louanges dans le domaine du combat. L'ironie du moment ne lui échappait pas, quand il songeait à la haine qu'ils lui inspiraient, mais plus Corinn le questionnait et plus il se sentait obligé d'entrer dans le détail.

— Si le monde entier se retournait contre eux, ils seraient vaincus, bien évidemment, conclut-il, mais non sans avoir causé de grands ravages dans les rangs de leurs adversaires. J'ai la conviction qu'Hanish Mein a envisagé de les attaquer. Mais c'était avant. Aujourd'hui, il est très heureux de les appeler ses alliés.

— Donc il a besoin d'eux ?

— Grand besoin. Hanish a peut-être d'autres atouts dans son jeu, mais il compte avant tout sur eux.

Corinn parut troublée, hésitante, incertaine. Elle sembla oublier la présence de Rialus pendant un moment. Elle plaça une main sur le rebord de la fenêtre dans une pose qui souligna la courbe de ses seins. Il se demanda si dans un instant il ne devrait pas se précipiter pour la soutenir, au cas où elle s'évanouirait. Elle regardait à travers la fenêtre avec une fixité étrange, comme si elle réfléchissait si intensément qu'elle ne voyait pas vraiment l'extérieur. Elle se mordilla la lèvre inférieure. Lorsqu'elle se tourna vers lui, la résolution qui se lisait sur son visage prouva à Rialus qu'elle avait débrouillé ce qui la perturbait et qu'elle était prête à aller de l'avant.

— Rialus, que désirez-vous le plus au monde ? Je crois que je pourrais le dire à votre place. Vous voulez être respecté. Vous voulez être récompensé. Vous voulez qu'Hanish reconnaisse que vous les avez aidés, lui et Maeander, à triompher de mon père. Vous désirez le genre de profits que des hommes comme Larken ont reçus. Vous voulez ne jamais vous réveiller sans une beauté étendue à votre côté, qui fera exactement tout ce que vous exigez d'elle. Ce sont quelques-unes des choses que vous voulez. Et pourquoi pas ? Pourquoi un homme ambitieux ne désirerait-il pas de telles choses ? J'ai raison, n'est-ce pas ?

Rialus allait répondre, mais elle ne lui en laissa pas le temps :

— Hanish ne vous accordera jamais rien de tout cela. Il se moque de vous. Il pense que vous êtes un imbécile et un lâche. Un jour, il a dit en plaisantant que, s'il ne vous avait pas nommé ambassadeur des Numreks, ce qui pour lui est un des postes les plus infects, il aurait fait de vous un comédien de cour. Vous n'auriez même pas eu à apprendre comment faire le bouffon, a-t-il affirmé. Il vous aurait suffi d'être vous-même. Voilà ce qu'il pense de vous.

— Je...

— Vous savez que je dis la vérité. Vous l'avez toujours su, et c'est pourquoi vous éprouvez de la haine pour Hanish. N'est-ce pas ?

— Hai-hai-haine n'est pas le mot que j'utiliserais, bafouilla Rialus. Princesse, j'avais l'impression que... l'impression que vous étiez très amoureuse d'Hanish. Que vous...

Elle rejeta la tête en arrière et éclata d'un rire amer. Elle ouvrit une bouche si grande qu'il en aperçut le fond. Une vision très déconcertante.

— Vous êtes amusant, dit-elle quand elle se fut reprise. Non, je n'aime pas Hanish. Et vous ?

Rialus fut soulagé qu'une fois de plus elle réponde à sa place.

— Non, bien sûr. Vous êtes comme moi.

Elle pressa la main entre ses seins, en un geste dénué de toute sensualité, et presque belliqueux.

— Vous et moi sommes revenus de l'amour. Plus jamais je ne donnerai mon cœur à un homme. Pas même à vous, Rialus, aussi charmeur que vous soyez. Vous êtes en droit de penser ce que vous voulez de moi. Je ne peux vous en empêcher et peu m'importent vos fantasmes. Mais vous n'aurez jamais mon amour, et d'ailleurs vous ne le désirez pas, n'est-ce pas ? Vous aimeriez l'enveloppe de ce que je suis, pas ce qu'elle contient. Mais il y aura d'autres femmes pour vous, beaucoup d'autres. Des femmes plus belles et plus sottes que moi. Vous me comprenez ?

Il hocha la tête. Il la comprenait, oui. Comme elle l'avait souligné, elle n'était pas cette beauté sans intelligence qu'il avait cru. Il y avait derrière ce visage bien plus que ce qu'il avait perçu jusque-là. Elle était ce que jamais il n'aurait pensé d'elle : dangereuse. Il ne savait pas exactement de quelle manière, et il ignorait quel pouvoir elle détenait, mais il avait la conviction que ce n'était pas une femme à contrarier.

Comme pour répondre à cette pensée, Corinn dit alors :

— Hanish m'a trahie d'une façon que je ne pourrai jamais pardonner ni oublier. Pas cette fois. Rialus, j'espère que vous serez plus honnête que lui. J'ai un message à vous confier pour Calrach. Une offre à lui faire. J'ai pensé à quitter l'île moi-même, mais je ne vois pas comment faire. Je suis une prisonnière ici, Rialus. Mais avec votre aide… Si nous réussissons à réaliser ce que j'ai en tête, vous serez quelqu'un de très chanceux. Après la guerre, vous serez récompensé avec tout ce que vous avez toujours estimé mériter. Mon frère et moi y veillerons.

Chapitre cinquante-sept

Thaddeus Clegg n'aurait pu être plus satisfait de l'homme qu'Aliver Akaran était devenu. À part l'ancien chancelier, personne peut-être ne se rendait compte à quel point le prince ressemblait à son père, dans les traits comme dans le timbre de voix, dans l'intensité et l'intelligence que recelaient ses yeux marron, et dans ce port particulier. Il était très semblable à Leodan dans sa jeunesse. Mais Aliver avait hérité de tous ces atouts et les avait aiguisés à un niveau de tranchant supérieur. Leodan avait rêvé et réfléchi à l'action, les réformes, la justice, mais il n'avait jamais vraiment concrétisé le résultat de ses cogitations. Aliver vivait maintenant avec tous ces paramètres à l'esprit, et il luttait pour remodeler le monde de façon appropriée. Thaddeus s'était inquiété des réticences initiales du prince à endosser pleinement ses responsabilités, mais tout cela semblait maintenant appartenir à un lointain passé. Depuis son retour de sa quête des Hérauts du Santoth, le jeune homme n'avait pas commis d'impair. Quand il avait demandé à porter de nouveau la Confiance du Roi, Sangae n'avait pas hésité à aller chercher l'épée. Ainsi armé, Aliver Akaran avait tout d'un héros en devenir.

Sa première tâche, gagner les Halalys à sa cause, n'avait pas été des plus faciles. Il avait refusé de les aider dans une guerre mesquine contre leurs voisins, et il avait réussi à les convaincre de mettre de côté ces querelles provinciales. Ils avaient en commun un ennemi bien pire que toutes les menaces qu'une tribu talayenne pouvait faire peser sur une autre. Une victoire sur Hanish Mein, plaida-t-il, serait le seul acte d'importance que chacun d'eux pourrait accomplir pour changer leur destin commun. Il promit qu'une fois roi il se souviendrait de chaque acte effectué pour lui et contre lui. Il les récompenserait tous selon leurs mérites. Les Halalys, avait-il dit, pouvaient devenir incontournables chez les Talayens ou être le seul peuple à ne pas avoir son mot à dire dans le monde futur. Les générations à venir se moqueraient d'eux et les ridiculiseraient pour avoir été aussi aveugles aux bouleversements qui devaient les rendre insignifiants. Il n'avait pas dû être aisé de regarder Oubadal en face et de lui dire de telles choses, mais Aliver l'avait fait.

L'ancien chancelier avait d'abord entendu d'autres personnes rapporter ces événements. Quand le prince revint d'Halaly et parla de marcher vers le nord, il les constata lui-même. Aliver dissertait devant des foules toujours plus nombreuses. Chaque après-midi les gens se rassemblaient pour l'écouter, et il parlait alors avec la ferveur d'un prophète exposant des visions d'une ampleur grandissante. Il détaillait des croyances et des intentions que Thaddeus n'avait pas soupçonnées en lui. C'étaient des concepts d'une telle générosité que l'ancien chancelier ne pouvait trouver aucune faille dans le raisonnement du jeune homme.

Lorsque Aliver déclara qu'il récompenserait ceux qui l'aideraient, il ne faisait pas allusion aux vieilles méthodes impliquant la distribution de richesses ou de charges influentes, une préférence pour une tribu au détriment d'une autre. Il voulait en finir avec ce système. Il demanda aux tribus, qu'elles soient du Talay ou de Candovie, d'Aushénie, du Senival ou de n'importe quel autre endroit, de penser aux autres comme aux membres d'une immense famille. Ils n'avaient pas besoin de s'aimer mutuellement et aveuglément, d'être d'accord sur tout ou de donner sans espérer recevoir. Mais il voulait qu'elles s'assoient ensemble au conseil et cherchent comment déterminer des mesures destinées à bénéficier à tous. Chaque tribu pouvait trouver la prospérité et se réjouir de celle de ses voisins. Pourquoi aurait-il fallu qu'il en soit autrement ?

— Édifus avait tort, dit Aliver un après-midi, et ce discours resta gravé dans l'esprit de Thaddeus. Tinhadin avait tort. Trop de générations après eux ont accepté les mêmes injustices. Mon père lui-même, Leodan Akaran, ne voyait pas comment se libérer de la tyrannie qu'il imposait au monde. Pourtant il *savait* que c'était une erreur. C'est ce que je ressentais ; j'en avais la certitude. Je n'ai pas lutté pour le voir parce que je savais que personne ne souhaitait que je le voie. Mais alors est venu Hanish Mein. Alors est venu un mal terrible qui a brûlé les pays et les a blessés de tant de façons différentes. J'abhorre Hanish Mein pour les souffrances qu'il a infligées au monde. Je déteste l'idée de devoir demander à des milliers de gens de se sacrifier pour le combattre. Cependant il est une chose pour laquelle je le remercie. Lorsque Hanish Mein a brisé la chaîne du règne Akaran, il a jeté les bases d'un changement dans le destin du monde. Hanish n'est pas le commencement d'une nouvelle ère. Il n'est que le silence entre deux phrases. Les premiers Akarans ont prononcé la première phrase, et ce fut une déception. Moi et ceux qui viendront ensuite prononcerons la deuxième phrase, et ce sera une phrase de justice.

Hanish Mein, un simple silence entre deux phrases... Thaddeus n'aurait jamais songé à exposer la situation de manière aussi audacieuse. Et Aliver ne s'arrêta pas là. Il promit de supprimer le travail forcé dans les mines. Il annulerait le Quota et n'échangerait plus jamais rien contre la brume. Il jura que sa responsabilité ultime serait de régner pour le bénéfice du plus grand nombre. Il n'acceptait pas cette croyance selon laquelle l'ordre naturel de l'humanité voulait qu'une poignée tire profit du travail et des souffrances d'une multitude. Il aimait ses ancêtres, et il ne permettrait à personne de prétendre le contraire. Ils avaient eu tort de donner cette structure au monde, mais il leur devait la vie. En son propre nom et en le leur, il travaillerait à préparer un avenir meilleur.

Les indécisions qu'Aliver avait pu montrer dans sa jeunesse s'étaient évanouies. Il s'en était débarrassé comme les rondeurs de l'enfance avaient quitté son corps, et durant la journée il s'affairait avec une vigueur inépuisable. Parfois, à la nuit tombée et quand il se retrouvait en petit comité, son visage laissait apparaître les signes de la fatigue et de l'inquiétude. Mais il fallait s'y attendre, se disait Thaddeus.

Quand ils atteignirent les grandes plaines qui s'étendaient au nord jusqu'à Bocoum, nombreux étaient ceux qui donnaient à Aliver un autre surnom que celui de Roi des Neiges. On affirmait qu'il était un prophète du Dispensateur. Personne, disait-on, n'avait exposé autant de nobles vérités à tant de gens à la fois. À travers lui œuvrait le Dispensateur. Avec cette guerre, le dieu mettait le monde à l'épreuve de la vertu. Peut-être que, lorsqu'ils auraient triomphé, le Dispensateur reviendrait et marcherait de nouveau parmi eux.

Aliver ne faisait jamais lui-même de telles proclamations, mais ses idées se répandaient comme l'incendie dans les prairies talayennes desséchées. Elles passaient de personne en personne, de village en village, en maints idiomes différents. Elles franchissaient les montagnes et traversaient les mers. Les gens étaient avides d'un message de cette teneur. Ils l'absorbaient avec voracité et le recevaient avec des yeux dessillés, surtout ceux qui s'étaient affranchis de leur dépendance à la brume. Thaddeus s'éveillait parfois en pleine nuit avec au ventre la crainte que tout aille trop vite, mais il n'était plus question de reculer.

Si le vieil homme continuait de conseiller le futur roi, de plus en plus il accomplissait les désirs d'Aliver au lieu que ce soit le contraire. Il maintenait le contact avec le reste du monde à travers tous les canaux disponibles. Il informait les îlots de résistance en sommeil dans chaque recoin du Monde Connu qu'Aliver Akaran s'était fait connaître : ils n'avaient plus à se cacher. Il imaginait les réactions à mesure que la nouvelle se répandait. Des frappes inopinées de la guérilla contre les intérêts meins. Des convois commerciaux attaqués. Des avant-postes réduits en cendres. Des mineurs qui se révoltaient. Des soldats éliminés quand ils étaient isolés. Aliver souhaitait que la vie devienne plus dure pour les Meins de toutes les façons possibles et partout à la fois. Mais il recommandait de limiter ces actes de résistance à une échelle restreinte. Il voulait semer une discorde calculée aux quatre coins du monde, tout en renforçant son armée dans le Talay. Il voulait faire en sorte que ses forces constituent une vague tellement massive qu'Hanish Mein n'aurait d'autre choix que de l'affronter dans ce qui promettait d'être la plus grande des batailles.

Dans la nouvelle armée d'Aliver, on parlait différentes langues, les coutumes étaient très diverses et les façons de faire la guerre tout aussi variées. Ses rangs comptaient des jeunes et des vieux, des hommes et des femmes, des soldats expérimentés et des novices dans le maniement des armes. On trouvait des pêcheurs, des manœuvres, des mineurs, des gardiens de troupeaux et des fermiers. Tous les métiers imaginables étaient représentés. L'unification d'un tel éventail de groupes pour constituer une force combattante homogène posait une série incroyablement complexe de problèmes. Hanish ne prit aucune mesure pour empêcher leur progression vers le nord, mais il fit converger ses gardes provinciales en un point central. On apprit qu'il massait ses troupes le long de la côte talayenne. Le moment où les deux forces s'affronteraient était proche.

Heureusement, Leeka Alain bouillait de reprendre un commandement militaire. La légende du général qui avait chevauché un rhinocéros laineux était toujours vivace. Après tout, il était le premier homme à avoir proprement décapité un Numrek. Il avait survécu à l'anéantissement d'une armée entière et participé à toutes les batailles de la première guerre. Certes il était plus vieux de quelques années, mais il demeurait un général que ses soldats suivraient sans hésiter dans la mêlée. Il s'attela à la tâche colossale d'ordonner et d'entraîner l'armée grandissante d'Aliver.

Il la scinda en unités destinées à tirer le meilleur des divers talents. Il enseigna aux officiers sous son commandement comment penser de façon créative à la meilleure façon d'utiliser chaque individualité pour renforcer l'ensemble. Il simplifia les ordres et sélectionna les mots les plus justes dans une kyrielle de langues afin que les directives parlées soient brèves et compréhensibles, et que chaque soldat entende au moins un mot de sa langue. Il leur imposa des exercices qui les habituèrent à fonctionner par unités. En organisant de fausses batailles dans lesquelles de jeunes recrues affrontaient des vétérans, il les accoutuma au chaos de deux armées qui se percutent. Il les fit travailler dur, mais en leur laissant toujours assez d'énergie pour qu'ils suivent le mouvement quotidien vers le nord. Les nouvelles troupes étaient plongées sans délai dans la routine de l'entraînement. Il ne les aurait peut-être pas complètement préparées à faire face à des unités de Punisari ou des hordes de Numreks – qui pouvait être prêt à une telle situation ? –, mais il faisait en sorte qu'ils soient aussi bien préparés qu'il était humainement possible de l'être, même s'il dut renoncer à une bonne partie de la tradition militaire acaciane et repenser tout l'effort de formation.

Plus que toute autre chose, l'arrivée de Dariel fut déterminante pour Aliver. Cette nuit-là, Thaddeus se précipita dans la tente réservée aux réunions du conseil et trouva les deux frères ensemble. Ils devaient s'étreindre ainsi depuis quelque temps déjà. Ils étaient assis sur des tabourets, chacun ayant passé un bras sur les épaules de l'autre, et se parlaient à voix basse. Timidement, Thaddeus s'approcha d'eux. Il ne savait trop comment se comporter, jusqu'à ce qu'Aliver remarque sa présence. Le prince lui tendit une main et amena le vieux chancelier à eux. Dariel – qui avait maintenant les traits d'un homme, même si l'enfant vivait toujours dans la forme de ses yeux – l'accueillit avec un sourire triste. Thaddeus réussit à marmonner une formule de bienvenue avant que l'émotion ne lui serre la gorge.

Dans les jours qui suivirent, les deux frères réapprirent à se connaître à travers le flot des événements quotidiens. Ils étaient ensemble pendant la journée, sans se quitter. Ils participaient aux mêmes conseils, prenaient des décisions communes et réparaient les accrocs du temps. Thaddeus s'était demandé s'il n'y aurait pas de frictions entre eux. Maintenant qu'ils étaient des hommes, ne chercheraient-ils pas à se mesurer, avec en arrière-pensée la possibilité que l'un des deux soit bientôt roi ? Ces années de séparation n'avaient-elles pas endommagé leurs rapports de façon irrémédiable ? Mais Thaddeus ne vit rien de tel. Ils avaient beaucoup à rattraper, bien sûr, mais aucun des deux ne semblait mal à l'aise en compagnie de l'autre. Dans leurs jeunes années, Leodan les avait peut-être éduqués mieux que bien d'autres frères.

Un soir, Thaddeus s'arrêta devant le rabat de la tente d'Aliver, et il ne put s'empêcher de tendre l'oreille. Il n'avait pas eu l'intention d'agir ainsi, mais d'entendre la voix basse d'Aliver de l'autre côté de la cloison de toile l'avait stoppé net. Ce n'était pas le ton habituel du prince. Il s'exprimait maintenant avec une franchise brute, une sincérité sans détour. C'était la voix d'un homme qui s'adresse à son frère bien-aimé, une des rares personnes au monde avec qui la dissimulation n'est pas de mise.

Aliver parlait des difficultés qu'il avait éprouvées à s'adapter à la culture talayenne. Très vite, il avait détesté sa peau trop claire, ses cheveux raides et ses lèvres fines. Pendant un temps il s'était rasé la tête, avait passé trop d'heures au soleil et arboré une moue perpétuelle pour grossir sa bouche quand il parlait aux jeunes femmes. Heureusement, cela remontait à des années en arrière. Il avait fini par accepter sa couleur de peau. À présent il savait qui il était, ce qu'il avait à faire, et il pouvait regarder Dariel et voir en lui le reflet de leur famille. Et c'était un cadeau merveilleux. Dans un rire, il dit :

— Donc je te remercie d'avoir vécu jusqu'à maintenant. Et je t'en prie, continue.

Dariel se livrait tout autant à son frère. Il lui raconta l'étrange sensation de solitude qu'il avait éprouvée alors qu'il grandissait au milieu des pirates. Il avait été entouré tout le temps par ces gens qui arrivaient et partaient dans le tourbillon de la camaraderie et de l'aventure, et pourtant il avait été seul. Il les aimait tous, disait-il, particulièrement Val. Ce géant d'homme avait tout fait pour être le meilleur père de substitution possible. Il avait donné sa vie pour Dariel, de plus d'une façon. Des dettes pareilles ne pouvaient être remboursées.

— Je ne sais pas ce que j'ai fait pour qu'on m'accorde un tel cadeau, dit-il.

— Val avait sa vie à vivre lui aussi, pas vrai ? répondit Aliver. Peut-être qu'en agissant ainsi il a trouvé une manière de vivre dans l'honneur, de donner un sens à son existence. Souvent, les hommes qui tirent le meilleur de leur vie sont ceux qui redoutent le plus de... de ne pas être dignes de la foi de ceux qui les aiment. Bien sûr, cela nous rend la vie plus difficile aussi. Toi et moi, nous devons être meilleurs que si notre destin avait été autre. Nous sommes les maillons d'une chaîne, n'est-ce pas ?

En entendant ces propos, Thaddeus eut la conviction que le prince parlait de lui. Il en fut gêné, d'autant que, quoi qu'il fît pour eux, il ne serait jamais aussi proche des enfants Akaran qu'ils l'étaient entre eux. Il les aimait d'une façon absurde, avec une intensité qui n'avait fait que croître au fil des ans. Comme s'il s'était attribué les sentiments de Leodan pour ses enfants et les avait ajoutés aux siens, en les mélangeant avec ce vide immense laissé par la mort de sa femme et de leur fils. Il était père et oncle, endeuillé et pénitent pour des crimes passés. Cette combinaison était presque insupportable. Un châtiment approprié, se dit-il.

Le plus jeune des héritiers Akaran avait besoin de tout savoir afin de trouver sa place dans ce qui se préparait. Aussi Thaddeus prit-il la relève de Val et s'occupa de l'éducation du jeune homme. Un soir, alors qu'ils campaient à une centaine de lieues de Bocoum et de la côte talayenne, il partagea une tente avec Dariel, Aliver et Kelis, qui par bien des côtés semblait être devenu le troisième frère. Dariel posa des questions sur les Numreks, ces êtres qu'il n'avait encore jamais eu l'occasion de voir. Il demanda si ce qu'on racontait sur eux était véridique.

— Tout dépend des histoires que vous avez entendues, dit Thaddeus. Certaines sont indéniablement vraies. D'autres pas du tout.

— Est-il vrai qu'on les a chassés de leurs terres ? s'enquit Dariel. On dit que c'est pour cette raison qu'ils ont traversé les Champs de Glace et rejoint Hanish.

— En effet, répondit Thaddeus. Ceux que les Acacians n'ont jamais défaits sur le champ de bataille sont arrivés dans ce pays en peuple vaincu. Ils fuyaient un ennemi qu'ils redoutaient assez pour s'aventurer en terre inconnue.

Il marqua une pause pour permettre à chacun de se pénétrer des implications de ses affirmations.

— Ce monde est plus vaste que nous ne le pensons, reprit-il, et il recèle plus de choses à craindre que nous ne l'imaginons. Mais que cela n'assombrisse pas vos pensées. Pour le moment l'ennemi a pour nom Hanish Mein. Si nous n'avons pas le dessus sur lui d'abord, nous n'aurons pas à nous soucier de ce qui risque de venir après.

— Eh bien, fit Dariel, s'ils n'ont jamais été vaincus pendant la première guerre, comment nous y prendrons-nous pour les vaincre demain ?

C'est à Thaddeus qu'il avait posé la question, mais l'ancien chancelier s'en remit à Aliver pour répondre. Assis sur un tabouret à trois pieds, jambes écartées, le prince était penché en avant, un coude appuyé sur un genou tandis que ses doigts massaient son front. Signe qu'il avait entendu la question, il referma sa main en un poing qu'il pressa contre son crâne. À le voir ainsi, Thaddeus se rendit compte que quelque chose lui pesait particulièrement.

— Je l'ignore, dit-il enfin. Je déteste répondre de la sorte, mais c'est vrai. J'aimerais disposer de tous les éléments nécessaires avant de mettre en péril la moindre vie…

— Mais tu ne le peux pas, termina Kelis en acacian pour se faire comprendre de tous. Si tu attendais d'avoir toutes les cartes en main, tu devrais patienter éternellement. Il y a maints sujets sur lesquels nous n'avons qu'une connaissance partielle. Certains parlent de créatures que les Meins auraient reçues en cadeau du Lothan Aklun. Des antoks, c'est ainsi qu'ils les nomment. Mais personne ne peut nous en dire plus. Nous ne pouvons pas savoir, et nous ne pouvons pas attendre.

Aliver ne montra aucun signe d'approbation ou de désapprobation.

— Il y a les Hérauts du Santoth. C'est à cause d'eux que je ne me suis pas opposé à l'évolution rapide de la situation. Je connais leur pouvoir. Je crois qu'ils seront en mesure de nous aider. J'ignore comment exactement, mais, si quelqu'un peut vaincre les Numreks, c'est eux. S'ils se joignent à nous sur le champ de bataille, ils trouveront un moyen.

Une fois encore, Dariel vit le point faible de l'argument :

— Tu viens de dire : « S'*ils* se joignent à nous. » Est-il possible qu'ils ne le fassent pas ?

— Ils ont donné leur parole, mais assortie d'une condition. Je leur ai dit que je leur apporterais *Le Chant d'Élenet*. Ils affirment en avoir besoin pour débarrasser leur magie de toute impureté. Ils ne quitteront pas le Sud tant que je ne leur aurai pas fait savoir que j'ai ce livre en ma possession.

— Mais chaque jour nous progressons un peu plus vers le nord...

— Peu importe la distance. Je ne suis jamais coupé d'eux. Le lien qui nous réunit s'étire sur des lieues, mais il n'est pas rompu. Croyez-moi : ils peuvent capter les pensées que je leur adresse, et moi les leurs, quand ils le souhaitent. Si demain le livre se retrouvait dans mes mains, je pourrais les invoquer immédiatement. Je n'ai pas la moindre idée de l'endroit où cet ouvrage se trouve, et personne ne s'est proposé de me le dire. Je me suis montré trop négligent à ce sujet. Je n'ai révélé à personne qu'ils avaient été très clairs sur ce point.... Je me suis dit que je les invoquerais, que j'aie ou non retrouvé le livre. Après nous avoir rejoints, ils n'auraient d'autre choix que de nous aider. Par la suite – après notre victoire –, j'aurais retrouvé *Le Chant d'Élenet* et le leur aurais donné. J'aurais honoré ma promesse, en modifiant simplement l'ordre des événements pour parvenir au même résultat. À présent, je n'en suis plus aussi sûr.

— Qu'y a-t-il de différent maintenant ? demanda Thaddeus.

C'était peut-être là le nœud du problème, et ce qui perturbait tant le prince. Dans l'attente de sa réponse, il songea qu'il n'avait pas fait tout ce qu'il pouvait.

Aliver releva les yeux, se redressa et se pinça la racine du nez entre le pouce et l'index.

— Cette façon qu'ont les gens de se libérer de l'emprise de la brume... c'est parce que les Hérauts du Santoth nous aident. Je leur ai dit que je ne pouvais pas combattre avec une armée droguée chaque soir. En réponse ils ont murmuré un sort. Je l'ai entendu en esprit, et j'ai senti la manière dont il se propageait à travers le pays chaque nuit. C'est comme un millier de serpents dont chacun cherche un fumeur de brume.

— C'est incroyable, murmura Dariel. J'ai entendu raconter comment les gens s'affranchissaient de la brume, mais...

— Oui, c'est incroyable, dit Aliver. Avec les Hérauts, j'ai senti qu'il y avait une altération dans le sort. Ils me l'ont toujours dit. Je ne sais pas comment l'expliquer. Je ne pouvais pas réellement comprendre leur langage. C'est à peine si cela ressemblait à un langage. C'est une sorte de musique, comme si les voix créaient des mélodies avec des millions de notes différentes. Les notes étaient comme des mots, et en même temps elles n'avaient rien de comparable avec eux...

Il scruta chaque visage autour de lui, avec l'espoir qu'ils le comprenaient mieux qu'il ne s'exprimait. Il parut déçu de voir l'incertitude en eux. Thaddeus eut l'impression qu'il aurait dû intervenir, car lui avait déjà compris ce que voulait dire Aliver. Loin de le nier, il sentait l'impact du propos grandir en lui.

— Je ne peux pas l'expliquer, poursuivit Aliver, mais les Hérauts avaient raison, bien sûr. Le sort a été déformé. Ils n'avaient pas l'intention de faire une horreur des rêves induits par la brume, mais c'est ce qui s'est produit. Ils ont transformé les effets de la drogue en un cauchemar vivant qui se nourrit des plus grandes peurs et des pires faiblesses de chaque personne. Ils en ont fait une telle torture que les drogués redoutent la brume plus que la souffrance du sevrage, plus que la perte irrémédiable de ce qu'ils cherchent dans la brume. Vous me comprenez ? Le sort a sans doute fonctionné, mais ce n'était pas la chanson qu'ils voulaient chanter. Ils auraient sevré les drogués par une pression plus douce et progressive. Si le même phénomène arrive quand ils atteindront nos ennemis pour nous aider, que risquent-ils de déchaîner, alors que la chanson est un chant de mort et de destruction ?

Quelle question ! songea Thaddeus. Posée exactement comme lui-même l'aurait fait. Il n'avait pas de réponse, et il resta assis en silence avec les autres.

— Tu sais, dit finalement Dariel avec une pointe d'humour dans la voix, si tout cela se termine bien pour nous, nous aurons une histoire extraordinaire à raconter. Elle pourra figurer à côté de *La Légende de Bashar et Cashen*, comme l'appelait père. Vous vous souvenez de ce qu'il disait ? *L'histoire la plus extraordinaire reste encore à écrire, mais un jour ce sera chose faite, et elle méritera de figurer à côté de* La Légende de Bashar et Cashen.

Aliver déclara alors qu'il comprenait différemment cette légende, à présent. Il commença à expliquer ce que les Hérauts lui avaient appris, mais Thaddeus était incapable de l'écouter. Au moment où Dariel avait prononcé ces phrases, il avait su que quelque chose de crucial venait d'être dit. Un frisson naquit dans le bas de son dos, qui s'étendit à tous ses muscles. Il avait entendu Leodan utiliser une formule proche de celle-ci, mais c'était dans un contexte très différent.

Quelqu'un approchait de la tente. Le garde posté à l'extérieur demanda d'un ton bougon ce que la personne venait faire. Une voix de femme lui répondit. Thaddeus ne comprit pas ce qu'elle disait, mais le ton ne manquait pas d'assurance. L'ancien chancelier crut comprendre la situation. Les princes étaient des hommes jeunes, attirants et puissants. Certainement des femmes rivalisaient pour attirer leur attention. Il était étonné qu'aucun des deux frères n'ait accordé beaucoup d'attention à...

La femme cria quelque chose. Thaddeus n'en saisit pas le sens, mais Aliver et Dariel bondirent se précipitèrent vers l'entrée de la tente. Ils sortirent avant que Thaddeus ait pu comprendre leur réaction. Il s'avança un peu sur son siège pour écouter les sons excités qui suivirent, mais ce ne fut pas avant l'appel de Dariel qu'il se leva. Il émergea dans la nuit éclairée par les étoiles et les torches, et vit les deux princes qui étreignaient ensemble une jeune femme. Elle avait la peau brûlée par le soleil, comme eux, et la même silhouette élancée et puissante à la fois. À sa ceinture elle portait les deux épées des Punisari. Cet armement pour le moins singulier retint toute son attention, au point qu'il ne se rendit pas compte d'une chose beaucoup plus importante.

— Thaddeus, dit Aliver en remarquant sa présence. Regarde, c'est Mena.

Par le Dispensateur... Quand était-il devenu aussi idiot ? Aussi lent ? Quand ses yeux avaient-ils perdu leur capacité à voir l'essentiel ? Mena. C'était Mena. Elle se dégagea des bras de ses frères et marcha sur lui. Son pas était tellement déterminé, les épées si apparentes qu'il se demanda si elle allait le tailler en pièces. Mena, qui avait toujours été si maligne, qui avait toujours eu cette compréhension intuitive d'autrui, même quand elle n'était encore qu'une enfant. Mena, qu'il avait craint d'avoir perdue, à qui il avait parlé parfois, dans ses rêves, qui citait ses crimes dans ses cauchemars en les comptant un à un sur ses petits doigts... Pour cette Mena-là il resterait immobile et accepterait toutes les manifestations de sa colère.

La jeune femme se souvenait-elle de toutes les façons dont Thaddeus l'avait trahie ? Rien dans son comportement n'en donna l'impression. Elle se jeta contre lui bras grands ouverts, et l'étreignit en collant sa tête juste sous le menton du vieil homme, dont les yeux s'embuèrent aussitôt. Il eut toutes les peines du monde à retenir ses larmes. Elle aurait pu l'empêcher de respirer qu'il n'aurait pas bougé d'un pouce jusqu'à ce qu'il perde connaissance et s'effondre sur le sol.

Mena desserra enfin l'étau de ses bras et glissa les mains derrière sa nuque, qu'elles entourèrent. Sa poigne possédait une force surprenante. Elle lui inclina légèrement la tête en avant et les larmes qu'il avait réussi à contenir jusqu'alors coulèrent sur ses joues.

— Tu es exactement le même, dit-elle, d'une voix teintée de l'accent un peu rude de Vumu. Pas une nouvelle ride. Et pas une tache de rousseur dont je ne me souvienne !

Thaddeus abandonna toute prétention de maîtriser ses émotions. Il les laissa s'exprimer, plus complètement encore que lorsqu'il avait retrouvé Aliver ou embrassé Dariel. Trois des enfants de Leodan étaient réunis, à présent, et tous les quatre étaient vivants ! C'était tout simplement trop de joie, trop de soulagement et de tristesse pour qu'on puisse le dissimuler. C'est pourquoi il ne cacha rien de son bonheur.

Ce qu'il fit plus tard cette même nuit ne fut pas l'acte irréfléchi qu'on pouvait croire. C'est ce dont il essaya de se convaincre lui-même. À un certain niveau, il savait depuis quelque temps déjà qu'il n'avait pas fait tout ce qui était en son pouvoir pour aider Aliver sur la voie de sa destinée. Cette tâche était achevée. Aliver l'emporterait ou échouerait, mais il n'éviterait pas un des deux résultats. Il disposait de tout ce dont il avait besoin pour gagner cette guerre. De tout, sauf d'une chose. Il lui fallait le livre qui aiderait les sorciers à chanter sa cause pour la victoire. On avait certes demandé à d'autres de retrouver l'ouvrage, mais c'était lui, Thaddeus, qui était le plus à même d'y parvenir.

Avant le lever du soleil, l'ancien chancelier se mit en route. Il prit la direction du nord, d'Acacia et du palais dans lequel, il l'espérait, *Le Chant d'Élenet* était toujours caché.

Chapitre cinquante-huit

Hanish n'avait que fort peu apprécié la dernière fois que Corinn et lui s'étaient séparés. Il l'avait regardée bien en face juste avant de partir, et s'était préparé à une démonstration de mauvaise humeur. Peut-être avait-il besoin de ce genre de réaction. Or elle s'était cantonnée dans une réserve pour le moins étrange. Elle n'avait pas protesté parce qu'il partait à la rencontre d'Haleeven et de la caravane transportant les Tunishnevres. Et elle n'avait pas demandé à l'accompagner, comme il s'y était attendu. Bien qu'elle lui ait souhaité succès et prompt retour, leurs derniers baisers n'avaient pas eu leur fougue habituelle. Elle ne s'était pas pressée amoureusement contre lui, et n'avait en fait montré qu'une indifférence polie. Il s'était presque demandé si elle ne s'était pas déjà lassée de lui, mais cette éventualité paraissait tellement stupide qu'il l'avait chassée de son esprit. La vérité, s'était-il dit pour se rassurer, était qu'elle avait appris à dissimuler ses sentiments, comme une femme du Mein.

Alors qu'il faisait voile vers Aos, il se convainquit que telle était la réalité. Elle débordait d'une émotion qu'elle avait voulu lui cacher : ce frémissement subreptice des lèvres, l'intensité de son regard, cette nervosité quand elle avait repoussé une boucle de cheveux retombant sur son front. Oui, tous les signes étaient là. Il ne pouvait pas l'exprimer en termes précis, mais elle n'était pas si différente de la fille fragile qui avait subi la perte de sa famille. L'ombre de cet abandon planait toujours sur elle. Elle détestait les séparations, même si elle s'évertuait à le cacher. Quelle ironie, se dit-il, quand on pensait que c'était bien plutôt son *retour* qu'elle aurait dû craindre..

Il la soupçonnait également d'avoir eu vent de l'apparition d'Aliver dans le Talay. Peut-être même avait-elle entendu les rumeurs qui voulaient que Mena et Dariel fussent toujours en vie, eux aussi. Il n'était pas certain des effets que cela pourrait avoir sur elle. À dire vrai, lui-même avait du mal à s'y faire. Comment était-il possible que pendant ces neuf années tous ses limiers n'aient pas réussi à les localiser ? Pourquoi personne n'avait-il trahi un des trois contre les richesses qu'il offrait ? Cet échec avait constitué une source intarissable de frustration, et c'était maintenant un motif de contrariété très inopportun. Enfin, il pouvait toujours compter sur son frère. Maeander et son amour du carnage, avec ses armes de guerre et ces créatures contrefaites dont il était très content : il saurait s'occuper des Akaran.

Une fois les priorités définies, il fit de son mieux pour mettre de côté ce qu'il ressentait pour Corinn. Il avait donné pour consigne aux Punisari de ne pas la lâcher d'une semelle, et fixé des limites claires qu'elle n'était pas autorisée à franchir. Les gardes ne devaient pas le montrer explicitement à la jeune femme, bien sûr. Qu'elle se sente aussi libre qu'il était possible, tant qu'elle restait dans l'enceinte sûre du palais. C'est tout ce qu'elle devait faire, pour être sur place et remplir son rôle. Si aucun des autres Akaran ne pouvait la remplacer, Corinn devrait mourir sur l'autel afin de libérer les ancêtres d'Hanish. Il en serait peiné, c'était inévitable, mais il s'occuperait de cet aspect des choses plus tard. Il était assez fort et déterminé pour accomplir ce qui était nécessaire.

Tel était l'objectif de ce voyage, après tout. Il allait aider Haleeven à convoyer les Tunishnevres sur la dernière portion de son trajet jusqu'à Acacia, jusqu'à la chambre sacrée qu'il avait fait construire spécialement pour eux. À l'heure présente, il n'avait pas de plus grande responsabilité. Il n'y en avait pas eu et il n'y en aurait pas d'autre une fois que cette tâche aurait été menée à son terme. Même la guerre imminente contre Aliver et ses forces de plus en plus nombreuses ne pouvait être comparée à cette tâche. Maeander était tout à fait capable de se charger du prince. Hanish avait une confiance absolue dans les talents militaires de son frère. La victoire sur Aliver était d'une importance cruciale, cela ne faisait aucun doute. C'est pourquoi il avait donné à Maeander toute latitude pour utiliser les ressources qu'il jugerait nécessaires, y compris les antoks, des créatures qui n'avaient jamais participé à une bataille dans le Monde Connu. Il n'en restait pas moins qu'une issue défavorable dans les plaines du Talay ne serait pas décisive. La libération des Tunishnevres, en revanche, le serait.

Il débarqua à Aos et quitta les quais sans prendre le temps d'admirer la splendeur de l'endroit. Sous le règne acacian, la ville portuaire avait prospéré. Mais c'était avant la guerre. À présent, une poignée de nobles meins et un certain nombre de Punisari d'élite résidaient ici, dans l'opulence et dans un cadre enchanteur inimaginable à l'époque où ils se serraient les uns contre les autres pour lutter contre le froid à Tahalian. Peut-être était-ce ce souvenir qui poussait Hanish à marcher sans lever les yeux. Son peuple était arrivé bien loin, mais il lui restait à se métamorphoser en une vraie nation impériale. À bien des égards, les Meins n'étaient encore que des occupants qui paradaient dans les tenues d'apparat de ceux qu'ils avaient conquis. Il espérait modifier cela très bientôt, avec l'aide des ancêtres libérés.

Des montures fraîches les attendaient, lui et son escorte de Punisari. Ils sortirent au trot de la cité, sans attendre ni perdre de temps avec les édiles qui auraient aimé les recevoir en grande pompe. Pendant deux jours ils chevauchèrent à travers la mosaïque des champs qui fournissaient à l'empire une part non négligeable de ses ressources alimentaires. La nuit venue, ils établissaient un campement très simple, sans même dresser de tentes, d'autant que le temps estival était des plus doux, et le ciel sans nuage. Les troisième et quatrième jours, ils entrèrent dans une contrée de prairies immenses où paissaient des troupeaux de moutons et de bovins sous la surveillance de jeunes gens. Ces derniers regardèrent passer les Meins comme s'ils voyaient une meute de loups en chasse.

Hanish était toujours impressionné de chevaucher ainsi dans ces contrées riches qui étaient maintenant sous son contrôle. Tout cela était à lui, se disait-il. À lui et aux siens, de droit. Le monde appartenait à ceux qui étaient assez intrépides pour le prendre, et qui avait jamais été plus intrépide que lui ?

Cette nuit-là, alors qu'ils campaient en lisière des Forêts Eilavanes, il prit le temps de réfléchir à cette question. Il chercha dans les générations de guerriers meins lequel de ses ancêtres il pouvait considérer comme son égal. Il fut un temps où tous lui inspiraient une crainte révérencieuse, mais aujourd'hui, alors qu'il les passait en revue, il trouva à chacun un manque, dans un domaine ou un autre. Seul Hauchmeinish semblait d'une stature insurpassable. Son époque avait été si tumultueuse qu'il était né durant une guerre et avait passé sa vie dans un maelström de batailles. Il avait sans nul doute été un combattant redoutable, doublé d'un meneur d'hommes sans pareil qui avait prouvé sa valeur à travers des épreuves terribles. Qui d'autre aurait pu mener les Meins, abattus et vaincus, dans un exil glacé semblant destiné à les détruire ? Hauchmeinish avait fait en sorte qu'ils persévèrent, mais en fin de compte son histoire avait été celle d'une défaite. Que lui dirait Hanish quand il le regarderait en face ? Devrait-il s'incliner devant un tel ancêtre ? Ou mettre un genou à terre ?

Il savait ce qu'ils attendraient de lui : qu'il se tienne tête baissée devant eux, pour exprimer son humilité et sa gratitude. Ils lui avaient toujours parlé dans un murmure qui répétait qu'il n'était rien sans eux. Il n'était que le produit de leurs efforts. Tous ses propres accomplissements appartenaient à la collectivité. Aucun individu ne comptait en comparaison de la force qu'ils incarnaient ensemble. Il avait passé sa vie à appliquer ce credo, qui ne l'avait pas déçu. Alors pourquoi son esprit semblait-il se cabrer tel un cheval rétif face à ses vieilles certitudes, alors qu'il était si près de toucher au but et d'achever la tâche de sa vie ?

C'étaient les héros acacians qu'il respectait le plus, et cela le troublait beaucoup. Édifus aurait pu être son égal. Tinhadin l'était certainement. S'il les avait affrontés, il n'était pas du tout sûr qu'il l'aurait emporté. Édifus avait combattu avec une telle ténacité, sans jamais faiblir, luttant avec quiconque se dressait contre lui. Ce n'était pas un adepte de la ruse ou de la fourberie, et il s'était trouvé en première ligne dans les batailles majeures qui avaient parsemé le cours de son existence. Tinhadin avait été d'une autre trempe, tout en trahisons et en tricheries, l'incarnation de la duplicité, un homme prêt à accepter des horreurs inimaginables pour d'autres. Hanish était frappé de constater qu'il avait beaucoup appris de ces fondateurs d'Acacia. À sa manière il les vénérait, alors même qu'ils avaient été les pires ennemis de son peuple. Il s'endormit avec à l'esprit l'idée réconfortante – mais quelque peu décevante aussi – qu'il n'y avait pas d'hommes pareils à ces deux-là pour le défier aujourd'hui.

Plus tard, il rouvrit subitement les yeux et contempla les étoiles qui saupoudraient la nuit. Il regarda autour de lui un moment, repéra les gardes qui se tenaient en huit endroits différents, les autres qui dormaient à même le sol, leurs montures non loin de là. Tout était calme, aussi paisible que quand il avait glissé dans le sommeil, et le chant des grillons emplissait l'air. Ce n'était pas ce qui se passait alentour qui l'avait réveillé brusquement, mais son rêve. Il concernait une Akaran, une jeune femme qui ressemblait beaucoup à Corinn. Mais ce n'était pas Corinn, et leur rencontre avait été tout sauf amoureuse. Il ne pouvait s'agir que de... Mena. Mena la manieuse d'épée. Une déesse courroucée, c'est ainsi qu'elle s'était elle-même décrite dans le songe. Elle avait brandi son arme pour qu'il la voie bien. Le tranchant en était rouge de sang. Il en coulait comme si la lame le produisait. C'était la vision de cette épée et des mains de la femme sur sa garde qui l'avait arraché au sommeil. Mais pourquoi avoir rêvé d'elle ? Aliver n'était-il pas celui qui conduisait la rébellion ? Pour se réveiller en sursaut, avec au ventre la peur de quelqu'un qu'en plein jour il considérait toujours comme une simple fille ?

Il en savait peu sur son compte. Elle avait tué Larken avec sa propre épée et massacré plusieurs Punisari pour faire bonne mesure. Puis elle avait poussé à la mutinerie l'équipage du bateau sur lequel elle était captive, ce qui avait sans doute été le plus facile. La triste réalité de la vie impériale voulait que chaque Mein soit dépendant d'une armée de gens conquis pour assurer le bon fonctionnement de la société, les manœuvres à bord des navires, les travaux ménagers ou la construction des routes. Néanmoins, cette petite Mena n'aurait pas dû pouvoir leur échapper aussi aisément et disparaître.

Hanish décida que, si l'occasion se présentait, il sacrifierait Mena pendant la cérémonie. Il serait plus sage de se débarrasser d'elle. Peut-être même Corinn arriverait-elle à lui pardonner. Et une fois que tout aurait été réglé, ils pourraient vivre ensemble. Hanish roula sur le flanc et sentit les creux et les bosses du sol sous lui. Il ferma les yeux et essaya de dormir, de ne plus penser à Corinn. Il ne réussit ni l'un ni l'autre.

Le lendemain, assis sur une élévation de terrain qui offrait une vue dégagée du tracé sinueux de la route à travers les Forêts Eilavanes, Hanish aperçut la caravane qui approchait. D'abord venaient les cavaliers, qui flanquaient également la procession. Suivaient des unités de Punisari en formation serrée. Derrière eux s'étirait la longue théorie des chariots, les manœuvres et les prêtres, les énormes charrettes tirées par des bœufs et chargées de centaines de sarcophages. Dans chacun, Hanish le savait, se trouvait le corps d'un de ses ancêtres. Il perçut les claquements de fouet des conducteurs. Tout cela se passait vraiment, se dit-il.

Quand il les rejoignit sur sa monture et croisa la cavalerie et les fantassins pour approcher le corps du convoi, il ne put concevoir comment ils avaient réussi à traverser la toundra détrempée des Hautes-Terres. En été, la région n'était qu'un immense marécage fétide, étalé sur un socle rocheux, avec maintes occasions de verser sur le côté ou de s'embourber. Peut-être n'auraient-ils jamais réussi sans les techniques des Numreks. C'étaient eux qui avaient montré aux Meins comment fabriquer ces charrettes surdimensionnées, avec ces roues énormes et un système de châssis flexible qui évitait sa rupture sous la pression. Quoi qu'il en soit, le seul fait d'imaginer ces énormes véhicules négociant la descente abrupte de la Bordure Méthalienne sur une piste étroite et inégale le laissait rêveur et admiratif. Il faudrait qu'il questionne Haleeven à ce sujet, mais plus tard, après l'avoir remercié et félicité. C'était un exploit digne de figurer dans la ballade d'un poète.

L'oncle d'Hanish eut un large sourire quand il aperçut son neveu. Les deux hommes se saluèrent à l'ancienne mode. Leurs fronts se percutèrent, et ils restèrent ainsi, peau contre peau, chacun tenant le crâne de l'autre dans ses mains. C'était un salut réservé aux gens très proches et aux circonstances de grande émotion. Il était censé être douloureux. Mais cette douleur passagère ne fut rien devant le choc créé par l'apparence d'Haleeven. Hanish n'avait jamais vu d'homme avec l'air aussi hagard, sauf peut-être ces mendiants qui hantaient les ruelles d'Alécia : les vêtements crasseux, les lèvres crevassées. Ses yeux s'abritaient derrière les sourcils proéminents, et les traits de son visage s'étaient alourdis, comme si la peau elle-même avait souffert des efforts consentis dans les dernières semaines. Sa chevelure était maintenant d'un blanc inquiétant. Hanish essaya de se rappeler s'il y en avait des traces auparavant, même infimes. Il ne le pensait pas. Elle tombait de son crâne comme si chaque cheveu était un fil d'argent raidi par une brise glacée.

— Tu as bonne mine, dit Hanish en se reculant.

Le mensonge franchit ses lèvres avant qu'il s'en rende compte. Haleeven lui fit savoir ce qu'il en pensait par un simple froncement de sourcils, mais sa joie revint aussitôt.

— Non, *toi*, tu as bonne mine. Je… Je ne vais pas si bien. C'est une mission sacrée et une sacrée mission que tu m'as confiée là, mon neveu.

— Et tu l'as menée à bien.

Haleeven le dévisagea, puis acquiesça.

— Viens, je vais tout te montrer.

Accompagné d'Haleeven, Hanish rendit visite à chacun des ancêtres. Il grimpa sur les grandes charrettes, effleura les sarcophages du bout des doigts, murmura la formule de bienvenue et récita d'antiques prières de louange. Il sentait distinctement la pulsation de la vie à l'intérieur des cercueils. Il y avait là une énergie féroce, impossible à ignorer. En silence, elle cherchait à griffer le monde du dehors, comme si chacun d'eux hurlait au meurtre dans une chambre interdisant tout son et tout mouvement. Hanish remarqua la lassitude et la crainte dans les gestes des manœuvres. Dans leurs yeux cernés luisait une peur qui devait plus à la tension émotionnelle qu'à la fatigue physique. Jusqu'aux bœufs, habituellement des animaux placides, qui semblaient nerveux et que les conducteurs devaient surveiller de près.

La description que donna Haleeven de leur voyage était un long récit fait de difficultés et de contretemps. Il parla tout l'après-midi et continua le soir, pendant qu'ils dînaient après avoir installé leur campement. Quand il se tut enfin, les deux hommes restèrent assis en silence, à goûter le calme de la nuit. Hanish ne pouvait voir les étoiles car les arbres environnants l'en empêchaient. Leur feuillage brillait à la lumière des feux. Haleeven alluma une pipe de feuilles de chanvre et tira lentement dessus. Hanish ne lui connaissait pas cette habitude. Il réprima un commentaire désobligeant. Ce n'était pas comme si le vieux Mein fumait de la brume. Hanish s'était remis à penser à Corinn quand son oncle brisa le silence.

— Ils sont terriblement impatients, dit-il.

Hanish n'avait pas besoin de demander à qui il faisait allusion.

— Je sais.

— Et en colère.

— Je sais. J'ai préparé…

Son oncle se pencha vivement vers lui et saisit son poignet. Il attendit qu'Hanish lève les yeux sur lui pour aimanter son regard au sien.

— Non, tu ne sais pas ! Tu n'as pas senti leur présence comme moi, pendant tous ces jours. Ils sont complètement éveillés, à présent. Ils veulent tant se venger qu'ils tremblent de savoir le moment proche. J'ai peur d'eux, Hanish. Je les redoute comme je n'ai jamais rien redouté sur cette terre.

Hanish dégagea son poignet sans brusquerie, d'une simple torsion. Il parla avec la conviction qu'il comprenait ce qu'Haleeven ressentait, en s'efforçant de croire à ce qu'il disait :

— Leur colère n'est pas dirigée contre toi, mon oncle. Nous n'avons rien à craindre pour nous-mêmes.

— C'est ce qu'ils nous ont toujours dit… Et toi, qu'as-tu raconté à la princesse ?

— Pour les Tunishnevres ? Je lui ai dit qu'elle pourrait m'aider à les libérer. Un peu de sang et son approbation, voilà tout ce dont nous avions besoin pour lever la malédiction. Elle n'a pas encore proposé de donner ce sang. Et je n'ai pas insisté. Elle pense que je peux le faire sans son accord.

— C'est vrai, tu le peux. Et lui as-tu expliqué ce que signifiait le fait de lever la malédiction ? Ou qu'il existait deux manières de procéder, avec des résultats très différents ?

— J'ai dit que je libérerais les ancêtres afin qu'ils puissent connaître une mort véritable et reposer enfin en paix, qu'ils ne désiraient que leur libération, et la paix éternelle.

— C'est tout ce que tu lui as dit ?

Hanish hocha la tête.

Haleeven laissa s'écouler quelques secondes avant de reprendre la parole :

— Donc, tu lui as menti par omission.

— En effet. Elle croit que les ancêtres n'aspirent qu'à la paix, alors que leur plus grand désir est de parcourir de nouveau cette terre…

— L'épée tirée…

— Et de se venger dans le sang.

Ils n'avaient plus rien à dire, maintenant qu'ils avaient partagé ce qu'ils savaient tous deux depuis le début. Hanish tendit la main vers la pipe. Haleeven la lui donna.

Chapitre cinquante-neuf

Maeander l'avait pensé auparavant, mais c'était maintenant pour lui une vérité incontournable : rien ne l'excitait autant que l'imminence de la guerre. Les conquêtes féminines, les jeux d'adresse, les duels, l'accumulation de richesses, la traque de proies animales ou humaines et les razzias : tout cela frisait l'insignifiance face à la promesse d'un carnage à grande échelle. Il avait adoré voir tout ce sang versé lors de la première guerre, et depuis il s'ennuyait ferme. En plusieurs occasions il avait tenté de convaincre Hanish de le laisser attaquer telle ou telle nation, mais son frère avait systématiquement refusé. À présent, enfin, après neuf années interminables de paix, il sentait les battements de son cœur s'accélérer de nouveau. Aliver Akaran était de retour, et il était revenu avec assez d'amis pour rendre la chose intéressante.

Maeander débarqua ses troupes en divers endroits de la côte talayenne centrale et les mena un peu à l'intérieur des terres. Il voyait dans le conflit prochain une très agréable diversion. Il n'avait aucunement peur que le destin lui réserve quelque mauvaise surprise. Il ne pouvait pas perdre. C'était une certitude. Il n'avait jamais rencontré quelqu'un à l'esprit aussi disposé au massacre que lui-même. Le légendaire Tinhadin aurait pu rivaliser avec lui sur ce terrain, peut-être, mais qui d'autre ? Ses soldats étaient prêts. Hanish avait pris garde qu'ils ne se laissent pas aller et s'amollissent, comme les Acacians. Ce résultat n'avait pas été facile à obtenir, car beaucoup de Meins étaient devenus des hommes riches du jour au lendemain. Mais Hanish leur avait fait jurer de se soumettre à un strict degré de discipline. Et à l'exception de quelques-uns, ils s'étaient conformés à cette exigence.

Ils constituaient une force plus formidable encore que lors de la première guerre. Ils étaient mieux préparés, mieux approvisionnés, mieux équipés, et toujours aussi fiers. Ils n'étaient pas possédés de la même voracité que lors du conflit antérieur, mais ils étaient déterminés à conserver ce qu'ils avaient acquis avec leur sang. Les jeunes gens désiraient la gloire exactement comme leur père, leur oncle ou leur frère aîné avant eux. Ils avaient également des armes contre lesquelles Aliver serait complètement démuni, quelques surprises qui risquaient fort de se révéler encore plus dramatiques que l'apparition des Numreks.

Outre sa foi en lui-même et en ses troupes, les Tunishnevres lui avaient promis qu'il triompherait contre Akaran. Il verserait le sang d'Aliver de sa propre main, les ancêtres le lui avaient affirmé. Ils lui avaient donné la permission de tuer lui-même le jeune homme. Corinn suffirait pour la cérémonie qui allait annuler la malédiction, mais Aliver représenterait toujours un danger pour eux, et il ne pouvait donc être épargné.

Devant le spectacle du rassemblement de l'armée adverse qu'il observait depuis une crête dominant ce qui serait bientôt le champ de bataille, Maeander se sentit aussi excité qu'un gamin qui imagine une telle scène. Il passa quelques jours à répartir ses troupes dans les campements d'où elles pourraient être déployées. Si Aliver escomptait que les révoltes survenues un peu partout dans l'empire avaient laissé les Meins sans beaucoup de réserves, il allait être déçu. Hanish avait sonné le rappel des troupes disponibles dans chaque province, de ceux qui s'étaient enrichis en soutenant les Meins et de ceux qui aimaient tant être au-dessus des autres qu'ils se battraient pour préserver leur statut. Ces groupes avaient œuvré à la répression des rébellions dans leurs régions respectives, et ils avaient répondu présents quand Maeander les avait sollicités. Les Numreks n'étaient pas encore arrivés. Aux dernières nouvelles, ils se trouvaient à deux jours de marche. Ils ne rateraient donc que le début de l'action. D'ailleurs, Maeander n'était pas sûr d'avoir besoin d'eux.

Le Talay échappait peut-être largement à son contrôle, mais il tenait Bocoum et la majeure partie de la côte, avec la possibilité de ressources infinies acheminées par voie maritime. Des centaines de vaisseaux de la Ligue constellaient la surface de la mer et attendaient de satisfaire tous ses besoins. Il disposait de plus de trente mille hommes, dont chacun était un combattant entraîné et sélectionné pour cette bataille. Son armée, jugeait-il, était une lame d'acier qui tailladerait sans merci les forces boursouflées d'Aliver. Il aurait aimé avoir encore Larken à ses côtés, mais c'était, hélas ! impossible, à cause de Mena, cette fille pour le moins étrange.

Pour cette raison, il espérait qu'Aliver accepterait sa proposition de parlementer. Il désirait voir de nouveau Mena en face et détecter les signes trahissant ses talents de guerrière, ce qu'il n'avait pas vu lors de leur première rencontre. Il se demandait aussi à quoi Aliver pouvait bien ressembler. Il craignait d'être déçu par son apparence, mais il restait curieux. D'autant que, selon toute probabilité, le prince serait mort avant qu'une autre occasion se présente.

Les Akaran déclinèrent son offre. Ils envoyèrent un messager pour rappeler que durant la dernière guerre les Meins avaient utilisé la tradition qui consistait à parlementer uniquement pour déchaîner une arme ignoble. Cela ne se reproduirait pas, faisait dire Aliver. Si Maeander, son frère et tout Mein ayant combattu l'empire akaran ou profité de sa chute souhaitaient se rendre, alors il y aurait peut-être matière à discuter. Sinon, l'affaire se réglerait sur le champ de bataille.

Maeander fit savoir que cela lui convenait tout à fait. Lui non plus n'avait pas grand-chose à dire au prince. Ce n'était pas l'exacte vérité, comme le prouva le message qu'il envoya en réponse. À ce stade, disait-il, il n'aurait même pas accepté la reddition sans condition d'Aliver. Maeander pensait que le prince avait condamné les siens et tous ses partisans dès le jour où il était sorti de sa cachette. Depuis, sa vie s'écoulait inexorablement vers une fin maintenant imminente. En conséquence, il n'y avait aucune possibilité que des pourparlers leur apportent quoi que ce soit, et il considérait que cet échange remplaçait avantageusement une telle perte de temps. Il ajoutait qu'il n'aurait jamais envoyé un message aussi verbeux avant la première guerre, mais il semblait convenir aujourd'hui. La vie raffinée et l'ambiance cultivée dont il jouissait sur Acacia avaient certainement un effet sur lui et le rendaient plus disert.

Le lendemain avant l'aube, il envoya des manœuvres recrutés d'office nettoyer la plaine de tous les débris gênants laissés par la nature. Il fit avancer les catapultes montées sur roues. Le soleil se leva sur les troupes qui se rassemblaient. Entre les deux armées s'étendait une large bande de terrain plat ponctué ici et là de buissons et de quelques acacias. Aliver alignait presque deux fois plus d'hommes que son adversaire. Ils se mirent en ordre de bataille. Ils se divisèrent en unités qui devaient avoir chacune un commandant, mais cette disposition ne pouvait masquer leur diversité. Maeander les appelait Acacians, mais en réalité il y avait surtout des Talayens mêlés à toutes sortes d'autres peuples. Un grand nombre portaient l'orange des Akarans. Certains avaient la chemise et le pantalon de cette couleur, d'autres avaient attaché des bandes d'étoffe à leur bras, autour de leur front ou de leur taille. Les troupes balbaras, qui allaient presque nues, avaient appliqué de la peinture ocre sur leur poitrine. Dans l'ensemble ils offraient un spectacle très coloré. Maeander avait une raison particulière de s'en réjouir. Ils seraient tellement handicapés par la barrière de la langue, des coutumes et des attitudes différentes au combat qu'il lui suffirait de créer le chaos dans leurs rangs pour ensuite les massacrer quand viendrait la débandade, qui lui paraissait inévitable.

Il ouvrit les hostilités par deux manœuvres simultanées destinées à empêcher Aliver de prendre l'initiative. Les troupes du Mein avancèrent tandis que les catapultes commençaient à projeter des boulets de poix enflammés sur les ailes de l'armée ennemie. Ses hommes progressaient en formation serrée, bien disciplinée, selon un rythme qu'on ne pouvait ignorer. Les premières lignes acacianes entendraient leurs chants et le martèlement de leurs pas, et la cacophonie des cris saluant chaque nom d'une famille. L'ensemble avait de quoi effrayer les plus braves.

À cela il fallait ajouter la vision des courbes de fumée laissées dans le ciel par les projectiles enflammés des catapultes, et le fracas de la détente monstrueuse accompagnant chaque tir. Ces armes étaient une version modifiée de celles qu'avaient apportées les Numreks dans le Monde Connu. Elles étaient plus massives et leur machinerie permettait d'envoyer des projectiles deux fois plus loin. Avec l'aide des ingénieurs de la Ligue, ils avaient réussi à modeler la poix en sphères stables qu'ils pouvaient faire rouler jusque dans la nacelle de la catapulte avant de les enflammer. Une fois dans les airs, elles conservaient leur forme et brûlaient aussi fort jusqu'à ce qu'elles percutent le sol. Elles étaient truffées de petits trépieds en fer aux pointes acérées. À l'impact ceux-ci giclaient dans toutes les directions. C'étaient des armes certes petites, mais qui estropieraient hommes et chevaux par centaines. Aliver ne disposait pas d'atouts comparables, et il ne pourrait contrer leur puissance dévastatrice. Pour toute riposte, ses troupes décochaient des nuées de flèches qui, malgré les quelques pertes qu'elles occasionnaient, semblaient à peine plus efficaces qu'un essaim d'insectes.

Les premières sphères explosèrent avant que les deux armées n'entrent en contact. Des brasiers instantanés surgirent, qui incendièrent tout dans un rayon de cent cinquante pieds. Les soldats s'écartaient frénétiquement des points d'impact. Ils piétinaient ceux qui avaient le malheur de chuter ou étaient renversés. La confusion s'étendait déjà. Maeander fit repositionner plusieurs catapultes. Quelques minutes plus tard, la première d'entre elles projetait une boule de feu à l'arrière des forces d'Aliver. Elle pulvérisa une unité qui n'aurait dû connaître le combat que tard dans la journée.

Qu'ils se sentent cernés, songea le commandant mein, pris au piège par le feu et la destruction de trois côtés à la fois, avec face à eux leurs bourreaux. En voyant les colonnes de fumée et les mouvements désordonnés au sein des rangs ennemis, il se tourna pour adresser un sourire satisfait à l'homme qui se tenait près de lui. Mais ce n'était pas Larken. Cette pensée assombrit son humeur momentanément.

Les deux armées se rejoignirent tandis que la pluie de feu continuait. En voyant ce qui arriva ensuite, Maeander se félicita de son plan d'action. Il avait placé une partie de sa cavalerie au centre de sa ligne de front. Aliver ne pouvait l'égaler, même s'il l'avait voulu, car il ne disposait que de quelques groupes épars de cavaliers. Ceux d'Hanish étaient lourdement cuirassés et maniaient de longues lances avec lesquelles ils atteignaient les fantassins à la poitrine, au cou ou à la tête avant de libérer leur arme d'une saccade. C'étaient des hommes puissamment bâtis qui s'étaient entraînés sans relâche dans la perspective de ce moment. Ils pouvaient réitérer leur attaque des centaines de fois sans éprouver de fatigue. Leurs chevaux étaient les plus grands de tout l'empire, des montures par nature belliqueuses et dressées à piétiner les hommes de leurs larges sabots.

En moins d'une demi-heure, ils avaient creusé une trouée sanglante au centre des troupes acacianes. La manœuvre aurait pu paraître risquée, car très vite ils eurent des ennemis sur trois côtés, mais derrière eux se déversa le flot impétueux de l'infanterie, armée de haches et d'épées. Celles-ci étaient d'une telle qualité, leur tranchant si effilé qu'elles traversaient indifféremment la chair, l'os, le cuir et les cottes de maille peu épaisses. Les soldats trop légèrement équipés d'Aliver étaient taillés en pièces. Les fantassins meins progressaient au centre, tandis que le reste de l'armée acaciane offrait une cible étendue pour les catapultes.

Possédé par sa passion de la destruction, Maeander eut l'impression qu'il contrôlait de ses propres mains le carnage qui dura des heures, toute la matinée et une partie de l'après-midi. Il s'épuisa à scruter ce spectacle sanglant pour n'en rien rater. Quand il ordonna le repli de ses troupes, il transpirait abondamment et ses muscles étaient aussi douloureux que s'il s'était trouvé lui-même au cœur des combats. Des événements de cette journée, il n'en était aucun qu'il n'eût prévu ou provoqué. Apparemment, il avait perdu peu d'hommes et infligé des pertes très lourdes à l'ennemi. C'est seulement grâce à leur nombre supérieur qu'une partie des troupes acacianes avaient survécu.

Au soir, quand il réunit ses généraux pour entendre leur compte rendu de la journée, ceux-ci ne se montrèrent pas aussi optimistes. Ils avaient tué beaucoup d'ennemis, oui, mais pas autant que Maeander semblait le penser. La bataille qu'ils décrivirent ressemblait certes à celle que leur chef avait contemplée, mais elle en différait aussi par certaines particularités. Les Acacians avaient été piétinés, embrochés, écrasés. Mais un grand nombre avaient réussi à battre en retraite, malgré des blessures qui auraient dû les estropier. D'autres, que les fantassins du Mein croyaient hors de combat, s'étaient relevés pour les attaquer par-derrière. Aux yeux des généraux, les catapultes n'avaient pas causé d'aussi grands ravages que Maeander le croyait. Ceux directement frappés étaient brûlés vifs et mouraient immédiatement, mais tout autour d'eux les autres étaient projetés dans les airs, leurs vêtements en feu, avant de se relever un instant plus tard, fumants mais indemnes pour la plupart.

— Ils sont difficiles à tuer, dit un officier. C'est le plus déconcertant. Ils sont tout bonnement difficiles à tuer.

Les généraux qui avaient vu les combats de près l'approuvèrent. Aucun d'entre eux n'avait d'explication à ce phénomène. Une fois encore, Maeander regretta de ne pouvoir consulter Larken, son frère ou son oncle... mais il doutait qu'un des trois ait pu lui conseiller d'agir différemment de ce qu'il avait fait. Malgré ces détails troublants, la journée était une victoire. Si demain les Acacians se présentaient de nouveau pour les affronter, ce serait la fin pour eux. Ses généraux ne discutèrent pas ce point.

Le lendemain matin, Maeander alla se placer au premier rang de ses troupes. Il voulait voir l'ennemi de près, s'adjuger sa part dans la victoire qu'il prévoyait. Mais, dès l'instant où les deux armées se rencontrèrent, rien ne se déroula selon ses prévisions. L'ennemi était effectivement très coriace. Mortellement blessé, il reculait puis revenait à l'attaque. À plusieurs reprises, des soldats qu'il croyait avoir tués roulèrent au sol et se relevèrent. Il semblait presque qu'il fallût les décapiter pour être sûr de leur mort

Et ils combattaient avec une maîtrise presque improbable, en dépit de leurs armes et de leur entraînement inférieurs, de leurs protections partielles, trop légères, voire inexistantes. Maeander eut toutes les peines du monde à se débarrasser d'un ennemi au seuil de l'adolescence. La chose aurait pourtant dû n'être qu'une formalité pour lui. Le garçon, un Bethuni aux épaules étroites, armé d'une lance, se battait presque nu. Il était terrifié. Il tremblait de la tête aux pieds, et ses yeux écarquillés trahissaient son émoi. Pourtant il réussissait à se déplacer juste assez vite, à parer ou à esquiver, quand il ne ripostait pas. Le chef mein ne put s'empêcher de rire d'un si piètre adversaire, et de cette curieuse combinaison entre la peur du gamin et la difficulté qu'il éprouvait à le toucher. C'en était presque comique. Jusqu'à ce que ce morveux réussisse à lui égratigner l'épaule. Furieux, Maeander durcit son assaut. Mais il fut poussé de côté par un soudain mouvement de combattants sur sa droite, et il perdit de vue le garçon. Bloqué par les corps environnants, crachant et fulminant, il vit l'autre s'éclipser, avec quelque chose qui ressemblait fort à de la malice dans ses yeux bruns. Cet incident ne constitua qu'une des nombreuses frustrations qu'il endura pendant la matinée.

Revenu sur le promontoire qui lui servait de centre de commandement, Maeander en arriva à la conclusion que les unités séparées d'Aliver agissaient avec une efficacité qu'il n'avait pas remarquée dans un premier temps. Les différents groupes communiquaient rapidement. Trop rapidement, en fait, pour qu'on puisse expliquer logiquement la chose. Maeander avait concentré l'action des catapultes sur la destruction des tours de guet disséminées dans l'armée acaciane. Il ne pouvait avoir aucune certitude, mais il supposait qu'elles abritaient des généraux, des tacticiens et peut-être les Akaran eux-mêmes. Il jugeait très imprudent d'attirer ainsi l'attention, mais ces tours étaient bien présentes. Elles devaient donc servir à quelque chose. Par deux fois il vit les projectiles exploser à leur sommet, et il en conçut quelque satisfaction. Qu'un des Akaran s'y trouvât ou non, chaque explosion avait certainement coûté la vie à plusieurs officiers supérieurs des forces ennemies.

À la fin de la journée, il se sentait mieux. Il entamerait le troisième jour des combats en pulvérisant les dernières tours de guet. Il changerait de tactique et enverrait sa cavalerie sur les flancs de l'adversaire tandis que les catapultes concentreraient leur tir sur le centre. Ils commençaient à manquer de sphères de poix, mais il mettrait toutes ses réserves dans cet assaut. Il en finirait avec les Acacians et Aliver dans une grêle massive de projectiles enflammés. Deux jours d'un tel carnage avaient prélevé un tribut énorme, et certainement démoralisé les survivants. Les soldats du Mein, quant à eux, étaient toujours nombreux et vaillants. Le troisième jour verrait la conclusion de cette boucherie.

Mais durant la nuit, il sembla qu'Aliver regarnissait ses rangs. De nouvelles recrues devaient avoir afflué pour prendre la place des hommes tombés. L'armée que le prince acacian aligna au matin de ce troisième jour paraissait à peine moins fournie que celle du premier. Il était aberrant qu'ils puissent incorporer aussi vite ces nouveaux venus, mais ils les placèrent sur le champ de bataille le jour même de leur apparition. Le plus étrange, c'est qu'ils combattirent avec la discipline et le savoir-faire de vétérans.

Et la pluie de feu souhaitée par Maeander ? Elle s'abattit comme prévu, mais elle eut encore moins d'effets que les jours précédents. Une tour de guet, touchée par un coup direct, s'affaissa sous l'impact, s'enflamma, et puis. . et puis le brasier mourut, comme soufflé. Sous les yeux de Maeander, la structure parut retrouver toute sa stabilité et même se redresser pour reprendre sa forme initiale. Elle était noircie, enveloppée de fumerolles sombres, mais toujours là. Quand le soir venu il rappela ses troupes, elles n'avaient pas progressé. Au lieu de savourer la victoire, il avait la très désagréable impression de perdre pied. Il n'était pas du tout en train de l'emporter. Et si la tendance s'accentuait, ou simplement perdurait, dès le lendemain il verrait son armée céder du terrain.

Le premier jour de combat l'avait laissé quelque peu perplexe. Le deuxième l'avait dérouté. Ce troisième l'inquiétait. Il se mit à envisager que, peut-être, Aliver recourait à une forme de sorcellerie. Il avait cru ces choses disparues depuis longtemps, mais quelle autre explication donner à l'inexplicable ? Rien de ce qu'il voyait n'avait de sens. Et avec cette hypothèse vinrent les premiers doutes, comme une sensation de malaise dont il ne parvenait pas à s'affranchir. Il eut l'image d'une démangeaison au coude qui, s'il se grattait, disparaissait le temps du contact de ses ongles sur la peau, pour revenir ensuite, plus forte qu'avant. Il détestait cette impression.

Les Numreks n'étaient pas encore arrivés. Où étaient-ils ? À quel jeu jouaient-ils ? Les moyens de la Ligue étaient toujours disponibles, mais il s'écoulerait quatre jours avant qu'elle puisse réapprovisionner les catapultes en sphères de poix. Ses soldats commençaient à se poser des questions, il le lisait dans leurs yeux. Un émissaire d'Hanish se présenta pour exiger des nouvelles. Il fit séquestrer l'homme dans une tente gardée.

Ce soir-là, il prit sa décision Il allait tenter quelque chose que son frère lui avait instamment recommandé de ne faire qu'en cas de dernier recours. Ils possédaient un atout qu'ils n'avaient encore révélé à personne. C'était un présent de leurs alliés qui vivaient au-delà des Flots Gris. Pas une épidémie cette fois, mais une arme dont le Monde Connu n'avait jamais entendu parler. Maeander n'aimait guère dévoiler leurs secrets tant qu'il était possible de l'éviter. Mais, dans la situation présente, son instinct lui disait que c'était la chose à faire.

Il envoya un messager à Aliver pour proposer une trêve de deux jours, le premier consacré à déblayer le champ de bataille et soigner les blessés, le second à honorer les morts. L'Acacian accepta. Profitant de ce délai, Maeander contacta les vaisseaux qui transportaient la cargaison secrète pour qu'ils la débarquent dans le port de Bocoum. Il avait besoin des antoks, expliqua-t-il. Qu'on les prépare.

CHAPITRE SOIXANTE

CORINN SAVAIT QU'ELLE N'AURAIT QU'UNE OCCASION de s'entretenir avec le Ligueur. Il était arrivé en Acacia la nuit précédente, et secrètement. Elle l'avait appris grâce aux serviteurs qu'elle avait soudoyés pour qu'ils la renseignent. Aucun d'entre eux n'était mein, bien entendu. Avant de découvrir qu'Hanish avait l'intention de l'offrir en sacrifice à ses ancêtres, elle n'aurait jamais agi de la sorte. Elle aurait eu l'impression de se rabaisser, de montrer ses faiblesses. Mais elle avait décidé qu'il n'y avait rien de plus bas pour elle que de finir sur quelque autel, et rien de plus pathétique que d'être menée à son propre supplice par l'aveuglement de l'amour. Elle n'avait aucune intention de quitter cette vie sans se battre. En fait, elle n'avait aucune intention de quitter cette vie, tout simplement.

Après ce qu'elle avait appris lors de cette soirée étrange, elle avait dû réexaminer tous ses critères. Ses serviteurs n'avaient été pour elle que des êtres sans visage et sans nom, qui évoluaient à la périphérie de son champ de vision. Mais dès le lendemain matin elle les vit avec un œil neuf. Elle ne pouvait s'empêcher de sonder leurs visages et de se demander ce qu'ils pouvaient savoir qu'elle-même ignorait. Que pensaient-ils d'elle ? À qui étaient-ils loyaux ? Elle se prit à observer leur comportement dans diverses situations, et s'efforça de déterminer lesquels étaient les mieux disposés envers elle, ceux qui la méprisaient et les plus susceptibles d'être manipulés avec succès. Puis elle entreprit de cultiver ses rapports avec eux selon ces évaluations.

Ses efforts furent payés de retour. Les serviteurs n'étaient pas aussi dévoués aux Meins qu'elle l'avait pensé. Il semblait presque qu'ils aient attendu sa prise de conscience. Elle apprit que nombre d'entre eux croyaient le retour d'Aliver voué à l'échec. L'un lui révéla que Rialus Neptos était de retour au palais. Un autre l'informa de la mort de Larken. Quand une servante prénommée Gillian lui glissa que sire Dagon était arrivé sur l'île, Corinn la remercia d'une étreinte et d'un baiser sur la joue. Apparemment le Ligueur avait demandé qu'un pigeon voyageur soit mis à sa disposition. Lui-même avait prévu son départ pour la première heure le lendemain matin, aussi Corinn ne perdit-elle pas de temps.

Elle quitta ses appartements avant l'aube et traversa le palais sans bruit, en se fiant à sa mémoire et sans s'éclairer d'une torche ni même d'une bougie. Elle avait choisi sa mise avec soin et portait une robe bleu clair en soie qui mettait en valeur son décolleté. Les Ligueurs étaient aussi des hommes, après tout.

Elle avait fini par comprendre que le palais n'était pour elle qu'une sorte d'immense prison dorée. Hanish pas plus que quiconque ne l'avait exprimé ainsi, mais elle n'avait pas quitté l'île depuis plusieurs semaines, et les rares fois où elle lui avait parlé d'un possible voyage Hanish en avait rejeté l'idée. Ces derniers temps, les gardes meins la suivaient d'un regard plus attentif. Elle observait leur attitude quand elle s'approchait des limites des jardins du palais ou s'aventurait près de la salle du conseil. Jamais elle n'alla assez loin pour qu'un des gardes l'empêche de poursuivre, mais elle acquit très vite la conviction qu'Hanish l'avait placée sous surveillance. Elle était prisonnière d'un périmètre invisible, et cette seule pensée lui donnait la chair de poule.

La zone située dans la partie inférieure du palais et réservée à la Ligue était en revanche presque autonome. Elle y pénétra sans attirer l'attention. Hanish n'avait vraisemblablement jamais imaginé qu'elle souhaiterait s'entretenir avec un Ligueur. Ici, pas de gardes meins, mais elle éprouva quelques difficultés à persuader les officiers d'Ishtat d'acheminer sa demande d'audience privée à sire Dagon. Finalement elle n'eut gain de cause qu'après les avoir menacés de la colère d'Hanish, en laissant entendre que c'était lui en personne qui la dépêchait auprès du Ligueur. Elle obtint une entrevue qui, lui dit-on cependant, ne pourrait durer que quelques minutes.

Quand elle entra dans le bureau de sire Dagon, elle le trouva occupé à feuilleter des documents de ses longs doigts osseux. Il ne lui accorda qu'un regard bref et distrait.

— Ma chère princesse, dit-il, que puis-je pour vous ? Je vous prierai d'être concise, car mon temps est, hélas ! compté. Vous apportez un... message d'Hanish ?

Corinn n'était pas aussi tendue qu'elle l'avait craint. L'importance du dilemme qui l'assaillait aurait pourtant eu de quoi la paralyser. Il lui était déjà arrivé de rester totalement figée, le regard perdu dans le vide. Souvent elle pensait au passé, à son père, sa mère, son court exil sur Kidnaban. Mais elle n'avait plus grand-chose à voir avec l'enfant qu'elle avait été. Elle se sentait de plus en plus déconnectée de son ancienne personnalité. Elle pensait à présent pouvoir jouer un rôle déterminant dans la marche du monde, et décider de son propre destin. Peut-être l'idée qu'Aliver était toujours vivant lui donnait-elle cette force. Mais si c'était vrai, la chose ne manquait pas d'une certaine ironie. Ses projets ne s'accordaient que très partiellement avec ceux qu'elle attribuait à son frère.

— Vous pouvez me dire pourquoi vous êtes revenu ? demanda-t-elle. Quelles nouvelles avez-vous ?

Cette fois elle avait capté l'attention du Ligueur.

— Dois-je en déduire qu'Hanish réclame cette information ?

— Si vous voulez. Mais vous n'êtes pas un pion dans le jeu d'Hanish. Je le sais, même si lui l'ignore. Si possible, que cela reste entre vous et moi. Vous n'auriez pas fait halte ici et exigé un pigeon voyageur si vous n'aviez pas des nouvelles importantes à transmettre. J'ai des raisons d'être curieuse.

— Cela, je le crois sans peine. Toutefois, il se pourrait que vous n'aimiez pas ce que je vais dire. Pourquoi vous intéresser à des événements dont vous ne pouvez changer le cours ?

Corinn haussa les épaules. Elle désirait savoir, par simple curiosité, dit-elle.

Sire Dagon imita son haussement d'épaules. Il serra les lèvres sur un rictus de dérision, mais cessa aussitôt.

— Eh bien... Je suis revenu pour envoyer un message à l'Inspectorat. Il semble qu'une de nos patrouilles ait repéré une... disons : une flotte de navires marchands et de pêche qui font voile dans la Mer Intérieure. Ce sont des Vumuans. Pour différentes raisons, nous en avons conclu qu'ils étaient partis pour porter secours à votre sœur.

— Ma sœur ?

— Ils sont en route pour participer à la bataille, ce qui bien sûr signifie qu'ils ne sont pas dans le camp du Mein. J'ai donc l'intention d'envoyer par pigeon voyageur un message à l'Inspectorat afin que celui-ci écrase la flotte avant qu'elle n'ait atteint les rivages du Talay. Ils n'auront aucune chance face à nos vaisseaux de guerre.

Corinn l'entendit, mais elle n'avait pas totalement enregistré la mention de sa...

— Vous avez bien dit que Mena est vivante ?

Sire Dagon s'esclaffa.

— Je pensais aussi que l'information vous intéresserait. Votre sœur est une... déesse, fit-il en prononçant ce dernier mot avec une révérence feinte. Une déesse... Ces peuplades ne cesseront jamais de m'étonner. De plus, il se pourrait qu'elle ne soit pas du tout une déesse, mais une tueuse de déesse. Pour être franc, je ne suis pas sûr de la bonne version. Les détails concernant ce sujet sont assez flous. Ce que je peux toutefois vous affirmer, c'est qu'elle a été capturée par Maeander et Larken. Et qu'elle n'est pas restée très longtemps entre leurs mains. Elle a percé le cœur de Larken avec sa propre épée, elle a tué deux Punisari et en a blessé plusieurs autres, avant de prendre le commandement du bateau et de convaincre l'équipage de faire voile vers le Talay. À la fin du voyage, il semble qu'elle avait réussi à persuader la plupart des marins d'épouser la cause de votre frère. Difficile à imaginer, n'est-ce pas ? La petite Mena transformée en une tueuse de déesse et une escrimeuse assez talentueuse pour en remontrer aux Marahs les plus habiles.

Le Ligueur avait continué de remuer ses papiers pendant qu'il parlait. Il s'arrêta, leva les yeux vers Corinn et l'observa quelques secondes.

— Ma chère, voilà qui bouscule un peu votre position, je vois. Peut-être aurais-je dû éviter de vous parler de tout cela. J'ai toujours entendu dire que vous étiez de nature fragile. Ce doit être très étrange d'être la princesse Corinn Akaran. Je vais peut-être vous surprendre, mais je trouve ces derniers événements impliquant vos frères et sœur très intéressants. Voyez ce qu'ils sont devenus : l'un d'eux est à la tête d'une armée dont chaque soldat lui a juré fidélité, l'autre est prise pour une déesse par des gens qui lui sont fanatiquement dévoués, et quant au troisième, c'est un capitaine pirate qui a des partisans prêts à mourir pour lui, ou au moins *avec* lui. Ce n'est pas exactement ce que votre père avait prévu, j'en suis sûr, mais au moins eux ont fait quelque chose de leur vie. Quelle tristesse que vous n'ayez pu devenir que la maîtresse de votre conquérant.

Corinn était sur le point d'exprimer l'étonnement et l'émoi qu'elle éprouvait à l'annonce des nouvelles concernant sa sœur. Elle aurait même pu demander conseil à sire Dagon. Et puis il avait dit sa compassion, sa pitié pour elle. Or elle ne voulait pas de pitié. Elle la refusait. De même qu'elle n'acceptait pas qu'on estime son existence inintéressante.

— Vous vous trompez, dit-elle en contournant le bureau et en se rapprochant de lui.

Elle décela une barrière invisible entre eux, située exactement là où le Ligueur estimait que son domaine privé commençait. Elle fit pression sur elle et la sentit qui résistait, qui se raidissait. Le visage de sire Dagon ne montrait aucun signe de consternation, et pourtant elle voyait bien qu'il luttait pour ne pas céder à un mouvement de recul. Cette constatation ravit la jeune femme, et accrut son assurance.

— Vous, un membre de la Ligue, êtes bien placé pour savoir que les apparences sont une chose. Ce qu'il y a derrière en est une autre. N'est-ce pas vrai ?

— Vous venez de répondre à votre propre question.

— Il se pourrait donc que vous ignoriez encore ce qui se cache derrière cette façade. Rien, pensez-vous, mais ce n'est pas très avisé de votre part. La Ligue, après tout, affirme n'avoir aucun intérêt caché. Mais c'est absurde. Ce n'est pas uniquement la richesse que vous voulez, je me trompe ?

— Nous voulons seulement continuer ce que nous avons toujours fait, dit sire Dagon. Nous servons les puissances du monde. Nous rapprochons les nations afin d'alimenter le commerce et la prospérité de tous...

— Je vous en prie, sire Dagon, dit Corinn. N'insultez pas mon intelligence. Vous avez un objectif différent. Je peux le sentir derrière votre masque.

— Je ne porte pas de masque, ma chère princesse.

— Bien sûr que si...

Elle s'approcha d'un demi-pas encore, inclina la tête de côté comme si elle cherchait quelque chose de minuscule à la naissance des cheveux du Ligueur.

— Quand vous étiez enfant, ils l'ont cousu avec un fil aussi fin qu'un cheveu. Peut-être y êtes-vous tellement habitué que vous ne reconnaissez plus votre propre déguisement. Mais la couture est toujours visible. Juste là...

Elle leva une main, doigts pincés comme si elle allait saisir le fil de cette couture.

Sire Dagon donna une tape sur sa main pour l'écarter. Il recula en pivotant dans son siège, et le tissu rêche de sa robe, presque aussi épais qu'une armure souple, effleura la hanche de la jeune femme.

— Votre arrogance est sans bornes...

— Je l'espère bien, mais je n'en suis pas encore sûre. Je viens seulement de découvrir l'arrogance, et je m'en suis entichée. Mais vous, vous l'adorez. Vous voulez contrôler tous les rouages de ce monde. Vous voulez savoir que vous êtes l'égal des dieux, que vous tirez les ficelles et faites danser ces marionnettes que sont pour vous les nations. N'est-ce pas ce que vous voulez ?

— Comme je l'ai dit, nous désirons uniquement conserver et protéger ce que nous avons déjà.

— Et qu'avez-vous donc ?

Toujours en retrait, sire Dagon retrouva un peu de son aplomb. Il eut un fin sourire. Cette question ne lui déplaisait pas.

— À présent vous me questionnez sur le fond. Qu'avons-nous déjà ? Que voulons-nous préserver ? Réfléchissez à cela... Si nous n'apportons pas d'eau douce aux mines de Kidnaban, les ouvriers meurent de soif. Il y a très peu d'eau potable sur l'île, et ils ne peuvent en sortir puisque nous contrôlons la mer tout autour. Donc si nous décidons qu'ils vont mourir de soif, ils mourront de soif. Réfléchissez au fait que seule la Ligue produit de la poix, actuellement. Les Numreks eux-mêmes ne prennent plus cette peine. Pourquoi le feraient-ils, puisque nous effectuons tout le travail et leur livrons le résultat de notre labeur ? Donc nous – la Ligue – détenons le secret de ces météores enflammés que nous pouvons faire tomber du ciel. Nous sommes les seuls à commercer avec le Lothan Aklun. Nous seuls connaissons l'importance exacte de la puissance qu'ils servent. Nous maintenons à distance les Autres Contrées, afin que le Monde Connu puisse continuer à croire qu'il est le monde entier. Comprenez-vous ? Additionnez ces éléments et ajoutez-en d'autres encore dont je pourrais vous parler, et qu'obtenez-vous comme résultat ? Je vais vous le dire. Nous ne voulons pas devenir les égaux des dieux. Nous sommes déjà des dieux. Nous ne désirons pas tirer les ficelles qui animent chaque âme du Monde Connu. Nous le faisons déjà. Si vos yeux pouvaient les voir, vous vous rendriez compte que des milliers de fils très fins s'étendent de chacun de mes doigts. C'est la vérité. Le Dispensateur nous a confié le monde, et depuis le Monde Connu n'a senti la main d'aucune déité sinon nous. Pas celle des Akarans. Pas celle des Meins.

— Pas celle du Lothan Aklun ?

— Ils ne sont pas concernés par ce sujet.

— Ils le sont, et je le sais, affirma Corinn en s'approchant de nouveau du Ligueur tout en parlant. Ils ne sont pas cette puissance à laquelle vous avez laissé croire les gens depuis toujours, n'est-ce pas ? Hanish m'a dit ce que vous lui avez confié. Vous commercez avec eux parce que c'est un moindre mal que de ne pas profiter du commerce qu'ils facilitent. Le Lothan Aklun est riche. Plus riche que vous, et vous convoitez ses richesses. Vous dites que c'est une grande puissance à cause de ses richesses, parce que c'est tout ce qui compte pour vous. Mais vous détestez devoir partager cette manne, d'autant que vous êtes plus faible que lui. Parfois, la nuit, vous rêvez que ses palaces sont à vous. C'est ce qui vous excite plus que tout au monde. Alors ? N'ai-je pas raison ?

Le visage pincé par l'aigreur, sire Dagon recula encore.

— Tout d'abord je vous sermonne, et maintenant vous voulez me sermonner. Je n'ai pas de temps pour ces enfantillages. Je vous accorde une dernière chance de me dire la raison de votre venue ici.

Curieusement, cette invite peu amène et le mensonge qu'elle s'apprêtait à débiter mirent Corinn à l'aise.

— Je suis porteuse d'un message émanant de mon frère. Il veut que vous cessiez d'aider Hanish. Si vous acceptez, vous en tirerez plus qu'un large bénéfice.

— Que nous cessions d'aider Hanish ? répéta-t-il, sourcils froncés sur une mimique dédaigneuse. Qu'est-ce que je viens de vous expliquer ? Ni les Meins ni les Akarans ne dirigent ce monde.

— Mais vous non plus, pas seuls, en tout cas. Pas sans gagner l'assentiment des masses. C'est ce que mon frère peut vous apporter, et bien plus largement qu'Hanish.

— Votre frère ! Il m'irrite autant qu'il m'amuse. Savez-vous qu'il a réussi à convaincre les gens de ne plus consommer de brume ? C'est une attitude qui perturbe beaucoup l'ordre des choses.

Corinn ignorait tout de ce sujet, mais elle enregistra l'information sans broncher.

— C'est précisément pourquoi vous devriez souhaiter sa victoire. Il les libère pour qu'ils l'aident à gagner cette guerre. Une fois la victoire acquise, cependant, la situation sera très différente. Et nous pouvons faire en sorte qu'elle nous contente autant que vous. Aliver n'est pas comme mon père, et je ne suis pas comme mon père. Dites-moi franchement, vous ne pensez pas qu'une nouvelle dynastie Akaran nous profiterait mutuellement ? Pensez à tout ce que nous avons accompli ensemble dans le passé. Hanish Mein n'a été qu'un rappel nécessaire parce que nous nous endormions sur nos lauriers. Mais vous pouvez me croire, à présent nous sommes totalement réveillés.

Sire Dagon braqua ses yeux trop rapprochés sur elle et la dévisagea avec une intensité qui quelques jours plus tôt aurait foudroyé Corinn. Même maintenant, elle avait du mal à soutenir ce regard perçant.

— Disons que je vous prends au mot, lâcha-t-il enfin. Je n'ai rien entendu là qui motiverait un tel changement de position. Votre frère ne l'emportera pas, Corinn. Faites-moi confiance. J'ai accès à des informations qui vous échappent. Donnez-moi *une* raison suffisante de m'aligner sur une cause perdue d'avance, spécialement quand elle reflète une volonté d'attaquer mes intérêts. Soyez convaincante et nous poursuivrons cette discussion. Mais si vous n'y parvenez pas, je prendrai congé, Princesse.

Sans quitter des yeux le Ligueur, malgré son envie de le faire, Corinn essaya d'ordonner ce qu'elle allait dire. Tout se bousculait dans son esprit sous ce regard inquisiteur. Une partie d'elle-même voulait se lancer dans une litanie d'aveux, tout exposer et être jugée, comprise ou condamnée. Mais elle n'était pas venue pour cela. Elle ne lui expliquerait pas l'amour qu'elle avait eu pour Hanish et combien elle se sentait misérable après avoir découvert qu'elle avait été dupée. Elle n'admettrait pas qu'elle détestait sa propre faiblesse, qu'elle voyait bien qu'elle s'était conduite stupidement toute son existence, et qu'elle n'était plus qu'un agneau destiné à finir sacrifié. Pas plus qu'elle n'avait l'intention de lui parler de la souffrance qu'elle portait en elle, du fait qu'elle regrettait toujours la vie qu'elle n'avait pas connue avec sa sœur et ses frères, qu'elle pensait parfois à Igguldan, le prince qui s'était agenouillé devant elle pour lui déclarer son amour, et qu'elle était toujours furieuse que son père lui ait été enlevé et qu'elle ait perdu sa mère quand elle était enfant. Elle garda toutes ces plaies en elle, dans un tourbillon de douleur, mais elle y puisa l'essence de son message.

Bientôt les phrases s'agencèrent d'elles-mêmes dans son esprit. Elle répéterait que la Ligue devait prendre ses distances avec

Hanish, dans son propre intérêt. Les Ligueurs devaient rappeler les vaisseaux qui soutenaient Maeander, et laisser passer les bateaux vumuans. Ils devaient attendre. Rien de plus, pour l'instant. Pas d'action contre Hanish, mais pas de geste en sa faveur non plus. Comme lors de la première guerre, où ils n'étaient intervenus pour ou contre aucun des deux camps. Si, grâce à son frère, Hanish l'emportait, l'inaction de la Ligue ne lui aurait donc pas causé grand tort. Il tempêterait peut-être contre elle, mais il lui pardonnerait très vite. Que pouvait-il faire d'autre ? En réalité, la Ligue n'avait rien à perdre si elle se retirait du conflit. Mais si les Ligueurs persistaient à aider les Meins et que ceux-ci étaient vaincus... alors Aliver se montrerait sans merci avec eux. Il dirigerait la colère du monde sur eux et consacrerait toute sa puissance à les détruire. Et s'il n'était convaincu par aucun de ses arguments, elle avait encore une promesse à faire, une promesse qu'elle ne pensait pas qu'il ignorerait aisément.

C'était beaucoup demander mais, quand les narines du Ligueur palpitèrent pour la dixième fois, elle se lança :

— Sire Dagon, je peux vous assurer de la part de mon frère qu'il n'a aucun désir de mettre en danger vos intérêts. C'est même tout le contraire. Il... nous pensons tous deux qu'un partenariat entre la Ligue et les Akarans peut être encore plus profitable pour tous qu'il ne l'a jamais été.

Grâce à ce préambule, elle obtint l'assentiment du Ligueur. D'un hochement de tête, il lui signifia qu'elle pouvait poursuivre.

Chapitre soixante et un

Dans l'aube de ce jour, aucun son familier de la nature ne perçait le silence. Rien qui indiquât que les créatures de la nuit allaient se cacher pour dormir tandis que la faune diurne s'éveillait pour les remplacer. Aucun jeune coq, tête renversée vers le ciel, ne clamait que le monde renaissant à la lumière lui appartenait. Pas un aboiement de chien. Il ne percevait pas les cris et les rires des enfants, ni les voix des femmes qui se saluaient selon des formules et des vocables relevant de très anciennes coutumes talayennes. De même, l'air ne résonnait pas du rythme du battage qui, avec les années, était devenu pour lui une aimable invitation à se lever, aussi constant que l'élévation du soleil dans le ciel, et tout aussi bienvenu.

En ce matin où la bataille contre Maeander devait reprendre, Aliver était étendu yeux ouverts sur sa paillasse, dans sa tente, et tous ces détails du quotidien lui manquaient. De tels moments lui semblaient aussi lointains que les souvenirs de son enfance. C'étaient des images d'un monde d'innocence en lequel il aurait désormais du mal à croire. À cette époque, il avait pensé souffrir de l'exil, mais à présent chaque journée passée dans le Talay lui paraissait idyllique. Se rappeler qu'il avait vécu comme n'importe quelle autre personne dans un monde normal lui était une douleur qu'il ressentait physiquement, une souffrance corporelle qui l'avait taraudé toute la nuit durant, même quand il sombrait pour quelques minutes dans le sommeil. Tous ces questionnements et ces craintes qui lui avaient paru revêtir une telle importance alors étaient maintenant inconséquents devant ce qu'il devait affronter.

Il se leva et roula ses poings fermés contre ses yeux pour en chasser la fatigue. Quelques minutes plus tard, il sortait de sa tente. Autour de lui s'agitait la foule humaine qui avait rallié sa cause. Des centaines de tentes et d'abris de fortune, des milliers d'hommes, de femmes et même d'enfants qui s'éveillaient à une nouvelle journée de combat. Les gardes halalys, qui de leur propre initiative le suivaient comme son ombre, le saluèrent d'un hochement de tête. Il vit tous ces visages qui se tournaient vers lui et souriaient, pleins d'espoir. Tous croyaient cette guerre déjà gagnée. Ils lui faisaient totalement confiance et le voyaient comme la réincarnation d'Édifus ou de Tinhadin. Il avait eu beau leur expliquer qu'il n'en était rien, ils semblaient croire que lui et lui seul était cette puissance mystérieuse qui les protégeait, et non les Hérauts du Santoth.

Il gardait son regard perpétuellement en mouvement, de crainte que ses yeux ne s'attardent un peu trop sur l'un de ses fidèles partisans. Il ne devait montrer aucune incertitude. *Vous pouvez la ressentir*, avait dit Thaddeus peu avant son départ, *mais ne la laissez jamais transparaître*. Aliver ne s'était pas rendu compte à quel point il s'était appuyé sur l'ancien chancelier jusqu'à ce que celui-ci s'en aille. D'une certaine façon, c'était comme si son père avait parlé par la bouche de celui qui l'avait trahi, aussi étrange que cela puisse sembler. Le vieil homme avait dit que tous les gens avancent à tâtons, même les rois. Mais un vrai roi avance comme un héros des temps anciens, avait-il ajouté. De tels héros n'étaient jamais la proie du doute. *Du moins, pas d'après ce que le monde voyait d'eux.* L'homme manquait beaucoup au prince. Thaddeus n'avait pas eu un mot d'adieu, mais Aliver savait ce qu'il allait chercher. Et il priait pour qu'il le trouve au plus tôt.

Il rejoignit Mena et Dariel qui discutaient tout en prenant leur petit déjeuner. Ils étaient assis côte à côte, et chacun tenait son bol dans une main tandis que de l'autre il emplissait sa cuillère de bouillie aussitôt avalée. Mena, au corps si menu qui pourtant dégageait une impression de force aiguisée que sa tenue sommaire ne cachait qu'en partie, dangereuse alors même qu'elle présentait au monde un visage aimable et sage. Son épée était posée à portée de main. Dariel au sourire facile, débordant d'énergie, avec ce regard pétillant et cet air retors, la chemise ouverte sur son ventre plat. Ils étaient collés l'un à l'autre et bavardaient tranquillement tout en mangeant. Ils ressemblaient à... à une sœur et un frère improbables, mais très à l'aise ensemble. Pour eux, les années de séparation semblaient s'être évanouies.

Une émotion violente saisit Aliver. Il eut soudain envie de se précipiter et de les serrer dans ses bras. S'il le faisait, ils finiraient tous trois par terre, et il les inonderait de ses larmes. Il bafouillerait et sangloterait, et il n'était pas certain de réussir à s'extraire de cette étreinte pour assumer les tâches qui l'attendaient. Dans les heures à venir, lui ou eux pouvaient mourir. Il en était conscient. Il avait envie de se livrer, de leur révéler ce qu'il y avait de plus fragile en lui, pour qu'ils comprennent et puissent se souvenir de lui. Il aurait tant aimé passer des journées entières avec eux, pour qu'ils dressent ensemble un tableau de tout ce qu'ils avaient connu.

Il leur avait confié sa vision de l'avenir. Quand ils auraient gagné cette guerre, avait-il déclaré, il ne gouvernerait pas seul. Il ne deviendrait pas un tyran qui ne leur laisserait pas un mot à dire sur la conduite de l'empire. Tous quatre partageraient les décisions, qu'ils prendraient par consensus et non par compromis. Par de longues conversations l'un avec l'autre, ils trouveraient une plus grande sagesse que celle qu'ils auraient pu acquérir seuls. Ils assumeraient de plus grandes responsabilités dans la marche de l'empire, et dans le même temps répondraient mieux aux divers besoins exprimés dans les provinces. Tout le monde aurait voix au chapitre dans la préparation de l'avenir.

Tout cela, il le croyait et le désirait, mais c'était le prince Aliver Akaran et non le frère qui s'exprimait. Le frère avait toujours beaucoup de choses à partager avec Mena et Dariel. Alors qu'il marchait vers eux, il dut bien admettre que rien dans sa vie n'avait correspondu à ce qu'il souhaitait. Il en était toujours ainsi. La seule pensée de la journée qui les attendait lui interdisait cette étreinte et ce flot de larmes. Ces moments d'émotion seraient pour plus tard, pour des heures plus calmes, lorsque des milliers de vies ne seraient pas en balance. Il adopta donc un ton ironique, comme n'importe quel frère aîné.

— Comment se fait-il que vous soyez toujours debout avant moi, tous les deux ?

Le sourire aux lèvres, Mena se leva et posa une main sur son épaule.

— La question est plutôt : comment réussis-tu à dormir ? railla Dariel.

— Légèrement, mon frère, dit Aliver en citant une vieille formule talayenne. Je dors légèrement et je marche pour garder la tête hors de la mer des rêves.

Dans l'heure, tous trois furent armés et équipés pour leurs rôles. Auparavant, chacun s'était attribué une portion de l'armée. Mena et Dariel étaient novices dans les engagements à cette échelle, mais ils s'adaptaient vite et semblaient voir loin. Mena avait combattu en première ligne, et elle avait stupéfait tout le monde par ses talents à l'épée et sa capacité à tuer sans remords, tout en faisant preuve hors des combats de beaucoup d'humilité et d'humanité. Dariel possédait un style qui ravissait les troupes. Les histoires que ses pirates avaient répandues sur son compte l'avaient paré de l'image d'un homme impossible à blesser, intouchable, en un mot béni des dieux. Ils étaient devenus des symboles que les gens suivaient avec enthousiasme. Les instructions d'Aliver passaient par eux et avaient sur le plus grand nombre un effet dynamisant que même les généraux chevronnés comme Leeka Alain ne pouvaient reproduire.

C'est en partie ce à quoi les tours de guet avaient servi. Depuis leur sommet, le trio s'envoyait des messages à l'aide de miroirs et de fanions de couleur. Elles permettaient également à Aliver de communiquer avec les Hérauts du Santoth, l'élévation aidant sa conscience à atteindre la leur. Mais, après le dernier jour de bataille, quand Maeander avait concentré le tir des catapultes sur elles, les tours avaient dû être abandonnées. Elles étaient devenues des cibles trop évidentes qui pouvaient se transformer en pièges mortels. Au deuxième jour, Mena avait évité de justesse de se retrouver coincée dans l'une d'entre elles. Elle était arrivée avec un peu de retard sur l'horaire prévu pour y grimper, et c'est du sol qu'elle avait assisté à sa destruction.

Aliver lui-même s'était trouvé dans la dernière à être touchée lors du troisième jour. Il venait de monter à son sommet et ouvrait son esprit aux Hérauts quand les soldats autour de lui s'étaient jetés à plat ventre sur le plancher. L'instant suivant, ce fut comme si le soleil était tombé sur terre. Des flammes apparurent dans chaque ouverture, le souffletant comme des langues de liquide incandescent. À sa vue, le monde passa d'un brasier doré aux ténèbres puis au néant. Pendant quelques secondes qui parurent interminables, il flotta dans un océan de douleur tandis que le feu calcinait ses chairs. Il se souvint par la suite d'avoir pensé à la mort, mais comme dans un rêve il ne pouvait se remémorer ce qu'elle était exactement. Peut-être n'était-elle pas complètement formée quand le changement se produisit.

Il se remit très rapidement. Il avait l'impression de se trouver au cœur d'un brasier, et le moment suivant les flammes refluèrent de son corps et semblèrent s'évaporer. La structure de la tour, qui avait commencé à s'effondrer quand la sphère de poix l'avait percutée à sa base, se redressa et retrouva toute sa solidité. La chaleur insupportable se dissipa. Le corps d'Aliver était intact. Les hommes et les femmes autour de lui se relevèrent, abasourdis.

Il répondit à leurs questions muettes par ce qu'il savait de la vérité. Très surpris lui-même, il réussit cependant à parler avec assurance, comme s'il expliquait un phénomène que connaissait n'importe quel enfant un tant soit peu éduqué. Bien qu'invisibles, les Hérauts du Santoth les protégeaient. Il avait déjà fait un discours pour que tous comprennent que ces sorciers faisaient partie d'un présent mythique. Il le leur rappela et leur demanda d'imaginer les chansons que les générations futures composeraient sur cette armée. Ils étaient venus de tous les coins du Monde Connu et combattaient sous l'égide de très anciens sorciers dont le souhait le plus cher était de revenir dans le monde des vivants et rectifier ce qui devait l'être depuis si longtemps pour rétablir son équilibre. C'était un objectif trop noble pour échouer, ajouta-t-il.

Il ne précisa pas que très probablement les sorciers avaient surtout protégé sa propre personne, et sauvé les autres parce qu'ils se trouvaient près de lui. Tout comme il ne révéla pas que les Hérauts n'avaient réussi ce tour de force que parce que le lien établi avec eux était très récent et clair, et le moment idéal pour qu'ils le secourent. Mais il avait déjà remarqué qu'énoncer partiellement une vérité avait parfois plus d'effet que de la dévoiler dans son entier. Il ne doutait pas que d'ici quelques heures toute l'armée serait au courant de ce qui venait de se passer. On inventerait une autre histoire de magie sur lui. Pour eux, c'était lui le magicien, celui qui accomplissait ces prodiges. Il savait bien sûr que c'était faux, mais il voyait aussi que cette croyance leur donnait un surplus de courage, et ce ne pouvait être une mauvaise chose.

Les deux frères et la sœur se mêlèrent à l'armée. Celle-ci se mettait en ordre de bataille, serrait les rangs et gravissait la pente de l'élévation pour redescendre ensuite de l'autre côté, dans la plaine où s'étendait le champ de bataille. Alors qu'ils marchaient avec les soldats, un coureur envoyé par Oubadal trouva les Akaran et leur délivra le message dont il était porteur. Aliver n'y comprit rien. C'était en rapport avec le déploiement de l'ennemi, qui apparemment ne se déroulait pas du tout comme les jours précédents.

Ils étaient proches du sommet de la pente et Aliver courut jusque-là pour se rendre compte. Ce qu'il vit le stupéfia.

Devant lui, les premiers rangs de ses propres soldats descendaient vers la plaine pour prendre position. Mais en face d'eux, le champ de bataille était désert. Une étendue pâle et desséchée, avec ici et là un buisson ou un acacia. Nulle part on n'apercevait l'armée de Maeander. Aliver prit sa longue-vue. Là-bas, au loin, le camp ennemi fourmillait d'ombres et de silhouettes qu'il savait être des soldats. Un peu partout des feux étaient allumés, surmontés de fins rubans de fumée. Les troupes meines étaient bien là, mais elles ne montraient aucun signe qu'elles comptaient combattre aujourd'hui. Avaient-ils mal compris ? La trêve devait-elle durer plus de deux jours ?

— Qu'est-ce que c'est ? demanda Mena.

Il les vit au moment où elle posait la question. Il y avait quand même une présence sur le champ de bataille, quelques objets qui n'attiraient pas immédiatement l'attention. Comparées à la masse de l'armée qu'Aliver s'était attendu à voir, ces choses semblaient très petites. Du moins jusqu'à ce qu'il les observe avec plus d'attention. Il s'agissait de quatre caisses alignées sur ce qui aurait dû être la position de l'avant-garde ennemie. Elles étaient en bois et renforcées par un squelette externe fait d'épaisses barres métalliques. Elles étaient trois fois plus hautes qu'un homme et longue d'une centaine de pas.

Aliver sentit son pouls s'accélérer. Il y avait des créatures à l'intérieur des caisses. Il ne pouvait les voir, mais il détectait leur présence aux mouvements que faisaient des formes de vie imposantes en se pressant contre les cages – car c'étaient des cages – qui les retenaient prisonnières.

— Comme c'est gentil à Maeander de nous avoir laissé des cadeaux, ironisa Dariel. En gage de paix, peut-être ?

Aliver ne répondit pas.

Une demi-heure plus tard, ils se tenaient devant les premiers rangs de leur armée. Les guerriers halalys d'Oubadal étaient les plus proches d'eux. Ils étaient toujours les premiers à se rassembler pour la bataille. Derrière eux, l'intégralité de leurs forces attendait. Tout le monde avait pris position dans la même diversité humaine bigarrée qu'au premier jour. Les caisses se trouvaient à une centaine de foulées d'eux. À cette distance, Aliver distinguait la poignée d'hommes immobiles près de chaque cage. D'après leur aspect, ce n'étaient pas des guerriers. Ils portaient de simples vêtements en cuir qui les couvraient de la tête aux pieds, une sorte d'uniforme terne qui se fondait avec le paysage sableux. Certains avaient des piques barbelées à leur extrémité. C'étaient des armes longues et peu pratiques qui ne pouvaient être destinées au combat contre des humains. Aucun d'entre eux ne paraissait commander, et l'on n'apercevait pas d'officier mein.

— Avons-nous un plan ? s'enquit Dariel.

Comme toujours, il y avait une pointe d'ironie dans la question. Aliver appréciait ce trait de caractère chez son frère, mais il n'eut pas le temps de lui répondre. Le pan des caisses qui se trouvait face à eux s'ouvrit dans sa partie supérieure. Les hommes l'abaissaient progressivement à l'aide de cordes. Le côté de la cage bascula et s'aplatit sur le sol en soulevant un nuage de poussière. Les hommes entourèrent l'arrière et les flancs des caisses, piques braquées comme pour se défendre.

Aliver attendait. Il ne pouvait rien faire d'autre tant qu'il ne savait pas ce à quoi ils allaient être confrontés. Le nuage de poussière se dissipa, et il n'y eut plus que le carré sombre des cages ouvertes. Le prince sentit que toute son armée retenait son souffle.

— Là, dit Mena, celle le plus à l'est.

Oui. Il y avait bien un mouvement. D'abord un simple reflet dans les ombres, puis un museau qui apparut à la lumière du jour. Un mufle aplati avec deux narines palpitantes, qui rappelait le groin d'un pourceau, avec des défenses s'entrecroisant dans une confusion telle qu'il était difficile de dire lesquelles appartenaient à l'une ou l'autre mâchoire. On pouvait en revanche constater que cette gueule se trouvait à hauteur de tête d'un homme, et qu'elle était plus longue que le corps entier d'un sanglier. La créature s'avança lentement.

Elle était énorme. Ses yeux petits et rapprochés étaient insérés dans le crâne juste au-dessus du museau, et son regard était celui d'un prédateur. Les pattes de devant étaient très semblables à celles d'un porc. La colonne vertébrale voûtée saillait, comme si elle cherchait à se libérer des chairs. Des sortes de crêtes couraient le long de ses flancs jusqu'à l'arrière-train beaucoup plus bas, avec des pattes courtes et massives couvertes d'excroissances fibreuses. C'étaient les pattes d'une créature taillée pour la course. Elle portait une armure naturelle sur la majeure partie de son poitrail, des protubérances calleuses qui ressemblaient à d'énormes verrues se rejoignant pour former des plaques calcifiées.

bataille. Il pensa d'abord qu'il s'agissait d'ennemis, mais leur provenance ne correspondait pas à la position du camp mein et ils n'étaient pas très nombreux. Dans la demi-seconde qu'il lui fallut pour braquer la longue-vue, il envisagea avec émotion que ce soient les Hérauts du Santoth venus à leur secours. Il scruta le panorama agrandi et tressautant qu'offrait la longue-vue et se rendit compte que ce n'était aucune de ces possibilités.

La force qui approchait comptait peut-être une centaine de soldats. Ils trottaient dans la plaine en direction du carnage. Ils étaient presque nus, avaient la peau brune et la plupart d'entre eux étaient de taille moyenne et minces. Ils ne portaient aucune bannière et étaient armés légèrement, avec ce qui semblait être des épées en bois, comme celles utilisées à l'entraînement en Acacia.

Un des antoks les avait aperçus. Il abandonna le massacre qu'il perpétrait et fonça vers les arrivants. Les soldats virent la bête et firent tous halte. Ils parlèrent entre eux avec animation, sans quitter le monstre des yeux. L'un d'eux, qui était plus grand que les autres, parut familier au prince, mais Aliver ne prit pas le temps d'y réfléchir.

Durant les trois quarts de sa course effrénée, il parut évident que l'antok allait percuter les nouveaux venus à pleine vitesse. Mais en se rapprochant il ralentit peu à peu, pour finir par s'arrêter complètement, juste devant eux. Les soldats braquaient leur épée de bois sur lui. Chacun restait parfaitement immobile, son torse nu et brun offert aux défenses meurtrières. Ils faisaient preuve d'une bravoure absurde, et Aliver redouta ce qui allait arriver.

Mais la bête n'attaqua pas. Elle s'avança encore un peu plus, renifla, pencha la tête d'un côté, puis de l'autre, avant de longer la ligne des hommes. Elle se mit à gratter le sol d'un sabot, comme si elle était déconcertée, observa les soldats sous différents angles, n'en trouva aucun de satisfaisant. Alors elle fit demi-tour et revint au trot vers l'armée acaciane.

Soulagé et éberlué tout à la fois, Aliver ne pouvait détacher son regard de ces arrivants. L'antok ne les avait pas touchés ! Il s'était tenu à portée de leurs poitrines nues, devant des armes qui ne pouvaient pas le blesser, et… et… quoi ? Une idée cherchait à s'imposer à son esprit. Il était presque douloureux de la savoir là, si proche, si importante. Quelque chose concernant ces soldats, là-bas… mais aussi les hommes près des cages… La raison pour laquelle ils n'avaient pas été agressés.

Il fit passer la longue-vue des nouveaux venus à son armée. Le choc visuel fut une révélation, et il comprit. Il ne prit qu'un instant de réflexion. Se tournant vers Kelis, il lui murmura quelque chose, puis éleva la voix pour s'adresser aux autres.

CHAPITRE SOIXANTE-DEUX

MENA POURSUIVAIT LE MÊME ANTOK depuis ce qui lui semblait être des heures. Elle aurait dû être accompagnée de gardes tout ce temps, mais elle s'était élancée si soudainement et avec une telle vigueur qu'ils l'avaient aussitôt perdue de vue. Elle avait couru entre les morts, glissé sur leur sang, parfois leurs viscères. Elle avait sauté par-dessus les cadavres et ignoré les cris et les plaintes des blessés et des mourants. Elle était inondée de sueur, avait les muscles des jambes en feu et du mal à respirer, mais elle refusait de s'arrêter. Elle s'efforçait de ne voir et entendre que le monstre qu'elle traquait, sachant que si elle lui prêtait attention l'horreur environnante la submergerait.

Quelle que soit sa trajectoire, elle ne parvenait jamais à rattraper sa proie. Pas plus qu'elle ne savait ce qu'elle ferait dans le cas contraire, sinon transmettre toute sa rage à l'acier de sa lame. Elle n'éprouvait aucune crainte. Sa haine était trop intense. Maeben hurlait de fureur en elle et voulait jaillir de son corps pour lacérer l'antok de ses puissantes serres. La déesse maudissait la faiblesse du corps de Mena : dépourvu d'ailes, avec des jambes trop courtes, insignifiant. La colère de la princesse en était décuplée.

Elle ne fit halte qu'une fois, pour entendre les instructions de son frère, parce qu'une main l'avait agrippée par l'épaule et stoppée net. Elle fit volte-face, prête à injurier sans retenue le gêneur. Le visage qu'elle découvrit était un tel masque las et empreint de stoïcisme – à la fois énergique, impérieux et implorant – qu'elle en oublia toute parole violente.

— Princesse, dit Leeka Alain, cessez de courir dans tous les sens

Quelques gardes arrivèrent derrière lui en haletant. Au grand étonnement de Mena, ils se débarrassèrent de leur casque et de leur armure, ainsi que du bandeau orange noué à leur bras.

— Dites-moi, quel peuple va au combat presque nu, avec des épées en bois ? fit le général. Des gens à la peau brune et aux cheveux noirs ?

Elle répondit automatiquement, sans se demander pourquoi il posait cette question :

— Mon peuple... Les Vumuans, je veux dire.

— Eh bien, certains d'entre eux sont venus à votre suite, Princesse. Et c'est une bonne chose, parce qu'ils ont montré la solution à Aliver.

— La solution à quoi ? rétorqua-t-elle d'un ton distrait.

Du regard elle chercha l'antok et vit son échine bombée qui fendait la masse des soldats comme l'aileron d'un requin la surface de la mer.

— La solution pour calmer ces maudits monstres et pour, peut-être, les tuer ensuite. D'abord vous devez vous dévêtir complètement.

— Quoi ?

— Vous mettre nue

— Vous êtes sérieux ?

Le vieux soldat se rembrunit.

— Ce n'est pas que mes yeux n'apprécieront pas le spectacle, Princesse, mais l'ordre vient de votre frère. Déshabillez-vous, et suivez-moi. C'est une idée insensée, mais peut-être l'unique moyen de survivre à cette journée.

Il partit au trot tout en ôtant sa cotte de mailles. Mena le suivit, entourée du groupe de soldats nus. Elle vit Leeka retirer sa chemise. Il déboucla le ceinturon, sortit son épée du fourreau qu'il abandonna. Elle allait lui demander à quoi il pouvait bien penser quand il regarda en arrière dans sa direction. Il lui résuma ce qui s'était passé alors qu'elle était tout entière prise par sa chasse à l'antok. Tout en l'écoutant, elle remarqua la scène qui se déroulait autour d'eux.

Les monstres continuaient de faire des ravages dans l'armée, mais tous les soldats qui n'étaient pas confrontés directement à eux se livraient à une activité très curieuse. Tous se déshabillaient. Ils se débarrassaient en hâte de leurs vêtements et coupaient leur brassard à l'aide de leur dague. C'est seulement quand ils furent nus comme des vers qu'ils se regroupèrent, mais pas selon les unités auxquelles ils avaient été affectés. Épaule contre épaule, ils formèrent de vastes îlots humains.

Si Mena avait bien compris les propos de Leeka, Aliver croyait que les couleurs vives attiraient les antoks. Leurs gardiens et les Vumuans n'avaient pas été attaqués parce qu'ils étaient d'une teinte que les bêtes considéraient comme neutre. Peut-être s'agissait-il là d'une réaction naturelle, dit Leeka. Peut-être avaient-ils été domestiqués par des gens à la peau brune, à moins qu'ils n'aient été dressés à se comporter ainsi, afin que leurs maîtres ne courent pas de risques auprès d'eux. Les armées acacianes – et même celle-ci, pourtant largement composée de Talayens – avaient toujours porté l'orange vif des Akarans, ce qui faisait de chaque soldat une cible aisément repérable. L'explication valait ce qu'elle valait, mais ils devaient tenter leur chance. De toute façon, vêtements et armures ne les protégeaient pas de ces défenses et de ces sabots.

Mena n'avait jamais eu honte de son corps sur Vumu, et elle se dénuda prestement. Quand elle détacha son ceinturon, elle s'examina. Elle avait les bras, les jambes et le torse cuivrés par le soleil, alors que son bassin était d'une teinte plus claire, ce qui la fit réfléchir.

— Je pense la même chose, dit Leeka en la regardant.

Lui-même avait la poitrine et le bassin pâles d'avoir été longtemps couverts.

— Que ne donnerais-je pas en cet instant pour être né avec la peau d'un Talayen... Venez, rejoignons les autres. Ils feront bouclier.

Elle comprit ce qu'il voulait dire quelques instants plus tard, quand ils se mêlèrent à la foule des corps, peau contre peau, avec la sueur qui facilitait leur passage. Les Talayens de toutes les tribus s'étaient placés devant et faisaient passer tous ceux qui avaient la peau claire – Acacians, Candoviens, Senivales et Aushéniens – derrière leurs rangs compacts. Mena dut lutter pour rester près d'eux, car elle voulait participer à la suite. Elle fut séparée de Leeka et ses gardes. Elle cria pour s'identifier, joua des coudes et des épaules pour se frayer un chemin dans la masse humaine.

Bientôt, elle fut entourée d'une garde de soldats bethunis. Leur secours était appréciable mais elle se sentit lésée car, pendant un long moment, elle ne put voir que ces hommes trop grands qui la cernaient Finalement, elle trouva un affleurement rocheux qui lui permit d'avoir un point de vue privilégié sur les alentours. Les

Bethunis se serraient autour d'elle pour la protéger. Elle les en remercia en posant les mains sur leurs épaules.

La mer humaine qu'était l'armée avait pris une coloration uniforme. Plus aucun soldat n'arborait ces vêtements de couleur vive qui les distinguaient quelques minutes plus tôt. Les antoks étaient tous pris au piège dans la masse humaine. À présent ils hésitaient, changeaient de direction, s'avançaient dans cette multitude de corps qui s'ouvrait devant eux. Ils les ignoraient totalement. Seule comptait la couleur.

L'un des monstres souleva des cadavres toujours habillés et les projeta en l'air. Un autre s'acharna sur un tas de vêtements abandonnés qu'il déchira rageusement. Il tournait sur place, dans un tourbillon multicolore qu'il avait lui-même créé, en martelant le sol de ses sabots et en reniflant. Soudain il se figea. Des lambeaux de tissu drapaient ses flancs et son échine, certains étaient même accrochés à ses défenses et son mufle. Il haletait. Il regarda autour de lui, huma l'air, grogna. Il était déconcerté, Mena le voyait bien. C'était le dominant et il poussa un rugissement à l'adresse des autres. Ils répondirent de la même manière, dans un cri exprimant leur perplexité et leur frustration. Ils ne se rapprochèrent cependant pas du chef. Chacun était encerclé par un mur brun et mouvant d'humains dont il ne semblait pas comprendre la fragilité.

Dans le silence relatif qui suivit l'appel de l'antok, Mena se rendit compte du calme qui régnait sur la plaine. Des milliers de soldats se tenaient autour des bêtes, mais personne ne parlait. Pas d'ordres vociférés. Pas de bugles retentissants. Il y avait certes des sanglots étouffés, des geignements et des râles d'agonie, mais, en dehors de ces manifestations de souffrance, le silence était assez profond pour que la jeune femme perçoive la respiration des monstres. Elle entendit même l'articulation de l'un d'eux craquer alors qu'il s'avançait au pas vers le mur de soldats devant lui. À côté des antoks, les humains étaient pareils à des enfants. S'il l'un d'eux avait tendu ses pattes, il aurait pu les enjamber sans les toucher.

Mena aperçut enfin Aliver. Il n'était pas très loin d'elle, un peu plus bas dans l'écran de guerriers déployé en face d'elle, de l'autre côté de l'espace laissé libre pour une des créatures. Il se tenait à quelques pas d'elle. Il ressemblait tant aux Talayens, par sa musculature et son attitude, que le regard de sa sœur avait dû passer plusieurs fois sur lui sans le remarquer. Il était en première ligne, épaules collées contre celles des deux Talayens qui l'encadraient. Son teint était légèrement plus clair que le leur, mais on ne pouvait nier que lui aussi était brun de peau. Et Mena ne pouvait prétendre qu'il n'était pas en danger.

L'attention de l'antok passait d'un homme à un autre à mesure qu'il longeait l'alignement des soldats, et il se rapprochait d'Aliver. Le monstre cherchait la moindre excuse pour tuer. Ses défenses étaient comme les lames incurvées de certaines épées. Mena plaça une main sur la garde de la sienne et sentit son pouls se répercuter dans ses doigts quand ils se refermèrent sur le tressage de cuir. Elle vit le monstre se rapprocher encore de son frère. Elle voulut écarter les Bethunis et se précipiter vers lui. Chaque muscle, chaque fibre de son corps lui hurlait d'aller s'interposer entre l'antok et Aliver. Elle se trouvait assez près pour que, d'un bond bien calculé depuis les épaules de l'homme devant elle, il lui soit possible de se recevoir dans l'espace dégagé. Elle dégainerait alors son épée et...

Aliver la regardait. Il ne bougea pas la tête, et son corps ne changea pas de position, mais ses yeux glissèrent vers elle. Il les riva à ceux de sa sœur. Manifestement, il cherchait à lui transmettre un message. Mais elle ignorait lequel. Elle secoua doucement la tête. Il reporta son regard sur l'antok, puis sur elle. Il répéta ce va-et-vient à plusieurs reprises.

La bête interrompit le contact visuel entre eux quand elle arriva à hauteur du prince. Mena surveilla l'échine de l'animal jusqu'à ce que le monstre se soit avancé assez pour révéler de nouveau Aliver. Un son surgit de son corps. Mena n'entendit rien, mais elle vit son cou se gonfler légèrement, l'ovale de la bouche, comme s'il se vidait brusquement les poumons. L'antok tourna vivement son énorme tête vers lui, ce qui obligea les soldats proches à reculer en s'appuyant sur ceux qui se trouvaient immédiatement derrière. Il fit demi-tour et réduisit la distance qui le séparait de celui qui osait le défier. Soudain la personne du prince présentait pour lui beaucoup d'intérêt. Il l'examina d'un unique œil bulbeux, de si près qu'il aurait pu lécher son visage.

Aliver soutint le regard animal. Il devait sentir l'haleine fétide du monstre sur sa peau. Il restait impassible, sans trahir la moindre émotion que sa sœur pût détecter. Comme si ses traits étaient sculptés dans la pierre. Ses lèvres remuèrent à nouveau. Ce qu'il dit fit réagir les Talayens autour de lui. Tous ensemble, ils levèrent lentement les yeux au ciel.

Que faisait-il ? s'interrogea Mena. Que voulait-il qu'elle voie ? Il doit savoir quelque chose, songea-t-elle, sinon il ne pourrait afficher un tel calme. Il semblait maîtriser totalement la situation, comme si la bête était déjà sienne. La jeune femme bouillait de l'envie de s'élancer dans l'air, propulsée par la fureur de Maeben, mais elle sentait aussi une crispation douloureuse en elle qui venait de l'amour, la fierté et la confiance qu'il lui inspirait, une sorte de foi qui à cet instant devenait presque de la vénération pour ce héros qu'il était. Elle savait qu'elle pouvait vaincre la bête. Elle le pouvait, mais il y avait quelque chose qu'il essayait de lui communiquer et qu'elle ne comprenait pas. Elle se concentra dans l'espoir de saisir un indice.

Aliver tenait la Confiance du Roi dans sa main droite et sa dague dans la gauche. Il doit se préparer à attaquer, se dit-elle. Et si tel était le cas, alors il avait certainement trouvé le point faible de ces monstres. Elle scruta son visage et s'efforça de repérer quel endroit il regardait avec insistance sur le flanc de l'antok. Elle essaya de localiser le même de son côté. Et elle vit.

Entre les plaques d'excroissances qui protégeaient le garrot de la créature, une zone de son cuir se soulevait et s'abaissait rythmiquement. Elle palpitait d'une manière qui ne pouvait signifier qu'une chose : sous la peau épaisse battait une artère. Elle ne l'aurait jamais remarquée si l'animal ne s'était pas immobilisé. Sans la quitter des yeux, elle se pencha vers le Bethuni le plus proche et lui parla à l'oreille. Il ne fallut qu'un instant au guerrier pour repérer à son tour le point faible de la bête.

— Dis aux autres d'observer mon frère et de faire comme lui, chuchota-t-elle.

Un moment plus tard elle vit la tête de Leeka Alain qui surgissait au-dessus de la foule. Il regarda longuement l'antok, puis se tourna vers elle et acquiesça. Il disparut de nouveau dans la mer humaine. Des murmures parcoururent l'armée.

Elle n'aurait pu dire combien de temps s'écoula entre cet instant et ce qui se produisit ensuite. Pas plus de quelques secondes, lui sembla-t-il. L'animal se désintéressa du prince et commença à se retourner. Mena vit alors Aliver s'élancer vers l'antok. Il s'avança de deux pas et bondit. Il ficha la dague jusqu'à la garde dans les chairs de la patte antérieure et s'en servit pour prendre son élan vers le haut. Son mouvement suivant fut presque délicat, et parut s'effectuer au ralenti. Le bras gauche raidi sur la dague, il posa la pointe de la Confiance du Roi sur l'artère et enfonça la moitié de la lame. Il lâcha alors la dague, saisit l'épée à deux mains et pesa vers le bas de tout son poids. La lame trancha dans la chair selon une ligne descendante qui sectionna l'artère.

L'antok tourna vivement sa gueule horrible vers la blessure, mais Aliver avait déjà bondi à bas de la bête, libérant son épée en même temps. Il se reçut souplement à quelques pas de distance, hors de portée du geyser de sang. La fontaine vitale aspergea les soldats les plus proches. Ils se protégèrent les yeux de ce liquide noir et épais comme de l'huile. La bête tourna sur elle-même encore et encore, et le jet de sang l'arrosa également. Elle paraissait chercher sa source.

Aliver s'écarta des autres. Isolé, il se mit à décrire des moulinets dans l'air avec sa lame. La Confiance du Roi paraissait si légère dans ses mains, si fine qu'à certains moments la lame disparaissait presque dans la vitesse du mouvement. Le prince prononça à mi-voix des paroles que Mena ne put saisir, en attendant que la créature se souvienne de lui. Enfin l'antok cessa sa danse circulaire et le repéra. Il se campa sur ses pattes en vacillant, comme ivre. Il cligna rapidement des paupières, comme s'il tentait de clarifier ses idées. C'est là qu'il était réellement touché : par le flux décroissant du sang qui normalement irriguait son cerveau À présent, il ne cessait de cligner des yeux. Il semblait avoir du mal à voir. Il secoua lourdement la tête et renifla.

Aliver se baissa et ramassa un morceau d'étoffe sur le sol. Il le brandit dans sa main gauche, le fit claquer jusqu'à ce qu'il se déploie et l'agita pour que sa couleur orange accroche la lumière du soleil. Il dit quelque chose d'autre à l'antok. Puis il drapa sa poitrine du tissu.

C'était un défi que le monstre comprenait. Avec un rugissement il fonça. Il vacillait un peu, mais semblait toujours aussi féroce. Aliver attendit qu'il soit à deux foulées de lui et lança l'étoffe haut dans l'air. L'animal s'arrêta et leva le mufle pour suivre sa trajectoire. Il se dressa sur ses pattes de derrière. Aliver se plaça sous le corps du monstre, et sa lame l'ouvrit du poitrail jusqu'au bas de la panse. Il s'était écarté bien avant que l'antok ne s'effondre dans un jaillissement d'entrailles.

CHAPITRE SOIXANTE-TROIS

IL N'AVAIT PAS ÉTÉ SPÉCIALEMENT DIFFICILE DE S'INTRODUIRE DANS LE PALAIS. En fait, tout comme pour l'indice concernant *Le Chant d'Élenet* qui l'amenait ici, Thaddeus y était parvenu grâce à quelque chose que Dariel avait dit. Un soir, peu après avoir retrouvé Aliver dans le Talay, le jeune prince avait raconté sa rencontre avec Val des Verspines, le pillard qui allait devenir son père de substitution. Il avait détaillé ce qu'il savait des régions souterraines du palais. Nombre de ses descriptions étaient vagues. Quand il avait des détails, ils semblaient faussés par des ajouts certainement dus à son imagination enfantine de l'époque, avec des personnages excentriques qui habitaient un réseau labyrinthique de tunnels dont les occupants des étages supérieurs ignoraient totalement l'existence.

Mais Dariel se montra beaucoup plus précis et crédible quand il narra l'épisode durant lequel il avait failli être emporté par la mer. C'était un souvenir que les années n'avaient pas érodé. Il existait une sorte de plate-forme rocheuse juste au-dessus du niveau de la mer, à la pointe nord de l'île, près du temple de Vada. C'était un surplomb plat et étroit taillé dans la roche bien longtemps auparavant, pour une raison inconnue. Juste au-dessus, creusé selon un angle qui le rendait certainement difficile à repérer depuis la mer, se trouvait un point d'entrée. Le passage sur lequel il ouvrait était ascendant et conduisait à diverses issues dissimulées au cœur du palais, jusque dans les chambres d'enfants.

Thaddeus enregistra cette description avec grand soin. Après avoir quitté le camp d'Aliver sans cérémonie, il chemina vers le nord pendant plusieurs jours. Puis il obliqua vers l'ouest pour éviter l'armée de Maeander qui se rassemblait. Une fois arrivé à un petit port côtier, il acheta le sloop le plus petit qu'il pouvait risquer en mer. Il leva l'ancre au crépuscule, le jour même. Les vents furent favorables pendant presque toute la nuit, et peu de temps avant l'aube son navire était doucement ballotté par les vagues juste devant les parois rocheuses qui annonçaient la côte nord d'Acacia.

Il avança aussi longtemps qu'il l'osa dans la lumière croissante de l'aube, et finalement décida de débarquer. Sachant qu'il ne pouvait permettre que le sloop soit découvert, il s'écarta du rivage et sauta par-dessus bord. Il regarda s'éloigner son bateau porté par la brise. Alors, et non sans mal, il nagea jusqu'à la terre et, pour la première fois depuis des années, foula le sol d'Acacia.

Il mit plus de temps qu'il ne l'aurait souhaité à localiser le point d'entrée décrit par Dariel. Quand enfin il y parvint, il était exténué et redoutait de s'être lancé dans une entreprise vouée à l'échec. Lorsqu'il trouva le passage, il remercia le Grand Dispensateur. Il quitta la lumière naissante pour un monde qui était aussi désert et inquiétant que Dariel l'avait dit.

Il fut agréablement surpris par la facilité avec laquelle il accéda au palais. Il déboucha soudainement sur des couloirs qu'il avait souvent empruntés, et ıl dut se maîtriser pour ne pas les parcourir comme s'il appartenait toujours à l'entourage impérial. Mais il sut se réfréner. Il devait se montrer prudent, surtout maintenant. Il se retira dans des coins sombres pendant toute la journée. Il ne pouvait pas toujours distinguer les couloirs abandonnés de ceux qui étaient régulièrement utilisés par les serviteurs, mais il se posta derrière des cloisons depuis lesquelles il pouvait voir et entendre. Il était très étonné qu'on puisse ainsi se déplacer au cœur du palais sans être vu de quiconque. Il se demandait d'ailleurs si quelqu'un d'autre l'avait fait quand lui-même était en poste ici.

Il en eut tout de suite la chair de poule : bien évidemment, il avait été espionné. Les Ligueurs : si des gens empruntaient ces passages secrets, il ne pouvait s'agir que d'eux. N'étaient-ils pas réputés pour leur anticipation très fine des événements, décrets et décisions à venir ? Et qui pouvait dire s'ils ne sillonnaient pas toujours ce réseau clandestin pour surveiller Hanish à son tour ? Thaddeus redoubla de précautions, et ne se déplaça qu'avec la plus extrême prudence, pour observer comment s'organisait la vie du palais sous la férule meine.

Il fut frappé de constater qu'il n'y avait aucune organisation, justement. Une confusion générale s'était abattue sur les lieux. Les serviteurs s'affairaient ici et là dans un état d'excitation très singulier, comme à l'approche d'un événement sans précédent. Sa connaissance parcellaire de la langue meine lui permit de comprendre certaines conversations. Il en déduisit, en recroisant les informations glanées, qu'Hanish était absent de l'île mais devait bientôt y revenir. Quand la nuit descendit sur le palais, il décida que cette nouvelle expliquait la tension générale, certes pas de façon totalement satisfaisante, mais il n'était pas ici pour jouer à l'espion.

Sa mission était des plus singulières. Si ce qu'il avait fini par déduire des différents éléments qu'il possédait depuis des années était vrai, *Le Chant d'Élenet* était resté dans la bibliothèque de Leodan Akaran pendant tout ce temps. Il lui suffirait donc de se glisser dans la bibliothèque sans être vu, de trouver le livre et ensuite de quitter le palais et l'île, toujours discrètement.

Dans les heures les plus calmes de la nuit, Thaddeus se rapprocha de son but. Il faisait très attention à la discrétion de sa progression, tout en repensant à ces instants lointains où, sans le savoir, on lui avait donné les indices qu'il exploitait maintenant. C'est avec tristesse qu'il se remémorait cette dernière conversation avec Leodan. Il en avait été chagriné nuit et jour depuis, mais il lui donnait à présent une interprétation différente. Quand il se souvenait du visage du roi tourné vers lui, il n'était plus du tout sûr que le mourant se remémorait tout ce qu'ils avaient vécu ensemble. Il n'était même pas sûr que Leodan l'ait regardé avec affection, méfiance ou haine, parce qu'en ces instants il lui avait parlé de façon cryptée. Il ne lui avait pas dit avec précision où le livre se trouvait. Il ne lui avait pas fait confiance sur ce sujet, pas plus qu'à ses enfants, qu'il devait juger trop jeunes pour savoir quoi faire de l'ouvrage. Il avait préféré répartir entre le chancelier et ses héritiers les indices menant à sa localisation. À l'évidence, il leur reviendrait de décider quand ils seraient prêts, et quand *Le Chant* leur serait réellement nécessaire.

Leodan avait écrit : *Dites aux enfants que leur histoire n'est qu'à moitié écrite. Dites-leur d'écrire le reste et de le placer près des plus grandes histoires. Dites-leur. Leur histoire a sa place auprès des plus nobles jamais narrées.*

Il avait dit à Thaddeus que l'histoire de ses enfants avait sa place auprès « des plus grandes », et il avait dit aux enfants qu'une des plus grandes histoires était celle des Deux Frères. Il suffisait de réunir les indices et la réponse devenait évidente. *Leur* histoire n'était pas seulement celle de leurs vies. Et ce n'était pas uniquement l'histoire de la lignée des Akarans. C'était une longue narration de la folie humaine. C'était le récit de la façon dont deux êtres humains avaient appris à devenir des dieux, à maîtriser le langage, et comment ils avaient irrité la divinité, mis en esclavage les créatures du Dispensateur et assuré leur domination sur le monde. C'était la relation de la trahison d'Élenet.

La porte de la bibliothèque fit à son goût beaucoup trop de bruit quand il l'ouvrit. Les charnières grincèrent, preuve qu'elles avaient été peu sollicitées toutes ces années. L'odeur qui planait sur les lieux était telle qu'en son souvenir, poussière, moisissure et bois de santal. La lune déversait sa pâle clarté par les larges fenêtres, dont plusieurs étaient juste assez entrouvertes pour laisser entrer le souffle de la nuit. Thaddeus se déplaça dans le clair de lune. Il connaissait par cœur son chemin entre les amoncellements de livres, et il trouva celui qui l'intéressait exactement à l'endroit prévu. La facilité de la chose le surprit. *Les Deux Frères* se trouvaient toujours à leur place, juste à côté du dos lisse d'un vieux volume. Dès qu'il l'ouvrit, il sut qu'il avait entre les mains le livre qu'il cherchait.

C'était *Le Chant d'Élenet*, rédigé de la main du premier sorcier. Rien sur la couverture ne le signalait expressément. Elle était en cuir vieilli, sans aucune mention ni décoration, ce qui donnait à l'ouvrage un aspect presque utilitaire, comme celui d'un registre tenu par quelque obscur officier gouvernemental. Quand il le feuilleta, il constata que rien dans son apparence générale, les caractères ou le titre des chapitres ne laissait transparaître l'importance de son contenu. Il lui parut indispensable d'en lire assez pour vérifier qu'il ne faisait pas erreur. Oui, juste assez pour avoir confirmation qu'il avait mis la main sur le bon livre. Il alla s'asseoir sur le rebord d'une des fenêtres et se plongea dedans. Il sentait un très léger souffle d'air charriant le parfum du temps effleurer son visage à chaque page qu'il tournait.

Et chaque page lui donnait envie de passer à la suivante, mais pas à cause de ce qu'il y découvrait. Il tournait ces pages parce qu'*il ne pouvait pas* les lire. Son esprit ne retenait le sens des mots que le temps de les parcourir. Il lisait sans lire. Devant ses yeux s'étalait une pleine page manuscrite, puis une autre, et encore une autre. Des lettres bien formées et des mots, tracés d'une plume ordinaire sur un papier dont le grain épais disait l'ancienneté. Cette page par exemple était comparable à n'importe quelle autre, pleine de mots qu'il reconnaissait presque. Mais il avait beau se concentrer, il n'arrivait pas à comprendre le sens d'une seule des phrases qu'il lisait. Il ne parvenait pas à retenir une phrase, une pensée, même une simple impression de tout ce qui était juste là, offert à son regard. Toujours il se savait sur le point de saisir sa signification, et toujours il devait recommencer sa lecture. Il perdit toute notion de temps.

Gagné par la colère, il finit par s'exclamer d'une voix sifflante :

— À quoi bon ?

L'écho de sa voix le fit sursauter. Il regarda autour de lui, observa les grains de poussière qui flottaient dans l'air, écouta le silence et chercha à repérer le moindre signe qu'il avait été entendu ou vu. La pièce était déserte et silencieuse, mais il constata qu'on était au petit matin. La lumière d'un jour clair cascadait par les fenêtres. Des heures s'étaient écoulées depuis qu'il avait ouvert le livre. Il avait été tellement absorbé que quelqu'un aurait pu s'approcher et lui donner une tape sur l'épaule avant qu'il se rende compte de sa présence. Il percevait des voix dans la cour au dehors, des pas dans le couloir, un grincement bas comme si quelqu'un déplaçait un meuble dans une pièce voisine.

C'est alors qu'il prit conscience du poids du livre, comme si celui-ci appuyait volontairement sur ses cuisses pour le défier d'essayer encore de le déchiffrer. Il le referma d'un geste vif. Cet ouvrage ne lui était pas destiné, bien sûr. Et il n'avait pas réellement eu l'intention de le lire. Son contenu ne pouvait être déchiffré qu'après une étude approfondie, et ce texte devait être examiné par quelqu'un qui accepterait de consacrer son existence à l'apprendre, qui ne reculerait pas devant l'ampleur et l'importance d'un tel savoir. Thaddeus n'était pas cette personne. Il coinça le volume sous son bras et se dirigea vers la porte. Il lui faudrait faire appel à toute sa ruse et sa force pour sortir vivant du palais.

Alors qu'il allait se glisser dans le couloir, une voix lui parvint par la fenêtre entrouverte sur sa gauche. Une femme, qui hélait quelqu'un. Il n'entendit pas les mots nettement, mais quelque chose dans leur prononciation piqua sa curiosité et le poussa à regarder qui avait parlé ainsi, et à qui. Il s'avança et tendit lentement le cou pour voir.

Un groupe de trois femmes lui tournait le dos. L'une d'elles faisait un signe à une jeune femme qui se trouvait de l'autre côté de la cour. Celle-ci semblait s'être arrêtée quand on l'avait appelée. Elle hésita un instant, puis se dirigea vers le trio et Thaddeus la reconnut. Corinn. C'était Corinn. Des airs de Leodan et d'Aleera,

CHAPITRE SOIXANTE-QUATRE

Meander avait tout vu depuis une estrade érigée à côté de sa tente, dans le camp mein. Il possédait son propre système de vision à distance, deux longues-vues attachées ensemble qui formaient un appareil binoculaire. Il fredonna lorsque les Acacians descendirent la pente en formation de bataille. Il sourit devant leur hésitation quand ils aperçurent les cages des antoks. Il imagina leur expression désemparée et rit par saccades, ce qui fit sursauter les hommes autour de lui.

Malgré tout, il fut abasourdi par les dommages que créèrent ces bêtes. Depuis que la Ligue avait apporté aux Meins des bébés antoks en guise de présent du Lothan Aklun, il avait personnellement supervisé le dressage de ces monstres. Au départ, ils n'étaient pas plus gros que des cochons de lait. Il les avait vus grandir. Il avait donné pour instruction à leurs dresseurs de les préparer pour ce genre d'occasion. Tout d'abord, leur inculquer une haine farouche de toute couleur vive, en l'associant à une menace. Durant de longs mois, on les habitua à associer à la douleur l'orange et le rouge, le pourpre et le vert, le bleu. Et on leur apprit que la seule façon de réagir à ce genre de situation était un déchaînement de violence. Cette partie du dressage n'avait pas posé de problème majeur. Par nature, les antoks étaient des créatures extrêmement violentes, et ce dès la naissance.

Mais ce dont il fut témoin durant ces premières heures allait au-delà de ce qu'il avait imaginé. Il profitait d'un panorama global du champ de bataille, et il vit très bien comment les quatre antoks se comportaient, sans réelle coordination. Ils fonçaient dans les troupes massées devant eux, mais sans la folie meurtrière aveugle que les Acacians percevaient peut-être chez eux. Ils repoussaient peu à peu les forces adverses et contrôlaient la frénésie apparente du massacre. Maeander constata avec étonnement que les dresseurs n'avaient pas menti quant à leurs aptitudes : les histoires que le Lothan Aklun racontait sur ces créatures étaient véridiques. Et il pensait les voir très bientôt massacrer les Acacians et leurs alliés jusqu'au dernier. Ces monstres ne cesseraient le carnage que lorsque chaque parcelle mouvante de couleur aurait été piétinée ou déchiquetée. Et c'est alors qu'il avait ressenti, mêlée à l'euphorie d'une victoire assurée, la crainte sourde de ces inconnus qui vivaient au-delà des Flots Gris. S'ils offraient à leurs alliés des armes d'une telle puissance lesquelles conservaient-ils pour leur usage exclusif ?

Cette pensée fut interrompue par l'arrivée d'une troupe peu nombreuse. Des Vumuans, comme il l'apprit rapidement. Il savait très bien pour quelle raison l'antok ne les attaquait pas, mais il n'avait pas prévu que dans ce chaos sanglant les Acacians devineraient la parade grâce à cet indice. Il jura quand ils se dénudèrent. Il eut envie de leur hurler d'arrêter. Cela ne vous sauvera pas ! Mourez en braves, pas en montrant votre postérieur au monde ! Il les vit encercler lentement les bêtes, en constituant un mur de leurs corps. Chacun d'entre eux se tenait immobile, nu et vulnérable, le cœur exposé. Par ce seul stratagème, ils réussirent à désamorcer la fureur sanguinaire des antoks. Maeander n'aurait jamais imaginé une telle chose.

Pas plus qu'il n'en crut ses yeux quand Aliver trouva le moyen de tuer un de ces monstres. Il se tenait là, très semblable aux Talayens à ses côtés, armé seulement d'une épée et d'une dague. Le Mein ne discerna pas tous les détails de son attaque, mais il vit le prince acacian bondir sur le flanc de la bête, et celle-ci le charger quelques instants plus tard, avant de s'écrouler. À n'en pas douter, elle avait reçu un coup fatal. Les soldats d'Aliver suivirent son exemple, avec quelques variations. En moins d'une demi-heure, tous les antoks gisaient morts. Les Talayens triomphants montèrent sur leurs cadavres et dansèrent de joie.

Ce soir-là, les généraux qu'il réunit en conseil s'évertuèrent à souligner les points positifs de cette journée. Les Acacians seraient dans l'incapacité d'aligner une armée convaincante le lendemain. Les officiers estimaient à quinze mille les victimes des antoks. C'était un nombre phénoménal. Environ un quart de leurs forces. De plus, on n'avait pas remarqué de signe de sorcellerie sur le champ de bataille. Aucune force extérieure ne les aidait. Peut-être celui qui avait utilisé sa magie pour eux avait-il péri sous les sabots d'un antok. À moins qu'il n'ait épuisé ses dons surnaturels.

— Aliver a retardé sa défaite, dit un général, mais nous sommes prêts à en finir. Nous devrions marcher sur eux avec toutes nos réserves demain matin. Nous les bousculerons. Même s'ils ne se présentent pas sur le champ de bataille. Nous les massacrerons dans leur camp, et nous laisserons leurs cadavres pourrir au soleil.

Plusieurs officiers murmurèrent leur approbation. Devant le silence de Maeander, un autre général prit la parole :

— Souvenez-vous, nous n'avons pas perdu un seul homme aujourd'hui. Pas un seul. Hanish lui-même n'aurait pas mieux fait.

Mais de telles considérations ne rassérénaient pas Maeander. Cette fois, c'était lui qui voyait les bénéfices que l'ennemi retirait de ce qui ressemblait pourtant à une défaite. Le récit d'Aliver tuant le premier antok se propagerait très vite dans tout le pays. Le prince deviendrait une légende et la rébellion en serait décuplée.

Il apprit deux autres nouvelles troublantes durant cette nuit-là. Les vaisseaux de la Ligue présents tout le long de la côte s'étaient retirés. Leurs alliés n'avaient donné aucune raison à ce départ, et ils avaient décliné les offres de dialogue faites par les quelques capitaines meins qui commandaient leurs propres navires. Il y avait de la perfidie dans ce retrait, mais pour l'instant l'affaire restait sans explication. À présent, Maeander ne pourrait pas évacuer ses troupes si celles-ci se retrouvaient acculées en bord de mer. Il ne le dit pas à haute voix, mais il se demandait s'il n'y avait pas la main de son frère derrière cette énigme. Hanish voulait-il le punir, ou le mettre au défi ? Cela n'avait aucun sens, mais cette pensée ne continua pas moins de tourner dans sa tête comme une roue en perpétuel mouvement.

Plus tard, alors qu'il était assis sous sa tente, le regard fixé sur la flamme immobile de la lampe à huile, un messager lui apporta un courrier. Il émanait de son frère et avait traversé l'océan grâce à un pigeon voyageur. Il ne faisait nulle mention de la Ligue, mais peut-être Hanish n'était-il pas encore au courant de la défection de leur flotte. Son frère annonçait avec enthousiasme qu'il était revenu des Grandes Terres avec tous les Tunishnevres. Aucun sarcophage n'avait été endommagé pendant le voyage, et les ancêtres étaient impatients de connaître leur libération. D'ici quelques jours, Hanish les ferait installer en sécurité dans la chambre sacrée bâtie en Acacia. Ensuite il les libérerait.

Et tu auras accompli la tâche de ta vie, songea Maeander. *Alors que moi, je n'aurai rien fait d'autre qu'aider à assurer ta renommée.*

Cette pensée fit naître en lui un découragement subit. Mais aussitôt lui revint un vieux souvenir. Il avait onze ans, et Hanish venait d'en avoir treize. À cette époque, leur père vivait encore, et il disait souvent sa fierté d'avoir des fils comme eux. Afin de marquer l'anniversaire d'Hanish, Heberen leur avait fait danser le Maseret devant un groupe très respecté de vétérans, dans le Calathrock. Ce devait être un des derniers duels d'Hanish en tant que novice, la dernière fois que l'affrontement ne se terminerait pas par une mort. Ils étaient armés de vrais poignards, mais ils portaient leur thalba sur une cotte de mailles. Une tache sur leur poitrine marquait l'emplacement du cœur. C'était la cible qu'ils devaient toucher pour remporter le combat.

Ils étaient tous deux vifs et agiles, leur corps en pleine croissance. Maeander était presque aussi grand et fort qu'Hanish, et depuis quelque temps il se demandait si ses talents à la danse ne surpassaient pas ceux de son frère. En cette occasion, devant cette assemblée de guerriers expérimentés, il ne put s'empêcher de pousser Hanish dans ses derniers retranchements. Il n'avait pas prévu d'agir ainsi. L'envie lui vint naturellement. La fierté l'envahissait et le guidait. Ses mouvements étaient plus rapides que jamais et il opérait des changements de rythme inattendus. Il s'émerveilla de l'impassibilité de son frère. C'était d'autant plus impressionnant et irritant qu'il sentait très bien la pression qu'il imposait à Hanish. Il ne tenta pas de gagner le duel. L'insulte aurait été trop évidente. Mais il voulait être sûr que les anciens le remarquent et pour cela il fit couler le sang d'Hanish. Il entailla sa narine gauche d'un mouvement de revers et regarda aussitôt le public. Quelques instants plus tard, il laissa son frère le toucher au cœur. Il quitta l'arène très satisfait de lui-même. Une coupure au visage n'était pas importante selon les règles du Maseret, et il ne s'agissait pas d'une blessure sérieuse. Mais elle laisserait une cicatrice, ce qui n'était pas pour déplaire à Maeander.

Mais pendant la nuit qui suivit, il fut brutalement tiré de son sommeil. La peur le paralysa. Il sentit un poids vivant contre son dos le plaquer sur sa couche. Quelqu'un agrippa ses cheveux et tira sa tête en arrière. Le plat d'une lame de poignard toucha son cou et s'inclina juste assez pour qu'il en sente le fil goûter sa peau.

Alors Hanish lui parla à l'oreille, d'une voix froide et claire. D'une façon ou d'une autre, dit-il, Maeander ne l'humilierait plus jamais

— Ne prétends pas ne pas l'avoir fait exprès ! Tout le monde l'a vu. Je l'ai vu. Tu voulais me faire savoir que tu es meilleur que moi. Tu souhaites que j'aie peur de toi, n'est-ce pas ? Mais je n'ai pas peur de toi. C'est la lame de mon poignard contre ton cou, mon frère. Elle a toujours été là, et elle y sera toujours. Je pourrais te tuer, ici et maintenant, si je le voulais.

Maeander n'en douta pas une seconde. Son frère aurait pu parler avec la voix du Dispensateur tant était grande son assurance. Hanish lui déclara qu'il avait un choix à faire. Il pouvait mourir immédiatement, sans avoir rien accompli qui mérite qu'on se souvienne de son nom, ou accepter de l'aider à changer le monde.

— Jure sur les ancêtres que tu n'œuvreras jamais contre moi. Jure que toujours tu m'obéiras. Jure sur les ancêtres et je te laisserai vivre. Refuse et tu meurs, ici, maintenant. Personne ne contestera que j'avais le droit de te tuer. Tu le sais.

La réponse jaillit des lèvres de Maeander, à sa très grande honte. Il se peut que la seule chose qui l'ait poussé à respecter ce serment ait été cette honte, justement. Confronté à la mort, il reculait. Il était étendu là, paralysé par la peur, horrifié à l'idée de rater la vie de gloire qu'il s'imaginait avec tant de clarté. Ce fut un moment de faiblesse impardonnable, et il en eut immédiatement conscience. Hanish l'avait mis face à la seule situation qu'un homme du Mein pouvait redouter : mourir avant d'avoir atteint la grandeur. Ironiquement, selon le code mein, il aurait dû mettre Hanish au défi d'exécuter sa menace. Il aurait dû accepter ce destin qui était le pire de tous avec une indifférence narquoise. Ce ne fut pas le cas.

Ce renoncement aurait dû être une honte insupportable. Mais, après avoir entendu Maeander jurer ce qu'il exigeait de lui, son frère parut s'amollir de tout son corps. Sa respiration devint curieusement heurtée. Perplexe, Maeander comprit que son aîné pleurait, avec une telle intensité que chaque sanglot sortait comme étouffé de sa gorge. Maeander ne bougea pas d'un pouce, ne mentionna pas la lame qu'Hanish tenait toujours collée à son cou. Ils n'avaient jamais parlé de cette nuit, mais Maeander y pensait presque quotidiennement.

Et à présent… à présent Hanish était sur le point de connaître son plus grand triomphe. En comparaison, son frère avait échoué. On pouvait résumer la situation ainsi. Il avait échoué. Cela ne signifiait pas la défaite pour son camp. Rien de ce qu'Aliver pouvait faire n'empêcherait Hanish de mener à son terme la cérémonie de libération des Tunishnevres. Quand les ancêtres fouleraient de nouveau le sol de cette terre, ils constitueraient une force invincible. Toutes les ruses et les stratégies utilisées par son frère et lui ne seraient rien en regard de la furie qu'ils déchaîneraient. Donc, en retenant l'armée acaciane dans le nord du Talay, il avait concouru à la victoire totale d'Hanish. C'était très bien. Mais ce n'était pas l'essentiel. L'essentiel, c'était que désormais Maeander Mein n'aurait aucune place réellement glorieuse dans cette histoire. Qui se souviendrait de lui ? Qui chanterait les hauts faits de Maeander, alors qu'Hanish aurait accompli le seul exploit dont son peuple rêvait depuis vingt-deux générations ? C'était comme si son frère n'avait jamais enlevé de son cou la lame du poignard.

Devant cette évidence, Maeander décida qu'il n'y avait qu'une manière honorable pour lui de se racheter. Il envoya des messagers à ses généraux pour les informer que l'attaque prévue pour le lendemain matin était maintenue, mais retardée. Il avait quelque chose à l'esprit pour commencer cette journée. Il n'y survivrait pas, mais c'était sans importance. S'il rejoignait les Tunishnevres maintenant, il serait libéré avec eux très prochainement. Il deviendrait l'un d'entre eux, un des ancêtres que son frère se devait de révérer. Et puis il était resté trop longtemps sans regarder l'ennemi au fond des yeux. Son aîné lui-même n'avait jamais fait cela. Et s'il atteignait l'objectif qu'il s'était fixé, Hanish serait incapable de lui enlever le bénéfice de cette action d'éclat.

Le lendemain matin, rien de ce qu'il pensait ou avait planifié n'était visible dans son comportement. Il sortit du camp à la tête de sa suite personnelle, une poignée de Pusinari chevauchant dans la lumière oblique du soleil. Chacun d'entre eux était plus grand que la moyenne, son visage énergique figé en une dureté minérale, en accord avec son port et sa musculature. Leurs cheveux blond paille descendaient sous leurs épaules. Quelques-uns avaient opté pour les tresses traditionnelles, en souvenir des années où leurs ancêtres parcouraient les régions sauvages, durant leur exil. Tous savaient ce qui les attendait, et aucun ne montrait la moindre hésitation. Maeander avait réuni ses trois tresses avec les rubans colorés qui représentaient les trois hommes tués de sa propre lame. Son torse était enveloppé dans un thalba gris. Sa seule arme était la dague rangée dans son étui, à l'horizontale en travers de son ventre.

Ainsi accompagné et équipé, Maeander approcha le camp acacian après avoir traversé la plaine du champ de bataille. Il tenait une bannière pour indiquer son désir de parlementer et arborait le masque d'une humilité souriante.

Chapitre soixante-cinq

Le cygne de papier l'attendait juste derrière la porte. Quelqu'un avait dû le glisser en dessous. Comment on avait procédé, voilà qui n'était pas clair si l'on considérait le placement du pliage assez loin du battant et le fait qu'il était dressé, alors que l'espace sous la porte était beaucoup moins haut que la créature géométrique stylisée. De plus il y avait un mot à côté du cygne. Ce n'était qu'un ruban de papier, si fin qu'il fut difficile à ramasser. *Acceptez ce présent*, lut-elle, *dans l'éventualité où vous en auriez besoin*.

Il n'y avait pas de signature, mais Corinn savait qui avait envoyé le message. Elle n'arrivait pas à deviner comment les agents de sire Dagon avaient pu éviter les gardes à l'extérieur, et la pensée qu'ils s'étaient peut-être trouvés dans cette pièce alors qu'elle dormait la fit frissonner. Elle porta le cygne à son nez et le sentit, avec précaution. Aucune odeur. En serrant les doigts, elle décela la texture d'une poudre à l'intérieur du pliage. Elle savait que c'était là le résultat de la distillation d'une racine de fleur sauvage, selon un procédé connu des seuls Ligueurs. Ils en faisaient un poison mortel qui ne pouvait être détecté, que ce soit par sa saveur ou son odeur. Elle songea à relire le mot, mais le papier spécial s'était froissé et effrité. Il n'en restait qu'un résidu sur ses doigts et quelques traces sur le sol, que le courant d'air qui passait sous la porte dispersait déjà.

Elle se trouvait dans son ancienne chambre, où elle se réfugiait parfois lorsque Hanish était absent. Cette pièce lui offrait une plus grande intimité, et ces derniers temps elle avait commencé à rechercher de plus en plus la solitude, pour tenter de maîtriser le tourbillon de ses pensées. Ce matin, elle s'était réveillée avec la conviction que les quelques jours à venir allaient complètement modifier le cours de son existence. Ce message et le cygne de papier renforçaient cette impression. C'était en quelque sorte une confirmation que les forces à l'œuvre dans le monde agissaient en connivence avec elle. Par précaution, elle préféra ne pas manier trop longtemps le pliage, et elle le glissa sous sa ceinture.

Elle retourna à la coiffeuse devant laquelle elle était assise avant d'apercevoir le cygne en papier. Elle avait l'intention de préparer les événements de la soirée, mais elle prit quelques secondes pour s'observer dans les miroirs. Comme souvent ces derniers temps, elle se sentait mal à l'aise. Chacun de ses reflets montrait un personnage différent. Selon l'angle, elle paraissait affreuse ou superbe, fragile, agitée, pleine d'assurance ou... mauvaise. Oui, vue de profil et de la gauche, elle ne pouvait que reconnaître une cruauté jusqu'alors passée inaperçue dans le dessin de l'œil et celui des lèvres, et dans cette manière d'avancer très légèrement le menton, comme si c'était une arme. Elle détestait ce qu'elle voyait là. Enfin, certaines fois. D'autres fois, elle détestait ce qu'elle découvrait sous d'autres angles. Lequel de ces visages devrait-elle présenter à Hanish quand il reviendrait ?

Le chef mein avait prévu son arrivée pour le lendemain. Il ferait voile à la tête de la flotte de vaisseaux qui ramenaient ses ancêtres légendaires sur l'île. La veille, il lui avait envoyé une lettre résolument enthousiaste dans laquelle il faisait allusion à son intention d'installer au plus tôt les ancêtres dans la chambre sacrée construite récemment. Il parlait de sa joie devant le spectacle des sarcophages chargés à bord des navires. Quel spectacle merveilleux, avait-il écrit. Comme si elle allait éprouver la même émotion ! Il lui rappelait combien il comptait sur sa fidélité à sa promesse et sur son aide pour les libérer afin qu'ils connaissent enfin le repos éternel. Une fois qu'elle l'aurait fait, la scission qui avait balafré le Monde Connu pendant des siècles se résorberait. Meins et Acacians auraient alors une nouvelle chance d'apaiser leur vieille animosité. La terre pourrait commencer à guérir. Cette guerre n'avait pas eu d'autre fonction. C'était une longue bataille, un voyage épique, mais son terme était proche. Il écrivait encore : *Toi, Corinn, tu rendras tout cela possible. Mon peuple et le tien te vénéreront tous deux pour cela.* Et *je te vénérerai pour cela.*

— Il ne sait rien de ce que je suis à l'intérieur, dit-elle à la pièce silencieuse.

Il fut un temps où la véracité de cette phrase l'aurait peinée. Et aujourd'hui, tout ce qu'elle préparait en découlait. Hanish pensait qu'il pouvait se jouer d'elle comme si elle était la dernière des idiotes. Mais elle était déterminée à ne pas le laisser faire.

— Il ne sait rien de ce que je suis à l'intérieur, répéta-t-elle.

— Non, dit doucement une voix en réponse. Aucun homme ne le sait. Aucun homme n'a jamais pu le savoir.

Corinn se leva précipitamment, se retourna et chercha du regard la source de cette voix. Tout d'abord elle ne vit personne. La pièce était déserte et lui offrait pour seule compagnie ses objets de famille. Elle y était en sécurité sous le plafond peint d'une fresque bucolique, avec ces murs décorés de tentures aux couleurs variées. Un homme écarta le bord de deux d'entre elles et s'avança, pour s'arrêter à quelques pas de la jeune femme. Sa proximité, le caractère concret de sa présence étaient si choquants qu'elle retint son souffle.

— N'ayez aucune crainte, dit l'intrus. Je vous en prie, Princesse, ne criez pas. Je suis ici pour vous aider. Je sers votre frère, et je vous sers.

Elle le reconnut après quelques mots seulement. Thaddeus, le chancelier. Le meilleur ami de son père. Celui qui l'avait trahi. Par le Grand Dispensateur, comme il avait vieilli ! Son visage était ravagé par le temps, ses joues creusées, sa silhouette voûtée. Il paraissait si las, avec ces poches sous les yeux, cet air vacillant... Il serrait un livre contre sa poitrine. Malgré sa surprise, elle réussit à parler et elle lui dit la première chose qui lui venait à l'esprit :

— Comment êtes-vous arrivé ici ?

Il demanda la permission de s'asseoir. Il parlait bas, d'une voix dépourvue d'inflexions.

— Je serais heureux de tout vous expliquer, Princesse Cor...

— Mais vous vous trouvez dans ma chambre ! dit-elle, de plus en plus incrédule devant l'impossibilité de la chose. Comment vous êtes-vous introduit dans ma chambre ?

— Je vous en prie, puis-je m'asseoir ? Sinon je risque de m'écrouler. Et... s'il vous plaît, pouvez-vous vous assurer que nous ne serons pas dérangés ? Je ne peux risquer d'être découvert. Je vous expliquerai pourquoi.

Corinn comprit qu'il lui fallait réfléchir vite. Ce genre de visite discrète avait probablement un motif important. Elle ne devait pas commettre de faux pas, car ce qui amenait dans sa chambre cet homme surgi de son passé ne pouvait être simplement ignoré ou sous-estimé. Et il ne représentait visiblement pas une menace physique. Elle décida de lui obéir.

— Attendez ici, dit-elle dans un murmure.

Elle sortit dans le couloir et informa ses serviteurs qu'elle ne voulait être dérangée sous aucun prétexte. Elle fit placer des gardes devant la porte de ses appartements, puis revint auprès de Thaddeus et le mena jusqu'à l'alcôve proche du balcon. Là, elle le fit asseoir dans un siège à haut dossier pendant qu'elle marchait de long en large devant lui. Il lui dit tout. Comment il s'était introduit dans le palais, les passages secrets qu'il avait parcourus pendant des heures avant de trouver celui qui débouchait dans le coin derrière son lit. Elle serait sans doute très surprise d'apprendre que ce passage était là depuis toujours, dissimulé par une subtilité architecturale. Mais il ne commençait pas par le commencement...

C'était Aliver qui l'avait envoyé, dit-il, et il se lança dans une description très élogieuse et quelque peu échevelée de l'homme que son frère était devenu. À présent, l'aîné de ses enfants s'apprêtait à dépasser tous les espoirs que Leodan avait placés en lui ! Il avait une grande vision des choses. Il possédait le don de captiver et de convaincre les foules. Il était mû par un sentiment d'urgence et un but des plus nobles. Thaddeus parla également de Mena et de Dariel, la prêtresse à l'épée et le pirate intrépide. Ensemble, ils étaient engagés dans une bataille qu'ils ne pouvaient pas perdre. Aliver avait enflammé le cœur des gens en les persuadant qu'ils avaient leur destin entre les mains. Quand il serait victorieux, il ne régnerait pas *sur* eux, mais *pour* eux, avec leur permission et avant tout dans leur intérêt. Il balaierait toutes les ignominies cachées qui avaient cours dans le Monde Connu et trouverait de nouvelles manières d'assurer la prospérité générale. Il restaurerait la confiance entre les nations, libérerait les opprimés de leur joug, briserait l'échine de la Ligue, en finirait avec le Quota et abolirait le travail forcé.

Le vieux chancelier était intarissable. Corinn l'écoutait et elle se rendit compte qu'elle aurait dû être submergée par le soulagement, la joie, l'impatience de revoir ses frères et sa sœur. Elle s'efforça de ressentir ces choses. Plus Thaddeus parlait, cependant, plus il semblait à Corinn que ce discours était un pur délire. La matière dont on fait les contes pour enfants. Un fantasme où elle n'avait pas l'impression d'avoir sa place. Comment pouvait-il croire qu'elle accorderait du crédit à son récit ? Elle avait déjà entendu une partie de cette histoire, de la bouche de Rhrenna et de celle de Rialus. Elle avait glané d'autres détails au hasard des conversations. Mais l'ensemble paraissait encore moins crédible maintenant qu'il était détaillé par ce vieillard assis devant elle. Il parlait comme un disciple fraîchement converti qui vénère un prophète de… de quoi ? L'Égalité ? La Libération ? Elle avait presque l'impression qu'Aliver projetait de bâtir un empire dans les cieux, quelque royaume idyllique qui flotterait sur les nuages. Mais cette merveille disparaîtrait avec les nuages dès la première brise un peu forte, avait-elle envie de dire. Elle était envahie par une amertume d'une intensité surprenante, mais elle fit en sorte de n'en rien montrer.

Un singe doré apparut sur le balcon. Il avait dû sauter d'un niveau supérieur, et il semblait stupéfait de les découvrir dans l'alcôve. Il poussa un gazouillement aigu, semblable à celui d'un oiseau. Sur le fond bleu du ciel, son pelage était éclatant. Corinn lui tourna le dos.

— Hanish revient demain. Il ramène les Tunishnevres. Il veut que je l'aide à accomplir la cérémonie qui mettra fin à la malédiction. Il dit que, lorsque ce sera fait, une grande partie du différend entre Meins et Acacians sera réglée et appartiendra au passé. Qu'en pensez-vous ?

— Il amène les Tunishnevres ici ? demanda Thaddeus, qui resta assis en silence pendant un long moment, bouche ouverte et regard voilé. J'aurais dû m'en douter. Bien sûr… Il a eu le temps de préparer une chambre sacrée ici. Il a envoyé son frère combattre Aliver, non parce qu'il a pris la menace au sérieux, mais parce qu'il avait lui-même un objectif plus important. Il vous a gardée ici près de lui pendant tout ce temps… J'aurais dû le prévoir. Nous avons cherché des alliés dans nos propres mythes. Pourquoi Hanish n'aurait-il pas fait de même ?

Il fixa ses yeux fatigués et rougis sur Corinn.

— Vous m'avez demandé ce que j'en pense ? Je pense qu'Hanish vous ment. D'après la tradition, il existerait deux manières de lever la malédiction qui touche les Tunishnevres. Il pourrait les libérer par une offrande de sang, une offrande pour obtenir leur pardon et leur droit au repos éternel. Mais ce n'est pas son intention. S'il prend votre vie sans votre consentement, s'il vous tue sur l'autel, alors il réveillera ses ancêtres. Ils récupéreront leur corps et parcourront de nouveau la terre, Corinn. Ils seront incroyablement puissants et se déchaîneront dans une vengeance qui ne connaîtra pas de limites. Si cela se produit, nous sommes réellement perdus. C'est pourquoi vous devez vivre.

— Est-ce pour cette raison que vous êtes venu ? demanda Corinn. Pour me secourir ?

— Je suis venu pour une autre raison, répondit l'ancien chancelier.

Il lui parla des Hérauts du Santoth, de l'altération de leur savoir et du besoin urgent qu'il y avait de retrouver *Le Chant d'Élenet*. Il expliqua qu'il avait réussi à localiser le livre d'après des indices que Leodan avait laissés pour eux. Aliver n'était pas encore au courant de son succès. Il ne savait même pas que Thaddeus était ici. L'ancien chancelier devait absolument rapporter au plus vite le livre au prince, mais à présent il était tout aussi important qu'elle quitte l'île avec lui. La tâche serait ardue, mais s'il s'enfuyait par le chemin qu'il avait emprunté pour venir, ils ressortiraient à l'air libre non loin du temple de Vada. Il pourrait se rendre au temple à la nage, et il ne doutait pas de convaincre les prêtres de lui donner un petit bateau. Ensuite, il reviendrait la chercher et ensemble ils s'enfuiraient à la voile. Peut-être même serait-il possible d'envoyer un message à Aliver depuis le temple, afin qu'il agisse en conséquence.

Corinn restait sans expression. Elle ne voulait pas penser à la fuite maintenant.

— Ce livre est *Le Chant d'Élenet* ? dit-elle en désignant le volume posé sur les genoux de l'homme.

Le livre n'avait rien de spécial, vraiment, mais elle remarqua que Thaddeus n'avait jamais ôté la main de sa couverture, comme s'il redoutait qu'il arrive quelque chose, même ici, alors qu'ils étaient seuls dans l'alcôve.

Méfiant, il acquiesça.

Elle tendit les mains.

— Princesse, nous n'avons pas beaucoup de temps, dit-il. J'ai cru comprendre qu'Hanish revenait demain. Nous devons...

— Laissez-moi voir ce livre, dit-elle sur un ton impérieux, sans quitter des yeux le chancelier.

Elle avait la certitude que, si elle n'avait braqué sur lui ce regard autoritaire, il aurait refusé, gagné du temps, trouvé une excuse ou changé de sujet. Il ouvrit la bouche pour dire quelque chose, mais déjà elle lui avait pris l'ouvrage des mains et s'était reculée de quelques pas.

Le livre était beaucoup plus léger qu'il n'en donnait l'impression. Dès qu'elle en vit le contenu, elle sut que rien dans sa vie ne serait plus jamais pareil. La page était pleine de mots manuscrits qui ondulaient et décrivaient des boucles. Ils remuaient devant elle, grossissaient et changeaient pour devenir un mot puis un autre, dans une langue étrangère et magnifique. Ceux qu'elle lisait étaient comme des notes qui résonnaient dans son âme. Elle ne connaissait pas leur sens, mais dès que ses yeux se posaient sur eux ils s'élevaient du papier et emplissaient la princesse d'un chant. Ils l'accueillaient. Ils lui rendaient gloire. Ils dansaient dans l'air comme des oiseaux exotiques. Ils lui affirmaient qu'ils l'avaient attendue. Ils l'avaient attendue. À présent, tout irait bien. Elle et elle seule pouvait faire en sorte que tout aille bien. Ils se frottèrent contre son corps avec l'intensité ronronnante et sensuelle d'un chat domestique qui a faim. En cet instant, elle n'aurait pu expliquer comment elle entendait ou comprenait ces sensations, ou ces déclarations, ou ces promesses. Mais les messages et le rayonnement sublime des voix qui les prononçaient étaient indéniables. Sans aucun doute, ce livre était le cadeau qu'elle avait attendu toute sa vie.

Quand elle le referma, que la pièce retrouva son aspect normal à ses yeux et qu'elle put voir de nouveau Thaddeus, elle comprenait déjà des choses qui auparavant lui échappaient. Elle voyait déjà avec clarté ce qui devait être fait.

— C'est merveilleux, dit-elle. Dites-moi la vérité : quelqu'un connaît-il l'existence de ce livre ? Quelqu'un sait-il que vous l'avez et qu'il est ici, avec moi ?

— Non, rien à craindre de ce côté-là. Vous et moi, nous sommes les seuls à le savoir. Et à l'expression de votre visage… vous avez vu quelque chose dedans ?

Elle eut un sourire chaleureux mais ne lui répondit pas.

— Vous avez accompli une grande action. Mon père avait raison de vous aimer.

Quels que soient les doutes du vieil homme, cette déclaration les anéantit. Ses yeux s'embuèrent instantanément.

— Merci, dit-il. Merci d'avoir dit cela. Vous pouvez me pardonner, alors ?

Corinn lui répondit qu'elle ignorait à quoi il faisait allusion. Qu'avait-elle à pardonner ? Elle pouvait seulement le remercier. Une larme coula sur la joue du vieil homme. Il se lança dans un autre discours. Un torrent de mots se déversait hors de sa bouche, révélant ce qu'il avait fait, et pourquoi, et combien il avait regretté, prié, et s'était démené pour arranger les choses.

Corinn n'écouta pas grand-chose de ce qu'il racontait, mais elle le regarda de ses yeux agrandis, en hochant la tête. Avant qu'il n'ait fini, la fatigue le submergea. Ses gestes se firent plus vagues, sa voix moins claire. Il clignait des paupières et fournissait un effort manifeste pour garder les yeux ouverts. Elle s'assit juste le temps de décider de ce qu'elle allait faire, puis elle l'interrompit.

— Assez, Thaddeus, dit-elle. Je ne vois aucune tache sur vous. Vous comprenez ?

Elle tendit une main et lui toucha le menton dans un geste plein de douceur.

— Vous êtes sans tache, répéta-t-elle. Il n'est pas nécessaire d'en parler davantage. Je vais vous trouver à manger et à boire. Reposez-vous ici. À mon retour, nous réfléchirons à ce que nous ferons, et comment.

Sentant qu'il allait peut-être protester, elle plaça *Le Chant d'Élenet* contre la poitrine du vieil homme. Le contact parut l'apaiser. Un moment plus tard, elle sortit de ses appartements et ordonna à une servante de lui apporter du thé et une collation légère. Puis elle resta là, tremblante. Le souvenir du *Chant* était déjà aigre-doux. Elle l'avait tant aimé. Il avait fait de la vie quelque chose de bon et de beau. Avec lui tout serait possible. Elle avait déjà hâte de rouvrir le livre. Elle savait que l'apprentissage de son langage ne serait pas facile. Il exigerait des mois, peut-être des années d'une étude assidue. L'ouvrage lui-même le lui avait fait savoir. Il lui donnerait tant, mais seulement si elle créait l'atmosphère qui permettrait son examen en secret. Pourquoi son père et les générations avant lui avaient-ils ignoré et caché le *Chant* ? Quelle folie. . Elle ne commettrait pas cette erreur.

S'il lui fallait accomplir ce qu'elle commençait à considérer comme son destin, il y avait pléthore de choses à régler et très peu de temps pour cela. Elle devrait relever ce défi armée de sa seule intelligence, avec son esprit rusé, en s'appuyant sur ce qu'elle avait déjà mis en mouvement. Elle devrait anticiper chaque étape, envisager les faux pas et les éviter. Elle devrait bien réfléchir à ce que Thaddeus avait dit des intentions d'Aliver, afin de savoir comment y réagir. Elle ferait parvenir un message à Rialus par l'intermédiaire d'un pigeon voyageur. Ce serait difficile, mais elle n'avait pas droit à la moindre erreur. Et puis elle explorerait tous ces passages secrets. Mais avant tout, elle devait s'occuper de Thaddeus.

Quand la servante réapparut, Corinn lui prit le plateau des mains et réitéra son ordre de n'être dérangée sous aucun prétexte. Elle regarda la jeune Acaciane s'éloigner et refermer la porte derrière elle. La princesse posa le plateau sur un guéridon. Elle glissa les doigts sous sa ceinture et sortit l'oiseau en papier. D'une tape légère, elle lui redonna sa forme de cygne. Elle serra les extrémités du pliage entre ses doigts, l'inclina et regarda le filet de poudre qui tombait en étincelant dans le thé. Elle espérait que la substance était bien sans goût ni odeur, comme les chimistes de la Ligue l'affirmaient. Elle se rendit compte alors que quelque part dans son cerveau elle avait déjà projeté d'utiliser le poison sur Hanish. Tout en surveillant la dissolution des grains minuscules, elle renonça à cette idée. Pour lui, elle trouverait un autre moyen. Le hasard avait voulu que ce cadeau lui parvienne aujourd'hui, juste avant que l'ancien chancelier surgisse du passage secret dans le mur. Un autre signe qu'il devait en être ainsi.

Elle prit une cuillère en argent et remua le liquide en cercles lents. Elle n'éprouvait aucune colère contre Thaddeus. La trahison qui semblait tant le perturber ne figurait même pas dans les pensées de la jeune femme. Non, cette décision n'avait rien d'émotionnel. C'était simple. Thaddeus lui avait apporté ce qu'elle cherchait. Elle savait, comme par quelque souvenir ancestral soudain ranimé, qu'elle était faite pour détenir ce livre. C'est pour cette raison que l'ancien chancelier le lui avait apporté, et non à Aliver. Il ne percevait pas cela, mais pour elle c'était évident. C'était elle et non Aliver qui finirait par comprendre le fonctionnement du monde. Son frère était un rêveur, naïf et idéaliste. Pour elle, le monde se jouerait toujours d'hommes tels que lui. Elle savait comment se servir du pouvoir. Elle savait sans le moindre doute possible ne pouvoir compter sur personne d'autre qu'elle-même. Et le *Chant*. C'est à elle que revenait la connaissance contenue dans ce livre. Peut-être autoriserait-elle Aliver à s'en servir aussi, se dit-elle. Oui, elle le lui permettrait. Quand viendrait le moment, une fois qu'elle se serait assurée qu'il n'était pas un fou motivé par quelque ferveur philosophique déraisonnable.

Lorsqu'elle revint dans la chambre, elle n'apportait que le bol de thé fumant. L'ancien chancelier s'était assoupi. Il était assis très droit dans le fauteuil, mais sa tête s'inclinait selon un angle inconfortable, sa bouche était entrouverte et il s'en échappait à intervalles réguliers une sorte de râle nasillard. Elle le contempla un moment, en proie à un sentiment de nostalgie qui ne parvint pas à se fixer sur un souvenir précis. Elle se dit que ce qu'elle s'apprêtait à faire était une bonne chose. Certains mourraient, certains souffriraient. Mais quand tout serait terminé, elle aiderait à l'émergence d'un monde différent de tout ce qu'il avait été avant. Elle le ferait parce qu'elle aimait les membres restants de sa famille, qu'elle voulait veiller à leur réussite et leur éviter d'être la proie des erreurs fatales vers lesquelles leur rhétorique semblait les pousser. Ce qu'elle allait faire n'était pas dirigé contre eux. Au contraire, ils en profiteraient.

Elle s'avança lentement. Elle se déplaçait avec la grâce furtive d'un ange, le bol de thé entre les mains, sa chaleur pareille à celle du plomb fondu.

Chapitre soixante-six

Les horreurs des combats de masse dépassaient tout ce que Dariel avait connu quand il était pirate. Heureusement, il avait en lui une certaine sérénité qui l'aida à traverser cette épreuve Depuis qu'il avait retrouvé Aliver et Mena, il était devenu une version plus jeune, joyeuse et pleine d'allant de lui-même. Il savait qu'ils étaient engagés dans une lutte à mort, mais il n'était pas seul dans cette tourmente. Il avait vu sa sœur mener une armée à la bataille avec son épée brandie dans le prolongement de son bras, comme si elle faisait partie intégrante de son corps ; son frère complètement nu défier sans ciller une créature cauchemardesque et la vaincre comme l'aurait fait un héros de légende. Chose incroyable, c'étaient là sa sœur et son frère. Il n'était pas orphelin, finalement. Il avait une famille. Bientôt ils l'emporteraient, et alors tout – toutes ces morts et ces souffrances, ces années d'exil, toutes ces injustices qui infestaient le monde –, tout serait réparé.

Cette conviction l'aida à ne pas se laisser aller après la bataille contre les antoks. Le matin suivant, il se leva avant l'aube, en n'ayant dormi que deux heures. Il sortit de sa tente encore couvert de sang séché, avec de la crasse sous les ongles, sur son front et sur son cou. Il était impatient de faire ce qu'il pouvait pour les blessés, les agonisants et les morts. Il prit à peine le temps de s'asperger le visage d'eau fraîche et d'ôter un peu de la saleté qui couvrait ses bras, et uniquement parce que Mena l'y obligea. Elle avait vérifié qu'il n'avait aucune blessure, puis elle avait exigé de savoir combien de temps il s'était reposé, s'il avait mangé et bu quelque chose. Elle était son aînée, après tout, et comptait parmi les rares personnes qui pouvaient lui imposer ces exigences. Pour cela, il l'aimait. Quand ce serait fini, il s'assiérait avec elle dans le calme et lui expliquerait tout ce qu'elle représentait pour lui. Il lui ferait des cadeaux et lui avouerait qu'il n'avait jamais oublié combien elle s'était montrée gentille et attentionnée avec lui quand il était enfant.

De telles pensées l'aidaient à supporter le chagrin et la souffrance que les bêtes avaient infligés à tant de gens. Il se drapait de ce sentiment d'union familiale comme d'une cape. Cela le soutint durant toute la matinée, pendant qu'il nettoyait et pansait les plaies, distribuait des paroles de félicitations et d'encouragement, portait des gourdes d'eau à des lèvres sèches. Il murmurait à l'oreille de ceux qui allaient partir. Il leur disait à quel point ils étaient aimés et combien ils seraient honorés par les générations futures.

Il se consacrait depuis plusieurs heures à ces tâches quand la nouvelle lui parvint. Les cris passèrent sur lui comme une bourrasque soudaine qui lui ôta sa cape protectrice. Il mit un moment à saisir le sens de ce qu'il venait d'entendre, et il ne le crut pas totalement avant de se tenir à côté de sa sœur et son frère, quand tous trois suivirent des yeux l'approche parmi leur armée d'une petite troupe ennemie.

Ils étaient dix, grands et blonds, avec de longs cheveux et des mines féroces, armés seulement de dagues. Ils donnaient une impression d'aisance et d'assurance, et affichaient une indifférence totale pour les milliers de regards haineux fixés sur eux. Maeander Mein. Dariel ne savait pas ce qu'il voulait, mais dès l'instant où il l'aperçut un nœud se serra au creux de son ventre.

Pendant qu'un officier mein l'annonçait, Maeander regarda autour de lui, un sourire aux lèvres, et observa Aliver et les autres comme s'il n'avait jamais vu un spectacle aussi divertissant. Une impression de force et de vivacité irradiait de sa personne. Il était parfaitement proportionné, musclé mais sans excès, avec un torse compact et relativement mince, comme si le principal de sa puissance se trouvait au centre de son être et dans ses cuisses. Dariel l'imagina très rapide, et il crut sans difficulté à sa réputation de tueur expérimenté. Mais son arrogance échauffait le sang du jeune Acacian.

— Prince Aliver Akaran, commença Maeander quand les formalités oratoires prirent fin. Ou préfères-tu que je t'appelle Roi des Neiges ? Je dois dire que ce titre est assez bizarre. Je ne vois pas trace de neige. Si un flocon tombait sur ce sol brûlé par le soleil, il grésillerait et disparaîtrait en un instant.

Aliver répondit avec calme.

— Nous ne choisissons pas le surnom que les autres nous donnent, pas plus que nous ne décidons de la façon dont l'histoire le retiendra.

— Voilà qui est très vrai, approuva Maeander. Nous pouvons tout faire pour accéder à la postérité, mais qui peut savoir ? Je suis sûr que ton père n'aurait jamais imaginé qu'un de ses rejetons conduirait une armée aussi disparate à travers les déserts du Talay. Ou qu'une de ses filles deviendrait la maîtresse du conquérant d'Acacia, la deuxième le symbole d'une secte vumuane, et que son dernier se ferait connaître comme pirate. Quoi que nous fassions, nos existences nous surprennent toujours, n'est-ce pas ?

Pendant qu'il parlait, son regard avait glissé d'Aliver à Mena. Il s'attarda sur son visage, puis descendit sur le corps mince comme s'il jaugeait une courtisane. Avant de détourner les yeux, pourtant, il lui adressa un petit hochement de tête. C'était un mouvement poli, presque respectueux, et peu en accord avec la personnalité que Dariel avait prêtée à leur ennemi. Quand Maeander se tourna vers lui, l'instant suivant, Dariel eut envie d'effacer ce sourire narquois avec son poing. Mais il n'était pas du tout certain d'y parvenir s'il essayait, tant l'aisance du Mein paraissait dangereuse.

— Que viens-tu m'annoncer ? s'enquit Aliver.

Maeander leva les mains comme un marchand protestant de son honnêteté.

— Je veux te faire une proposition. Une proposition simple. Accepte la danse d'un duel contre moi, Aliver. Seulement toi et moi, jusqu'à la mort. Personne n'interviendra, et tous pourront constater lequel est le plus fort.

— Un duel ? fit Aliver. Et que résoudra-t-il ? Tu ne veux pas me faire croire que ton armée admettra sa défaite après ta mort. Ni qu'Hanish fera ses bagages pour quitter Acacia et retourner dans les Hautes-Terres du Mein ? Je sais bien que c'est impossible. Nous le savons tous les deux.

Maeander eut un rire bref et reconnut qu'il ne promettait rien de tel, pas plus qu'il ne demandait à Aliver un serment comparable. Mais pourquoi ne pas s'affronter d'homme à homme ? À une époque, les chefs des armées ennemies laissaient leurs hommes derrière eux et venaient sanctifier le combat avec leur propre sang. C'étaient eux qui avaient le plus à gagner, ou à perdre. Alors pourquoi ne risqueraient-ils par leur vie aussi volontiers qu'ils mettaient en danger celles de leurs soldats ? Naguère, c'était un honneur pour les Meins et les Acacians que de souscrire à cette tradition. Elle avait été oubliée au fil des générations, après le règne de Tinhadin, quand toute attitude empreinte de noblesse avait été abandonnée, vilipendée et...

— Tu es fou, interrompit Dariel.

Il n'avait pas pu se retenir. Aliver donnait l'impression de réfléchir à la proposition. Rien chez lui ne laissait transparaître le dédain que son frère jugeait approprié en pareilles circonstances. Et Dariel voulait qu'Aliver comprenne bien qu'il estimait l'offre absurde.

— Nous avons une armée qui combat pour ses propres raisons. Chaque homme et chaque femme ici sont libres. Et tous se battent pour une liberté encore plus grande. Pas un de nos soldats qui ne risquerait sa vie avant celle d'Aliver.

De toutes parts des voix s'élevèrent pour le confirmer. Ils applaudirent, crièrent, jurèrent. Quelques-uns lancèrent des insultes aux Meins.

Maeander daigna regarder Dariel assez longtemps pour demander :

— C'est toi le pirate, hein ? Je ne pensais pas que tu t'y connaissais en matière d'honneur. Je propose seulement qu'Aliver assume sa position, et qu'il affronte son égal pour être mis à l'épreuve.

Dariel cracha sur le sol. Il sentit la main de Mena toucher son coude, mais il la repoussa d'un geste nerveux.

— Son égal ? Tu n'es pas roi. Tu n'es pas Hanish. Pourquoi Aliver Akaran s'exposerait-il à ta perfidie quand tu n'es même pas concerné ? Vous devez être vraiment désespérés.

Et se tournant vers la foule des soldats, il lança :

— C'est la seule raison de sa présence ici. Les Meins sont désespérés ! Nous les avons battus, mes amis. Voilà de quoi il retourne, en vérité.

Malgré le tumulte qui salua cette déclaration, Maeander s'adressa de nouveau à Aliver :

— Rien ne soude mieux une armée qu'un symbole. Si tu me tues, Prince Aliver, tu as ma permission de séparer ma tête de mon corps. Plante-la sur une longue pique et montre-la au monde entier. Maeander Mein a été tué ! Aliver Akaran a triomphé ! En une nuit, ton armée sera deux fois plus nombreuse. La masse des opprimés, dont beaucoup avaient oublié qui les avait enfoncés dans la boue, jusqu'à ce que mon frère le leur rappelle, se soulèvera en une seule vague immense. Les prophéties s'accomplissent ! Le destin ! La vengeance !

Aliver semblait accueillir cette proposition avec calme. Il ne paraissait pas étonné par la situation, ni troublé d'avoir devant lui l'homme qui avait orchestré toutes ces heures de tuerie. Il se pencha légèrement en avant et leva une main pour réclamer le calme à ses troupes.

— Et si je péris ?

— C'est toute la beauté de la chose, répondit Maeander. Ta mort provoquerait un effet très similaire. Colère ! Fureur ! Quel héros tu deviendrais après ton sacrifice pour ta nation. Parfois un martyr inspire une curieuse sorte de dévotion...

— Tu parles habilement, dit Aliver, mais je pourrais tenir le même raisonnement à ton propos. Si tu triomphais, tu aurais les mêmes récompenses. Un duel serait donc sans effet.

— Non, pas du tout. Je détiens un pouvoir, mais je ne suis pas le chef suprême, comme ton frère l'a fait remarquer. Non, tu gagnerais plus à ma mort que moi à la tienne.

— Alors pourquoi proposes-tu ce duel ?

— Parce que c'est un imbécile, dit Dariel.

Maeander cessa de sourire, et son expression se fit grave.

— Il a raison. Considère-moi donc comme un simple imbécile, Aliver. Mais accepte de m'affronter. Je te défie selon les Anciens Codes, ceux qui étaient en vigueur avant l'époque de Tinhadin. En tant qu'homme d'honneur, tu n'as d'autre choix que d'accepter. Tu le sais, même si ton frère l'ignore.

Pendant le conseil restreint qui suivit, Dariel s'efforça de faire entendre raison à son frère. Il redit sa certitude qu'un duel serait une folie. C'était un stratagème, un piège, une perfidie désespérée. Rien de bon ne pouvait en résulter. La proposition de Maeander devrait être refusée, et le commandant mein capturé, ou tué sur place. Il ne méritait pas l'immunité accordée pendant les pourparlers. Dariel répéta ces arguments plusieurs fois et sous différentes formes, mais sa frustration ne fit que grandir quand il constata qu'Aliver l'écoutait avec calme mais paraissait toujours déterminé à accepter ce défi. Dès l'instant où le petit groupe se réunit sous sa tente, il fut évident que le prince avait arrêté sa décision. Il ne s'assit pas, alors qu'il invitait les autres à le faire. Il ne cessa de bouger.

De sa voix paisible et mesurée, à l'accent talayen, Kelis demanda :

— Quels sont ces Anciens Codes dont Maeander a parlé ?

Aliver expliqua qu'il s'agissait des règles d'honneur non écrites qui avaient eu cours dans un lointain passé, quand le Monde Connu était constitué de puissances tribales indépendantes. Chacune avait ses propres coutumes, qui étaient encore plus variées que les visages actuels. Mais dans leurs rapports avec l'extérieur, elles suivaient des règles de conduite que tout le monde comprenait. Il cita plusieurs de ces coutumes et aurait pu continuer à parler longtemps si Leeka Alain n'avait pas conclu pour lui :

— Certains de ces Anciens Codes ne méritent que l'oubli, mais Maeander a cité une tradition célèbre. Le bâtard. À cette époque, les rois se rencontraient devant leurs armées respectives et tentaient de régler leurs différends avant de mettre leurs soldats en danger. Parfois ils s'affrontaient jusqu'à la mort de l'un des deux. La Première Forme – Édifus à Carni – décrit un de ces duels.

— Et Tinhadin a aboli ces codes, c'est bien ça ?

Leeka soupira et réfléchit un instant à sa réponse.

— À notre grande honte. Néanmoins il a tout réécrit, et pas uniquement ces codes. Il a regroupé tout le Monde Connu sous sa férule, et bien des choses n'ont pas perduré.

Melio Sharratt, qui avait commandé le détachement des Vumuans le jour précédent, était assis à côté de Mena. C'était lui qui avait enseigné à la jeune femme le maniement de l'épée. Il avait également aidé à les sauver des antoks, et pour cette raison personne n'éleva d'objection lorsque Mena le fit venir au conseil. En fait, Aliver se souvenait bien de lui et avait commenté la veille au soir l'heureux hasard de son arrivée. Melio demanda s'il était possible que quelqu'un combatte à la place du chef.

Aliver intervint avant que quiconque puisse répondre. Il souriait, mais refusa catégoriquement d'entendre parler de cette solution.

— Personne ne le fera pour moi. Pas toi, Kelis, qui aimerais te proposer, je le vois bien, et certainement pas toi, Melio. Tu penses toujours que tu m'es supérieur à l'épée, comme dans notre enfance ?

— Pas du tout, mon Seigneur, répondit Melio d'un ton respectueux. Vous m'avez surpassé depuis bien longtemps.

Aliver s'immobilisa et regarda les autres un à un. Son visage était tanné par le soleil, énergique, plein de charme. Dans ses yeux marron dansaient des paillettes grises et argentées. Jamais il n'avait autant ressemblé à l'image idéale d'un jeune roi.

— Maeander a raison. Je ne peux ignorer les Anciens Codes. Ils font partie de ce pour quoi nous nous battons. Je crois à la notion de responsabilité d'un chef telle qu'il l'expose. Et si j'y crois, quel autre choix ai-je que d'accepter son offre ? Une autre réponse reviendrait à trahir tout ce que je veux être. Je ne me suis pas levé ce matin en imaginant que je me retrouverais dans cette situation, mais elle est là. Il vait mieux que je l'accepte plutôt que je la fuie.

Personne ne réfuta la légitimité de cette position. Dariel lui-même ne trouva pas d'arguments.

— Si tu as pris ta décision, pourquoi sommes-nous là à discutailler ? lâcha-t-il d'une voix amère.

Aliver prit la question avec humour.

— Je suis ici pour profiter du plaisir de votre compagnie, et pour que ces hommes au-dehors s'interrogent.

— Peux-tu me promettre que tu ne mourras pas ? dit Dariel sans se soucier de la puérilité inhérente à sa question. Peux-tu me le promettre ?

Non, reconnut Aliver, il ne pouvait pas lui en faire la promesse, bien sûr. Il s'approcha et posa la paume de sa main le long de la mâchoire de Dariel. Il l'appela « frère » et lui rappela qu'il s'était trouvé à côté de leur père quand Thasren Mein lui avait enfoncé une lame empoisonnée dans la poitrine. Il était assez près pour toucher l'agresseur, dit-il. Et il avait vu le poignard fondre vers sa victime. Il avait vu le visage de l'assassin, et depuis il l'avait revu un million de fois en pensée. Il aurait pu le sculpter dans la pierre avec une exactitude parfaite. Ce duel n'avait pas réellement été proposé ce matin. Il avait commencé le jour où lui, Aliver Akaran, avait laissé Thasren Mein tuer leur père.

— Nous combattons pour des idéaux pleins de noblesse, déclara-t-il, mais le sang est le sang. Les pères doivent être vengés. Cela aussi figure dans les Anciens Codes. Maeander l'a peut-être oublié. Pas moi.

Alors qu'il débouclait son ceinturon et déposait la Confiance du Roi sur la table devant lui, Aliver expliqua à un messager qu'il relevait le défi. Ils s'affronteraient à la dague. Pas d'autre arme. Pas d'armure. Les Meins seraient autorisés à repartir sans rien avoir à craindre, avec ou sans Maeander selon que celui-ci serait victorieux ou mort. Tels furent les détails qu'Aliver s'engagea solennellement à faire respecter.

Quand ils ressortirent de la tente quelques minutes plus tard, le soleil paraissait avoir décoloré le paysage tant il brillait fort. Dariel plissa les yeux pour apercevoir l'espace délimité pour le duel. C'était un ovale relativement restreint, défini par un mur de soldats tous désarmés qui avaient juré sur l'honneur de ne pas aider l'un ou gêner l'autre. Le jeune homme resta immobile et observa Aliver et Maeander qui pénétraient dans l'ovale. Ils reçurent les instructions relatives au duel et l'on vérifia leur arme pour s'assurer qu'elle n'était pas humide de poison ou équipée de quelque système secret.

Mena vint se placer à côté de Dariel, lui agrippa l'épaule et murmura :

— Aliver n'a-t-il pas tué un antok ? N'a-t-il pas communié avec les Hérauts du Santoth ? Avant cela, il avait eu raison d'un laryx. La sorcellerie a peut-être été à l'œuvre tout au long de sa vie. Aie confiance en lui, Dariel.

L'heure avait sonné. Aliver se campa devant son adversaire, torse nu, vêtu seulement de la courte jupe d'un coureur talayen, avec à la main son poignard pareil à un éclat de glace. Maeander portait un thalba si fin que le contour des muscles de sa poitrine et de son ventre transparaissait sous le tissu. La lame sombre de son arme était plus courte que celle de l'Acacian, avec une pointe légèrement recourbée. Aliver dit quelque chose. Maeander parut déconcerté une seconde, puis il sembla comprendre et répondit.

Dariel n'entendit pas leurs paroles. Il fut témoin de ce qui suivit d'un endroit étrange et silencieux, sans avoir aucune conscience de son propre corps, sans rien entendre et en ne voyant que ce que la lumière éblouissante du soleil soulignait. Il regarda les deux hommes qui tournaient lentement l'un autour de l'autre. Ils mesurèrent leurs forces et faiblesses respectives par des attaques et des parades brèves. Il vit les fines lèvres de Maeander sourire et plaisanter, dans un commentaire continu dont Dariel ne percevait rien. Le Mein exécuta un assaut plongeant si rapide qu'il ressembla à un de ces redoutables serpents à capuchon. Aliver sauta en l'air pardessus la tête de son adversaire, et il frappa avant que ses pieds ne reprennent contact avec le sol. Maeander, toujours tel un reptile, esquiva d'un retrait du buste. Il se baissa en arrière jusqu'au sol, et ses épaules touchèrent la poussière alors que ses jambes se dépliaient et le propulsaient loin de l'Acacian.

En toute autre circonstance, cette série de mouvements aurait laissé Dariel abasourdi, mais les deux chefs ne marquèrent aucune pause. Ils reprirent leurs évolutions circulaires interrompues par des attaques rapides. Leurs poignards se heurtèrent. Alors qu'ils rompaient le contact, Aliver entailla un des doigts du Mein à une articulation. Le combat adopta un rythme supérieur. Les deux hommes se transformèrent en des tourbillons de mouvements si vifs qu'il devint difficile de les différencier. L'un toucha l'autre à une épaule, puis l'un se retrouva au sol et dut s'écarter à croupetons. Dariel crut que c'était Aliver, mais l'instant suivant son frère tournoyait dans l'air au-dessus du nuage de poussière, tel un acrobate aux évolutions mortelles, et sa lame siffla.

À le voir ainsi, Dariel se mit à espérer. Aliver était béni. Sinon, comment aurait-il pu anticiper aussi exactement chaque assaut du Mein, se déplacer plus vite que lui, avec une perfection d'exécution incomparable, avant de lancer ses propres attaques par des enchaînements dont Dariel imaginait qu'ils deviendraient un jour une nouvelle Forme ? Oui, c'était exactement cela ! Il était témoin de la création d'une Forme... Mena avait vu juste : la sorcellerie devait être à l'œuvre. Et Aliver avait raison : il gagnerait au nom de son père. Ainsi, il conclurait le duel entamé des années plus tôt.

Et puis Dariel vit l'impensable se produire. Tout ce que son esprit enregistra fut les détails physiques, la scène elle-même en couleurs vives, une seconde s'écoulant vers la suivante sans qu'il saisisse la signification de ce qu'il apercevait. Aliver, qui s'était baissé sous l'attaque directe de Maeander, banda les muscles de sa poitrine et de son épaule pour initier le mouvement en arc de cercle qui trancherait dans l'abdomen de son adversaire et l'éviscérerait, tout comme il l'avait fait avec l'antok. C'est du moins ce qui aurait dû arriver. Mais la suite fut différente.

Maeander bondit de toute la puissance de ses jambes. Il sembla suspendu un instant dans les airs, le temps qu'Aliver se redresse et vise ses abdominaux, dans un coup si proche du but que Dariel crut voir la pointe du poignard entailler le tissu du thalba. L'Acacian désirait tant abréger le duel qu'il se concentra sur cette attaque. Il en oublia le poignard toujours tenu par la main tendue de Maeander, qui se retrouva derrière sa tête quand le Mein appuya son bras sur l'épaule du prince. Maeander plongea la pointe de sa lame dans la nuque offerte.

Le choc de la compréhension apparut alors sur le visage d'Aliver, mais c'était trop tard. Maeander traça un croissant de la nuque au côté du cou et jusque sous le menton de son adversaire. Il se saisit du corps de l'Acacian qui pivotait dans un geste presque précautionneux, et le déposa devant lui sur le sol. Une seconde plus tard, il se redressa et se retourna, avec le poignard du prince brandi dans sa main. Il exultait, triomphant, sans se soucier du tumulte frénétique qu'il venait de déclencher. On aurait pu croire que le Mein avait tout orchestré.

Dariel se précipita avec la vague de gens qui couraient vers Aliver. Il frappa des coudes et écarta brutalement ceux qui le précédaient en hurlant. Mais il n'entendait personne, pas même sa propre voix. Il glissa les bras sous son frère, sentit l'humidité tiède sous son corps, la mollesse horrible de celui-ci. De crainte de provoquer une autre blessure, il s'obligea à des mouvements coulés, et il fit tout pour apaiser Aliver, le rassurer. Il lui parla en collant presque les lèvres à son front. Il détestait la manière dont la tête de son frère ballottait. Il se maudit de sa propre maladresse. Peut-être devrait-il le reposer sur le sol, pour éviter d'aggraver la situation, mais soudain il se rendit compte que Mena lui faisait face et tenait Aliver exactement comme lui. Le visage de la jeune femme était livide, déformé par le chagrin. Le chagrin, pas la peur ou l'anxiété... le chagrin.

Baissant de nouveau les yeux, Dariel vit enfin, et il comprit ce qui venait de se produire. Plus jamais il ne pourrait regarder le cou d'un autre homme sans revoir la blessure qui avait tué Aliver Akaran. C'en était trop. Quelle que soit la nature de l'émotion en lui, elle était trop énorme pour qu'il puisse la contenir.

Il se releva. Ses yeux se braquèrent aussitôt dans la direction qu'avait suivie Maeander pour partir. Il lui fallut un moment, mais il repéra les Meins. Ils progressaient en un groupe compact dans la masse humaine qui s'écartait à contrecœur devant eux. Il sentit des milliers de regards posés sur lui. Il savait ce que tous attendaient, et il désirait la même chose qu'eux. Il partageait leur émotion, et sous tous ces regards il devint son centre. Une rage impossible à réfréner, une haine absolue s'exprima à travers ses prunelles, comme si une étoile explosait à l'intérieur de sa tête. Il voulait commettre un crime d'honneur. Il voulait le commettre ici, tout de suite, devant une multitude de témoins. Il savait qu'il finirait par en avoir honte et qu'à jamais il devrait répondre non de l'acte lui-même, mais du fait évident qu'Aliver l'aurait désapprouvé. Mais il était impossible de l'arrêter. Quand il ouvrit la bouche, il fit la pire des choses. Il demanda le concours de mille complices. Regard toujours fixé sur le dos des Meins qui s'éloignaient, il réprima les vertus que son frère aurait exigées de lui, et murmura :

— Tuez-le.

Personne ne réagit, alors il éleva la voix et hurla l'ordre à pleins poumons. Cette fois, tous entendirent clairement sa voix. Et lui aussi.

Chapitre soixante-sept

Hanish utilisa des navires de transport appartenant à sa flotte personnelle et d'autres qui avait été prêtés par des nobles meins désireux de participer à la dernière étape maritime du transfert des Tunishnevres. Le voyage depuis les Grandes Terres se déroula sans incident. À leur arrivée, ils investirent les quais et réquisitionnèrent tous les mouillages, chassant les pêcheurs et les marchands, et refoulant la populace dans la ville basse. Ils auraient pris possession du port de toute façon, mais la manœuvre fut facilitée par une activité beaucoup moins dense que d'habitude. Les vaisseaux de la Ligue, en particulier, brillaient par leur absence. Ce détail n'échappa évidemment pas à Hanish qui envisagea d'exiger des explications avant d'aller plus loin, mais la zone semblait sûre. Par ailleurs, ses Punisari étaient armés jusqu'aux dents et prêts à mater tout acte de traîtrise. Il ordonna de commencer le déchargement des navires.

En une heure, des colonnes de sarcophages traversaient le port et montaient vers le palais par le système de rampes inclinées. Avant de quitter le bord de l'eau, Hanish observa le premier de ses ancêtres qui franchissait une porte dans les murs du palais. L'issue plongée dans l'ombre les avala un à un, et chaque fois c'était un soulagement. Ils allaient enfin occuper la chambre sacrée construite pour les accueillir. Leur long voyage arrivait à son terme, et le début d'un nouveau était prévu pour bientôt, dès le lendemain si possible.

Alors qu'il se dirigeait vers le palais en compagnie d'Haleeven, Hanish vit ses secrétaires et ses assistants descendre au pas de course vers lui. Ils le bombardèrent de nouvelles, dépêches et rapports concernant des sujets qui nécessitaient son attention. Si le port était aussi calme, expliquèrent-ils, c'était parce que les vaisseaux de la Ligue habituellement stationnés là avaient tous appareillé. Certains qui étaient attendus n'étaient jamais arrivés. La veille, sire Dagon avait évacué ses quartiers réservés sans explication, en emmenant tout son personnel avec lui. Quelque chose n'allait pas avec les Ligueurs, mais personne ne savait quoi. On n'était même pas sûr qu'ils procuraient toujours leur soutien naval à Maeander.

Cette interrogation le poussa à demander quelles nouvelles on avait de son frère et de la bataille. La dernière lettre qu'il avait envoyée fut remise au chef mein à l'instant. Elle était arrivée le matin même. Alors qu'il commençait à la lire, il songea à son irritation de ne pouvoir communiquer avec Maeander par les rêves. Depuis longtemps, il soupçonnait son frère de faire obstacle à ses tentatives de le contacter par ce biais, parce qu'il ne voulait pas lui permettre l'accès à sa conscience. Il apprit donc l'échec des antoks par un message qui avait voyagé attaché à la patte d'un oiseau et datait de plus d'un jour.

Les antoks avaient certes fait des ravages, mais leur intervention n'avait pas été déterminante. Ce n'étaient pas les créatures invincibles que Maeander avait espérées, et Aliver semblait profiter du soutien d'une forme de sorcellerie. Mais ce n'était pas grave, car son frère avait prévu autre chose. Il n'en disait pas plus, et Hanish en serait réduit à attendre le prochain pigeon voyageur pour avoir des détails sur ce qu'il avait préparé.

— Il est trop mystérieux, dit le chef mein en tendant le message à son oncle.

Haleeven le lut sans faire de commentaire, mais la crispation de ses mâchoires indiqua à son neveu qu'il devait se concentrer sur les tâches qui l'attendaient au palais.

Hanish pensait constamment à elle, mais il n'avait pas l'intention de voir Corinn avant le soir. Il ne l'en avait pas avertie, c'était inutile, elle s'en doutait certainement. À chacun de ses retours, il devait s'occuper de mille choses différentes, et aujourd'hui plus qu'en toute autre occasion. Il passa le restant de la matinée et le début de l'après-midi dans son bureau, à régler tous les problèmes qui s'étaient accumulés pendant son absence. Des conseillers militaires lui détaillaient chaque phase de la guerre dans le Talay et les troubles qui avaient éclaté un peu partout dans l'empire. Les Meins avaient concentré une si grande partie de leurs forces avec

Maeander que les provinces étaient à peine contrôlées. Trop de soldats qui s'y trouvaient en poste étaient d'origine étrangère, ce qui rendait leur loyauté pour le moins douteuse. Ils avertissaient que, si Maeander était vaincu, l'Aushénie, la Candovie et le Senival entreraient probablement en sécession. Quant aux Numreks, ils n'avaient toujours pas rejoint l'armée de son frère, n'avaient tout simplement pas participé aux combats ni répondu à aucun des ordres qu'on leur avait envoyés. C'était une mauvaise chose, songea Hanish, mais il ne pouvait imaginer ce que préparaient les Numreks et il pensait toujours qu'ils finiraient par rejoindre l'armée de Maeander.

Il fut beaucoup plus inquiet de l'émergence d'Aliver qui s'était transformé en un meneur d'hommes assez habile pour faire naître un début de mythe autour de sa personne. De plus, l'Acacian semblait recourir à la magie. Le fait qu'il ait tué de ses propres mains le premier antok était tout aussi ennuyeux. Dans les années à venir, les poètes trousseraient des récits grandioses de cet exploit personnel du prince, même si Maeander remportait une victoire écrasante sur lui. Dans ces circonstances, Hanish estimait indispensable de capturer tous les Akarans encore vivants. On les exhiberait ensuite dans les rues de toutes les cités de l'empire. Que la populace les voit chargés de chaînes. Ce genre de spectacle avait des chances de briser un mythe naissant. En règle générale, la vérité avait ce pouvoir, pour peu qu'on la reconnaisse.

Malgré tout, Hanish conservait un sujet de satisfaction : il ne s'estimait pas personnellement en danger. Les Acacians pouvaient bien penser que leur cause gagnait du terrain, leurs petites victoires signifiaient peu de chose. Et rien ne pourrait se dresser contre la puissance meine après la cérémonie. Aliver profitait peut-être de quelques procédés de sorcellerie, mais Hanish disposerait bientôt de la fureur accumulée de générations d'ancêtres. Et il se demandait si ce n'était pas la raison du retrait de la Ligue. Ils avaient des motifs de craindre le pouvoir qui, ils le savaient, allait s'éveiller. Bien, se dit-il. Il n'est pas mauvais qu'ils tremblent quelque temps. Les ancêtres prendraient peut-être les rênes du monde. Il le souhaitait. Qu'ils déferlent sur les provinces pour les reconquérir. Que sire Dagon s'oppose à eux et démontre sa force. Hanish serait heureux de prendre un peu de repos et d'essayer d'oublier certaines choses.

Alors que le soir approchait, ses pensées se tournèrent de plus en plus souvent vers Corinn. Assez en tout cas pour qu'il se lève, congédie ses conseillers et son personnel en leur disant qu'ils reprendraient au matin. Il demanda à Haleeven de l'accompagner pour l'inspection du site de la cérémonie. Ensuite, il le savait, il pourrait enfin rejoindre Corinn et passer une dernière nuit avec elle.

La construction de la chambre sacrée avait débuté à la fin de sa première année de règne sur Acacia. C'était un projet monumental, conduit dans un secret relatif. Les mineurs s'étaient attaqués au soubassement rocheux à l'est de l'île, juste sous le palais. L'entreprise n'avait jamais été trop visible, et un nombre assez modéré d'ouvriers y travaillaient. Toute la roche extraite était évacuée par un unique point d'accès et utilisée pour agrandir des quais et créer une île artificielle au large, où les vaisseaux imposants de la Ligue pouvaient plus facilement mouiller. On ne révéla jamais officiellement pourquoi ce matériau était arraché au sol.

Hanish savait que la ville basse bruissait de rumeurs concernant ce qu'il construisait sous terre. On parlait d'un donjon imprenable, de chambres de torture, de cages où étaient élevées des bêtes surnaturelles, d'une chambre comparable au Calathrock où l'on pourrait organiser des jeux et des manœuvres militaires. Ces spéculations importaient peu. Les gens n'approcheraient jamais de la réalité.

À l'intérieur de cette grotte artificielle, pendant que les ouvriers disposaient les derniers sarcophages sous la supervision de prêtres aux visages sévères dans la lumière des lampes à huile, Hanish s'émerveilla de l'ensemble. Il avait été creusé selon les directives que les morts-vivants eux-mêmes lui avaient transmises. À bien des égards cette chambre ressemblait à celle de Tahalian, avec les ancêtres empilés rangée sur rangée. Mais il fallait qu'elle soit construite ici, en Acacia, lieu où avait été forgée la malédiction et seul endroit où elle pourrait être levée. Les niches allongées qui accueillaient chaque sarcophage avaient été taillées directement dans le granite, égalisées et polies, comme une ruche gigantesque aux alvéoles de pierre. Lorsque les ancêtres respireraient de nouveau et qu'ils tendraient, pour la première fois depuis des années, des décennies ou des siècles, leurs doigts réincarnés dans la chair vers le monde, ils pourraient caresser la roche sur laquelle les premiers Acacians s'étaient tenus quand ils avaient entrepris de soumettre le monde.

Au centre de la chambre se trouvait la pierre de Scatevith, son unique bloc si noir et dense qu'il semblait prêt à aspirer toute vie dans ses profondeurs ténébreuses. Il avait été extrait du basalte au pied des Monts Noirs, dans les Hautes-Terres. Ses ancêtres avaient dû l'offrir aux Acacians pour les aider à bâtir la grande muraille à l'extérieur d'Alécia. Après sa victoire, Hanish l'avait fait desceller et transporter là pour qu'elle soit l'autel sur lequel un Akaran mourrait. Tout était en place.

Il s'efforça de se le répéter comme une prière capable de chasser tous ses soucis. Mais il ne pouvait s'empêcher d'imaginer Corinn telle qu'elle serait le lendemain. Elle apparaîtrait au milieu de la cérémonie, quand il aurait déjà récité les anciennes formules que les ancêtres lui avaient murmurées. Elle viendrait à lui dans toute sa grâce, croyant qu'elle allait offrir quelques gouttes seulement de son sang. Il la regarderait bien en face, pour la rassurer, et la rapprocher autant qu'il serait possible du moment fatidique sans qu'elle le voie venir. À un certain moment, elle comprendrait. Il l'aurait peut-être déjà mise dans la position idéale, sur la pierre, et il l'inclinerait sur le bol destiné à recueillir son sang. Il tiendrait peut-être le poignard dans son poing, et peut-être même la préparerait-il à recevoir le coup mortel. Mais...

À un moment ou un autre, elle prendrait forcément conscience qu'il n'était pas là uniquement pour lui prendre un peu de sang, mais aussi la vie. Elle le sentirait dans son regard, dans ses gestes ou dans la tension de sa voix s'il ne se maîtrisait pas parfaitement. Il était certain qu'elle n'irait pas à la mort avec passivité. Il l'imaginait se débattant, lui griffant le visage de ses ongles, essayant de lui crever les yeux. Que lui dirait-elle ? Il pouvait penser à mille insultes, et elles seraient toutes méritées.

À côté de lui, Haleeven devina ses préoccupations.

— J'aimerais qu'il y ait un autre moyen, dit-il. Mais il n'en existe pas. Les choses en sont arrivées là, et c'est ainsi. Je sais les efforts que tu as déployés pour retrouver les autres enfants Akaran, et tout ce à quoi tu renonces pour les Tunishnevres. C'est pour ces raisons que tu as été choisi. Parce que tu as la force d'aller jusqu'au bout.

Hanish sentit une pression monter en lui et menacer de se déverser hors de son corps par sa bouche. Il savait que son oncle essayait de l'aider, mais il ne pouvait écouter de tels propos maintenant.

— Laisse-moi, dit-il.

D'une voix forte, il ordonna aux ouvriers de quitter la chambre sacrée quelques minutes. Il souhaitait rester seul.

Il s'assit en attendant que tous soient sortis, sans se soucier des regards mécontents des prêtres. Quand les lieux furent retombés dans le silence et qu'il put percevoir la pulsation satisfaite que formaient les battements de cœur des Tunishnevres, ses yeux se voilèrent. Son visage s'empourpra. Il cligna rapidement des paupières, à de nombreuses reprises, gêné par le flot de larmes qui inondait ses joues et qu'il ne parvenait pas à endiguer. Il les essuya d'un geste rageur, craignant que quelqu'un – un des prêtres, peut-être – ne jette un coup d'œil dans la chambre sacrée et ne l'aperçoive dans cet état. Mais les larmes n'obéissaient qu'à leur propre bon vouloir. L'émotion vint avec ses premières pensées pour Corinn, cependant elles n'étaient pas dues qu'à la jeune femme. Son chagrin face au sort qu'il lui réservait se mêlait à sa peur des forces qu'il était sur le point de libérer. Les Tunishnevres. Un panthéon vindicatif composé de ses ancêtres. Ils l'effrayaient tellement... Il les détestait tellement... Toute son existence durant, il s'était soumis devant leur animosité, et très bientôt il allait les rencontrer face à face, en chair et en os, tels les hommes qu'ils avaient été avant lui, ranimés par une version altérée de la langue du Dispensateur.

Quand il n'était encore qu'un enfant, son père l'emmenait souvent dans la chambre sacrée de Tahalian. Heberen lui plaquait le front contre le dallage froid du sol et le forçait à rester prosterné ainsi des heures durant. Il le laissait seul en disant que le jeune garçon devait apprendre à entendre les voix des ancêtres. C'est seulement quand il les percevrait clairement qu'il serait en mesure de les servir. Et les servir avait été le seul objectif de toute son existence. Il était tellement effrayé ! Isolé dans les ténèbres, alors que l'air vibrait des cris rageurs des esprits, avec des centaines de corps autour de lui, morts et vivants tout à la fois. Il osait à peine respirer tant il avait conscience de les aspirer à chacune de ses inhalations. Il les entendait très bien. Chaque jour de sa vie il les avait entendus, d'une façon ou d'une autre.

Même dans son jeune âge, il avait voulu savoir pourquoi les ancêtres désiraient tant revenir à la vie. Si celle-ci n'était qu'un prélude à la mort, et que les vivants étaient les humbles serviteurs des défunts, pourquoi les anciens voulaient-ils tellement parcourir de nouveau la terre ? Depuis qu'il avait huit ou neuf ans, cette question était claire dans son esprit, mais il ne l'avait jamais formulée. Il craignait qu'en le faisant il ne révèle un mensonge qui couvrirait ses ancêtres de honte et l'embarrasserait de façon irréversible. À présent, des dizaines d'années plus tard, quel choix avait-il, sinon de parachever ce mensonge ? C'était le but pour lequel il avait œuvré depuis toujours. S'il échouait dans cette dernière étape, il échouerait dans la concrétisation de ce pour quoi il avait lutté toute sa vie. Haleeven avait raison. En jetant leur dévolu sur lui, les Tunishnevres avaient fait le bon choix.

Quand il quitta la chambre sacrée, il avait asséché le puits de ses larmes, même s'il lui faudrait très vite le remplir, comme il allait bientôt le découvrir. Dans le tunnel à l'extérieur de la grotte, il faillit percuter son secrétaire, qui arrivait en courant. Dès qu'il se fut repris, il lui donna une feuille de papier enroulée sur elle-même : un message qui venait tout juste d'arriver de Bocoum par la voie des airs, expliqua-t-il.

— Il émane de mon frère ?

Le secrétaire était très nerveux. Il tremblait légèrement.

— Non, répondit-il. Ce message n'émane pas de lui, mais il le concerne. Je vous en prie, mon Seigneur, veuillez le lire vous-même.

Quelque temps plus tard, quand il pénétra dans ses appartements et vit Corinn qui redressait la tête pour le regarder, se levait et avançait vers lui, dans une robe flatteuse, avec la traîne qui balayait le sol dans son sillage et le tintinnabulement des minuscules clochettes attachées au tissu, Hanish n'eut plus aucun doute. Il était un imposteur, un lâche, un être vil que la princesse aurait percé à jour si elle l'avait réellement connu. Il en était conscient, mais il se précipita dans ses bras. Il s'entendit lui murmurer ce qu'il venait d'apprendre et se délecta à la perspective des moments de consolation qu'il allait connaître. Ils se réconforteraient mutuellement. Ils partageraient leurs deuils respectifs. Elle ne le détesterait pas encore, parce qu'en ces moments eux seuls au monde souffriraient à égale mesure.

Il eut ces pensées, et il tenta d'oublier que le lendemain il la tuerait.

Chapitre soixante-huit

— Comment peux-tu être mort ? demanda Mena pour la centième fois.

Elle était assise sur la couverture de son lit, le lendemain du duel, et la nuit était avancée. La toile de la tente pendait mollement autour d'elle. La nuit était très calme, sans un souffle de vent dans la chaleur ambiante. Elle serrait le bijou en forme d'anguille dans une de ses mains, et tiraillait la lanière passée autour de son cou, sans trop savoir si son pendentif était une amulette ou si elle devait l'arracher et le jeter au loin. À côté d'elle, Melio avait cédé à un sommeil agité. Il gisait visage tourné vers le sol, une main refermée sur la cheville de la jeune femme dans une prise volontaire, comme si ses doigts au moins demeuraient éveillés.

— Comment peux-tu être mort ?

Elle parlait doucement, pour ne pas déranger Melio. Ils avaient vécu la même scène, encore et encore : elle posait toujours cette même question, et il chuchotait une réponse avec chaque fois des mots de consolation différents pour tenter de la tirer loin du gouffre de son chagrin qui menaçait de l'avaler. Ces deux derniers jours avaient été étranges, chaotiques. Ils n'avaient pas parlé du mot qu'elle lui avait laissé sur Vumu. Quand l'auraient-ils pu ? Mais la réalité de cette déclaration demeurait, comme était réelle l'armée qu'il avait réussi à réunir à partir de rien pour se lancer à sa poursuite à travers la mer. Si un jour ils connaissaient la sérénité d'un monde en paix, elle ne chercherait pas plus loin que l'amour de Melio. Mais cet amour était suspendu de l'autre côté d'un « si » béant et imprévisible.

La nuit après la mort d'Aliver avait été pour Mena l'épreuve la plus longue de son existence. Elle n'avait pas vraiment eu l'occasion d'accepter la disparition de son frère. Le monde ne s'arrêta pas pour lui accorder les moments dont elle aurait eu besoin, et les événements qui suivirent se succédèrent trop rapidement pour qu'elle ait le temps de souffler. Comme Dariel l'avait ordonné, Maeander et son escorte furent massacrés par la masse déchaînée des partisans d'Aliver. Mena resta auprès de la dépouille de son frère qu'elle serra dans ses bras en essayant de faire abstraction de tout le reste, mais elle apprit ce qui s'était passé. Les Meins avaient combattu avec bravoure. Adoptant une formation défensive en étoile, ils avaient affronté la mer innombrable d'Acacians, de Talayens et d'Aushéniens, ces représentants de toutes les régions du Monde Connu qui se retournaient contre eux. Maeander avait ri jusqu'au dernier moment, et il les avait traités de bâtards sans honneur et de catins, les rabaissant avec une dextérité verbale égale à celle qu'il démontrait avec sa dague. Les Meins avaient tué un grand nombre de soldats avant de succomber. Leurs cadavres avaient été transpercés encore et encore. Tout le monde semblait vouloir laver sa lame dans le sang de Maeander, le punir pour ce qu'il avait fait. Mena détesta cette réaction de la multitude, et elle détesta encore plus d'apprendre que Dariel en faisait partie.

Mais cette journée leur réservait encore des surprises. À peine la fièvre destructrice avait-elle commencé à se dissiper au sein de leur armée que des cris d'alarme retentirent. Les troupes ennemies avaient profité de cette distraction macabre pour traverser toute la plaine sans être remarquées. Les Meins étaient animés par la rage qu'avait déclenchée dans leurs rangs la mort de leur chef, et ils se précipitèrent vers les Acacians en hurlant. Ils étaient au courant de la fin de Maeander alors que celle-ci ne s'était produite que quelques minutes plus tôt ! Le disparu avait dû prédire avec exactitude à ses généraux ce qui arriverait avant de partir au matin. Son armée combattit avec une fureur et une indignation encore inédites. Maeander s'était instantanément transformé en héros, un chef d'une stature bien supérieure à celle qu'il avait eue de son vivant. Il était devenu un martyr. Et, comme il l'avait énoncé, un martyr inspirait la dévotion. D'une curieuse sorte, avait-il estimé. Dans son cas, c'était une dévotion féroce.

Dès qu'elle eut donné des ordres pour protéger le corps d'Aliver, Mena ramassa ses armes et courut affronter l'ennemi. Malgré leurs efforts, la jeune Akaran, Dariel, Leeka et les autres généraux ne purent disposer à temps leurs forces en ordre de bataille pour affronter l'assaut mein. L'armée s'était perdue dans le chagrin et l'incertitude. Alors même qu'ils essayaient d'exécuter les ordres donnés, beaucoup de soldats parurent hébétés, saisis par l'hésitation à l'idée qu'Aliver ne les mènerait pas à la victoire. Le Roi des Neiges était mort. Il ne leur donnerait pas toutes ces choses qu'il leur avait promises. Il ne chargerait pas l'ennemi à leur tête en brandissant l'épée d'un juste courroux. Et s'il n'était plus là pour le faire, qui pourrait le remplacer ?

Les combats firent rage entre les tentes, les feux de camp et parmi les réserves empilées de matériel et d'approvisionnement. À partir d'un certain moment, Mena cessa de vouloir rassembler des hommes en une force cohérente et elle céda à ses propres désirs de violence. Elle les mena par l'exemple, et quel exemple ! Elle s'enfonça dans les rangs ennemis avec une rage et une soif de tuerie d'une intensité telle qu'on aurait pu croire qu'elle se consumerait si elle arrêtait de frapper une seule seconde. L'épée que Melio lui avait rapportée tournoyait autour d'elle, comme animée d'une vie et d'une volonté indépendantes. Mais c'était bien elle qui la maniait, et elle avançait toujours, pour une raison très simple : elle savait qu'elle devait rester loin de ses alliés, car elle massacrait trop vite autour d'elle pour distinguer l'ami de l'ennemi.

Et bien que ce fût la rage qui la propulsait ainsi, elle n'éprouvait aucune joie dans l'accomplissement de ces horreurs. C'était le contraire. Pour elle, cette bataille avait tout d'un cauchemar. Partout autour d'elle se manifestaient des signes d'Aliver, quand elle ne croyait pas l'apercevoir. Alors qu'elle tailladait en tous sens, qu'elle tranchait des membres, défigurait et éventrait, elle voyait Aliver. Elle savait qu'elle abattait un ennemi – l'ennemi de son défunt frère –, mais il était là, présent dans chaque Mein qui s'écroulait, dans la forme des bras et des jambes, dans ces regards voilés et ces voix qui hurlaient d'angoisse. Cela la rendait folle et la transformait en un tourbillon de violence, comme si elle devait se tailler un chemin sanglant jusqu'à l'acceptation du décès d'Aliver. Les cadavres qu'elle laissait derrière elle s'entassaient par dizaines. Si sa lame n'avait été du meilleur acier, elle l'aurait tordue ou brisée avant la fin de cette journée. Mais, même à l'approche du crépuscule, son tranchant était encore assez effilé pour ouvrir les crânes et couper muscles et os.

Enfin, les Meins se replièrent. Ils n'avaient pas été vaincus, pas même repoussés. À l'aspect du camp et au vu des monceaux de cadavres d'Acacians, ils pouvaient avoir l'assurance que dès le lendemain matin ils concluraient cette bataille à leur avantage. Les Halalys d'Oubadal avaient tenté d'endiguer la vague d'assaut ennemie. On disait maintenant qu'ils avaient péri jusqu'au dernier. C'était un rude coup porté à l'armée des coalisés. Même les tribus qui au début de la guerre les redoutaient ou les détestaient avaient appris à les respecter durant ces quelques jours. À présent, les Halalys n'étaient plus.

Kelis, l'ami d'Aliver, avait été touché au ventre par une lance, et la blessure était assez grave pour qu'il soit obligé de garder le lit. Combien d'autres encore mourraient pendant la nuit ? Combien s'éclipseraient avec le sentiment d'avoir été vaincus et fuiraient vers leur foyer en souhaitant n'avoir jamais pris part à ce conflit ?

Alors qu'elle marchait dans ce champ de cadavres, tremblante et couverte de sang de la tête aux pieds, Mena sentit le regard de ses troupes qui la suivait. Dariel lui-même, qui avait ordonné un assassinat niant toute notion d'honneur, la considérait avec crainte. Peut-être voyaient-ils pour la première fois quel monstre elle était en réalité. Elle voulait hurler. Que regardaient-ils ainsi ? Bien sûr elle était une tueuse. Elle était Maeben. Elle serait toujours Maeben, toujours meilleure dans la fureur que dans n'importe quoi d'autre. Elle avait du mal à ne pas croire qu'elle avait personnellement tué chaque cadavre.

Plus tard cette nuit-là, sous la tente, avec les bras de Melio qui l'enserraient, ses paroles de réconfort à son oreille, son corps qui berçait le sien, elle avait trouvé un semblant de paix intérieure suffisant pour admettre qu'elle n'avait pas tué Aliver encore et encore sur le champ de bataille. Elle se remémora son corps poisseux de sang qu'elle avait tenu dans ses bras. Il était si chaud, une véritable fournaise. Elle avait senti la rouille sur sa langue et dans ses narines. Alors qu'elle cherchait la blessure pour en mesurer l'ampleur avec ses doigts, ceux-ci avaient glissé dans la plaie – un moment terrible. C'était le plus étrange des souvenirs, l'incroyable douceur et la chaleur des tissus. Rien de ce qu'elle avait connu avant ne possédait cette douceur, cette délicatesse. Et en même temps, elle avait été saisie d'une répulsion qui lui avait noué le ventre, persuadée que c'étaient ses doigts qui avaient causé cette blessure, qu'ils pouvaient entailler aussi aisément que son épée.

Mais tout cela, c'était avant. À présent, Melio dormait en l'agrippant d'une main, comme pour la protéger. Quelle pensée étrange, se dit-elle. De qui pouvait-elle avoir besoin d'être protégée ? Son corps désirait désespérément le repos, mais elle ne pouvait pas le permettre. Elle craignait que son inconscient n'invoque quelque horreur issue de ses doigts.

— Comment peux-tu être mort ?

Dans le silence qui suivit, elle revint à quelque chose qui tournait dans sa tête, un échange avec Aliver juste avant le duel. Au sortir de la tente où ils avaient tenu conseil, il l'avait entraînée à l'écart. Il avait attendu que les autres s'éloignent un peu et avait plongé les yeux dans les siens.

— Si je meurs, avait-il dit, garde la Confiance du Roi quelque temps. Quand tu l'en jugeras digne, donne-la à Dariel. Je veux qu'il l'ait. Toi, tu n'en as pas besoin, n'est-ce pas, Mena ? Tu as créé ta propre épée de légende.

Il avait souri.

— Autre chose, et c'est important. Tu dois être prête à invoquer les Hérauts du Santoth.

Elle avait voulu protester, mais il lui avait intimé le silence. Elle devait accepter cette responsabilité. S'il mourait, tout dépendrait de Dariel et d'elle. Leur frère avait une grande force intérieure, mais il était encore trop émotif. C'était le plus jeune d'entre eux et il devait apprendre à maîtriser son émotivité. Elle seule aurait la force de voir au-delà du trouble général et d'appeler les Hérauts du Santoth. Elle fit valoir qu'elle ne savait pas comment s'y prendre, mais il répondit qu'elle apprendrait à le faire quand le moment serait venu.

— Je n'ai pas l'intention de partir aujourd'hui, ajouta-t-il, mais si cela se produit, et si notre cause te semble menacée d'échec, appelle les Hérauts. Adresse-toi à Nualo. C'est un homme très bon, Mena.

— Et *Le Chant d'Élenet* ? avait-elle demandé.

Aliver avait posé sur elle un regard morose.

— Je ne sais pas. Tu penses que je sais comment faire toutes ces choses, Mena ? En réalité je n'en sais rien. J'aimerais que nous soyons en possession de ce livre, mais appelle-les même si tu ne l'as pas. Et ensuite… Vois ce qui se passe.

Puis il s'était rendu dans l'arène où il allait trouver la mort.

Avait-il vraiment tenu ces propos ? *Vois ce qui se passe* ? Il semblait impossible que de tels enjeux puissent dépendre de simples espoirs. Aliver avait parlé de communiquer avec les Hérauts, mais jamais avec suffisamment de clarté pour que Mena imagine pouvoir le faire elle-même. Il fallait ouvrir son esprit et atteindre un état de calme et de méditation, avec la conscience débarrassée de tout, à l'exception des pensées concernant ceux avec qui on voulait entrer en contact. Aliver laissait son appel se dérouler de son corps à la manière d'une corde, avait-il dit, et trouver la bonne direction de lui-même. Cela pouvait prendre du temps, mais il finissait par les entendre en lui, qui répondaient. Alors il leur parlait directement. Ils avaient déchiffré son esprit jusqu'à un certain point, mais il pouvait aussi se concentrer sur des pensées précises et les leur transmettre. L'exercice exigeait de la patience, de la confiance...

Oui, il avait dit cela également. Il fallait avoir *confiance*, ce même mot qu'elle avait murmuré à l'oreille de Dariel. Mais la mort d'Aliver semblait réfuter tout pouvoir supposé de la confiance. Peut-être cela ne comptait-il que face à une adversité si grande que rien d'autre ne pouvait être invoqué. C'était justement ce à quoi elle devait faire face. La raison lui disait qu'au matin les Meins massacreraient tous ceux qui se rassembleraient pour les affronter. Ce ne serait que l'opération de nettoyage d'une victoire déjà acquise. Sachant cela, elle décida d'essayer la confiance une fois encore. Elle l'avait promis, donc elle le ferait.

Elle regarda autour d'elle comme si elle cherchait des outils pour l'aider, ou comme si elle devait changer la disposition des objets dans la tente, ou bien encore libérer sa cheville de la main de Melio. Mais il n'existait pas d'outils pour ce genre de chose. Elle se trouvait là, et elle ne voulait pas rompre le contact avec Melio. Elle s'installa de son mieux, pressa les pouces sur l'anguille de son pendentif et ferma les yeux.

Elle s'efforça de faire cesser le flot de ses pensées. Pendant quelque temps elle se heurta à un barrage composé d'images violentes des combats du jour, d'Aliver dans la mort et du duel juste avant, quand tout était encore possible... Ces pensées et d'autres encore semblaient avoir attendu en embuscade. Passe par-dessus, se dit-elle. Éclaircis ton esprit. Ne pense qu'aux Hérauts. Parce qu'elle ne savait rien de leur apparence, elle ne pouvait les visualiser. Elle essaya donc de les localiser par leur énergie. Elle imagina celle-ci sous la forme d'un point de lumière dans les cieux vides, puis d'un soupçon de chaleur dans le froid environnant, et enfin dans le rythme de la vie au sein de l'éternité silencieuse : elle chercha toutes ces choses dans son esprit. Ce n'était apparemment qu'un exercice mental, tout à l'intérieur d'elle-même et non à l'extérieur. Mais elle persévéra dans ses efforts.

À un moment, elle trouva ce point de lumière chaude animé d'une pulsation. Non, elle ne le trouva pas : elle le créa. Elle se concentra sur lui et l'amena plus près, encore plus près, jusqu'à ce qu'il soit le centre palpable de son être. C'était là, en elle-même. Elle tenta de formuler une pensée, mais il y avait trop de choses à dire. Elle ne pouvait se limiter à une seule. Alors elle prit l'ensemble : toutes ses peurs, tous ses espoirs, ses désirs, ses souhaits et ses rêves ; toutes les horreurs de ces derniers jours, les scènes sanglantes, les antoks, le duel ; toutes les morts et les souffrances promises pour le matin à venir. Elle les réunit en une balle devant elle et la poussa vers cette lumière. Si les Hérauts du Santoth devaient comprendre quelque chose, autant qu'ils comprennent tout.

Une fois qu'elle eut la certitude d'avoir fait de son mieux pour envoyer le message, elle écouta. Attendit. Fouilla le silence qui lui répondait. Il semblait n'avoir pas de fin, mais elle patienta, parce qu'elle ne savait pas quoi faire d'autre. Elle attendit simplement une réponse.

Celle-ci ne vint pas.

Elle s'éveilla dans la lueur de l'aube qui investissait la tente. Étonnée d'avoir dormi, elle se redressa. Melio s'étira à côté d'elle. Au-dehors, elle entendit les sons du camp qui s'éveillait. Quelqu'un passa près du camp, et les pas firent crisser la terre desséchée. Elle nota que Melio avait lâché sa cheville, et le regretta.

Puis les souvenirs de la veille l'assaillirent, et notamment ce qu'elle avait tenté de faire. Elle avait essayé d'invoquer les Hérauts du Santoth, comme Aliver le lui avait demandé. Mais il n'y avait pas eu de réponse. Elle s'était tellement concentrée pour écouter, et pendant si longtemps, qu'elle avait fini par s'endormir. C'était tout. Elle n'était même pas certaine que l'exercice ait dépassé les frontières de son propre crâne. Cette lumière était seulement une création de son imagination : le mieux qu'elle eût réussi à obtenir. Mais ce ne serait pas suffisant. Aliver avait commis deux erreurs, en ce cas, et pas uniquement celle d'accepter le duel avec Maeander.

La réalité de cette journée s'insinua sournoisement en elle, totalement inévitable, déjà présente. Le seul aspect positif était qu'au moins tout se terminerait là. Elle savait comment elle mourrait. Maeander l'avait su, lui aussi. C'était la raison de son calme impressionnant, de cette assurance. Il lui avait adressé un signe de tête pour le lui faire comprendre, même si elle ne saisissait le sens de cette attitude que maintenant. Il avait prédit son propre avenir.

Elle aurait dû lui trancher la tête à cet instant et ne pas le laisser prendre le contrôle de leur monde comme il l'avait fait. C'est alors qu'elle avait commis sa première erreur.

Vraiment ? Non, elle avait commis des erreurs bien avant. Et ce n'étaient pas juste les siennes qui avaient de l'importance. Il y avait tant de choses qui auraient dû être différentes, pendant toutes ces années. Pas des années : des décennies, des siècles. Aux premiers temps, quand le Dispensateur parcourait encore le monde nouvellement créé. Quelqu'un aurait dû abattre Élenet avant qu'il ne vole ce qu'il n'aurait jamais dû voler. Mais, si la légende était réalité, alors le Dispensateur n'était-il pas fautif, en vérité ? Tout cela était sa création. Il était celui devant lequel elle voulait se tenir un jour, pour le réprimander. Pourquoi avait-il tout laissé se dégrader aussi rapidement ? La rosée de l'aube de la Création s'était à peine évaporée qu'il avait permis à ses enfants de le trahir. Et pourquoi ne se souciait-il pas que certains luttent à présent pour rétablir l'équilibre originel du monde et instaurer la paix ? Elle redoutait l'idée même de pouvoir lui poser la question. Il risquait de la lui retourner et d'attaquer ses prétentions à la droiture alors qu'elle était une tueuse prompte à la fureur, et très douée pour le meurtre. Peut-être ne valait-elle pas mieux qu'Hanish. Peut-être n'y avait-il pas de différence entre le bien et le mal…

Une main releva le rabat de la tente, et un puits de lumière l'aveugla pendant une seconde. Puis elle entendit la voix de Leeka Alain, qui paraissait inhabituellement émue.

— Princesse, venez voir. Il se passe quelque chose.

Chapitre soixante-neuf

Rialus Neptos était un avorton pathétique. Jamais cela n'était aussi manifeste que lorsqu'il était entouré de guerriers numreks, grands, larges d'épaules, avec des muscles massifs sous leur peau devenue couleur bordeaux. Une fouine en compagnie de loups. Quand il marchait tête baissée pour ne pas se cogner contre la voûte basse des passages secrets du palais, n'importe lequel des Numreks aurait pu saisir l'ambassadeur par le cou et le priver de vie d'une simple pression de ses doigts épais. Si Corinn n'avait pas eu besoin de ses services pour traduire les instructions qu'elle était sur le point de donner, elle leur aurait peut-être demandé de le faire. Étrange que sa destinée dépende d'alliés aussi douteux, se dit-elle.

Elle avait rarement eu l'occasion de se tenir si près des Numreks. Certes, elle s'était trouvée à côté de certains d'entre eux lors de quelques banquets, durant ces neuf années écoulées depuis la guerre, mais c'est surtout leur pâleur d'origine qui l'avait frappée. Elle en avait vu un groupe pour la première fois juste après sa capture et son retour en Acacia. Leur teint était d'un blanc bleuté, et ils commençaient à peine à s'exposer au soleil. Ils ressemblaient à des créatures vivant dans les grottes et qu'on aurait soudain poussées dans la lumière du dehors. Ils lui avaient paru très différents des créatures à la peau sombre qu'elle regardait maintenant. Elle aurait presque pu croire qu'il s'agissait de deux espèces différentes, mais elle se rappelait leur stature, leur tête lourde aux cheveux noirs, avec ces traits émaciés et puissants à la fois. À l'époque, elle les haïssait avec un mépris sans partage et, si elle éprouvait la même chose vis-à-vis d'eux aujourd'hui, ses sentiments étaient de peu d'importance face à la tâche qui les attendait.

Quelques heures plus tôt, elle était couchée auprès d'Hanish endormi qu'elle effleurait du bout de ses doigts tout en écoutant sa respiration paisible. Plus tôt encore, elle s'était entortillée dans les draps avec lui, leurs corps nus huilés par la sueur, les larmes et la passion. Elle avait haleté à son oreille, et il avait répété son prénom cent fois. Juste avant ces ébats, ils s'étaient simplement étreints, et chacun d'eux avait été pris de vertige à l'annonce de la mort de son frère. L'ironie de ces coïncidences la stupéfiait. Aliver et Maeander, mutuellement victimes ; Corinn et Hanish, amants qui prétendaient que leur liaison n'avait aucun rapport avec la lutte entre eux.

Mais tout cela était arrivé plus tôt, avant le lever du soleil. À la vérité il y avait bien un rapport, et elle savait qu'Hanish le pensait lui aussi. Quand elle l'avait quitté quelques minutes auparavant, elle l'avait embrassé sur la bouche et lui avait souhaité le succès pour le commencement de la cérémonie de libération. Il était temps d'entamer la guérison, avait-elle dit, d'arrêter cette folie qu'était la guerre et d'enterrer cette vieille haine entre leurs deux peuples. L'heure était venue d'honorer les morts. Elle avait promis de se préparer et de le rejoindre. Au lieu de quoi, elle s'était rendue dans sa chambre, avait verrouillé la porte derrière elle et s'était glissée dans le passage secret que Thaddeus lui avait signalé. Elle avait rejoint Rialus et les Numreks à l'endroit exact où elle leur avait dit de l'attendre : à l'intérieur des murs du palais.

C'est là qu'ils se trouvaient maintenant, en armure, armés, avec leur souffle qui empuantissait l'air confiné. Elle refoula un début de panique à l'idée de ce qu'elle se préparait à faire. Elle se maîtrisa en songeant à la façon dont Hanish prévoyait de la trahir, à son serment de ne plus jamais se conduire comme un mouton, à son souhait de venger son frère, et aux promesses magnifiques contenues dans le *Chant*.

Rialus endossa son rôle d'interprète et la présenta au chef des Numreks. Calrach la toisa sans vergogne et s'attarda sur sa silhouette, l'air perplexe. Il dit quelque chose qui suscita l'intérêt des autres. Rialus lui-même se tourna vers elle avec une expression étonnée.

— Princesse, dit-il, est-il vrai que vous portez un enfant ? Je ne saurais le dire, personnellement, mais Numrek a... un certain flair pour ce genre de chose.

Corinn n'avait aucune envie d'aborder le sujet. Elle dut réfréner l'envie de glisser une main sur son ventre.

— Calrach, combien de Numreks vous accompagnent ? demanda-t-elle.

Rialus répondit sans même traduire la question :

— Deux cents.

— Deux cents ? Quand je vous ai écrit, je vous ai dit d'amener des forces suffisantes pour investir tout le palais et une partie de la ville basse. Et vous m'amenez deux cents guerriers ?

— Princesse, je n'ai pu en rassembler davantage, protesta Rialus. C'est d'ailleurs un miracle que nous n'ayons pas été repérés. Vous savez combien il est difficile de transporter deux cents de ces créatures dans des petits bateaux, et de nuit. S'ils avaient été plus nombreux, nous aurions risqué de trahir vos projets. Même s'il est vrai que ces passages dérobés sont incroyables ! Quand on pense aux générations d'ennemis qui auraient pu s'introduire au cœur d'Acacia, s'ils avaient connu le chemin...

Il remarqua l'impatience qui crispait les traits de Corinn et mit fin à sa digression.

— Bref, deux cents Numreks suffiront largement à se rendre maîtres du palais depuis l'intérieur. Ils sont plutôt difficiles à tuer.

— Hanish dispose ici d'une armée entière. Et ses Punisari sont difficiles à tuer aussi.

Du coude, Calrach bouscula l'ambassadeur, car il commençait à s'irriter d'être laissé à l'écart. Le petit homme lui parla aussitôt en langue numrek, avec aisance et animation. Calrach trouva amusant ce qu'il lui disait. Il répondit et l'ambassadeur traduisit :

— Les Punisari ne sont pas un problème. Il affirme qu'il sera maître du palais d'ici quelques heures. D'après lui, il faudra plus de temps pour le nettoyer que pour le salir.

Corinn observa les yeux écartés du Numrek, dont les iris avaient la couleur de l'ambre. Jamais encore elle n'avait remarqué ce détail. Ils étaient presque jolis à contempler. Il était étrange de se tenir là et de discuter paisiblement avec Calrach de ces sujets. Ces Numreks n'avaient pas besoin de haïr pour tuer. Qu'ils n'aient pas de contentieux avec Hanish et les Meins ne les dérangeait pas. Elle savait qu'il leur importait peu que l'un ou l'autre peuple remporte la victoire, tant qu'ils tiraient un bénéfice de celle-ci. Cette attitude convenait très bien à Corinn. Il n'y avait là aucune idéologie qui risquait de modifier leurs motivations ou de compliquer leur raisonnement. Leur cupidité était d'une transparence rassurante, une raison compréhensible pour ce qu'ils demandaient en retour de leur aide. Avec un tel peuple elle saurait toujours où elle en était.

— Vous pouvez réussir cette attaque ? demanda-t-elle. Vous en êtes certain ?

Calrach répondit que dans une guerre rien n'était jamais certain. Puis il sourit et ajouta :

— Rien, à l'exception de la victoire des Numreks.

Il se tourna vers les autres pour les inviter à réagir, et ils approuvèrent en grommelant. Il fallut quelques instants pour que tous répondent, car même les silhouettes sombres qui s'entassaient plus loin dans le passage voulurent se faire entendre.

— Ne parlez pas par contradictions, dit Corinn quand le calme fut revenu. Vous allez tout embrouiller si vous...

Le chef des Numreks l'interrompit. Il parla un long moment, puis Rialus traduisit :

— Il a dit qu'ils vont tous les tuer.

— C'est tout ce qu'il a dit ?

Rialus sourit d'un air suffisant.

— L'essentiel. En fait, il a décrit leurs méthodes aussi, mais j'ai pensé qu'elles ne vous intéresseraient pas.

Corinn se tourna vers Calrach.

— Alors faites-le. Tuez tout le monde. Tout le monde. Sans hésitation. Ne montrez aucune pitié, et ne prêtez pas attention à leurs supplications. Tuez-les tous, à l'exception d'Hanish lui-même. Gardez-le en vie pour moi.

En entendant ces dernières instructions, Calrach haussa les épaules. Cela lui allait très bien. Hanish ne représentait plus rien pour lui. Avant de partir, néanmoins, il demanda à la jeune femme de confirmer les termes de leur accord. Quand elle l'eut fait, il sourit et ses dents proéminentes brillèrent à la lumière des torches.

— Nous accepterons avec joie. Mais comment saurai-je que vous honorez cette promesse ?

— Vous pouvez le savoir, répliqua Corinn, parce que ce que vous voulez est exactement ce que je veux. Je ne vous le promets pas comme un cadeau pour vous. C'est dans votre intérêt comme dans le mien.

Calrach écouta attentivement la traduction et la dévisagea longuement. Son regard était appréciateur, insistant, et en même temps indifférent.

— Je préfère de beaucoup traiter avec vous qu'avec Hanish, dit-il enfin. Et c'est pourquoi vous allez récupérer votre palais. Et, comme vous le souhaitez, nous ne dirons à personne ce que vous nous avez promis. Ce sera notre secret, d'accord ? Entre la princesse Corinn et les Numreks. Personne d'autre n'a besoin de savoir... jusqu'au jour où nous le révélerons au monde.

Corinn s'écarta pendant que les guerriers défilaient devant elle. Ils étaient très lourds et très bruyants. Leurs pantalons de cuir couinaient à chaque pas. Leurs armes et les diverses parties de leurs armures cliquetaient et grinçaient. Nombre d'entre eux se parlaient dans leur langue aux inflexions discordantes. Derrière l'écran de leurs cheveux rêches, certains lui sourirent en passant devant elle. Quelques-uns s'esclaffèrent même de plaisanteries dont elle ne pouvait rien savoir. Ils étaient aussi détendus que s'ils se rendaient à un exercice. Deux cents avait semblé un nombre bien léger quand Rialus l'avait annoncé, mais à la moitié de la procession il lui parut amplement suffisant.

Enfin le dernier s'éloigna. Le calme revint, une présence vivante qui envahit l'espace de sa densité comme si elle était mécontente de l'invasion des Numreks. Rialus, qui ne devait pas prendre part aux combats, resta près d'elle. Il se dandinait nerveusement et se racla la gorge plusieurs fois, comme s'il allait prendre la parole. Corinn ne lui accorda aucune attention. De nouveau le doute montait en elle, comprimait sa poitrine et rendait sa respiration difficile. L'invraisemblance de ce qui se passait et le fait qu'elle, Corinn, en était l'origine : c'était presque trop pour qu'elle le reconnaisse. Elle avait l'impression que la voûte l'écrasait. Elle ne cessait de lever les yeux pour vérifier que les pierres ne descendaient pas vers eux. Pour la première fois, elle remarqua les sculptures singulières alignées non loin de là, moitié humaines et moitié animales. Était-ce l'aspect qu'avait eu son peuple, jadis ? Ses lointains ancêtres ?

Rialus interrompit le cours de ses pensées :

— Puis-je demander de qui vous avez appris l'existence de ces passages secrets, Princesse ?

— Thaddeus Clegg, s'entendit-elle répondre.

— Clegg ? fit l'ambassadeur, avec une note d'inquiétude dans la voix. Vraiment ? Ce vieux traître ? Il est ici, dans le palais ? Il ne faut pas lui faire confiance, vous savez. Qu'est-ce qu'il...

— Il est mort, Rialus. Il n'est plus une menace pour vous, en aucune manière.

Il n'est plus de ce monde, mais le présent qu'il m'a fait demeure. Un jour, quand elle en aurait appris l'usage, elle ferait bien des choses. De bonnes choses. Des choses généreuses. Elle n'aurait pas besoin de tuer, alors. Ni de s'allier avec des...

— Eh bien, puis-je vous demander comment vous comptez procéder, maintenant ? Vous ne travaillez pas vraiment à atteindre le même but qu'avait votre frère. Il ne l'atteindra plus, je suis désolé de le dire, mais Mena et Dariel sont toujours là. Que se passera-t-il quand...

Corinn se tourna vers l'ambassadeur et s'approcha suffisamment de lui pour qu'il recule d'un pas, surpris par la soudaineté du mouvement. Diriger sa nervosité sur lui permit à la jeune femme de se reprendre.

— Non, Rialus, vous ne pouvez rien me demander. Quand nous parlons, c'est parce que *je* vous ai demandé quelque chose. C'est tout ce qu'il y a entre nous, vous me comprenez bien ? J'ai besoin de vous, mais je ne nourris aucune illusion sur la nature de votre loyauté. C'est comme avec les Numreks. Vous me serez loyal pour une raison, uniquement parce que je vous donnerai toutes ces choses que vous désirez. Les Meins vous écorcheraient vif. Mon frère ou ma sœur vous jetteraient en prison pour trahison. C'est avec moi et moi seulement que vous avez une chance de connaître le bonheur. Vous mettez en doute mes propos ?

— Non.

— Bien. Je m'occuperai de mon frère et de ma sœur en temps utile. Je les aime, et ils m'aiment. Alors ne vous préoccupez pas de cela.

Elle se tut et d'un geste de la main ordonna à Rialus de rester silencieux. Elle percevait faiblement des cris d'alerte et le fracas des armes. Ces sons lui parvenaient assourdis et lointains, presque fantomatiques. Si elle n'avait pas tendu l'oreille, elle ne les aurait pas remarqués. Elle avait entendu assez de récits sur la façon de se battre des Numreks pour imaginer les scènes qui se multipliaient à présent dans tout le palais. À cet instant précis, les intrus déferlaient dans les couloirs. Ils apparaissaient au cœur même du palais, sans aucun signe avant-coureur de l'attaque, et ils déclenchaient une grande confusion. Ils couraient de pièce en pièce en maniant leurs haches d'armes qui sectionnaient des membres et ouvraient des crânes. Leurs lances clouaient des torses aux murs, leurs épées transperçaient des poitrines. Ils ne montraient de pitié pour personne.

Elle pressa la main sur son ventre tout en passant en revue les portraits des gens qu'elle avait condamnés à mort. Des hommes comme Haleeven, l'oncle d'Hanish, qu'elle avait apprécié. Des femmes telles que Rhrenna, qui avait été son amie, et Halren qui s'était moquée d'elle lors du dîner, ce soir-là à Calfa Ven. Des gardes et des soldats, des servantes et des serviteurs, des officiels, de nobles dames avec leur progéniture. Ces visages et ces noms qui se succédaient rapidement la frappèrent comme autant de coups au cœur. Quel cauchemar elle avait déchaîné ! Elle recula et tendit la main pour prendre appui contre le mur. Elle ne devait surtout pas oublier que tous étaient ses ennemis. Depuis toujours. Chacun d'entre eux. S'ils paraissaient inoffensifs et charmants, c'était seulement parce que des hommes avaient tué assez en leur nom pour leur permettre de se présenter sous ce jour.

L'ambassadeur s'avança vers elle et demanda si elle se sentait bien. La réponse de Corinn fut très froide :

— Vous avez dit tout à l'heure que je ne serais pas intéressée par certains propos qu'a tenus Calrach. À l'avenir, Rialus, quand vous me servirez d'interprète, traduisez avec exactitude. Il ne vous revient pas de corriger ce que je dis, ou ce que mes interlocuteurs disent.

Il acquiesça servilement. Un moment plus tard, en le regardant à la dérobée, elle vit un sourire de satisfaction passer sur son visage. Elle faillit lui demander sèchement la raison de cette réaction. Mais elle la devina sans peine. Elle lui avait promis un avenir. Apparemment, il lui reviendrait désormais d'accorder ou non de telles choses.

Il faudrait qu'elle s'y habitue.

Chapitre soixante-dix

Lorsqu'il sortit de sa tente juste avant l'aube, Leeka Alain avait déjà décidé que ce jour serait le dernier pour lui. Il avait combattu bien des fois dans sa vie, dans tous les cadres possibles, de ces plaines arides aux montagnes du Senival, des marais de Candovie à la toundra du Mein, en passant par les forêts d'Aushénie. Il avait affronté les troupes de Maeander et celles d'Hanish, les tribus de montagnards du Senival et les Numreks, une race qu'il avait été la première personne du Monde Connu à découvrir. Il avait même apprivoisé un des rhinocéros qui servaient de montures à ces étrangers. Il s'était dressé en criant dans les tempêtes de neige et sous les pluies de feu déversées par les catapultes. Il avait triomphé à quelques reprises, mais il avait aussi essuyé des défaites, et en plus d'une occasion. Il avait même succombé à la brume et rampé dans la boue. Mais on l'avait ressuscité et on lui avait donné une seconde chance.

Cela faisait de lui un des hommes les plus chanceux qui soient. Grâce à la discipline intransigeante imposée par Thaddeus Clegg, il avait pu recommencer sa vie. Et c'est ainsi qu'il avait découvert le prince Dariel. Il avait contribué à lui apprendre qui il était et avait transformé un jeune pirate en un homme digne du titre de noblesse dont il était l'héritier. Il avait vu la petite Mena, au corps menu et souple, devenir une artiste de l'épée comme il n'en avait encore jamais connu. Ce qu'elle avait fait la veille était incroyable. On ne s'expliquait pas que cette jeune femme d'apparence si frêle, avec ce visage intelligent, puisse se métamorphoser ainsi en une tornade de fureur. Et il avait était là quand le fils aîné du roi Leodan s'était révélé un prophète du changement, qui parlait d'un monde meilleur et était prêt à lutter – et mourir – pour le faire naître. Quel spectacle pouvait égaler celui de son prince dans toute sa gloire abattant l'antok, une bête tout droit sortie des cavernes de l'enfer ? Ce serait sans nul doute un des plus grands moments de son existence, tout comme la mort d'Aliver le lendemain avait indéniablement marqué le pire jour qu'il ait jamais connu. Leurs destinées subissaient des courants contraires et chaotiques.

Leeka ne regrettait pas la vie qu'il avait eue. Il ne changerait certainement pas un moment des années qu'il avait dédiées à son roi et son pays. Il était cependant possible que son périple à travers l'existence ne se termine pas comme lui-même l'aurait souhaité. Il décida donc d'affronter cette éventualité avec tout le sang-froid dont il était capable. Au moins finirait-il dignement, par une mort qui s'accordait au code d'honneur selon lequel il avait vécu. C'était tout l'enjeu de ce jour. Il l'aborda revêtu de son armure, l'épée au côté, avec sur son visage buriné toute la détermination qu'il pouvait rassembler, en exemple pour tous ses subordonnés.

C'était en tout cas son intention quand il releva le rabat de sa tente et sortit. Mais ce qu'il vit à l'horizon, au sud, constituait un spectacle tellement étrange et inattendu qu'il perdit instantanément tout son calme. Stupéfait, il resta un instant bouche bée. Ses yeux devinrent deux pièces de cuivre qui grandissaient un peu plus à chaque seconde.

Il découvrit un ciel où roulaient des nuages rouges et orange enflammés de panaches jaunes et pourpres, avec d'immenses montagnes mouvantes qui s'élevaient dans les cieux. Tout cela en arrière-plan d'un groupe de géants qui avançaient vers eux. C'était une vision irréelle, car leurs silhouettes étaient assez incorporelles pour qu'ici et là les dernières étoiles de la nuit apparaissant entre les nuages scintillent aussi à travers eux. Des formes humaines sombres, d'une taille colossale, oscillaient au rythme de leurs pas. Leurs bras battaient l'air à leurs côtés comme s'ils se déplaçaient sur un terrain inégal et cherchaient à préserver leur équilibre. Chacune de leurs enjambées devait couvrir des lieues. Derrière les premiers géants d'autres venaient, puis d'autres encore, qui surgissaient sur la courbe du monde. Il fouilla sa mémoire pour trouver une explication à ce qu'il voyait. Une seule lui vint à l'esprit.

— Se pourrait-il que ce soient les Hérauts du Dieu ? demanda-t-il à Mena quand elle eut émergé de sa tente pour répondre à son appel. Quand Tinhadin les a exilés, ne sont-ils pas descendus vers le sud sous la forme de géants déchaînés ? C'est ce qui me revient de mes études de jeunesse.

Ses études de jeunesse ? L'idée elle-même semblait assez absurde pour que le général doute de sa propre santé mentale. Peut-être rêvait-il, ou était-il victime d'une hallucination. Mena allait se tourner vers lui et le traiter de fou.

— Vous les voyez aussi, j'espère ? s'enquit-il encore, d'un ton dépourvu de ses inflexions autoritaires habituelles.

La jeune femme ne répondit pas, mais la fixité de son regard suffisait.

Dariel les rejoignit un moment plus tard, et demeura lui aussi ébahi par ce qu'il voyait. En quelques minutes, ce qui restait de l'armée contemplait avec incrédulité le phénomène qui occupait tout le sud. Il était difficile d'estimer à quelle distance se trouvaient ces silhouettes. Chacun de leurs pas paraissait immense. Leurs jambes donnaient l'impression de s'étirer, comme si le pied levé allait toucher le sol au-delà des soldats. Mais le pas suivant était identique, et le suivant aussi. Malgré l'étrangeté de la scène, Leeka sentait qu'en fait ils se rapprochaient. Les distances qu'ils franchissaient dépassaient son entendement.

Le vieux soldat sentit l'inquiétude croître autour de lui. Pour sa part, il n'éprouvait aucune peur. Quelque chose d'extraordinaire était en train de se produire, oui. Quelque chose d'inattendu. Et même sans savoir de quoi il retournait, il en était heureux. Mais si l'on repensait aux derniers événements, il était assez compréhensible que les autres soient effrayés. Ce n'étaient pas des hommes aussi âgés que lui, et ils n'avaient pas accepté de mourir aujourd'hui. Et bien sûr, ils conclurent que ce qui arrivait sur eux était *contre* eux.

Quelqu'un se mit à marmonner une prière en bethuni. Un autre bredouilla le mot qui nommait les ancêtres meins, et dit que ces géants venaient venger Maeander. Un troisième soldat cria que c'était Maeander en personne qui était de retour. Il avait été tué en violation de toutes les règles de l'honneur, et ces colosses étaient là pour les châtier de cet affront.

— Du calme ! gronda Leeka. Gardez votre calme.

Personne ne parut l'entendre. Les gens commencèrent à refluer en trébuchant, les yeux dilatés par une peur de plus en plus prégnante.

— Que tout le monde s'arrête ! rugit le général. Écoutez-moi ! Soyons braves et tenons notre position. Nous combattons toujours pour la princesse Mena et le prince Dariel. Notre cause est juste...

Mena saisit le bras du général.

— Je sais qui ils sont. Vous avez raison. Ce sont les Hérauts du Dieu. Je les ai rappelés.

Elle avait parlé d'une voix plus tranchante et plus haut perchée que Leeka. Ils n'avaient rien à craindre, cria-t-elle. Les géants qui arrivaient étaient les sorciers du Santoth. Elle les avait appelés. Ils répondaient à sa demande, et c'étaient des amis de son frère, des amis pour eux tous.

— Vous n'avez rien à craindre d'eux.

Elle manquait de conviction en prononçant cette dernière phrase, mais le seul fait de l'entendre calma un peu les soldats. Au lieu de fuir, ils se serrèrent les uns contre les autres autour du trio qui les commandait. Même ceux qui n'étaient pas près d'eux et qui n'avaient probablement pas entendu Mena se rapprochèrent. Ils ne formèrent bientôt plus qu'une masse unique, qui attendait.

Leeka, qui se tenait à côté des deux Akaran, vit Dariel se pencher vers sa sœur et lui murmurer à l'oreille :

— J'espère que tu ne te trompes pas, Mena.

— Moi aussi, répondit-elle en scrutant le ciel. Moi aussi.

Alors les silhouettes changèrent. En quelques secondes, elles passèrent de la taille phénoménale de leur apparition à une taille plus réduite. Elles rapetissèrent si vite que Leeka regardait encore le ciel quand il n'y avait plus rien à y voir. Les nuages tourbillonnants se dissipèrent dans des implosions muettes, et le ciel matinal reprit cette teinte bleu pâle typique des régions talayennes.

Leeka se demanda si c'était tout. Un spectacle lumineux dans les cieux, difficile à interpréter ou comprendre, et finalement déroutant. Mais ce n'était pas tout. Il entendit des exclamations étouffées autour de lui, sentit le bras de Mena qui l'effleurait involontairement. Il baissa les yeux.

Là, sur le sol, à quelques dizaines de mètres seulement, un groupe d'hommes marchait. Ils étaient de taille normale, en chair et en os, au nombre d'une centaine peut-être. Ils chancelaient légèrement, comme les géants, mais pour le reste ils étaient tout ce que ces silhouettes titanesques n'avaient pas été : petits, tangibles, corporels. Ils avaient l'allure voûtée et les membres maigres de vieillards, avec des visages émaciés. Ils n'auraient pas dû être effrayants, et pourtant Leeka fit un pas en arrière sans le vouloir, et son dos entra en contact avec les corps des autres soldats massés derrière lui.

Le premier des hommes fit halte à quelques pas d'eux, et les autres se rassemblèrent derrière lui. Leeka scruta leurs visages. Quelque chose n'allait pas. Ils n'étaient pas normaux : la forme de leur nez, l'implantation des cheveux, le dessin de leurs yeux, cette manière lente de cligner des paupières. Mais il percevait des coutures à la limite de leur front, ou juste sous le menton, comme s'ils avaient pris la peau d'un autre et l'avaient cousue sur leurs propres traits. Par moments, des frissons faisaient onduler leurs chairs, et les transformaient ; plus il les dévisageait et plus il croyait distinguer sur eux les traits de personnes familières. Il se reconnut même dans la mine renfrognée de l'un d'eux, les sourcils d'un autre, la mâchoire de celui-là...

Qui nous a appelés ?

La question se forma dans son esprit. Il l'entendit alors même qu'elle n'avait pas été prononcée. Les vieillards n'avaient pas remué les lèvres, et pourtant les mots avaient résonné en lui comme s'ils étaient entonnés par un chœur. Il regarda autour de lui et constata qu'il n'était pas le seul à avoir reçu cette question.

Qui nous a appelés ?

— Moi, déclara Mena.

Elle sembla réfléchir, fit un nouvel essai. Cette fois elle parla sans ouvrir la bouche.

C'est moi. Êtes-vous les Hérauts du Santoth ? Nualo ? L'un d'entre vous est-il Nualo ?

Ils s'approchèrent. Ils paraissaient glisser sur des roues invisibles. L'un d'eux se détacha des autres. Il réussit à faire comprendre qu'il était Nualo, sans pour autant l'affirmer ouvertement. Leeka le sut, simplement, et il eut conscience qu'il en était de même pour tous ceux qui l'entouraient. Ils étaient tous concernés.

Pourquoi n'était-ce pas l'aîné ? demanda Nualo.

Mena se tourna vers son frère, puis vers Leeka. Elle déglutit avec difficulté.

Aliver – l'aîné d'entre nous – est mort...

Le visage rouge, les lèvres tremblantes, Mena poursuivit :

Il a été tué par notre ennemi. C'est la raison de mon appel. Avant sa mort, il m'a dit que vous seuls pouviez...

Le Santoth ne la laissa pas terminer. Il demanda une preuve de la mort de l'aîné. Mena dit aux sorciers que le corps de son frère se trouvait non loin de là. Instantanément, ils glissèrent dans sa direction, sans que personne la leur ait indiquée.

Incapable de parler et ne sachant pas comment commencer, Leeka resta immobile. Personne d'autre ne bougea, d'ailleurs, sinon pour se tourner vers ses voisins immédiats. Dariel finit par rompre ce silence en se forçant à faire preuve de son humour habituel :

— J'ai déjà posé cette question, mais je vais recommencer, pour la situation présente : avons-nous un plan ?

Mena n'eut pas le temps de répondre. Les sorciers étaient déjà de retour, et ils glissèrent jusqu'aux places qu'ils avaient occupées précédemment. Leeka eut du mal à suivre leur échange avec Mena. Beaucoup de choses passèrent entre eux, pas seulement des mots, mais aussi des pensées qui ne s'exprimaient pas par des phrases. Alors que le général perdait pied, Mena réussit à faire le tri dans cette masse d'informations. Les sorciers admettaient qu'ils avaient senti la mort d'Aliver quand elle s'était produite, dès l'instant où le lien avec lui avait été rompu. Pourtant ils avaient espéré s'être trompés. Ils l'avaient cru quand il avait promis de les libérer. Lui seul en était capable, parce que c'était l'aîné de sa fratrie et un descendant direct de Tinhadin. Ils voulaient savoir comment il s'était autorisé à mourir alors qu'il n'avait pas encore tenu parole envers eux.

Mena ne pouvait répondre à une telle question. C'était ainsi. Mais elle en profita pour demander s'il n'était pas possible de le ramener à la vie. Nualo parla pour les autres et répondit par la négative. Ils ne pouvaient pas redonner la vie. Élenet n'avait jamais appris comment y parvenir. Le Dispensateur avait protégé ce savoir mieux que tous les autres, et il s'en était allé sans avoir jamais prononcé les mots Peut-être d'ailleurs n'existait-il pas de mots pour restaurer la vie d'une personne réellement morte, sans intervention de la sorcellerie.

Alors faites votre possible, dit Mena. *Aidez-nous à vaincre les Meins. Ils marchent sur nous en ce moment même. Si vous ne me croyez pas, voyez : ils arrivent.*

Nualo et les autres se tournèrent dans la direction qu'elle indiquait. C'était la vérité. L'armée ennemie approchait, et elle paraissait plus grande que le jour précédent. Elle venait terminer ce qu'elle avait commencé. En la voyant, Leeka comprit que les coalisés étaient perdus. Il avait espéré que les silhouettes géantes dans le ciel auraient troublé l'ennemi, mais les Meins progressaient comme s'ils n'avaient rien remarqué d'inhabituel. Il sentit le moral de ses propres troupes baisser subitement. Ils n'étaient plus qu'à quelques minutes de la fin.

Nous ne pouvons pas, dit Nualo. *Nous ne causerions que destruction.*

— Comme si ce n'était pas le projet de l'ennemi, justement ! dit Dariel.

Pour une fois, il n'y avait aucune trace d'humour dans sa répartie.

En un seul train de pensées, Nualo expliqua que la langue du Dispensateur était toujours trompeuse. Les hommes n'étaient pas censés la posséder. Ils n'auraient jamais dû l'étudier. Le pouvoir qu'ils maniaient alors était une chose très dangereuse, même quand ils avaient disposé du *Chant d'Élenet*. Quoi qu'ils fassent pour procéder comme il convenait, le résultat était toujours altéré. Tinhadin ne les avait pas bannis sans raison. Aucun Héraut ne tenait à courir le risque d'utiliser leur savoir collectif pour engendrer la violence maintenant. S'ils commençaient, ils ne pouvaient dire où cela s'arrêterait.

Le prince savait que nous ne pouvions rien sans avoir d'abord étudié Le Chant d'Élenet...

— Pourquoi avons-nous cette discussion ? intervint Dariel

Il tourna son attention vers le nord où les troupes meines se massaient. Revenant aux sorciers, il serra les lèvres et adopta la méthode de Mena pour communiquer avec eux.

Aliver est mort ! *Cette armée vient pour nous anéantir. Vous les voyez, non* ? *Expliquez-moi quel espoir d'échapper au bannissement il vous restera si nous mourons. Vous n'aurez plus aucun espoir, et vous le savez.*

Nualo se concentra sur le jeune Akaran. Un pli se forma à son front, glissa en travers de son œil, modifia la forme de son nez et se recourba à un coin de ses lèvres avant qu'il ne l'avale. Leeka devina que c'était là une expression de colère et de désespoir, et une preuve des difficultés que rencontraient ces bannis pour habiter le monde physique. Il entendit Nualo dire :

Vous ne savez pas ce que vous demandez.

À le voir aussi perturbé, Leeka estima qu'il faisait preuve de franchise.

Exaspéré, Dariel tourna les talons et partit à la rencontre des Meins, non sans enjoindre ses camarades de combat à faire de même. Au passage, il prit ses affaires dans sa tente. Quelques-uns répondirent à son appel, mais Mena n'en avait pas terminé avec Nualo.

Peut-être qu'il ne sait pas, dit-elle, *mais vous, vous savez. Vous n'êtes pas venus ici pour ne rien faire, n'est-ce pas* ? *Alors faites ce que vous pouvez, maintenant. Plus tard, quand la paix sera revenue, nous trouverons* Le Chant d'Élenet. *Vous serez capables de paroles pures, de nouveau. Alors nous pourrons rectifier ce qui doit l'être.*

Nualo et les autres réfléchirent un long moment. Leurs visages subissaient des changements rapides, ils se creusaient, se grêlaient, pelaient puis guérissaient, et leurs traits ne cessaient d'évoluer. Ils étaient agités, irrités et avides. Oui, ils étaient également avides. Ils parlèrent entre eux.

Leeka entendit le fracas de la bataille qui commençait. Il se sentit attiré vers elle. Il ne pouvait pas laisser Dariel mourir sans lui. Il commençait à s'éloigner dans cette direction quand il entendit Nualo :

D'autres ont commis l'erreur de croire que du mal peut sortir un bien. C'est faux. Et aujourd'hui, rien ne sera différent.

Leeka continua de marcher sans se retourner. Il posa la main sur la garde de son épée. Il devinait qu'ils n'en avaient pas terminé avec les sorciers. Il pouvait sentir leur colère et il savait comment elle poussait les gens à l'action. Or il décelait ses pulsations derrière lui, des pulsations de plus en plus fortes. Ils allaient agir. Malgré toute leur sagesse et leur désir de paix, ils demeuraient des humains. Ils tempêtaient contre un destin contraire. Ils portaient le deuil de leur sauveur. Ils voulaient la vengeance, et aussi cette chose qui leur avait été interdite pendant des siècles : ils voulaient ouvrir la bouche et parler.

Quoi qu'il arrive, dit Nualo, *restez derrière nous. Ne nous suivez pas, et ne regardez pas. Il est préférable que vous ne regardiez pas.*

Leeka avançait toujours quand les sorciers le dépassèrent. L'un d'eux eut un geste de la main qui bouscula le général au point de manquer de lui faire perdre l'équilibre. Ils firent ainsi avec ceux qui les précédaient. Par de petits mouvements des doigts et des mains, ils saisissaient à distance les soldats dans la mêlée et les tiraient en arrière, loin de l'ennemi Leeka vit que Dariel semblait saisi par la tête et soulevé du sol, pour finir par se recevoir sur le postérieur juste à côté de l'endroit où se tenait sa sœur. Mena l'aida à se remettre debout et le détourna de la bataille. Elle cria aux autres de faire comme elle.

— Nualo a dit de ne pas regarder ! Obéissez. Quoi qu'il arrive, ne regardez pas.

Leeka n'hésita qu'une poignée de secondes. En réalité, il ne réfléchit pas vraiment à sa décision. Il n'avait pas non plus l'intention de montrer le moindre irrespect par cet acte de désobéissance, mais ce matin il s'était levé avec la certitude de goûter à l'aube pour la dernière fois. À présent, confronté à ce qui promettait d'être un spectacle inoubliable, il ne pouvait lui tourner le dos. Ce serait la dernière chose qu'il verrait, s'il devait en être ainsi. Il laissa là Mena, Dariel et les forces acacianes qui s'étaient tous détournés, et il suivit les sorciers dans la bataille.

Il les rattrapa au moment où ils se dispersaient sur une ligne, et il fut bientôt assez proche d'eux pour voir qu'ils se déplaçaient les yeux clos. Leurs lèvres remuaient. Ils parlaient. Non, ils chantaient. Ils emplissaient l'air d'une profusion de sons et de mots entremêlés et pourtant mélodieux, qui se tordaient et s'enroulaient. Leur chant possédait une sorte de densité physique. Des sonorités musicales frôlèrent Leeka dans un glissement audible dont la texture évoquait les contours sinueux d'un reptile. De temps à autre, un sorcier levait lentement sa main dans l'air, comme si du bout de ses doigts il voulait tâter la substance de l'éther.

Pris d'hésitation et d'incertitude, les Meins reculèrent. Deux de leurs généraux voulurent y mettre bon ordre et relancer l'assaut, mais ils n'en eurent pas le temps. Les sorciers du Santoth attaquèrent tous simultanément. Ils avancèrent sans cesser de tanguer, mais aussi par des bonds qu'il était difficile de mesurer. Ils crièrent des mots étranges et incompréhensibles et agitèrent les bras comme des fous assaillis par des démons invisibles.

Leeka dut courir pour ne pas se laisser distancer par eux. Il se trouvait derrière un sorcier quand celui-ci s'approcha d'un groupe de soldats blonds. Ils étaient prêts à le recevoir, bien campés sur leurs jambes musclées, l'épée brandie à deux mains. Mais d'un seul geste d'un bras, le Héraut arracha l'armure, les vêtements et même la peau à deux soldats. Ceux-ci lâchèrent leur arme et restèrent là, sans comprendre ce qui leur arrivait. Les stries de leurs muscles faciaux, leurs tendons et leurs cartilages étaient exposés à l'air, et leur ventre complètement béant déversa leurs organes internes à leurs pieds. Le sorcier les dépassa avant qu'ils ne s'écroulent et il infligea le même sort à d'autres Meins derrière ses deux premières victimes.

Un autre Héraut donna un coup de poing dans l'air – geste étrange car il n'y avait pas d'adversaire à proximité. Une seconde plus tard, tout un groupe de soldats se liquéfia à cent foulées devant lui. Ils se transformèrent en des billes de fluide de la taille d'un petit pois et agglomérées sur la forme d'un être humain. Les gouttes explosèrent en retombant au sol et formèrent de petites flaques teintées de rouge.

Un troisième expulsa sa fureur du fond de sa gorge avec une force qui tordit l'air devant lui et creusa dans les rangs ennemis une trouée sanglante aussi rectiligne que si elle avait été laissée par un rocher rond dévalant une pente.

En quelques secondes, tout avait été bouleversé. Les Meins s'enfuirent dans un désordre indescriptible. Nombre d'entre eux abandonnèrent leurs armes et leur casque. Ils frappèrent leurs camarades pour se frayer un chemin dans le grouillement des humains paniqués. Dans l'hystérie générale, beaucoup furent piétinés. Leur défaite était totale. Mais les Hérauts leur donnèrent la chasse, et ce que les Meins lurent sur leurs visages accrut encore leur terreur. Plus les sorciers frappaient et plus leur fureur augmentait. Ils se déplaçaient plus vite, faisaient des gestes plus amples, poussaient des rugissements toujours plus assourdissants. Ils frappaient le sol d'un pied et la terre ondulait autour d'eux, avant de se soulever en plaques déchiquetées qui projetaient les ennemis dans les airs, comme si la surface de la plaine était un plancher fait de bois peu résistant que des haches géantes pulvérisaient depuis les profondeurs. Les Meins pris dans ce piège s'écrasaient ensuite au sol tels des pantins désarticulés.

Leeka se répétait à voix basse que tout cela n'était pas possible. Il réfuta ce que ses yeux voyaient. Ce n'était pas possible, même si ces scènes lui semblaient très familières. Elles lui rappelaient celles qu'il avait connues quand il brûlait de fièvre au sein d'un monceau de cadavres, dans les Hautes-Terres du Mein. Ces images qui avaient déferlé dans son esprit à l'époque présentaient beaucoup de similitudes avec celles qui l'entouraient maintenant. Mais ces rêves n'avaient eu aucune réalité. Ce n'étaient que des illusions, et il voulait croire que ses visions actuelles n'étaient elles aussi que le produit de tours joués par son esprit. Il ne devait pas les accepter ni leur accorder le moindre crédit. S'il devait en croire ses yeux, le monde n'était qu'une immense fresque peinte sur une toile trop fine qui pouvait être réduite en lambeaux. Selon ce qu'il voyait, des déchirures pouvaient apparaître à travers les cieux et jusque dans le sol, et même atteindre les chairs des êtres qui se trouvaient sur leur trajet. Ces plaies se refermaient aussi vite qu'elles s'étaient ouvertes, mais leur vision et le bruit terrible qui les accompagnait étaient insupportables. Et, si ses yeux ne lui mentaient pas, les nuées déversaient sur terre un déluge de monstruosités serpentines. Reptiles, vers, mille-pattes de la taille de pins centenaires, ainsi que des créatures pareilles à des anguilles géantes vomies par les profondeurs ténébreuses de quelque océan immense. Toutes ces abominations grouillèrent soudain sur le sol. Elles se tortillèrent et se contorsionnèrent pour atteindre les troupes du Mein. Elles écrasèrent les soldats, roulèrent sur elles-mêmes et continuèrent leur progression avec des cadavres collés à leurs flancs. Et il savait que ses yeux n'apercevaient pas le pire de ce déchaînement. Les véritables horreurs se trouvaient juste à l'extérieur de son champ de vision et échappaient toujours à son regard. Il pouvait tourner la tête dans toutes les directions, il n'aperçut jamais les atrocités innommables qu'il sentait presque à sa portée.

Un des Hérauts s'était immobilisé, bouche ouverte sur son chant de destruction. C'était Nualo. Leeka se dirigea vers lui. Il s'en approcha d'aussi près qu'il l'osait et resta là, hors d'haleine, épuisé comme il ne l'avait encore jamais été par quelque chose qui n'était pas que physique. *Il est difficile pour les vivants de côtoyer la magie*, songea-t-il. *Une telle puissance est...*

Nualo se retourna. Ce n'était pas un mouvement soudain, plutôt une lente rotation qui semblait initiée par ses yeux et que suivaient la tête et le reste du corps. Il balaya du regard le champ de bataille derrière lui. Il n'avait jamais imaginé une telle furie. Ses prunelles débordaient d'une rage qui tremblait comme si tout le chaos environnant y trouvait son reflet. Ces yeux rugissaient en silence.

Pervertie. Une telle puissance est pervertie.

Leeka entendit ces mots dans sa tête, et il comprit que Nualo les avait placés là pour terminer la pensée inachevée du général.

Comment êtes-vous en vie ?

Son regard plongé dans celui du sorcier, et avec la conscience de ce qui se tortillait et détruisait et hurlait tout autour de lui, le vieux soldat ne put répondre à la question. C'était comme s'il avait été soustrait au monde ordinaire et qu'il observait tout depuis un espace situé dans et hors de lui en même temps. Il lui était permis d'être le témoin de ces choses, d'y survivre, mais il ne pouvait même pas commencer à expliquer comment et pourquoi tout cela se produisait.

Plus tard, il douterait de ce qu'il avait vu. Un grand nombre des souvenirs du jour s'agglutineraient pour former un collage hallucinant de l'impossible. Mais il restait une chose dont il était certain. Le pouvoir qu'il avait observé était effrayant non pas seulement pour les destructions qu'il provoquait, mais parce qu'il était totalement et profondément imprégné par le mal. Il n'avait peut-être pas été conçu dans un esprit de malveillance. Nualo et les autres Hérauts n'étaient pas eux-mêmes des êtres malfaisants. Et même la rage qui les motivait trouvait ses racines dans l'amour du monde et le désir d'y retourner. Mais le pouvoir qu'ils déchaînaient possédait sa propre méchanceté intrinsèque. Si le langage du Dispensateur avait jadis été celui de la Création, et cet acte de Création un hymne à l'amour qui chantait le monde comme un endroit merveilleux à connaître... si c'était ainsi, alors ce que les Hérauts du Santoth avaient libéré était son opposé. Leur chant était un incendie qui consumait le monde, une avidité qui dévorait la Création au lieu de la nourrir.

La perversion n'est même pas un début de réponse pour tout cela, se dit Leeka.

Nualo l'entendit certainement, mais il ne répondit pas. Il se détourna, dégoûté et impatient. Il recommença à lancer une série de cris et se remit en marche, tandis que ses bras déchiquetaient le paysage et les hommes devant lui.

Leeka fit ce qu'il pensait maintenant être son rôle sur terre. Il courut pour le rattraper, pour que quelqu'un sache et, si ce jour arrivait, qu'il puisse témoigner et expliquer pourquoi la créature ne devrait jamais s'approprier les pouvoirs du créateur.

Chapitre soixante et onze

Corinn dut faire appel à toute sa volonté pour conserver un regard vague et désintéressé qu'elle laissait planer au-dessus des cadavres jonchant le sol sans s'atttarder sur les murs éclaboussés d'écarlate. Ainsi, les restes macabres n'étaient que des formes floues qu'il fallait simplement contourner. À l'inverse, elle se focalisait sur des objets ordinaires au loin, une peinture murale intacte à l'autre bout d'un couloir, un châssis de porte, une brique particulière isolée dans une paroi. Assez rapidement toutefois, elle envisagea de s'enfermer dans sa chambre jusqu'à ce que le nettoyage soit totalement achevé et que tout indice du carnage qu'elle avait commandité soit effacé. Elle enverrait Rialus dans la ville basse pour embaucher la main-d'œuvre nécessaire. Uniquement des Acacians, de préférence des paysans, qu'elle rétribuerait généreusement en argent et privilèges, avec son amour et ses remerciements. Elle leur instillerait la fierté de l'empire acacian retrouvé. Il y avait et il y aurait beaucoup à faire, mais ces préoccupations pouvaient attendre. Avant tout, elle devait parcourir ces couloirs et terminer une certaine tâche.

Elle rejoignit Rialus. Un peu plus tôt, quand un soldat numrek était revenu l'informer que le palais était désormais aux mains de ses frères, l'ambassadeur était allé constater la situation. À présent, il avait l'air nauséeux, mais pas au point de perdre l'usage de la parole. Avant même qu'elle ne soit arrivée à son niveau, il exprima son ébahissement que le palais ait été si facile à prendre. Le plan de Corinn s'était déroulé à la perfection. Elle était déjà la maîtresse des lieux. La ville basse était bouclée et paralysée par la peur. Il restait peut-être quelques Meins cachés dans le quartier des serviteurs et dans la ville, mais les Numreks avaient entrepris leur traque systématique. Les prêtres qui veillaient sur les Tunishnevres s'étaient montrés très entêtés. Ils s'étaient accrochés aux sarcophages jusqu'à ce qu'on les en arrache et qu'on les tue sur place. Plusieurs familles de la noblesse avaient été arrêtées alors qu'elles s'apprêtaient à prendre la mer sur leur voilier surchargé de tout ce qu'elles avaient pu embarquer. Quelques navires avaient réussi à gagner la haute mer. Les Numreks n'étant pas un peuple de marins, ils n'avaient pas...

Corinn l'interrompit.

— Où est-il ?

Rialus n'avait nul besoin qu'elle lui précise de qui elle parlait.

— Dans la chambre sacrée, comme vous l'avez ordonné.

Tandis qu'ils s'y rendaient, Rialus se remit à jacasser et lui détailla tout ce qu'il avait appris concernant les combats. Ils avaient grandement correspondu à ce que les Numreks imaginaient. Leur apparition surprise avait créé un chaos instantané. Les premières victimes avaient été deux femmes meines dont les têtes avaient volé dans l'air avant qu'elles n'aient eu le temps de pousser un cri. Une grande partie de la suite avait été une pure boucherie. Les gardes meins s'étaient bien battus mais ils avaient été rapidement réduits au silence. Quelques-uns avaient réussi à organiser une riposte d'une certaine ampleur, et il y avait eu une escarmouche importante dans la grande cour supérieure, où le bataillon du palais avait concentré ses efforts. Les Numreks avaient relevé ce défi avec plaisir et succès.

Hanish se trouvait dans la chambre sacrée quand l'attaque avait débuté, mais il s'était précipité pour mener une contre-offensive. Avec un groupe de Punisari, il avait tenu la cour inférieure jusqu'au dernier d'entre eux, pour empêcher l'accès à la chambre. Les Numreks les avaient rapidement encerclés grâce à leur nombre supérieur, mais les Punisari ne leur avaient pas fait de cadeau. C'était l'unité d'élite d'Hanish, ses meilleurs guerriers, capables de se dégager même de l'étreinte formidable d'un Numrek. Chacun d'entre eux avait paré et frappé à la vitesse de l'éclair, sans jamais montrer de signe de fatigue. Beaucoup maniaient deux épées. Ils avaient formé un cercle qui se resserrait dès que l'un d'eux tombait. Pas un n'avait fait mine de vouloir se rendre. Hanish lui-même leur avait parlé pendant tout l'affrontement. Hélas ! peu de Numreks connaissaient d'autres langues que la leur, et Rialus n'avait pu savoir ce que le chef mein avait raconté à ses hommes, qui avaient tous fini par périr.

— Dommage, commenta l'ambassadeur. J'aurais aimé savoir ce qu'il pensait de la situation. Il a dû être quelque peu surpris, j'imagine. Ce n'était assurément pas ce qu'il avait prévu pour la journée quand il s'est levé ce matin...

Les deux derniers Punisari avaient été les plus difficiles à neutraliser. Ils possédaient une vitesse d'exécution exceptionnelle. L'un avait finalement eu la jambe tranchée au niveau du genou. Il était tombé et, quand il avait voulu s'appuyer sur son moignon pour se relever, il était devenu une proie facile. L'autre avait reçu un coup de lance dans la nuque lui avait sectionné la colonne vertébrale.

Ensuite, Hanish avait fait de son mieux pour résister jusqu'à la mort. Mais il n'avait pas tardé à comprendre que les Numreks le voulaient vivant. Il avait alors cessé de se battre, avait abaissé sa lame et lui avait fait décrire des cercles lents. Comme aucun de ses adversaires ne l'attaquait plus, il avait dégainé sa dague et il se serait ouvert le ventre d'une blessure mortelle si les Numreks ne s'étaient pas jetés sur lui pour l'immobiliser. De l'avis de Rialus, cette scène également n'avait pas dû manquer d'intérêt : une horde de soldats aux bras épais lâchant leurs armes pour réduire à l'impuissance un homme qui cherchait à se suicider, le tout alors que les attaquants étaient eux-mêmes couverts de sang après quelques heures de massacre. Rialus reconnaissait que les Numreks n'avaient pas traité Hanish avec beaucoup de douceur, mais il ne leur avait pas vraiment laissé le choix. Et il était toujours vivant. On l'avait attaché selon les instructions qu'elle avait données, et il attendait sa venue dans la chambre sacrée.

Lorsqu'il sembla avoir épuisé ses informations sur la journée, Rialus se tourna vers Corinn et observa son profil.

— Princesse, votre plan était d'une simplicité géniale. Une fois que le palais aura retrouvé son aspect normal, le monde viendra ici s'incliner devant vous et votre beauté. On oubliera très vite le sang versé.

Il hésita un instant et s'humecta les lèvres.

— De toutes les surprises que vous avez élaborées, aucune n'est une révélation aussi grande que votre propre personne. Je prie pour que vous n'ayez jamais de raison de me considérer avec désapprobation.

Quelque chose dans le compliment la toucha. Elle sentit monter à ses yeux ce picotement qui indiquait que les larmes n'étaient pas loin. Elle parla en hâte.

— Merci, Rialus. Vous m'avez été d'une grande aide. Je ne l'oublierai pas.

Elle laissa l'ambassadeur devant l'extrémité du passage menant à la chambre sacrée qui abritait maintenant les Tunishnevres. Elle prit quelques secondes pour retrouver son sang-froid et sortit la seule arme qu'elle portait dorénavant. Elle passa devant les Numreks qui gardaient l'entrée et s'engagea dans le couloir sombre d'une démarche brusque calquée inconsciemment sur celle de Maeander. Quand la chambre s'ouvrit devant elle, elle ressentit la vie incorporelle qui bouillonnait dans l'air. Elle essaya de l'ignorer et s'avança en se gardant de montrer le moindre signe de malaise. Cet exploit exigea d'elle un grand effort. Si l'air avait pu griffer, celui de cet endroit l'aurait déchiquetée. Et si les cris muets avaient pu infliger des morsures, elle aurait été dévorée vive. Son instinct lui disait de tourner les talons et de ressortir en courant. Elle n'en fit rien. Elle redressa un peu les épaules et continua de marcher du même pas. Elle accordait maintenant une grande valeur à sa fierté, même devant les morts-vivants.

Hanish était suspendu à la verticale de la pierre de Scatevith. Ses bras étaient attachés au-dessus de lui au niveau des poignets, et sa tête était mollement inclinée en avant, comme celle d'un cadavre. Son torse nu était zébré de traces de coups et d'estafilades. D'une plaie à l'aisselle avait coulé un mince filet de sang qui continuait sur toute la longueur de son pantalon. Ses chevilles également étaient ligotées, de telle manière, que s'il voulait bouger, il pourrait se tordre sur lui-même mais pas donner de coup. Un de ses pieds sans doute brisé saillait selon un angle étrange. Le plus horrible était peut-être son crâne. Les épées numreks ne l'avaient pas épargné, et les cheveux manquaient à certains endroits, laissant voir la peau nue marquée de nombreuses coupures.

Une partie de Corinn désirait voler à son secours, le saisir par le torse et le soulever, trouver un moyen de le décrocher, et implorer son pardon. Elle voulait chercher sur le sol des mèches de ses cheveux dorés pour les remettre en place. Il semblait incroyable qu'Hanish, chef du Monde Connu, puisse être réduit à cette condition en seulement quelques heures. Était-ce ainsi qu'allait le monde ? Ainsi qu'elle avait le pouvoir d'en influencer la marche ?

Quand elle s'approcha, elle prit soin de ne laisser transparaître aucune de ces émotions. Cet homme l'aurait tuée. La fierté méprise l'incertitude, songea-t-elle. Elle se mit à parler dès qu'il redressa la tête et posa son regard sur elle.

— J'avais pensé entrer ici avec un arc et un carquois empli de flèches, déclara-t-elle. J'avais pensé te clouer au mur, bras et jambes écartés, pour me servir de toi comme cible. Peut-être te souviens-tu que je suis excellente au tir à l'arc ? Je t'aurais obligé à me citer les endroits de ton corps où tu souhaitais que je décoche un trait.

Hanish cligna des yeux. Il avait du mal à la distinguer nettement. Le sang maculant ses poignets avait éclaboussé son front. Il était hébété, comme s'il n'était qu'à demi conscient. Mais il répondit :

— Une seule flèche en plein cœur aurait suffi.

Les lèvres de Corinn se crispèrent pour dissimuler son trouble.

— Je n'y avais encore jamais réfléchi, continua-t-il, mais je vois maintenant pourquoi tu es aussi douée pour le tir à l'arc. Tu tues mieux à distance. Tu peux tirer une flèche en restant dissimulée, à l'abri. Je comprends maintenant pourquoi cette discipline te convient si bien.

À l'abri ? De toute sa vie, Corinn n'avait jamais trouvé un véritable abri. Mais c'était dans ses projets. Elle brandit la dague d'Hanish assez haut pour qu'il la reconnaisse.

— Et pourtant c'est avec ceci que je suis venue. Tu mourras de cette lame.

Hanish sourit. Ses dents étaient brunies par le sang.

— Ainsi donc tout se résume à une vengeance personnelle ? Tu t'es sentie méprisée, et pour cette raison tu as ordonné l'assassinat de milliers de personnes. Sais-tu ce que cela fait de toi ? Cela te rend exactement semblable à moi, et peut-être même pire.

Je ne suis pas comme toi, eut-elle envie de répondre. Mais elle craignait que sa voix ne tremble en prononçant ces mots et ne suggère des choses qu'elle se refusait à suggérer. Elle en resta donc au scénario qu'elle avait préparé.

— Avant de mourir, il faut que tu connaisses tous les domaines dans lesquels tu as échoué. Pour commencer, tu as tout perdu au profit de ta maîtresse, c'est-à-dire moi. Tout. J'ai anéanti le cœur de ton empire. Même si l'armée de ton défunt frère écrase celle de feu mon frère, ils ne pourront rien changer à ce que j'ai fait ici.

Elle prenait de l'assurance. D'avoir prononcé ces quelques phrases, elle se sentait mieux que depuis nombre d'années. Elle gravit les marches de granite pour monter sur la pierre de Scatevith. Elle décelait l'importance cérémonielle de cette surface sombre, mais aussi la présence de tous les Tunishnevres autour d'elle, dans leurs alvéoles. Leur énergie était presque palpable dans l'air, et il était difficile de ne pas imaginer que les sarcophages allaient s'ouvrir un à un, avec, dans chacun, un corps desséché animé par la haine.

Tout en parlant, elle examina le bol creusé dans la pierre qu'Hanish avait prévu d'asperger de son sang.

— Déjà des navires font voile dans toutes les directions, pour annoncer le changement. Des messagers ailés s'envoleront d'ici dans l'heure. Ils informeront le Monde Connu qu'Hanish Mein est mort et qu'Acacia est retourné entre les mains d'une Akaran. Par ailleurs, tes Tunishnevres ne fouleront jamais le sol. Si c'est dans ce dessein que tu as vécu, sache que tu as échoué.

Hanish aspira entre ses dents puis cracha, mais le cœur n'y était pas et un simple filet de salive coula sur son menton.

— J'aurais dû t'enchaîner dès l'instant où j'ai appris ce que ta sœur avait fait à Larken. J'aurais dû me rendre compte que les femmes acacianes sont plus dangereuses que les hommes.

Elle se rapprocha de lui, en levant la dague assez haut et assez près pour que sa lame soit une menace envers sa peau meurtrie, à une infime distance de ses côtes et ses muscles étirés par ses liens et sa position.

— Est-ce pour cette raison que vous ne laissez pas les femmes meines combattre ? demanda-t-elle. Vous avez peur d'elles ?

— J'aurais dû t'enchaîner, répéta Hanish, ses yeux gris rivés sur les siens. Mais je t'aimais trop. C'est cette chose, l'amour, que j'aurais dû craindre. À présent nous voyons tous les deux pourquoi.

— Tu ne peux plus me récupérer, dit Corinn, mais sans parvenir à le dire du ton sec qu'elle aurait souhaité.

Elle avait les mains moites, et la dague glissait dans sa paume. Elle aurait aimé la poser, juste une seconde, pour essuyer sa main. Elle se demanda comment elle pouvait encore éprouver quelque chose pour cet homme.

L'énergie vitale semblait déserter Hanish à chaque respiration. Il laissa retomber sa tête en avant, et un geignement bas monta dans sa gorge. Il dit avec lenteur, en se ménageant des pauses pour inhaler et souffler :

— Tu veux me tuer maintenant ? Fais-le pour moi. Mes ancêtres ont des choses qu'ils souhaitent me dire… directement. Ne deviens jamais l'esclave du passé, Corinn. Les morts cherchent à nous accabler... à déformer nos vies comme ils ont déformé la leur. Ne les laisse pas faire.

Il se tut. Sa respiration était régulière mais difficile. Ses poumons luttaient contre la pression à laquelle son corps suspendu les soumettait. Il n'était pas certain qu'il soit encore conscient.

La dague étincela dans la lumière de quelques lampes à huile intactes. Au-delà de la lame, elle regarda la poitrine de son ancien amant, son cou, son ventre musclé. Où planter un couteau ? Aucun endroit ne paraissait convenir. Chaque portion de ce corps lui était trop familière. Si souvent elle s'était blottie contre cette poitrine, avait caressé cette peau de ses lèvres, et écouté les battements de cœur sous ces côtes... D'une certaine façon, elle le savait, une partie de ce cœur battait en elle. Non, il n'y avait aucun endroit de son corps où elle pouvait enfoncer cette lame. Alors elle fit autre chose, quelque chose qu'elle n'avait même pas envisagé avant d'arriver ici.

Elle pressa le tranchant effilé dans la paume de son autre main. L'acier entailla très facilement la chair jusqu'à l'os, sans provoquer de réelle douleur. Elle retira la lame et ferma sa main blessée en un poing qu'elle brandit pendant un moment. Le sang suinta entre ses doigts et envahit lentement sa paume.

— Tu sais quoi ? murmura-t-elle.

Elle voulait qu'Hanish l'entende, mais elle espérait qu'il ne lèverait pas les yeux sur elle, et que ses paroles pénétreraient son esprit inconscient, car elle n'était pas sûre de pouvoir le dire en face.

— Je porte ton enfant. Peux-tu croire cela ? Tu as engendré l'avenir d'Acacia.

Elle se baissa et pressa sa paume ensanglantée dans la petite cuvette, où elle laissa une empreinte floue que la pierre aspira aussitôt comme une éponge.

— Je l'élèverai comme il faut, selon la tradition acaciane. À toi de décider si c'est une chance ou un châtiment. Mais ni toi ni tes ancêtres n'aurez votre mot à dire quant au destin de cet enfant.

Elle crut entendre Hanish l'appeler alors qu'elle descendait les degrés de granite. C'était possible, mais l'air bruissait de trop nombreuses rumeurs. Qui savait si elle n'était pas censée réciter certains mots d'une certaine manière ? Peut-être aurait-elle dû parler le langage écrit dans *Le Chant d'Élenet*, le livre caché qu'elle commencerait bientôt à étudier. Mais elle avait fait la chose qui importait. Elle avait offert un peu de son sang volontairement, en signe de pardon. Dans les instants qui suivirent, l'air s'emplit d'un millier de cris qu'elle entendit, ou n'entendit pas, la protestation de ces anciens morts-vivants à qui était refusée une seconde chance de vivre. Mais cela ne dura pas longtemps. Dans leurs cercueils, elle sentit que les corps des ancêtres d'Hanish abandonnaient enfin leur interminable purgatoire. Ils se transformèrent en poussière, et les esprits rejoignirent la place qui était la leur dans l'ordre naturel des choses Ils rejoignirent le mystère au lieu d'en être exclus, et ils ne furent plus une menace pour les vivants.

Quand elle revit la lumière du soleil, elle trouva Rialus qui regardait fixement en direction du sud. Il était si fasciné qu'il ne remarqua pas qu'elle s'approchait de lui. Elle l'imita. Quand sa vue se fut adaptée à l'éclat de cette fin d'après-midi, elle aperçut à son tour le bouillonnement de nuages qui accaparait toute l'attention de l'ambassadeur Il y avait une tempête d'un genre particulier à l'horizon. Les cieux tremblaient sous sa violence et s'animaient de couleurs. On aurait dit des éclairs, pourtant ils ne ressemblaient à rien de ce qu'elle avait déjà vu. Était-ce de mauvais augure ? Plus elle observait le phénomène et plus elle se persuadait que tout cela se produisait à une trop grande distance pour qu'ils en soient affectés.

Rassurée, elle toucha Rialus à l'épaule. Il se tourna vers elle, et sur son visage elle vit une série d'interrogations en chasser une autre. Il remarqua le sang qui gouttait de sa main.

— Vous êtes blessée ? s'enquit-il.

Elle lui dit que non

— C'est fait, Princesse ?

— Non, répondit-elle. Comment pourrais-je tuer le père de mon enfant ? Si je le faisais, il m'aurait rabaissée à son niveau. Il m'aurait avilie. Je l'ai simplement regardé, et j'ai su que si je lui plantais cette lame dans le corps, je revivrais ce moment chaque jour jusqu'au dernier de ma vie. Je ne m'en libérerais jamais. Je le verrais sur les traits de mon enfant. Vous comprenez ? Il me dominerait, même mort. Alors je n'ai pas pu le faire.

Elle détourna son regard de celui du petit homme. Elle n'aimait pas la familiarité qui prenait forme entre eux, et elle s'étonnait de la facilité avec laquelle elle s'était livrée à lui. Assez de faiblesse.

— Vous le ferez donc à ma place, Rialus. Tenez, servez-vous de sa propre lame contre lui. Je vous en fais cadeau.

Rialus prit l'arme et contempla, incrédule, la lame courbe comme un mince croissant de lune. Son regard passa de la dague à elle, puis revint à l'arme. Il aurait pu être un trafiquant d'objets d'art meins tant il mit de soin à examiner les lettres gravées sur la bague et la ferronnerie de la garde, puis le manche cannelé. Mais, en surveillant la lente évolution de sa pensée que révélaient ses traits, Corinn sut que son esprit n'était pas du tout occupé par les détails décoratifs de l'arme. Il faisait défiler la longue liste de ses ressentiments envers Hanish. Il se remémorait comment il avait été rabaissé, raillé, tenu à l'écart pendant toutes ces années. Il repensait à son impuissance et à son désir brûlant de se venger.

— Pourrez-vous le faire ? dit-elle.

— Est-il... bien attaché ? demanda Rialus.

Corinn lui affirma qu'il ne lui causerait aucun problème. Il était très bien attaché. Il attendait. Rialus hocha la tête, fit demi-tour et se dirigea vers l'entrée du passage.

— Oui, Princesse, dit-il d'une voix basse, presque inaudible. Cela, je peux le faire, si c'est ce que vous souhaitez.

Il marchait à pas courts et hésitants, tel un homme étourdi par une chance à laquelle il n'aurait jamais cru avoir droit.

Quand les ombres du passage l'avalèrent, Corinn se retourna vers le chaos coloré qui se déployait dans les cieux, très loin au sud. Un spectacle inédit pour elle. On sentait une fureur rendue muette par la distance. Plus remarquable était la beauté du phénomène : cette façon dont les hauteurs du ciel semblaient embrasées par un feu liquide, cette danse de couleurs auxquelles elle n'aurait pu donner de noms. Des couleurs qu'elle était sûre de n'avoir encore jamais vues. Elle ne pouvait s'empêcher de penser que cette manifestation lui était destinée, que d'une certaine façon elle marquait le changement dans un monde dont elle venait justement de rectifier l'ordonnancement. Elle aurait aimé éprouver plus de joie, de soulagement, de réconfort, mais quelque chose dans cette vision lui parut mélancolique. Elle n'aurait pu déterminer d'où venait cette impression. Mais elle était certaine d'avoir raison quand elle niait ce qu'Hanish avait dit. Il se trompait. Elle n'était pas du tout comme lui.

— Je suis meilleure que toi, dit Corinn à haute voix, bien qu'il n'y eût personne près d'elle, personne à convaincre sinon elle.

FIN DU LIVRE PREMIER

ÉPILOGUE

L'APRÈS-MIDI ÉTAIT FROID, VENTEUX, LE CIEL BAS, la mer autour d'Acacia morne et sillonnée de moutons. La procession commémorative quitta le palais par la porte ouest et emprunta la route supérieure en direction du Rocher du Refuge. Elle suivit les crêtes sinueuses en un long cortège funèbre. Autour d'elle, les collines plongeaient dans des vallées qui descendaient jusqu'aux eaux grises de cette fin d'automne. Mena marchait à l'avant d'un pas décidé, en compagnie de ce qui restait de sa famille et des quelques rescapés qui tenaient maintenant lieu d'aristocratie acaciane. Elle suivait une charrette décorée qui transportait deux urnes funéraires. Dans l'une se trouvaient les cendres de Leodan Akaran, que Thaddeus Clegg avait gardées cachées pendant toutes ces années, dans l'autre, celles d'Aliver Akaran, jeune homme devenu un chef dont on se souviendrait longtemps, un prince qui n'avait pu devenir roi.

Près de dix années s'étaient écoulées depuis la dernière fois que Mena avait emprunté ce chemin. Elle se souvenait très bien de l'occasion : avec son père, sa sœur et ses frères, elle était venue ici à cheval. À l'époque, elle n'aurait pas pu imaginer la mort de son père ou celle d'Aliver, ni les vies étranges qu'ils devaient connaître entre ces deux événements tragiques. Tout en progressant en silence, elle ne put s'empêcher de repenser à l'enfant qu'elle avait été, cette fillette effrayée par les acacias. La pensée aurait pu être anodine – un arbre est un arbre –, si elle n'avait su qu'elle avait remplacé ces peurs puériles par de nouvelles.

À présent elle craignait ses rêves. Dans ceux-ci, trop souvent, elle se retrouvait face à Larken, sa première victime. Chaque fois, l'expérience était très semblable à la réalité : elle savait parfaitement ce qu'elle faisait, elle se déplaçait avec détermination, et elle était capable de couper dans les chairs de son adversaire sans le moindre remords. C'était la même chose lorsqu'elle rêvait des combats dans le Talay, particulièrement ceux de cet après-midi, après la mort d'Aliver, quand elle s'était abandonnée à la frénésie du carnage si entièrement qu'elle avait semblé n'être née que pour tuer. Ce jour remontait à trois mois. Quand elle se réveillait, les détails de toutes les morts qu'elle avait provoquées s'affichaient comme des centaines de portraits individuels qui flottaient entre elle et le reste du monde. Elle savait que ces souvenirs la hanteraient encore pendant des années. Pourtant, ce n'était pas exactement ce qu'elle redoutait. Le plus effrayant, c'était de savoir qu'en un instant elle pouvait tuer, et qu'elle le ferait encore. En quittant Vumu, elle avait emporté une partie de Maeben avec elle. Elle serait toujours là, sous sa peau. Le don de fureur.

Elle n'était pas la seule à être sortie de la guerre avec des cicatrices. Dariel venait juste derrière elle, Wren à son côté. La jeune femme ne semblait pas à son aise dans la tenue de cérémonie qu'exigeait l'occasion. Elle avait été pirate toute sa vie, et elle en avait toujours l'allure, avec cette attitude nonchalante et en même temps vaguement agressive. Mais Mena l'aimait beaucoup et espérait qu'elle saurait rendre son frère heureux, et pendant longtemps. Dariel avait grand besoin de bonheur. Il avait toujours le rire et la plaisanterie faciles, et un charme malicieux quand il souriait, mais il semblait se croire seul responsable de la mort d'Aliver. Quand il pensait que personne ne le regardait, il portait ouvertement ce fardeau, comme un manteau de plomb. Mena ne lui avait pas encore donné la Confiance du Roi. Il n'était pas prêt, mais il le serait un jour.

D'autres n'étaient pas revenus du conflit. Thaddeus Clegg était à l'intérieur du palais quand les Numreks l'avaient investi. Apparemment, il était mort dans le massacre ordonné par Corinn. On ne saurait peut-être jamais pourquoi il se trouvait là et s'il avait été proche de mettre la main sur *Le Chant d'Élenet*. Il n'y avait aucune trace du livre. Corinn alla jusqu'à mettre en doute son existence. Un mot dans une des poches de l'ancien chancelier indiquait où il avait caché les cendres du roi Leodan, qu'il avait gardées en sécurité pendant toutes ces années. C'était uniquement grâce à lui qu'ils les avaient aujourd'hui.

Le sort de Leeka Alain était entouré d'un mystère encore plus grand. Quelques-uns juraient qu'ils l'avaient vu suivre les Hérauts du Santoth quand ceux-ci avaient tourné le dos à la destruction et étaient retournés en exil. Si l'on en croyait ces témoignages, le vieux général aurait couru derrière les sorciers en profitant de la confusion générale. Peut-être était-il devenu l'un d'eux. À moins qu'il n'ait été anéanti par leur fureur. Dans un cas comme dans l'autre, rien de lui ne subsistait dans le Monde Connu, excepté la haute estime en laquelle serait toujours tenu ce valeureux chevaucheur de rhinocéros.

Et le monde lui-même n'était plus pareil depuis que les Hérauts du Santoth s'étaient déchaînés. Mena ne pouvait définir précisément ce qui avait changé ni l'influence que cela aurait sur l'avenir, mais elle savait que les retombées de cette journée d'épouvante dans le Talay n'avaient pas fini de se faire sentir. Parfois elle sentait les accrocs qu'ils avaient faits dans le tissu de la Création. À d'autres moments, il semblait que les coutures qui maintenaient l'unité du monde allaient céder. Le passage du temps avait apaisé un peu le chaos ambiant, mais celui-ci n'avait pas complètement disparu. Les Hérauts du Santoth avaient lancé sortilège après sortilège sur le champ de bataille, ce jour-là. Ils n'y avaient passé que quelques heures, mais qui pouvait dire comment les vestiges de la langue gauchie du Dispensateur modifieraient le monde ?

Quand ils accédèrent aux hauteurs ondulantes qui s'étendaient jusqu'aux falaises, Mena vit Corinn, qui avançait devant elle, regarder par-dessus son épaule, puis ralentir son allure, afin que sa sœur puisse la rattraper. Quelle révélation ! Elle n'avait plus rien de commun avec la fille que Mena avait connue. Pour tout dire, Mena ressentait une affection naturelle pour elle. Il y avait un lien inné entre elles, dans leur sang, mais qui semblait devoir toujours être délicat à négocier. Sa surprise avait été considérable quand elle avait su que Corinn avait repris Acacia à Hanish Mein. Qu'elle y soit parvenue avec l'aide des Numreks et grâce à une sorte d'accord passé avec la Ligue étonnait encore plus sa sœur et son frère. Tous deux s'étaient sentis aux commandes après la mort d'Aliver. Ils avaient mené la guerre, avaient-ils alors pensé, et ils s'étaient trouvés au centre de toutes les luttes. C'est du moins ce qu'ils avaient cru. Mais la découverte que Corinn, leur sœur aînée, les attendait sur Acacia libéré, qu'indubitablement elle dirigeait, avec sa propre armée numrek et une flotte à sa disposition... Mena avait encore du mal à se faire à cette idée.

Leur réunion était toujours une source de malaise pour elle. Un événement qui aurait dû être joyeux pour tant de raisons... En fait, elle ne savait trop dans quelle catégorie ranger cette expérience, mais celle-ci ne correspondait pas à ce qu'elle avait imaginé. C'était une semaine après que les Hérauts du Santoth avaient débarrassé le champ de bataille du dernier soldat mein, quand elle et Dariel entrèrent dans le port d'Acacia. Ils se tenaient à la proue du navire que Mena avait pris à Larken, et ils contemplaient les terrasses successives de cette ville qui avait été leur foyer. Tout était tel que dans son souvenir, mais elle ressentait une impression d'étrangeté après toutes ces années où elle avait douté des détails qu'elle se remémorait de son passé.

Derrière eux venait une flotte disparate qui ramenait les survivants de la grande armée d'Aliver. Ces derniers étaient méfiants, mais formaient une escorte qui poussait leur navire vers le port, comme le vent. Ils symbolisaient tout à la fois le triomphe, le soulagement et la lassitude. Ils apportaient également avec eux le chagrin du deuil, mais celui-ci était déjà devenu indissociable de la victoire. Mena doutait d'éprouver un jour un bonheur parfait. Jusque-là, l'existence ne lui avait pas procuré cette sensation, que ce soit en tant que Mena la jeune princesse, Maeben sur terre ou la guerrière dont la soif de sang était inextinguible et qui avait ensanglanté les plaines du Talay avec son épée. Et pourtant, elle observait l'approche de l'île avec une sorte d'impatience pleine d'espoir. Enfin, elle rentrait à la maison. Ils accostèrent et débarquèrent au milieu d'une foule joyeuse. L'air résonnait du son des cymbales et des flûtes, on y décelait le parfum de l'encens, le fumet de la viande rôtie, l'odeur alléchante des ragoûts qui mijotaient et de la friture de poissons. Les officiels qui les accueillirent leur annoncèrent que Corinn les attendait non loin de là. Et en effet, après qu'ils eurent quitté les quais et fendu la foule rassemblée dans la ville basse, il leur fut impossible de rater Corinn, qui se trouvait sur le premier palier de la deuxième terrasse, au centre du grand escalier en granite qui menait au palais. Elle était entourée d'un certain nombre de personnes, conseillers et officiels, ainsi que d'un contingent de Numreks qui s'étaient positionnés près d'elle comme une garde personnelle. Ils ne portaient pas un uniforme particulier, mais tous étaient vêtus de couleurs sanguines, variantes d'écarlate, de brun et de roux. Mena connaissait quelques détails sur la manière dont sa sœur avait reconquis le palais et vaincu Hanish, mais elle fut étonnée que Corinn semblât avoir déjà constitué ce qui avait tout d'un embryon de gouvernement.

Corinn était le personnage central de cette assemblée. Elle était splendide, se dit Mena qui avait toujours estimé que sa sœur était une beauté. Mais la voir ainsi renforça encore cette impression. Elle portait une robe à manches longues taillée dans une matière scintillante, dans des tons crème relevés d'une touche d'orange. Sa coiffure était complexe, avec des rubans tressés dans un chignon serré, transpercé d'un éventail de pennes et décoré de plumes blanches. Ses traits étaient parfaitement ciselés, pleins de délicatesse, sa poitrine et l'arrondi de ses hanches mis en valeur par les plis flottants de sa tenue. Ses bras étiraient des courbes sensuelles – ils étaient fermes, mais sans avoir la dureté musclée de ceux de Mena –, et ses poignets et ses doigts étaient aussi souples et expressifs que ceux d'une danseuse quand elle les salua.

Manifestement, elle attendait que son frère et sa sœur la rejoignent ; elle ne venait pas au-devant d'eux. Alors qu'elle gravissait les marches avec Dariel, Mena eut une pensée que jamais elle n'oublierait. L'image était totalement déplacée, et la jeune femme l'attribua à son manque de savoir-vivre et à son esprit obsédé par tout ce qui touchait au combat. Elle imagina que Corinn tirait une de ses épingles telle une arme, une fléchette empoisonnée par exemple, avec laquelle elle pouvait frapper mortellement. Quelle perversion de son esprit, quelle frustration faisait naître en elle ce genre d'image en un moment qui aurait dû être de pure joie ? Qu'est-ce qui n'allait pas chez elle ?

C'est avec cette question en tête, et face à la magnificence de Corinn, que Mena se rendit compte de la pauvreté de sa propre mise : elle était à demi nue sous sa jupe courte et sa tunique sans manches, avec son corps mince et sec, tanné comme le cuir, ses bras et ses jambes striés de toutes sortes de cicatrices, sa tignasse qui cascadait sur ses épaules. Subitement, elle eut conscience du résidu de sel sur ses joues, de la crasse au creux de ses bras et sur ses pieds chaussés de sandales. Elle lança un regard furtif à Dariel. Malgré son charme indéniable, sa peau brûlée par le soleil et sa chemise largement ouverte sur son torse le faisaient plus ressembler à un jeune ruffian qu'à un prince d'Acacia. Pourquoi n'avaient-ils pas pensé à se rendre plus présentables ?

Enfin, Corinn consentit à descendre quelques-unes des dernières marches qui les séparaient. Elle tendit les bras, paumes tournées vers le ciel, inclina légèrement la tête et posa sur eux un regard plein de douceur.

— Soyez les bienvenus chez vous, dit-elle, ma sœur, mon frère. Soyez les bienvenus, guerriers d'Acacia.

Elle continua de parler sur une tonalité étrangement formelle, comme s'ils faisaient partie d'une cérémonie tenue plus pour l'assistance que pour Mena et Dariel. Corinn les étreignit brièvement, puis elle les repoussa avec douceur mais autorité, pour les tenir devant elle à bout de bras et scruter leurs visages, à tour de rôle. Ses yeux brillèrent d'un éclat humide et un léger tremblement passa sur ses lèvres. En tout elle se montra aimable, affectueuse et généreuse, et pourtant quelque chose n'allait pas. Même quand elle éleva la voix pour inviter la petite foule à saluer le retour « de la fille et du fils d'Acacia », et qu'elle les dévisagea en souriant dans la cacophonie qui lui répondit, Mena sentit que, derrière la façade de l'affection fraternelle, Corinn n'était pas satisfaite de ce qu'elle voyait.

Et depuis leurs retrouvailles, il en était toujours ainsi entre eux. Mena n'aurait pu relever un seul manque d'égards de la part de sa sœur. Jamais Corinn n'avait de paroles blessantes, jamais son discours n'était inapproprié à la situation. Ils passaient les soirées ensemble, devant une cuisine raffinée et des vins capiteux, à bavarder et apprendre à se connaître de nouveau. Ils faisaient des balades à cheval comme lorsqu'ils étaient enfants, ou bien s'asseyaient et discutaient des mille problèmes que posait la restauration de l'unité de l'empire. Dariel semblait avoir une confiance totale en Corinn, assez manifeste en tout cas pour que Mena se garde de lui parler de la gêne qu'elle ressentait. Mais, plus que tout, Mena redoutait de ne jamais retrouver entre eux trois le naturel et la chaleur qu'elle avait connus du vivant d'Aliver et qu'elle éprouvait toujours en compagnie de son frère survivant. Corinn suivait le mouvement de leurs relations, mais sans jamais se laisser aller à les approfondir. S'ils constituaient maintenant un triangle, comme le disait leur aînée, les trois pointes du cœur familial, elle paraissait vouloir leur faire comprendre qu'elle était l'apex, et que Mena et Dariel formaient la base qui devait la soutenir.

Aucune de ces interrogations ne la quitta vraiment pendant le trajet fouetté par le vent de la procession funéraire. Corinn sourit en réglant son pas sur celui de Mena. Elle ôta la main de son ventre maintenant rebondi et posa le bout de ses doigts sur le bras de Mena.

— Ma sœur, dit-elle, le jour est enfin arrivé. Nous allons rendre notre père très heureux, aujourd'hui. Je suis sûre qu'il a toujours été impatient du jour où il serait enfin confié aux vents, comme notre mère l'a été il y a des années. Il la retrouvera et fera partie intégrante de la terre de notre île. Il sera dans chaque acacia. Souviens-t'en.

C'était apparemment tout ce que Corinn avait à lui dire. Alors qu'elle s'éloignait déjà, Mena lui demanda :

— Allons-nous faire en sorte que ce monde soit meilleur ?

Sa sœur la considéra un instant d'un air narquois, et Mena chercha comment elle pouvait lui exposer son questionnement au mieux.

— Tu n'as pas connu Aliver... dans les derniers temps, je veux dire. Si tu avais entendu ce qu'il disait... Il avait tellement d'idées sur ce que nous devrions faire du pouvoir. Il a parlé d'un ordre du monde différent. Il croyait que nous pouvions éliminer des choses comme le Quota...

— Je ne dispose pas d'autant de temps que toi pour réfléchir longuement à de tels sujets, dit Corinn. Allons-nous rendre ce monde meilleur ? Bien sûr. C'est nous qui régnons sur lui, et non plus Hanish. Qui pourrait douter que ce n'est déjà un progrès ?

Lors de ses dernières conversations avec Corinn, Mena avait jugé plus prudent de ne pas la heurter. Non parce que celle-ci devenait agressive ou susceptible, comme quand elle était plus jeune. Il semblait simplement qu'elle avait déjà décidé de l'issue de la discussion. Et une fois qu'elle avait adopté une position, elle n'en démordait plus.

— Bien sûr, c'est un progrès, concéda Mena. C'est simplement que nous n'avons pas aboli le Quota, ajouta-t-elle sans agressivité aucune. Nous n'avons pas fermé les mines ni...

— Je ne manque pas d'idéaux, coupa Corinn, si c'est ce que tu sous-entends. Mais parler de la façon de diriger est en fait très différent de diriger réellement. Ma charge m'accapare. J'examinerai tous les sujets que tu as mentionnés en leur temps. Pour l'instant, nous en sommes toujours à traquer les Meins en fuite, ceux qui ont quitté en hâte Alécia et Manil avec tous les trésors qu'ils pouvaient embarquer sur leurs voiliers. Quant aux provinces... Tu serais étonnée de la façon dont elles se retournent contre nous, comment elles balaient les barrières, posent des conditions ou revendiquent ce qu'elles n'ont pas à revendiquer. Si elles acceptaient toutes l'ordre établi, nous pourrions nous employer à faire de ce monde... quelle est l'expression que tu as employée ? Ah oui : un monde meilleur. Et que penses-tu du Lothan Aklun, dont aucun d'entre nous n'a vu un émissaire, alors qu'il influence fortement la situation ? L'ironie de la chose, c'est que je me retrouve à compter beaucoup sur deux puissances que je méprisais auparavant : la Ligue et les Numreks. En fin de compte, ce sont eux qui ont rendu tout possible pour moi. À présent, ils sont de mon côté.

Mena faillit lui faire remarquer qu'une armée acaciane s'était battue, et que des milliers de gens étaient morts pour leur cause. Elle faillit mettre en balance le sacrifice d'Aliver, comme elle faillit rappeler à sa sœur que les Hérauts du Santoth avaient eu un rôle déterminant dans leur victoire finale. Mais Corinn n'avait pas mentionné *leur* victoire. Elle avait affirmé que les Numreks étaient de *son* côté, au lieu de dire « de *notre* côté ». Mena aurait pu lui demander de s'expliquer sur ces sujets. Mais elle préféra dire :

— J'aiderai autant que je peux. Il te suffit de demander.

— Tu aides déjà. Continue à superviser la réorganisation de l'armée et entraîne une nouvelle classe de guerriers pour l'Élite. Nous aurons besoin de soldats d'exception, qui allient noblesse d'âme et savoir-faire militaire. Qui mieux que toi pourrait les former ?

Et elle lui sourit, d'un sourire bref, lèvres pincées.

— J'ai entendu dire que les conteurs répandent déjà une légende à propos de toi. Ils parlent de la façon dont tu as affronté une déesse, comment tu l'as précipitée à bas de sa montagne. Ceux qui souhaitent rouvrir l'académie viennent me voir et me promettent qu'ils enseigneront ta méthode du maniement de l'épée, et qu'ils en tireront la Forme Suprême. Toi, ma petite sœur, tu es autant une légende qu'Aliver.

— C'était seulement un arbre, pas une montagne, dit Mena. L'aigle avait installé son aire à son faîte. Et mon seul mérite est d'avoir réussi à survivre face à lui.

Corinn l'observa un moment, et ses deux sourcils étaient arqués comme le sommet stylisé de deux pics jumeaux.

— Décidément, ces conteurs déforment tout, dit-elle. En tout cas, je suis heureuse que cette prouesse ne t'ait pas coûté la vie.

Craignant que sa sœur ne mette un terme à leur conversation, Mena posa une autre question qui la tracassait :

— Qu'as-tu offert aux Numreks pour obtenir leur allégeance, ma sœur ? Je ne comprends toujours pas.

— Ils pourront gouverner à leur guise une vaste région dans le Talay.

Mena réfléchit un moment.

— Oui, mais ça ne semble pas suffire.

— Si tu le dis, lâcha Corinn en regardant au loin avec l'air de se désintéresser du sujet. Assez parlé. Nous sommes ici pour honorer deux hommes. Faisons-le sans nous laisser distraire.

À bien des égards, il était merveilleux de constater la diversité du groupe qui se rassembla à côté des falaises. Tous faisaient de leur mieux pour ne pas grimacer à cause de la puanteur dégagée par les fientes d'oiseaux et portée depuis la mer en contrebas par les vents ascendants. Les Candoviens se tenaient près des Senivales, eux-mêmes proches des Aushéniens, magnifiques dans leurs tenues blanches. Les pirates des Îles du Lointain s'étaient mêlés aux aristocrates acacians. Sangae, en quelque sorte le second père d'Aliver, était entouré d'un groupe de Talayens, à côté d'une délégation d'Halalys et d'une autre de Balbaras. Les Vumuans avaient accroché des plumes d'aigle dans leurs cheveux. Les Bethunis, eux, avaient appliqué une peinture blanche sur leur visage.

Pour respecter la tradition, deux personnes de qualité, mais ne faisant pas partie de la famille, prirent les urnes sur la charrette. Kelis à la peau sombre, presque remis de la blessure au ventre qui avait failli lui coûter la vie le même jour que son ami, portait celle d'Aliver, tandis que Melio, ses longs cheveux soulevés par le vent, tenait celle de Leodan. Tous deux étaient splendides à la manière de leurs peuples respectifs. Si jeunes, forts et pleins de vie, songea Mena. Aliver aurait voulu qu'il en soit ainsi.

Elle se demanda en revanche ce qu'il aurait pensé de la présence de certains, qu'elle-même trouvait assez discutable. Ainsi de Rialus Neptos, qui restait en lisière du rassemblement, le visage rouge et ne cessant de renifler, avec le col de sa cape remonté jusqu'aux oreilles. Sire Dagon et plusieurs autres Ligueurs étaient également présents, et chacun d'eux s'assit sur un tabouret apporté par leurs serviteurs. Quelle était la place de ces hommes ici ? Ils avaient abandonné Leodan et des années durant ils avaient traqué Dariel et tenté de le tuer. Ils observaient l'événement menton relevé, et souvent leur attention s'égarait vers les nuées, comme s'ils avaient l'esprit ailleurs.

Quant à Calrach et son escorte, ils occupaient une place d'honneur. Mena avait du mal à ne pas les regarder avec insistance, surtout à cause de leur attitude réservée et de la façon dont chacun avait coiffé ses cheveux en une natte qui tombait dans son dos. Leur visage n'était finalement pas très différent de celui d'autres races. Toutefois, Mena n'aurait su dire si elle trouvait qu'ils ressemblaient plus aux autres humains qu'avant, ou si elle en était venue à estimer que les autres humains ressemblaient plus aux Numreks qu'elle ne l'avait pensé jusque-là.

La cérémonie fut des plus simples. Ils étaient rassemblés en qualité de témoins. Il n'y eut pas d'éloge funèbre ni de derniers sacrements, pas un mot ne fut prononcé en commémoration des disparus, et aucune musique ne vint accompagner l'émotion des personnes présentes. Tout cela avait eu lieu les jours précédents. Ici, au sommet du Rocher du Refuge, les deux défunts devaient être libérés comme l'avaient toujours été les rois acacians. Corinn avait spécifié qu'elle considérait que son frère avait été roi, même si aucune couronne n'avait jamais officiellement ceint son front.

Une fois que tous furent immobiles et attentifs, Corinn prit l'urne des mains de Melio. Elle prononça le nom de son père et lui souhaita un retour apaisé à la terre et tout le bonheur possible en retrouvant son épouse pour ne faire qu'un avec elle. Dès qu'on eut ôté le bouchon de l'urne, des fumerolles légères s'échappèrent de celle-ci. Quand Corinn la pencha, les volutes de cendres chevauchèrent le vent qui les rabattit sur l'assistance et vers l'intérieur de l'île. Un moment plus tard, la jeune femme dispersa de la même manière les cendres d'Aliver, en le remerciant pour ses actes d'héroïsme qui lui assureraient à jamais une place particulière dans les mémoires. Baissant la tête, Corinn demanda à tous de faire de même et d'observer le silence en souvenir des défunts.

Mena inclina la tête mais ne ferma pas les yeux. Elle regardait sa sœur, qui se tenait à quelques pas d'elle et dont la main posée sur la courbe de son ventre le caressait selon un rythme précis. Corinn faisait face au vent comme si elle voulait le fendre avec les traits acérés de son visage. Elle ne paraissait pas être la proie de l'émotion. On percevait en elle de l'impatience, oui, mais surtout un détachement fondamental.

Les interrogations qui hantaient Mena depuis la mort d'Aliver revinrent la tourmenter et troubler ce qui aurait dû être un moment de paix intérieure. Elle se demandait si Aliver avait réellement commis une erreur, ce matin-là, quand il avait accepté le duel avec Maeander. Avait-il su qu'il perdrait, ou son désir de vengeance était-il si fort que son jugement s'en était trouvé faussé ? Elle préférait la seconde hypothèse. Elle voulait croire que d'une certaine façon il avait agi comme il le souhaitait, et que même sa fin l'avait satisfait. Elle voulait croire que son père, toutes ces années auparavant, avait mis en branle un enchaînement d'événements soigneusement choisis. Elle voulait croire que tout correspondait à sa volonté. Mais, à la différence de sa sœur, Mena ne trouvait aucune consolation dans les absolus.

Une fois les cendres dispersées, Corinn se retourna et contempla les visages graves des personnes présentes. Elle parut très vite exaspérée par ce qu'elle y lisait.

— Vous tous qui êtes réunis ici aujourd'hui, dit-elle d'une voix forte pour couvrir le sifflement du vent, représentez tous les peuples du Monde Connu. Soyez-en fiers, et pleins d'espoir pour ce qui nous attend. Ces rois d'Acacia… ils sont libres, comme est libre notre nation. Nous avons maintenant la possibilité de créer le monde que souhaitaient ces deux rêveurs.

Son regard se posa sur Mena un instant, puis passa à quelqu'un d'autre.

— Aussi, mes amis, il est temps d'effacer le chagrin de nos visages et de nous tourner vers les jours à venir, comme l'auraient voulu Leodan et Aliver. Affrontons-les ensemble, soyons déterminés dans nos cœurs et confiants dans nos actes.

Quelques instants plus tard, Corinn s'éloigna du bord de la falaise. Elle fit halte à côté de Mena et se pencha très près d'elle.

— Tu veux vraiment savoir ce que j'ai offert aux Numreks ? Il y a une chose qu'ils veulent par-dessus tout, c'est retourner dans leur pays et se venger du Lothan Aklun qui les a repoussés jusque dans les terres glacées. Ce conflit, je crois que nous devons y prendre part, pour des raisons qui nous sont propres. Quand le moment sera venu, nous commencerons les préparatifs. Avec les Numreks et la Ligue, nous lancerons une flotte puissante de navires au-delà des Flots Gris, pour combattre le Lothan Aklun. Et lorsque nous l'aurons vaincu, nous obtiendrons la mainmise sur les échanges avec les Autres Contrées. Alors, j'aurai assez de pouvoir pour changer le monde.

Elle se recula un peu pour observer les yeux de sa sœur.

— Nos combats ne sont pas terminés, Mena. Nous ne serons en sécurité que le jour où le monde entier s'inclinera devant nous. Maintenant, tu connais mes intentions.

Sur ces mots elle s'éloigna, laissant Mena immobile alors que la procession s'écoulait autour d'elle. Elle sentit une présence à son côté et sut que c'était Melio quand il glissa la main dans la sienne et lui demanda si tout allait bien. Mena n'était pas sûre de la réponse. Elle observa le dos de Corinn, et elle se rendit compte qu'elle n'avait pas pleinement admis le monde tel qu'il était maintenant, pas plus que la personne qui devait le diriger. Pour la première fois, elle comprenait qui était réellement sa sœur. Elle avait déjà entendu le titre, mais il lui parut gravé dans l'air devant elle. Il la stupéfia. Là-bas, descendant la colline dans la lumière d'un crépuscule balayé par le vent, allait la Reine d'Acacia, avec ses bras qui protégeaient son héritier, sa suite juste derrière elle, et l'avenir qui lui appartenait.

REMERCIEMENTS

En plus de ma femme Gudrun, j'aimerais exprimer ma reconnaissance à Laughton Johnston et à Gerry LeBlanc pour avoir lu tout ce qui précède sous sa forme manuscrite, et à James Patrick Kelly pour avoir lui aussi approuvé l'ensemble. Je remercie Sloan Harris d'être un agent d'exception, et Gerald Howard d'être un véritable éditeur. Mes remerciements vont aussi à tous les gens du programme Stonecoast MFA, et plus particulièrement aux membres de l'équipe de Popular Fiction pour leur soutien quand je suis passé du côté obscur pendant un temps. Et merci à tout le monde chez Doubleday et Anchor. D'accord, j'ai écrit cette petite histoire, mais il a fallu plus de gens que je ne peux en nommer ici pour en arriver au roman fini que vous tenez aujourd'hui entre vos mains.

Achevé d'imprimer sur les presses de

BUSSIÈRE

GROUPE CPI

à Saint-Amand-Montrond (Cher)
en octobre 2008

Composition et mise en pages : FACOMPO, LISIEUX

N° d'édition : 00342/01. — N° d'impression : 082950/4.
Dépôt légal : octobre 2008.

Imprimé en France